Waltraut Schälike: »Ich wollte keine Deutsche sein«

Meinen Eltern Luise und Fritz Schälike
und meinen Brüdern Wolfgang und Rolf gewidmet.

Waltraut Schälike

»Ich wollte keine Deutsche sein«

Berlin-Wedding – Hotel »Lux« – Dietz Verlag

Herausgegeben von Frank Preiß
Aus dem Russischen übersetzt von Karl Harms, Frank Preiß
und Ruth Stoljarowa

Karl Dietz Verlag Berlin

Die Drucklegung wurde mit Mitteln der Rosa-Luxemburg-Stiftung. Gesellschaftsanalyse und Politische Bildung e.V. gefördert.

Mit 90 Abbildungen (Privatbesitz: Waltraut Schälike 89, Rolf Schälike 1)

ISBN 3-320-02082-X
978-3-320-02082-8

Übersetzung: Karl Harms – Seiten 31 bis 60 und 216 bis 258
Frank Preiß – Seiten 13 bis 30, 259 bis 285 und 332 bis 343
Ruth Stoljarowa – Seiten 61 bis 215 und 285 bis 331
Einband/SU: Heike Schmelter (Foto: Dietz-Bildarchiv, Waltraut Schälike)
Satz/Layout: Anna-Maria Claus
Druck- und Bindearbeit: Těšinská Tiskárna A.G.
Printed in Czechia

Inhalt

Vorwort

Die breiten Reifen der schweren Limousine singen ein eintöniges Lied auf dem schwarzen Asphalt der schnurgeraden Trasse. Dieser 13. August 2005 ist ein sonniger Tag, in den sich hin und wieder kurze, heftige Regenschauer drängen. In den Pfützen am Wegesrand baden fröhlich zankhafte Spatzen.

Auf einem Wegweiser lese ich: »Sankt Petersburg – 620 km« und »Murmansk – 1865 km«. Von Twer, dem Ziel der Fahrt, trennen uns nur noch 90 Kilometer.

Wir haben vor einer knappen Stunde den Moloch Moskau verlassen, die quirlige Neunmillionenstadt, die dem Besucher gleichzeitig wenig und viel über Russland berichtet. Wir sind soeben zügig durch Klin gerauscht, vorbei am Schild, das zum ehemaligen Wohnhaus Pjotr Tschaikowskis zeigt. Klin, immer wenn ich den Namen der Stadt höre, sehe ich unwillkürlich das Foto vor mir, das die von Deutschen 1941 zertrümmerte Büste des Komponisten zeigt. Die friedliche Landschaft, die wir durcheilen, hat schon vieles gesehen. Wenn die Steine hier sprechen könnten, müssten sie auch weinen!

An uns vorbei huschen Holzhäuser, schmucke neue und auch solche, die schon seit ewigen Zeiten unschlüssig scheinen, nach welcher Seite sie endlich umfallen sollen, und die nur noch stehen, weil sie sich immer noch nicht entscheiden konnten.

Diesen Weg zog, nur in umgekehrter Richtung, vor über 200 Jahren Alexander Radischtschew. Für seine 1790 gedruckte »Reise von Petersburg nach Moskau« wurde er zunächst sogar zum Tode verurteilt. Heute kutschiert man freilich weitaus ungefährlicher und bequemer. Bisweilen scheinen aber die Figuren, die Radischtschew an den 24 Wegstationen traf, den Reisenden immer noch zu begleiten.

Zum Beispiel die Alte, die mit anderen Frauen unweit einer Kirche sitzt, vor der wir Rast machen. Vor dem neu renovierten Bau steht silbern glänzend ein Denkmal für die im Zweiten Weltkrieg gefallenen sowjetischen Soldaten. Ich gehe dennoch weiter zu dem schlicht gekleideten Mütterchen mit dem gutmütigen, faltigen, sonnengebräunten Gesicht. Sie macht auf den ersten Blick einen mitleiderregenden, abgehärmten Eindruck, wie sie still da hockt und den Vorüberreisenden ihre Tomaten, Zwiebeln und Gurken anbietet, die auf einem niedrigen Tisch vor ihr aufgereiht sind. Doch da sind die flinken, blitzenden Augen, denen nichts entgeht, und das freundliche Lächeln, das ihr eine stille Würde verleiht. Doch wen kümmert das schon? Die meisten der gut gekleideten Käufer, die den oftmals sündhaft teuren Autos entsteigen, schauen durch sie hindurch.

Wir haben uns erneut in den ruhigen Sonnabendverkehr eingereiht. Hinter dem Steuer sitzt Wladimir, mein Freund und Gastgeber, der ebenfalls seinen Gedanken nachhängt. Was zum Teufel, mag Wolodja sich wohl fragen, hat uns dazu veranlasst, diesen herrlichen Tag nicht auf der Datsche zu verbringen, Freunde einzuladen, mit dem seltenen Gast zu feiern, wie es Sitte ist, dabei anständig zu essen und auch ein gutes Glas zu leeren?

Stattdessen fahren wir nach Twer, nur um uns mit jemandem zu treffen, den wir noch nie gesehen haben. Seltsam!

Begonnen hatte alles einige Monate zuvor, im April 2005. Der 60. Jahrestag des Sieges der Anti-Hitler-Koalition über das faschistische Deutschland stand bevor, und seit Monaten war das Thema Gegenstand zahlloser Medienberichte. »Der Untergang« eroberte die Multiplexkinos und Millionen sahen Fernsehdokumentationen über »Hitlers Helfer«, »Hitlers Frauen«, »Hitlers ...«.

Die Reaktionen waren geteilt. Wissenswert und gut war der Tenor der einen. Geschichtsrevision und Einseitigkeit warfen die anderen den Machern vor. Es mutete schon befremdlich an, wenn Hitlers Sekretärin oder sein letzter Telefonist zu Hauptzeugen geadelt wurden und sie und andere vor allem aus heutiger Sicht berichteten – mehr über sich selbst als über die tatsächlichen Geschehnisse.

Was haben wir aber von jenen erfahren, deren Dörfer und Städte von Deutschen zerbombt und niedergebrannt wurden, von jenen, die alles verloren, was ihnen liebenswert und heilig war?

Ich habe von ehemaligen deutschen Soldaten nicht selten gehört, wie froh sie sind, dass die Russen mit Deutschland nicht das gemacht haben, was die Deutschen in der Sowjetunion angerichtet hatten. Diese Männer wissen auch um die Gründe des rasend machenden Hasses, der manchen Kämpfer der Roten Armee dazu brachte, es den Deutschen zunächst mit gleicher Münze heimzahlen zu wollen.

Die Zahl derer, die aus eigenem Erfahren quasi immun gegen neue und alte Verfälschungen sind, wird immer geringer. Es gibt sie aber noch, und man kann ihnen begegnen.

So zum Beispiel bei den Veranstaltungen der »Berliner Freunde der Völker Russlands e.V.«. Dort kam ich im April 2005 mit einem freundlichen, älteren Herrn ins Gespräch. Ich erwähnte, dass es hierzulande bis heute zu wenig über den Alltag der Sowjetbürger im Krieg zu lesen gebe. Der Mann erzählte mir daraufhin, dass er eine Bekannte habe. Diese sei 1927 in Berlin geboren und wohne in Moskau. Ihre Eltern, deutsche Kommunisten, hätten im berühmten Hotel »Lux« gewohnt. Waltraut, so sei ihr Name, habe sich vor einigen Jahren daran gemacht, ihre Lebenserinnerungen zu schreiben. Diese seien vielleicht das, was ich suche. Aber das müsse ich schon mit ihr selbst besprechen, meinte mein Gegenüber und gab mir seine Karte. Darauf stand: Dr. sc. Karl Harms, Berlin. Mir war nicht entgangen, dass er russische Begriffe so aussprach, wie das nur ein Muttersprachler vermag. Das nächste Treffen brachte Gewissheit. Karl Harms wurde 1935 in Moskau geboren, wuchs im »Lux« auf und kehrte erst 1945 mit seiner Mutter, der Vater war bei der Verteidigung Moskaus als Freiwilliger einer Volkswehrdivision 1941 gefallen, nach Deutschland zurück.

Am 18. Mai schrieb ich eine E-Mail nach Moskau, an Frau Waltraut Fritzowna Schälike. Die Antwort ließ nicht lange auf sich warten: Ja, sie habe vor einigen Jahren ihre Lebensgeschichte aufgeschrieben. Aus einem Koffer, den sie die ganzen Jahre wie ihren Augapfel hütete, habe sie die alten Briefe, Fotos und Tagebücher hervorgeholt und ihre Erinnerungen für ihre Kinder und Enkel aufgezeichnet. Was will aber der seltsame Deutsche damit? Mein Gott! Gut, soll er sie ruhig lesen.

Ja, wir waren auf dem Weg zu Waltraut Schälike, die den Sommer immer in Twer auf ihrer Datsche verbringt. Ich war gespannt auf das Treffen mit der Frau, deren Zeilen mich so berührt hatten.

Schließlich stand sie vor mir, mit wallender grauer Mähne und einem, wie mir zunächst schien, grimmigen Gesichtsausdruck, der mich sogleich an einen Löwen erinnerte. In ihrem wunderschön wilden Garten, zwischen wucherndem Phlox und anderen bunten Sommerblumen, erzählte ich der zunächst noch ungläubig Zuhörenden, dass ich ihre Erinnerungen gerne in Deutschland als Buch herausgeben würde. Sie stimmte schließlich freudig zu, und wir machten uns an die Arbeit.

Ehrlich, sachlich, ohne Beschönigung erzählt Waltraut Schälike aus der Geschichte ihrer Familie. Wer in solch einem Elternhaus aufwuchs, dem waren ungewöhnliche Begegnungen wohl in die Wiege gelegt.

Sie hat viele gesehen, die in der Kommunistischen Internationale, der Komintern, Rang und Namen hatten. Sie beschreibt ihre Begegnung mit Georgi Dimitroff, war 1936 mit der Familie Friedrich Wolfs im Urlaub im

Kaukasus und spielte mit Markus und Konrad und auch mit Gregor Kurella. Sie wohnte unter einem Dach mit »Tante« Lotte, die damals Kühn hieß und noch nicht mit Walter Ulbricht verheiratet war. Deren früherer Lebenspartner, Erich Wendt, war ein enger Freund der Schälikes, und diese hielten ihm auch die Treue, als er in die Mühlen der stalinschen Justiz geriet.

Waltraut besuchte eine Schule, in der viele Kinder der sowjetischen Elite lernten. Hier wurde sie auch mit Swetlana Stalina bekannt. Sie spürte hautnah den Todeshauch der Repressalien der Jahre 1937 und 1938. Schließlich erlebte sie als Heranwachsende das sowjetische Hinterland während des Krieges. Es war die Zeit, in der der Name Fritz, ihr Vatersname, als Schimpfwort galt. Ja, sie war eine Deutsche in einem Land, das durch Deutsche unsägliches Leid erfuhr.

Offen und voller Mitgefühl beschreibt sie die Sowjetunion und ihre Menschen, ohne falsches Pathos, ohne trügerische Heroisierung. Man sieht ihre Figuren, das Kindermädchen Gruscha, die Lehrerin Jasnopolskaja oder den Arbeiter »Tschelkasch« leibhaftig vor sich.

Sie setzt den hunderten Kindern und Jugendlichen, die während des Krieges im Kinderheim der Komintern, von den Eltern lange getrennt, scheinbar gefahrlos lebten, ein bleibendes Denkmal. Ihr Buch ist nicht zuletzt eine innige Liebeserklärung an ihre Eltern und die beiden Brüder.

1940, mit dreizehn Jahren, wollte Waltraut Schälike keine Deutsche sein. Heute gibt es für sie Wichtigeres. Sie und ihre Kinder und Enkel sind längst in verschiedenen Kulturen zu Hause.

Berlin 1927-1931

Mein Erscheinen auf der Welt

Ich wurde am 20. Januar 1927 in Berlin geboren. Meine Mutter hatte Angst vor der Geburt und bat daher die Ärzte, ihr eine Narkose zu geben. So erblickte ich das Licht der Welt, ohne Mama weh zu tun. Sie war 24 Jahre alt und ich ihr erstes, sehnsüchtig erwartetes Kind.

Gleichzeitig war diese Mutterschaft aber auch ein Affront gegen viele ihrer Freunde, junge Kommunisten. Diese Mädchen und Jungen, aus Arbeiterfamilien stammend, waren bereit, im Kampf für die Veränderung der Welt und für das Glück der gesamten Menschheit zu sterben. Im Namen dieses großen Zieles fühlten sie sich verpflichtet, den Wunsch nach eigenen Kindern zu unterdrücken. Sie waren kompromisslose, willensstarke, zielstrebige Kämpfer für ihre Ideale.

Meine Eltern im Juli 1924

Auch meine Mutter war bereit, ihr Leben dem Kampf für die Befreiung der gesamten Menschheit von den Fesseln des Kapitalismus zu opfern und für die Sache zu sterben. Aber ein Kind wünschte sie sich mit der gleichen Leidenschaft, mit der sie für die Ausgebeuteten kämpfte. Da sie eigensinnig und hartnäckig war, hatte sie ihr Ziel erreicht. Ich kam zur Welt.

Ähnlich verhielt sich eine ihrer Freundinnen, auch Kommunistin, auch Mitarbeiterin desselben kommunistischen Jugendverlages, den Vater gegründet hatte und den er leitete. Emma Lanius brachte im Mai desselben

Jahres ihren Sohn Karl zur Welt. Die beiden Wohnungsnachbarinnen, Arbeitskolleginnen und Brecherinnen des ungeschriebenen Tabus vereinten ihre Kräfte bei der Erziehung ihrer »ungesetzlichen« Kinder. Abwechselnd kutschierten sie ihre Sprösslinge in ein und demselben Kinderwagen zum Spaziergang, zum Kindermädchen oder in den Kindergarten. Beide arbeiteten weiter erfolgreich im Verlag, all jenen zum Trotz, die vorausgesagt hatten, dass das spießbürgerliche Streben der jungen Mütter nach Familienglück früher oder später der Sache schaden würde.

Mutter und Emma waren im Kreis der gleichgesinnten Freunde die Einzigen, die sich entschlossen, ihrem Kinderwunsch nachzugeben. Weder Lotte Kühn (später Ulbricht), die damals noch die Frau Erich Wendts, des besten Freundes meiner Eltern, war noch Otto Winzer, der spätere Außenminister der DDR, noch all die vielen anderen Freunde und Kampfgefährten aus dem Verlag glaubten, sich mit Kindern belasten zu dürfen. Sie bereiteten sich auf die Weltrevolution vor, rechneten mit Gefängnisstrafen und einem gewaltsamen Tod. Kinder waren ständiger Bedrohung ausgesetzt, konnten jederzeit unschuldige Opfer des gefahrvollen Lebens ihrer Eltern werden. Nicht Eigennutz, sondern die Verantwortung für die noch Ungeborenen war die Ursache für die Kinderlosigkeit der meisten dieser größtenteils noch jungen Menschen, aber auch die Furcht, Kinder könnten zu einer unerträglichen Bürde oder zum unbeabsichtigten Grund für »Verrat« an den Interessen der Partei werden.

Lieschen Schälike aber erfreute sich an ihrem erkämpften Glück. In die Geburtsklinik nahm sie ein Tagebuch mit, ein sehr schönes Heft mit einem eleganten Einband, einem goldenen Saum und einem kleinen Schlösschen, welches die Verschwiegenheit ihrer Gedanken zu garantieren versprach.

Das Tagebuch war nur für die Tochter bestimmt, und die erste Eintragung machte die Mutter mit Bleistift, noch in der Klinik am 25. Januar 1927:

Virchow Krankenhaus, den 25. Januar 1927
Nun bist du schon fünf Tage auf dieser Welt. Am Donnerstag, dem 20. Januar, frühmorgens 1/2 7 Uhr warst du da und hast mit deinem Eintritt in die Welt deiner Mutter gar nicht viel Schmerzen gemacht, nur große Freude und das wirst du immer tun, ja?
Wie du aussahst, möchtest du wissen? 4000 Gramm hast du gewogen, und 53 cm lang bist du. Dein Kopf war nicht schön, ein Eierkopp, wie man so sagt. Dazu die Augen! Nicht zu sehen, nur ein schmaler Schlitz, kein Kinn, viel mehr

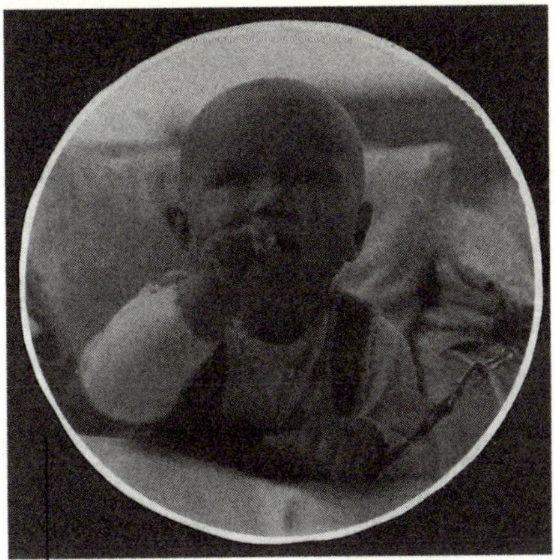

Waltraut »Eierkopp«

ein Doppelkinn, eine kleine Zuckerschnute, so groß wie ein Sechser und zwei dicke, dicke Backen. Es war weiter nichts zu sehen als diese Backen.
Aber heute, nach 5 Tagen, siehst du schon manierlicher aus. Wie, sagt dir das Bild, das dein Papa im Krankenhaus gemacht hat (24.01.). Du musst natürlich eine Ausnahme machen, und während alle anderen den Fotografen schön anschliefen, musst du ihn anschreien. Hast du Angst vor deinem Papa? Er wird noch oft mit diesem Knipsapparat kommen.
Na, schreien kannst du bis jetzt ganz gut. Nachts hältst du wenig Ruhe, machst immer »e-eha«, das hört sich an wie: Essen haben. Und wenn du dann endlich zu deiner Zeit Essen bekommst, dann machst du die Guckäuglein nur ein Weilchen auf, und bald schläfst du wieder. Dann kriegst du einen »Buff« unters Kinn und »tsch, tsch, tsch«, dreimal trinkst du, und dann ist's wieder genug. Du machst ein spitzes Mündlein und willst nicht mehr, und nachher in der Nacht fängst du an zu schreien. Nur, in der Nacht wird geschlafen, da gibt es nichts zum Essen, darum schrei nur zu. Schläge hast du auch schon bekommen. Von mir wie von der Schwester. Du wolltest zuerst überhaupt nicht trinken, kriegtest die Augen überhaupt nicht auf und lecktest nur ab, was dir zufloss. Anstrengen wolltest du dich gar nicht.

Weiter aus Mamas Tagebuch:

22. Februar 1927
Jetzt bist du schon einen Monat alt, und heute hast du mich zum ersten Mal angelacht. Hast zwar gleich darauf wieder geweint, aber das kommt immer zusammen. Wir sind jetzt in der neuen Wohnung ganz alleine, der Papa ist in Leipzig.

Während Mutter nach meiner Geburt eine kurze Zeit pausierte, unterbrach mein Vater die Tätigkeit im »Verlag der Jugendinternationale« keinen einzigen Tag. Dort ging das Leben seinen alltäglichen Gang. Alle arbeiteten unermüdlich und angestrengt, und außer Emma Lanius, die am 4. Mai 1927 meinen späteren Kindheitsfreund Karl zur Welt brachte, fand sich dort keiner mehr, der den Mut hatte, ein Kind in die bewegte Zeit Ende der zwanziger Jahre zu setzen.

Der Kindheitsfreund Karl Lanius mit seiner Mutter Emma

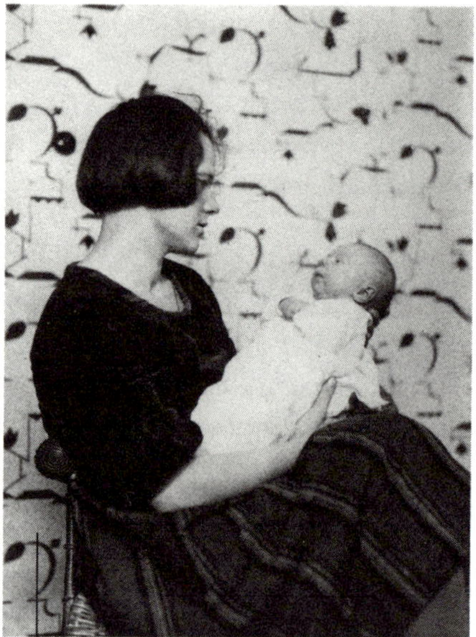

Luise Schälike mit Trautchen, 27. Februar 1927

Das Recht auf Kinder

Was ist aus ihnen geworden, aus den Freunden, die meine Eltern dafür kritisierten, dass sie sich für mich entschieden hatten?

Am 18. Oktober 1959 feierte mein Vater, Direktor des Verlages der Sozialistischen Einheitspartei Deutschlands (SED) »Dietz Verlag« seinen sechzigsten Geburtstag.

In einem Brief an mich nach Frunse vom 1. November desselben Jahres beschrieb Mutter die Feier. Darin sind einige Zeilen auch den Genossen und Jungendfreunden gewidmet, die damals mit meinen Eltern zusammen arbeiteten:

Aber die allerschönste Feier war doch am Abend. Achtzig Gäste hatten wir in das Restaurant der Akademie der Wissenschaften eingeladen, darunter alle noch lebenden Genossen und Genossinnen, die vor knapp vierzig Jahren mit uns im Verlag der Jugendinternationale (das war der Verlag der Kommunistischen Jugendinternationale) gearbeitet haben. Wir waren ein kleines Kollektiv damals, aber aus diesem Kollektiv ist unser Erich Wendt hervorgegangen, der jetzt stellvertretender Kulturminister ist, ebenfalls unser jetziger Finanzminister Willi Rumpf, der seinerzeit Buchhalter war. Auch Otto Winzer, der einer unserer Vertreter auf der diesjährigen Genfer Konferenz war und stellvertretender Außenminister der DDR ist, war Mitarbeiter im Verlag der Jugendinternationale. Dazu kommen noch der jetzige Verlagsleiter des Verlages Neues Leben (jetziger Jugendverlag) Petersohn und noch einige auf verantwortlichem Posten stehende Genossen. Auch Professor Walter Bartel, dessen Buch ich dir geschickt habe, war einmal ein Buchhalter im Verlag der Jugendinternationale. Unser damaliger Zeichner – der lange Karl –, wie du ihn immer nanntest, hat heute auch einen großen Namen und wurde grad zuvor mit einer internationalen Medaille für seine Arbeiten ausgezeichnet. Du siehst, wir waren damals ein kleines Kollektiv, das sich sehr gut gehalten und entwickelt hat, und das erfüllt uns immer mit Stolz und Freude, wenn wir wieder einmal zusammenkommen. Es wurden viele Erinnerungen ausgetauscht, es war ein Stück Geschichte der Arbeiterjugend ...

Ich glaube kaum, dass sich während der Feier zum sechzigsten Geburtstag meines Vaters irgendwer der weit zurückliegenden Meinungsverschiedenheiten anlässlich meines Erscheinens auf dieser Welt erinnerte. Aber ob sie es vergessen konnten? Bezahlten doch einige von ihnen ihre damalige Entsagung zudem noch mit Einsamkeit im Alter. Aber davon zu sprechen, würde ihnen bestimmt schwerfallen.

Mutters Jugendfreundin Lotte Ulbricht versuchte offenbar, schon nicht mehr jung, die verpasste Gelegenheit nachzuholen. Die Eheleute Ulbricht adoptierten ein Mädchen. Das Ganze endete mit einer weiteren Tragödie. Das Kind und die Adoptiveltern fanden nicht zueinander. Es entstanden weder gegenseitige Liebe noch wenigstens bindende Zuneigung und Achtung. Und so verbrachte Lotte Ulbricht ihre letzten Lebensjahre in Abgeschiedenheit und Einsamkeit.

Ab und zu hat sie mein Bruder Wolf mit seiner Frau besucht. Lotte hat mich jedes Mal herzlich grüßen lassen. Einmal war ich auch selbst bei ihr in Pankow zu Gast. Eine allein lebende, alte, kränkelnde Frau. Die Hände wollten nicht mehr so recht gehorchen. Aber hartnäckig deckte Lotte selbst den Tisch, holte die Teekanne aus der Küche. »Ich mach das doch sowieso jeden Tag immer ganz selbständig«, war die Antwort auf meine Hilfsbereitschaft. Es war nicht leicht, ihr wenigstens beim Abräumen zur helfen. Sie tat mir in ihrer alltäglichen Einsamkeit aufrichtig Leid.

Lotte Kühn (Ulbricht) und Trautchen, 1928

Rückseite des Fotos, das Lotte Kühn und Trautchen 1928 zeigt

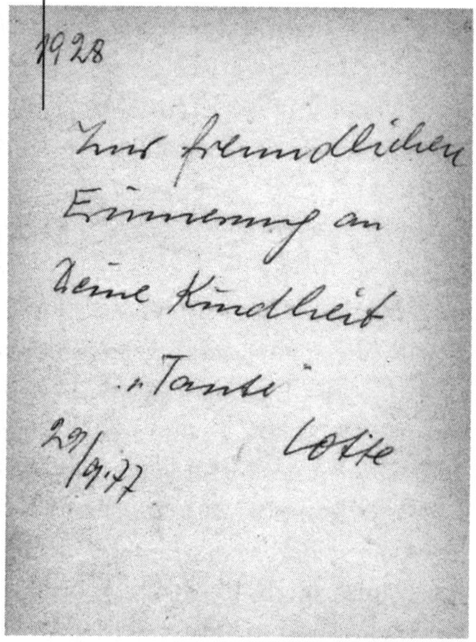

Lotte Kühn, Erich Wendt und Trautchen, 1928

Als Historikerin jedoch hat mich nicht nur Lottes Schicksal immer wieder zu der Überlegung veranlasst, ob Menschen, die bewusst auf persönliches Glück verzichten, überhaupt in der Lage sind, für das Glück anderer zu wirken, ohne dabei selbst erheblichen seelischen Schaden zu nehmen?

Was aber, wenn solch eine Haltung nicht Ausnahme, sondern die Regel ist? Wenn man endlich Dankbarkeit erwartet oder sogar fordert, weil man anderen das ganze Leben geopfert hat?

Was aber, wenn die Menschen, für die man sich einzusetzen glaubt, diesen für sie fremden Einsatz gar nicht wollen, wenn sie andere Vorstellungen vom Glück haben und diese selbst umsetzen wollen und dabei nicht einem vorgegebenen, fremden Drehbuch folgen?

Vaters Verhaftung

Auf welcher Seite in dem längst in der Geschichte entschwundenen Zwist der Freunde um die Existenzberechtigung eines Kindes stand eigentlich mein Vater? Wie dachte er darüber, in einer Zeit, in der er und jeder seiner Genossen der ständigen Gefahr ausgesetzt waren, für ihre Ideale und Ideen hinter Gittern zu landen? Ich weiß es nicht.

Als ich ihn noch fragen konnte, kam mir so etwas gar nicht in den Sinn. Erst viel später ist mir klar geworden, an welch seidenem Faden meine Existenz tatsächlich hing.

Einzig Mutters Tagebuch, dem sie sich auch anvertraute, wenn es ihr schwer ums Herz war, kann noch Zeugnis geben. Und schwere Stunden ließen nicht lange auf sich warten. Die grenzenlose Freude über meine Geburt wurde schon neun Monate später jäh getrübt. Vater wurde verhaftet und wegen antimilitaristischer Tätigkeit seines Verlages des Hochverrates bezichtigt. Das Urteil lautete auf ein Jahr Festungshaft.

Die Familienfama berichtet, ich hätte bereits mit neun Monaten »Klassenbewusstsein«, wie es meine Mutter nannte, gezeigt. Ich habe während der Verhaftung auf die Uniform des Polizisten gepinkelt, der meinen Vater abholte und mich auf den Arm nahm, während sich meine Eltern voneinander verabschiedeten. Viele Jahre war ich auf diese »proletarische« Tat grenzenlos stolz. Aber auch darauf, dass ich mit Mutter den Vater im Gefängnis besuchte, nachdem man diesem zwei nächtliche Besuche der Ehefrau und Tochter genehmigt hatte. Es handelte sich schließlich um die Weimarer Republik und noch nicht um das faschistische Deutschland, in dem so etwas undenkbar gewesen wäre.

Die bourgeoisen Gefängnisse stellten sich meine Moskauer Spielgefährten und Freunde der Kinderzeit einige Jahre später stets als Stätten heroischer Heldentaten vor, und von diesem Ruhm fiel auch etwas auf mich, auch wenn ich dort nur den gerechten Schlaf eines Kleinkindes schlief. Trotzdem hatte ich zwei Nächte im Gefängnis verbracht, und das erschien mir als Kind beinahe als Glücksumstand!

Von Vaters Haft und unseren nächtlichen Besuchen erzählt natürlich auch Mutters Tagebuch. Neben Berichten von den ersten Zähnen, den ersten Schritten und vom ersten Wort, das ich gesprochen habe, das war übrigens »Papa«, findet sich auch folgender Eintrag:

6. September 1927
Deinen Papa haben heute früh um 6 Uhr zwei Polizeibeamte abgeholt. Er ist ein Hochverräter! Und du, mein Mutzele, lachst.

Und ein weiterer Eintrag, offenbar vom Abend desselben Tages oder vom 7. September 1927:

Er war am Abend auch schon wieder da.

Mutter wollte nicht so recht daran glauben, dass alles viel ernster war, als sie dachte. Aber Vater wurde schließlich inhaftiert, verurteilt und zur Verbüßung der Strafe in die Festung Gollnow gebracht.

1. November 1927 – Mutters Tagebuch:

Liebes, liebes Trautele. Wir sind jetzt so oft allein. Dein Papa ist schon zehn Tage in Gollnow ...
Ich muss jetzt wieder arbeiten und habe von meinem Töchterlein fast gar nichts. Meist schläfst du abends schon. Nur für 1/4 Stündchen zum letzten Essen wirst du aufgenommen ...
Heute knirschst du immer mit den Zähnen, aber »Mama« hast du noch nicht gesagt.

Im Gefängnis

Am 21. November 1927 fuhr Mutter mit mir zum Vater ins Gefängnis. Aus Mutters Tagebuch:

21. November 1927
Mit dem Zug sind wir gefahren, wir haben den Papa in Gollnow besucht. Kalt war's, und früh um 7 Uhr waren wir schon unterwegs ... Du warst sehr artig, nur schlafen wolltest du nicht, und wenn du gerade eingeschlafen warst, mussten wir aussteigen. Mit dem Auto sind wir vor der Festung vorgefahren. Dein Papa war ganz sprachlos und hat sich gefreut, und nachdem du wieder gesättigt warst, bist du in seinem Bette eingeschlafen. Zwar dauerte es ein Weilchen. Du machtest es dem Genossen, der auf dich aufpassen musste – ich durfte doch nicht in Papas Zelle, und dein Papa und ich hatten natürlich viel zu erzählen, auch von unserem Töchterlein – nicht leicht. Immer musste er dich wieder hinlegen, denn du sangst oder zogst dir die Strümpfe aus, bis du schließlich, auf dem Bauche liegend, einschliefst.
Und dann wurde uns das große Tor aufgeschlossen und wir mussten den Papa verlassen und zogen die verschneite Landstraße entlang, und hin und wieder kam dein warmes Mündchen mir ganz nahe, als wollte es mich küssen und damit trösten, dass wir den Papa so allein lassen mussten.

Und so habe ich noch eine »Heldentat« im Klassenkampf vollbracht, indem ich bäuchlings schlafend in einer trutzigen preußischen Haftanstalt nächtigte.

Erst aus Mutters Tagebuch habe ich viele Jahre nach den Ereignissen erfahren, dass ich danach noch einmal in Gollnow war. Hätte ich davon doch bloß schon während meiner Moskauer Kindheit gewusst! Mein kindlicher Stolz hätte sich wohl verdoppelt.

23. Januar 1928 – Mutters Tagebuch:

Und nun bist du schon ein Jahr, und wir waren wieder beim Papa in Gollnow. Du kleines Püppchen, laufen (allein) kannst du noch nicht, aber an der Hand, da können die kleinen Füße nicht genug trippeln und krauchen, und klettern verstehst du auch ... Und den Papa hast du scheinbar noch gekannt, denn du lachtest ihn an, und »ei, e« und batsch an die Brille. Die Brille wird's überhaupt gewesen sein, die du haben wolltest, und darum hast du gelacht. Und wenn der Papa mit der Mama erzählte, hast du mitgesprochen »teddidalamamamaballadadadateaddi«. Verstehst du's? Siehst du, wir haben es auch nicht verstanden. Schlafen solltest du im großen Bett, und stattdessen turntest du, und wenn der Papa ans Bett sprang, weil er dachte, du fällst, dann kreischtest du, klatschtest die Hände zusammen und warst fröhlich. Du dachtest, der Papa spielt mit dir.

In der Bahn nachher hast du aber geschlafen. Erst von Gollnow nach Stettin. Im D-Zug warst du wach und hast gespeist, 3/4 Stunde vor Berlin bist du wieder eingeschlafen und hast geschlafen, während wir in die Ringbahn einstiegen, im Auto fuhren, zu Hause waren, dich auszogen und das Nachtröckchen anzogen. Der Kopf fiel auf die Seite, und du hättest auf Mamas großem Bett weitergeschlafen, wenn du nicht in dein Bettchen gekommen wärst. Da bist du erst aufgewacht, aber gleich wieder eingeschlafen.

Meine liebe Mutter konnte sich nicht entschließen, ihre kleine Tochter die ganze Nacht bei sich schlafen zu lassen. Damals meinte man, dass es für die Gesundheit der Kinder abträglich sei, wenn diese gemeinsam mit ihren Eltern in einem Bett schliefen. Meine disziplinierte Mutter hielt sich strikt daran. Arme Mama ...

Mutters Erziehung war dabei nie geradlinig, stur oder gar dogmatisch. Sie hatte ihre Prinzipien, von denen sie sich unbeirrbar leiten ließ. Das wichtigste Prinzip hieß, dem Kinde ist alles erlaubt, was mit keiner wirklichen Gefahr verbunden war. Es soll und kann die Welt selbst entdecken, auch wenn es bisweilen etwas weh tut.

Erich Wendt meckerte: »Luise, du verwöhnst das Kind! Ein Kind darf nicht alles, was es will!«

»Damit es für die Erwachsenen ein bequemes Ding wird?«, parierte Mutter.

Mit Mutter, 1928

Mit Vater, 1928

Die Entdeckung der Welt

Landpartien

Meine Eltern setzten, ungeachtet meiner Geburt, sowohl vor der Verhaftung meines Vaters als auch nach der Verbüßung seiner Freiheitsstrafe den Lebensstil fort, den auch ihre Freunde und Genossen führten.

Da waren nicht nur die Arbeit im Verlag, die unzähligen Versammlungen, die Weiterbildungs- und Selbststudienzirkel, sondern auch die Teilnahme an Demonstrationen, meist mit dem Kleinkind, mit mir, auf dem Arm.

Eine davon sollte später sogar als »Berliner Blutmai 1929« in die Geschichtsbücher eingehen. Meine Eltern konnten sich und mich vor der Polizei, die die Kundgebung äußerst brutal niederschlug, gerade noch in den Keller eines Hauses in Sicherheit bringen. Davon berichtete ich noch viele Jahre später immer wieder voller Stolz meinen Studenten in Kirgistan.

Mutter und Vater und viele ihrer Freunde waren auch Mitglieder der Jugendbewegung »Wandervögel«. Deren weibliche Anhänger bevorzugten Kurzhaarfrisuren. Fast alle trugen die weiten, neumodischen Windjacken, und so oft wie möglich entflohen die Wandervögel der Enge und dem Lärm der Großstädte, durchstreiften Wälder und Berge der Umgebung und nächtigten in kleinen Zelten. Außerdem propagierten sie eine gesunde, bisweilen asketische Lebensweise und lehnten Tabak und Alkohol strikt ab. Auf diesen Ausflügen schleppten mich meine Eltern überall mit hin.

Am 18. Juli 1927, ich bin gerade sechs Monate alt, schrieb meine Mutter in ihr Tagebuch:

Dein erster Ausflug gestern, gerudert sind wir und du hast dabei geschlafen, dann kam ein toller Regen und wir waren noch auf dem See. Du lagst aber fest eingepackt in der Zeltbahn. Gute Leute nahmen uns in ihr Zelt, und du warst zwar auf deiner ersten Wanderung im Regen, hast aber keine Tropfen abbekommen. In einer Woche verreisen wir. Dann wirst du noch oft gerudert.

Ich war aber offenbar nicht immer so friedlich wie an diesem Tag.

2. August 1927 – Mutters Tagebuch:

Ja Mädel, viel Arbeit machst du jetzt, wirst verwöhnt von den Omamas und dem Opapa ... Wie du geschrien hast! Warst nicht zu beruhigen, und kaum warst du im Wagen und wir sind etwas rausgefahren, hast du geschlafen. Und dann sind wir auf den Berg gefahren, ich habe fotografiert, nun klapperst du wieder, lachst und hast alles vergessen. Ja, ja Töchterlein, segeln wollte die Mama mit dem Papa und musste sich dabei mit dir abplagen wegen deines Schreiens. Jetzt steckst du mir deinen großen Zeh heraus, und als ich einen Kuss darauf gebe, lachst du mich an, liebes, liebes Mautzele. Lieb, toll lieb hat dich die Mama, trotz allen Ärgers, »he-he«, machst du. Deinen großen Zeh steckst du übrigens schon in den Mund, alles was dir in die Hand kommt, gelangt gleich in den Mund – jetzt die Zeltbahn, die ich um den Wagen hing, weil der Wind so ging. Lass mal deine Füße im Wagen, der Wind geht toll – nicht stille halten kannst du. Jetzt geht's heim, der Wind wird toller, liebes, liebes Mautzele.

Noch vor Vaters Verhaftung unternahmen meine Eltern mit mir eine Bootsfahrt auf dem Rhein. Die Freude über die lang ersehnte, seltene Abwechslung wurde nur dadurch getrübt, dass ich die Schaukelei wohl nicht recht vertrug und mich dauernd übergab. Danach verbrachten wir einige Tage in den Schweizer Alpen, und ich als Zweijährige ritt auf Vaters Schultern über reißende Gebirgsbäche und steile Abhänge und schlief mit den Eltern im Zelt.

Später, ich war erst vier Jahre alt, nahmen mich die Eltern irgendwann sogar auf eine Kanutour mit. Mutter hat noch viele Jahre danach voller Stolz darüber berichtet, was ich für ein mutiges Mädchen gewesen sei, wie ich vor den Eltern im Bug des zerbrechlichen Bootes, an den Sitz geschnallt, auch während eines Sturmes keine Angst vor den anrollenden und mich von Kopf bis Fuß durchnässenden dunklen Wellen zeigte und mich nur prustend schüttelte. Ich hätte mich schließlich im nicht nachlassenden Unwetter zur Mutter umgewandt und sie ruhig gefragt: »Wenn die Wellen noch größer werden, sterben wir dann?«

Was hat meine Mutter in dieser Minute gefühlt und gedacht? Ich habe sie aus irgendeinem Grund auch dann nie danach gefragt, als sie die Geschichte viele Jahre später erzählte. Ich kann auch nicht sagen, welche Antwort die Mutter ihrer kleinen ängstlichen Tochter im sturmumpeitschten, nussschalengleichen Boot auf die Frage nach dem möglichen Tod gab.

Ich weiß auch nicht, ob die Wandervögelausflüge für ein Kleinkind überhaupt nötig waren. Wäre es nicht besser gewesen, in einem sicheren und wohligen Kinderbett Tag für Tag neben dem Bett der Mutter und manchmal auch an ihrer Seite zu schlafen?

Andererseits hat die bewegte Kindheit mich vielleicht auch gestählt, so wie die Kinder der Urmenschen es lernten, die Angst zu überwinden und ihrer Mutter zu folgen, die auf glitschigen Steinen über Bäche und Flüsse sprang.

Trautchens Urlaub mit Mama, beiden Opas und beiden Omas im Sommer 1927

Half mir diese Kindheit, den Widrigkeiten und Härten des Lebens zu trotzen? Ich weiß es einfach nicht ...

Kinderfragen

Mutter hat meine Kinderfragen in ihrem Tagebuch festgehalten, und noch viele Jahre später konnte sie sich an fast alle erinnern. Sie liebte es, über ihre Tochter und deren erste Lebensjahre zu erzählen. Sie war eine außergewöhnlich aufmerksame Beobachterin und war in ihr Kind verliebt.

Mit zweieinhalb Jahren rannte ich bei Mondschein eine kurze Strecke und stoppte dann unvermittelt. Ständig nach dem Mond schielend, fragte ich, warum dieser mit mir stehen blieb. Ob er wohl Augen habe?

Auch mit der Sonne stand ich offensichtlich auf recht vertrautem Fuß.

August 1929 – Aus Mutters Tagebuch:

Wo schläft die Sonne? Hat die Sonne auch eine Mama? Nuckelt die Sonne auch am Daumen? Putzt die Sonne auch die Zähne?
Das willst du alles wissen. Die Sonne ist deine Freundin. Wenn sie nicht scheint, erkundigst du dich, ob sie noch schläft oder krank ist, und dann rufst und bittest du sie, doch zu kommen; und wachst du nachmittags auf und die Sonne scheint in dein Bett, dann freust du dich und springst herum.

Und abends passt du genau auf, wenn sie schlafen geht. Hast auch geschimpft, weil sie noch einmal aus ihrem Bettchen kletterte und hinterm Schornstein hervorlugte.

Wie die meisten Kinder in diesem Alter stellte ich eine Menge Fragen.

Wo wachsen die Fische? Im Wasser? Aber ich habe noch nicht einen gesehen, wie er dort wächst! Aber wo wächst das Wasser? Und die Pilze? Und der Kürbis?

Woraus wird Papier gemacht? Und Glas? Und Papa? Woraus ist er gemacht? »Aus Fleisch«, antwortete mir mein Vater kurz, und von da an nannte ich ihn einige Zeit den »Fleischpapa«.

Und Eier und Hühner? Wer war zuerst auf der Welt, das Ei oder das Huhn? Aber das war später, in meiner Vorschulzeit.

Mutter hat beschrieben, wie ich mich mitunter mit anderen Kindern um irgendein Spielzeug raufte. Manchmal hätte ich auch wie am Spieß geschrien, wenn man mir keine der so geliebten Süßigkeiten kaufte, die »Negerküsse« genannt wurden. Ich habe auch sonst bisweilen dem elterlichen Willen getrotzt und diesen missachtet.

Den Vater, gerade aus dem Gefängnis entlassen, störten meine Eskapaden, und eines Tages griff er sich den großen Teppichklopfer (wir hatten auch noch einen kleinen für die Läufer und Vorleger) und sagte zu mir völlig ernst:

Aus Mutters Tagebuch – 7. Juli 1928:

»Traute, wenn du das noch einmal tust, dann gibt es Keile mit dem Ausklopfer!« Und was sagt unsere Tochter? »Papa, nimm lieber den kleinen!« Du Strick, der Papa hat gelacht und hat gar keinen genommen.

So jedenfalls beschreibt Mutter Papas »Erziehungsversuch« im Tagebuch.

Natürlich gab es bei uns auch solche lustigen und paradoxen Fragen und Situationen, wie sie der sowjetische Schriftsteller Kornej Tschukowski in Büchern wie »Von zwei bis fünf«, die früher in fast keinem sowjetischen Bücherregal fehlten, beschrieben hat.

Aus Mutters Tagebuch – 13. Januar 1929:

Trautchen: Was is'n das?
Mama: Wein.
Trautchen: Weint man denn, wenn man den trinkt?

1. Januar 1930:

Mama: Ach Trautchen, was bist du für eine Marke!
Trautchen: Mama, wo klebst du mich denn an?

18. Januar 1930:

Mama: Da ist Schimmel auf den Erbsen.
Trautchen: Mama, wenn die Pferde weiß sind, heißen sie Schimmel?
Mama: Ja.
Trautchen: Mama, warum verschimmeln denn manche Pferde?

Kummer

Ich wartete täglich sehnsüchtig darauf, dass Mama von der Arbeit kam und ich ihr eine Menge Fragen stellen konnte. Sicher nicht zufällig erweckte ein Gespräch der fast dreijährigen Tochter mit dem gleichaltrigen Spielgefährten Karl ihre Aufmerksamkeit.

5. November 1929 – Aus Mutters Tagebuch:

Karli, warum bist du so traurig?
Weil meine Mutti immer arbeiten geht. Bist du auch traurig, Trautchen?
Ja, meine Mama lässt mich auch immer allein, und dann bin ich traurig.

Mutter hat den Dialog ohne Kommentare aufgezeichnet. Aber ich glaube auch aus eigener Erfahrung zu wissen, wie sie der Spagat zwischen Arbeit und Mutterschaft gequält haben muss, denn diese Trennung widersprach ihrem Naturell. Es war ihr aber unmöglich, für beide für sie so wichtigen Dinge alltäglich mit aller Kraft einzutreten. Das hat sicher nicht selten ihr Gewissen gequält, ihre Stimmung gedrückt und ihre Gefühle verletzt. Aber Mutter hat es nicht vermocht, nur das eine auf Kosten des anderen zu wählen. Und wie geht es heute Millionen von Frauen? Ich weiß ehrlich gesagt auch nicht, wie man den Widerspruch zwischen Mutterschaft und Beruf auflösen kann. Wie wird man dies in der Zukunft tun?

Vater und ich

Mutter liebte mich als Kleinkind völlig vorbehaltlos, mit solcher unbändigen Leidenschaft und Kraft, dass es ihr sogar schien, als ob sie niemand anderen noch einmal so intensiv lieben könnte. Auch kein anderes Kind.

Aber Vater? Wie verhielt er sich zu mir in meiner frühen Kindheit? Am 19. April 1928 schreibt Mutter in ihr Tagebuch:

Mein liebes Kind, du liegst jetzt ganz lieb in deinem Bett und schläfst, und morgen oder übermorgen kommt dein Papa und wird Augen machen, wenn er sein Töchterlein sieht, das in dem halben Jahr, währenddessen er in Gollnow »gebessert« werden sollte, tüchtige Fortschritte gemacht hat. Sei ganz lieb zu deinem Papa.

Das Töchterchen war noch keine zwei Jahre alt.

7. Juni 1929 – Mutters Tagebuch:

Der Papa hat dich vor einem Monat, weil du nicht gehorchen wolltest, mit einer Nadel gepiekt. Was machst nun du, du Strolch? Findest eine Nähnadel, der Papa ist in der Badestube, nichts ahnend, und du machst piek, piek!!

Leider hat Mutter nicht geschrieben, wie Vater auf meine »Rache« reagierte. Vielleicht entstand das etwas distanzierte Verhältnis, welches zwischen Vater und mir die gesamte Kindheit und Jugend andauerte, gerade mit diesem kleinen harmlosen Nadelstich. Ich hatte mich zwar »gerächt«, aber vergessen?

Mit Vater, 1934

Unbestreitbar hat mich mein Vater aber auf seine Weise auch geliebt. Papa hat mich oft fotografiert, wenngleich Mutter fast noch öfter zum Fotoapparat griff. Da sind auch noch Verse, die er für mich schrieb und die wohl mehr als alles andere sein Verhältnis zu mir ausdrückten. Er erzog mich, indem er meine »Frevel« registrierte und darauf reagierte. Aber er vermochte es wohl kaum, sich einfach an der Wärme seines Kindes, egal ob dieses zunächst kahlköpfig oder später lockig war, in der Art und Weise zu erfreuen, wie dies die Mutter konnte.

Ich befürchte, es ist das Los der meisten Männer, dass sie nicht in der Lage sind, sich an ihrer Vaterschaft von ganzem Herzen zu erfreuen. Sei es, weil sie bis zum Hals in ihrer Erwerbstätigkeit stecken, sei es als Folge ihrer eigenen Erziehung, die es Jungen nicht erlaubt, mit Puppen zu spielen und Gefühle zu zeigen, oder sei es aus irgendwelchen natürlichen Anlagen, von denen wir viel zu wenig wissen.

Ein Tagebuch über mich hat Vater nie geführt. Allerdings war es ihm auch ein halbes Jahr verwehrt, mein Heranwachsen hautnah zu verfolgen, weil er im Gefängnis war. Mutter dagegen wich mir, außer wenn sie auf Arbeit war, nicht von der Seite, verschmolz geradezu mit ihrem heißgeliebten glatzköpfigen Sonnenschein.

Mütterlicher Zwiespalt

Irgendwann, ich muss fünf Jahre alt gewesen sein, beschlich meine Mutter das Gefühl, dass sie ihr Kleinkind verloren hatte. Es erschien ein Mädchen, ihre Tochter, ein eigensinniges, geliebtes Kind, aber doch ein anderes als die eben noch Vierjährige.

In die Mutterliebe mischte sich deshalb die Spur eines diffusen Schuldgefühls gegenüber der Tochter. Aber das war im Grunde völlig unnötig. Ich kann meine Mutter aus eigenem späterem Erleben sehr gut verstehen.

Ich habe eine Enkelin, es ist die erste, ganz entzückend, aber für mich ebenfalls auf seltsame Weise »zweigeteilt«. Ein Teil ist die Erinnerung an mein kleines, hilfesuchendes, süßes Glück. Der andere Teil ist die schon erwachsene Frau, hübsch, selbstbewusst, unabhängig. Diese beiden Seiten ein und desselben Menschen liebt man auf ganz verschiedene Art.

Kinder zu mögen, solange sie hilflose Winzlinge sind, ist einfach, ist ein Geschenk der Natur. Sobald die Kleinen aber heranwachsen und immer selbständiger werden, zerreißen sie irgendwann die unsichtbare verbindende Hülle, die unablösbar schien, und es entsteht das Gefühl eines Verlustes. Die mütterliche Zuwendung aber erfährt ein neues Stadium. Ich befürchte, dass bei einigen Menschen jedoch gerade dann die Zuneigung zu ihren Kindern völlig versiegt. Wie sonst soll man erklären, warum Kinder von ihren Eltern gehasst, vernachlässigt, körperlich und geistig misshandelt werden, warum Eltern ihre Kinder nicht so akzeptieren, wie sie sind.

Wie kaum eine andere menschliche Beziehung verbindet die Liebe zwischen Eltern und Kindern ein Leben lang und bewahrt vor kalter Einsamkeit. Mütterlichkeit und Elternliebe in diesem Sinne sind aber kein Naturgeschenk, entstehen nicht von allein, sind Ergebnis unserer individuellen »Seelenarbeit«.

Und diese unerwartete seelische Aufgabe mussten auch meine Eltern mit unserer Übersiedlung von Berlin nach Moskau im Jahr 1931 meistern. Wir folgten dem Vater, der dort schon eine Weile im Verlag »Inostranny Rabotschi« (dt. »Der ausländische Arbeiter«) tätig war.

Blättere ich heute in den vergilbten Seiten des Tagebuches, so bin ich mir völlig sicher: Meine Mutter liebte mich auch dann noch, als aus dem kräftigen blonden Engel, der freilich schon mit vier Jahren kratzbürstig sein und mit dem Freund Karl um einen freien Platz in der Berliner S-Bahn ringen konnte, ein kahlgeschorenes Kind wurde, das wie ein kecker Junge aussah. Denn die strengen Regeln der Moskauer Kindergärten des Jahres 1931 machten mit der Lockenpracht einer zugereisten Berliner Göre keine Ausnahme.

Moskau 1931-1936

Seit März 1931 lebte ich mit Mama und Papa in Moskau. Ich war vier Jahre alt. Wir waren in ein Land gekommen, in dem seit Beginn der Kollektivierung 1930 Hunger herrschte. Dieser verbreitete sich, schwarzen Flecken gleich, über die gesamte UdSSR.

In Russland starben massenhaft Menschen. Viele schleppten sich, vor Hunger aufgedunsen, durch die ukrainischen Städte und Dörfer. Zu Tausenden erloschen Menschen in Kasachstan und anderswo im riesigen Sowjetland.

Meine Freundin, die ihr ganzes Leben lang in Frunse gewohnt hat, erinnert sich noch, wie von den Straßen der Hauptstadt der Kirgisischen Autonomen Republik – damals noch Bestandteil der Russischen Föderation – täglich die Leichen verhungerter Kasachen weggetragen wurden. Diese Menschen waren mit letzter Kraft vor dem Todeshauch in ihrem eigenen Land nach Kirgisien geflohen, denn dort gab es keinen Hunger. Frunse wurde durch die Tatsache gerettet, dass die Stadt von reichen ukrainischen, russischen und deutschen landwirtschaftlichen Ansiedlungen umgeben war. Die örtliche Partei- und Staatsführung hatte diesen glücklichen Umstand gegenüber der Zentrale verheimlicht, um die Bevölkerung ihres Landes zu schonen. Dafür wurden ihre Mitglieder 1937 erschossen.

Im ganzen Land führte man Rationierungen und Lebensmittelkarten ein.

Großmutter Lina Dörwald, die um unser Leben bangte, gab uns auf die weite Reise einen großen Schmalztopf mit Grieben und Zwiebeln mit. Aber all das wusste ich als Vierjährige natürlich noch nicht.

Was bleibt überhaupt im Gedächtnis eines Kindes haften? Das sind zumeist seltsame, aber für ein Kind wichtige Kleinigkeiten.

Hinter uns lagen die Zugreise Berlin-Moskau und ein anständiges Mittagessen im Speisewagen, wo ich mit Mama an einem kleinen Tisch ganz am Ende des Wagens saß. Dieses Bild taucht sehr deutlich aus meiner Erinnerung auf. Zu Mamas Erstaunen sprach ich in der fremden Umgebung kein Wort und hantierte sehr geschickt mit meiner Gabel und einer Art Schieber, den Kinder damals an Stelle eines Messers benutzten. Ich selbst entsinne mich natürlich nicht mehr, wie ich damals gegessen habe. Das weiß ich nur aus den Erzählungen meiner Mutter, die auch noch viele Jahre später auf meinen Eifer, die Anstandsregeln in der Öffentlichkeit einzuhalten, stolz war. Kurzum: Ich aß im Zug sehr manierlich.

Die Wegstrecke selbst und die Landschaft, die am Zugfenster vorbeizog – all das drang nicht in mein Bewusstsein. Die russischen Wälder, mächtig und wild, die sehr weit auseinander liegenden Dörfer, ihre Bewohner in grau-schwarzer Kleidung, Frauen, die ebenso graue große Tücher um den Kopf gebunden hatten – das sind nur vage, weit entfernt scheinende Bilder.

Das »Lux«

Mit Mama und Papa wohnte ich nun im »Lux«, dem Wohnheim der Kommunistischen Internationale, kurz Komintern oder KI genannt.

Das damals noch vierstöckige Hotel »Lux« in der Gorkistraße 10 war ein in Moskau sehr bekanntes Hotel. Es wurde kurze Zeit später auf sechs Etagen aufgestockt. Früher hatte es dem Millionär und Besitzer einer bekannten Moskauer Großbäckerei, Filippow, gehört, der auch das große Brotgeschäft in unserem Hause besessen hatte. Das »Lux« war in der Gründerzeit erbaut worden. Es ist ein Eckgebäude und gleicht mit seinem imposanten Eingangsbereich und den hohen Säulen einem Palais. Hier wurden seit Lenins Zeiten zahlreiche bekannte Persönlichkeiten untergebracht, wenn sie als Gäste der KPdSU(B) oder der Kommunistischen Internationale, zumeist illegal, zu Kongressen, Tagungen und Beratungen in Moskau weilten. Viele von ihnen nahmen dann leitende Funktionen in der kommunistischen Bewegung ihrer Länder oder nach dem Zweiten Weltkrieg innerhalb der Regierungen der Volksdemokratien, der späteren sozialistischen Staaten, ein. Zu ihnen gehörten auch die bekannten deutschen Kommunisten Wilhelm Pieck und Walter Ulbricht, die einige Jahre an der Spitze der DDR standen. Als ständige Bewohner lebten hier auf sehr engem Raum, jeweils nur in einem Zimmer, auch Mitarbeiter des Apparats der Komintern aus vielen Ländern mit ihren Familien.

Zehn Minuten zu Fuß und schon ist man am schönen Manegenplatz und am berühmten Alexandergarten, wo früher die russischen Imperatoren lustwandelten. Der Kreml ist auch nur zehn Minuten von unserem Haus entfernt. Früher wohnten dort die Zaren, jetzt Stalin und andere hohe Funktionäre. In meiner Kindheit wurde die Gorkistraße um etliche Meter verbreitert, was eine Verschiebung riesiger Häuser erforderte und was (oh Wunder!) auch wirklich glückte, dank der Leistungen sowjetischer Ingenieure. Wie stolz war ich auf solche Errungenschaften! Ganze Häuser wanderten von ihrem angestammten Platz zu einem neuen Bestimmungsort, ohne dass die Menschen in neue Wohnungen ziehen mussten.

Die meisten Fenster unseres Hauses gingen auf die damals wichtigste Moskauer Magistrale, die Gorkistraße, im Zarenreich und jetzt wieder Twerskaja genannt. Allerdings gab es im »Lux« auch Fenster zum Innenhof, einem schmierig-schmutzigen Geviert. Hierher kamen nachts und frühmorgens mit lauten Hupsignalen Lieferwagen, beladen mit Brot für den stadtbekannten Brotladen von Filippow, wo auch wir einkauften.

Einige Häuser weiter befindet sich noch heute ein vornehmes Lebensmittelgeschäft, das nach seinen früheren Besitzern, der Familie Jelissejew, benannt ist. Diese hatte 1813 in Petersburg, Moskau und Kiew einen umfangreichen Handel mit ausgesuchten Weinen und Kolonialwaren gegründet und besaß sogar eine eigene Dampferflotte und Weinkeller im Ausland. Das Geschäft war nicht nur wegen seiner reichen Auswahl an Lebensmitteln berühmt, sondern auch wegen seiner auffallenden edlen Innenarchitektur. Verschiedene Arten von Marmor, viele Spiegel und Kristalllüster, eine reich verzierte Holzdecke und ebensolche Verkaufsvitrinen sowie besonders höfliche Verkäufer alter Schule zogen uns als Kinder stets besonders an.

Das war »unser Geschäft«. Dorthin gingen wir täglich einkaufen, um uns mit Wurst, Fisch, Fleisch und Käse zu versorgen. Das »Jelissejewski« bot eine große Auswahl herrlichster Delikatessen. Hier gab es schwarzen Kaviar in großen Fässern. Im Schaufenster wurde er in Metalldosen angeboten, nur ausgesuchte Ware verschiedener Sorten in allerbester Qualität. All diese Delikatessen gab es bei unserer Ankunft zwar noch nicht, aber in meinen Kindheitserinnerungen blieb das Geschäft von Jelissejew stets ein Wunderladen.

1931, als in den verschiedensten Landesteilen die Bewohner ganzer Dörfer Hungers starben und die Zeitungen darüber schwiegen, konnte Mama Lebensmittel im »Torgsin« einkaufen. Das war ein Laden der »Unionsvereinigung für den Handel mit Ausländern«, der Valuta, Gold und Silber in Zahlung nahm. Mama hatte noch deutsches Geld. Besondere Schwierigkeiten gab es damals mit Industriewaren. Auf Moskaus Straßen sah man nur selten Menschen, die nach damaligem Verständnis gut gekleidet waren. Wir, mit unserer »ausländischen Garderobe«, unterschieden uns deshalb deutlich von der Masse der Passanten und fielen auf.

Uns, die Kinder, hat die ungewöhnliche Zusammensetzung der Bewohner des »Lux« nicht interessiert. Da die Mehrzahl der Familien in kleinen Zimmern wohnte, wo man sich kaum bewegen konnte, verbrachten wir die Stunden, in denen wir nicht im Kindergarten oder in der Schule waren, in den langen, halbdunklen Korridoren des mehrstöckigen Hauses. Als wir noch klein waren, spielten wir hier friedlich mit unseren Puppen. Größer geworden, tobten wir in kleinen Scharen durchs Haus. Wir klopften an alle Zimmertüren und fragten: »Haben Sie Briefmarken?« So wurden wir alle bald zu kleinen Briefmarkensammlern und hatten Marken aus der ganzen Welt. Das Anklopfen nahm man uns nicht übel. Bereitwillig gab man uns Briefmarken aus aller Herren Länder. Viele Bewohner des Hauses hatten ja keine eigenen Kinder.

Wir sprachen untereinander russisch. Jeder Neuankömmling wurde von uns darin unterwiesen. Gleich am ersten Tag machten wir uns das Vergnügen, unserem neuen Bekannten allerlei russische Schimpfwörter beizubringen, als seien es so harmlose Wörter wie Brot und Wasser. Wir lachten uns kaputt, wenn unser Opfer die Ausdrücke benutzte, ohne die wahre Bedeutung zu ahnen. Diese »Einweisung« wurde zu einem Ritual für die Aufnahme in den Freundeskreis, und jeder Neue vergaß schnell seine »Demütigung«. Zumal er sich beim nächsten Mal, wenn wieder ein Neuankömmling zu uns stieß, selbst an den Scherzen beteiligte.

Das Russische erlernten wir nebenbei, keiner von uns hatte einen Hauslehrer. Das Leben selbst zwang uns zum Umgang mit der Sprache – im Korridor, im Kindergarten, später in der Schule und auf der Straße. Die Kinder des »Lux« wuchsen zweisprachig auf: Mit den Eltern sprachen sie in ihrer Muttersprache, ansonsten russisch. Zunächst wurde Russisch zur zweiten Muttersprache, dann bald schon – bereits in Kindheit und Jugend – zur dominierenden Sprache.

Die Lebensumstände im »Lux« waren aus heutiger Sicht ziemlich primitiv. Das haben wir als Kinder jedoch überhaupt nicht bemerkt.

Die Küchen befanden sich in der Mitte oder am Ende jedes Korridors. Dort gab es mehrere Gasherde, eine Spüle mit kaltem Wasser und mehrere Holzschränke für Geschirr und Kochtöpfe, die mit Vorhängeschlössern gesichert waren. Die Gasbrenner waren in Spitzenzeiten alle besetzt, so dass man, wenn man zum Beispiel Wasser aufsetzen wollte, erst abwarten musste, bis man endlich an der Reihe war. Ich erinnere mich nicht, dass es in der Küche jemals zu Streitigkeiten gekommen wäre. Im Gegenteil, es gab eine stille Abmachung, sich gegenseitig zu helfen. Ein Teekessel mit kaltem Wasser, für den sich noch kein Platz auf der Herdstelle fand, wurde wie selbstverständlich von den Mitbewohnern auf eine frei gewordene Flamme gestellt. Wenn das Wasser dann kochte, ging man am Zimmer des Nachbarn vorbei, klopfte an und teilte mit, dass es soweit sei.

Inmitten der Küche stand ein riesengroßer Tisch, an dem gleichzeitig die verschiedensten Arbeiten verrichtet wurden: Man schälte Kartoffeln, drehte Fleisch durch den Fleischwolf, wusch Geschirr ab oder plättete Wäsche mit einem gusseisernen Bügeleisen, das auf der Gasflamme heiß gemacht werden musste.

Natürlich sah jeder, was der andere zubereitete, so dass man so den »Wohlstand« des anderen einschätzen konnte.

Die Duschräume wurden ebenfalls von allen genutzt. Kaltes Wasser gab es immer, heißes aber nur freitags für Männer und sonnabends für Frauen. An diesen Tagen bildeten sich vor den Duschen lange Schlangen in Bademäntel gehüllter Bewohner, mit frischer Wäsche und Handtüchern unter dem Arm. Die Duschkabinen waren klein, mit nur zwei Brausen. Unter jeder wuschen sich gleichzeitig drei bis vier Erwachsene, dazwischen auch noch kleine Kinder. Alle beeilten sich, denn warmes Wasser gab es nur bis Mitternacht. Die Toiletten waren ebenfalls auf den Korridoren, und nicht selten waren alle besetzt. Bettwäsche musste man nicht selbst waschen. Im Hause befand sich eine Wäscherei. Dort tauschte man die schmutzige Wäsche in saubere um. Die Parkettfußböden in den Korridoren und Zimmern wurden von Reinigungskräften gebohnert.

Schließlich gab es einen Speisesaal. Von dort konnte man das Mittagessen auch mit ins Zimmer nehmen. Auch eine Poliklinik war vorhanden. Die Ärzte machten jederzeit Hausbesuche. Sie kannten natürlich alle Krankheiten der Familien bestens. Unter unseren Ärzten waren nicht wenige sehr bekannte Kapazitäten, beispielsweise der seinerzeit berühmte Kinderarzt Tumarkin.

Wir hatten ein kleines, langgestrecktes Zimmer in der dritten Etage. Unser Wohntrakt befand sich in einem Nebengebäude, dessen vergleichbare Geschosse etwas höher lagen als die des Hauptgebäudes. Daher waren am Übergang einige Stufen. Hier wohnten auch meine Freundinnen Sylvia Dengel, Renate Zaisser, Muschi Schiff und Nelli Lassy.

Neben unserem Zimmer befand sich die Toilette. Am Ende des Korridors war ein Zimmer, das nur halb so groß war wie das unsrige. Es war früher wahrscheinlich der Aufenthaltsraum der Korridoraufsicht. Jetzt wohnte dort Richard Gyptner, der nach dem Krieg in der DDR unter anderem als Diplomat tätig war. Er teilte sich die winzige Kammer mit seinem Sohn Rudi.

In unserem ebenfalls kleinen Zimmer stand hinter dem Bücherregal ein Bett für Gruscha, mein erstes und einziges Kindermädchen, das ich in Moskau hatte, nachdem ich an Diphtherie erkrankt war und lange nicht in den Kindergarten gehen konnte. Daran erinnere ich mich sehr gut.

Das »Lux« heute.
Ansicht aus der Stoleschnikow-Gasse. In der dritten Etage, hinter dem zweiten und dritten Fenster von rechts, befindet sich das ehemalige Zimmer der Familie Schälike

Korridor in der dritten Etage. Hier lebte Familie Schälike im Zimmer 173. Am Ende des Flures war die Küche.

Die langen Korridore erinnern an eine längst vergangene Zeit. Waltraut Schälike im Mai 2006

Kupferrelief aus der Zeit vor 1917 neben dem Fahrstuhl des Haupteingangs. Im Hintergrund die Treppe, die ebenso wie das Geländer noch im Originalzustand erhalten ist

Das »Lux« heute. Ansicht von der gegenüberliegenden Seite der heutigen Twerer Straße (davor Gorkistraße)

Prunkvolle Decke aus der Bauzeit des Hauses im Restaurant in der ersten Etage. Trotz Renovierung sind viele Originalbauteile erhalten geblieben

Diphtherie

Nach dem Umzug nach Moskau ging ich tagsüber, wie schon in Berlin, in den Kindergarten. Dort verstand ich aber nichts, wenn man mit mir sprach. Und im Sommer ging es dann auch noch ins Grüne, in die Kindergartenkolonie, wo ich, als mich die Eltern einmal besuchten, losheulte, weil mir

Sommerkindergarten. Waltraut (2. v. links) »badet«

Das Mädchen am ersten Tisch (4. v. links), das als einziges längere Haare hat: Waltraut Schälike

Waltraut mit Mindschou, einem chinesischen Jungen, der mit seinen Eltern ebenfalls im »Lux« wohnte

Spaziergang. Ganz vorn links Waltraut Schälike

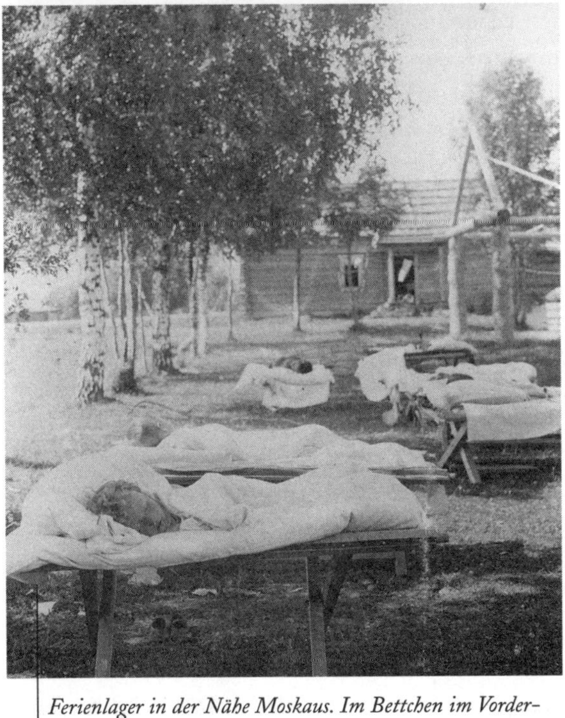

Ferienlager in der Nähe Moskaus. Im Bettchen im Vordergrund: Waltraut Schälike, 1931

schien, dass ich sie deutsch überhaupt nicht mehr verstand. So ein Wirrwar im Kopf eines vierjährigen, lustigen Kindes. Schon bald steckte ich mich dort mit Diphtherie an. Ausgerechnet als Vater und Mutter sich im Oktober 1931 auf ihren Urlaub vorbereiteten. In Windeseile fuhr mich ein Krankenwagen durch die uns kaum bekannte Stadt, in der mich sogar die Gerüche ängstigten. Ich fürchtete mich nicht nur deshalb, weil ich fiebernd auf Vaters und Mutters Schoß lag und das Blut in meinen Schläfen hämmerte. Nein, Moskau war mir auch aus anderen Gründen unbehaglich. Als ich ankam, war in Berlin Frühling, und ich hatte ein weißes Plüschmäntelchen und weiße Kniestrümpfe an sowie ein rotes Barett auf dem Kopf. In Moskau aber lag schmutziger Schnee, und es war kalt. Das sagte mir nicht zu. Und noch etwas: Auf der breiten Straße, in der wir nun in einem großen Haus wohnten, standen riesige Kessel, in denen Asphalt für den Straßenbelag gekocht wurde. Dieser Geruch war befremdlich und eigenartig. Das Schrecklichste aber war, dass in diesen noch warmen Kesseln nachts Straßenkinder schliefen, Kinder, die keine Eltern mehr hatten. Sie taten mir unendlich Leid, ich hatte jedoch auch Angst vor ihnen.

Man brachte mich ins Krankenhaus und ließ mich dort allein, obgleich ich kaum ein Wort Russisch verstand. Ich begriff aber auch so, was ich zu erwarten hatte, als man mir ein Laken umlegte und eine Frau im weißen Kittel mit einer großen Schere auf mich zukam. Ich verstand nur zu gut, dass man mir die Haare abschneiden wollte. Ich schrie, so laut ich konnte, drehte mich auf den Bauch und verbarg meinen Kopf im Kissen. Für nichts auf der Welt wollte ich meine Locken hergeben! Hätte man mich nicht in Ruhe gelassen, dann hätte ich um mich geschlagen und gekratzt, aber nicht nachgegeben.

Wie es meiner Mutter gelang, die Sache zu bereinigen, weiß ich nicht. Während alle anderen Kinder kahl geschoren wurden, behielt ich meine blonde Haarpracht. Das war nicht gerecht gegenüber den anderen. Meine Mutter hatte aber auch später die Gabe, meinen Willen zu respektieren, vor allem dann, wenn er meinerseits eisern verteidigt wurde.

Aus meinem Eigensinn entstand im Krankenhaus noch eine weitere verzwickte Situation. Da ich die Sprache nicht beherrschte, fühlte ich mich sehr einsam. Deshalb erlaubte der Arzt meiner Mutter, mir meinen großen Teddybären mitzubringen, den ich seit meinem zweiten Lebensjahr mit ins Bett nahm. Wahrscheinlich hatte man meiner Mutter gesagt, dass eine Rückgabe des Teddys wegen der Diphtheriebazillen nicht in Frage käme. Ich weiß nicht, ob mir meine Mutter etwas von der drohenden Trennung von meinem lieben nächtlichen Freund gesagt hatte, aber zunächst fühlte ich mich mit ihm weniger einsam und nicht mehr so krank und von allen verlassen.

Als der Zeitpunkt der Entlassung heranrückte, erfasste ich die ganze Tragik. Ich – ohne meinen Teddy? Das konnte doch nicht sein! Ich weiß nicht mehr, wie ich meine Mutter überreden konnte. Vielleicht hatte sie auch von sich aus den Ausweg gefunden. In der Nacht vor der Entlassung warf ich meinen Spielfreund aus dem Fenster, direkt in Mutters Hände. Sie steckte ihn in einen Sack und ging die ganze Strecke vom Botkin-Krankenhaus bis zur Gorkistraße zu Fuß, um niemanden anzustecken. Ein ganzes Jahr hing der Teddy dann angebunden draußen vor dem Fenster, damit alle Mikroben abstarben. Wie war ich meiner Mutter dankbar! Ohne meinen geliebten Teddy konnte ich all die Jahre kein Auge schließen, und er lag, fürsorglich zugedeckt, stets neben mir.

Als ich nach Beendigung der Universität, schon schwanger mit meinem ersten Sohn, nach Frunse fuhr, nahm ich auch meinen großen Bären mit.

Nach der Krankheit ging ich zunächst lange nicht in den Kindergarten, und in unserem Heim erschien Gruscha.

Gruscha

Gruscha war 1931 aus einem Dorf nach Moskau gekommen, ein absoluter Landmensch, noch dazu Analphabetin. Meine Mutter lehrte Gruscha Lesen und Schreiben, und an den Stellen im Zimmer, wo Gruscha den Schmutz übersehen hatte, schrieb sie »Gruscha« in den Staub. Wenn Mutter zur Arbeit musste, bat sie Gruscha, im Zimmer nach ihrem Namen zu suchen. Abends berichtete Gruscha dann voller Freude von ihrem Fund.

Gruscha war keine junge Frau mehr und kleidete sich so, wie es auf dem Lande Brauch war: eine hüftlange Jacke, ein bodenlanger, sehr weiter, dunkler Rock, auf dem Kopf ein Dreieckstuch. So gewandet, führte sie mich auf dem Twerskoi Boulevard spazieren. Sie nahm würdevoll auf einer Bank Platz, und ich durfte nach Lust und Laune auf ihrem Schoß sitzen oder mit der Schaufel zu ihren Füßen in der Erde buddeln. Im einen wie im anderen Falle machte Gruscha in aller Ruhe ihr Nickerchen, als gäbe es ringsum niemanden außer uns beiden. Gruscha erholte sich auf dem Twerskoi Boulevard von ihrem Landleben. Ich störte sie dabei nicht und ging ihr auch nie auf die Nerven. Doch bei unseren Spaziergängen brachte mich Gruscha jedes Mal ganz schön ins Schwitzen. Es war nämlich so, dass Gruscha unter ihrem riesigen Rock keinerlei Hosen trug, nicht einmal einen Schlüpfer. Für mich war das etwas Unerhörtes, ein großes, schreckliches Geheimnis, und ich hatte Angst, irgendjemand könnte auf dem Twerskoi Boulevard unversehens Gruschas Geheimnis lüften. Dann aber würde sie vor Scham sterben. Und gemeinsam mit ihr würde auch ich im Erdboden versinken. Aber Gruscha hatte vor solcher Art »Enthüllungen« nicht die geringste Angst und, o Schreck, manchmal, wenn sie »einmal musste« und es nicht mehr aushielt, suchte sie sich einfach einen Platz hinter der Bank, machte die Beine breit und ...

Wie ich diese Minuten fürchtete! Wie ich mich bemühte, sie zu vermeiden! Ich versuchte dann, Gruscha nach Hause zu ziehen, bevor sie diese »unschickliche Sache« tun konnte. Doch ohne den geringsten Erfolg. Gruscha ging genau so lange mit mir spazieren, wie man ihr aufgetragen hatte, und tat »das Ihre«, wann sie es musste. Sie war sehr ruhig und sehr ausgeglichen.

Gruscha liebte mich ohne viele Worte und leidenschaftslos, niemals gab sie mir einen Klaps, was ich auch angestellt haben mochte, ganz anders als Mutter.

Und Gruscha glaubte an Gott. Das wollte mir einfach nicht in den Kopf. Wie konnte man nur denken, dass in den Wolken irgendein lieber Gott lebte? Der musste doch von dort auf die Erde herunterfallen, weil man in den Wolken gar nicht sitzen kann!

Ich versuchte, Gruscha meine atheistische Weltsicht nahe zu bringen, aber sie war unzugänglich. »Der liebe Gott ist überall«, erklärte sie mir. »Und er sieht alles.« Weiter gedieh unser Streit nie. Ich sprach immer wieder von den Wolken, in denen man unmöglich leben kann, und Gruscha von dem alles sehenden Auge Gottes. Ich verstand nicht, warum Gruscha sich von meinen Argumenten nicht überzeugen ließ. Und sie verstand nicht, wie ich leben konnte, ohne an Gott zu glauben. Doch unsere unterschiedlichen Auffassungen störten uns nicht.

Zu Ostern nahm mich Gruscha mit in die Kirche, ohne Wissen meiner Mutter. In der Kirche gefiel es mir. Es brannten so viele Kerzen, dass die ganze Luft nach Wachs duftete. Die vergoldeten Rahmen der Ikonen funkelten in mystischem Einklang mit dem flackernden Lichtermeer der vielen hundert Kerzen. Es waren viele Menschen dort. Sie alle standen unter dem schönen, bunt bemalten Deckengewölbe, still und feierlich, niemand drängelte, ganz anders als beim Schlangestehen. Mehr vermochte ich von meiner kindlichen Warte aus zwischen all den Beinen rings um mich her nicht zu erkennen. Mich auf den Arm zu nehmen, fiel Gruscha nicht ein. Sie war ganz in stummem Gebet versunken. Ich glaube, dass der österliche Kirchgang für Gruscha ein geheimes Mittel sein sollte, um mir Gott nahe zu bringen und meine unschuldige Kinderseele zu retten. Wenigstens auf diese Weise, wenn schon niemand Anstalten machte, mich zu taufen.

Gruscha war sehr gutmütig.

Doch dann verschwand sie aus meinem Leben, und ich ging wieder in den Kindergarten. Als ich erwachsen war, erklärte mir Mutter die Trennung von Gruscha damit, dass ich mit meinen fünf Jahren versucht hatte, Gruscha herumzukommandieren, und dass Gruscha mir bedingungslos gehorchte. »Du sagtest: ›Gib mir das, bring mir jenes.‹ Und Gruscha tat es. Ich wollte aber nicht, dass du aufwächst wie eine Prinzessin, die sich bedienen lässt. So mussten wir Gruscha entlassen, obwohl das Leben für uns dadurch sehr viel schwieriger wurde.«

Gruscha musste gehen, weil sie so gutmütig war. Dabei hätte sie mir die Großmutter ersetzen können, die ich nie bei mir hatte und die ein Kind wegen ihrer nachsichtigen, alles verzeihenden Liebe so dringend braucht. Das hat Mutter nicht verstanden. Oder hatte sie Angst davor bekommen?

Vielleicht war Gruscha aber auch deshalb entlassen worden, weil meine Eltern sich eine »Arbeitskraft« einfach nicht leisten konnten und derartige »bourgeoise Allüren« für sie auch nicht zeitgemäß waren.

In die Kirche bin ich danach noch oft gegangen, zusammen mit meinen Freundinnen aus dem »Lux«. Auf dem Puschkinplatz stand damals noch das Strastnoi-Kloster. Dort gab es eine Ikone der Gottesmutter, von der es hieß, sie könne Tränen vergießen. Wir sind dorthin gegangen, um den Moment abzupassen, da aus den Augen der Gottesmutter Tränen flossen. In der halbdunklen Kirche starrten wir lange in das leidende Gesicht der Gottesmutter, unschlüssig, ob wir an das Wunder glauben sollten oder nicht. Zugleich kam uns aber auch der Gedanke, dass es dort wahrscheinlich irgendeine raffinierte Vorrichtung gab, die von den Popen eingeschaltet werden konnte, wenn sie glaubten, auf die Gläubigen Eindruck machen zu müssen. Mitglieder der Gemeinde waren wir nicht, wir waren einfach nur neugierige Kinder. Und für uns hat die Gottesmutter niemals auch nur eine einzige Träne vergossen.

Dennoch ließen wir nicht davon ab, in das Strastnoi-Kloster zu gehen. Es hätte ja sein können, dass sie plötzlich doch noch weinte.

Später wurde das Kloster abgerissen. Und jetzt steht dort das Filmtheater »Rossija«.

Mit Mutter in Berlin und Wien

Um mich an die Ereignisse meiner frühen Kindheit zu erinnern, trug meine Mutter in ihren letzten Lebensjahren auf der letzten Seite ihres Tagebuchs einige Daten ein, so zum Beispiel:

Vom 25.12.1932 bis 26.02.1933 mit Mama in Berlin.

Aus historischer Sicht waren das schicksalhafte Monate in der deutschen Geschichte. Wir verbrachten nicht nur Weihnachten und Silvester in Berlin, sondern auch den Tag, an dem Hitler offiziell an die Macht gelangte, den 30. Januar 1933.

Den Zug Berlin-Moskau bestiegen wir am 26. Februar, also genau einen Tag vor dem Reichstagsbrand. Unmittelbar danach begannen bekanntlich die Massenverhaftungen von Kommunisten, die man der Brandstiftung bezichtigte! Doch ich, eine künftige Historikerin, habe von diesem so bedeutsamen Aufenthalt in Deutschland nichts Wichtiges in meinem Gedächtnis behalten. Ich war am 20. Januar 1933 gerade sechs Jahre alt geworden und feierte meinen Geburtstag in Berlin zusammen mit Karl Lanius, meinem Kindheitsfreund.

Ich erinnere mich nur an die Straßengeräusche in der Weihnachtsnacht, die ich bei Verwandten verbringen musste, während Mutter wahrscheinlich im Parteiauftrag irgendetwas zu erledigen hatte. Ich konnte lange nicht einschlafen in dem fremden kalten Bett, in einem großen Zimmer, allein ohne Mama. Die Verwandten saßen nebenan, tranken Wein und sangen laut deutsche Lieder. Ich fühlte mich verlassen und fürchtete mich.

Nicht nur ich als Kind, nein, auch viele Erwachsene begriffen damals noch nicht, welch schicksalsschwere Wochen sie erlebten und welche Katastrophe ihren Lauf nahm, deren unfreiwillige Zeugen oder auch Täter sie werden würden.

Mutter weilte offiziell in Berlin, um die Wohnung zu kündigen. Meine Eltern wussten bereits, dass sie für längere Zeit in der Sowjetunion bleiben würden. Dass meine Mutter Kommunistin war, das war auch unseren Berliner Nachbarn bekannt, und dass sie aus Moskau kam, war sicher auch kein Geheimnis. Ob uns damals aber eine reale Gefahr drohte, weiß ich nicht. Dass wir durch Zufall nicht Zeugen des Reichstagsbrandes wurden, darüber war ich mein Leben lang froh.

Ein Jahr später musste ich noch einmal das mir inzwischen schon vertraut gewordene Moskau verlassen und mit Mutter nach Wien reisen.

20. *Januar 1933 in Berlin. Trautchen und Karl Lanius lachen, weil sie »Dummheiten« gemacht haben*

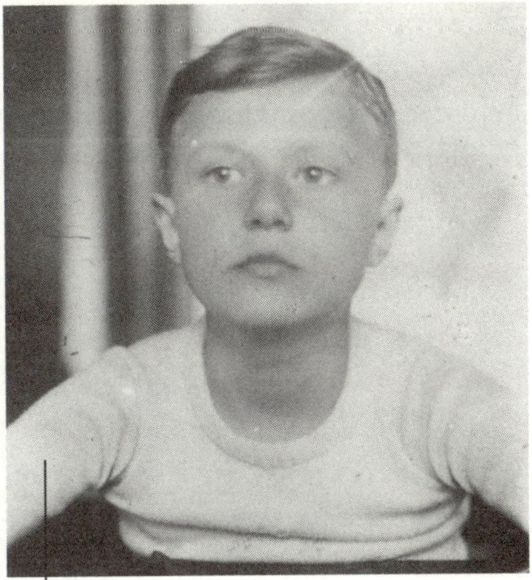

1934 reiste ich mit Mutter als »Alibi« im Auftrag der Komintern nach Österreich. In Moskau in der Straßenbahn wurde ich damals gefragt: »Junge, steigst du an der nächsten Haltestelle aus?«

»Sommer 1934 mit Mama (im Auftrag der Komintern) in Wien.« So steht es in Mutters Tagebuch.

Mutter hatte eine Aufgabe in der österreichischen Hauptstadt übertragen bekommen und nahm mich als Alibi mit. Ich durfte aber nicht darüber reden, dass wir aus der Sowjetunion kamen, und ich habe unser Geheimnis auch treu gehütet.

Mit siebeneinhalb war ich bereit, bei Gefahr so tapfer zu handeln wie ein Mädchen aus einem Kinderbuch, das ich gelesen hatte. Mit ihrer Findigkeit hatte dieses Mädchen ihren Vater, der eine illegale Druckerei betrieb, vor der zaristischen Geheimpolizei gerettet. Bei einer Hausdurchsuchung warf es die Lettern schnell in einen Milchtopf und trank die überlaufende Milch in kräftigen Zügen, obwohl diese Mischung durch die sich auflösende Druckerfarbe abscheulich schmeckte.

Ich hatte mir auch vorgenommen, schweigend zuzusehen, falls meine Mutter über die Dächer hätte flüchten müssen, um der Polizei zu entkommen. Mit keinem Laut und keinem Blick hätte ich den eindringenden Bütteln verraten, wohin meine tapfere Mama verschwunden war. Hier war der Junge aus meinem Kinderbuch »Karlchen durchhalten!« mein Vorbild.

Hätte mich jemand auf der Straße gefragt, warum ich als Mädchen so kurz geschoren war, so hätte ich tapfer die Unwahrheit gesagt, obwohl man das sonst nicht tat. Dass man uns gegen unseren Willen im Moskauer Kindergarten zum Schutz vor Läusen die Haare schor, hätte ich keinesfalls zugegeben. Ich hätte erzählt, dass ich sehr krank war und hohes Fieber hatte.

Aber es fragte keiner, weder die Passanten auf der Straße, ja nicht einmal der Arzt, dem Mutter ein ganz gesundes Kind vorführen musste. Die Krankheit des Kindes war schließlich die offizielle Erklärung für die Fahrt nach Wien. Hätten wir aber keinen Arzt aufgesucht, so wäre das eine Verletzung der Regeln der Konspiration gewesen. Der Arzt fand bei mir aber irgendwelche Symptome und verordnete eine eigenartige Behandlung, die meine Mutter nach unserer Rückkehr in Moskau auch tatsächlich einhielt. Sie rieb mich jeden Abend mit einer halbflüssigen, grünen Mixtur ein.

Was mir von dieser Reise besonders im Gedächtnis haften blieb, ist das Gefühl stundenlanger Einsamkeit, das mich in unserem Wiener Hotelzimmer überkam, und die quälende Angst, die ich vergebens zu überwinden suchte, indem ich ein über der Couch hängendes, in einen Goldrahmen gefasstes, großes Gemälde intensiv betrachtete. Es war die Angst eines in einem fremden Haus zurückgelassenen Kindes, das sich ausmalt, wie seine Mutter auf der Straße verhaftet wird, wie an ihrer statt ein Polizist erscheint und ermitteln will, wer das Mädchen sei. Das Kind darf aber nicht die Wahrheit sagen. Es darf nicht verraten, dass es aus Moskau kommt, dass es nicht nur Deutsch, sondern auch Russisch spricht und dass der Papa in Moskau geblieben ist und dass ... O Gott, was würde sein, wenn Mutter nicht zurückkehrt?!

Doch sie kam und hatte alles rechtzeitig und wie vorgesehen erledigt. Endlich stiegen wir beide in den Zug und reisten wohlbehalten nach Moskau zurück.

Über die Fahrt nach Wien zu sprechen, das war auch in Moskau tabu. Ich habe dieses Geheimnis streng gehütet. Keiner meiner Freundinnen aus dem »Lux« oder aus der Schule habe ich etwas über meine »revolutionäre Tätigkeit« erzählt, auch nicht unter dem Siegel strengster Verschwiegenheit. Mit der Gefängnisgeschichte dagegen hatte ich ganz schön angegeben. Mutter wusste, dass auf mich Verlass war und dass man mir Geheimnisse anvertrauen konnte, ohne dass ich etwas ausplauderte.

Auch Jahrzehnte später habe ich in keinem der unzähligen Fragebögen die Reise nach Österreich erwähnt. Schade, dass ich meine Mutter nie danach gefragt habe, welchen Auftrag sie in Wien zu erfüllen hatte. Ich fragte nicht, weil ich in einer Familie von Widerstandskämpfern und Parteiarbeitern großgeworden bin, in der ein Geheimnis ein Geheimnis war und wo die Regel galt, je weniger du weißt, umso besser ist es für die Sache und für uns.

»Ich habe Georgi Dimitroff gesehen!«

Im selben Jahr, 1934, erlebte ich ein »außerordentliches Ereignis«, das mich tief beeindruckte. Ich sah Georgi Dimitroff, der gerade mit einem Flugzeug aus Deutschland nach Moskau gekommen war und in unserem »Lux« wohnte. Letzteres erschien mir wie ein Wunder.

Dimitroff! Jedes Kind im »Lux« kannte ihn! Ihm, dem bulgarischen Kommunisten war es gelungen, im Leipziger Prozess vor der ganzen Welt zu beweisen, dass die Nazis selbst den Reichstag angezündet hatten. Ganz allein hatte er es vermocht, den Nazis zu widerstehen. Auch Göring, einer der am meisten gefürchteten und einflussreichsten Nazis, der als Zeuge geladen war, verlor angesichts der messerscharfen Fragen Dimitroffs völlig die Fassung. Er drohte dem Angeklagten schließlich unverhohlen. Nachdem sich Dimitroff ruhig bei Göring erkundigte, ob dieser gar Angst vor seinen Fragen habe, und der einflussreiche Nazi daraufhin zu brüllen und toben anhub, kam für alle deutlich die Fratze des Nationalsozialismus zum Vorschein, auch wenn man sich 1933 in Deutschland zunächst noch bemühte, zumindest formal, die Spielregeln des bürgerlichen Rechts einzuhalten.

Wir aus dem »Lux« konnten in unserer Kinderrunde stundenlang über Dimitroff reden. Renate Zaisser hatte mir die Nachricht von seiner Ankunft in Moskau und dem zu erwartenden Aufenthalt im »Lux« als großes Geheimnis anvertraut. Den ganzen Tag hielten wir vor der großen Eingangstür des »Lux« Wache, um Dimitroff ja nicht zu verpassen. Ich wollte auch unbedingt an seinen Handgelenken die Spuren der Handschellen sehen, die man ihm nicht einmal nachts in der Gefängniszelle abgenommen hatte. Darüber hatten nämlich die Zeitungen berichtet. Dimitroff tat mir sehr Leid.

Stundenlang hatten Renate und ich auf Dimitroff gewartet, und dann kam er ausgerechnet in dem Moment, als wir uns für kurze Zeit einmal entfernt hatten.

Unsere Enttäuschung war groß. Wir beschlossen nun, vor seiner Zimmertür aufzupassen, bis er sich einmal zeigte. Wir mussten nicht lange warten. Da kam ein Mann heraus und fragte uns mitfühlend: »Und was macht ihr hier?«

»Wir wollen den Genossen Dimitroff sehen!«, antworteten wir aufgeregt und voller Hoffnung.

»Kommt herein«, sagte der Mann und öffnete uns die Tür. »Bleibt hier ganz still stehen und stört nicht.«

Wir näherten uns auf Zehenspitzen. Am Tisch saßen mehrere Personen, die so sehr in ein Gespräch vertieft waren, dass sie uns nicht bemerkten. Jetzt wäre die Gelegenheit gewesen, Georgi Dimitroff, den ich von Plakaten ja schon kannte, mit eigenen Augen zu sehen – sein mutiges, breites Gesicht und die Locken. Doch genau das habe ich nicht getan. Solange wir da sein durften, wollte ich seine Hände und die Spuren der Handschellen sehen. Darum lenkte ich den Blick mit der ganzen Kraft meiner kurzsichtigen Augen auf seine großen Fäuste, die ruhig auf dem Tisch lagen. Natürlich glaubte ich, die Spuren der Handschellen gesehen zu haben, wessen ich mir heute allerdings nicht mehr so sicher bin.

Von dem Wunsch beseelt, auch andere an unserem beeindruckenden Erlebnis teilhaben zu lassen, stürmten wir in unsere Zimmer und riefen unsere Mütter an, die auf der Arbeit waren. Voller Glück schrien wir ins Telefon: »Wir haben den Genossen Dimitroff gesehen!«

Später, während des Krieges, übernahm Georgi Dimitroff die Patenschaft über unser Internat und wurde regelmäßig über unsere Angelegenheiten informiert. Da gab es nichts Schlimmeres als die jedoch niemals wirklich praktizierte Ankündigung, dem Genossen Dimitroff auch über bestimmte unangenehme Vorkommnisse zu berichten.

Ich weiß nicht, woher das Bedürfnis kommt, eine bekannte Persönlichkeit zu sehen, neben ihr zu verweilen und dies als großes Glück zu empfinden. Ein solches »Glück« erhöht offensichtlich das Ansehen desjenigen, der seinem Idol begegnet. Zumindest glaubt dies der »Glückliche«, und es finden sich auch genügend andere, die ihm zustimmen.

Auf alle Fälle hatten Renate Zaisser und ich gerade dieses Gefühl erlebt, obgleich wir uns dessen damals noch nicht bewusst waren.

Damals verehrte ich auch Josef Stalin. Ich war buchstäblich eine Gefangene des gigantischen Huldigungskultes, der ihn umgab. Bei einer Demonstration saß ich auf den Schultern meines Vaters. Ich konnte aus dieser Höhe alles überschauen und rief einige Male in Richtung der Tribüne: »Dank dem Genossen Stalin für unsere glückliche Kindheit!« Ich hatte diese allbekannte Losung aus eigener Initiative und aus vollem Herzen gerufen.

Hing dieser Spruch doch damals in großen Lettern in fast jedem sowjetischen Kindergarten und in fast jeder Schule. Ich war aber erst fünf Jahre alt, also noch völlig unbedarft.

Die letzte Eintragung über mich notierte meine Mutter in ihrem Tagebuch aus der Erinnerung. Sogar das Jahr konnte sie nur schätzen, 1931 oder 1932:

Du legst dich auf die Erde (im Sommer), baumelst mit den Beinen und rufst immer: »Ich freue mich, dass ich lebe, ich freue mich!«

Danach verschwinde ich aus dem Diarium. Meine Fragen und meine Probleme wurden nicht mehr fixiert. Das Wunder des geistigen und seelischen Reifeprozesses wird alltäglich. Mutter teilt alle Last meiner Sorgen. Ich fühle ihren Halt, weiß, dass sie mich nie im Stich lässt, mich versteht und ich ihr jede Frage stellen kann.

Doch schon bald habe ich mein »eigenes Leben«. Ich komme nämlich in die Schule. An Vaters und Mutters Seite erkunde ich eifrig die Moskauer Umgebung, lerne Schwimmen, Skilaufen, mich an Naturschönheiten zu erfreuen. Ich werde vielseitig erzogen.

Waltraut auf Kanufahrt in der Umgebung Moskaus, 1932

Mit Vater beim Wintersport, 1932

Winterlandschaft in der Nähe Moskaus, 1936

Winterspaziergang mit Mutter in der Umgebung Moskaus, 1932

Die deutsche Schule

Mit siebeneinhalb Jahren komme ich in die erste Klasse der Karl-Liebknecht-Schule in Moskau. Diese ist sehr weit vom »Lux« entfernt.

Im ersten Jahr fuhr ich in Begleitung täglich mit der Straßenbahn dorthin. Im zweiten Jahr, nachdem die Schule etwas näher zu unserer Wohnung, in die Kropotkinstraße, verlegt worden war, benutzte ich zwar wieder die Tram, fuhr aber von nun an ganz allein. Für das Moskau meiner Kindheit war eine solche Selbständigkeit nicht alltäglich.

Die Schule war ein imposantes Gebäude und stand auf dem Gelände eines ehemaligen alten Klosterfriedhofs.

Die Karl-Liebknecht-Schule war auch sonst eine außergewöhnliche Schule, denn der Unterricht wurde dort in sämtlichen Fächern in deutscher Sprache erteilt.

Die Schüler waren Kinder deutschsprachiger politischer Emigranten und russische Kinder, die das Deutsche wie ihre Muttersprache beherrschten, weil ihre Eltern entweder Diplomaten in deutschsprachigen Ländern waren oder die Kinder von einer deutschen Gouvernante erzogen wurden. Jedenfalls gab es keine Probleme hinsichtlich der Qualität der Sprachbeherrschung. Die Lehrer waren ebenfalls entweder selbst Emigranten oder Vertreter der russischen Intelligenz, die der deutschen Sprache mächtig waren.

Wie so viele Kinder wollte auch ich in die Schule gehen. Mit großer Ungeduld erwartete ich diese glückliche Stunde. Aber damals mussten die Kinder sehr lange warten, denn der Schulbesuch begann erst mit acht Jahren.

Meine Ungeduld hatte auch einen sehr konkreten Grund. Mich hatte nämlich schon lange die Frage gequält, was zuerst da war, das Huhn oder das Ei. Mit dieser Frage ging ich meinen Eltern ständig auf die Nerven und erhielt immer wieder die Antwort: »Wenn du in die Schule gehst, wirst du es erfahren.« In meiner Phantasie wurde die Schule so zu einem Märchenschloss, in dem Feen und Zauberer lebten, die alles wussten und alles konnten.

Nachdem endlich der erste Schultag gekommen war, überfiel ich meine erste Lehrerin, Frau Rotzeig, mit dieser brennenden Frage.

Ich höre mich noch heute diese Frage stellen. Zunächst hatte ich aber weder in der ersten noch in der zweiten Unterrichtsstunde eine geeignete Gelegenheit dafür gefunden. In der großen Pause jedoch, als wir paarweise angetreten waren und die dunkle Treppe zum Speisesaal hinunter liefen, hielt ich den Augenblick für gekommen. Als die Lehrerin ein paar Sekunden neben mir her ging, fragte ich sie, nicht zu laut, damit die anderen es nicht hören konnten, aber erregt und hoffnungsvoll: »Wie kam die erste Henne auf die Welt?« Das Ei erwähnte ich nicht. Dann wäre die Frage zu lang geworden und ich hätte sie nicht in einem Atemzug aussprechen können. Außerdem war ich davon überzeugt, dass die Lehrerin auch so das Wesen meiner Frage verstehen würde. Dafür war sie ja Lehrerin. Ich hatte nach etwas gefragt, was mich quälte, und erwartete nun glücklich eine Antwort. Mein Unwissen sollte ein Ende haben! Ich starrte auf Frau Rotzeig. Und sie sagte ganz ruhig: »Das ist eine sehr komplizierte Frage. Wenn du in der achten Klasse bist, wirst du alles selber verstehen.«

Das hat mich völlig vor den Kopf gestoßen. Ich war tief enttäuscht, mich überkam unendliche Trauer.

Von diesem Augenblick an war mein Interesse an Huhn und Ei wie weggeblasen. Basta! Ja, aber auch die Schule war für mich nicht mehr ein Märchenschloss mit Feen und Zauberern. Es war ein gewöhnliches Haus mit ganz gewöhnlichen Menschen. Und im Speisesaal, der fast schon im Keller lag, war es dunkel. Und die Lehrer wussten überhaupt nicht alles ...

Vielleicht war diese Enttäuschung gleich am ersten Schultag ganz gut für mich. Wie heißt es doch im Russischen: Schaffe dir kein Götzenbild! Doch an diesem Tag war ich wirklich unglücklich.

Gelernt habe ich mit großer Begeisterung. Meine Mutter hatte mir ganz bewusst vor der Schule weder Schreiben noch Lesen beigebracht, damit mir das Lernen nicht zu leicht fiele. Mit meinen fast acht Jahren war ich also noch recht unwissend. Nach Ansicht meiner Mutter war die Schule dazu da, Wege zu zeigen, wie man Schwierigkeiten überwindet und geistige Arbeit erlernt. Ich gab mir die redlichste Mühe und war mit Eifer dabei.

Wenn ich Schulaufgaben machte, saß meine Mutter niemals neben mir. Konnte ich eine Aufgabe nicht lösen, konstruierte sie meist ein Beispiel mit irgendwelchen Äpfeln, die mir dann schon zum Halse heraushingen, und sagte: »So, und nun überlege selbst.« Und das habe ich auch getan. Meine Mutter hat mir nie etwas vorgesagt. Ich musste immer alles selbst erarbeiten. Dafür bin ich meiner Mutter sehr dankbar.

Von den ersten Jahren in der deutschen Karl-Liebknecht-Schule habe ich nicht viel im Gedächtnis behalten, leider. Nur einige Erinnerungsfetzen. Und alle haben etwas gemeinsam: Sie sind mit emotionalen Erschütterungen verbunden, mit Freud oder Leid, scheinbar aus nichtigen Anlässen. Aber sie sind irgendwie haften geblieben.

Ein Konflikt und ein politischer Fehler

An einem der ersten Schultage sang unsere Lehrerin, Frau Rotzeig, das bekannte deutsche Wiegenlied vor:

»Schlaf, Kindchen, schlaf,
Dein Vater hüt' die Schaf',
Die Mutter schüttelt's Bäumelein,
Da fällt herab ein Träumelein.
Schlaf, Kindchen, schlaf.«

Die Lehrerin fragte, wer von uns dieses Lied kannte. Alle meldeten sich. Zu Hause sprachen die meisten deutsch und kannten dieses Wiegenlied natürlich. Auch ich hatte mich gemeldet. Als alle ihre Arme wieder heruntergenommen hatten, behielt ich meinen Arm weiter oben und streckte den Zeigefinger aus. Das mit dem Finger hatte uns Frau Rotzeig beigebracht.

»Was möchtest du?«, fragte sie.

»Meine Mama singt dieses Lied anders«, antwortete ich mit vorwurfsvoller Miene.

»Sehr interessant«, erwiderte die Lehrerin. Wahrscheinlich um den Ausdruck des Protestes auf meinem Gesicht zu mildern, fügte sie hinzu: »Kannst du es uns vorsingen?«

Eigentlich wusste ich, dass ich nicht singen konnte. Den Text behielt ich sofort, aber die Melodie ...? Ich schwankte.

»Na, Trautchen, hab keine Angst«, ermutigte mich Frau Rotzeig.

Ich fasste Mut. Alle sollten doch den richtigen Text kennen lernen. Mit großem Eifer sang ich das Wiegenlied in Mutters Ausführung:

»Schlaf, Kindchen, schlaf,
Dein Vater ist ein Schaf,
Deine Mutter ist ein Trampeltier,
Was kannst du, armes Kind, dafür?«

Mein Gesang war zu Ende. In der Klasse herrschte Totenstille. Nur die eisige Stimme der Lehrerin durchschnitt das Schweigen.

»Eine Schande! Das hat deine Mutter bestimmt nicht gesungen! Setz dich! Von dir hätte ich das nicht erwartet. Schäm dich!«

Warum regte sie sich so auf? Meine Mutter hatte dieses Lied wirklich so gesungen. Warum glaubte man mir nicht?

Ich fing an zu weinen. Frau Rotzeig glaubte wahrscheinlich, ich würde dies aus Scham und Reue tun. Meine Tränen liefen aber aus Wut, Trotz und Kränkung, weil mich niemand verstehen wollte.

Woher sollte die Lehrerin eigentlich wissen, dass meine Mutter, die in einem Berliner Arbeiterviertel geboren war, dieses Lied von ihrer Mutter, einer Weißnäherin, gehört hatte? Und eben in dieser frechen Variante. Da meine Mutter ein fröhlicher und spöttischer Mensch war, sang sie dieses Wiegenlied bisweilen eben so, wie es meine Großmutter gesungen hatte. Und ich hatte mit dem Vorsingen der »richtigen« Fassung nur das Allerbeste im Sinn.

Schweren Herzens ging ich nach Hause und berichtete meiner Mutter über den Vorfall. Ich stand vor ihr als Verkörperung der reinsten kindlichen Naivität, denn ich hatte immer noch nicht begriffen, worin meine Schuld bestand und weshalb man mir nicht glauben wollte. Anstatt sich ernsthaft mit mir über dieses Missverständnis zu unterhalten, fing meine liebe, gute Mutter laut an zu lachen und rief: »Mensch, ist das Kind aber doof!« Das wiederholte sie mehrmals. Nun verstand ich überhaupt nichts mehr. Ich brach in bittere Tränen aus.

Mit ihrem herzlichen, ansteckenden Lachen zeigte sich meine Mutter so, wie sie war – klug, direkt und fröhlich.

Natürlich hat sie mich dann getröstet, hat mir alles erklärt und mich abgeküsst. Ich hörte ihr unter Tränen zu. Sie küsste mich, während in ihren Augen immer noch das fröhliche Lachen tänzelte. Es tat mir nicht mehr weh, die Kränkung war vergessen. Alles war wieder im Lot. Auch das war meine Mutter, sie nahm einen dann gleich wieder unter ihre Fittiche.

Nicht alle meine schulischen Missgriffe waren so harmlos. Einmal, ich war bereits neun, beging ich in der Schule einen »großen politischen Fehler«.

Wie bereits gesagt, erlernte ich die russische Sprache ganz nebenbei ohne große Schwierigkeiten, durch den täglichen Umgang mit den Kindern und Erwachsenen. Eine große Hilfe war mir dabei aber auch der Lautsprecher. Dieser hing, einem großen schwarzen Teller gleichend, in unserem Zimmer über dem Leninbild. Wäre es nach mir gegangen, das Radio wäre nie verstummt. Ich hätte es Tag und Nacht gehört.

Meine Mutter kam meist matt und zerschlagen von der Arbeit. Gleich nach den Nachrichten musste das Radio deshalb schweigen. Ich protestierte.

Den Ausweg fand mein Vater. Er kaufte Kopfhörer, die ich sogar sonntags beim gemeinsamen Frühstück sowie beim Mittag- und Abendessen aufsetzte. Wenn eine Oper gesendet wurde, ging ich sogar mit den Kopfhörern ins Bett. Denn in den Pausen wollte ich ja die Inhaltsbeschreibung des nächsten Aktes nicht verpassen. Ich hörte alle Sendungen. Nur bei den Nachrichten, die mir am wenigsten gefielen, gönnte ich mir auch mal eine kurze Pause.

Literatursendungen, Hörspiele, Lieder und Gedichte, all das klang ständig in meinen Ohren und wurde höchstens durch häusliche Aufträge und Schularbeiten unterbrochen.

Inzwischen hatte sich im Lande die Stachanowbewegung entfaltet. Der Bergarbeiter Alexej Stachanow hatte seine Arbeit im Schacht so organisiert, dass er täglich sein Arbeitssoll übererfüllte. Viele eiferten ihm nach. Im Radio löste eine Sendung die andere ab, und bald kannte ich sie alle: Pjotr Kriwonos, Praskowja Angelina ... Ich bemerkte aber auch, dass nun immer weniger Hörspiele und Literatursendungen übertragen wurden. Als Frau Rotzeig dann eines Tages auch noch verkündete, sie werde der Stachanowbewegung eine ganze Unterrichtsstunde widmen, da hielt ich es nicht mehr aus und rief: »Immer dieser Stachanow! Das ist mir über! Wie oft denn noch?«

Die Lehrerin wurde blass vor Schreck. Ich erinnere mich nicht mehr, was sie auf diese »politische Provokation« entgegnete, aber wie mein Vater darauf reagierte, weiß ich noch sehr genau. Er war aktives Mitglied des Elternbeirats, wohl sogar dessen Vorsitzender. Frau Rotzeig bestellte ihn natürlich sofort in die Schule, um ihn über die politische Unreife seiner Tochter zu informieren.

Vater kam kreidebleich nach Hause und legte sich sofort auf die Couch. Das tat er am Tage nur, wenn etwas nicht stimmte. Gedrückter Stimmung eröffnete er der Mutter: »Wegen unserer Tochter können wir große Unannehmlichkeiten bekommen.«

Meine Eltern begannen nun beide, in mein unreifes Bewusstsein einzudringen, und verurteilten mein falsches Handeln. Sie versuchten mir zu erklären, dass ihnen mein Unverständnis gegenüber der großartigen Bewegung, die sich unter Führung Stachanows im ganzen Lande entfaltet hatte, sehr schaden würde. Ich müsse mich in Grund und Boden schämen!

Doch ich verstand ja selbst ausgezeichnet, was das für eine großartige Bewegung war, die da unter Führung von Stachanow das Land eroberte! Das hatte ich schon längst begriffen! Ich wollte lediglich mehr Literatursendungen im Rundfunk. Was konnte denn daran falsch sein? So heulte ich also wieder los.

Noch heute stelle ich mir die Frage: Was verlangten Schule und Elternhaus damals von einem neunjährigen Kind? Was sollte ich verstehen? Vielleicht die Ursache für die Angst der Erwachsenen? Hatten diese denn überhaupt selbst begriffen, woher ihre Furcht rührte? Und wenn nicht, wie konnten meine Eltern mir dann damals, Mitte der dreißiger Jahre, eine

Sache erklären, über die sich noch heute kundige Historiker, talentierte Publizisten und alle möglichen Politiker den Kopf zerbrechen?

Mein ungewollter »Affront« gegen die Stachanowbewegung hatte – Gott sei Dank – keine Folgen. Heute, siebzig Jahre später, verstehe ich, wie schwer es meinen Eltern gefallen war, mir beizubringen, dass man in bestimmten Situationen lieber den Mund halten soll. Das traf nicht nur auf Wien zu, wo es »überall Bourgeois und deren treue Diener, die Polizisten«, gab, sondern auch auf Moskau, die »Hauptstadt des Landes der Arbeiter und Bauern der Welt«, in dem ja auch unsere Familie vor den Nazis Zuflucht gefunden hatte.

Damals, mit neun Jahren, habe ich mir derartige Fragen nicht gestellt. Ich konnte nur nicht begreifen, wessen ich mich schuldig gemacht haben sollte. Das war die Ursache meiner Tränen. Ich war sehr traurig, und meine Eltern litten mit mir.

Die Schule wird geschlossen

1938 wurde die Karl-Liebknecht-Schule geschlossen. Das geschah weder am Ende noch zu Beginn des Schuljahres, sondern irgendwann im letzten Drittel. Ich war gerade in der vierten Klasse. Ab jetzt sollten alle Schüler russische Schulen in Wohnnähe besuchen. Wir brauchten nicht mehr aus allen Moskauer Bezirken zur Kropotkinstraße zu fahren, wo auf dem Hügel unser mir inzwischen lieb gewordenes Schulhaus emporragte.

Irgendwann gingen auch bei uns Schülern der unteren Klassen Gerüchte um, dass es unter den Lehrern »Feinde des Volkes« gegeben habe, die ihre Schüler nicht nach den verbindlichen Regeln erziehen wollten. Dieses Gerede empfanden wir wie Schauermärchen, von denen man nicht weiß, ob man sie glauben soll oder nicht. Frau Rotzeig konnte natürlich kein Feind sein. Das wusste jedes Kind. Obwohl sie nicht mehr unterrichtete, fuhr ich mit einigen anderen Kindern unserer Klasse regelmäßig abends zu ihr nach Hause, wo sie uns mit den Feinheiten der deutschen Grammatik und den Grundlagen der deutschen Literatur vertraut machte. Die anderen Lehrer kannten wir nicht näher. Unsere Lehrerin war die einzige, die in den unteren Klassen Singen, Malen, Modellieren, Rechnen und Lesen, kurzum alle Fächer, unterrichtete. Die plötzliche und geheimnisvolle Schließung der Schule beunruhigte uns jedoch. Die für Kinder so wichtige Klarheit und Stabilität ging verloren.

Der Palast des Wissens, den schon lange kein Glorienschein eines Märchenschlosses mehr umgab, wollte sich für uns aber auch nicht in einen Hort der Menschenfresser verwandeln. Wir fühlten uns in unserer Schule wohl.

Der erzwungene Schulwechsel fiel uns schwer. Die meisten von uns beherrschten die russische Sprache nicht perfekt und wurden daher ein Jahr zurückgestuft. Mich rettete meine Liebe zum Radio: Ich beherrschte die russische Sprache. Doch ich erinnere mich genau, wie ich, lange an der Tafel stehend, eine Rechenaufgabe zuerst deutsch im Kopf löste, bevor ich das Ergebnis russisch vortrug. Zum Glück brachten die Lehrer in meiner neuen Schule genügend Verständnis auf und warteten geduldig, bis ich mit meiner Übersetzung fertig war. So habe ich kein Schuljahr verloren. Doch nicht alle hatten dieses Glück. Für jene Schüler der höheren Klassen, die bis dahin in der deutschen Schule ausgezeichnete Noten erhielten und nun sitzen blieben, war dies eine Tragödie. Mit den Schrecken der Jahre 1937/1938 verglichen und angesichts der Tatsache, dass viele der Lehrer und Schüler der oberen Klassen damals ins Gefängnis kamen, erscheint dieser Kummer heute natürlich klein.

Sommerferien 1936

Die ersten Schuljahre bestanden aber beileibe nicht nur aus kleinen und großen Tragödien.

Meine Eltern verbrachten ihren Urlaub im Sommer 1936 mit mir und den Familien von Alfred Kurella und Friedrich Wolf im Kaukasus, in dem Örtchen Pschu. Hier setzten sie die Wandervogeltraditionen nun mit ihrer schon herangewachsenen Tochter fort.

Der größte Eindruck dieser Tage im Kaukasus war, dass Alfred Kurella uns Kindern, d. h. Markus (Mischa) und Konrad (Konni) Wolf, Gregor Kurella und mir, die »Ilias« von Homer vorlas. Wahrscheinlich habe ich damals nur wenig verstanden, aber das Vorlesen fesselte mich. Es atmete Geschichte, und ich hörte mit meinen neun Jahren gebannt zu.

Homer war der klassische Lesestoff der bürgerlichen Eliteschulen. Ich aber war ein Kind, dessen Eltern sich nach acht Klassen Volksschule ihr Wissen selbst hatten erarbeiten müssen. Und nun lernte ich das unsterbliche Werk des antiken Griechen aus dem Munde eines deutschen proletarischen antifaschistischen Schriftstellers kennen. Und das geschah noch dazu im Kaukasus, den auch die Argonauten aus der griechischen Sage auf der Suche nach dem Goldenen Vlies erblickt hatten.

Damals war ich ein wenig in Konni Wolf verliebt, aber nur, weil er sich seltener als Mischa und Gregor über mich lustig machte und mich nicht ständig daran erinnerte, dass ich die Kleinste unter ihnen war. Hiervon wusste meine Mutter jedoch nichts, ich hatte sie nicht eingeweiht.

Von dieser Reise sind einige Fotos erhalten geblieben. In Erinnerung geblieben ist mir noch der wunderbare Geschmack gelber Süßkirschen, die ich niemals zuvor gesehen hatte, und die Angst vor den Sprüngen vom Dach des Heubodens, auf dem wir alle schliefen, direkt in den duftenden Heuschober. Das war eine Sprunghöhe von etwa drei Metern, die sich die Jun-

Im Kaukasus.
Unbeschwerter Urlaub. Hier baue ich mit Gregor Kurella einen Damm, Sommer 1936

Sommer in Pschu. Von links: Konrad Wolf, Elsa Wolf, Fritz Schälike, Waltraut Schälike und Markus Wolf, 1936

Ausritt mit Markus (vorn) und Konrad Wolf, Sommer 1936

Mit Markus (links) und Konrad Wolf, Sommer 1936

Die Wasserpumpe ist in Ordnung! Ich habe den Gesichtsausdruck, der sofort erschien, wenn ich wieder mal von Mischa und Gregor gehänselt wurde: »Aber Trautchen, wie kann man nur!« Von links: Markus Wolf, Konrad Wolf, Waltraut Schälike und Gregor Kurella, Sommer 1936

Das Bergdorf Pschu, in dem wir im Sommer 1936 Urlaub machten

gen täglich hinabfallen ließen. Da ich kein Feigling sein wollte, sprang ich, von ihnen angefeuert, ebenfalls hinab. Vergnügen empfand ich dabei aber nicht.

Und noch eine Sache ist unauslöschlich in meinem Gedächtnis haften geblieben: Um ein Haar wäre ich mit einem Pferd in einen Abgrund gestürzt. Das Tier war bereits mit den Vorderbeinen auf der glitschigen Erde den Abhang hinuntergerutscht, als es sich in letzter Sekunde aufbäumte, den Körper herumriss und auf dem festen Boden des Bergpfades wieder Halt fand.

Es gelang mir, den Angstschrei zu unterdrücken und mich festzuhalten. Auch meine Mutter, die diese Szene mit ansah, schwieg, um das Pferd nicht zu erschrecken, das sein eigenes und auch mein Leben gerettet hatte.

Nehme ich heute die alten Fotografien zur Hand, dann sehe ich auch die Gefährten alle wieder vor mir.

Konrad Wolf wurde später ein erfolgreicher Regisseur sowie Präsident der Akademie der Künste der DDR und hat u.a. so bekannte Filme gedreht wie »Sterne«, »Der geteilte Himmel«, »Ich war neunzehn«, »Solo Sunny«. Sein Vater, der Dramatiker und Erzähler Friedrich Wolf, war mit seiner Familie 1934 in die Sowjetunion emigriert.

Sein Bruder Markus wurde Journalist und Diplomat, später stellvertretender Minister und Leiter der Hauptabteilung Aufklärung im Ministerium für Staatssicherheit der DDR. Gregor Kurella schließlich kämpfte wie Konrad Wolf als junger Offizier bis zum siegreichen Kriegsende in den Reihen der Roten Armee. Er ist bis heute als leitender Wissenschaftler und Dozent am Lehrstuhl für Biophysik der Moskauer Staatlichen Lomonossow-Universität tätig.

Die großen Veränderungen 1937/1938

Das Jahr 1937

Hatte ich irgendeine Ahnung von der Tragödie der dreißiger Jahre in der Sowjetunion?

Natürlich. Ich wusste, dass Erich Wendt, der beste Freund meiner Eltern, 1936 verhaftet worden war. Ich hatte erlebt, wie meine Eltern fest zu ihm gestanden und sich für seine Freilassung eingesetzt hatten. Sogar mir, die ich ja noch ein Kind war, sagten sie, dass es sich um einen Irrtum handelte, dass Erich kein Feind sei. Das wusste ich aber auch selbst. Ein so guter Mensch wie Erich, der mich schon kurz nach meiner Geburt liebevoll im Arm hielt, konnte doch kein »Verräter« sein.

Der Vater meiner Schulfreundin Muschi Schiff, ein in sich gekehrter, stets besorgt wirkender Mann, wurde ebenfalls verhaftet. Er war auch kein Feind. Das war uns beiden ganz klar. Wir wohnten auf demselben Flur im Wohnheim der Kommunistischen Internationale, dem »Lux«, und warteten jetzt jeden Abend auf seine Rückkehr. Er musste doch wieder nach Hause kommen! Es konnte ja gar nicht anders sein!

Muschis Mutter wusste das natürlich auch, aber trotzdem ging sie tagelang nicht aus dem Zimmer und saß gesenkten Hauptes fassungslos unmittelbar neben der Tür. Sie sprach nicht und tat nichts, sie kochte nicht einmal Essen. Die drei älteren Schwestern meiner Freundin sprangen den ganzen Vormittag auf den ungemachten Betten umher, und Muschis Mutter saß die ganze Zeit über auf ihrem Stuhl, als ginge sie alles, was um sie herum geschah, nichts an. Die hungrigen Mädchen bekamen von den Nachbarn in der Gemeinschaftsküche etwas zu essen, und Muschi aß bei uns. Ihrer Mutter war das alles völlig egal. Wir begriffen nicht, was mit Muschis ansehnlicher, hübscher Mutter geschehen war. Der Vater musste doch bald, sehr bald zurückkommen! Abends haben wir die ganze Zeit extra nur auf dem Flur gespielt. Wir wollten die ersten sein, die seine Rückkehr erlebten. Und meine Mutter, die immer wieder versucht hatte, die verzweifelte Frau aus dem Zustand der völligen Apathie herauszubringen, sagte in der Aufregung einmal zu meinem Vater, leider so laut, dass ich es hören konnte: »Nur kleinbürgerliche Frauen lassen sich in der Not so gehen!« Und da habe ich mich für die Mutter meiner Freundin ein wenig geschämt.

Muschis Vater kam aber nie zurück. Er verschwand für immer. Aber Muschi und ich wussten das zu diesem Zeitpunkt noch nicht. Gott sei Dank!

Der Vater von Nelli Lassy, einer anderen Freundin aus unserem Hause, wurde ebenfalls verhaftet. Nellis Vater war ein schwedischer Kommunist, ein ausgezeichneter Wintersportler, der zu den ständigen Teilnehmern unserer sonntäglichen Skiausflüge zählte. Es konnte nicht sein, dass der kluge Vater meiner Freundin ein Volksfeind war! Das war unmöglich!

Aber auch er kam nie wieder nach Hause, er wurde 1938, im Jahr seiner Verhaftung, erschossen.

Auf dem Hof des »Lux« stand ein Hinterhaus, bestehend aus Erdgeschoss und erster Etage. Nach den Verhaftungen wurden die Familien der »Volksfeinde« dorthin umgesiedelt. Auch Nelli Lassy musste mit ihrer Mutter und

1936. Noch ist der Skiausflug mit Nelli Lassy (links) sorglos und unbeschwert

Zwei Freundinnen aus dem »Lux«. 1936 mit Nelli Lassy (links)

Nelli und Waltraut

dem bald darauf geborenen Schwesterchen umziehen. Meine Mutter sah es nur ungern, wenn ich oft in dieses Hinterhaus ging. »Nelli soll lieber zu uns kommen, bei uns ist mehr Platz«, meinte sie. Sie hatte keine Bedenken wegen der »politisch unzuverlässigen« Bewohner dieses Hinterhauses, sondern wollte mögliche Ansteckungen vermeiden, die von den schlechten sanitären Verhältnissen in der dicht bewohnten, engen Behausung ausgehen konnten. Wie konnte ich aber darauf verzichten, meine Freundin zu besuchen? Und so ging ich natürlich zu ihr. Aber es war eben tatsächlich sehr eng! Auf dem Flur tollten viele Kinder ohne jede Aufsicht umher. Ihre Mütter hatten sich in Fabriken Arbeit gesucht. Sie waren nicht zu Hause. Und die Kinder? In diesem Hinterhaus versorgten Zwillingsbrüder den ganzen Tag über allein ihr ein Jahr altes Schwesterchen, nur die Nachbarin half und sah ab und zu nach den Jungen. Im »Lux« erzählte man sich, dass der Hansi sich einmal bei seiner Mutter beklagt habe, als diese von der Arbeit kam: »Heute hatte sich Annichen so bekackert, dass Horst eine Gasmaske aufgesetzt hat. Und ich wollte mir von Tante Sina auch eine Gasmaske holen, sie hat mir aber keine gegeben.«

Das Jahr 1937 hat vielen Freundinnen meiner Kindheit den Vater genommen. Doch wir, Muschi, Nelli und ich, waren überzeugt, dass die Wahrheit bald, sehr bald obsiegen würde. Dann würden die Väter zurückkommen. Meine Mutter erklärte mir auch immer wieder, dass unsere Freunde keine Verräter waren, sie seien von wirklichen Feinden des Sozialismus verleumdet worden, um der Sowjetunion möglichst großen Schaden zuzufügen. Und ich glaubte meiner Mutter.

Das »Lux« heute. Der kahle Innenhof, in dem die Brüder spielten. Rechts der Nebenflügel, in den die Familien der Verhafteten einzogen. Dort wohnte auch Nelli Lassy

Inzwischen aber gingen im »Lux« die Verhaftungen weiter. Ich lugte eines Tages sogar, zusammen mit anderen Kindern, durch ein Schlüsselloch, um einen Mann, der sich das Leben genommen hatte, zu sehen.

Des Nachts hörte ich bisweilen harte Tritte schwerer Stiefel und durchlebte Todesängste bei dem Gedanken, dass diese Stiefel vor unserer Tür Halt machen würden. Das konnte aber wiederum gar nicht sein, denn mein Vater war ja kein Volksfeind. Doch vielleicht, vielleicht würden sich die Stiefel auch irren, wie sie sich bei Muschis und Nellis Vater geirrt hatten. Vielleicht? Ich fürchtete mich so schrecklich!

Und das alles fand in Moskau statt, in unserem »Lux«.

Jetzt aber war ich erst einmal auf der Krim, in einem Pionierlager unmittelbar am Meer, in der warmen Sonne. Hier war mein Kopf nicht mit der Tragödie des Landes belastet.

Auf der Krim

Ach, wie geht's mir gut!

Sommer 1937. Mit vielen anderen Kindern von Mitarbeitern der Kommunistischen Internationale fuhr ich im Zug auf die Krim, wo uns in einem Sommerlager Erholung, Sonnenschein und Frohsinn erwarteten.

Meine Mutter war in Moskau geblieben und erwartete ihr zweites Kind. Zum ersten Mal war ich den ganzen Sommer so weit von ihr entfernt, dass sie mich nicht besuchen konnte. Die Eltern schickten mir Briefe, in denen sie sich immer wieder beklagten, dass ich ihnen nicht schrieb. In der Hoffnung, mein Gewissen wachzurütteln, machte Vater seiner »Entrüstung« über mein anhaltendes Schweigen einmal sogar in Knüttelversen Luft.

Ich hatte es tatsächlich nicht eilig, täglich oder wenigstens ein Mal in der Woche über die Tagesereignisse nach Hause zu berichten. Mit meinen zehn Jahren war ich ja schon »groß« und hatte in der Tat bereits ein eigenes Leben, das völlig anders war als der Moskauer Alltag meiner Eltern.

Ich genoss die Sonne der Krim und badete im Schwarzen Meer mit seinem klaren Wasser, wenn man von den darin umherschwimmenden Quallen absah. Ich angelte Meeräschen und tauchte vom Boot aus, wobei es vorkam, dass ich dabei nicht aus dem Stand heraus vom Bootsrand ins Wasser sprang, sondern mit einem schmerzhaften Bauchklatscher landete. Nach Herzenslust aß ich mich an Obst satt, das man uns – jedem einen ganzen Suppenteller voll – allabendlich unmittelbar vor dem Schlafengehen direkt ans Bett brachte.

Wir wohnten zu viert in sehr hellen Zimmern mit großen Fenstern, die ständig weit geöffnet waren. Ganz aus der Nähe hörte man das Meer rauschen und konnte verfolgen, wie die Wellen heranrollten, ans Ufer schlugen und schäumend wieder zurück ins Meer wogten, am Strand Donnerkeile und verschiedene Arten von Muscheln zurücklassend.

Und erst die Schmetterlinge! Am Tage fingen wir in Schmetterlingsnetzen große Exemplare von ungeahnter Schönheit, und am Abend kamen andere, kleinere, vom Licht der Deckenbeleuchtung magisch angezogen, direkt zu uns ins Zimmer geflogen.

Eine wahre Pracht!

Unser Sommerlager befand sich auf einigen Hügeln. Auf jedem dieser Hügel stand ein kleines weißes, einstöckiges, meist hölzernes Haus. Und ringsherum auf dem ganzen weiten Areal streckten sich Zypressen wie Pfeile gen Himmel. Überall wuchsen mit Blüten übersäte Büsche. Die Blumenbeete waren so farbenfroh und vielfältig, dass man sich gar nicht satt sehen konnte. Und natürlich gab es hier auch Rosen. Und was für welche!

Mit allen Fasern meiner Seele fühlte ich, dass zeitweilig ein völlig anderes Leben begonnen hatte, wenn man es mit unserem dunklen, engen »Lux« verglich, wo man nur auf dem Flur spielen konnte. Ich habe mich auf der Krim sehr sehr wohl gefühlt. Ich war froh und glücklich.

Nichts störte meine Ruhe. Selbst die Tragödie, die sich am Tage der feierlichen Eröffnung des Sommerlagers ereignete, nahm ich fast nicht wahr.

Die Vergiftung

Abends am festlichen Lagerfeuer gab es für alle, die Kleinen wie die Großen, Kremtörtchen, die wir mit Appetit verzehrten. Doch gleich nach dem Lagerfeuer wurde den Kindern, einem nach dem anderen, schlecht, und sie mussten sich übergeben.

Zuerst dachten alle, die Kinder seien nur vom Holzfeuerrauch benommen. Doch die Zahl der »Benebelten« nahm ständig zu. Schließlich wurde klar, dass es sich um eine Massenvergiftung der Kinder von Mitarbeitern der Kommunistischen Internationale handelte. Hatte sich ein Volksfeind in das Lager eingeschlichen? War der Koch bereits geflohen? Es kursierten Gerüchte, dass das Gift zwar für alle ausgereicht hätte, um einen tödlichen Ausgang herbeizuführen, doch nachdem sich der Koch schon abgesetzt hatte, habe sich herausgestellt, dass aus dem in der Nachbarschaft gelegenen Sanatorium weit mehr als erwartet erwachsene Gäste kommen würden.

Und da habe man die Krem für die Kuchen gestreckt, damit es für alle reichte. Das habe uns das Leben gerettet.

Die erwachsenen Bewohner des benachbarten Sanatoriums, das irgendwie ebenfalls mit der Kommunistischen Internationale zu tun hatte, kamen den Kindern zu Hilfe. Viele von ihnen hatten an der Eröffnung des Sommerlagers teilgenommen und ebenfalls von den verhängnisvollen Kuchen gegessen. Die Erwachsenen hatten auch Brechreiz, bemühten sich aber zu helfen. Sie stützten die Kinder unter den Armen, als diese wegen Übelkeit und Schwäche nicht mehr stehen konnten. Und sie gaben ihnen immer wieder zu trinken. Mir half ein hochgewachsener dunkelhäutiger Mann. Seine Handflächen waren sehr groß, und ich fühlte mich geborgen, als ich darin für meinen schwer gewordenen Kopf Halt fand. Mein Retter brachte mir ein Glas Wasser nach dem anderen und trug mich schließlich vorsichtig auf seinen kräftigen Armen in den Schlafraum, legte mich aufs Bett und wickelte mich in die Decke. Er ging nicht weg, bevor ich eingeschlafen war. Die Krankenstation war ohnehin schon längst überfüllt, und unsere »Erlösung« erfolgte dort, wo wir uns gerade befanden.

Heute würde ich gern wissen, aus welchem Land mein unbekannter Retter stammte und was aus ihm später geworden ist. Ich würde mich gern bei ihm für die Hilfe bedanken, die er dem kleinen Mädchen angedeihen ließ, welches zwar Schmerzen ertragen konnte, aber Übelkeit und Erbrechen mehr als alles auf der Welt fürchtete.

Heute bin ich der Meinung, dass uns wahrscheinlich schlecht wurde, weil die Krem in der Hitze verdorben war. Damals aber, im Jahr 1937, glaubte ich fest daran, dass man uns umbringen wollte. Das war romantischer, interessanter und schrecklicher. Die Manie, hinter allem Spionage zu vermuten, war damals weit verbreitet. Ich habe mit meinen zehn Jahren wohl sogar ein bisschen damit angegeben, »dass man uns nach dem Leben getrachtet hatte«. Es war jedoch niemand gestorben, und der »Plan des hinterhältigen Volksfeindes« war nicht aufgegangen.

»Im Interesse der Untersuchungen« war uns strengstens untersagt worden, den Eltern von der Vergiftung zu schreiben. Das habe ich auch nicht getan. Ich wollte sie einfach nicht in Unruhe versetzen, wo doch alles schon vorbei war und ich nach Herzens Lust schon wieder Weintrauben futterte. Die Geschichte mit dem »Giftkuchen«, die anfangs aufregend und interessant erschien, hatte ich schon bald wieder vergessen.

Und überhaupt waren die Sorgen der Erwachsenen jetzt nicht meine Probleme. Ich war noch ein Kind, ein kleines zehnjähriges Mädchen und nur durch Zufall in das Jahr 1937 geraten.

Wolfgang – mein erster Bruder

In der Zwischenzeit hatte Mutter am 28. Juli 1937 mein erstes Brüderchen zur Welt gebracht. Wieder hielt meine Mutter ein Kind im Arm und war über die Maßen glücklich, dass sie ein zweites Mal Mutter geworden war. Ihre Seele war übervoll von all jenen Gefühlen, die sie vor zehn Jahren bei meiner Geburt bereits durchlebt hatte. Schon am nächsten Tag schrieb sie ihrer Tochter mit Bleistift einen Brief aus der Geburtsklinik, um ihre Freude mit ihr zu teilen.

Meine liebe, liebe Trautchen. Du weißt es ja schon – dein Brüderchen ist da. Ich liege im Krankenhaus, und gerade war er bei mir zum Trinken. Und es kam mir so vor, als wäre es vor zehn Jahren, als das kleine Trautchen geboren wurde. Er sieht nämlich fast genau so aus, wie du aussahst. Zwei kleine Schlitzaugen, die noch nicht einmal auf waren, zwei runde Bäckchen, deine waren etwas dicker, und einen süßen Mund, der ist allerdings größer, als deiner war. Und eine Nase, genau wie deine und ein wenig kleinere Härchen. Du hattest gar keine. Na, und die Händchen und Beinchen habe ich mir noch nicht anschauen können, die sind immer fest eingewickelt. Aber eine Ähnlichkeit hat er noch mit dir. Er ist genau so faul beim Trinken, wie du warst. Er schläft, schläft, schläft. Das wird er sich noch abgewöhnen.
Freust du dich nun auch wie Papa und Mama sich freuen, dass wir neben unserer »artigen« Tochter einen frechen Lausbuben haben werden? Oder hilfst du mit, dass er kein Hooligan wird, sondern ein lieber netter Bruder, der uns allen drei Freude macht?
Und was machst du? Schreibe mir recht bald einen Brief. Ich freue mich über jedes Wort von dir und kann es jetzt gar nicht abwarten, bis ich meine Trautchen wieder in die Arme nehmen kann und ihr ein richtiges Küsschen schenken kann. Jetzt auf dem Papier tausend Küsse meine liebe, kleine oder jetzt – große Tochter.
Deine Mama.

»Ein Hurra unserm Genossen Stalin!«
Auch Vater war glücklich. Er hat Wolf sogleich nackt fotografiert und das Foto voller Begeisterung mit einem Vers versehen:

Hurra! ein Bub!
Das ist schon so
Das sieht mann deutlich
Am Popo!

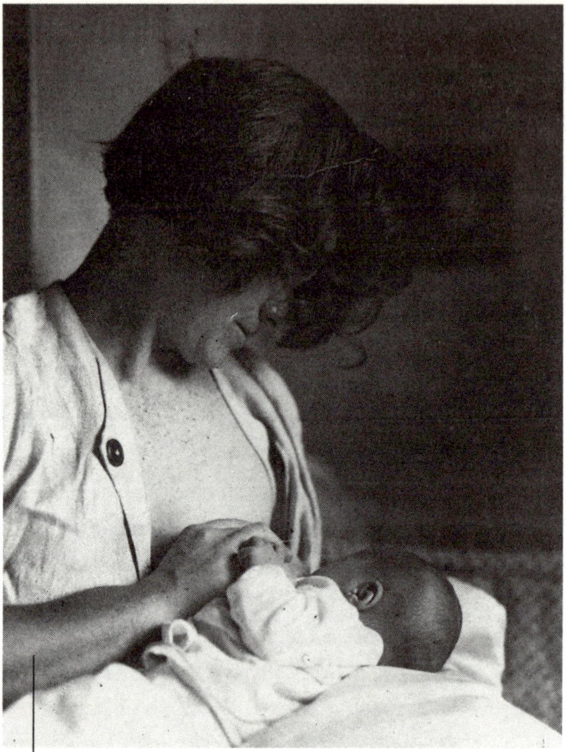

Luise Schälike mit Sohn Wolfgang, 1937

Von seinem Hochgefühl berichtete Vater mir in seinem Brief vom 30. Juli. Er schrieb mir einen wirklich erwähnenswerten Brief, der für jene Zeit äußerst charakteristisch war.

Moskau, den 30. VII. 37
Meine liebste Tochter,
das Telegramm hast du doch richtig erhalten und wohl noch am 27.7. Inzwischen hat dir die Mama einen Brief geschrieben, den ich hier beifüge. Lies ihn recht langsam, es ist ein ganz lieber Brief. Die Mama hat ihn doch im Bett schreiben müssen, und da sind nicht alle Worte so klar zu lesen wie sonst. Siehst du Tochter, ich habe doch recht behalten, es war ein Junge, und du und Mama wollten es nie glauben. Die Papas haben eben immer Recht?? Nun Trautelein, ich denke, du wirst dich auch ganz richtig freuen. Kennst du noch das Märchen von Brüderlein und Schwesterlein? Es ist doch viel schöner, wenn's in einer Familie ein Schwesterchen und ein Brüderchen gibt. Und du wirst sehen, wenn

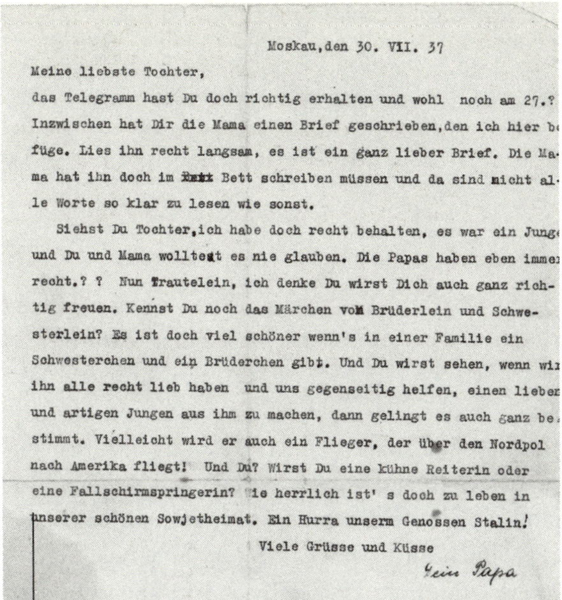

Moskau,den 30. VII. 37

Meine liebste Tochter,
das Telegramm hast Du doch richtig erhalten und wohl noch am 27.?
Inzwischen hat Dir die Mama einen Brief geschrieben,den ich hier be-
füge. Lies ihn recht langsam, es ist ein ganz lieber Brief. Die Ma-
ma hat ihn doch im Bett schreiben müssen und da sind nicht al-
le Worte so klar zu lesen wie sonst.

Siehst Du Tochter,ich habe doch recht behalten, es war ein Junge
und Du und Mama wolltest es nie glauben. Die Papas haben eben immer
recht.? ? Nun Trautelein, ich denke Du wirst Dich auch ganz rich-
tig freuen. Kennst Du noch das Märchen vom Brüderlein und Schwe-
sterlein? Es ist doch viel schöner wenn's in einer Familie ein
Schwesterchen und ein Brüderchen gibt. Und Du wirst sehen, wenn wir
ihn alle recht lieb haben und uns gegenseitig helfen, einen lieben
und artigen Jungen aus ihm zu machen, dann gelingt es auch ganz be-
stimmt. Vielleicht wird er auch ein Flieger, der über den Nordpol
nach Amerika fliegt! Und Du? Wirst Du eine kühne Reiterin oder
eine Fallschirmspringerin? ie herrlich ist' s doch zu leben in
unserer schönen Sowjetheimat. Ein Hurra unserm Genossen Stalin!

Viele Grüsse und Küsse

Dein Papa

»Hurra unserm Genossen Stalin!« Vaters Brief vom 30. Juli 1937 an mich aus Anlass von Wolfgangs Geburt

wir ihn alle recht lieb haben und uns gegenseitig helfen, einen lieben und artigen Jungen aus ihm zu machen, dann gelingt es auch ganz bestimmt. Vielleicht wird er auch ein Flieger, der über den Nordpol nach Amerika fliegt! Und du? Wirst du eine kühne Reiterin oder eine Fallschirmspringerin? Wie herrlich ist's doch zu leben in unserer schönen Sowjetheimat. Ein Hurra unserm Genossen Stalin!
Viele Grüße und Küsse.
Dein Papa

Dieser Brief meines Vaters sollte eigentlich ohne Kommentar bleiben. Doch Rolf, dem ich Vaters Opus Anfang des 3. Jahrtausends zu lesen gab, stellte eine naive Frage zum »Hurra unserm Genossen Stalin!«.

»Hat Vater das ernst gemeint? Da hat er sich doch wohl verstellt, nicht wahr?«

Keineswegs, er hatte sich nicht im Geringsten verstellt! Er war glücklich über die Geburt des Sohnes und, wie es für ihn damals selbstverständlich war, hat er das Gefühl der überschwänglichen Vaterliebe zu seinem Sohn zugleich auf das ganze Land des Sozialismus und auf den Genossen Stalin ausgedehnt. Vater hat Stalin damals natürlich geliebt wie Millionen seiner

Zeitgenossen und wie ich es auch tat, in dem Glauben, dass ein Genie an der Spitze des Landes steht.

So war es eben. Was geschehen ist, ist geschehen. Das ist meine Meinung. Und ich habe nicht die Absicht, meine und Vaters Dummheit zu vertuschen. Viel wichtiger ist es, zu verstehen, wie so etwas möglich war, und das nicht nur bei mir.

Vaters Prophezeiung

In Vaters Brief gab es noch eine weitere Voraussage, keine für die Öffentlichkeit bestimmte, sondern eher eine etwas mystische: Vielleicht würde sein Sohn ein Flieger werden und über den Nordpol nach Amerika fliegen! Was den Nordpol anbetrifft, ist Vater über das Ziel hinausgeschossen, doch er hatte eine gewisse Vorahnung auf etwas anderes. Wolfgang hat das Moskauer Flieger-Institut absolviert und war außerdem seit seinem Studium ein begeisterter Segelflieger. Und einer seiner Jugendfreunde war Jewgeni Sewastjanow, der ja tatsächlich im Kosmos war. Das Schicksal meines Bruders hat also nicht nur etwas mit dem Himmel, sondern auch mit dem Kosmos zu tun.

Wie aber war es möglich, dass Vater so viele Jahre vorausschauen konnte? War es die Kraft der allumfassenden Liebe zu seinem Sohn, der aber noch nicht einmal seine kleinen Schlitzaugen öffnen konnte, um sich die weite Welt anzusehen? Ich weiß es nicht.

Bei der Vorhersage meines Schicksals hatte Vater sich jedoch geirrt. Ich bin weder Reiterin noch Fallschirmspringerin geworden. Zwar bin ich ein Mal von einem Fallschirmturm gesprungen, doch dabei bin ich so schnell der Erde entgegen gefallen, als sei ich kein Mensch, sondern ein in den Seilen hängender Stein. Ich hatte solche Angst, dass ich mir auf der Stelle schwor, nie im Leben und für nichts auf der Welt wieder so etwas zu tun.

Doch wie war das damals in jenem fluchbeladenen Jahr 1937? Hegten die Eltern Furcht hinsichtlich des Schicksals ihrer Tochter und ihres kleinen Söhnchens?

Auch das weiß ich nicht.

Aber wenn sie sich geängstigt haben, so nehme ich an, dass sie sich dagegen mit allen Kräften wehrten. Meine Eltern konnten und wollten nicht an die fürchterliche Wahrheit der Entartung der Ideen der Errichtung »einer lichten Zukunft der ganzen Menschheit« glauben, eines Weges, der in Wirklichkeit in einen feudal gefärbten Kasernensozialismus mündete. Sie konnten und wollten das nicht glauben, da ein solcher Kasernensozialismus doch bereits von Marx und Engels kritisiert worden war und schon darum in der UdSSR »unmöglich sein müsste«. Das in der Sowjetunion immer stärker werdende totalitäre System hatte natürlich nichts gemein mit dem, wovon meine Eltern so leidenschaftlich geträumt hatten und wofür sie so uneigennützig arbeiteten. Aber sie blieben blind. Ich glaube, so hatten sie es auch etwas leichter.

Denn Träume sind für viele Menschen eine zweite Wirklichkeit, und sie geben ihnen Halt und Zuversicht.

So kam meinem Vater denn auch der Gedanke, dass sein Sohn den Nordpol bezwingen und seine Tochter Fallschirmspringerin werden würde. Das war zwar nicht ganz ernstgemeint, aber nichtsdestoweniger klang hier ein geheimer Wunsch an.

Der zweite Bruder – Rolf

Am 13. September 1938 brachte Mutter Rolf zur Welt. Ich erinnere mich noch gut an jenen Morgen, als ich davon aufwachte, dass eine Nachbarin, Milli Boehlke, aus irgendeinem Grunde bei uns zu Hause saß und Vater weggegangen war, um, wie sich später herausstellte, nach dem bestellten Krankenwagen Ausschau zu halten. Mutter erzählte Milli, dass sie lange Zeit nichts von ihrer erneuten Schwangerschaft gewusst hatte. Erst als sie mit Rolf im fünften Monat schwanger war, habe sie bemerkt, dass sie noch ein Kind erwartete.

Ihr ganzes Leben hatte Mutter Rolf gegenüber so etwas wie ein schlechtes Gewissen. Sie warf sich wohl vor, dass sie ihm in ihrem Leib nicht genügend Wärme geschenkt, dass sie sich nicht genügend auf ihn gefreut hatte, weil sie nichts von ihm wusste. Sie hatte sich um Wolf gekümmert und nicht geahnt, dass ihr das Wunder der Geburt eines Kindes ein weiteres Mal widerfahren könnte.

Ich besitze keine Briefe über die Geburt meines jüngeren Bruders. Ganz bestimmt hat Mutter uns aus der Geburtsklinik geschrieben, und Vater wird diese Briefe aufgehoben haben. Leider war Vater während des Krieges evakuiert. Und als er unterwegs in jenes Dorf war, hatte er die Aktentasche mit den Wertsachen, Briefen und Papieren ganz oben auf den Wagen gelegt. Und von dort wurden sie gestohlen. Daher gibt es weder die Briefe, die ich von der Krim geschrieben hatte, noch die Briefe der Großmütter und Großväter aus Deutschland. Und es sind auch keine Briefe mehr vorhanden, die sich Mutter und Vater in ihrer Jugend geschrieben hatten, als wir noch nicht auf der Welt waren. Bis zu seinem Lebensende konnte sich Vater die Unachtsamkeit nicht verzeihen, die ihn um jene wertvollen Zeugnisse der Vergangenheit gebracht hatte. Dazu gehörten die Botschaften über die ersten Tage in Rolfs Leben.

Und ausgerechnet auf dem Höhepunkt der Massenverhaftungen im Lande, als in der Presse und im Rundfunk ständig von neu aufgedeckten Verschwörungen der »Volksfeinde«, von »Doppelzünglern« und »Wölfen im Schafspelz« geschrieben und gesprochen wurde, als die »Sucht nach Entlarvungen« im Bewusstsein der Menschen immer mehr um sich griff und Tonnen von Papier mit Anzeigen vollgeschrieben wurden, ausgerechnet in dieser Zeit bekamen meine Eltern ein Kind nach dem anderen. Meine Mutter nannte die Brüderchen daher auch die »Trotzkinder«. Und in den zwei bis drei Jahren vor dem Krieg lachte sie sehr oft vor Glück, dass sie wieder Mutter geworden war. Einmal bekannte sie mir gegenüber sogar, dass diese tragischen Jahre die glücklichsten in ihrem Leben waren. Mutter und Vater wollten uns 1927, 1937 und auch 1938. Trotz alledem!

Manch einer hielt das für verantwortungslos. Wie konnte man 1937 Kinder in die Welt setzen! Und erst recht 1938! Da konnten die Eltern selbst jederzeit verhaftet werden! Man hätte doch an die Kinder denken müssen!

Das stimmt alles. Doch wir kamen zur Welt und sind unseren Eltern dankbar ob ihrer Unvernunft und ihres uneinsichtigen Glaubens, dass alles gut werden würde.

Mutter und Vater in den Jahren 1937/1938

Im »Lux« fanden Verhaftungen statt. Selbst ich als zehnjähriges Mädchen wusste, dass nicht nur der Vater einer Schulfreundin verhaftet worden war, sondern viele Väter. Allein schon dieses eine Verbrechen, das in unserer unmittelbaren Nähe stattfand, hätte ausreichen müssen, um den Umfang und die Scheußlichkeit der Geschehnisse in aller Klarheit ermessen zu können.

Da musste man doch von Entsetzen gepackt sein. Wie konnte man in einer so schrecklichen Zeit wahnwitzig von Liebe reden und Kinder zur Welt bringen? Wie konnte man weiterhin »ein Hurra unserem Genossen Stalin« rufen?

Es gibt sogar jemanden, der meint, dass sich Vater in seinem Brief lächerlich gemacht habe. Da bin ich jedoch anderer Meinung.

Meine Eltern stammten aus den Berliner Arbeiterbezirken, deren Bewohner uns, den Nachgeborenen, zum Beispiel in den Themen vieler künstlerischer Arbeiten der Grafikerin und Bildhauerin Käthe Kollwitz überliefert sind. Hier brachten die Frauen ein Kind nach dem anderen zur Welt, obgleich sie bisweilen am Abend nicht wussten, was sie ihnen zu essen geben sollten. Meine Mutter war das siebente und vorletzte Kind der Wäscherin Lina Dörwald und des Bergmannes August Dörwald. Und noch im Alter erinnerte sich meine Mutter daran, wie sie sich, wenn sie abends hungrig zu Bett ging, danach sehnte, schnell einzuschlafen, in der Hoffnung, dass es am Morgen irgendetwas zum Frühstück geben werde. Und gerade dann konnte sie keinen Schlaf finden! Meine Großmutter hat ihren Kindern und Enkeln Erinnerungen an ihr Leben hinterlassen, in denen sie ganz genau aus dem Gedächtnis niedergeschrieben hatte, was sie wann gegessen hatte, wenn sie bei jemandem zu Besuch war. Einmal war es ein ganzer Berg Pfannkuchen.

Die Familie meines Vaters war nicht so zahlreich. Es waren nur drei Kinder. Und daher hatten sie kein so schweres Leben. Doch weder meinem Vater noch meiner Mutter nutzte es etwas, dass den beiden sehr begabten Jugendlichen von der Volksschule empfohlen wurde, ein Gymnasium zu

Die Familie Dörwald, wahrscheinlich 1915. Dritte von links (sitzend) Lina Dörwald. Hintere Reihe, dritter von rechts, August Dörwald. Vorn rechts Luise Dörwald

besuchen. In den Berliner Arbeitervierteln war es üblich, mit 14 Jahren schon selbst richtig Geld zu verdienen und den Verdienst in die gemeinsame Familienkasse einzubringen. Und weil meine Eltern dies wussten, hatten sie nicht darum gebeten, weiter zur Schule gehen zu dürfen. Meine Mutter hatte aber die ganze Nacht über geweint, nachdem der Lehrer wieder gegangen war, der extra gekommen war, um die Eltern zu überzeugen, das talentierte Mädchen doch noch aufs Gymnasium zu schicken.

Die Welt war beiden gegenüber ungerecht, das wussten meine Eltern seit ihrer Kindheit.

Ist es da verwunderlich, dass meine noch jungen Eltern, nachdem sie von einer linken Intellektuellen erstmals etwas von der Lehre von Karl Marx und Friedrich Engels gehört hatten, sich an die rettende Idee klammerten, die Welt könne sich verändern, wenn die Arbeiter selbst die Sache ihrer Umgestaltung übernähmen? Die am Rand der Gesellschaft lebenden begabten Arbeiterkinder wollten das schwere Schicksal ihrer Eltern nicht wiederholen. Sie fürchteten ein derartiges Leben.

Und es war ihr Traum, alle Menschen auf der Erde von all dem zu befreien, was ihrem Glück im Wege stand. Beide besuchten marxistische Zirkel und waren bemüht, ihre Freizeit anders zu verbringen, als es in den Vierteln der Unterschichten gang und gäbe war. In einer Laienspielgruppe haben sie sich dann kennen gelernt. Der neunzehnjährige Fritz spielte einen Bruder, und das sechzehnjährige Lieschen die Schwester. So fanden beide bald auch im realen Leben Gefallen aneinander.

Will man meine Eltern und ihre besten Freunde richtig verstehen, muss man davon ausgehen, dass ihre neue Weltanschauung, die sie sich beharrlich aneigneten, für sie ein Glaubenssymbol geworden war. Meine Eltern glaubten fest an den Marxismus, an den Kommunismus, an die Revolution und an die Sowjetunion. Und wenn sich ihre Kenntnisse von Theorie und Praxis auch von Jahr zu Jahr erweiterten und vertieften, so beruhte ihr Verständnis der Welt letztlich doch auf einem Glauben.

Trotzdem waren sie fest davon überzeugt, dass ihre Weltanschauung streng wissenschaftlich war. Sie hatten dabei jedoch nicht die geringste Vorstellung von der Entfremdung der Arbeit, von den Gesetzen der Manipulation des gesellschaftlichen Bewusstseins oder von dem gesetzmäßigen Entstehen der Globalisierungsprobleme. Das ist kein Vorwurf, denn dies war zu ihrer Zeit einfach noch nicht möglich.

Als meine Eltern zur Arbeit in die Sowjetunion kamen, hatten sie schon größere Arbeitserfahrungen im kommunistischen Verlag »Jugend-Interna-

Luise Dörwald (Schälike) in Jugendjahren

tionale«, der von meinem Vater gegründet worden war, hinter sich. Mein Vater war bereits mehrfach im kapitalistischen Deutschland verhaftet worden. In der Sowjetunion beteiligte sich Vater aktiv an der Gründung des »Verlags ausländischer Arbeiter« und wurde dessen Mitarbeiter. Meine Mutter nahm eine Arbeit als Buchhalterin in der Redaktions- und Verlagsabteilung des Exekutivkomitees der Kommunistischen Internationale auf. Eine derartige Abordnung in die UdSSR war für sie eine verantwortliche, ehrenvolle und zugleich freudige Angelegenheit. Arbeiteten meine Eltern doch im allerersten Arbeiter-und-Bauern-Staat der Welt!

Jetzt aber stellte sie das Leben in der UdSSR vor schier unlösbare Probleme. Ihre Freunde kamen hinter Gitter. Und wo? Im heiß geliebten Land der Arbeiter und Bauern! Aufhören zu glauben hätte für meine Eltern bedeutet, das zu verraten, was ihnen am allerheiligsten war, was sie am meisten schätzten, was ihnen ihr ganzes Leben Hoffnung gab und dieses Leben mit einem tiefen Sinn erfüllte: die Hoffnung, die Welt könne jedem gegenüber gerecht sein.

Ich glaube, dass meine Eltern in jenen schrecklichen Jahren in ihrem Inneren dafür gekämpft haben, die Treue zur Kommunistischen Partei Deutschlands, an deren Gründung sie selbst beteiligt gewesen waren, und die Treue zur Sowjetunion zu bewahren. Und sie waren stets froh darüber, dass sie dies trotz allem, was geschah, vermocht hatten.

Nicht anders huldigen auch die Christen den Postulaten ihres Glaubens, sowohl jene, die den Tod fürchten, als auch jene, die die Liebe zwischen allen Menschen auf der Erde anstreben. Und wenn Gott die Erde plötzlich mit Pest, Krieg, Erdbeben und Tsunamis überzieht, so wird dies als große, von Gott gesandte Prüfung der Glaubenstreue aufgefasst. Und so muss ein Gläubiger jede neue Prüfung, wie hart und unbarmherzig sie auch sein möge, auf jeden Fall bestehen. Seinen Glauben nicht preiszugeben, das ist für sie wahre Seelengröße!

Einmal fragte ich Erich Wendt, nachdem er aus dem GULAG nach Moskau zurückgekehrt war: »Wie hast du das alles durchgestanden?« Darauf antwortete er: »Ich habe mir vorgestellt, dass mich die Faschisten foltern, nur sie sind an meinem Tod interessiert. So habe ich es ausgehalten.«

Oft liest man, dass im GULAG jene Gefangenen seelisch am stärksten waren, die entweder an Gott oder an Stalin, an die Monarchie oder an das Große Russland bzw. an etwas anderes glaubten und ihren Glauben nicht verloren hatten. Während jene, die plötzlich zu neuen Erkenntnissen gelangt waren, die Last der Enttäuschung und das Gefühl, unter den früheren Gesinnungs- und Kampfgenossen als Geächtete zu gelten, psychisch oftmals nicht durchgestanden haben. Sie hatten es somit schwerer.

Und ich weiß nicht, was mit meinen Eltern gewesen wäre, wenn sie schon damals, in den Jahren 1937/1938, wirklich begriffen hätten, was in der Sowjetunion tatsächlich vor sich ging. Meine beiden Brüder hätten wohl kaum das Licht der Welt erblickt.

Das Leben selbst war in jenen Jahren aber nicht nur düster, gefährlich und voller Angst um das Schicksal der Angehörigen.

Man könnte die damalige Weltsicht meiner Eltern nicht verstehen, wenn man vergäße, dass in den dreißiger Jahren im ganzen Land ein gewaltiges Aufbauwerk begonnen hatte: Der berühmte Staudamm des gigantischen Wasserkraftwerks am Dnepr war bereits errichtet, und die Arbeiterklasse wuchs ungestüm. Die Arbeiter in der UdSSR wurden von ihren Klassenbrüdern aus dem kapitalistischen Ausland besucht. Diese waren von den gewaltigen Errungenschaften des jungen sozialistischen Landes begeistert. (So stand es jedenfalls in den Zeitungen.) Das Analphabetentum im Lande wurde überwunden. Hochschulen und Universitäten standen jetzt auch den Vertretern früher unterdrückter Völker offen. Es bildete sich eine neue Intelligenz aus den Reihen der Arbeiter und Bauern heraus. Davon hatten Fritz und Lieschen doch immer geträumt!

Und bei den Prozessen gegen die Volksfeinde waren ja sogar westliche Schriftsteller anwesend. Lion Feuchtwanger war doch nichts Schreckliches aufgefallen, und er stellte das in dem bekannten Buch »Moskau 1937« dar. Konnten meine Eltern ihm glauben?

Auf irgendeine Anweisung der Führung der Kommunistischen Internationale hin sortierten sie aber eines Tages eifrig die große politische Bibliothek, die wir zu Hause hatten, und warfen alle Werke von Bucharin weg, von dem mein Vater einmal außerordentlich begeistert gewesen war, nachdem er einen Vortrag von ihm gehört hatte.

Meine Eltern hatten also durchaus die Möglichkeit, Beweise auch zu Ungunsten der Unerschütterlichkeit ihres Glaubens zu finden. Und sie waren hier nicht die Ersten und nicht die Letzten. Sie waren auch von Genossen der Partei und Freunden im Haus umgeben, von denen sich manche ebenfalls die gleichen Gedanken machten.

Die Verhaftungen von Freunden und Bekannten in den Jahren 1937/1938 schienen jedoch eine bedauerliche Ausnahme auf einem gerechten und richtig gewählten Weg zu sein. Meine Eltern verstanden nicht, dass alles, was in der UdSSR geschah, eine Einheit bildete und zusammengehörte, sowohl das, was Schrecken erzeugte, als auch das, was Begeisterung auslöste. Eines war durch das andere bestimmt, und das eine war nicht ohne das andere möglich.

Das betrifft auch die Tatsache, dass tatsächlich einige Jahrzehnte lang der Versuch unternommen wurde, eine völlig neue Gesellschaft in einem einzigen, zwar riesigen, aber völlig rückständigen Land zu errichten. Das widersprach jeder bis dahin gültigen marxistischen Auffassung und war zwangsläufig zum Scheitern verurteilt.

Die Welt ist und bleibt ein einheitliches Ganzes. Daran ändern weder leidenschaftliche Träume noch titanische Anstrengungen bei der Errichtung des Neuen etwas. Auch die Vernichtung noch so vieler vermeintlicher und tatsächlicher »Feinde« führte nicht zum ersehnten Ziel!

Ich liebe meine Eltern. Ich liebe sie aufrichtig und von ganzem Herzen. Aber wir, ihre Kinder und Enkel, müssen anders denken und handeln, wenn wir die Welt verändern wollen. Der Weg, den meine Eltern gingen, führte letztlich in eine Sackgasse!

Das Ende der sorglosen Kindheit

Schon die Geburt meines ersten Bruders bedeutete einen Wendepunkt in meinem Leben. Wenn man auch nicht sagen kann, dass meine Kindheit zu Ende war, so hatte ich als zehnjähriges Mädchen jetzt doch auch meinen Teil Verantwortung zu tragen. Vor allem in den unzähligen Stunden im Frühjahr 1938, in denen ich mich um Wolfgang kümmern musste.

Meine Mutter, die mit Rolf schwanger war, schickte mich mit Wölfchen im Kinderwagen in den Eremitage-Garten. Hier verbrachte ich mit ihm den halben Tag, bis meine Mutter kam, um ihn zu stillen und uns nach Hause zu holen. Der Hinweg war ganz meine Angelegenheit. Ich schob den Kinderwagen vor mir her, die Gorkistraße entlang, auf dem Puschkinplatz über die Straßenbahnschienen, bis ich schließlich mein Ziel erreichte. Geschickt meisterte ich unterwegs alle Löcher und Pfützen. Der Kinderwagen gehorchte mir.

Einmal aber hatte sich Renate Zaisser mir angeschlossen, um mit in den Eremitage-Garten zu gehen. Sie wollte unbedingt den Kinderwagen schieben, und das war ja eigentlich auch ganz einfach. So vertraute ich ihr das an, wofür ich die alleinige Verantwortung trug. Renate, die so lang wie eine Bohnenstange und so dünn wie ein Gerippe war, marschierte stolz die Gorkistraße entlang. Sogar auf dem Puschkinplatz gab sie den Kinderwagen nicht ab. Als sie auf das erste Straßenbahngleis gefahren war, bemerkte sie

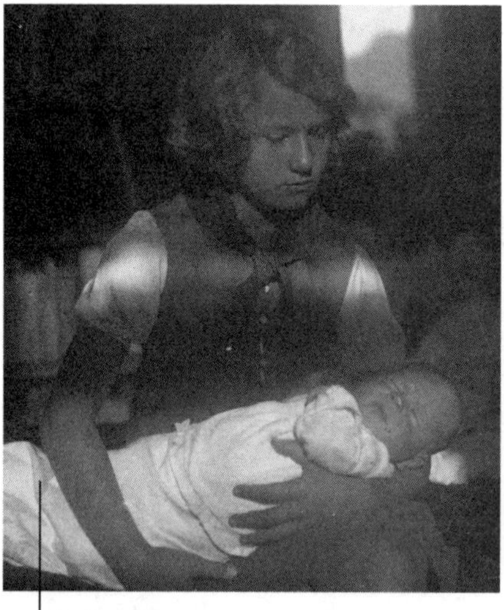

Mit Wolfgang im »Lux«, 1937

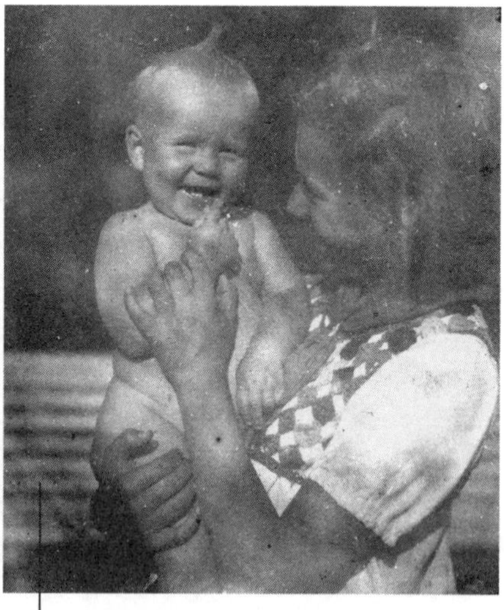

Die »große Schwester« mit Wolfgang, Sommer 1938

in der Ferne die herannahende Linie A, das »A-nnchen«. Ich vermutete nichts Schlimmes. Die Bahn war zwar noch weit weg, klingelte aber bereits. Renate musste nur noch über das zweite Gleis fahren. Aber weit gefehlt! Renate war es nicht gewohnt, einen richtigen großen Kinderwagen zu schieben, und fuhr in die Mitte der Schienen, wo sie plötzlich stecken blieb. Es ging weder vor noch zurück. Sie schubste den Kinderwagen an, doch der rührte sich nicht von der Stelle. Er kam nicht über das Hindernis, das die Schienen bildeten, hinweg. Das Klingeln der Straßenbahn kam immer näher. Mit einem Sprung stand ich neben Renate, stieß das ungeschickte lange Klappergestell beiseite, hob die Vorderräder hoch, wie es sich gehörte, und schaffte es gerade noch, den Kinderwagen mit dem Brüderchen und mich selbst aus der Gefahrenzone zu bringen. Wir hätten überfahren werden können. Renate war blass und reumütig. Sie verstand daher, dass es nur eine gerechte Strafe war, ihr den Kinderwagen nie mehr anzuvertrauen.

Vieles hatte sich jetzt in unserer Familie verändert. Ich ging nun in eine neue Schule, und es fiel mir nicht leicht, die einzelnen Fächer in russischer Sprache zu bewältigen. Zudem brauchte ich jetzt eine Menge Zeit zum Bücherlesen in Deutsch und Russisch, so dass mir sogar die ständigen Sonntagsausflüge als Zeitverschwendung erschienen. Ich äußerste zwar meine Meinung, musste aber immer mitmachen.

Vaters Augen wurden immer schwächer, und im Dezember 1937 wurde er wegen »mangelnder Wachsamkeit« gegenüber dem »Volksfeind« Erich Wendt aus dem Dienst entlassen. Erst im Mai 1938 fand die Parteileitung für meinen Vater eine Arbeit als Korrektor (!) in der Bibliothek für ausländische Literatur. Und selbst diese war nur auf zwei Monate befristet, wurde dann aber nochmals um zwei Monate verlängert. Meine Mutter war die ganze Zeit über zu Hause. Während des Mütterurlaubs nach Rolfs Geburt war sie klammheimlich entlassen worden. Seit November 1938 war Mutter arbeitslos. Ich aber wusste damals nichts davon. Sie stillte den kleinen Rolf und machte abends und nachts Schreibmaschinenarbeiten, um den notwendigen Lebensunterhalt zu verdienen. Eigentlich war Mutter eine sehr erfahrene Buchhalterin. Doch ihre Arbeit wurde angeblich nicht mehr benötigt, weil die Parteiorgane kein Vertrauen mehr zu ihr hatten. Nun kam es uns zugute, dass Mutter hervorragend Maschine schrieb. Sie schaffte zehn Seiten in der Stunde und nach Diktat sogar noch bedeutend mehr. So gaben ihr die deutschen Genossen ihre Artikel und Buchmanuskripte zur Abschrift.

Die Schreibmaschine stand auf dem großen Tisch unter der Deckenlampe inmitten des Zimmers. Und Mutter tippte und tippte ohne Pause. Die Brüderchen schliefen in einer Ecke des Zimmers, und ich wälzte mich, schlaflos und vor mich hin stöhnend, von einer Seite auf die andere. Da mein Bett nur einen halben Meter vom Tisch entfernt stand, machte Mutter, ohne ihr Schreiben zu unterbrechen und sich umzudrehen, die Bemerkung: »Wer schlafen will, der schläft!« Ich sollte es lernen, unter beliebigen Bedingungen einzuschlafen. Ich sollte es, und ich habe es auch gelernt.

Wir wohnten jetzt im 2. Stock in einem 25 Quadratmeter großen Zimmer. Küche und sanitäre Einrichtungen standen wie zuvor allen gemeinsam zur Verfügung und befanden sich auf dem Flur. Mutter kochte in der Gemeinschaftsküche. Hier wurden in einem großen Aluminiumkessel auch die Windeln meiner Brüder gekocht, die dann den ganzen Tag über in dieser Küche an Leinen direkt über dem großen Gemeinschaftstisch neben der trocknenden Wäsche der Nachbarn aufgehängt wurden. Und wenn die Leinen besetzt waren, wurde die Wäsche auf der Hintertreppe getrocknet, zu der unmittelbar aus der Küche eine Tür führte. Auf dem Tisch wurde Wäsche gebügelt, man schälte dort Kartoffeln oder rollte Teig aus.

In unserer Familie war das Essen bedeutend schlechter geworden. Früher, nach der Abschaffung der Lebensmittelkarten im Herbst 1934, gab es am Sonntag zum Frühstück roten und schwarzen Kaviar sowie frischen und gedörrten Stör aus dem Geschäft von »Jelissejew«. Ich wusste oft nicht, was ich von all den schönen Speisen zuerst nehmen sollte, um alles durchzuprobieren, bevor der Magen streikte. Jetzt dagegen briet Mutter sonntags in der Gemeinschaftsküche einen Berg Mischbrot, das wir dann mit Zucker bestreuten. An Werktagen gab es zum Frühstück saures ukrainisches Brot, das ich nicht sonderlich mochte, von dem Mutter aber behauptete, es sei sehr gesund, sowie die ewig gleiche Aprikosenmarmelade. Diese wurde aus einem großen Fass für 42 Kopeken pro Kilo in einem Geschäft in der Straße Nikitskije Worota verkauft, und ich musste sie immer von dort holen. Jeden Tag, wenn für die Brüder süßer Milchbrei aus Grieß gekocht wurde, hoffte ich, dass etwas, nur ein ganz kleines bisschen, auf dem Boden des Glases für mich übrig blieb. Der schmeckte herrlich!

Bisweilen las Mutter abends Korrektur, und ich half ihr dabei. Dann lag vor ihr der Text, in den die Korrekturen eingetragen werden mussten. In den Händen hielt sie Stricknadeln. Während ihre Augen über die Zeilen des Textes glitten, strickte sie für mich oder meine Brüder zugleich schicke Pullover aus »Iris«, einer changierenden Baumwolle. Damals war ich elf oder zwölf Jahre alt. Ich saß dann neben ihr und las eifrig den richtigen Text mit allen Kommas und Punkten vor. Wurde ein Fehler gefunden, unterbrach

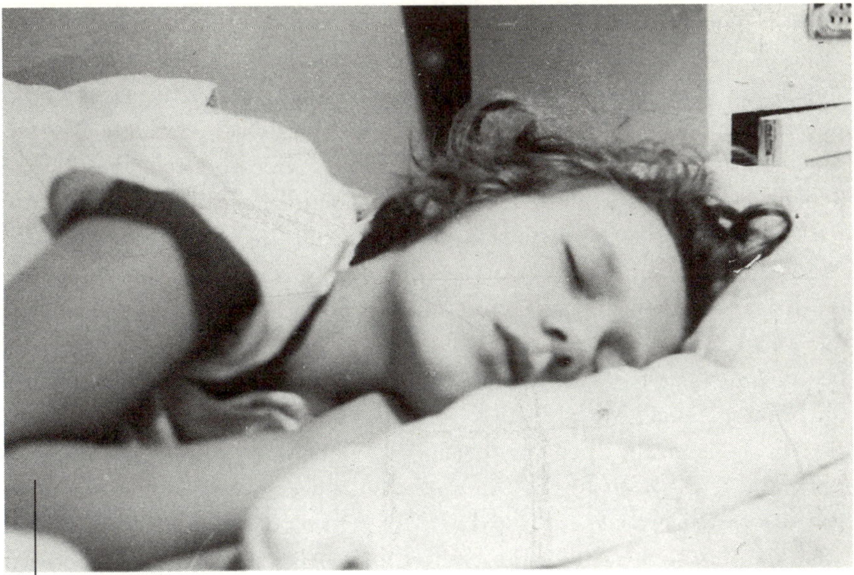

"Wer schlafen will, der schläft!«, 1937

Mutter das Stricken, nahm einen Bleistift und trug die Korrektur ein. Wenn dann das Kommando »Weiter!« kam, las ich wieder – mit Gefühl, den Sinn erfassend und mit Satzzeichen.

Schon in den Hungerjahren ihrer Kindheit hatte sich meine Mutter die Wissenschaft, unter beliebigen Bedingungen zu überleben, angeeignet. Die Devise »Nie aufgeben!« hatte sie von meiner Großmutter, Lina Dörwald, übernommen, einer hageren Frau, die acht Kinder aufgezogen hatte und deren ganzer Lebensweg von Hunger und Not gezeichnet war.

Wir hatten in den Vorkriegsjahren ein schweres Leben. Doch das habe ich erst später verstanden. Der Übergang zu einer kärglichen, einfachen, vielleicht sogar gesunden Ernährung war zu Hause von keinerlei Gejammer oder Diskussionen begleitet. Als Mutter dann später wieder zur Arbeit ging, hatte ich die Aufgabe, dafür zur sorgen, dass sie morgens nicht allzu früh von den Brüdern geweckt wurde. Sie krabbelten auf meiner Decke umher und wollten, dass ich die Augen aufmachte und mich zu jedem von ihnen umdrehte. Es gab Streit zwischen ihnen, wer an dem jeweiligen Tag auf welcher Seite liegen durfte. Sie waren schon hellwach, ich aber war noch todmüde. Das wiederholte sich jeden Morgen und ging so bis zu Beginn des Krieges.

War es für mich eine Last, die ältere Schwester zu sein? Es mag merkwürdig klingen, aber es war nicht der Fall. Ich habe meine Brüder geliebt.

Wenn ich im Pionierlager war, hatte ich Sehnsucht nach ihnen. Ich beschäftigte mich sehr gern mit ihnen. Und außerdem galt bei uns zu Hause die Regel, dass jeder bemüht war, das zu übernehmen, was er tun konnte, um den anderen Erleichterung zu verschaffen. Das meiste erledigte Mutter. Doch auch Vater übernahm häusliche Pflichten ohne übersteigertes Männlichkeitsgefühl. Und ich war stolz, einen solchen Vater zu haben: Er konnte Plätzchen backen; er drückte sich – etwa unter dem Vorwand, es sei nicht Männersache – vor keinen Arbeiten, die täglich der ganzen Familie aufgebürdet waren. Der einzige Unterschied bestand darin, dass ab Dezember 1939 auch Mutter wieder zur Arbeit ging und Vater im Mai 1940 wegen des beginnenden Verlustes seiner Sehkraft schwerbehindert war und zu Hause blieb. Jetzt musste Vater einen Großteil der Hauswirtschaft übernehmen und die Jungen am Tage versorgen. Für Vater war es nicht leicht, ohne Arbeit zu sein. Das habe ich damals aber nicht recht verstanden. Für mich war es ganz selbstverständlich, dass Mutter wegging und Vater zu Hause blieb und ich ihm nach besten Kräften half. Aber ich war eben noch ein Kind, und noch dazu eins, das sehr gern Bücher lesen wollte. Und nicht immer fand Vater den richtigen Ton, wenn er mich an der interessantesten Stelle aus dem Lesen herausriss. Wenn ich ihn auf »gleich« vertröstete, anstatt sofort seinen Anweisungen nachzukommen, führte dies bei ihm verständlicherweise – in meinen damaligen Vorstellungen aber völlig grundlos – dazu, dass er gekränkt war oder ärgerlich wurde. Zurückblickend denke ich heute, ich hätte Vater eigentlich mehr zur Hand gehen können. Mutter aber, so meine ich jetzt, hat mich bewusst geschont. Jedenfalls hatte ich mit ihr fast nie Konflikte »in häuslichen Angelegenheiten«.

Meine Mutter musste mit sechs Jahren auch ihren jüngsten Bruder Gerhard betreuen. Sie hatte ihn von klein auf in ihrer Obhut. Vater empfand meine häusliche Hilfe als etwas Selbstverständliches. Doch Mutter hatte wohl Verständnis dafür, dass es für mich nicht leicht war, kein Kind mehr zu sein.

Aber auch sie erkannte den Umfang meiner täglichen familiären Verpflichtungen offenbar nicht völlig. Denn als wir uns einmal Fotos aus jenen Jahren ansahen, wunderte sich Mutter, dass die Brüder bei Ausflügen oder bei uns zu Hause, überall, wo Vater fotografierte, bei mir und nicht bei ihr auf dem Arm waren.

»Ist dir das aufgefallen?«, fragte Mutter. Und ich antwortete mit der Frage: »Ist dir das denn erst jetzt bewusst geworden, dass es so war?«

Meine Schulfreunde und später auch die Freunde aus der Studienzeit erinnern sich, wenn sie an mich denken, immer daran, dass ich ständig mit meinen Brüdern zusammen war. Ich nahm sie stets mit: zu Besuch bei den Freundinnen, zu Demonstrationen und in die Schule zu den Konsultationen vor den Abschlussprüfungen. Wo sollten sie denn auch bleiben?

Als ich bereits erwachsen war, fragte mich meine Mutter einmal in Berlin: »Die Leute im ›Lux‹ haben dich sehr bedauert, dass so eine Kleine schon zwei Brüder zu betreuen hatte. Sie haben sich Sorgen um deine Kindheit gemacht. Das war für dich doch aber nicht schwer, nicht wahr? Und es war gut, nicht wahr?«

Aus Mutters Stimme war ein heimliches Flehen herauszuhören, ihr keine Vorwürfe zu machen. Sie hoffte zu hören, die Leute im »Lux« hätten nichts begriffen, ich sei zufrieden gewesen, dass meine beiden Brüder auf der Welt waren und natürlich, dass ich sie in meiner Obhut hatte. Und ich war wirklich zufrieden. Ich habe meine Brüder ja geliebt, zu Anfang, als sie noch kleine hilflose Schreihälse waren, und dann als heranwachsende Räuber.

Die Pflichten als ältere Schwester haben mich aber so gefordert, dass ich mir einmal mit 16 Jahren sagte, ich würde mir schon gern eigene Kinder anschaffen, aber erst, wenn ich 60 Jahre alt sei. Vorher wollte ich mich ausruhen.

Aber es kam anders. Als ich 1946 ohne die Brüder in Moskau zurückblieb, wie sehnte ich mich da nach ihnen, danach, mich um sie kümmern zu können, nach ihren Fragen, nach ihrer Hitzköpfigkeit. Ich hätte sie gern gestreichelt. In all den Jahren der Trennung fühlte ich die Kinderärmchen, die ungeschickt und zärtlich meinen Hals umfasst hielten.

Trotz aller Mühe – die Freuden der Zuneigung überwogen. Und ich antwortete meiner Mutter auf die reumütige Frage, dass die »Leute im ›Lux‹ einfach dumm« gewesen seien.

Die Verantwortung für die Brüder wurde mir somit bereits in der Kindheit auferlegt. Später, während des Krieges, wird sie mein Sinnen und Trachten gänzlich bestimmen. Die ganzen Kriegsjahre über trug ich die Worte meiner Mutter im Herzen, die sie mir vom Bahnsteig aus zurief, als sich der Zug in die Evakuierung mit uns in Bewegung setzte: »Pass auf die Brüderchen auf! Das ist jetzt die höchste Aufgabe deines Lebens!« Meine arme, arme Mutter, was ging wohl in ihr vor, als sie sich von uns trennen musste?

Aber das war später, im Jahre 1941.

Jetzt schrieben wir 1939. Obgleich in Mittel- und Westeuropa bereits der Krieg begann, hatten wir noch Frieden. Und ich war schon in der sechsten

Klasse. Meine Kindheit ging zu Ende. Ich war zwölf Jahre alt und führte schon einige Zeit ein Tagebuch. Zuerst im Sommer 1939 im Pionierlager und dann über das ganze Schuljahr der sechsten Klasse.

Im Pionierlager.
Die Mitglieder der Laienspielgruppe. Ich bin die Zweite von links in der hinteren Reihe, 1939

Beim Sport, 1940

Mein Moskau 1939-1940

Nachdem die deutsche Karl-Liebknecht-Schule geschlossen worden war, besuchte ich von der vierten Klasse an die 175. Moskauer Schule. Dies war eine für jene Zeit wirklich außergewöhnliche, eine Musterschule, in die nicht nur die Kinder aus den umliegenden Häusern gingen, sondern auch Kinder von Regierungsmitgliedern, zum Beispiel Swetlana Stalina und Swetlana Molotowa, sowie Kinder von Künstlern, von Mitarbeitern des Rundfunks, von Ärzten, kurz gesagt, von Vertretern der Moskauer intellektuellen Elite. Ich habe keine Ahnung, wie meine Mutter mit Unterstützung meines Vaters erreichte, dass ich in diese Schule eingewiesen wurde. Doch nicht nur ich kam dorthin, sondern auch noch einige andere Kinder aus dem »Lux«, unter ihnen Ursula Pieck.

Die 175. Schule gibt es in Moskau immer noch

Denkmal im Hof der 175. Schule für die im Großen Vaterländischen Krieg gefallenen Schüler

Wir hatten in dieser Schule auch ganz besondere Lehrer. Die meisten entstammten alten Pädagogenfamilien und hatten schon zu Zarenzeiten an Gymnasien unterrichtet. Ich glaube, unter ihnen gab es überhaupt keine jungen Lehrer. Ich hatte wirklich Glück mit dieser Schule. Das verstand ich aber erst, als ich schon erwachsen war.

Damals, mit meinen zwölf oder dreizehn Jahren, durchlebte ich in der Schule beständig Konflikte und stritt mich mit den Lehrern. Mit den Mädchen verband mich eine innige Freundschaft, und ich verliebte mich bis über beide Ohren zuerst in einen und dann in einen anderen Jungen. All mein Ungemach und meine Freuden vertraute ich meinem Tagebuch an, einer dicken Kladde mit einem festen Umschlag.

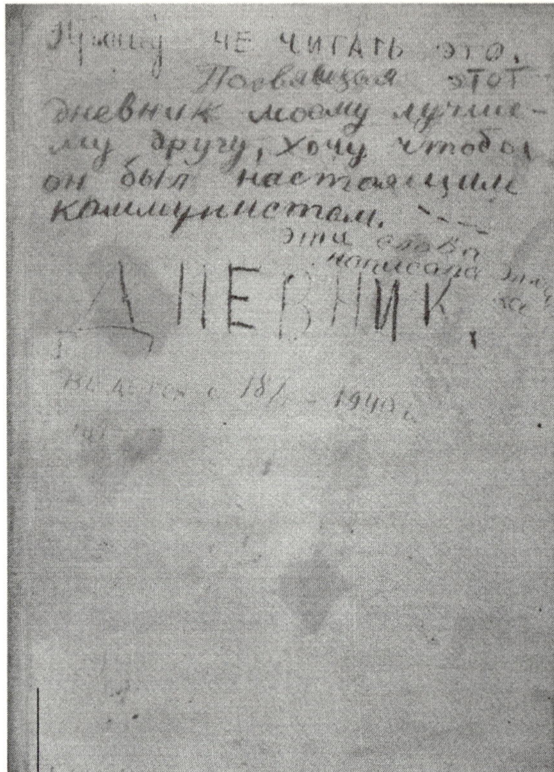

Das Deckblatt meines Tagebuchs

Den Wälzer hatte mir mein Vater zu meinem Geburtstag am 20. Januar 1939 geschenkt. »Für Gedichte oder als Tagebuch«, hatte er gesagt, als er es mir überreichte.

Dieses Diarium, Tagebuch eines dreizehnjährigen Mädchens, wurde von einer Sechsklässlerin ein Jahr vor dem Krieg in krakeliger Schrift gefüllt.

Vater, Mutter und ich

Über meinen Vater

Ich war nun ein Teenager geworden, und entsprechend platzte alles in mir aus den Nähten. Ich wurde keck und ungezogen in dem Glauben, dass ich auf diese Weise mein neues »Ich« verteidigte. Am meisten hatte mein Vater auszustehen, der zu dieser Zeit schon lange von der Arbeit entlassen worden war und unseren Haushalt führte.

Wie ungerecht ich mich bisweilen aufführte, davon zeugen meine Tagebucheintragungen vom 22. Februar 1940. Ich hatte an diesem Tag meinen Vater verspottet und mir deshalb bei meiner Mutter einige Ohrfeigen eingefangen. Doch ich ließ mir nichts anmerken, biss die Zähne zusammen und wandte mich beleidigt ab. Mutter und ich kamen nie mehr darauf zurück. Wir hatten beide Fehler begangen und ließen die Angelegenheit daher einfach im Sande verlaufen. Nach wie vor war ich davon überzeugt, dass mich meine Mutter auch weiter liebte, so wie ich nun einmal war. Nur meinem Vater konnte ich nie verzeihen, dass er mich wegen des Zwischenfalls bei meiner Mutter verpetzt hatte. Vater hatte es zu dieser Zeit aber besonders schwer. Dies verstand ich jedoch nicht und wollte es wohl auch gar nicht verstehen.

Mein Vater war erst vierzig Jahre alt, als er anfing sein Augenlicht zu verlieren. Wenn er Zeitung las, nahm er die Brille ab und führte das Blatt ganz dicht an die Augen, so dass seine Nase das Papier berührte. Außerdem war er schon sein ganzes Leben lang schwerhörig. Zu Hause wurde immer sehr laut gesprochen, damit er am täglichen familiären Geschehen teilhaben konnte. Wir wohnten weiter in einem recht kleinen Zimmer ohne eigenen Korridor. Das Haus hatte viel vom Charakter des Hotels, das es früher ja einmal war, behalten.

Auf 25 Quadratmetern lebten ein sehbehinderter Mann, zwei kleine Teufelskerlchen von zwei und drei Jahren, eine dreizehnjährige heranwachsende Tochter und eine Frau von sechsunddreißig Jahren. Sie war die Einzige, die am Tage und manchmal auch nachts zur Arbeit ging und Geld verdiente.

Die Ärzte versuchten, meinem Vater das Augenlicht zu retten, und er musste immer wieder längere Zeit in der Augenklinik zubringen. Sehnsüchtig stand er dann morgens am Fenster des Hospitals, um die Silhouette seiner Tochter zu erblicken, deren Schulweg bei ihm vorbei durch die Gorkistraße führte. Oftmals habe ich aber vergessen, zu ihm hinauf zu sehen – ein Zeichen jugendlicher Unerbittlichkeit, die absolutes Verständnis erwartet und es ahndet, wenn dieses fehlt.

Ich begriff damals noch nicht, dass dieser starke Mann unter seiner Hilflosigkeit litt, dass mein Vater tapfer war, dass er seine Krankheit standhaft ertrug und sich auch 1937 nicht gebeugt hatte.

Mein Vater hatte tatsächlich einen standhaften Charakter. Doch er gehörte nicht zu jenen, die vor Schießscharten springen, um zu zeigen, dass sie den Tod missachten. Vielmehr war er einer von denen, die eigentlich täglich vor Verzweiflung hätten zu Grunde gehen müssen und sich trotzdem nicht fürchteten, am Leben zu bleiben. Solche Menschen hüllen sich in Schweigen, ihr Heldentum ist eine innere Großtat, die für jene, die sie nicht zu sehen vermögen, unsichtbar bleibt. Und zu diesen gehörte ich damals.

Im Jahr 1940 schließlich wurde Vater, inzwischen halb blind, offiziell als Schwerbehinderter eingestuft. Er versorgte weiterhin den Haushalt der Familie, um meine Mutter, die zur Arbeit ging, zu entlasten. Er hat sogar für uns gebacken! Lächelnd saß er mit einer Schüssel auf den Knien und rührte den Teig.

Später, während des Krieges, bombardierte er die Leitung der Kommunistischen Internationale mit Briefen, in denen er forderte, man möge ihn ja wieder reaktivieren, um am Kampf gegen den Faschismus teilnehmen zu können. Wenn er auch kaum noch sehen und nur schwer hören konnte, so blieb ihm doch noch die Stimme, und er konnte gut formulieren. Er wollte mit den deutschen Soldaten sprechen, er wollte sich über Lautsprecher an sie wenden. Das sollte seine Waffe im Kampf gegen den Faschismus sein. Und seine Bitten waren zu guter Letzt erfolgreich. Seither arbeitete mein Vater ununterbrochen bis zu seinem Tode. Als er nach Deutschland zurückkehrte, wurde ihm die Gründung des Dietz Verlages übertragen, den er dann auch jahrelang leitete.

Wenn sich auch nichts an seinem Zustand änderte, so galt er wenigstens nicht mehr als behindert. Inzwischen hatte sich aber schon ein neues Übel in seinen Körper eingeschlichen: nach überstandener Gelbsucht begann eine Leberzirrhose. Nur Mutter wusste, dass die Ärzte meinem nun wieder unermüdlich arbeitenden Vater nur noch eine Lebenschance von zehn Jahren gaben. Um überhaupt weiterleben zu können, brauchte er Erholung, ständige Diät und einen tiefen Schlaf. Er war todkrank. Schon ganz gelb geworden, wurde er von Tag zu Tag schwächer. Aber er zählte nicht mehr zu den Behinderten! Wieder in Berlin, bohnerte er in der geräumigen Wohnung sogar voller Elan den Parkettfußboden, putzte die riesigen Fenster und brachte die vielen Messingtürklinken auf Hochglanz. Für den Verlag gewann er einen großen Kreis von Autoren, führte unermüdlich Verhandlungen, hetzte von Berlin nach Leipzig, aus Ostdeutschland nach Dänemark zu Martin Andersen Nexö und brachte den Verlag mit einem breiten Editionsspektrum schnell voran. Eigenartigerweise alterte mein Vater nicht. Er wurde dünner, aber ohne dabei zu altern.

Als mein Vater dann nicht mehr in der Lage war, den Verlag zu leiten, und man ihm, der als Held der sozialistischen Arbeit ausgezeichnet worden war, empfahl, sich die verdiente, lange verdiente Ruhe zu gönnen, bat er das ZK der SED, ihn weiter im Verlag zu beschäftigen. Er war bereit, auch in der Expedition zu arbeiten, schließlich hatte er einst seinen Berufsweg als Packer begonnen. Da hat ihn natürlich keiner verstanden.

Und dann starb er. An Stelle der ihm von den Ärzten noch zugestandenen zehn Jahre hatte er doch noch fünfzehn Jahre gelebt. Ich bin mir aber sicher: Er hätte noch länger leben können, wenn es ihm möglich gewesen wäre, weiter zu arbeiten.

Dies alles konnte ich aber als Dreizehnjährige weder wissen noch erahnen. Der Alltagstrott verstellte mir den Blick. Durch dieses Prisma habe ich nicht einmal bemerkt, wie sehr mein Vater, dem das Leben so arg mitgespielt hatte, der Liebe der Tochter bedurfte. Ich aber hatte mich vor ihm verschlossen, und er konnte – nicht durch seine Schuld, aber zu seinem großen Leidwesen – keinen Schlüssel zu mir finden.

Das wurde mir jedoch erst bewusst, als ich schon erwachsen war.

Über meine Mutter

Ich bin in einer guten, glücklichen Familie aufgewachsen. Meine Mutter war ein Mensch von erstaunlicher Stärke und voller Tatendrang.

Eine Riesenleistung bestand schon darin, dass sie ihren Mann nicht als kranken Menschen behandelte. Überdies kämpfte mein Vater auch selbst, sich nicht von den Krankheiten beherrschen zu lassen, und dabei half ihm Mutter unaufdringlich.

In den Jahren 1939/1940, der für ihren Mann schwersten Zeit, tat meine Mutter, als sei es eine Selbstverständlichkeit, dass sie zur Arbeit ging und er den Haushalt führte. In Mutters Erinnerung waren jene wenigen Vorkriegsjahre, in denen mein Vater sein Augenlicht verlor, zu Hause zwei kleine Jungen umhertobten und ich oft widerborstig war, als die glücklichsten Jahre ihres Lebens haften geblieben. »Niemals, weder vorher noch nachher, haben wir so viel gelacht«, sagte sie später. Und so war es auch. Die kleinen Brüder lachten, Vater lächelte und meine Mutter schüttete sich oft, wenn sie von der Arbeit kam, vor Lachen darüber aus, was alles so passiert war. Und ich glaubte, das müsste so sein, und fand daran nichts Besonderes, ja, ich bemerkte nicht einmal, dass der Mann in unserer Mitte eine tiefe Tragödie durchlebte und wie meine Mutter die Schicksalsschläge geduldig ertrug. Ich begriff nicht, wie viel seelische und physische Kraft meine Mutter aufbringen musste. Sie klagte nie. Ihr von meiner Großmutter ererbter Stolz erlaubte ihr keine Zeichen von Schwäche.

Meine Mutter war die Einzige, die mit ihrer Arbeit den Unterhalt der fünfköpfigen Familie bestritt. Sie war jedoch nur Buchhalterin und Stenotypistin. Und das brachte einen kärglichen Lohn. Um wenigstens noch etwas hinzuzuverdienen, übernahm Mutter weiterhin Schreibarbeiten, die sie nachts zu Hause auf der Maschine abtippte. Doch auch diese Arbeit wurde vor dem Krieg schlecht bezahlt. So las Mutter weiter Korrektur und strickte dabei wie früher, als ich ihr die Texte vorlas.

Einmal geschah es, dass Mutter das Bewusstsein verlor, als sie morgens ab 6 Uhr in der Schlange nach Milch anstand. Dass Mutter an Anämie litt, wurde erst später, nach dem Krieg, festgestellt. Sie kam mit großer Verspätung nach Hause und schob sich dann auch noch selbst die Schuld für ihre Schwäche zu. Fast reuevoll lächelnd erklärte sie uns, dass sie direkt auf den Asphalt gestürzt war. Ich besinne mich aber nicht einmal mehr darauf, ob sie sich danach hinlegen konnte, um sich von den Schmerzen und Strapazen etwas zu erholen.

Aus Krankheiten wurde in unserer Familie kein Kult gemacht, man ignorierte sie einfach. Hätte man meine Mutter nach den Kinderkrankheiten ihrer Tochter gefragt, so hätte sie wohl kaum darauf antworten können. Andere Ereignisse aus dem Leben ihrer Tochter waren für sie wichtiger.

Diese Einstellung zur Gesundheit war auch bei meiner Großmutter und überhaupt in den Berliner Arbeiterkreisen gang und gäbe, wo man viele Kinder aus Armut ohne Hinzuziehung eines Arztes selbst behandeln musste.

Meine Mutter kannte alle Anzeichen von Kinderkrankheiten, und sie wusste die Diagnose oft schon, bevor ein Arzt kam. Diese Art der Heilkunst der Arbeiter gab meine Mutter auch an mich weiter. Wir hatten ein großes medizinisches Handbuch mit schrecklichen farbigen Bildern, das meine Mutter immer zu Rate zog, wenn ihr etwas nicht geheuer schien. In diesem Buch habe ich in meiner Jugend auch viel herumgelesen und mir dadurch einige Grundkenntnisse der Medizin angeeignet. Sogar wenn ich mich auf den Abwegen »verbotener« Seiten bewegte, wurde dies von meiner Mutter toleriert. Sie vertrat die Meinung, dass man den eigenen Körper kennen müsse und dass alles daran menschlich sei. Kenntnisse der Medizin zu besitzen und Krankheiten nicht zu dramatisieren – das ist ein selbstverständliches Gebot, das uns unsere Mutter hinterließ.

Sie hatte uns auch gelehrt, jeglichen Schmerz zu ertragen. Aber es gab eine Art von Schmerzen, die sie überhaupt nicht gelten ließ: Kopfschmerzen. »Die Dörwalds hatten nie Kopfschmerzen«, sagte sie immer suggestiv, um mich schließlich zu fragen, ob ich wisse, was Kopfschmerzen seien. So prüfte sie meine Zugehörigkeit zum Kreis ihrer Familie.

Meine Mutter hatte zwar nur eine Achtklassen-Volksschulbildung, war aber auf dem Gebiet der Pädagogik recht belesen. Alles, was sie über die kindliche Gedanken- und Gefühlswelt wusste, gab sie an mich weiter. Und das kam nun meinen kleinen Brüdern zugute. Auch für mich und meine Söhne gehört bis heute pädagogische Literatur zum ständigen Leserepertoire.

Meine Mutter war übrigens die erste, die mir Marx zu lesen gab. Das war ihre Antwort auf eine überhebliche Äußerung, die ich in der neunten Klasse herausposaunte. Ich war der Meinung: »Ob Marx Recht hat, das muss erst einmal überprüft werden.« Vater bekam einen Schreck und hatte gleich Befürchtungen, ich könne feindlichen Einflüssen erliegen. Mutter aber war der Ansicht, ich hätte ein Recht darauf, meine Erkenntnisse selbst zu sammeln. Ich hatte Mutters Unterstützung noch gar nicht so recht auskosten können, da bekam ich von ihr auch schon eine geistige Maulschelle. »Mit welcher Arbeit von Marx bist du denn nicht einverstanden?«, erkundigte sie sich. Und als ich schwieg, fragte sie: »Du weißt es wohl nicht? Hast wohl nichts gelesen?« In der Stimme meiner Mutter schwang ein so unverfälschtes Entsetzen über meinen obskuren Nihilismus, dass ich auf der Stelle in der Erde hätte versinken können. Mutter gönnte mir jedoch keine Atempause: »Komm, setz dich. Lass uns gemeinsam lesen.« Und sie gab mir die Mehrwerttheorie. Als ich es logischerweise nicht verstand, war ich völlig niedergeschmettert und nahm mir fest vor, später, wenn ich älter und vernünftiger geworden wäre, Marx richtig zu studieren. Und so kam es auch. Ich wurde Marxforscherin. Mein ältester Sohn kennt einige Arbeiten von Marx besser als ich. Mein mittlerer Sohn war der erste Leser und Kritiker meiner Arbeiten zur Marxforschung. So wird der Stafettenstab weiter gereicht und die Lebenslinie meiner Mutter Luise Schälike, geborene Dörwald, fortgesetzt.

In den Jahren 1939/1940 bildeten die Eltern für mich jedoch keineswegs den Mittelpunkt meines Lebens.

Das entsprach dem damals üblichen, völlig unsinnigen ideologischen Klischee, das die gesellschaftlichen Belange in den Vordergrund, die persönlichen, darunter auch die familiären, jedoch in den Hintergrund rückte.

Die Schule

Unsere Klasse

Wir waren eine in vielerlei Beziehungen interessante Klasse. Sie war die beste hinsichtlich der Lernergebnisse und die schlechteste, was die Disziplin anbetraf. Meine Mitschüler lasen viel und eigneten sich so wichtige Lebenserfahrungen aus schöngeistigen Büchern an. Literarische Gestalten wurden zu nacheifernswerten Vorbildern.

Und noch etwas war bemerkenswert. In unsere Klasse ging eine ganze Reihe von Kindern, deren Eltern 1937/1938 verhaftet worden waren. Diejenigen aber, deren Familien noch vollzählig waren und die ihre Eltern nicht verloren hatten, haben, meist intuitiv, das Unglück ihrer Klassenkameraden erahnt. Niemals wurden überflüssige Fragen gestellt. In dieser Hinsicht gab es ein eisernes Tabu. Untereinander wurden weder irgendwelche »Geheimnisse« über die uns umgebende Tragödie verbreitet, noch gab es eine übertriebene Neugier. Keines der Kinder, die 1937 ihre Eltern verloren hatten, ist sonderlich aufgefallen. Alle gehörten gemeinsam der Pionierorganisation an.

Woher nahmen diese Mitschüler die Kraft, fröhlich und neugierig auf das Leben zu sein? Was befähigte sie, nicht in dem schrecklichen Leid und in der schlimmen Ungerechtigkeit zu versinken, die ihnen von der Welt der Erwachsenen angetan worden waren?

Man müsste sie selbst fragen. Ich kann darauf leider keine Antwort geben!

In der sechsten Klasse wurde ich »Bester Pionier der Schule«. Das habe ich aber in meinem Tagebuch nicht vermerkt, denn ich hielt mich nicht für die Beste. Außerdem war die Schuldirektorin am Ende des Schuljahres schon bitter enttäuscht von mir und erklärte, ich sei eine Heuchlerin. So wurde mir dieser Titel wieder aberkannt. Das empfand ich sogar als Erleichterung, denn ich wollte gar nicht bester Pionier unserer Schule sein. Eitelkeit war mir fremd.

Trotzdem war ich ein über alle Maßen aktives Mitglied der Pionierorganisation. Das traf in der Klasse aber nicht nur auf mich zu. Ich selbst war 1940 Vorsitzende der Pioniergruppe, und wir arbeiteten engagiert und voller Enthusiasmus. Ich organisierte regelmäßig thematische Versammlungen, die inhaltlich von der Gruppe selbst bestimmt wurden. Und unser Plan wurde aus irgendeinem Grunde nie von jemandem kontrolliert. Die Gruppe tagte ohne Erwachsene, ohne Pionierleiterin und ohne Klassenleiterin.

Gruppenvorsitzende waren außer mir unter anderem noch Lena Kriwizkaja und Elga Edelstein. Und in deren Gruppen war es nicht anders als bei uns.

Elga, Lena und ich hatten viel Gemeinsames. Fast jedes Jahr hatten wir auf dem Zeugnis nur ausgezeichnete Leistungen, obgleich wir nicht paukten. Uns fiel das Lernen einfach leicht, und es kostete uns nicht viel Zeit. Jeder von uns kümmerte sich um einige Schüler, die im Stoff nicht so gut mitgekommen waren. Nach dem Unterricht blieben wir noch in der Schule und halfen ihnen bei den Hausaufgaben. Alle drei hatten wir zu Hause kleine Brüder zu betreuen. Für die Hausaufgaben blieb daher nur wenig Zeit. Meine Schulbücher waren immer vollgekritzelt, denn bei den mündlichen Aufgaben hatte ich oft meine kleinen Brüder auf dem Schoß. Während ich lernte, »malten« sie ihre Krakel ins Lehrbuch. Wir drei Freundinnen wussten die knappe Freizeit zu schätzen und jede der kostbaren Minuten zu nutzen. Wir lasen viel, führten Tagebuch und trugen uns die Notizen sogar am Telefon vor. Mein Gott, es gab so viel, worüber wir uns austauschen mussten.

Außerdem fühlten wir uns alle drei seit Beginn des Schuljahres für die ganze Klasse verantwortlich.

Einmal beschlossen Elga, Lena und ich, in der Klasse eine Wandzeitung unter dem Namen »Das Signal« herauszugeben, weil die offizielle Schulwandzeitung der Pioniergruppe noch nicht erschienen war. Voller Enthusiasmus brachten wir einige Nummern heraus. Niemand in der Schule verbot das »nicht sanktionierte Presseorgan«. Als wir dann keine Lust mehr hatten, hörten wir einfach auf.

Schule. Von links: Lena Kriwizkaja, Trawka, Elga Edelstein

Ein anderes Mal hatten wir und noch einige andere Schüler die Idee, ein geheimes Klassenaktiv zu gründen, dessen Aufgabe es sein sollte, für Disziplin zu sorgen und aufzupassen, dass im Unterricht nicht vorgesagt wurde. Auf einer Geheimversammlung wurde sogar ein Statut hierzu angenommen. So wurden wir wiederum ohne Genehmigung von oben in dem von uns beschlossenen Sinne tätig, und niemand störte uns, bis wir nach einem Monat auch davon wieder genug hatten. So sah der Alltag der »besten Pioniere der Schule« aus.

Als ich diese Erfahrungen später in meinen Studentenjahren und auch als Dozentin in ähnlicher Weise auf mein neues Umfeld übertrug, bekam ich, da meine Initiative auch diesmal nicht von oben abgesegnet war, große Unannehmlichkeiten mit den gesellschaftlichen Organisationen, vor allem mit der Parteileitung.

In unserer Schule hatten wir in dieser Beziehung keine Sorgen, auch wenn Swetlana Stalina in die Klasse über mir und Swetlana Molotowa und Sergej Mikojan, deren Väter beide Minister und Politbüromitglieder waren, in die Klasse unter mir gingen und obgleich während des gesamten Unterrichts ein gewisser Onkel Wassja auf dem Korridor stand, der dafür Sorge zu tragen hatte, dass niemand die teure Tochter des großen Genossen Stalin entführte.

Die zwei Swetlanas

An Swetlanas »Onkel« Wassja hatten wir uns schon längst gewöhnt. Er stand immer an einem großen Fenster und hat sich in den Pausen mit niemandem von uns unterhalten. Er störte uns in keiner Weise. Aber Sweta tat uns Leid. Sie konnte keinen Schritt ohne Onkel Wassja tun. Was für ein Albtraum!

Man erzählte sich, dass es Sweta einige Male gelungen war, ihrem Bewacher zu entwischen und mit dem Oberleitungsbus über die Gorkistraße zum Kreml zu fahren. Das war schon allerhand und erregte allgemeine Bewunderung.

Aber was wäre mit dem Genossen Stalin gewesen, wenn Sweta etwas zugestoßen wäre? Nicht auszudenken! Also billigten wir die Anwesenheit von Onkel Wassja. Es war eben notwendig.

Im Großen und Ganzen waren unsere »Prominenten« aber Kinder wie alle, und niemand hob sie besonders heraus, weder die Lehrer noch die Mitschüler.

Aber das Leben von Swetlana Stalina war doch ein wenig anders. Jedenfalls in der Öffentlichkeit. Einmal besuchten wir mit der ganzen Schule die

Landwirtschaftsausstellung. Auch Swetlana kam mit. Man hatte uns extra gebeten, auf der Ausstellung nicht darüber zu reden. Und als uns einige Frauen ansprachen, sie hätten gehört, dass Stalins Tochter unter uns sei und dass sie sie gern einmal sehen würden, taten wir, als wüssten wir von nichts. Man hätte sie auch nicht herausfinden können. Die Tochter des mächtigsten Mannes des Sowjetlandes war wie alle anderen Kinder gekleidet. Auch sonst war sie unauffällig. Sie hatte gute Zensuren wie die meisten Kinder in der Schule. Manchmal war sie auch patzig, und dann stand dies in der Schule auf einer Vollversammlung zur Diskussion. Sie war ein ganz normales Mädchen.

Swetlana Molotowa hatte dagegen damals einen anderen Charakter. Sie war ja auch jünger, unerfahrener, und ihre Klassenleiterin gehörte nicht zu denen, die klug genug waren, eine solch heikle Situation zu meistern.

Einmal wurde in der Schule das Gerücht verbreitet, man habe für Sweta Molotowa eine ganz besondere, rundum lackierte Schulbank in den Klassenraum gestellt. Die Nachricht sorgte in unserer quirligen Klasse für Aufregung, und wir eilten in die Fünfte. Und tatsächlich stand in der ersten Reihe eine wunderschöne lackierte Schulbank mit irgendwelchen kleinen Klappen für Federhalter und Tintenfässchen. »Hier wird Sweta zusammen mit der Klassenbesten sitzen«, erklärte die Klassenleiterin gewichtig den Gästen aus der sechsten Klasse. Und Swetlana Molotowa stand daneben und strahlte vor Glück. Wir aber waren empört über die Verletzung der Gleichheit. Das widersprach den sowjetischen Prinzipien!

Auch die Schüler der neunten Klasse rebellierten gegen diese Schulbank. Keiner darf bevorzugt werden! Die Bank muss weg! Das war die Meinung der Schüler.

Schon am nächsten Tag war die Bank tatsächlich verschwunden. Wie die Direktorin den entstandenen Konflikt gelöst hatte, weiß ich nicht.

Die unglückselige Bank kam zunächst in den Lagerraum der Schule. Während des Krieges wurde sie wieder in einer Klasse aufgestellt, irgendwo in den hinteren Reihen. Aber da war sie einfach nur noch ein Kuriosum und hatte keinen Bezug mehr zu Swetlana Molotowa, der Tochter des allgewaltigen Wjatscheslaw Michailowitsch Molotow, damals auch Vorsitzender des Rates der Volkskommissare der UdSSR.

Eines Tages bekam die Schule Besuch von dem Helden der Sowjetunion Iwan Papanin, einem bekannten Polarforscher, der die erste sowjetische Station in der Nähe des Nordpols leitete und eingeladen worden war, um uns über die Drift im Polareis zu berichten. Er begann aber mit einem ganz anderen Thema. Lächelnd und mit strahlenden Augen sagte er den voller Spannung in der großen Aula wartenden Schülern, dass es ihn besonders freue, gerade in dieser Schule sprechen zu können, »weil in dieser Schule zwei Swetlanas lernen«. Und er rief die beiden Mädchen auf die Bühne, um sie zu küssen.

Wir erstarrten.

Sweta Molotowa eilte sogleich auf die Tribüne, bereit, den Kuss entgegenzunehmen. Sweta Stalina aber rührte sich nicht vom Platz, und der Zorn stand ihr in den Augen. Erst als die Direktorin sie von der Tribüne aus aufforderte, zu ihnen heraufzukommen, erhob sie sich. Der Anweisung der Direktorin Folge leistend, stand sie da – mit gesenktem Kopf wie ein junger Stier und rot vor Entrüstung. Bereit zuzustoßen, bot sie die Stirn zum Kuss.

Wir konnten unsere Direktorin nicht verstehen. Wir fragten uns: Warum hatte sie Sweta Stalina so erniedrigt? Die Besonderheit unserer Schule besteht doch nicht darin, dass es bei uns die beiden Swetlanas gibt! Wir anderen sind doch auch noch da! Wie kann die Direktorin so etwas auch noch begünstigen?

Die Schuldirektorin Olga Fjodorowna Leonowa

Unsere Direktorin Olga Fjodorowna, genannt O.F., war weder jung noch alt. Heute glaube ich, dass sie viel Taktgefühl und diplomatisches Geschick benötigte, um diese Schule zu leiten, wo alles, was geschah, durch die Kinder einflussreicher Eltern sogleich »nach oben« weitergeleitet werden konnte. In erster Linie musste sie aber klug sein.

Olga Fjodorowna war »Verdienter Lehrer der UdSSR«. Sie war mit Orden ausgezeichnet worden und galt als eine namhafte Persönlichkeit. Ohne Zweifel hatte sie viele Verdienste. Und es war gewiss kein Zufall, dass unsere Schule zur Musterschule erklärt worden war. Wie war sie aber wirklich, die Direktorin der Schule, in die Kinder hochgestellter Persönlichkeiten gingen, und die es vermochte, selbst brenzlige Konflikte zu lösen? Das ist schwer zu beantworten. Was mich betrifft, so hatte ich mit ihr einige Kontroversen.

Die Reden von O.F. auf den Vollversammlungen der Schule begannen stets mit den Worten: »Wenn ich auf euch blicke, denke ich an meine eigene Kindheit ...« Sie sprach mit hoher weiblicher Stimme, und es klang, wie mir schien, irgendwie gekünstelt. Jedes Mal versuchte sie uns einzureden, dass wir glückliche, aber nicht immer dankbare Kinder seien. Wir wussten jedoch selbst, dass wir in der UdSSR die glücklichste Kindheit hatten. Das musste man nicht immer wiederholen. Und undankbar waren wir auch nicht. Wir hatten einfach unsere eigenen Probleme, die O.F. anscheinend nicht verstehen wollte. Lena, Elga und ich konnten die ganze Klasse immer wieder amüsieren, wenn wir diese stereotypen Worte von O.F. imitierten. Und als O.F. auf der nächsten Versammlung wieder ansetzte, diese zu deklamieren, bogen sich die Schüler der sechsten Klasse vor Lachen.

In der siebenten Klasse hatte ich Schwierigkeiten mit O.F. wegen eines kleinen Kratzers, den ich aus Versehen auf die frisch gestrichene Schulbank gemacht hatte. O.F. kam deshalb mit einer ganzen Kommission in die Klasse und drohte, meinen Eltern deshalb einen Beschwerdebrief zu schreiben, der an die Adresse der Arbeitsstelle geschickt werden sollte. Ich fragte mich, warum sie ausgerechnet mit mir so streng ins Gericht ging, während andere Schulbänke doch viel schlimmer aussahen: Da waren zum Teil sehr unanständige Inschriften, die, obgleich sie mit Farbe überstrichen waren, immer wieder hervortraten. Da gab es auch tiefe, offenbar mit dem Taschenmesser eingeritzte Flussbetten, auf denen in langweiligen Unterrichtsstunden kleine Papierschiffchen entlang geschoben wurden. Das aber war nicht geahndet worden!

Trotzdem suchten auch die Schüler meiner Klasse O.F. in ihrem Dienstzimmer auf, um mit ihr über Probleme zu sprechen. Sie war wohl doch nicht so schlimm, wie ich sie lange Zeit in Erinnerung behalten hatte.

Während des Krieges wurde O.F. ihres Postens enthoben, nachdem ein Schüler der neunten Klasse eine Klassenkameradin mit einem Revolver umgebracht hatte, den er Sergej Mikojan entwendet hatte. Die Unglückliche hatte die Liebe des Täters nicht erwidert. Es war die Tochter des sowjetischen Botschafters in den USA, Umanskaja.

Und da wiederum stelle ich mir noch heute die Frage: Was hatte O.F. damit zu tun?

Elga, die beste Freundin

Die Freundschaft zwischen Elga Edelstein und mir begann in der sechsten Klasse, sie verstärkte sich in der siebenten Klasse und mündete während des Krieges, als Elga nach Ufa und ich in das Internat der Kommunistischen Internationale evakuiert wurden, in einen regen Briefwechsel.

Elga war die einzige Freundin, der man alles anvertrauen konnte. Als während der starken Fröste Anfang 1941 die Schulen geschlossen waren,

Elga Edelstein, 1940

Waltraut Schälike, 1940

lasen Elga und ich uns gegenseitig am Telefon unsere Tagebucheintragungen vor. Wir sprachen so lange miteinander, dass unsere Mütter ihre Töchter telefonisch nicht mehr erreichen konnten. Obgleich wir völlig unterschiedlich waren, später auch unterschiedliche Berufe ergriffen und unser Familienleben sich in anderer Weise gestaltete, hat dies unserer Freundschaft nie Abbruch getan.

Elga war in einer Professorenfamilie aufgewachsen. Ihr Vater war ein bekannter Moskauer Psychiater. Ihre Tanten sprachen, wenn etwas nicht für unsere Ohren bestimmt war, einfach französisch. Elga und ihre Schwester hatten eine deutsche Kinderfrau, die ihnen zugleich Fremdsprachenunterricht erteilte. Noch heute spricht Elga vorzüglich deutsch.

Mein Vater mochte Elga sehr und unterhielt sich gern mit ihr in deutscher Sprache. Während die meisten meiner Freundinnen meiner Mutter gegenüber zurückhaltend waren, weil sie ständig beschäftig war und ihnen streng und unnahbar erschien, akzeptierte Elga dies. Und umgekehrt störte es meine Mutter nicht im Geringsten, wenn Elga zu uns kam und wir in meiner Ecke unsere Geheimniskrämerei betrieben.

Alles, was ich nach der Schule bei uns an Essen vorfand – einen Topf Haferflockenbrei oder einen Kanten Brot mit Aprikosenmarmelade –, verdrückten wir beiden gierig. Elga schmeckte das Essen bei uns besser als zu Hause. Und ich freute mich, wenn mir meine Freundin half, die Portion, die mir Mutter zurechtgestellt hatte, aufzuessen. Denn ich hatte Sorgen, dass ich von dem verflixten Haferflockenbrei noch größer werden würde, als ich ohnehin schon war.

An Feiertagen legten wir unser Taschengeld zusammen. Ich brachte meine üblichen zwanzig Kopeken ein und Elga ihre drei Rubel. Und dann begannen wir zu »zechen«. In der Gorkistraße probierten wir im Limonadengeschäft alle möglichen Sorten Saft, die heute schon keiner mehr kennt. Dann kauften wir uns Kuchen in einem Süßwarenladen in der Stoleschnikow-Gasse, in dem es allerlei exotische Backwaren gab. Da passte Elga dann immer schnell und sagte, sie sei nicht nur satt, sondern habe auch schon Bauchschmerzen. Da sich dies aber ständig wiederholte, bin ich mir heute sicher, dass sie mir nur den Kuchen überlassen wollte, weil sie wusste, dass es bei uns keinen gab.

Elga hatte einen jüngeren Bruder. Unsere Verpflichtungen als ältere Schwestern nahmen wir oft gemeinsam wahr. Meist ging ich mit meinen kleinen Brüdern zu Elga nach Hause. Dort war ich aber in ständigen Ängsten, weil meine, in Mutters Freiheitsvorstellungen erzogenen Brüder nicht eher Ruhe gaben, bevor sie nicht alle Nippes auf den Kommoden und Regalen inspiziert hatten. Elgas Mutter aber blieb immer die Ruhe selbst, wenn sie die zerbrechlichen Familienreliquien in den ungeschickten kleinen Kinderhändchen bemerkte. Ich beruhigte mich dann damit, dass man es ihnen ja erlaubt hatte und Elgas Eltern mich und meine beiden kleinen Räuber gerne hatten.

Am meisten verwunderte mich in Elgas gastfreundlichem Hause, dass die Zimmer praktisch keine Wände hatten. Diese waren völlig mit Bücherregalen zugestellt, die von unten bis oben mit zahllosen Büchern über Medizin, Literatur und Geschichte gefüllt waren. Bei niemandem habe ich je wieder einen solchen Reichtum an Büchern gesehen. Und man konnte sich auch ohne Umstände Bücher ausleihen und mit nach Hause nehmen.

Wir hatten auch viele Bücher, jedoch vorwiegend politische und schöngeistige in deutscher Sprache. Einem Vergleich mit Elgas Familienbibliothek hielt das aber nicht stand.

Elga und mein Banknachbar Erik Tolstow, den wir immer nur Erka nannten und mit dem ich inzwischen richtig Freundschaft geschlossen hatte, versorgten mich jetzt immer mit Büchern. Ich hatte vieles nachzuholen. Dass die Kinder in den Familien russischer Intellektueller von klein auf lasen, erfuhr ich erst in der vierten Klasse, nachdem die deutsche Schule geschlossen worden war. Und noch in der sechsten Klasse kam es vor, dass alle in der Klasse von etwas sprachen, wovon ich zum ersten Mal hörte. Vielleicht interessierte sich Elgas Vater, der immer an seinem riesigen Schreibtisch saß, gerade deshalb dafür, was ich über die Bücher dachte, die ich gerade las. Ich war ja noch dabei, jene Welt zu entdecken, die Elga schon kannte. Bisweilen wies er die Tochter aber auch zurecht: »Na, da bist du wohl selbst noch nicht drauf gekommen, nicht wahr, du dummes Ding?« Ich sprang Elga, die ihren Vater innig liebte, immer gleich bei. Akim Oskarowitsch lachte dann zustimmend und versenkte sich wieder in seine Lektüre.

»Still, Vater arbeitet«, war für Elga und mich das Signal, uns auf die Straße zu verdrücken.

Wie viele Gassen und Winkel haben Elga und ich kennen gelernt, wenn wir durch Moskau schlenderten! Viele Ecken gibt es schon lange nicht mehr. Bisweilen taucht die Stadt meiner Kindheit, mein Moskau, mit längst Vergessenem, im Gedächtnis jedoch Unauslöschbarem, ganz deutlich wieder vor mir auf.

Mit Elga zusammen habe ich meine Stadt erkundet: Nicht die Museen und Kulturdenkmäler, sondern die Straßen, Gassen und alten Höfe.

Wie oft haben wir gemeinsam gelacht, einfach so, weil wir uns mochten und miteinander so unbeschwert waren.

Während des Krieges wurde Elga Sekretär der Komsomolorganisation der Schule. Da erlaubte sie sich einmal, etwas zu tun, was unseren heutigen Vorstellungen von der Zeit unserer Kindheit und Jugend völlig widerspricht. Es mutet heute vielleicht grotesk an, war damals jedoch wirklich äußerst unerfreulich.

Elgas Tätigkeit als Sekretär fiel in die Jahre 1943/1944. In dieser Zeit beantragte Swetlana Molotowa die Aufnahme in den Komsomol. Die Komsomolleitung der Schule mit Elga als Sekretär lehnte den Antrag der Tochter des Oberhaupts der sowjetischen Regierung auf Aufnahme in die Jugendorganisation der UdSSR ab. Die Ablehnung hatte objektive Gründe: Sweta Molotowa hatte außerhalb des Unterrichts am Schulleben kaum teilgenommen und war in der Pionierorganisation inaktiv gewesen.

Daher sollte sie auch nicht in den Komsomol aufgenommen werden. Das hatten die Jugendlichen so beschlossen. Sie hatten diesen Beschluss ohne den geringsten Zweifel und ohne jede Angst angenommen, denn sie waren sich sicher, dass sie im Recht waren und richtig gehandelt hatten in einem Land, in dem alle gleich waren.

Ich stelle mir vor, wie aufgeregt die Erwachsenen waren und was die Direktorin der Schule empfunden haben mag. Die Komsomolleitung hatte ohne Aufsicht getagt, die Komsomolzen waren selbständig, und nun war eine solche mehr als delikate Entscheidung zustande gekommen.

Elga zeigte keine Beunruhigung. Der Beschluss war für sie so natürlich, so alltäglich, dass sie den Eltern zu Hause nicht einmal etwas davon gesagt hatte.

Dann aber kamen zwei Männer in die Schule. Diese stellten sich Elga als Sekretäre des Stadtkomitees und des Gebietskomitees der Partei vor. Sie fragten den Sekretär der Komsomolorganisation nach den Gründen, warum man Sweta nicht in den Komsomol aufgenommen hatte. Elga erklärte es und zeigte ihnen auf ihre Bitte hin auch das Protokoll. Alles hatte seine Richtigkeit, davon versuchte Elga die Männer zu überzeugen.

Was sollten diese einer bewussten Komsomolzin der vierziger Jahre schon sagen, die augenscheinlich entsprechend den üblichen Ritualen eines »echten Komsomolzen« handelte?

Es kann sein, dass man es mir heute nicht glaubt, doch die beiden Männer meinten, nachdem sie das Protokoll gelesen hatten: »Nun, wenn das so ist, dann hat alles seine Richtigkeit.« Und danach gingen sie einfach weg.

Darüber hat die Direktorin mit Elga aber nie gesprochen. Und ich bin mir nicht klar, ob sie dies aus Angst oder aus Klugheit nicht tat. Elga blieb noch einige Monate Sekretär der Schule, und dann wurde sie von diesem hohen Posten »wegen ungenügender Aktivität in der Komsomolarbeit« abberufen. Da wusste sie bereits von ihren Eltern, dass sie mit dem Schrecken davongekommen war.

Ich bin überzeugt, dass Elga für mich ein großes Geschenk des Schicksals war, ein Geschenk für das ganze Leben.

Noch in der sechsten Klasse verliebte ich mich dann in Erik Tolstow.

Erste Liebe?

Einer der im Unterrichtsstoff zurückgebliebenen Schüler der sechsten Klasse, die ich zu betreuen hatte, war mein Banknachbar Erik Tolstow. Er wurde später Chefredakteur der bei den Moskauern besonders beliebten

Erik Tolstow, 1940

Zeitung »Moskau am Abend«. Erik war das einzige Kind von Natalja Tolstowa, einer sehr gebildeten Frau, deren Stimme ich fast jeden Tag im Radio hörte. Sie arbeitete eng mit dem bekannten Schauspieler Juri Lewitan zusammen, der seit 1931 den Rundfunk der UdSSR leitete und insbesondere während des Krieges auch die wichtigsten offiziellen Verlautbarungen verlas.

Als ich Eriks Mutter zu dessen Geburtstag persönlich kennen lernte, war ich begeistert. Ich empfand, dass es doch Erwachsene gab, die uns in allem verstanden. Das Einzige, was mir an Eriks Mutter missfiel, waren ihre grellrot geschminkten Lippen.

Erik war schon in der sechsten Klasse groß, schlank und sogar hübsch. Das Haar war sorgfältig nach hinten gekämmt. Erik war sehr belesen, verstand aber die Mathematik nicht. Und so trichterte ich ihm in der Nachhilfestunde Algebra und Geometrie ein. Bald verbesserten sich seine Zensuren von »Ungenügend« auf ein sicheres »Gut«. In meinem Tagebuch ist hierüber nichts zu finden, wohl aber über unsere Unterhaltungen, die wir in den Pausen zwischen Gleichungen und Theorien führten.

So berichtete ich am 8. März in meinem Tagebuch, dass Erik seit 1937 auch ein Tagebuch führte, was ich von einem Jungen gar nicht erwartet hätte. Wir sprachen auch darüber, was wir einmal werden wollten. Erik war sich noch nicht sicher. Er spielte mit dem Gedanken, vielleicht zur Marine zu gehen. Ich wollte Militärkommissar werden, wenn ich wegen meiner Augen schon nicht unmittelbar an Kampfhandlungen teilnehmen konnte.

Ich notierte auch, dass ich Erik in meine Bemühungen um bessere Disziplin in der Schule einbezog und er mir die Erzählungen von Turgenjew »Asja« und »Erste Liebe« mitbrachte, die ihm gefallen hatten. Ende März vermerkte ich, dass ich von Erik geträumt hatte: Wir saßen nebeneinander. Er nahm meine Hand, und ich empfand seine Nähe als wohltuend.

Kurze Zeit später kam es im Unterricht zu einer Episode, die uns beide etwas in Verlegenheit brachte. Mein Radiergummi lag gerade auf einer anderen Bank. Plötzlich griffen wir beide gleichzeitig nach ihm. Dabei streifte Erik meine Hand und hielt sie einige Sekunden fest. Wir blickten uns konfus und errötend an. Die entstandene Verwirrung hob Erik dann aber geschickt auf, indem er mit etwas heiserer Stimme sagte: »Der Dame gebührt der Vortritt.« Ich vertiefte mich sogleich wortlos in mein Heft, das betretene Schweigen löste sich erst in der nächsten Stunde.

Erik hatte am 23. April Geburtstag, und ich wünschte mir insgeheim, dass er mich einladen würde. Als dann Eriks Mutter völlig unerwartet anrief und mich bat, zu ihnen zu kommen, war ich jedoch unsicher. Mich beschlich der Gedanke, ich könne vielleicht nur ein Notnagel sein, weil man nicht wisse, wen man einladen solle. Ich versuchte, diesen Gedanken zu vertreiben, sah darin aber doch ein Zeichen, dass ich gegenüber Menschen, die mir gefielen, eine gewisse Befangenheit entwickelte.

Ich erinnere mich auch daran, welches Geschenk ich Erik mitbrachte. Meine Mutter hatte mir etwas Geld gegeben, und ich kaufte dafür eine Schachtel Sahnebonbons mit dem Bild eines kleinen lustigen Hasen. Ich kaufte ihm das, was mir selbst gefiel. Eriks Mutter stellte mein Geschenk dann auf die Geburtstagstafel. Und unbemerkt gelang es mir, immer mal einen Sahnebonbon zu stibitzen, bis die ganze Schachtel leer war. So hatte ich also mein eigenes Geschenk selbst aufgegessen. Ich war mir zwar bewusst, dass sich dies nicht gehörte, konnte mich aber nicht bezähmen. Noch lange Jahre betete ich, dass mich dabei niemand beobachtet hatte.

Zu Eriks Geburtstag lernte ich auch seinen berühmten Großvater kennen, der früher einmal stellvertretender Direktor unserer Schule gewesen und dann aus irgendeinem Grunde entlassen worden war. Er saß im Arbeitszimmer am Schreibtisch und durfte nicht gestört werden. Später kam der Großvater zu uns heraus und setzte sich neben mich. Da entdeckte er an meinen Fingern braune Flecken und fragte mich voller Interesse, ob ich mich mit Fotografie beschäftige. Er hatte aber falsch getippt: Ich hatte junge Kartoffeln geschält. Als ich ihm dies erklärte, war es ihm sehr unangenehm, und er errötete sogar. Zur Ablenkung legte er eine Schallplatte mit Liedern von Ernst Busch auf: Die »Moorsoldaten« und das »Lied von der Einheitsfront«. Ich liebte Busch und hatte auch verstanden, dass er die Schallplatte des deutschen antifaschistischen Sängers extra für mich herausgesucht hatte.

Eriks Mutter unterhielt sich dann auch noch mit mir. Wir sprachen über meinen Wunsch, einmal Militärkommissar zu werden. Da ich von diesem Beruf aber keine rechten Vorstellungen hatte, erklärte sie mir, über welche Eigenschaften ein Kommissar verfügen musste. Sie machte mich auch mit dem Schicksal der russischen Schriftstellerin Larissa Reisner bekannt, die als Kommissarin dem Stab der Moskauer Garnison und der Roten Wolga-Kaspi-Flottille angehörte, von der ich freilich nie zuvor etwas gehört hatte. Ich war Eriks Mutter sehr dankbar dafür, dass sie mich und meine Wünsche so ernst nahm. Dies zeigte mir aber auch den Unterschied im Bildungsgrad zwischen ihr und meiner Mutter.

Am 9. Mai beschrieb ich in meinem Tagebuch einen Kinobesuch mit Erik. Wir waren zu viert: Erik, Elga, ein Freund von Erik und ich. Erik spendierte sogar das Eintrittsgeld. Er meinte, es gehöre sich so als Kavalier. Und er begleitete mich auch nach Hause.

Das war für mich nicht das erste Mal, dass ich mit einem Jungen wegging. Etwa zur selben Zeit oder etwas früher war ich auf Anregung unserer Eltern mit Konrad Wolf im Zoo.

Den Kinobesuch mit Erik hatte ich mir aber selber herbeigewünscht. Wenn ich in meinem Tagebuch nur kurz darüber berichtete, so hatte das einen Grund, auf den ich mich noch heute gut besinne. Es wurde der Film »Der Weg ins Leben« nach dem bekannten Buch von Anton Makarenko gezeigt. In einer Szene des Films wurde ein Fragebogen ausgefüllt, in dem das Wort »Syphilis« vorkam. Da ich nicht wusste, wovon die Rede war, wandte ich mich Erik zu und fragte ihn danach mit durchdringendem Flüsterton, der aber auch für die anderen Zuschauer hörbar war. Wenn ich daran denke, wird mir noch heute heiß und kalt. Doch Erik fand einen würdigen Ausweg aus der Situation. Er beugte sich zu mir und sagte leise mit fester Stimme, aus der zu entnehmen war, dass es sich um ein heikles Thema handelte: »Das erkläre ich dir nachher.« Ich spürte, dass ich etwas Ungebührliches gefragt hatte. Zugleich bemerkte ich aber auch, dass er mich in meiner Unwissenheit in Schutz nahm. Das war ein wichtiger Moment in unserer Beziehung. Erik hatte sich als kluger Freund erwiesen, der mich verstand. Ich aber fühlte mich schwach und unwissend. Beide hatten wir anschließend das Bedürfnis, uns unserer gegenseitigen Sympathie zu versichern. Und dies geschah am 13. Mai eindeutig mit einem klaren »Ja!«. In meinem Tagebuch findet sich dieses »Ja!« nur in einem kargen Dialog, kurz und bündig wie in einem Fernschreiben habe ich lediglich das gesprochene Wort notiert. Das, was ich empfunden hatte, wurde nicht preisgegeben. Ich hatte Angst, mich selber zu bestehlen.

Was kam ins Tagebuch?

13. Mai 1940:

Erik: Ich möchte gern wissen, in wen du verliebt bist.
Trawka: Interessiert dich das?

E.: Ach, einfach so. Na, wer ist es? Ich glaube, ich ahne es.
T.: Ich möchte aber auch gern wissen, in wen du verliebt bist.
E.: Na gut, aus unserer Klasse ist sie.
T.: Ist nicht wahr! Du hast doch gesagt, aus der 666. Schule.
E.: Ach, das war nur so zum Scherz. Mein Pionierehrenwort, sie ist aus unserer Klasse.
T.: Ist sie auch jetzt noch in der Klasse?
E.: Ja.

Ich habe alle Mädchen aus unserer Klasse außer mir aufgezählt. Bei allen hatte er mit »nein« geantwortet.
Dann fragte er nach Einzelheiten über »ihn«, und ich fragte nach Einzelheiten über »sie«. Wir sagten uns ganz unbefangen die Wahrheit. Er wusste dann schon, wer »er« ist; nämlich er selbst, und ich wusste auch, wer »sie« ist, nämlich ich selbst. Er fragte trotzdem weiter.

E.: Auf welcher Bank sitzt »er«?
T.: Und auf welcher sitzt »sie«?
E.: In unserer Reihe, auf einer der ersten drei Bänke.
T.: In unserer Reihe, auf einer der ersten drei Bänke.
E.: Und »er«, ist »er« blond oder brünett?
T.: Weder Fisch noch Fleisch. Und »sie«?
E.: »Sie« ist blond.
T.: Gefällt »sie« dir sehr?
E.: Ich weiß es nicht. »Sie« gefällt mir. Und gefällt »er« dir?
T.: Ich weiß es nicht. »Er« gefällt mir.
E.: Aber trotzdem, auf welcher Bank sitzt »er«?
T.: Und auf welcher sitzt »sie«?
E.: Auf einer der ersten beiden.
T.: Auf einer der ersten beiden.
E.:. Und wo arbeitet »seine« Mutter?
T.: Im Rundfunkstudio.
E.: Und was trägt »er« für ein Hemd?
T.: Ein weißes. Und was trägt »sie« für eine Bluse?
E.: Eine bläuliche.

Es folgen noch einige Sätze zur Selbstbeschreibung: Frisur, Brille usw.
Ekta, unsere Russischlehrerin, ermahnt uns. Es klingelt.

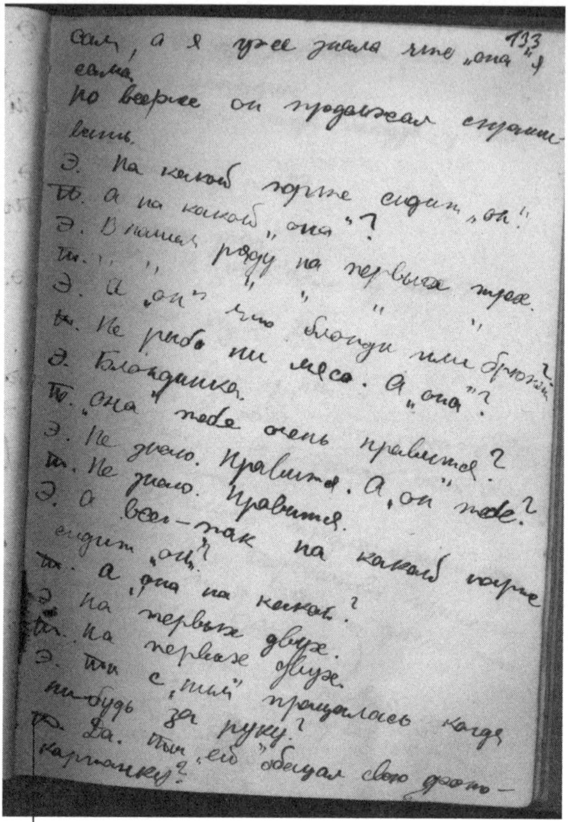

Seite aus meinem Tagebuch. Die Liebeserklärungen von Trawka und Erik, 1940

E. »Sie« sitzt auf der ersten Bank.
T. »Er« sitzt auf der ersten Bank.
»Er« ist Erik.
»Sie« ist Trawka.

Na so was, Trawka, mit 13 Jahren!

Das ist ein Duett zweier verliebter junger Menschen im Jahr 1940. Einfache Worte. Wie weit sind sie entfernt von den romantischen Seelenergüssen des 18. und 19. Jahrhunderts. Es ist ein faszinierendes Spiel, das zwischen Erik und Waltraut stattfindet und beide mit unsichtbaren Fäden gemeinsamer Gefühle verbindet. Und wenn Trawka in ihrem Tagebuch schrieb: »Na so was, Trawka, mit 13 Jahren!«, so war die Ironie das Schild, mit dem sie ihre eigenen Gefühle vor sich selber beschützte.

Scharmützel mit der Erdkundelehrerin

Die rothaarige, korpulente, immer adrett gekleidete Erdkundelehrerin war schon eine reife Frau. Sie betrat die Klasse festen, sicheren Schritts, und dabei war ihr immer der eherne Wille ins Gesicht geschrieben, uns fügsam zu machen. Fünf Minuten später war sie aber schon wieder hin und her gerissen: Zuerst versuchte sie, das Martyrium, das sie mit uns durchzumachen hatte, durch betonte Missachtung und mit verkniffenem Mund in Gestalt von schlechten Zensuren zu ahnden. Dann lächelte sie wieder freundlich und bemühte sich auf gütliche Weise. Oder aber sie dachte sich plötzlich komplizierte und interessante Aufgaben aus. Wie sie gelöst wurden, war ihr aber völlig gleichgültig. Sie verstellte sich ständig. Das Wesentliche aber war, dass sie uns fürchtete und vor Groll gegen uns ständig aus der Fassung geriet. Dabei war sie offensichtlich nicht in der Lage, sich selbst ihre unaufrichtigen wirklichen Gefühle gegenüber ihren Schülern einzugestehen.

Als Pädagoge war J.F. absolut unbegabt und verhielt sich oft taktlos. Als Lehrerin war sie aktiv, offensiv und kategorisch. J.F. war wissenschaftliche Mitarbeiterin, verfasste sogar methodische Leitfäden und gab anderen Lehrern wertvolle Ratschläge. Möglicherweise schätzten die Lehrer ihre profunden Kenntnisse, ihren Fleiß und die Tatsache, dass sie sich als Dozent freiwillig bereit erklärt hatte, ihre wissenschaftlich-methodischen Erkenntnisse in der Schule weiterzugeben.

Wir Kinder gingen aber nicht auf diesen Leim und rächten uns bitter an ihr wie an einem Erzfeind, denn wir begriffen instinktiv ihre Lebensmaxime: Sie genügte sich als Lehrerin selbst, sie brauchte nur ihre methodischen Ideen; uns Kinder aber brauchte sie nicht.

Und wir fanden eine Art der Rache: Sie wollte uns unterwerfen; aber es gelang uns, die Oberhand zu gewinnen. Immer, wenn uns danach gelüstete, brachten wir sie systematisch aus der Fassung. Sie wurde dann krebsrot, verlor jegliche Selbstkontrolle und begann mit kreischender Stimme loszuschreien. Manchmal stellten wir uns ganz folgsam, summten aber mit Unschuldsmiene und geschlossenem Mund die ganze Stunde vor uns hin wie Schmeißfliegen. Oder wir stemmten die Knie gegen die Bank und bewegten die Bänke – eine nach der anderen – mitten in der Stunde ganz leise und langsam bis an die Tafel und wieder zurück. Einmal gerieten wir richtig in Rage: Erbarmungslos trampelten wir wütend mit den Füßen und schlugen die Klappen der Bänke laut auf und zu, so dass die Klassenleiterin zu Hilfe eilte. Es fragte sich nur: wem, ihr oder uns?

Die Schüler der zehnten Klasse brachten einmal sogar einen lebendigen Kater mit in die Erdkundestunde, setzten ihn auf die Bank und zogen ihn in regelmäßigen Abständen am Schwanz. Ein Jahr später erlebten wir ein einzigartiges Schauspiel, auf das wir selbst in unseren kühnsten Rachegedanken nicht gekommen wären. Unter der fülligen, ungelenken, apart gekleideten Frau brach plötzlich der Stuhl zusammen, und vor vierzig weit geöffneten Augenpaaren stürzte sie mit den Beinen nach oben zu Boden. Und dabei erblickten wir ganz profane fliederfarbene Schlüpfer.

Wir konnten sie wirklich nicht ausstehen!

Mir ist natürlich bekannt, dass schwache Lehrer in der Schule keine Seltenheit sind. Doch ich weiß auch, dass es, wenn ein Mensch wie J.F. mit Schülern Kontakt hat, früher oder später zu Zerwürfnissen kommt. Gewöhnlich werden aber die Schüler für den Konflikt bestraft. Sie bekommen eine Retourkutsche. Man versucht, sie dazu zu bringen, dass sie etwas anerkennen, was für sie nicht akzeptabel ist, und dass sie den eigentlichen Schuldigen auch noch um Verzeihung bitten. Nie sagt man den Kindern, dass sie Recht hatten. Ist das nicht der Anfang von Konformismus? Beginnt hier nicht eine soziale Anpassung an etwas, an das man sich nicht anpassen darf?

Es war meine Mutter, die mich immer wieder aus Situationen rettete, an denen J.F. beteiligt war. Hundertmal wurde meine Mutter meinetwegen und wegen der Erdkundelehrerin in die Schule bestellt. Etliche Male kam meine Mutter verweint nach Hause. Und hundertmal sagte sie mir: »Ich glaube dir. Lass uns jetzt aber gemeinsam nachdenken.«

Meine Mutter hatte ein Gespür für Erwachsene, die für Kinder gefährlich werden konnten. Mich zu brechen, erlaubte sie weder sich selbst noch anderen, so schwer das auch für sie war.

Mein Tagebuch enthält eine ganze Reihe von Ereignissen, die die angespannten Beziehungen zwischen der Klasse und J.F. betreffen.

So beschrieb ich am 17. April 1940 folgenden Vorfall: Im Erdkundeunterricht hatte jemand plötzlich laut geschrien. J.F. blickte in der Klasse von einem zum anderen und fragte, wer sich das herausgenommen habe.

Die Kinder sahen sich an, als würden sie ein Komplott schmieden, und riefen dann, es sei Frejman gewesen. Dieser, der Lieblingsschüler von J.F., war aber gar nicht anwesend. Auch ich hatte ein Mal »Frejman« gerufen.

Darauf entspann sich ein lautstarkes Wortgefecht. J.F. nannte unser Verhalten einen Skandal und beschimpfte uns alle als Rabauken. Mich sah sie mit besonders durchdringendem Blick an und meinte, ich solle mich schämen, im pädagogischen Rat der Schule böte ich jedes Mal Gesprächsstoff. Dies wollte ich nicht auf mir sitzen lassen und wies J.F. auf die Aussage unserer Klassenleiterin hin, die mir gesagt hatte, dass man dort über mich diesmal nur positiv gesprochen habe.

Danach versuchte J.F. Elga einzureden, ich sei überheblich und ein schlechter Umgang für sie. Wegen dieser Beleidigungen wollte ich J.F. nach der Unterrichtsstunde zur Rede stellen. Dies nahm mir aber Erik ab. Er ging schnurstracks auf J.F. zu, stellte sich vor sie hin und fragte sie, die Hände in den Hosentaschen, ob er denn tatsächlich ein Rabauke sei. J.F. wollte einlenken, doch es entfaltete sich eine lange, heftige Auseinandersetzung, in der Elga, Erik und ich mit unserer Meinung über die beleidigende Herabsetzung unserer Klasse und einzelner Schüler nicht hinter dem Berg hielten. Wir sprachen alles aus, was uns schon lange auf der Seele brannte, während J.F. sich mit ihren wissenschaftlichen Erfolgen und Publikationen ins rechte Licht zu setzen suchte.

Als wir dann in den Speisesaal kamen, hatte sich unsere Kontroverse mit J.F. in der Klasse schon herumgesprochen. Alle Schüler standen auf unserer Seite.

Doch noch vor dem 1. Mai heizte sich die Situation im Erdkundeunterricht erneut auf. Zwei Wochen lang hatten die an dem Streit vom 17. April Beteiligten die Hausaufgaben in Erdkunde sorgfältig angefertigt, damit J.F. nichts auszusetzen hatte. Doch sie nahm keinen von uns dran. Unsere Ausdauer ging zu Ende. Unmittelbar vor dem 1. Mai riss Erik der Geduldsfaden, und er bekam einen Eintrag in das Disziplinheft. Das war ein einfaches kariertes Schulheft, das in jenen Jahren als Verhaltenskladde diente. Der Ausspruch »Ich trage dich in das Disziplinheft ein!« wurde von den Schülern als ernstzunehmende Warnung vor einer drohenden Katastrophe gewertet. Was sich Erik zu Schulden kommen lassen hatte, war für mich so unbedeutend, dass ich es nicht einmal in meinem Tagebuch notierte. Nach der Pause erzählte mir Erik unter dem Siegel der Verschwiegenheit, dass er zusammen mit einem anderen Schüler die Seite mit den Eintragungen aus dem Disziplinheft herausgerissen hatte. Das wusste ich aber schon von Ruben Nadsharow.

In der nächsten Stunde kam J.O., der stellvertretende Direktor, in die Klasse. Alle glaubten, das habe mit dem Heft zu tun. Außer Rubik und mir wusste aber keiner, wer das Blatt herausgerissen hatte. J.O. erwähnte das Heft jedoch mit keinem Wort und nahm den Unterricht an Stelle der fehlenden Lehrerin auf. Erst als es zur Pause klingelte, legte er Erik die Hand auf die Schulter und bat, dass derjenige, der die Seite herausgerissen habe, zu ihm kommen möchte. Erik biss sich auf die Lippen. Ich ermunterte ihn, zu J.O. zu gehen, und war überzeugt, dass dieser ihn verstehen würde. Die ganze nächste Stunde über schwankte Erik. Mir war es auch nicht einerlei. Denn ich fühlte mich verpflichtet, vor der ganzen Klasse zu sagen, wer das Blatt herausgerissen hatte. Das konnte ich aber nicht und hoffte, Erik würde es selbst tun. Schließlich bat ich ihn darum, denn die Mitschüler hätten sonst Rubik und Tarchanow in Verdacht haben können. Daraufhin beschloss Erik, sich unverzüglich zu melden. Später berichtete er mir dann erleichtert, J.O. habe ihm gesagt, dass er seine Schuld durch seine Ehrlichkeit wettgemacht habe.

Wenn ich daran zurückdenke, so imponiert mir diese kategorische Haltung der Mädchen und Jungen von damals noch immer, und ich bewundere auch noch immer die Reaktion unseres stellvertretenden Direktors J.O.

Später, in der siebenten Klasse, machte ich dann die Erfahrung, welche Auswirkungen es hat, wenn man sich selbst in eine Zwangsjacke steckt. Nachdem meine Mutter meinetwegen des Öfteren in die Schule bestellt worden war und man mir einen Verweis von der Schule angedroht hatte, habe ich mich eine Zeit lang zurückgehalten und im Stillschweigen geübt. Dies betrachtete ich aber als Doppelzüngigkeit und verachtete mich deswegen selbst. Dann geschah es, dass unsere Direktorin eines Tages in die Klasse kam und in wohlwollendem Ton vor der ganzen Klasse verkündete: »Liebe Kinder, Trawka Schälike hat sich gebessert, dafür hat sie ein Lob verdient.« Ich hätte vor Scham und Kränkung versinken mögen. Wenn die Direktorin jetzt Gefallen an mir gefunden hatte, wo ich so unehrlich geworden war, wo ich meine Offenheit eingebüßt hatte und wo man mich erniedrigt hatte, so verdiente auch sie Verachtung, nicht nur ich. Mir wurde klar, dass ich mich nicht aufgeben durfte. Und so begann ein neuer Abschnitt der leidenschaftlichen Suche auf dem Weg, mich selbst und meine Umwelt zu verstehen.

Jahrzehnte später musste ich in Kirgisien beobachten, wie demutsvoll sich meine Studenten von irgendeinem Lehrer wegen einer Lappalie so herunterputzen ließen, dass jedes Denken ausgeschaltet wurde. Ich erlebte, wie sie sich daran gewöhnt hatten, jedem Konflikt mit den Lehrern ängstlich aus dem Weg zu gehen. Da hätte ich sie gern wachgerüttelt, damit wenigstens ein kleiner Funken der selbständigen Urteilskraft und des Muts der Schüler der 175. Moskauer Schule auf sie überspringt.

Ich und die nationale Frage

In der Zwischenzeit wurde mir ein Geschenk des Schicksals zuteil. Und was für eins!

26. Mai 1940:

Da, lest, beneidet mich, seht, wer ich bin: Bürger der Sowjetunion.
(Wladimir Majakowski, Gedichte. Aus: Verse vom Sowjetpass. Nachgedichtet von Hugo Huppert, Berlin 1966, S. 344. D. Übers.)

Unser Glück lag in den Worten des Dichters: Unsere ganze Familie bekam die sowjetische Staatsbürgerschaft! Da ich vor Freude keine eigenen Worte fand, habe ich eine Anleihe bei Majakowski gemacht. Jetzt war ich Bürger der Sowjetunion. Hurra!

Unsere Familie hatte mit einer Aufenthaltsgenehmigung in der Sowjetunion gelebt, keiner von uns hatte eine Staatsbürgerschaft, weder die deutsche, die uns, entweder 1934 oder 1937 aberkannt worden war, noch die sowjetische. Diese Situation hatte mich persönlich nicht weiter beunruhigt. Zu Hause wurde nicht über die Staatsbürgerschaft diskutiert. Nie hatte ich das Gefühl, geächtet zu sein, weder zu Hause im »Lux« noch in der Schule. Ich gehörte der Pionierorganisation an, war deren Gruppenvorsitzende und ein gleichberechtigtes Mitglied des Klassenkollektivs.

Einmal aber hatte meine Mutter erwähnt, dass ich nicht, wie es üblich war, mit 15 Jahren in den Komsomol eintreten könne, weil ich keine sowjetische Staatsbürgerschaft hatte. Darüber war ich sehr empört:

Von Mutter habe ich erfahren, dass ich staatenlos bin und erst mit 16 Jahren in den Komsomol eintreten kann. Die anderen treten mit 15 Jahren ein. Ich jedoch kann das nicht wegen der Staatsbürgerschaft. Aber ich will ja auch gar keine Deutsche sein.

Das schrieb ich am 29. April 1940 ganz ehrlich in mein Tagebuch. Denn die nationale Frage interessierte mich nicht. Damals. Aus Unkenntnis verwechselte ich Nationalität mit Staatsbürgerschaft. Doch das hatte ich nicht bemerkt.

Dass ich eine Deutsche war, wusste ich ja schon, als ich fast noch in den Windeln steckte. Waren meine Eltern doch Deutsche, und ich war auch in Deutschland geboren.

Die nationale Herkunft, die recht exotisch für ein in Moskau lebendes Mädchen war, bewegte weder mich noch meine Klassenkameraden. Elga, Lena und ich sprachen über alles Mögliche in der Welt, nur nicht über die nationale Frage. Die existierte für die Jugendlichen jener Jahre nicht. Oftmals kannten wir die Nationalität der anderen gar nicht und bisweilen sogar nicht einmal die eigene.

Damals geschah es auch, dass ein Junge – es war mein künftiger Mann – die Frage der Lehrerin nicht beantworten konnte, welcher Nationalität er angehöre. Das wurde für die Eintragung ins Klassenbuch benötigt. »Ich frage zu Hause meine Mutter«, versprach er. Wir waren damals sehr stolz darauf, dass in der Sowjetunion alle Nationalitäten gleich waren. So stand das ja auch überall geschrieben! Und darum war es uns gleich, welcher wir selbst angehörten.

Das Tagebuch führte ich in russischer Sprache, und zu Hause sprach ich deutsch. Wenn ich mich in Gedanken mit meinen Freundinnen unterhielt, so tat ich das auf Russisch. Mit Mutter, Vater und den kleinen Brüdern redete ich deutsch. Na und?

In den Jahren 1936/1937 haben mich die Ereignisse des Bürgerkriegs in Spanien sehr beschäftigt. Ehrlich gesagt, hatte ich schon seit meiner Kindergartenzeit immer davon geträumt, nach Afrika zu fahren, um den dortigen farbigen Einwohnern zu sagen, dass sie sich unbedingt zum Kampf gegen ihre Unterdrücker erheben müssten. Ich wollte ja auch Kommissar der Roten Armee werden. Zwar war ich ein Mädchen, wollte aber immer den Charakter eines Jungen haben. Ich war Pionier, Gruppenvorsitzende, und es war mein Wunsch, möglichst schnell Komsomolzin zu werden.

Und plötzlich erklärt man mir, dem könne entgegenstehen, dass meine Eltern politische Emigranten seien, die als Staatenlose mit einer »Aufenthaltsgenehmigung« in der UdSSR leben. Man würde mir aus diesem Grunde erst mit 16 Jahren eine eigene Staatsbürgerschaft geben, natürlich, wenn ich dies möchte, die sowjetische. Aber vorerst sei mir der Weg in den Komsomol versperrt.

Das war vielleicht eine Neuigkeit! Wegen irgendeiner Nationalität sollte ich nicht mit 15 Jahren in den Komsomol eintreten können. Ich war voller Entrüstung. Das hatte mir gerade noch gefehlt! Mir war es doch ganz gleich, wer ich und wer die anderen waren: Deutsche, Juden oder Afrikaner. Ich war sehr davon angetan, als mir meine Mutter sagte, dass sich jeder Bürger in der Sowjetunion jene Nationalität auswählen und in seinen Ausweis eintragen lassen konnte, die er haben wollte. Nach meiner damaligen festen

Überzeugung musste es den Menschen ganz egal sein, wer sie von Geburt aus waren. Diese Ansicht habe ich in meiner Kindheit aus meinem Hause, dem Wohnheim der Kommunistischen Internationale, mitgenommen, wo ich mit Kindern vieler Nationalitäten der Welt gespielt hatte und wo ich erfahren hatte, dass die Kinder, gleich welcher Nationalität, sehr ähnlich sind. Mir war die Nationalität wirklich gleichgültig, ich wollte nur in den Komsomol.

Und dieses Gefühl der Neutralität gegenüber der nationalen Herkunft betraf nicht nur die Kinder des eigenen Landes, sondern es schloss alle Kinder auf der Welt ein. Sie gehörten doch auch zu uns, und ihr Schicksal bewegte uns sogar mehr als das eigene. Die Kinder in den anderen Ländern waren ja in kapitalistischen Ländern geboren, wir aber hatten das Glück, in einem sozialistischen Land zu sein, im ersten der Welt! Wir wünschten uns, dass wir alle Kinder auf der Erde zu uns ins Land holen oder den Kapitalismus auf der ganzen Welt überwinden könnten. Was wäre das für ein Glück! Davon haben Lena, Elga und ich oft geträumt. Ganz besonders bedauerten wir die spanischen Kinder, die den Bombenhagel der Faschisten ertragen mussten, ebenso die jüdischen Kinder in Deutschland, die unter den Pogromen der Nazis zu leiden hatten, und die Kinder dunkler Hautfarbe, die deswegen in den USA von irgendwelchem Pack beleidigt wurden. Wie viel Ignoranz gab es noch auf der Welt! Wir waren aber fest davon überzeugt, dass wir dazu beitragen würden, diese zu überwinden.

Meine Eltern, deutsche Kommunisten, hatten, um dem deutschen Faschismus zu entgehen, in der UdSSR Asyl gefunden. Ihr größter Wunsch war es, in die Heimat zurückzukehren und mitzuhelfen, in Deutschland den Faschismus auszurotten und den Sozialismus zu errichten. Und dennoch sprachen sie mit mir nicht über Nationalstolz und nationale Verantwortung. Gingen sie doch davon aus, dass sich die Verantwortung gleichermaßen auf alle Länder erstreckte und dass man als Deutscher seinen Platz auch in Spanien hatte, weil dort Bürgerkrieg herrschte. Dorthin gingen Friedrich Wolf und Alfred Kurella, mit denen Mutter und Vater befreundet waren.

Plötzlich aber wurde die Welt für mich durch eine unbekannte Kraft eingeschränkt. Ich stand dem verständnislos gegenüber und rätselte, in wessen Interesse dies lag und warum es so war. So schrieb ich: »Aber ich will ja auch gar keine Deutsche sein.«

Jetzt ist mir klar, dass meine damalige Einstellung als Jugendliche im Jahr 1940 eine unberührt reine, wunderbare Illusion über eine gerechte Staatsordnung war, die es in Wirklichkeit gar nicht gab.

In jenen Jahren war vielen Menschen in der Sowjetunion völlig gleichgültig, was bei ihnen selbst oder bei anderen in Punkt 5 des Ausweises eingetragen wurde. Und dieses Gefühl wurde in der Literatur, in der Pressepropaganda und im Radio täglich angesprochen. Denn im Sowjetstaat waren ja alle Völker gleichberechtigt!

Parallel dazu wurden die Völker in jenem Land und in jenen Jahren durch den Staat jedoch in »reine« und »nicht reine« unterteilt. Und ebenso suchte man innerhalb jeder Nation »Freunde« und »Feinde« des Volkes. Die Jugendlichen in Moskau – und nicht nur sie – bemerkten nicht, dass faktisch eine Hierarchie der Völker geschaffen wurde, die den einen gestattete, eine eigene Staatlichkeit zu besitzen, während anderen nicht einmal erlaubt wurde, nur daran zu denken. Bestimmte Völker in den endlosen Weiten des Landes waren »alteingesessen« und andere in denselben Gegenden waren »nicht alteingesessen«. Die einen wurden zum »älteren, über den anderen stehenden ›großen‹ Bruder« erklärt und alle übrigen zu »jüngeren, untergeordneten«. Und Letztere waren verpflichtet, bei jedem feierlichen Anlass ihre untergeordnete Rolle hervorzuheben, was aus den Reden der nationalen politischen Kader immer in treuer Ergebenheit herauszuhören war. Die Tatsache, dass die auf Schritt und Tritt verkündete Gleichheit aller Völker so zu einer Fiktion, und die Freundschaft zu Beziehungen der Herrschaft und Unterordnung wurde, drang nicht ins Bewusstsein, denn der Durchschnittsbürger, insbesondere ein junger, glaubte fest an den Internationalismus und maß seiner eigenen Eintragung in Punkt 5 keine Bedeutung bei.

In der Zeit, als es mir persönlich noch egal war, wer welcher Nationalität angehört, betrieb der Staat schon die Aussiedlung der sowjetischen Koreaner aus dem Fernen Osten und ihre Ansiedlung in Mittelasien. In dieser Zeit erfroren in den Steppen von Kasachstan die Aserbaidshaner, die während der durchgehenden Kollektivierung als fremder »Klassenunrat« hinausgefegt worden waren. Damals waren auch die sowjetischen Finnen bereits auf dem Weg in die Verbannung, schleppten sich von einer Marschstation zur anderen. Da war die Zwangsumsiedlung ganzer Völker schon im Gange: in Frachtwaggons, in Planwagen, in Lastkähnen und Dampfern, bei Hitze und Kälte und auf Wegen, an deren Rändern namenlose Grabhügel von Kindern und Greisen zurückblieben, die die durch fremden Willen aufgezwungenen weiten Irrfahrten nicht überstanden hatten.

Es geschah Ungeheuerliches.

Während aber die Völkerfreundschaft offen verkündet wurde und von den Jugendlichen, die der Presse und dem Radio blind glaubten, verinnerlicht wurde, ging die Verfolgung nach dem nationalen Prinzip in größter Heimlichkeit vor sich und nahm nach und nach gewaltige Ausmaße an.

Von der Doppelzüngigkeit der nationalen Politik im »Land des siegreichen Sozialismus« wussten die Moskauer Schüler jedoch nichts.

Genau ein Jahr später, 1941, zeigte sich mir das Problem der Nationalität von einer bis dahin unbekannten Seite. Nicht zu Beginn des Krieges, sondern einige Monate später musste ich einiges verstehen lernen und über vieles nachdenken.

Was meine eigene Nationalität betraf, so entstanden für mich durch den Beginn des Krieges keinerlei Fragen. Es war klar: Den Krieg führten die deutschen Faschisten, und gegen diese kämpften die Antifaschisten in der ganzen Welt, auch wir, meine Eltern als deutsche Kommunisten und ich als ein sowjetisches Mädchen. Dies kapierten alle. Und als mich in der ersten Kriegswoche irgendeine Frau, die mit in einer Schlange anstand, ärgerlich fragte: »Warum redest du denn mit deinen kleinen Brüdern in der Sprache der Faschisten? Schämst du dich nicht?«, da brauchte ich nicht lange nach eigenen Worten zu suchen. Von irgendeinem Jungen kam die Zurechtweisung: »Sie müssen sich schämen! Das ist die Sprache von Marx und Thälmann! Sie dürfen doch Faschisten und Kommunisten nicht verwechseln!« Schweigend und stolz nahm ich meinen Laib Brot vom Ladentisch und ging mit Wolfgang und Rolf meiner Wege. Ich habe mich bei dem Jungen nicht einmal bedankt, so selbstverständlich war dessen Reaktion für mich. Und die Unbekannte habe ich sogleich der Kategorie der Dummen zugeordnet.

Einen Monat nach Beginn des Krieges wurden die Kinder der Mitarbeiter der Kommunistischen Internationale aus Moskau evakuiert und in einem Internat am Fluss Wetluga untergebracht. Die sowohl in ihrer nationalen Zusammensetzung als auch altersmäßig sehr unterschiedliche Gemeinschaft dieser Kinder war durch und durch internationalistisch. Es gab keinerlei Probleme. Alle verstanden alles ohne besonderes internationalistisches Erziehungsprogramm.

Aus dieser Zeit erinnere ich mich an Folgendes: In die Schule jener Siedlung, die auch wir besuchten, ging ein Junge namens Vitja Garin. Er schenkte mir nicht nur ständig seine Zeichnungen, sondern wollte mich auch porträtieren. Einmal fragte er mich ganz leise: »Sag mal ehrlich, ich werde es auch niemandem erzählen, möchtest du, dass die Russen oder dass die Deutschen siegen?« Ich war weder beleidigt noch ärgerlich, ich weinte auch nicht, sondern antwortete ihm, wie ich es vermochte: »Weißt du, wenn die Faschisten hierher kommen, dann wirst du vielleicht am Leben bleiben, mich und auch meine Eltern werden sie aber gleich aufhängen.« Vitja wusste jedoch bereits, dass meinen Eltern und mir, als ich noch ein Kind war, wegen des antifaschistischen Kampfes meiner Eltern schon lange vor dem Kriege die deutsche Staatsbürgerschaft entzogen worden war. Und ihm war auch bekannt, dass mein Vater stolz darauf war, weil die Nazis damit seinen Widerstand, seinen Hass und seine Verdienste im Kampf gegen sie anerkannt hatten. Garin war beschämt.

Diese Antwort konnte ich aber nur deshalb geben, weil ich vorher schon gezwungen war, über vieles nachzudenken. 1940 hatte ich geschrieben: »Aber ich will ja auch gar keine Deutsche sein!« Und 1942 hatte ich in einem Fragebogen in der Schule die Frage nach der Muttersprache absichtlich mit »deutsch« beantwortet, obgleich das nur die halbe Wahrheit war. Denn in diesem Alter dachte ich meist schon in Russisch. Ich wollte meine Nationalität aber auch nicht mehr verleugnen. Und das geschah gerade in den Kriegsjahren.

Als ich 1943 einen Personalausweis erhielt, habe ich auch, ohne nachzudenken, »Deutsche« in die Spalte für die Nationalität eingetragen. In den Kriegsjahren, als man die Deutschen gewöhnlich als Sadisten darstellte, kam bei mir als Zeichen des Protestes gegen eine so dumme Meinung das trotzige Gefühl der deutschen nationalen Zugehörigkeit auf. Nicht Nationalstolz, sondern einfach menschlicher Stolz gewann damals die Oberhand.

Doch wenden wir uns wieder der 6. Klasse zu.

Die heutigen Leser, die es gewohnt sind, sich für die nationale Zugehörigkeit ihrer Freunde und Bekannten zu interessieren, kläre ich über die nationale Zugehörigkeit jener Gruppe von Freunden aus der 6. Klasse auf, die einen kleinen festen Kreis gebildet hatten: Elga, Lena, ich selbst unter meinem Spitznamen »Trawka«, Erik und Ruben Nadsharow, den wir Rubka nannten. Wir waren zwei Jüdinnen, ein Russe, ein Armenier und eine Deutsche.

Es war tatsächlich so, dass für meine Klassenkameraden die nationale Herkunft der Banknachbarn überhaupt keine Rolle spielte. Darauf waren sie auch stolz, denn sie hielten dies für die höchste Form, ihren Internationalismus zu offenbaren. Sie unterteilten die Freunde hinsichtlich der nationalen Herkunft nicht in solche ein, die »zu uns« oder »nicht zu uns« gehörten.

Der Staat hatte uns alle aber bereits nach dem fünften Punkt unterteilt und damit »ganz arglos« den unverholenen Genozid auch gegenüber den sowjetischen Deutschen, den Tschetschenen, Inguschen, Kalmücken und vielen anderen vorbereitet. Der Punkt betreffs der Nationalität, der in jedem sowjetischen Ausweis stand, bestimmte somit weitgehend das Schicksal eines Menschen.

Die Schüler der 6. Klasse hatten aber von all dem nichts gewusst und blieben naive, reine Internationalisten, die auch noch die Kinder der ganzen Welt in ihr Land holen wollten. Daher interessierte meine Freunde auch nicht sonderlich, dass ich eine Deutsche war.

Fünfzig Jahre später, auf einem Klassentreffen, das 1990 in einer Wohnung in Moskau stattfand, bestürmten mich meine Klassenkameraden, noch bevor ich den Mantel ausgezogen hatte: »Und warum gehst du nicht in die Bundesrepublik?«

Da war ich für sie vom ersten Augenblick an eine Deutsche, dazu noch eine eigenartige, die, obgleich sie die Möglichkeit hatte, in die Bundesrepublik Deutschland auszureisen, dies aus irgendeinem Grunde nicht tat.

Krieg

Vorbemerkung

Ich war vierzehn Jahre alt, als am 22. Juni 1941 der Krieg begann. Hitler-Deutschland und seine Verbündeten überfielen die Sowjetunion.

Mir blieb das Schicksal jener zwei Millionen Männer, Frauen und Kinder, die aus dem Wolgagebiet, aus dem Kaukasus und aus der Ukraine nach Sibirien und Kasachstan ausgewiesen wurden, nur weil sie Deutsche waren, erspart. Sie mussten in wenigen Stunden ihren Wohnort verlassen, obgleich ihre Vorfahren schon 200 Jahre in Russland lebten.

Ich hatte auch ein anderes Los, das sich von dem vieler Kinder deutscher politischer Emigranten unterschied. Meine Freundin Renate Zaisser, die wie ich im Wohnheim der KI lebte und mit der ich in meiner Kindheit auf allen Dachböden des Hotels »Lux« herumgestöbert hatte, war älter als ich. Sie flog während des Krieges in einem kleinen Doppeldecker über die feindlichen Schützengräben und forderte die Soldaten in reinstem Deutsch über Lautsprecher zum Überlaufen auf. Sie erklärte ihnen, dass es Hitler war, der den Krieg brauchte, und nicht sie, die einfachen Menschen, auf die in der Heimat Bräute, Frauen und Kinder warteten. Konni Wolf war als Dolmetscher an der Front und hat später über seine Kriegserlebnisse den Film »Ich war neunzehn« gedreht. Gregor Kurella kam ebenfalls an die Front. Andrej Eisenberger, der auf allen Treppenabsätzen unseres Hauses in der Inschrift »Anarik + Renate = Liebe« verewigt war, wurde wie so viele ins Wehrkreiskommando bestellt. Er bestieg den Zug gemeinsam mit anderen deutschen Jungen aus Moskau und hoffte wie sie, dass es endlich an die Front gehen würde. Doch schon nach einer Minute bemerkte er, dass bewaffnete Begleiter im Zug waren. Andrej landete unter Bewachung als Verbannter in einem gottverlassenen Nest im fernen Sibirien und musste Holz fällen. Er hat überlebt, ist Rentner und wohnt heute in Moskau.

Sein beeindruckendes Buch, »Wenn ich nicht schreie, ersticke ich«, in dem er über seine ruinierte Jugend geschrieben hat, ist 2003 in Deutschland erschienen.

Ich war – wie gesagt – vierzehn Jahre alt, als der Krieg begann, und achtzehn, als er endete. Ich erlebte die Kriegswirren wie tausende Moskauer Schüler, nur mit dem einen kleinen Unterschied, dass ich auch noch eine

»Deutsche« war. Ich war eine Deutsche in Russland in einem Krieg, der von den Deutschen in Deutschland ausging. Auch dies werde ich in meinen Erinnerungen nicht übergehen.

Schon kurze Zeit nach Beginn des Krieges, bereits im Juli 1941, wurde ich zusammen mit meinen kleinen Brüdern aus Moskau evakuiert. Wir kamen in das Internat des EKKI, des Exekutivkomitees der Kommunistischen Internationale. Hier blieb ich bis März 1943, also anderthalb Jahre, von meinem vierzehnten bis zu meinem sechzehnten Lebensjahr. Gerade in diesen beiden Kriegsjahren wurde ich zu einem jungen Mädchen, und dies geschah weit entfernt von meinen Eltern, aber im Kreise ebensolcher Kinder, wie ich es war. Nichts von den beunruhigenden Ereignissen und außergewöhnlichen Umständen der Außenwelt konnte die Gesetzmäßigkeiten der Entwicklung der jungen Menschen stören. Das stellte ich mit Verwunderung fest, als ich erneut meine Briefe las, die ich voller Sehnsucht an meine beste Freundin Elga und an meine Eltern geschrieben hatte. Meine jugendliche Bockbeinigkeit gegenüber meinen Eltern war ohne verstandes- und gefühlsmäßige Anstrengungen gänzlich verschwunden. Fern von zu Hause, empfand ich große Liebe zu meinen Eltern, zu beiden gemeinsam und zu jedem einzeln. Zu meinem Erstaunen war es nicht meine Mutter, sondern mein Vater, der mir am meisten schrieb. Fast täglich schrieb auch ich, aber nicht ihnen, sondern meiner Freundin Elga.

Die Briefe meines Vaters widerspiegeln seine Weltanschauung, seine Ansichten als überzeugter Antifaschist, der Hitler abgrundtief hasste und den Sieg der Roten Armee über die faschistischen Heerscharen sehnsüchtig herbeiwünschte. Vater litt noch lange darunter, dass er wegen seiner Augen nicht arbeiten konnte. Endlich, im Frühjahr 1942, konnte er wieder tätig sein. Man beauftragte ihn, Texte in deutscher Sprache, die über den sowjetischen Rundfunk ausgestrahlt wurden, zu verfassen. Die Briefe meines Vaters sind Zeitdokumente. Nicht jeder, der sie heute liest, so weiß ich, wird die damaligen Überzeugungen meines Vaters teilen.

Mutter arbeitete in einer Behörde, die die Sendungen deutscher Rundfunkstationen empfing. Sie stenographierte nicht nur die Reden von Hitler und Goebbels, sondern alles, was für die Führung der KI von Bedeutung war. Von ihrer Arbeit schrieb mir meine Mutter aber nichts. Dafür ging sie ausführlich auf meine persönlichen Probleme ein. Aus ihren Briefen ist ersichtlich, was sie über Liebe, über die Gleichberechtigung der Frau und überhaupt über deren Rolle dachte. Auch das sind interessante und authentische Zeugnisse jener Zeit.

Von mir selbst ist in den Briefen ebenfalls die Rede: wie ich mich während des Krieges verliebte, wie ich während des Krieges lernte, wie ich arbeitete als ein deutsches Mädchen, das in einem internationalen Internat lebte und eine russische Schule in einer kleinen Siedlung fernab von Moskau besuchte. Wie habe ich mich dort gefühlt während des Krieges, unter Nichtdeutschen, unter Schülern, deren Väter im Krieg waren und im deutschen Kugelhagel ihr Leben verloren?

In dieser Zeit machte ich mir schon ernsthaft Gedanken über meine eigene Zukunft. Welchen Beruf sollte ich wählen? Wo sollte ich leben: in Deutschland oder in der UdSSR? Die Frage nach der Heimat, die mich ganz allmählich beschäftigte, verlief sicherlich auch deshalb ohne emotionale Spannungen, weil an eine Rückkehr nach Deutschland zunächst nicht zu denken war. Trotzdem ist diese Frage in meiner Kindheit und Jugend nie von der Tagesordnung verschwunden und hat mich lange unterschwellig begleitet.

Unbeabsichtigt und wohl auch unerwartet wird in meinen Briefen durch das Prisma meiner recht optimistischen Einstellung gegenüber allen Schwierigkeiten des Krieges auch das alltägliche Leben im Hinterland sichtbar, wo wir Kinder wie die Erwachsenen gearbeitet haben – im Winter einige Stunden parallel zum Schulunterricht und im Sommer mit ganzer Kraft einen ganzen Arbeitstag lang.

Diesen Teil meiner Erinnerungen habe ich an Hand vieler noch erhalten gebliebener Briefe aus den Jahren 1941 bis 1943 geschrieben. Sie geben authentisches Zeugnis von einer längst entschwundenen Zeit, lassen die Gedanken und Gefühle jener Tage wiedererstehen, ohne jene »Korrekturen«, die das Gedächtnis später fast instinktiv vornimmt.

Der Beginn des Krieges

Kam der Krieg für uns unerwartet? Keinesfalls. In Europa war ja bereits seit fast zwei Jahren Krieg. In Moskau gab es regelmäßig Luftschutzübungen. Die Schüler trainierten, um die Normen für das Sportprogramm »Bereit zur Arbeit und zur Verteidigung« zu erfüllen. So wie es die Vorschrift verlangte, hatten wir zu Hause Gasmasken. Die Erwachsenen unterhielten sich über den Krieg in Europa und auch darüber, dass er nicht an uns vorbeigehen würde. Die Möglichkeit, dass es zu einem Krieg kommen würde, wurde also keineswegs verschleiert. Selbst wir Schulkinder verstanden das sehr gut.

Was fühlten wir Moskauer Schüler damals, als der Krieg längst schon als unausweichlich galt?

Ich erinnere mich an einen Vorfall, der sich noch in der sechsten Klasse ereignete und mich und meine Schulfreundinnen betraf.

Aus den Lautsprechern, die sich in jedem Haus befanden, war immer wieder das Lied zu hören »Wenn morgen Krieg ist, wenn es morgen ins Feld geht«. Die Jugendlichen wollten sich auch in dieser Situation bewähren. Sollte der verruchte und – wie wir glaubten – auch dumme Feind es wagen, das beste und stärkste Land der Welt anzugreifen, so waren wir fest davon überzeugt, dass es zu einem sehr raschen Sieg der mächtigen Sowjetunion kommen würde.

Wir verfolgten gespannt den Kriegsverlauf und lauschten aufmerksam den Gesprächen der Erwachsenen. Voller Hochachtung bewunderten wir die zeitgenössischen französischen Gavroches, die schon gegen die Faschisten kämpften.

Was konnten wir Schüler einer Moskauer Schule schon anderes tun, als unsere Hausaufgaben zu machen, ungeachtet der immer häufiger werdenden Luftschutzübungen, bei denen in Räumen mit verdunkelten Fenstern nur Lampen mit blauen Birnen brennen durften.

Nichts, es sei denn, man finge in Moskau einen Spion. Wie sehr haben wir uns so etwas gewünscht!

Zu unserem Glück entdeckte Karina Urizkaja, übrigens eine Verwandte des 1918 von Sozialrevolutionären ermordeten Volkskommissars des Inneren, eines Tages in der verdunkelten Staropimenski-Gasse deutliche Lichtsignale. Im Stockdunklen leuchtete in einem der Häuser in gewissen Abständen ein schmales Fensterchen auf. Die Abfolge der Signale war unregelmäßig. Mit dem Morsealphabet klappte es nicht. Das Fenster blieb etwa eine oder zwei Stunden lang dunkel. Dann setzte plötzlich eine Lichtinszenierung ein: 30 Sekunden hell, 15 Sekunden dunkel, 2 Minuten hell, eine halbe Stunde dunkel, immer hell, dunkel, hell, dunkel. Bisweilen erschien es wie ein Feuerwerk und bisweilen wie Zeitlupenaufnahmen. Was hatte das wohl zu bedeuten?

Karina konnte das geheimnisvolle Lichtalphabet selbst nicht entschlüsseln. Wäre sie aber gleich zur Miliz gegangen, hätte sie keine Möglichkeit mehr gehabt, den Spion persönlich zu fangen. So teilte sie ihre Beobachtungen unter dem Siegel größter Verschwiegenheit ihren Klassenkameradinnen Tschara Bryskina und mir mit.

Noch am selben Abend gingen wir zu dritt dorthin, um das schmale Fensterchen zu observieren. Und tatsächlich: Es kamen Signale! Zweifel waren ausgeschlossen. Es musste gehandelt werden.

Es verstand sich von selbst, dass der Spion am Tatort gestellt werden musste. Hierzu wurde ein ausführlicher Plan ausgearbeitet. Ich blieb auf der Straße, um das Fenster zu beobachten. Tschara stand in der Telefonzelle, um, falls Gefahr im Verzuge wäre, sofort die Miliz anzurufen. Karina aber, die sich mit ihrer Wachsamkeit den Ruhm des Hauptheldinnen verdient hatte, sollte alles auskundschaften. Sie sollte in jene Wohnung gehen und mit Unschuldsmine sagen, sie habe sich in der Tür geirrt. Wenn man den Faschisten bei der Arbeit erwischte, dann würde er so überrascht sein, dass er die Fassung verliert.

Doch nicht den vermeintlichen Faschisten, sondern Karina ergriff Kopflosigkeit. Enttäuscht und ernüchtert kam sie langsam die Treppe herunter auf die Straße und berichtete, jeden Elans beraubt und mit erstickender Stimme, über die Ergebnisse ihrer Untersuchung:

Im fraglichen Haus befand sich eine große Wohnung mit vielen Mietern. Das Fenster gehörte zur Toilette, die aufgesucht wurde, wenn man von der Arbeit kam. Man hatte ihr versprochen, das Fenster zu verdunkeln.

So wurden wir Dreizehnjährigen leider nicht zu Helden. Unser sehnlichster Wunsch hatte sich nicht erfüllt.

Die ersten Kriegstage

Wir, die junge Vorkriegsgeneration der sowjetischen Hauptstadt, wollten so gern Heldentaten vollbringen. Wen sollte es da wundern, wenn die erste Nachricht vom Überfall am 22. Juni 1941 als glücklicher Aufschrei meiner besten Freundin Elga in mein Leben einging: »Trawka! Es ist Krieg!« Mit dieser Botschaft, die sie im Rundfunk gehört hatte, kam sie zu uns in die Datsche gerannt, wo unsere Familie den Sommer 1941 verbrachte, ganz in der Nähe der Datsche von Elgas Eltern. Elga und ich hockten uns gleich aufs Bett und stellten uns aufgeregt vor, was wir als Partisaninnen tun würden.

Verstanden wir, dass ein Krieg schrecklich ist? Ich weiß es nicht. Wollten wir Krieg? Nein, wir wollten ihn nicht. Wir waren aber fest entschlossen, im Kampf gegen den Faschismus mutige Taten zu vollbringen, und der Krieg schreckte uns nicht. Wir hatten uns darauf vorbereitet. Wir hatten unseren Willen erprobt, wir hatten es gelernt, schweigend Schmerzen zu erdulden, um, falls wir Sadisten in die Hände fallen sollten, kein Kriegsgeheimnis preiszugeben.

In Moskau war nach wie vor oft Fliegeralarm. Dessen Folgen versuchte ich mich immer zu entziehen, indem ich die Diensthabenden, die mit einer

Armbinde auf jeder Etage des »Lux« standen, umging und auf die Straße rannte. Einmal aber klappte dies nicht. Ich musste in den Luftschutzkeller gehen und sogar meinen Einkauf mitnehmen. Da ich dort noch nie gewesen war, nutzte ich die Gelegenheit, um mich im Luftschutzkeller umzusehen. Mit meinem Einkaufspaket reservierte ich mir für alle Fälle einen Stuhl und begann meine Exkursion. Auf einer Trage wurde der Vater von Sylvia Dengel, Philipp Dengel, durch die enge Tür hereingebracht. Er war Mitglied des ZK der KPD und des EKKI und hatte am Tage, als Deutschland die Sowjetunion überfallen hatte, einen Schlaganfall erlitten, von dem er sich nie wieder erholte. Seine Frau saß schweigend neben der auf der Erde stehenden Trage. Die Erwachsenen waren unruhig, doch still und diszipliniert. Ehrlich gesagt, war auch ich ängstlich, aber ich wollte diese »Schande« nicht eingestehen, nicht einmal mir selbst. Als aus dem Lautsprecher das Kommando ertönte, dass alle auf ihren Plätzen sitzen bleiben sollten, gehorchte ich. Seltsamerweise erinnere ich mich bis heute sehr gut daran, wie ich nach dem Ende des Fliegeralarms meine Einkäufe suchte und auf einmal feststellte, dass ich die ganze Zeit auf den kalten, feuchten Koteletts gesessen hatte, ohne dies zu bemerken.

Wie viele meiner Altersgenossen klammerte auch ich mich noch lange Zeit an meine romantischen Vorstellungen, dass wir ein leichtes Spiel gegen die Aggressoren haben und den Feind bald besiegen würden. Dieser Ansicht war ich auch noch, als ich bereits Moskau verlassen hatte und mich in der Evakuierung befand.

Kriegswege

Am Vortag des ersten großen Bombenangriffs der faschistischen Luftwaffe auf Moskau im Juli 1941 fuhr ich mit meinen kleinen Brüdern in das Gebiet Gorki. Wir kamen in ein Erholungsheim des Automobilwerks von Gorki, nach »Lesnoi Kurort«, in den »Waldkurort«, unweit der Bahnstation Wetlushskaja.

Die Wege des Krieges zogen sich durch das ganze Land. Dies waren Wege, auf denen nicht nur Soldaten gingen, sondern auch Kinder. Es waren Kriegswege, selbst wenn dort keine Bomben fielen, keine Kugeln flogen und nicht einmal ein Tropfen Blut vergossen wurde.

Für mich und weitere siebenhundert Kinder von Mitarbeitern der KI begann dieser Weg am Kursker Bahnhof in Moskau. Wir wurden evakuiert. Die Mütter brachten ihre Kinder zum Bahnhof, führten sie in die Waggons,

Mit Wolfgang und Rolf 1941, einige Monate vor Kriegsausbruch. So sahen wir aus, als wir ins Kinderheim fuhren

setzten sie auf die Bank und gingen wieder auf den Bahnsteig, um von dort aus durch das Zugfenster ins Abteil zu sehen.

Was aber taten die Kleinen? Die Zwei-, Drei- und Vierjährigen wollten nicht akzeptieren, dass ihre Mütter auf der anderen Seite des Fensters standen. Mit verzweifeltem Schreien machten sie ihrer Angst Luft, dass die Mutter es vielleicht nicht schaffen würde, wieder in den Zug einzusteigen. In vielen Sprachen riefen sie nach der Mutter!

Auf dem Bahnsteig kämpfte eine rothaarige hübsche Engländerin mit den Tränen, die unwillkürlich über ihre Wangen strömten. Sie wollte vermeiden, dass ihr kleiner Harry die Tränen sah. Er hatte sie auch nicht bemerkt. Er war sechs Jahre alt und verkroch sich in die Ecke der oberen Pritsche, denn er hatte schon begriffen, dass die Mutter draußen vor dem Fenster bleiben würde. In seinem Herzen hatte der Krieg sein Werk bereits getan.

Unsere Mutter weinte nicht, als sie uns zum Bahnhof brachte. Es gelang ihr, gefasst zu bleiben. Meine Brüderchen, Wolf und Rolf, zeigten keinerlei Verdruss. Sie setzten sich schnell auf einen Fensterplatz und blickten Mutter fröhlich an. Sie verstanden noch nichts und freuten sich sogar, dass sie zusammen mit der großen Schwester mit dem Zug weit, weit weg fahren durften. Sie konnten es gar nicht erwarten, bis der Transport losging und sie

Wolfgang und Rolf 1941, kurz vor Kriegsbeginn

endlich »das große Wasser« sehen würden. Schließlich ruckte der Wagen, und der Zug setzte sich langsam in Bewegung.

»Pass auf die Brüder auf! Das ist jetzt die höchste Aufgabe deines Lebens!«, rief meine Mutter in den anfahrenden Zug. Sie erwartete, dass ich nun erwachsen würde. Mit vierzehn Jahren.

Und ich wurde auch erwachsen, wurde eine erwachsene Jugendliche – wie viele meiner Altersgenossen. Das geschah fast augenblicklich, innerhalb einer einzigen Nacht. Für jeden Wagen war eine erwachsene Frau verantwortlich, der zwei Jugendliche zur Hand gehen sollten. Wir fuhren nicht in der ersten Klasse, die Abteile mit gepolsterten Sitzen hatte, sondern zweiter Klasse, die nur mit harten Pritschen ausgestattet war. Auf jeder Lagerstatt war ein Kind untergebracht, manchmal waren es auch zwei im Krippen- oder Kindergartenalter. Auf den Bänken gab es weder Decken noch Kissen, ja nicht einmal Matratzen. Es waren nackte Pritschen, die von früheren Passagieren in den Jahren vor dem Krieg glatt geschliffen worden waren. Die Fenster waren verdunkelt.

Erschöpft vom Weinen, von der Angst und der Verzweifelung schliefen die Kinder schließlich ein.

Die Frau, die für unseren Wagen verantwortlich war, ließ sich überhaupt nicht blicken. Sie hatte sich mit ihrem eigenen Kind an das Ende des Wagens verzogen. Über dieses Verhalten war ich zwar ungehalten, doch nicht verwundert. Mit meinen vierzehn Jahren kam ich mit der Welt der Erwachsenen nicht sonderlich zurecht, und die Apathie der verzweifelten Mutter des Kleinkindes war nur Wasser auf die Mühlen meiner wenig schmeichelhaften Vorstellungen von den meisten Erwachsenen. Mit großem Eifer bewachte ich mit Boris Fedotow, einem Schüler der Oberstufe, den Schlaf der Kinder. Dafür hat mich mein Vater dann auch in seinem Brief vom 8. August 1941 gelobt.

Eure Reise war wirklich eine beschwerliche Angelegenheit, umso schändlicher, dass die verschiedenen Mütter sich so egoistisch verhalten haben. Wir sind sehr froh, dass du so tüchtig zugegriffen hast und es auch weiter so hältst ... Greift ihr großen Mädels nun weiter so zu, wer jetzt nur an sich und seine eigenen Freuden und Vorteile denkt, handelt wie ein Feind unseres Landes.

Der fünfzehnjährige Boris und ich hatten eine richtige Nachtwache organisiert: Wir wechselten die Wache alle zwei Stunden und achteten darauf, dass keines der Kinder schlaftrunken von den hin und her schaukelnden Pritschen fiel.

Als mich Boris einmal zu meiner Wache weckte, bemerkte ich, dass er kein Hemd und keine Jacke mehr an hatte. Damit hatte er zwei kleine Kinder zugedeckt, die im Schlaf vor Kälte geweint hatten. Dann gab er auch noch seine Hosen weg, um ein anderes Kind zuzudecken.

In einer entfernten Ecke des Wagens hörten wir plötzlich ein leises Schluchzen. Es kam von einem sechsjährigen Jungen, der nicht wusste, wie er sich bemerkbar machen sollte, um zur Toilette zu gehen. In seiner Not hatte er sich in die Hosen gemacht. Wir haben nicht geschimpft, sondern ihn beruhigt und gewaschen.

Einige Monate später, im Internat, übernahm Boris eine Aufgabe, die sich niemand zutraute. Da es keinen einzigen erwachsenen Mann in der Oberstufe gab, musste er eine Kuh schlachten und zerlegen. Er war mit dem Tier und einem Beil ganz allein im dunklen Stall und erlaubte keinem, bei diesem schrecklichen Schauspiel zugegen zu sein. Boris war ein Stadtjunge und hatte nur ein einziges Mal in einem Dorf zugesehen, wie so etwas gemacht wurde.

So wurden wir erwachsen. Das geschah freilich nicht immer und nicht in allem so, wie Kinder eigentlich erwachsen werden sollten, schließlich war Krieg.

Das Internat der Kommunistischen Internationale Juli 1941 – März 1943

Der Kummer meiner kleinen Brüder im »Waldkurort«

Zwei Tage dauerte die Fahrt bis zur Bahnstation Wetlushskaja. Von dort ging es in einem Kahn und in Booten weiter zum Hafen »Lesnoi Kurort«, »Waldkurort«. Eine Allee mit riesigen Kiefern führte zu behaglichen Holzhäusern mit zwei Stockwerken, die jetzt unser Zuhause sein sollten. Der »Waldkurort« war ein Erholungsheim mit einer Tanzfläche und einer Gaststätte, einer eigenen Poststelle und einer umfangreichen Wirtschaft zur Selbstversorgung – mit Kuhstall, Treibhaus, Feldern und Gemüsegärten. Dieser ganze Reichtum war über einen dichten, üppigen Wald verteilt, wo es Windbruch und Pilze, Heidelbeeren und Preiselbeeren gab, wo Kiefern und Birken standen und wo unter den Fichten Fliegenpilze wuchsen. Es gab auch eine große Lichtung von unglaublicher Schönheit, auf der Kamille blühte. Im Wald wucherten Farne und plätscherten kleine Bächlein. Das Wichtigste aber war der große Fluss, die Wetluga, die unmittelbar am Ende der Allee, fünf Minuten von dem Haus entfernt, in dem wir Mädchen wohnten, vorbeifloss. Die Wetluga hatte Bereiche, in denen das Wasser rasend schnell strömte, während es an anderen Stellen ganz ruhig war. Sie funkelte in der Sonne und wurde nachts ganz dunkel. Sie hatte leicht zugängliche und verborgene Stellen und lockte uns Jugendliche täglich mit neuen Verführungen.

Es war ein wirklicher Kurort. Aber in Kriegszeiten.

Meine kleinen Brüder wohnten nach unserer Ankunft im »Wald« zuerst mit mir in einem Zimmer, gemeinsam mit Mädchen meines Alters. Da haben sie die Eltern wohl nicht so sehr vermisst. Da ich in ihrer Nähe war, fühlten sie sich gut aufgehoben.

Bald aber wurde der Kindergarten eröffnet, und man wies mich an, Wolf und Rolf dorthin zu geben. Sie kamen in unterschiedliche Gruppen, denn der eine war noch keine drei Jahre alt, während der andere gerade vier Jahre alt geworden war. Es wurde nicht erlaubt, dass sie beide in eine Gruppe kamen.

Nun waren sie Tag und Nacht allein, ohne die Eltern, ohne die Schwester und ohne den anderen Bruder. Rolf wollte sich damit überhaupt nicht abfin-

Lesnoi Kurort, der »Waldkurort«. Die berühmte Allee, die wir zum ersten Mal beschritten, als wir von der Anlegestelle zu den Wohnhäusern gingen

Wie schön es dort war!

Hier wohnten 700–1000 Zöglinge und Erzieher des Kinderheims der Komintern

Am Ufer der Wetluga

den. Jedes Mal, wenn er mich traf, näselte er, dass er in die »andere Datsche« wolle. Er wusste aber nicht, wo die »andere Datsche« war. Aus diesem Grunde versuchte er sich mit seinen nicht einmal drei Jahren fast jeden Tag aus der Gruppe davonzustehlen und in die Nachbargruppe zu gelangen, wo sich der vierjährige Bruder befand. Mit dem wilden Ruf »Trawka!!!« liefen sie Hand in Hand zu dem ihnen bekannten Haus, in dem die Schwester wohnte. Der verzweifelte Schrei drang in alle Häuser, und die Mädchen riefen mir dann zu: »Deine Brüder kommen wieder angerannt.«

Ich tröstete die Kleinen, so gut ich es vermochte. Ich trocknete ihre Tränen und versprach ihnen, dass ich wie immer am Abend zu ihnen ins Schlafzimmer kommen und bei ihnen sitzen würde, bis sie eingeschlafen wären.

Mein Versprechen hielt ich auch strikt ein. Als erster war Rolf an der Reihe. Er schlief schnell ein, sobald ich nur in seiner Nähe war. Wolf aber hielt meine Hand ganz fest und ließ sie nicht los. Er atmete schon gleichmäßig, seine Augen waren geschlossen, es schien, als schlafe er. Wenn ich aber versuchte, meine Hand aus der Umklammerung zu lösen, öffneten sich seine Augen sofort ganz weit und seine Lippen flüsterten: »Geh nicht weg.« Ehrlich gesagt, ich war es manchmal leid, so lange bei dem Brüderchen zu sitzen. Schließlich hatte ich mit meinen vierzehn Jahren abends ja auch schon selbst etwas vor.

Rolf und Wolf waren jedoch nicht damit zufrieden, dass ich nach dem allabendlichen Zuspruch stets wieder wegging, und sie kamen weiterhin Hand in Hand verzweifelt weinend zu meinem Haus gerannt.

Schließlich erklärten mir die Erzieherinnen des Kindergartens, dass meine Besuche am Abend nachteilig seien, weil die Kleinen sich schwerer eingewöhnen würden als andere Kinder, die niemanden hatten. So erhielt ich ein »Verbot«.

Auf Weisung der Erwachsenen versteckte ich mich einige Tage, wenn meine Brüder kamen, unter dem Bett im Nebenzimmer. Die Mädchen sagten den weinenden Kindern dann, dass »Trawka nicht da« sei. Ihr Schluchzen brachte mich fast um den Verstand. Doch um die Eingewöhnung meiner Brüder zu erleichtern, ging ich weiterhin folgsam in mein Versteck. Enttäuscht und kummervoll machten sich Rolf und Wolf, die sich immer an den Händen gefasst hielten, auf den Rückweg und gingen in ihre Gruppen.

Ich weiß bis heute nicht, ob das Besuchsverbot im Interesse der schnelleren Eingewöhnung der Brüder in ein Leben ohne Eltern und Schwester richtig war. Und ich weiß auch nicht, ob ich recht tat, auf die Erwachsenen zu hören. Ich kann nicht sagen, was in der Seele meiner kleinen Brüder vor sich ging, die verstört waren und sich verlassen fühlten – zuerst von den Eltern, die nicht mit ihnen in den Zug gestiegen waren, und dann auch noch von der Schwester. Doch ich bin überzeugt, dass in ihren kleinen Herzen ein ungutes Gefühl zurückblieb. Die Wunden, die durch den Krieg geschlagen wurden, sind wohl nie richtig verheilt. Bei Rolf jedenfalls bluten sie noch heute. Sie sind verborgen hinter panischer Angst, erneut verlassen zu werden, und auch hinter unsinnigen stetigen Provokationen von Menschen, die er schätzt, um zu prüfen, ob ihre Liebe diese Attacken aushält. In Rolf schlägt aber immer noch das Herz des fröhlichen, lieben Schelms, dem durch den Krieg schwere Verletzungen beigebracht wurden.

Die Sorgen der Eltern

In der Ferne, in Moskau, indessen waren die Eltern in größter Unruhe um ihre evakuierten Kinder: Die Mütter und Väter versuchten, diese Sorgen zu verdrängen, indem sie rastlos für einen möglichst baldigen Sieg über den Faschismus arbeiteten.

Zwischen Moskau und dem »Waldkurort« verkehrte regelmäßig ein Autobus, der neue Kinder und auch Briefe und Päckchen für die Bewohner des Internats brachte. Für Briefe nutzten wir auch die reguläre Post, denn der Autobus aus Moskau war nicht nur eine riesige Freude, sondern auch ein seltenes Ereignis.

Meine erste Nachricht erhielten die Eltern am 27. Juli. Diese und alle anderen Briefe, die ich bis zum 16. Oktober 1941 nach Moskau abgeschickt hatte, wurden jedoch während der Evakuierung meiner Eltern nach Ufa gestohlen.

Mein Vater antwortete gleich am nächsten Tag, am 28. Juli, übrigens in deutscher Sprache und auf einer Postkarte.

Liebes Trautchen, soeben kam deine erste Karte an, die du uns im Zug geschrieben hast. Sie war 11 Tage unterwegs! Du kannst dir denken, wie wir jeden Tag auf weitere Nachrichten warten, aber wenn die Postverbindung so langsam geht, müssen wir eben noch Geduld haben ... Haben Rolf und Wolfi schon geweint, weil sie nicht nach Hause dürfen? Siehst du sie öfter? Wie lebst du? Was hast du für gesellschaftliche Arbeiten? Berichte uns über alles. – Wir sind

gesund, müssen bei Alarm in den Keller, und dann sind wir besonders froh, dass ihr euer Leben und eure Arbeit ohne diese Störungen abwickeln könnt ...
Euer Papa
Herzliche Grüße auch für Fanni, Nina, Genossin Schüller, Molkte und alle, die wir kennen.

Am selben Tag, an dem mein Vater die Postkarte an mich abgeschickt hatte, schrieb auch ich meinen Eltern und berichtete ihnen und anderen Eltern über unsere Ankunft im »Wald« und die ersten Tage in der neuen Umgebung.

Vater antwortete mir wieder umgehend, am 5. August 1941.

Liebes Trautchen,
mit deinen Brief vom 28.7. hast du uns und vielen anderen eine große Freude bereitet. Es ist der erste Brief, den wir nach 20 Tagen erhalten haben, und wir sehen aus ihm, dass du unsere Zeit richtig begriffen hast ...
Alle Mütter, über deren Kinder du berichtet hast, sind dir sehr dankbar. Für alle waren es die ersten Zeilen, die sie über ihre Kleinen zu lesen bekamen! Dass Wölfi 5 Tage geweint hat, ist mir zu natürlich, ihm fällt ja jede Umstellung besonders schwer. Aber jetzt, nach seinem Appetit zu urteilen, scheint der Trennungsschmerz überwunden zu sein. Sei immer lieb mit ihm, wenn du ihn siehst. Und Rolf? Was macht unser kleiner Wildfang und Übermut? Er hat natürlich nicht so sehr nach Papa und Mama verlangt und sich schneller in seine Lage gefunden. Oder will er noch auf die »andere Datsche«? Sind Wölfi und Rolf in einer Gruppe? Sprichst du mit ihnen ein wenig deutsch?...
Gibt es in deiner Gruppe ein kleines Mädchen namens Tamara Schatz? 4 Jahre. Sieh mal zu, dass du ein paar Zeilen über ihr Befinden schreiben kannst, die Mutter hat nämlich schwache Nerven und ist schon ganz nervös, weil sie nichts von ihrem Kind hört. Können die dortigen Mütter nicht übernehmen, regelmäßig über drei bis vier Kinder kleine Information zu geben? Das ist doch keine große Arbeit, aber für die in Moskau gebliebenen Mütter eine große Beruhigung. Warum schreibt Genossin Grete Grose, eine alte Mitarbeiterin des Verlages, keine Zeile über einige Verlagskinder? Das ist mir einfach unverständlich. Sprich und schimpf einmal mit ihr ...
Unser Leben geht seinen gewöhnlichen Gang. Moskaus Straßenbild wird beherrscht von den vielen Sandsäcken, die hoch aufgetürmt vor allen Schaufenstern gestapelt sind. Lux hat sehr schöne Bombenunterstände eingerichtet, alle Bewohner können langliegen und schlafen ...

So, nun mach ich Schluss. Ich muss den Brief noch wegbringen, und viel schreiben fällt mir schwer. Mama arbeitet, kommt erst morgen Abend nach Hause, darum schreibe ich allein. Lasst es euch weiter gut gehen, arbeite weiter so tüchtig und fröhlich, und vergiss nicht, immer lieb und nett mit Wölfi und Rolflein zu scherzen, sie brauchen beide ja noch so viel Liebe. Und du? – Schreibe uns oft und viel.
Einen lieben Kuss.
Papa

Für meine Eltern gab es gleich zu Anfang außer unserer Trennung noch eine andere große Aufregung. Von einer Bekannten, die im Kindergarten des »Waldkurorts« mit geholfen hatte und wieder nach Moskau zurückgekehrt war, hatten sie telefonisch erfahren, dass Rolf an der Ruhr erkrankt war.

Die Sorge spricht aus jeder Zeile des Briefes meines Vaters vom 29. August 1941.

Hier ist eine Genossin von Rolfs Gruppe eingetroffen, und von ihr erfuhren wir, dass Rolf Durchfall mit Blut hat. Wir sprechen erst morgen Abend mit der Genossin ausführlich. Sie sagte uns am Telefon, dass du Rolf im Isolator besucht hast. Du wirst uns wohl schon darüber geschrieben haben und hast hoffentlich die Möglichkeit, dich während seiner Krankheit öfter um ihn zu kümmern. Durchfall mit Blutabgang ist immer eine ganz ernste Sache und bei kleinen Kindern doppelt ernst. Bei nicht richtiger Pflege, bei nicht peinlichster Sauberkeit, bei nicht richtiger Diät kann solche Krankheit schlimm ausgehen.

Wie konnten unsere Eltern die Trennung von uns, und besonders von den beiden kleinen Knirpsen Wolf und Rolf, nur ertragen? Das ist mir unbegreiflich.

Einen reichlichen Monat später musste Rolf über einen längeren Zeitraum immer wieder auf die Quarantänestation. Meine Mutter hatte mit mir vereinbart, dass ich stets die volle Wahrheit über den Gesundheitszustand meiner kleinen Brüder berichten sollte. Nur dann würde sie sich nicht unnütz Sorgen machen. Diese Verpflichtung habe ich strikt eingehalten: Ich habe niemals etwas verharmlost. Ich weiß nicht, wie meine Eltern auch dies noch verkrafteten.

Vielleicht war es Rolfs Art, gegen den Krieg zu »protestieren«, durch den er von den Eltern getrennt wurde: Er wurde krank – zum Trotz gegenüber

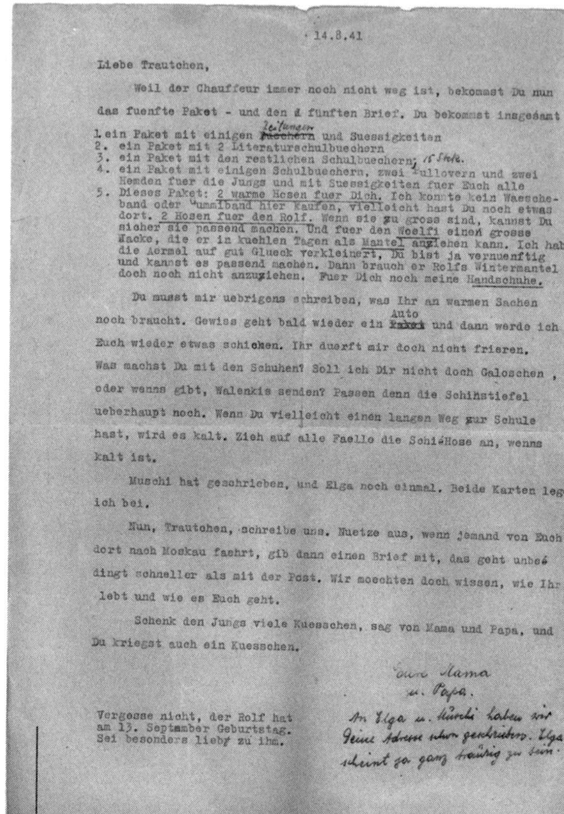

14.8.41

Liebe Trautchen,

Weil der Chauffeur immer noch nicht weg ist, bekommst Du nun das fuenfte Paket - und den ~~4~~ fünften Brief. Du bekommst insgesamt

1. ein Paket mit einigen ~~Buechern~~ Zeitungen und Suessigkeiten
2. ein Paket mit 2 Literaturschulbuechern
3. ein Paket mit den restlichen Schulbuechern; 15 Stck.
4. ein Paket mit einigen Schulbuechern, zwei Pullovern und zwei Hemden fuer die Jungs und mit Suessigkeiten fuer Euch alle
5. Dieses Paket: 2 warme Hosen fuer Dich. Ich konnte kein Waescheband oder Gummiband hier kaufen, vielleicht hast Du noch etwas dort. 2 Hosen fuer den Rolf. Wenn sie zu gross sind, kannst Du sicher sie passend machen. Und fuer den Woelfi einen grosse Jacke, die er in kuehlen Tagen als Mantel anziehen kann. Ich habe die Aermel auf gut Glueck verkleinert. Du bist ja vernuenftig und kannst es passend machen. Dann brauch er Rolfs Wintermantel doch noch nicht anzuziehen. Fuer Dich noch meine Handschuhe.

Du musst mir uebrigens schreiben, was Ihr an warmen Sachen noch braucht. Gewiss geht bald wieder ein ~~Paket~~ Auto und dann werde ich Euch wieder etwas schicken. Ihr duerft mir doch nicht frieren. Was machst Du mit den Schuhen? Soll ich Dir nicht doch Galoschen, oder wenns gibt, Walenkis senden? Passen denn die Schihstiefel ueberhaupt noch. Wenn Du vielleicht einen langen Weg zur Schule hast, wird es kalt. Zieh auf alle Faelle die SchiHose an, wenns kalt ist.

Muschi hat geschrieben, und Elga noch einmal. Beide Karten lege ich bei.

Nun, Trautchen, schreibe uns. Nuetze aus, wenn jemand von Euch dort nach Moskau faehrt, gib dann einen Brief mit, das geht unbedingt schneller als mit der Post. Wir moechten doch wissen, wie Ihr lebt und wie es Euch geht.

Schenk den Jungs viele Kuesschen, sag von Mama und Papa, und Du kriegst auch ein Kuesschen.

Eure Mama
u. Papa.

Vergesse nicht, der Rolf hat am 13. September Geburtstag. Sei besonders lieb zu ihm.

An Elga u. Muschi haben wir Deine Adresse schon geschrieben. Elga scheint ja ganz traurig zu sein.

Brief meiner Mutter. Sie gibt uns moralische Unterstützung, 14. August 1941

allen, die an seinem Kummer schuld waren. Auf seine kindliche Weise widersetzte er sich eben allen Ungerechtigkeiten der Welt.

Aus den Briefen meines Vaters erfuhr ich nun auch, wie sich sein eigenes Leben und das meiner Mutter unter den Bedingungen des Krieges gestaltete.

So berichtete er in dem bereits zitierten Brief vom 29. August weiter:

Du möchtest ein bisschen mehr wissen, wie wir in Moskau arbeiten und leben. Da gibt es nicht sehr viel zu berichten. Mama sitzt in der Hauptsache im Büro, Minimum 10 Std. täglich, meist aber mehr. Und hat sie Nachmittagsschicht, so wie heute, bleibt sie gleich über Nacht da und kommt erst am nächsten Abend nach Hause. Auf diese Weise bin ich oft und viel am Tage wie des nachts allein

zu Hause, und darum schreibe ich dir die vielen Briefe. Dann fühle ich mich nicht so einsam.
Ich selbst bin ohne Produktionsarbeit. Mit dem Verlag ist augenblicklich nicht zu rechnen, denn der Krieg hat dort die Arbeit natürlich eingeschränkt. Sonst gab es in den ersten Wochen im Lux viel gesellschaftliche Arbeit, wie Sand auf die Böden schaffen, Schutzkeller herrichten, Sandsäcke füllen und stapeln und Ähnliches. Aber jetzt sind wir damit fertig, und es bleibt nur der regelmäßige Dienst. Ich bin auf unserem Korridor eingeteilt und muss jede 4. bis 5. Nacht Dienst machen, das heißt, wenn Fliegeralarm ist. Auf dem Dach oder dem Boden kann ich nicht mithelfen, weil die Augen dafür zu schlecht sind. Ansonsten habe ich mich als Blutspender eingetragen und vor einigen Tagen die ersten 230 Gramm für unsere verwundeten Rotarmisten gegeben. Das werde ich immer spenden, so oft man mich ruft. Im Lux haben sich wohl an die 30 Genossen zur Blutabgabe bereit erklärt, darunter viele Deutsche.

Vater hat den ganzen Krieg über Blut gespendet. Mutter aber fiel nach der ersten Blutabnahme in eine tiefe Ohnmacht. Erst nach dem Krieg stellte man fest, dass sie anämisch war.

Das Tag und Nacht erforderliche Abhören der deutschen Rundfunkstationen und das Stenographieren des Gehörten erforderten von Mutter höchste Konzentration und große Ausdauer. Sie war die Einzige, die diese Arbeit die ganzen Kriegsjahre durchgehalten hat. Die anderen Stenotypistinnen blieben früher oder später auf der Strecke. Doch obgleich Mutter über alle Maßen beansprucht war, weilten ihre Gedanken immer bei ihren Kindern: Sie zog ihre kleinen Jungen immer noch zum Spaziergang an, damit sie nicht frören und auch nicht schwitzten. Ihre kurzen Briefe enthielten ständig Ratschläge, wie sich Wolf und Rolf im Herbst kleiden sollten. Sie sorgte sich um mein Winterschuhwerk und bat, die zerrissenen Wolljacken, die man nicht mehr reparieren konnte, mit jemandem mitzuschicken. Diese räufelte sie dann auf und strickte den Jungen neue Pullover. Wenn sie einen Sitzplatz fand, strickte sie auf dem Wege zur Arbeit in der Straßenbahn. Die Süßigkeiten, die sie manchmal ergatterte, schob sie dem kleinen Boris, der im »Lux« geblieben war, ins Mündchen. Haltbare Leckerbissen legte sie beiseite und schickte uns kleine Päckchen in den »Wald«.

Die starke Belastung und die quälende Sehnsucht nach den Kindern führten dazu, dass Mutter, die überhaupt schon sehr schweigsam war, sowohl zu Hause als auch auf der Arbeit noch einsilbiger wurde. Zu Hause hatte mein Vater darunter zu leiden. Auf der Arbeit waren die Kollegen befremdet, dass

Mutter sie ständig ermahnte, sie ja nicht in irgendwelche sinnlose Unterhaltungen einzubeziehen. Allen war bekannt, wenn Mutter mit Ohrhörern dasaß und stenographierte, durfte niemand die Tür zu ihrem kleinen Gelass öffnen. Das war eine eiserne Regel. Man setzte sich nur dann darüber hinweg, wenn man Mutter eine Tasse Tee anbot, aber selbst dann war sie oft verärgert.

Einmal passierte es, dass wieder einmal gegen Mutters Verbot verstoßen wurde. Sie saß gerade mit dem Rundfunkempfänger am Tisch, wie immer mit dem Rücken zur Tür. Die Tür öffnete sich, und jemand kam einfach herein. Er hatte vorher nicht einmal gefragt. Ohne sich umzudrehen, machte sich Mutter gegenüber dem Eintretenden mit ihrem ganzen Repertoire betreffs der Störung ihrer Arbeit Luft und beendete die Tirade mit der kurzen Weisung: »Machen Sie sofort die Tür zu!!!« Der Eintretende entschuldigte sich höflich und Mutter hörte, wie die Tür geschlossen wurde. Zugleich hatte sie zu ihrem Schrecken die Stimme erkannt. Es war Georgi Dimitroff, der einen Rundgang bei den Mitarbeitern der Kommunistischen Internationale machte. Mutter hatte nicht nur außerordentliche Hochachtung vor Dimitroff, sondern verehrte ihn auch als einen tapferen und wunderbaren Menschen. Sie hatte ihn sehr bedauert, als sein vierjähriger Sohn starb. Und nun war er von ihr sogar angeschrien worden! Das tat ihr noch lange Leid.

Mein Vater litt sehr darunter, dass er nicht arbeiten konnte. Das ging auch aus der Fortsetzung seines Briefes vom 29. August hervor.

Wären meine Augen nicht gar so untauglich, würde ich jetzt, wie alle Männer in den Betrieben und Institutionen, in der Volkswehr militärisch ausgebildet. Aber ich habe immer noch die Hoffnung, doch eines Tages auf eine Arbeit abkommandiert zu werden, wo ich meine deutsche Sprache ausnützen kann. Einmal sah es schon so aus. »Etwas näher an die Front fahren«, stellte man mir in Aussicht, aber dann hat es sich wohl doch zerschlagen, es sei, man meldet sich noch …
Dass die Faschisten in den vergangenen Wochen Moskau 24-mal angegriffen haben, hast du aus der Zeitung vom 24. August ersehen. Aus diesem Bericht siehst du auch, dass es den Hunden nicht gelungen ist, militärische Objekte zu beschädigen. Freilich gibt es Opfer, und das wird ihnen heimgezahlt. Aber alle Moskauer sind stolz, dass die Faschisten mit ihren tausenden Brandbomben nichts anrichten konnten. Die Abwehr war vom ersten Tage an so gut organisiert, dass die Brandbomben oft gar nicht zur Entzündung kommen konnten, so

schnell flogen sie durch die Wachkommandos in die Wasserbehälter oder wurden durch Sand erstickt. Unser Lux hat auch gleich in den ersten Tagen seine Feuertaufe erhalten. Es gingen an die 12 Brandbomben auf seine Dächer nieder. Nur eine verursachte im Hofgebäude einen kleinen Brand, der sehr schnell gelöscht war. Der junge Florin (gemeint ist Peter Florin, der Sohn des Mitglieds des ZK der KPD und Mitglieds des EKKI, Wilhelm Florin. W.S.) stand auch auf dem Dach und hat einige Brandbomben unschädlich gemacht. Er hat in unserm Hause einen guten Ruf als gesellschaftlicher Arbeiter. Mischa Wolf ist der Held in seinem Hause. Es zeigte sich, dass die langsam heranwachsenden Kinder der emigrierten Deutschen in den schwersten Tagen, die unser Land jetzt durchmacht, sich als echte Sowjetpatrioten erweisen. Und du, Trautchen, machst, das sehen wir aus deinen Briefen und hören wir von verschiedenen Seiten, keine Ausnahme. Wir sind sehr froh über dich, dass du so tapfer zufasst, so wie es die Zeit gebietet.
Für heute einen Gute-Nacht-Kuss. Es ist schon 1 Uhr, und ich will noch den Leitartikel der »Prawda« lesen. Das ist jetzt täglich mein Selbstunterricht. Du schläfst natürlich längst, und vielleicht huscht ein Traum zu uns nach Moskau.
Dein Papa.
Genossin Resema dankt für den netten Brief. War in deiner Gruppe eine kleine Ira? Die Tochter von Maria Riwkina? Wenn ja, schreibe ein paar Zeilen, wie sie sich fühlt.

Derartigen Bitten meines Vaters bin ich immer nachgekommen.

Meine Mutter hegte die Hoffnung, dass mein Herz nur meinen kleinen Brüdern gehören würde. Sie selbst hatte sich erst spät verliebt und glaubte, ich würde in ihre Fußtapfen treten, noch dazu in den schweren Kriegszeiten.

Mein Vater dagegen gab sich diesbezüglich keinen Illusionen hin. Für den Fall, dass mich plötzlich irgendeine Liebe oder Enttäuschung ereilen würde, schien es ihm angebracht, mir in seinen ersten Briefen seine Ansichten über »die Liebe eines sowjetischen Mädchens« mitzuteilen.

Anlass dazu bot sich durch das Buch »Katrin wird Soldat«, das ich kurz vor meiner Abreise aus Moskau gelesen hatte. Den Namen des Verfassers habe ich leider vergessen.

Es ist als Tagebuch eines fünfzehnjährigen Mädchens verfasst und hatte mich tief beeindruckt. Ich riet meinen Eltern, es auch zu lesen. Meine Mutter schwieg dazu. Mein Vater aber schrieb seiner vierzehnjährigen Tochter, was er von Liebe in diesem Alter hielt. Ich sollte es wissen und gegebenenfalls beherzigen können.

In seinem Brief vom 24. August 1941 schrieb er:

Ich wollte dir noch mein Urteil über »Katrin wird Soldat« schreiben. Jetzt ist es aber schon einige Wochen her, dass ich's geendet habe, und ich stehe nicht mehr so unter dem frischen Eindruck.
Das Erste, wessen man sich bewusst werden muss, ist, dass die Autorin, wahrscheinlich selbst in einer Kleinstadt ganz im kleinbürgerlichen Niveau großgewachsen, ihren Roman eben in dieser Welt der Kleinbürger spielen lässt. Sie tut dies nicht ohne Talent und Reize, und den Blick, den sie z.B. dem Leser in das Familienleben der gutsituierten Bürger gewährt, ist für die, die es noch nicht wussten, lehrreich. Sie bestätigt nur noch einmal, dass das Bürgertum auch im persönlichen Leben keine Ideale mehr zu verteidigen hat.
Aber nehmen wir die Hauptperson, unsere Katrin. Zweifellos sind die Tagebuchblätter der 15-jährigen »Heldin« sehr reizvoll zu lesen. Die Aufzeichnungen der Katrin spiegeln ausgezeichnet die für junge Menschen oft so schwierigen Jahre wider, wo sie aus den Kinderschuhen hinauswachsen, sich das erste »Frühlingserwachen« einstellt. Ihre erste Liebe, der um viele Jahre ältere Freund Johann, erweist sich als ein anständiger Mann, und solche Liebeleien sind bei jungen Bourgeoisiekindern, die keine Arbeiten und Pflichten zu erfüllen haben, ganz in Ordnung. Als ich den ersten Teil der Tagebuchblätter der noch ganz jungen Katrin las, fragte ich mich immer, was haben sie dir gegeben? Hat die Autorin verstanden, jungen Menschen, die für sich die »Rätsel des Lebens« noch nicht gelöst haben, einen Weg zu weisen? Nein. Es lag auch gar nicht in ihrer Absicht. Selbst aber, wenn sie es gewollt hätte, so könnte sie dir, dem Sowjetkinde, herzlich wenig oder gar nichts sagen.
Jetzt zu den Jahren des Ersten Weltkrieges. Das Buch spiegelt im Allgemeinen richtig wider, welche Begeisterung der Beginn des Krieges innerhalb der Bourgeois hervorgerufen hat und wie den freiwilligen frischgebackenen Abiturienten sehr bald der große Katzenjammer ankam. Das Schicksal der Katrin und ihres Herzensfreundes Lurien ist tragisch und menschlich erschütternd, aber der Ausgang doch echt bürgerlich. Wir leben jetzt auch inmitten eines Krieges, gewaltiger als der Erste Weltkrieg, und nicht wenige junge Sowjetmenschen werden durch die Pflicht, für ihr Vaterland zu kämpfen und alles herzugeben, auseinander gerissen. Kannst du dir vorstellen, dass ein Komsomolze, soll er auch Lurien heißen, solche Briefe von der Front schreiben muss, wie es Katrins Freund tat? Nein, natürlich nicht, denn der Sowjet-Lurien weiß, wofür er kämpft und vielleicht sein Leben geben muss. Und eine Sowjet-Katrin, würde sie sterben mögen, weil sie ihren liebsten Menschen verloren hat? Natürlich nicht. Ihr Hass gegen

den barbarischen Faschismus würde sich verzehnfachen, und sie würde sich in die vordersten Reihen der Komsomolzinnen-Kämpferinnen stellen. – Wie anders, um wie viel schöner und wertvoller war doch das Tagebuch des Kostja Rjabzew.
Nun gute Nacht, es ist schon 1/2 2. Wir haben wieder eine ruhige Nacht. Papa

Das Buch von Nikolai Ognew »Das Tagebuch des Kostja Rjabzew« beschrieb Probleme von Jugendlichen, unter anderem die erste Liebe. Das Buch war eigentlich verboten, wurde aber trotzdem von vielen gelesen. Auch Vater und Erik kannten es.

Leider erinnere ich mich nicht mehr, was mich an dem Tagebuch der fünfzehnjährigen »bürgerlichen« Katrin so gefesselt hatte. Keinesfalls fühlte ich aber zwischen ihr und mir einen Widerspruch auf der »Klassenebene«, wie mein Vater dies meinte. Eher spürte ich viel Gemeinsames in den Gefühlen der fünfzehnjährigen »Bürgerlichen« und des vierzehnjährigen »Sowjet-Trautchens«.

Vater wollte, dass ich mich »ohne sie« im Internat nicht verlieben sollte. Umso mehr, als ich in ein Alter kam, in dem sich schon erwachsene Männer für mich interessieren würden.

Meine Eltern ängstigten sich um uns. Man konnte sich gar nicht vorstellen, wie sehr. Dazu kam, dass ich sie auch nicht so offen in meine Geheimnisse einweihte wie meine Freundin Elga.

Die ersten Monate im »Waldkurort« (Juli – September 1941)

Wir wohnten an einem märchenhaften Ort. Die bisweilen silbern glänzende, bisweilen tiefschwarz erscheinende Wetluga schlängelte sich wie ein Ring um die einstmals verschlafene Halbinsel, auf der inmitten des dichten Waldes zweistöckige Holzhäuser als Erholungsheime errichtet worden waren.

Wir Stadtkinder ahnten nicht einmal, dass es so etwas gab. Direkt an der majestätischen Allee wuchsen Preiselbeeren. Pilze mit verschiedenfarbigen Hüten prangten ganz in der Nähe und lockten uns in das Dickicht des Waldes, das voller Windbruch lag und wo Farn und Seidelbast gediehen. Auch hier gab es Unmengen von Pilzen – ganz junge, die soeben erst aus der Erde herausgesprossen waren, und große alte, durch und durch von Maden zerfressene, die sich aber dennoch standhaft auf ihren dicken Stielen hielten. Es hatte den Anschein, als sei vor uns nie jemand hier gewesen, als habe man hier nie Pilze gesucht. »Wunder über Wunder, hier geht der Waldgeist um!« Und was es hier für Fliegenpilze gab! Sie standen da wie eine königliche Garde, die die Geheimnisse des Waldes bewachte, in weißen Hosen und roten Röcken auf schlanken Beinen unter den breit gefächerten Zweigen der Fichten. »Vorsicht, stehen bleiben! Lebensgefahr!«

Über ein Rinnsal hatte jemand vorsorglich zwei Baumstämme als Brücke gelegt. Wenn man sie passiert hatte und am anderen Ufer noch einige Schritte weiter ging, entließ einen der Wald aus seinem Halbdunkel in grelles Sonnenlicht. Alles war von Sonne überflutet, eine unbeschreibliche Schönheit tat sich auf. Da bot sich eine Lichtung dar, auf der, fast mannshoch, Kamille wuchs.

Dahinter war wieder Wald, wieder Windbruch und wieder Farn. Und dann begann plötzlich ein unvorstellbares Dickicht. Alles war abgestorben: lauter von Flechten überzogene Baumstämme ohne Blattwerk, zusammengepresste und zu einem Ring zusammengewachsene, verholzte Pilze, eine dicke Moosschicht, brandiger Geruch, Dunkelheit und Stille, völlige Stille, wie es sie eigentlich gar nicht geben konnte. Schrecklich!

Wir älteren Zöglinge des Internats stöberten in allen Ecken und Winkeln des »Waldkurorts« umher. Am meisten zog uns natürlich die Wetluga mit ihrem sandigen Steilhang, der Anlegestelle und der geheimnisvollen Insel an, die das andere Ufer des Flusses verdeckte. Das war die Stelle, an der wir mit den Booten und dem Kahn am Tage unserer Ankunft angelegt hatten.

Wie wir zur Insel schwammen

In der Wetluga haben wir den ganzen Sommer über gebadet. Wir Älteren saßen in Booten auf dem Wasser, um die jüngeren Kinder zu beobachten und aufzupassen, dass keines beim Baden ertrank. Die Rettungsregeln beherrschten wir natürlich nicht, doch wir wussten theoretisch, was in derartigen Notfällen zu tun war. Gottlob waren unsere theoretischen Kenntnisse nicht vonnöten. Keines der kleineren Kinder kam in Gefahr.

Wir selbst aber wurden nicht beaufsichtigt. So haben wir jede freie Minute genutzt, um baden zu gehen und sind nach Herzenslust geschwommen. Natürlich war es uns strengstens untersagt, ohne Erwachsene zum Fluss zu gehen, und erst recht nicht ohne Erlaubnis. Da wir uns jedoch so frei wie Vögel in der Luft fühlten und glaubten, schon groß genug zu sein, schwammen wir auf eigene Verantwortung im Fluss.

Eines schönen Tages wollte ich mit Ljalja Marussenko, einem etwas rundlichen und ungelenken Mädchen, über den Fluss bis zu jener Insel schwimmen, auf der von uns noch keiner gewesen war. Dort standen Büsche, an denen es vielleicht auch Beeren gab. Dass Ljalja herzkrank war, wussten wir beide. Doch was hatte das schon für eine Bedeutung? Für meine Begriffe war die Insel nicht allzu weit entfernt. Derartige Strecken hatte ich in Moskau, in Serebrjanny Bor, bei den Sonntagsausflügen mit meinen Eltern und Brüdern auf Anhieb gemeistert. Und Ljalja konnte ja auch schwimmen. Ich beherrschte das Brustschwimmen, und Ljalja paddelte wie ein Hund.

Außer uns ließ sich weit und breit keiner blicken, weder auf dem Abhang noch am Ufer. So konnten wir ungestraft unser Abenteuer in Angriff nehmen. Zuerst ging alles gut. Ljalja schnaufte und spritzte, aber sie schwamm. Ich schwamm in ihrer Nähe, obgleich ich schon längst hätte auf der heißersehnten Insel sein können. Plötzlich, als wir das größere Stück der Strecke bereits hinter uns hatten und schon nicht mehr zurück konnten, erklärte Ljalja, die weiter schnaufte und spritzte: »Ich kann nicht mehr. Ich schaffe es nicht.«

Was sollte man jetzt tun? Sich auf dem Rücken liegend ausruhen konnte Ljalja nicht. Sie konnte auch nicht im Wasser stehen, um Kraft zu schöpfen. Sie vermochte sich nur über Wasser zu halten, indem sie wie ein Hund schnell mit Armen und Beinen paddelte. Der Schreck stand in Ljaljas Augen. Aber sie planschte weiter. Ich schwamm nun in Kreisen um sie herum und versuchte sie damit zu beruhigen, dass es ja nicht mehr weit sei. Dabei war mir völlig klar, dass ich die schwere Ljalja nicht schwimmend ans Ufer hätte ziehen können.

Mehr schlecht als recht erreichten wir den wunderschönen Sandstrand am Ufer. Ljalja schnappte mit weit aufgerissenem Mund nach Luft und streckte sich im warmen Sand aus. Von Beerensuche in den nahestehenden Sträuchern konnte nun keine Rede mehr sein. Ich saß neben Ljalja und wartete darauf, dass sie sich erholte. Wir mussten doch wieder zurück!

Wäre ich klüger gewesen, hätte ich mir überlegt, dass es besser gewesen wäre, allein zurückzuschwimmen und jemanden von den Erwachsenen mit einem Boot zu Hilfe zu holen. Aber wir waren beide ja erst vierzehn Jahre alt. Zudem hatten wir unseren Ausflug ohne Genehmigung der »Obrigkeit« unternommen, entgegen dem Verbot, allein in der Wetluga zu baden. Beide fürchteten wir auch die unvermeidlich zu erwartende Strafe: einen Rüffel beim Appell, eine Rüge und vielleicht auch den Ausschluss aus der Pionierorganisation.

Aus diesem Grunde mussten ich und die herzkranke Ljalja zwangsläufig wieder allein zurück.

Ich weiß nicht, wie lange wir am Ufer der verflixten Insel gesessen hatten, aber schließlich meinte Ljalja, sie sei bereit und wir könnten loslegen.

Nun hielt ich mich die ganze Zeit dicht neben ihr. Sie überwand die für sie schwierige Entfernung nur langsam, und ich unterstützte sie schweigend durch meine Nähe. Ljalja blickte zielgerichtet nach vorn, nur nach vorn, um zu verfolgen, wie sie sich dem rettenden Ufer am Steilhang näherte.

Wir schafften es. Ich weiß nicht, wie ich hätte weiterleben sollen, wenn Ljalja Marussenko, das dickliche Mädchen mit dem Herzfehler, vor meinen Augen ertrunken wäre.

In meinen Briefen an Elga stand jetzt vor allem die Arbeit im Vordergrund. Am 1. September berichtete ich ihr, wie man mich eingesetzt hatte:

Ich habe sieben bis acht Stunden täglich im Kindergarten gearbeitet. Es war interessant und anregend. Die Kleinen sind drei bis vier Jahre alt. Sie haben mich gleich sehr gemocht. Ich glaube, sie liebten mich sogar mehr als die Kindergärtnerin. Sie nannten mich »Tante Trawka«. Kürzlich, als sie mich gerade alle umringt hatten, kam die Gruppenleiterin und rief sie. Von den 25 Kindern gingen nur fünf oder sechs weg, die anderen blieben.
Jetzt arbeite ich nicht mehr im Kindergarten, denn dort sind Masern und Ziegenpeter ausgebrochen. In unserer Gruppe sind 13! erkrankt.
Außer der Arbeit im Kindergarten waren wir noch im Kolchos und haben geholfen, Gurken, Tomaten u. a. einzubringen. Am 17. August war ein freiwilliger Sonntagseinsatz (zu Gunsten des Verteidigungsfonds). Auf dem Appell wurde acht Helfern (darunter auch mir) öffentlich gedankt. Wir hatten die Norm beim Holzsägen zu 200 % erfüllt. Ich war das einzige Mädchen. Wir haben von morgens bis abends gesägt. Es gab einige Jungen, die die Norm nur zu 50–75 % erfüllt hatten.

Außerdem hatten wir noch Nachtwachen zu bestreiten. Dabei wurde die Sicherheit des Waldkurorts kontrolliert. Dies wurde nur den vier größten Schülern der oberen Klassen des Internats anvertraut: Sergej Guljajew, Swet Raschewski, Dionisa Brandon und mir. Wir waren zwischen vierzehn und sechzehn Jahre alt.

In den stockdunklen Augustnächten verließen wir den Dienstraum und machten alle zwei Stunden einen Rundgang zu den »strategischen Punkten« des Lagers: von der Küche bis zum Speicher und wieder zurück. Wir überzeugten uns, dass die Wachleute an Ort und Stelle waren, dass keiner von einem Agenten umgebracht und die Lebensmittel nicht gestohlen worden waren. Dabei gingen wir immer zu zweit, jeweils ein Junge und ein Mädchen.

Ehrlich gesagt, mir war sehr beklommen zumute, nachts auf jenen Pfaden entlangzugehen, die am Tage mit ihren dichten blühenden Büschen so lauschig waren, nun aber Angst einflößten. Noch dazu, wenn man sich vorstellte, dass sich ein Agent dahinter versteckt halten konnte. Ich war jedes Mal froh, wenn wir wieder in dem engen Dienstraum angekommen waren. Hier wartete dann schon unser Leiter, der Chef des Lagers, Pawel Kaduschkin. Er war ein hübscher Mann, so etwa wie der Schauspieler Urbanski, nur noch stattlicher als dieser, insbesondere wenn er auf seinem kräftigen Pferd saß und seine Runde durch den ganzen »Waldkurort« ritt. Das von weitem zu hörende Getrappel der Hufe nahm uns die Angst, wenn wir auf unseren Kontrollgängen gerade in einem der entferntesten Winkel unseres Lagers waren.

Ich weiß nicht, ob unser Wachdienst einen Sinn hatte. Das Einzige, was wir wirklich erreichten, war, dass der im Speicher beschäftigte alte Wachmann auf seinem Posten nur mit Unterbrechungen schlafen konnte und ständig ein Auge offen behalten musste, denn es war ja immer möglich, dass wir auf unserem Kontrollgang plötzlich bei ihm auftauchten. Damals jedoch, in den ersten Kriegsmonaten, waren wir zutiefst überzeugt, dass wir mit unserer Wache das Internat gegen deutsche Agenten schützten. Wir waren auch stolz, dass man uns dies angetragen hatte. Zumal sich in unserem Internat Kinder zahlreicher Führer ausländischer kommunistischer Parteien befanden, so der Sohn von Mátyás Rákosi, die Kinder von Anna Pauker, die Tochter von Johann Koplenig, und natürlich wir Kinder der einfachen Mitarbeiter der Kommunistischen Internationale. Wenn wir es 1937 bei der Eröffnung des Pionierlagers der Kommunistischen Internationale auf der Krim fertig gebracht hatten, uns an irgendetwas den Magen zu verderben, und dann einen noch nicht entlarvten Volksfeind verdächtigten, erschien uns jetzt, während des Krieges, ein Angriff eines feindlichen Agenten auf das Internat der KI durchaus im Bereich des Vorstellbaren.

Wir hatten auf unseren nächtlichen Kontrollrunden weder ein Gewehr, das zu bedienen wir ja auch nicht gelernt hatten, noch ein Messer, mit dem wir ebenfalls nicht umgehen konnten, um uns zu verteidigen. Es gab nicht einmal eine Trillerpfeife, wie sie die Polizisten haben. Bei Gefahr hätten wir nur laut schreien können. Richtige Grünschnäbel waren wir und zu Heldentaten bereit. Die romantische Einstellung der Jugend wurde dabei von den Erwachsenen gefördert und wohl auch ausgenutzt.

Bei unserem nächtlichen Wachdienst erlebte ich auch etwas ganz Außergewöhnliches: Als Stadtmädchen sah ich zum ersten Mal den schwarzen, unendlichen, unermesslich weiten und tief beeindruckenden Augusthimmel mit seinen funkelnden Sternen. Und da ging plötzlich eine Sternschnuppe hernieder!

In diesen Tagen wurde ich völlig unerwartet davon in Kenntnis gesetzt, dass ich künftig in einer Dorfschule Deutschunterricht haben würde. Das teilte ich sogleich, noch am 1. September, meiner Freundin Elga mit: »Wir werden hier in einem Dorf zur Schule gehen. Dort werden wir deutsch lernen.«

Und ich bezeuge hiermit, dass ich während des Krieges tatsächlich nicht nur in der Schule einer Siedlung an der Wetluga Deutschunterricht hatte, sondern dann später auch noch in Krasnyje Baki. Dies erwähne ich so nachdrücklich, weil viele Jahre später während eines Schriftstellerseminars in Deutschland in einem Vortrag behauptet wurde, man habe den Deutschen in Russland während des Krieges verboten, ihre Muttersprache zu benutzen, und der Deutschunterricht in den Schulen sei abgeschafft gewesen. Dem habe ich natürlich gleich meine eigenen Erfahrungen entgegengehalten. Denn auch bei der Kritik des Genozids an ganzen Völkern, unter ihnen die Deutschen in der Sowjetunion, muss man sich daran halten, was tatsächlich geschehen ist, und darf nichts Erdachtes hinzufügen. Sonst sind auch jene Schrecken nicht glaubhaft, die sich wirklich ereignet haben.

Im Internat hatte ich keine Freundin, wohl aber zwei gute Freunde, Swet und Sergej. Mit ihnen pflegte ich einen offenen und vertrauensvollen Gedankenaustausch. Jederzeit konnte ich mich an sie wenden, und sie unterstützten mich gern mit Rat und Tat. Das bestätigte sich schon kurz nach meiner Ankunft. Da hatte ich nämlich von einem jungen Mann, dem Leiter unserer Poststelle, Wassja, einen Brief bekommen, in dem er mir eine Liebeserklärung machte und mir seine Bekanntschaft und »Liebe« antrug.

In meinem ersten Brief an meine Freundin Elga vom 1. September beschrieb ich den Absender als »mittelgroßen jungen Mann vom Dorf, dumm, schreibt ohne Regeln und tanzt gut auf russische Art«.

Ich legte Elga eine Abschrift seines Briefes mit allen Fehlern bei und teilte ihr auch mit, dass ich dann auf die Post gegangen sei und meine Antwort persönlich präsentiert hätte: »Ich will nicht.« Nachdem er mir enttäuscht, doch sehr freundlich alles Gute gewünscht hatte, ging ich hinaus und schüttete mich vor Lachen aus.

Elga schrieb ich auch, wie die Sache weiter ging: Ich zeigte den Brief von Wassja, den ich als »ausgemachten Dummkopf« bezeichnete, nur den beiden Jungen, denen ich mehr als anderen vertraute. Sergej riet mir, alle Fehler mit Rotstift zu korrigieren und Wassja den Brief zurückzugeben. Das tat ich aber nicht. Der andere Junge, Swet, schimpfte mit mir, dass ich mich überhaupt mit ihm eingelassen hatte.

Wie kam ich zu der ungeschlachten Einschätzung von Wassja? Obwohl ich mit ihm überhaupt nicht gesprochen hatte, glaubte ich gleich zu wissen, dass er ein »ausgemachter Dummkopf« war. Das traf wohl eher auf mich selber zu, weil ich nicht in der Lage war, die Gefühle anderer Menschen zu achten.

Ein Psychologe hätte meine Beschimpfung vielleicht als natürlichen, im Unterbewusstsein vor sich gehenden Selbstschutz eines jungen Mädchens betrachtet, das noch nicht reif genug war, eine ernstzunehmende erwachsene Beziehung zum anderen Geschlecht einzugehen. Mir tut meine Rücksichtslosigkeit jedenfalls Leid. Gottlob, dass mein Verstand reichte, Sergejs Rat nicht zu befolgen.

Es gibt aber auch noch einen weiteren Gesichtspunkt, der ausgesprochen werden sollte. Wassja war ein einfacher russischer Dorfjunge. Das Mädchen, dem er »Bekanntschaft und Liebe« antrug, war aber eine Deutsche. Und der Krieg tobte schon über einen Monat. Hatte ich auch nur einen Augenblick daran gedacht? Nicht die Spur!

Dazu kam, dass sich auch der Sportlehrer in mich verliebt hatte. Ihm hatte ich einen Korb gegeben, als er mich einlud, mit ihm zum Tanzen zu gehen. Dieser erwachsene junge Mann war zudem auch noch Pionierleiter, und ich hatte mit ihm ernsthafte Probleme. Ich weiß schon nicht mehr, weshalb. Ich stritt mit ihm sehr heftig, ließ mich nicht überzeugen und verteidigte meine Meinung. Da geschah es, dass er meiner Frechheiten überdrüssig wurde und keine weiteren Argumente fand, um die Richtigkeit seiner Meinung zu beweisen. Ich aber hielt ihn mit meinen Widerreden schon für »geschlagen«. Da platzte er heraus: »Halte dich nicht für die höchste Rasse!«

Er schlug mit Worten um sich, um mich zu treffen, und erinnerte sich, dass dieses Mädchen eine Deutsche war.

Dem Leiter der Poststelle, Wassili Smirnow, aber war meine Nationalität völlig egal. Damals. Wie auch mir. Damals.

Swet und Sergej

In meinem Brief vom 1. September teilte ich Elga auch Näheres über meine Freunde Swet und Sergej mit:

Swet ist erst 15 Jahre alt. Er ist in die 9. Klasse gekommen, sieht aber aus, als sei er 17–18 Jahre. Swet ist nicht hübsch, doch er hat einen edlen Charakter. Auf dem Zeugnis hat er in allen Fächern ein »Ausgezeichnet«. Im Lager spricht man darüber, dass er mich liebe. Man sagt aber nicht, er sei verliebt, sondern vielmehr, er liebe mich. Ich bin mir nicht sicher, ob ich das glauben soll.
Jetzt sitzt er auf der benachbarten Terrasse und pfeift. Du wirst mir natürlich glauben: Ich liebe ihn nicht, aber es ist sehr angenehm, mit ihm befreundet zu sein. Er hilft mir, die Statuten des Komsomol zu lernen. Er ist Komsomolze. Er hat volle Lippen, eine dicke, doch gerade Nase, die Augenbrauen sind zusammengewachsen. Er hat schwarzes lockiges Haar, unrasierte Wangen, aber schöne Augen. Beim Holzsägen hat er die Norm mit 250 % erfüllt.

So beschrieb ich Swet Raschewski, der meine Internatsliebe wurde. Was ich nicht alles beschrieb: die Augenbrauen, die Lippen, das Haar, seine Zugehörigkeit zum Komsomol und die Hauptsache – dass er die Norm übererfüllt hatte. Welch ein Prachtkerl! Ich hätte mich damals in der Kriegzeit auch nicht in einen Faulpelz verlieben können, den es nicht gedrängt hätte, gute Arbeit zu leisten. Einer, der von mir geliebt werden wollte, musste schon ein Stachanow-Arbeiter sein. Das ist recht eigenartig und widerspricht den Gesetzen der Liebe, nach denen man selbst einen Esel vergöttern kann. Doch ich konnte nicht anders! Selbstlose Arbeit gehörte zu meinem Begriff von einem anständigen Jungen. Und ansonsten?

Es ist nicht alles so eindeutig, denn in meinem Brief folgte sogleich eine Beschreibung von Sergej Guljajew:

Sergej ist groß und schlank, er hat schöne freundliche Augen und eine anziehende, ganz besondere Stimme. Seine Haarfarbe ist wie meine, er hat glatte, nach hinten gekämmte Haare. Viele Mädchen sind in ihn verliebt. Er ist 16 Jahre alt, ist aber erst in die achte Klasse gekommen, weil er in der siebenten Klasse sitzen geblieben war. Jetzt hatte er ausgezeichnete und gute Zensuren. In seiner Klasse waren 20 Schüler sitzen geblieben. Er war der Initiator der Disziplinverstöße in der Klasse, die Lehrer liebten ihn aber wegen seiner Ehrlichkeit. Er erzählt sehr geschickt von seinen Abenteuern in der Klasse. Mit ihm verstehe ich mich aber nicht so wie mit Swet. Er soll wohl einem Mädchen hinterherlaufen, jedenfalls erweckt es den Anschein. Ich glaube aber, es ist nicht so.

Bei dem, was ich über Sergejs Leben in Friedenszeiten berichtete, hatte ich mich auf seine eigenen Worte gestützt. Ich hatte ihm geglaubt, dass 20 Schüler auf einmal in der 7. Klasse sitzen geblieben waren. Darüber, wie der hübsche Kerl und Herzensbrecher aus dem Internat die Norm beim Holzsägen erfüllt hat und ob er Mitglied des Komsomol war, habe ich aus irgendeinem Grunde nichts erwähnt. Ich hielt es eben für wichtig, meiner Freundin mitzuteilen, dass er freundliche Augen und eine anziehende Stimme hatte. Ich verstand jedoch nicht, dass Sergej, wenn er sich näherte, in begehrlicher Neugier auch mich zu »beäugen pflegte« und Swet anschaulich die Kunst der Verführung lehrte. Sergej war Swets »Lehrer« in Herzensangelegenheiten, und das verbarg er auch nicht. Ich fühlte mich mit beiden wie unter Freunden wohl, und ich vertraute ihnen.

Ich ließ Sergejs Arbeitsleistungen aber nicht gänzlich unbeachtet und informierte Elga, dass Swet mit Sergej auf der Getreideschwinge und dem Mähdrescher gearbeitet hatte und dass sie ein bis zwei Tagesnormen erbrachten.

Sacharjino September - Dezember 1941

Umzug

Um näher an der Schule zu sein, wurden Anfang September alle Schüler der fünften bis zehnten Klassen nach Sacharjino umgesiedelt. Hier, am Steilufer der Wetluga, stand nur ein einziges großes Gehöft. Dieses war früher einmal ein einstöckiges Palais eines Gutsbesitzers gewesen. Die Zimmer waren, wie für ein Palais üblich, mit großen hölzernen Flügeltüren voneinander getrennt, durch die man von einem Raum in den anderen gelangen konnte. Nur der letzte Raum war kein Durchgangszimmer.

In der einen vom Eingangsportal abgehenden Hälfte wurden in den großen Zimmern die jüngeren der Mädchen untergebracht, in der anderen Hälfte die jüngeren der Jungen. Dort gab es auch noch zwei ganz kleine Zimmer, die früher wahrscheinlich für das Gesinde bestimmt waren. In dem einen wurden die älteren unserer Jungen aus der achten und neunten Klasse einquartiert.

Im Internat der Komintern 1942. Das »Bulletin«, das im Mädchenschlafsaal kursierte und in dem davon berichtet wurde, wie die Mädchen die Jungen beim Baden beobachteten. Zeichnung Waltraut Schälike

Das waren Swet, Sergej, Djogot und Wlad. In dem anderen wohnte die Leiterin unserer Internatsaußenstelle, Frau Prochorowa. Wie sich später herausstellte, war es im Winter nur in diesen beiden kleinen Zimmern einigermaßen warm. Auf dem Hof befand sich noch ein Nebenbau. Dieser hatte nur ein einziges Zimmer mit einigen kleinen Fenstern und einem schmalen Vorsaal. Hier zogen wir ein, die Mädchen aus den oberen Klassen. In dem Raum standen etwa zwölf Eisenbetten mit Sprungfedermatratzen und einige Nachttische. Im Vorsaal hatte man einen Waschtisch aufgestellt, der mich an die Waschgelegenheit auf dem Hof der Datsche von Elgas Familie erinnerte. Das Wasser war im Winter eisig. Die »Örtlichkeiten« waren auf dem Hof.

Der Speiseraum befand sich in einem ebenfalls auf dem Hof gelegenen kleinen Gebäude, das aus einem Zimmer, einem Korridor und einer Küche bestand. Dieser Raum war so eng, dass die Holztische und -bänke nicht für uns alle ausreichten, so dass wir in zwei Durchgängen essen mussten. Außerdem gab es noch einen Stall, in dem wir später eine Kuh und zwei Ferkel für unsere Versorgung hielten. Da es in Sacharjino keine Männer gab, schlachtete Boris Fedotow hier eines Tages eben ganz allein die Kuh.

Wir hatten auch ein Badehaus. Das war ein typisches russisches Gemeinschaftsbad mit einem winzig kleinen Fensterchen und einem großen Ofen mit Steinen und einem Bottich. Das Badehaus war unser Glück, jedoch ein recht seltenes, weil wir den ganzen Winter über sparsam mit dem Brennholz umgehen mussten. Einige Male gingen Kussja, Pfirsich und Sina »ins Kino« zu dem Film »Der Hahn auf der Leinwand«. Das heißt, sie beobachteten heimlich die badenden Jungen. Für mich war das uninteressant, denn wir liefen zu Hause alle nackt umher. Das, was die Mädchen zum ersten Mal erspähten, kannte ich seit eh und je.

In dem Hauptgebäude, dessen äußere Konturen und geschnitzte Türen daran erinnerten, dass es einst ein Herrenpalais gewesen war, gab es noch einen weiteren großen Raum. Nachdem man hier Tische und Bänke aufgestellt hatte, wurde er dazu genutzt, um beim Licht von Petroleumlampen Hausaufgaben zu machen.

In einem an dieses Haus angrenzenden kleinen Souterraingebäude hängten wir ein Leninbild an die Wand und lehnten eine rote Fahne daneben. Auf eine Kiste stellten wir ein Grammophon. Dies war dann unsere Rote Ecke, ein Ort, wo man Zeitung lesen und tanzen konnte. Ebenfalls beim Licht einer Petroleumlampe.

Die Natur in Sacharjino inspizierten wir nicht sofort. Doch schon bald standen wir völlig im Bann des Steilhangs, auf dem oben ein Pavillon stand, und der Schluchten, die ganz und gar mit grünen, gelben und roten Büschen sowie mit Knabenkraut bewachsen waren.

Unser Kriegsalltag

Abends stromerten wir älteren Schüler immer, solange wir durften und manchmal auch länger, auf dem Steilhang umher und bewunderten den Sonnenuntergang und den Abendhimmel. Der Unterricht hatte noch nicht begonnen, und es war auch noch nicht absehbar, wann dies geschehen sollte. Wenn wir uns nicht zum Steilhang aufmachten, drückten wir uns abends in den Zimmern herum. Tagsüber gingen wir zur Arbeit. Wir halfen, im örtlichen Kolchos die Ernte einzubringen.

Wenn man von der ständigen Bevormundung durch unsere Ärztin absieht, die uns nicht vertraute, andauernd alles kontrollierte und sogar abends die Betten inspizierte, fühlten wir uns in Sacharjino frei und ungezwungen.

Schon bald hatten wir uns zu einer kleinen Gruppe zusammengefunden – fünf Jungen und 4 Mädchen –, die sich oft im Zimmer der Jungen traf. Hier war es wenigstens warm. An Spielen gab es im Internat nur Karten und Domino, so dass wir eben auch »Pflanzenraten« und »Flaschendrehen« spielten. Anschließend tanzten wir oft in der Roten Ecke, bisweilen bis 12 Uhr nachts. Hierher kam niemand, um nach uns zu sehen. Da es keinen Strom gab, lasen wir bei Kerzenschein.

Am 5. Oktober schrieb ich Elga:

Wir haben Inas Geburtstag gefeiert. Es ging bis um 5 Uhr früh! Wir haben zusammen mit den Jungen in unserem Schlafraum gefeiert, haben »Stille Post«, »Kleiner Bach« und »Blinde Kuh« gespielt. Getanzt haben wir auch. Insgesamt waren wir 13 Personen. Auch der Sportlehrer Wolodja, der immer so tut, als sei er in mich verliebt, war da.

Wir hatten uns recht schnell in Sacharjino eingewöhnt. Meine Briefe an Elga sind mir heute eine wichtige Gedankenstütze, wenn ich an diese Zeit zurückdenke.

So schilderte ich ihr am 5. September, wenige Tage nach unserer Ankunft, dass es für uns gar nicht so einfach war, mit der für uns ungewohnt harten körperlichen Arbeit zurechtzukommen.

Wir arbeiten nun schon drei Tage im Kolchos, neun Stunden täglich. Wir rupfen Flachs (d. h., ziehen ihn heraus) und bringen Weizen ein. Davon werden wir schrecklich müde. Der ganze Körper schmerzt. Die Hände schwellen an, und es bildet sich Hornhaut. Wenn wir zum Mittagessen gehen, können wir kaum laufen. Am ersten Tag haben wir schlecht gearbeitet. Unsere Brigade, die aus acht Personen besteht (ich bin Brigadier), hatte zusammen nur vier Tageseinheiten geschafft. An den folgenden beiden Tagen hatten wir schon acht, d. h., wir hatten die Norm zu 100 % erfüllt. Die Mädchen haben schlechte Stimmung: Sie wollen nicht zur Arbeit gehen. Doch ich sage ihnen nichts. Ich gehe einfach zur Arbeit, und dann kommen sie auch. Dann haben sie Gewissensbisse. Heute haben wir schon mehr geleistet ...
Ich bin im Gruppenrat und Mitglied des Rates unseres Lagers. Im Lager kennen mich alle, warum – weiß ich selber nicht.

Etwa zwei Wochen später berichtete ich ihr über die Kartoffelernte:

Wir haben einen richtig kalten Herbst. Als wir die Kartoffeln ausbuddelten, erstarrten uns die Hände. Ich habe keine Gummischuhe und daher immer schrecklich kalte Füße.

Inzwischen hatten mich auch die ersten direkten Spuren des Krieges erreicht.

»*Ich habe schon eine Brandbombe gesehen (man hat sie zu uns hierher gebracht), und Mutter hat Splitter von Flakgeschossen geschickt*«, schrieb ich an Elga.

In seinem Brief vom 8. September äußerte sich mein Vater besorgt wegen der schweren Arbeit, die wir zu leisten hatten:

Jetzt bist du tüchtig im Kolchos tätig. Du tust jetzt mehr für unsere Heimat als manch Erwachsener. 9 Stunden Feldarbeit, das ist keine Kleinigkeit und scheint mir für dich mit deinen erst 14 1/2 Jahren sogar zu reichlich gemessen. Du musst achten, wie der Körper reagiert, gegebenenfalls muss der Arzt ein Wort mitreden ... Und du, hast du jetzt bei deiner Schwerarbeit auch besonders kräftige Nahrung?

Mein naiver, besorgter Vater machte sich Gedanken um eine bessere Ernährung seiner Tochter. Er hatte noch nicht verstanden, dass auch im Hinterland Krieg herrschte.

Aus meinen Briefen an Elga ist ersichtlich, wie es um das Essen bestellt war.

Am 1. September schrieb ich:

Die Verpflegung ist mittelmäßig. Heute gab es zum Frühstück Grießbrei und Tee. Wir sind aber fast immer satt.

Und am 5. September:

Wir bekommen nur Wasserbrei, Schwarzbrot und Kartoffeln mit Kohlsuppe. Vitamine gibt es keine, wir nehmen ab, obgleich man von dem Brei einen dicken Bauch bekommt. Heute haben wir aber Butter erhalten, die wir schon zwei Monate nicht mehr gesehen hatten!

Meinen Eltern hatte ich unseren Essenplan jedoch nicht mitgeteilt. Und auch die anderen Fragen, die meinen Vater beunruhigten, ließ ich unbeantwortet.

Ist es bei euch nicht schon richtig kalt?«, wollte er am 11. September wissen. »Hier beginnen die regnerischen, nasskalten Tage; auch in der Stube fröstelt einen. Sind eure Räume heizbar und habt ihr Beleuchtung?

In den Zimmern waren Ziegelsteinöfen, die geheizt werden konnten. Doch es gab nicht genügend Brennholz, so dass wir schon seit Beginn des Herbstes froren.

Als Beleuchtung dienten uns Petroleumlampen, nur reichte das Petroleum nicht aus. Oftmals mussten wir nur mit dem offenen Docht vorlieb nehmen, weil wir keinen Glaszylinder für die Lampe hatten.

Einige Eltern holten ihre Kinder recht schnell wieder nach Moskau zurück. Darauf ging mein Vater in dem bereits zitierten Brief auch ein.

Von ganz wenigen Fällen abgesehen, sind diese Rückreiser nichts anderes als Fahnenflüchtige. Das Tröstliche an der ganzen Sache ist, dass ihr jetzt einen Ballast los seid, der in schwierigen Tagen für euer Kollektiv doch zu nichts nütze war. Was haben sie gewonnen? Bessere Lebensbedingungen in Moskau? Unsinn! Die Schulen sind hier auch noch geschlossen, und niemand weiß zur Zeit, was wird. In derselben Nacht ihrer Rückkehr durften aber die Mütter mit ihren kleinen und größeren Kindern mehrere Stunden im Keller zubringen, und in der nächsten Nacht wurden sie sogar zwei Mal aus den Betten gerufen, um in den Keller zu gehen. Was diese Unterbrechungen der Nachtruhe für kleine Kinder

bedeutet, verstehst auch du, und niemand weiß, was die nächsten Wochen bringen.
Wir alle blicken zuversichtlich in die Zukunft, aber man muss vorläufig noch lange darauf gefasst sein, dass die Faschisten versuchen, Moskau so viel wie nur möglich anzugreifen. Das, was sie bisher ausrichten konnten, war ein Kinderspiel, gemessen an dem, was mit London geschah. Aber über 700 Tote haben auch diese Angriffe erfordert, und niemand hat ein Recht, ohne zwingende Notwendigkeit seine Kinder diesen Gefahren auszusetzen. – Nun, ihr habt eure schlechte Laune wohl inzwischen schon verscheucht; wir ignorieren die Rückwanderer und wollen von ihnen nichts hören ... Man kann und muss euch solche Bedingungen schaffen, dass euer Leben dort noch besser ist als in Moskau.

Hierzu möchte ich eine kurze Anmerkung machen: Vor einigen Jahrzehnten habe ich in einem Buch über die Rückführung von Kindern gelesen, dass in England nach dem Krieg eine Untersuchung von zwei Gruppen von Kindern durchgeführt worden ist. Die erste Gruppe setzte sich aus Kindern zusammen, die wegen der gegnerischen Luftangriffe zur Sicherheit in ungefährdetes Hinterland gebracht worden waren, jedoch ohne Eltern. Die zweite Gruppe bestand aus Kindern, die in Luftschutzkellern mit ihren Eltern Bombenangriffe erlebt hatten. Es hatte sich herausgestellt, dass die Kinder der ersten Gruppe mit einem seelischen Trauma belastet waren, weil sie den Kontakt zu ihren Eltern verloren hatten, während die Kinder der zweiten Gruppe ungeachtet der Schrecken der Bombenangriffe gesund waren, da sie das tägliche Gefühl der Liebe ihrer Eltern behalten hatten.

Meine Eltern hatten von diesem Paradoxon natürlich nichts geahnt. Sie wollten das Beste für uns. Doch meine Mutter bekam selbst ein seelisches Trauma, weil sie die Trennung von uns nur schwer ertragen konnte. Und mein Bruder Rolf hat die fehlende Liebe der Eltern während seiner frühesten Jugend bis heute nicht verarbeitet.

So waren also die Eltern, die ihre Kinder aus dem Internat holten, eher im Recht als meine »vernünftigen« Eltern, die ihre Liebe unterdrückten.

Doch wer konnte das damals wissen?

Erst am 10. Oktober begann bei uns wieder der Schulunterricht. Wenige Tage später, am 16. Oktober, standen die deutschen Truppen unmittelbar vor Moskau. In einer außerordentlichen Großaktion begann die Evakuierung der Regierungsinstitutionen, der restlichen Fabriken, Schüler und Lehrer. Auch die Mitarbeiter der Komintern wurden in Eile mit der Bahn aus Moskau herausgebracht. Das betraf auch meine Eltern.

Am 16. Oktober verließ ein Zug nach dem anderen die Moskauer Bahnhöfe. Die meisten begannen gleich ihren weiten Weg nach Osten. Einige machten aber zunächst einen Umweg nach Westen, das heißt, sie fuhren direkt in Richtung Front.

Meine Eltern befanden sich in einem Zug, der zunächst einige Kilometer nach Westen fuhr. Die Menschen unterschiedlicher Nationalität, die in dem Waggon saßen, schwiegen in der Dunkelheit. Sie waren sich darüber im Klaren: Sollte es der Zug nicht schaffen, nach Osten abzubiegen, und würde er auf die deutschen Truppen stoßen, so würde dies ihr Ende bedeuten. Eine Frau verlor die Nerven und schrie, es sei besser, dass sich alle gleich auf der Stelle selbst umbrächten. Mein Vater forderte die Frau mit strenger, keinen Widerspruch duldender Stimme auf, sie solle schweigen. Da verstummte sie. Nur die Tränen rannen noch über ihr Gesicht, sie sagte aber kein Wort mehr.

Meine Eltern waren lange unterwegs. Ihr Bestimmungsort war Ufa. Die Lebensmittel gingen schon zu Ende, weil keiner geglaubt hatte, dass die Fahrt so lange dauern würde. Wer mehr zu essen mit sich führte, teilte brüderlich mit den anderen. Mein Vater war stolz darauf, dass die kleine Gruppe seines Waggons die schwere Fahrt am besten überstanden hatte.

Ich hörte sehr lange nichts von meinen Eltern, bis mir meine Mutter endlich am 17. Dezember eine Karte aus Ufa schickte. Am selben Tag schrieb mir auch mein Vater aus Kamyschenka, einem tatarischen Dorf, wo man ihn, den Arbeitslosen, gemeinsam mit drei Frauen bei einer tatarischen Familie untergebracht hatte.

Zum ersten Mal während des Krieges ging von meinem Vater ein Klagen aus:

Ach, Trautchen, wir haben ja manchmal so große Sehnsucht nach euch, und mitunter überkommt einen ein Gefühl ganz großer Einsamkeit und Trauer. Aber es ist Krieg – kein gewöhnlicher Krieg –, und sein Ausgang entscheidet, ob wir leben werden. Halten wir den Kopf hoch und tun wir alles, was in unseren Kräften steht, unserem Lande zu helfen. Die ersten ernsten Erfolge an der Front sind da, der Faschismus muss seinen Tod finden.

Und weiter berichtete Vater:

Einiges von unserem Leben. Mama arbeitet in Ufa, wohnt in einem Wohnheim. Ich wohne 30 km von Ufa entfernt, in einem Kolchos. Einquartiert bin ich mit

noch drei Genossen in einem Bauernhaus. Ich wohne in einem tatarischen Dorf; die Lebensgewohnheiten sind hier sehr primitiv, es gibt viel Schmutz und Ungeziefer. Radio haben wir keines und Zeitungen kommen unregelmäßig und mit großer Verspätung. Der Weg nach Ufa ist sehr beschwerlich, es liegt tiefer Schnee, und der kalte Steppenwind ist oft gefährlich. In diesen Tagen muss ich aber in die Stadt, hoffentlich nimmt mich ein Schlitten mit. Unsere Ski mussten ja in Moskau bleiben. Vielleicht ziehe ich bald nach Ufa um, irgendetwas möchte ich arbeiten.
Wie ist es jetzt mit eurer Ernährung? Satt werdet ihr doch?
Nun viele herzliche Grüße und einen lieben Kuss auch für die Brüder.
Dein Papa.

Diesen Brief hatte Vater einer Frau mitgegeben, die sich aus Ufa zum »Waldkurort« auf den Weg gemacht hatte. Da nicht sicher war, ob mich die Nachricht erreichen würde, schrieb Vater nach zwei Tagen, am 19. Dezember, erneut:

Mein liebes Trautchen,
heute früh um 4 Uhr habe ich mich auf einen Schlitten gesetzt und bin von meinem Kolchos, in dem ich seit unserer Evakuierung aus Moskau lebe, wieder einmal nach Ufa gefahren, um einiges zu erledigen. Nach einer sechsstündigen Schlittenfahrt kam ich um 10 Uhr vormittags in Ufa an und begab mich gleich in das schöne Haus, dem zweiten Lux, wo die Mama in einem Zimmer mit noch 10 Genossinnen wohnt. Mama war gerade im Nebengebäude frühstücken und kam gleich gelaufen und erzählte mir, dass von dir nach so langer Zeit ein Brief angelangt ist. Den musste mir die Mama gleich vorlesen, und je länger sie las, umso größer wurde meine Freude; denn diesmal hast du uns einen wirklich lieben und schönen Brief geschrieben. Lieb und schön darum, weil du diesen Brief mit dem Herzen geschrieben hast. Jetzt habe ich ihn nochmals allein für mich gelesen, und ich muss dir gleich eine Antwort schicken.
Du weißt wahrscheinlich schon, dass wir mit Mamas Betrieb am 16. Oktober aus Moskau fortgefahren sind. Es waren aufregende Stunden und Tage, und die Eisenbahnfahrt nach Ufa teilweise auch mit Schwierigkeiten verbunden, besonders bezüglich der Ernährung. Mama und ich hatten uns in der Nacht verloren, aber in der Eisenbahn fanden wir uns wieder, und wir fuhren dann mit einem Transport, der infolge seines disziplinierten und organisierten Kollektivs die 10-tägige Reise mit am besten durchführte. Weil die Wohnungen in Ufa nicht ausreichten, wurde ein größerer Teil der Genossen, für die sich im Augenblick auch

keine Arbeit finden ließ, in den nächsten Kollektivwirtschaften untergebracht. Darunter auch ich. Während Mama zur Arbeit in Ufa verblieb, zog ich 35 km weiter ins Dorf Kamyschenka. Das liegt inmitten der Steppe, weit und breit kein Wald, kein Park. Überall Steppe, Steppe. Ich wohne im Hause eines Kolchosbauern, dessen drei Söhne an der Front sind, gemeinsam mit noch drei Genossinnen. Wir müssen uns selbst beköstigen, und da es weit und breit keinen Markt gibt, ist das gar nicht so einfach und nur mit viel Zeit und Arbeitsaufwand möglich. Es ist ein rein tatarisches Dorf, in dem ich lebe, und oft schwierig, sich russisch zu verständigen. Die Frauen verstehen fast gar kein russisch. Arbeit im Kolchos gibt es für uns nicht. Niemand von uns ist für eine solche Winterarbeit auf dem Felde entsprechend angezogen, und für die meisten ist die Arbeit auch körperlich viel zu schwer. Die Tage sind kurz, aber unser Petroleum sehr knapp, so dass man die Abende zum Lesen und Lernen auch nur ungenügend ausnutzen kann. Obgleich gar nicht so weit von der Stadt entfernt, erhalten wir nur eine einzige Zeitung und diese oft mit ziemlicher Verspätung. Du siehst, die Lebensbedingungen in unserem Kolchos sind für uns »Moskauer« gar nicht so leicht. Das Schlimmste ist die gewisse politische Isoliertheit, es gibt bis heute auch kein arbeitsfähiges Radio.
So, nun hast du eine kleine Vorstellung von meinem Leben. Wie es Mama in Ufa gefällt, wird sie dir selbst erzählen. Für sie gab es auch Schwierigkeiten genug, aber in der Hauptsache sind sie überwunden. Schließlich ist das Wichtigste der Beginn der Wendung an der Front. Der große Erfolg der Roten Armee bei Rostow und die Abwendung der unmittelbaren Gefahr für Moskau, das erfüllt uns mit großer Freude und hilft über alle augenblicklichen Schwierigkeiten hinweg ...
Dass dir Bredel gut gefallen hat, dass du wieder Freude an der deutschen Sprache empfindest, hat mich besonders gefreut. Bredel hat in seinem Roman in der Hauptsache seine eigenen Erlebnisse niedergeschrieben. Und weil fast alles Selbsterlebtes ist, darum wirken seine Helden so lebenswahr, denn er hat nichts übertrieben und nichts verschönert. Schreibe uns öfter, was du liest. Wenn du wieder zu den Brüdern kommst, drück ihnen ein Küsschen auf die Schnäbel und schreibe uns auch, wie du sie angetroffen hast, ob sie lustig sind, noch deutsch verstehen und uns noch nicht vergessen haben. Für dich einen ganz lieben, herzlichen Kuss.

Vor den Toren Moskaus tobte von Oktober bis Dezember 1941 eine gewaltige Schlacht, die auf beiden Seiten unzählige Menschenleben kostete.

Über zwei dieser Monate hinweg hatte ich keine Post von meinen Eltern erhalten. In allen Fragen war ich auf mich allein gestellt. Das war nicht einfach, denn es war für mich persönlich eine aufregende Zeit: Erstens hatte ich mich verliebt, zweitens wurde ich aus der Schule ausgeschlossen, und drittens hatte es im Internat ein »politisches Missverständnis« gegeben. Letzteres hätte meinem großen Wunsch, Mitglied des Komsomol zu werden, im Wege stehen können.

Dies alles geschah angesichts der täglichen Berichte über die Schlacht vor Moskau und der sich verstärkenden Gerüchte, wir würden bald noch tiefer ins Hinterland gebracht.

Die Schule hatte zwar wieder begonnen, doch der Unterricht fiel immer wieder aus, weil einige Lehrer an die Front eingezogen wurden. Die Schüler der oberen Klassen gingen dann oft nicht nach Hause ins Internat, sondern zum Bahnhof, wo ein Zug am anderen stand, in denen Moskauer Fabriken in den Osten transportiert wurden. Wir wollten wissen, was in Moskau vor sich geht. Von einem Zug zum anderen krochen wir einfach unter den Waggons hindurch und drückten uns an die Schienen für den Fall, dass der Zug losfuhr. Immer häufiger war zu hören, dass die Schulen in allernächster Zeit gänzlich geschlossen werden sollten. Die Schüler der 9. und 10. Klasse unserer Schule fuhren nach Gorki, um Schützengräben auszuheben. Auch ich wollte unbedingt daran teilnehmen, obwohl ich erst in der 8. Klasse war.

In diesen schweren Kriegsmonaten begann die Geschichte meiner Internatsliebe, in die ich Elga als meine beste Freundin in meinen Briefen einweihte. Mit Swet Raschewski und Sergej Guljajew, die von Anfang an meine Freunde wurden, hatte ich nicht nur im »Waldkurort« gemeinsam an den Nachtwachen teilgenommen, sondern wir alle drei gehörten auch dem Rat des Lagers an, dessen Vorsitzende ich war. In diesem Rat hatten wir die »Unabhängigkeit« von den Erwachsenen eingeführt und regelten alle Angelegenheiten der Kinder selbst.

Über unsere Tätigkeit schrieb ich an Elga:

Der Rat arbeitet einmütig zusammen. Nach den Sitzungen gehen wir immer irgendwohin (zum Beispiel, auf den Friedhof) ... Die Kinder respektieren den Lagerrat, und wenn sie etwas angestellt haben, berichten sie ordnungsgemäß, was geschehen ist. Sie wissen, dass die Erwachsenen außer P. (Frau Prochorowa) nichts davon erfahren. Einmal hatten zwei Kinder ein Gewehr, Tomaten und ein Messer aus dem Speicher gestohlen. Als wir sie vorluden, stellte sich heraus, dass noch zwei Kinder in die Angelegenheit verwickelt waren. Wir erlegten ihnen auf, bis zum 1. Oktober täglich 1,5 Kubikmeter Holz zu sägen und zu hacken. Für nichts auf der Welt hätten sie den Erwachsenen davon erzählt.

Wie ich bereits erwähnte, half mir Swet beim Studium der Statuten des Komsomol, dessen Mitglied er bereits war, im Unterschied zu Sergej. Dafür half ich Sergej regelmäßig in Mathematik, wie einst dem Erik. Sergej war immer mal wieder in ein neues Mädchen verliebt, mit dem er dann auch viel Zeit verbrachte. Mir blieb Swet. Mit Swet ging ich zusammen in die Schule und erledigte auch alles mit ihm gemeinsam, was es im Internat zu tun gab: Wir holten zu zweit Wasser für die Küche, sägten Holz usw.

Die Erwachsenen und auch die Kinder verbreiteten über uns alle möglichen Gerüchte. Alle wollten wissen, in wen der beiden Jungen ich verliebt war. Dass Swet mich mochte, war allen bekannt. Ich aber war mir selbst nicht im Klaren. Swet gefiel mir als ein sehr guter Freund, ich vertraute ihm und konnte ihm alles erzählen. Wir waren ein »Paar«. Trotzdem war Sergej immer wieder beteiligt, als Berater seines Freundes und als mein Freund. Alles war sehr verwickelt, jedenfalls für mich und besonders für Swet.

Ich hatte meiner Mutter alles über unsere Beziehungen und auch über das Gerede geschrieben. Nun wartete ich, was sie dazu sagen würde. Meine Mutter hatte mir am 11. Oktober geantwortet, der Brief kam aber erst am 1. Januar 1942 an. So hatte ich in all meinen Sorgen in Bezug auf meine Beziehungen zu Swet mehr als zwei Monate keine Unterstützung von meinen Eltern.

Am 8. Oktober 1941 schrieb ich an Elga, dass mir Swet seine Freundschaft angetragen hatte. Ich hatte zugestimmt. Er wusste aber, dass ich wegen der Gerüchte eigentlich nicht recht wollte. An dem Tage beschlossen wir trotzdem, uns einfach darüber hinwegzusetzen.

Während der Kämpfe um Moskau in diesem Oktober 1941 gab mir Swet eine Bürgschaft für den Eintritt in den Komsomol. Ich hatte ihn nicht darum gebeten. Er hatte es mir von sich aus vorgeschlagen.

Die Kampfhandlungen bewegten uns stark. Am 19. Oktober schrieb ich Elga auf einer Postkarte:

Heute können bei uns keine Rundfunksendungen empfangen werden, so dass ich die Meldungen nicht kenne. Wenn doch der Krieg recht schnell zu Ende gehen würde. Wir müssen unbedingt siegen, und ich bin überzeugt, dass wir siegen werden. Wir werden uns wiedersehen, Elga.

Zwei Tage später teilte ich ihr mit:

Gestern hat man in der Schule der neunten und zehnten Klasse eröffnet, dass sie sich am 21. um 3 Uhr in der Schule treffen würden und zwei Mal Kleidung zum Wechseln sowie für fünf Tage Proviant mitbringen möchten. Sie würden zum Ausheben von Schützengräben geschickt. Dies wurde dann aber zunächst aufgehoben, bis eine besondere Verfügung in Kraft tritt. Ich werde in dieser Zeit versuchen, dass ich in diese Gruppe aufgenommen werde. Vielleicht fahre ich auch mit. Unsere Vorgesetzten sind einverstanden, der Direktor der Schule muss noch entscheiden ... Die achten Klassen werden auch irgendwohin geschickt.

Ich konnte aber nicht mitfahren, weil ich noch zu jung war, obwohl Swet dem Direktor einzureden versuchte, dass ich schon 16 sei. Doch ich wollte weiter darum kämpfen.

Immer wieder gingen wir auf den Bahnhof, wo weiterhin Züge mit evakuierten Fabriken aus Moskau standen. Wir unterhielten uns dort mit jungen Männern und Mädchen, die auf ihrer Reise mit unvorhersehbaren, großen Schwierigkeiten konfrontiert wurden. Davon schrieb ich auch Elga:

Sie hatten Proviant für 10 Tage mitgenommen, waren aber schon 13 Tage unterwegs und mussten mindestens nochmals 13 Tage fahren, obgleich sie schon nichts mehr zu essen hatten. Wir hatten damals nur zwei Tage bis nach Wetlushskaja gebraucht, sie jedoch 13 ... Sie erzählten, dass es in Moskau ruhig sei. Um die Verpflegung sei es aber schlecht bestellt. Die jungen Männer waren guter Stimmung. Sie hatten sich gemeldet, um Moskau zu verteidigen. Man hatte sie aber nicht genommen und zur Arbeit geschickt. Damit waren sie auch einverstanden. Denn irgendjemand musste ja auch arbeiten, obgleich es ihnen ehrenvoller erschien, Moskau zu verteidigen.
Ich kann mich immer noch nicht damit abfinden, dass man mich nicht genommen hat, um Schützengräben auszuheben. Die jungen Männer sagten, in Moskau seien die Schulen geschlossen und die achten bis zehnten Klassen seien zum Ausheben von Schützengräben eingesetzt worden. Wie ich sie beneide! Wenn ich doch dort arbeiten könnte. Ich würde alles darum geben, alles, was ich kann und was nötig ist.

In diesen Tagen diskutierten wir viel über den Artikel von Alexej Tolstoi »Das Blut des Volkes«, den wir gemeinsam bei den Jungen im Zimmer gelesen hatten und von dem wir auch über den Rundfunk erfahren hatten. Er handelte von der Sprengung des Staudammes des Wasserkraftwerks am Dnepr, wodurch die Stellungen des Feindes am anderen Ufer überflutet worden waren. Diese Gespräche hoben unsere Stimmung.

Gerade in dieser Zeit der historischen Schlacht um Moskau gab mir Sergej Guljajew auf einmal sein Tagebuch zu lesen. Darin waren nur seine vielen Beziehungen zu Mädchen beschrieben. Es war interessant für mich, zu erfahren, wie er über Mädchen dachte. Er selbst stellte einen großen Unterschied zwischen sich und Swet fest und verglich dies mit einem Handschuh, den man anzieht. Sergej zog den Handschuh an, dann streifte er ihn wieder ab, warf in beiseite und suchte nach einem neuen. So war es bei ihm auch mit den Mädchen. Swet dagegen zieht den Handschuh zwar ebenfalls an, doch der knöpft auch noch den Knopf zu. Da ich das Tagebuch so aufschlussreich fand, hat es Sergej mir schließlich ganz unerwartet sogar geschenkt.

Etwas übertrieben hatte ich Sergej instinktiv bisweilen als Schuft empfunden. Zugleich hatte er mich mit seinem gurrenden Ton in der Stimme, seinem angenehmen Äußeren, seinem offenkundigen Wunsch zu gefallen und seiner Offenheit für sich eingenommen. Doch vertrauenserweckend war er für mich nicht. Ich wollte Sergej auch gefallen, das war mir klar, aber ich hatte nicht die geringste Lust, mich in ihn zu verlieben.

Am 31. Oktober 1941 fuhr Swet mit Djogot und fünf unserer Mädchen aus der neunten und zehnten Klasse zum Ausheben von Schützengräben. Swet wurde aber bald von einer Missstimmung erfasst und ließ mir nach zehn Tagen einen kurzen Brief zukommen. Er enthielt die Bitte, ich möchte unseren Vorgesetzten mitteilen, dass man sie von dort so schnell wie möglich zurückholen solle.

Swet schilderte auch die Situation:

Es hat Fröste gegeben, und wir haben keine warme Kleidung. Wir heben Erdgruben aus und stehen im Wasser. Die Mädchen, aber auch Djogot und ich, haben nur Halbschuhe, in denen wir frieren. An Proviant gibt es nur Brot. Die Suppe ist so schlecht, dass sie keiner isst. Geld haben wir nicht. Ich habe die letzten Tage überhaupt nicht gearbeitet, weil ich Schmerzen in den Beinen habe. Die Stiefel kann man nicht anziehen, weil sie zerrissen sind und man nicht darin arbeiten kann. Wir wissen nicht, was wir anziehen sollen. Wir möchten nach Hause. Teile das alles bitte Genossin Prochorowa mit. Sie möchte uns so schnell wie möglich von hier abholen lassen, sonst werden wir alle krank. Wolodja oder jemand anderes möchte hierher kommen.

Swet nannte auch die Adresse im Gebiet Iwanowo in der Nähe der Bahnstation Iljino und erkundigte sich, wie es mit der Umsiedlung des Internats an einen anderen Ort stehe.

Die Nörgelei meines besten Freundes missfiel mir natürlich. Swet hatte wenig mit Pawel Kortschagin gemein. Dennoch konnte ich ihn nicht als feige betrachten. So ging ich zu Frau Prochorowa.

Swet kam wahrscheinlich wegen der entzündeten Beine schon bald wieder ins Internat zurück. Djogot und die fünf Mädchen aber blieben noch bis zum 10. Dezember 1941 in der Nähe der Stadt Gorki und hoben weiter Schützengräben aus. Trotz Wasser und Kälte.

Unser Internat wurde dann doch nicht verlegt, und wir blieben an der Wetluga.

Schulausschluss und »Rehabilitation«

Die Umstände meines Ausschlusses aus der Schule gehen aus meinem Briefwechsel mit Elga hervor. Ich wurde wegen flegelhaften, an Frechheit grenzenden Verhaltens ausgeschlossen. Ich fasste meine Worte und mein Handeln damals jedoch noch als »Verteidigung« meines »Ichs« auf, wo die Regel galt, dass ungeachtet der Person nur die reine Wahrheit zu gelten hat.

Es war nicht das erste Mal, dass ich mit dem Direktor in Konflikt geraten war. Bereits zu Beginn des Schuljahres war ich aufgefallen, weil ich während der Geschichtsstunde unter der Bank heimlich schöngeistige Literatur las. Ich hatte nämlich festgestellt, dass der Direktor im Unterricht jeweils nur den Inhalt der wenigen Seiten vermittelte, die wir dann als Hausaufgabe im Buch zu lesen hatten. Das empfand ich als Zeitverschwendung. Dafür, dass ich mir dies herausnahm, wurde ich dann schließlich zur Rede gestellt. Mich rettete das Klingelzeichen. Der Lehrer ließ mich danach in Ruhe, und ich beschäftigte mich in seinem Unterricht weiterhin mit meinen eigenen Dingen: schrieb Briefe oder las.

Der zweite Zusammenstoß mit dem Direktor ereignete sich für mich völlig unerwartet am 21. November. Eine Kinderschar drängelte sich in der Pause auf dem Korridor und diskutierte. Da defilierte der Direktor vorbei und erinnerte sich, dass er die Dienste für das Säubern der Schule noch nicht vergeben hatte. Er drehte sich um und zeigte mit dem Finger auf einen von uns. Dieser sollte die Treppe fegen. Der Schüler erinnerte daran, dass er gerade in der vergangenen Woche an der Reihe gewesen war. Da wandte sich der Direktor an einen anderen Schüler. Dieser hatte aber auch eine Entschuldigung. Und so ging es weiter, bis nur ich noch übrig blieb. Als er mir den Dienst nun in einem keine Widerrede zulassenden Ton auftrug, rutschte mir aus purer Beleidigung ein unziemlicher Ausdruck heraus, der im Deutschen so viel bedeutet wie »Ich pfeif dir was! Kommt gar nicht in Frage!« Wütend forderte mich der Direktor auf, ihm in sein Arbeitszimmer zu folgen. Dort fragte er mich, ob ich deutsch oder russisch gesprochen hätte. Das war eine so dumme Frage, dass ich darauf nur schweigen konnte. Und dies war dann wohl der letzte Tropfen, der das Fass zum Überlaufen brachte. Ich wurde der Schule verwiesen. Nun musste Frau Prochorowa, unsere Internatsleiterin, in die Schule kommen, um die Angelegenheit in Ordnung zu bringen. Ich wusste nicht einmal, was der russische Ausdruck bedeutete. Ich hatte ihn ahnungslos gebraucht und ihn im Internat nur oft in bestimmten Situationen gehört. Schuldig fühlte ich mich nicht, ich war beleidigt.

An diesem Tag nahm mich zum ersten Mal ein Junge in den Arm. Swet war voller Mitgefühl wegen meiner Unannehmlichkeiten in der Schule, und ich gestattete ihm, mich zu trösten. Außerdem bedurfte er selber des Zuspruchs, da er am Tag davor über irgendetwas, was ich ihm über unsere Beziehungen gesagt hatte, bekümmert war.

Leider kann ich mich nicht darauf besinnen, was ich empfand, als ich zum ersten Mal von Swet umarmt wurde. Und ich erinnere mich auch nicht an meine Worte, mit denen ich ihn am Vortag so verstimmt hatte, dass er sogar weinte. Meinen Bericht an Elga über dieses Ereignis schloss ich mit Selbstironie: »Na, wie gefällt euch eure Trawka? Das ist stark, nicht wahr?« Das war zwei Monate, bevor ich 15 Jahr alt wurde.

Mein Ausschluss aus der Schule schien mir nur eine Bagatelle zu sein. Ich war nicht die Erste und nicht die Letzte. Ich hatte ja auch gar nichts Besonderes angestellt. »Es geschah doch während der Pause«, schrieb ich naiv an Elga. Aber ...

Es war jedoch ganz und gar keine Bagatelle. Frau Prochorowa ging in die Schule, erreichte aber nichts. Der Direktor wollte mich nicht wieder aufnehmen. Da machte sich der Leiter des gesamten Internats, der herzkranke Mindin, auf den Weg. Es gelang ihm, den Direktor zu überreden, mich wenigstens vorübergehend wieder zum Unterricht zuzulassen. Dieser wollte jedoch nicht nachgeben. Sein Ziel war mein endgültiger Rauswurf. Mindin gab aber auch nicht nach und übte über seine Verbindungen Druck auf den Direktor aus. Die Internatsleitung hatte dabei keinerlei erzieherische Maßnahmen in Bezug auf mich unternommen, sie stellte sich sofort auf die Seite ihres Zöglings. Einen ganzen Monat ging ich also »vorübergehend« weiter in die Schule, war aber ziemlich eingeschüchtert.

Ende Dezember wurde ich dann dank der Bemühungen der Internatsleitung wieder gleichberechtigte Schülerin. Der Ausschluss war abgewendet.

In meiner jugendlichen Blasiertheit war ich der Ansicht, dass die Sache ja auch gar nicht anders hätte ausgehen können, und fühlte mich niemandem gegenüber zu Dank verpflichtet. Die Tragweite meines Verhaltens war mir überhaupt nicht bewusst.

Das bewies mein Brief an Elga vom 24.12., in dem ich mitteilte,

dass man die Angelegenheit eigentlich der Bezirksabteilung für Volksbildung und der Kreisleitung der Partei übergeben wollte ... Man bedenke nur, wegen einer solchen Kleinigkeit an die Kreisleitung der Partei!!! Das hätte auch meinen Eintritt in den Komsomol in Frage gestellt. Es ist aber alles in Ordnung, schöne Marquise!

In diesem unglückseligen Dezember hatte ich noch eine weitere Unannehmlichkeit, die ich als politisches Missverständnis bezeichnete, die in Wirklichkeit aber ein riesengroßer Aberwitz war, den ich über mich ergehen lassen musste.

Die Leiterin der Internatsfiliale in Sacharjino hatte mich rufen lassen, um mir mitzuteilen, dass zwei Erwachsene sie angesprochen hätten, weil ich angeblich einmal gesagt hätte: »Obgleich ich in der Sowjetunion lebe, bin ich mit meinem Herzen auf der Seite der Deutschen.« Ich war bestürzt. Was für ein Nonsens!

Doch Frau Prochorowa ließ nicht locker. Sie bat mich, richtig nachzudenken und zu überlegen, wann ich so etwas gesagt oder gedacht haben könnte.

Niemals hätte ich Derartiges sagen oder denken können! Ich will den Sieg der Roten Armee, den Sieg der UdSSR über Nazideutschland! Warum lügen diese Erwachsenen nur so unverschämt?

Ich verstand nichts. War denn wirklich nicht zu bemerken, dass ich wie alle anderen war, dass ich bereit war, alles für den Sieg über den Faschismus zu tun? Frau Prochorowa hakte nach: Es könne doch nicht sein, dass sich gleich zwei Personen irren und zur gleichen Zeit etwas hören, was es angeblich nicht gegeben haben soll. Ich wehrte mich, so gut ich konnte. Ich wies das zurück. Ich hatte das nicht gesagt und hätte es auch nicht sagen können! Sie lügen alle beide!!! Aber warum nur?

Frau Prochorowa ließ mich dann gehen, bat mich aber, weiter »nachzudenken«. Natürlich stürzte ich in meinem Unglück gleich zu meinem Freund Swet Raschewski, mit dem ich mich ja schon einmal umarmt hatte. Er unterstützte mich sofort und ging zu Frau Prochorowa, um mich zu verteidigen. Swet wusste ganz genau, was ich wirklich dachte und fühlte. Es war doch auch kein Zufall, dass er mir vorgeschlagen hatte, mir eine Bürgschaft für den Eintritt in den Komsomol zu geben.

Da ließ mich Frau Prochorowa in Ruhe. Und sie gab mir später sogar noch die erforderliche zweite Bürgschaft für den Eintritt in den Komsomol.

Was aber war das für ein Verhör, das man Mitte Dezember 1941 mit mir veranstaltet hatte? Wer war der Initiator? Wer hatte befohlen, auf diese Weise meine politische Zuverlässigkeit zu überprüfen?

Ich weiß es nicht. Angesichts der Tatsache, dass ich in diesen Tagen aus der Schule ausgeschlossen wurde und der Leiter des Lagers, Mindin, sich für mich einsetzte, kann ich es heute nur vermuten. So wie im ganzen Land wird wohl auch im Gebiet Gorki das allmächtige Auge des NKWD gewacht haben.

Es war die Zeit, als die Schlacht vor Moskau zu Ende ging.

Während ich Elga nichts über die »politischen Missverständnisse« mitteilte, hielt ich es jedoch für erforderlich, meine Eltern darüber zu informieren. Das tat ich in einem Brief, den ich nicht per Post schickte, sondern jemandem mitgab. Ich berichtete ihnen auch, wie Swet in dieser komplizierten Lage wie ein richtiger Freund für mich eingetreten war und beschrieb die Situation. Diese Geschichte hatte noch eine für mich völlig unerwartete Fortsetzung. Und zwar im Februar 1942, einen Monat vor meinem Eintritt in den Komsomol.

Über Kolchosbauern und Rotarmisten

Am 10. Dezember hatte ich Elga in meinem Brief angekündigt, dass ich ihr, wenn wir uns wiedersehen, viel zu erzählen hätte, und zwar über die örtliche Bevölkerung und über die Rotarmisten, die bei uns in der Nähe einquartiert worden waren. Heute wundere ich mich, warum ich ihr diese Informationen im Brief vorenthielt und auf das Wiedersehen verschob. Wodurch war diese Zurückhaltung bestimmt? Was war das für ein geheimnisvolles Thema, dass es gefährlich sein konnte, darüber zu schreiben?

Der heutigen Generation wird es eigenartig erscheinen, dass ich Angst hatte, darüber zu berichten, was ich im Herbst voller Erstaunen festgestellt hatte: Nämlich, dass sich die Bauern des Kolchos »sogar während des Krieges« vor der Arbeit auf dem Feld drückten. Wir hatten die Kartoffeln aus dem schon gefrorenen Boden herausgeholt. Wolodja Djogot hatte gelernt, mit der Vollerntemaschine umzugehen. Und diejenigen, die eigentlich auf den Feldern hätten arbeiten müssen, zeigten nicht den notwendigen Eifer! Warum? Das war mir unklar.

In den Zeitungen hatte so etwas nicht gestanden!

Als ich noch in Moskau zur Schule ging, kaufte ich mit Elga zu Feiertagen in dem Geschäft in der Stoleschnikow-Gasse asiatische Süßigkeiten. Elga liebte Sahnebonbons, Iris-Konfekt mochte sie aber nicht. Plötzlich erfuhr ich, dass meine Mitschüler aus der Siedlung diese Wunderexemplare von Bonbons weder je gekostet noch überhaupt gesehen hatten und dass ein Stück Zucker für sie schon vor dem Krieg eine große Seltenheit gewesen war.

Wie konnte das sein? In meiner Naivität dachte ich, dass alle Menschen im Land so lebten wie die Einwohner Moskaus, dass es überall Lebensmittelgeschäfte von Jelissejew, Bäckereien von Filippow und Konditoreien mit wunderbaren exotischen Süßigkeiten gab. In Wirklichkeit aber war es nicht so. Im Gebiet Gorki, gar nicht so weit von Moskau entfernt, lebten die Menschen völlig anders.

Woher kam diese Ungerechtigkeit? Warum erfuhr man das nicht aus den Zeitungen?

Und die mutigen Rotarmisten, wie verteidigen unsere Helden das Vaterland? In meiner jugendlichen Vorstellung erschien es mir, als seien sie alle so, wie sie auf den Plakaten abgebildet waren: stark, tapfer und von der Größe der ihnen übertragenen Aufgaben beseelt, den Faschismus zu zerschlagen und die Menschheit davor zu retten. Und wie war es in Wirklichkeit?

Unweit von dem ehemaligen Anwesen des Gutsbesitzers, in dem wir Schüler der oberen Klassen im Herbst und Winter lebten, war im Dorf irgendeine militärische Einheit einquartiert worden. Die Soldaten erhielten sehr wenig Essen, und einige kamen zu unserer Küche und baten um ein Stück Brot. Warum mussten diejenigen, die die Heimat verteidigten, hungern? Das verstanden wir nicht. Wir trafen sofort Maßnahmen, die uns möglich erschienen, und beschlossen, mittags auf unser Brot zu verzichten und es den Soldaten zu geben. Und das nicht nur einmal, sondern die ganze Zeit über, bis die Verpflegung der Rotarmisten geregelt sei. Da die Internatsleitung uns dies jedoch verbot, setzten wir unsre Hilfsaktion heimlich fort.

Eines Abends, nachdem das gesammelte Brot in einem Sack verstaut war, wurden die vier kräftigsten Mädchen ausgewählt, um zu den hungernden Soldaten ins Dorf zu gehen. Es war eiskalt und sternenklar. Erst zu später

Stunde machten wir uns auf den Weg, damit uns niemand von der Leitung des Internats sah. Wir waren irritiert von den Schneeverwehungen und vermuteten überall einen Wolf oder einen Strauchdieb, der es auf unser Brot oder auf unsere jungfräuliche Ehre abgesehen hatte. Endlich erreichten wir das Dorf und die Hütte, die als Kaserne diente. In dem Vorgefühl, dass wir gleich in freudige und dankbare Gesichter blicken würden und uns nach dem kalten Weg wohlige Wärme umgeben würde, öffneten wir schüchtern einen Spaltbreit die Tür.

Eine unfreundliche Stimme von den oberen Pritschen herrschte uns an, die Tür schleunigst wieder zu schließen, wohl weil Kälte hereinströmte. Gehorsam und eilig schlossen wir hinter uns die Tür.

Ein anderer, der uns durch die Wolke der sich erwärmenden von uns mit hereingebrachten eisigen Luft erspäht hatte, rief freudig erstaunt: »Es sind Mädchen gekommen!« Er begann von seiner Pritsche herunterzusteigen und fuhr einladend und mit großzügiger Geste gegenüber den anderen Soldaten, mit denen er die Hütte teilte, fort: »Nimm dir, welche du willst.«

»Wir haben euch Brot gebracht«, stotterten wir noch schnell, warfen den Sack auf die Erde und stürzten hinaus.

Hals über Kopf rannten wir zum Internat. Wir waren zu Tode erschrocken über das Verhalten unserer Rotarmisten.

Diese Zeit, als ich während des Krieges im Internat lebte, war ein wichtiger Abschnitt, der mir tiefe Einblicke in für mich bis dahin unbekannte Seiten des Lebens vermittelte. Das schien ein natürlicher Prozess zu sein. Doch meine »Entdeckungen« widersprachen dem Bild des Sowjetmenschen, wie es in der Literatur, in den Zeitungen und im Radio dargestellt wurde. Das, was ich sah, war eine »gefährliche Entdeckung«. Daher tat ich in meinem Brief an Elga auch so geheimnisvoll. Ich wollte weder ihr noch mir schaden. Niemand hatte mich zur Vorsicht ermahnt, ich war von selbst darauf gekommen.

Im Zusammenhang mit meiner damaligen »Entdeckung« über die Rotarmisten möchte ich noch einen nicht unwesentlichen Faktor erwähnen.

Was konnte ich, eine Schülerin, die bisher in Moskau in einem Wohnheim der Kommunistischen Internationale gelebt hatte, denn eigentlich vom wirklichen Leben erfahren? Heute ist mir klar, dass ich mich vor dem Krieg in einer »sterilen« Umgebung befunden hatte, die nur einen kleinen Auszug der Realität darstellte. Meine Schule war eine Musterschule, und die meisten Schüler waren Kinder der intellektuellen Elite. Unsere Lehrer waren hochgebildet. Einige hatten vor der Revolution in Gymnasien unterrichtet. Auch im »Lux« gab es keine »einfachen Rotarmisten«. Hier wohnten sowohl hochgestellte Funktionäre als auch ganz durchschnittliche Mitarbeiter der Kommunistischen Internationale, aber selbst Letztere waren nicht aus »einfachen Rotarmisten« rekrutiert worden.

Ich hatte also unter besonderen Bedingungen gelebt. Wo hätte ich da jene Menschen treffen können, die die übergroße Mehrheit der Bevölkerung des gewaltigen Landes repräsentierten?

Wie auch meine Mitschüler hatte ich das Leben aus Büchern, aus dem Rundfunk und aus den Zeitungen kennen gelernt. Da ist es nicht verwunderlich, wenn sich in meinem Kopf ideologische Schablonen über den Sowjetmenschen einnisteten, die mit der Wirklichkeit nicht übereinstimmten. Kein Mädchen aus irgendeinem Dorf hätte sich darüber gewundert, sondern es sogar als mögliche Verhaltensvariante vorausgesehen, wie die jungen Burschen in den Soldatenuniformen unser »edles Gebaren« ausgelegt hatten.

Ich stieß während des Krieges aber auch noch auf andere Probleme. Zum Beispiel fragte ich mich, ob die Zeitungen immer die Wahrheit schrieben. 1942 eröffnete ich meiner Freundin Elga vorsichtig diese mich quälenden Zweifel. Ich bat sie, die in einem Lazarett arbeitete, mir mitzuteilen, was die Soldaten über die Gräueltaten, über die Kriegsgefangenen usw. erzählten. Ich wusste, dass meine Cousins wahrscheinlich auch zur Wehrmacht eingezogen worden waren, konnte mir aber nicht vorstellen, ja, ich war mir sogar sicher, dass sie nicht an grausamen Folterungen friedlicher Bürger, Kinder und Greise teilgenommen hatten. Doch die Zeitungen ...?

Ich bat meine Freundin, mir die Wahrheit zu sagen, konnte das Problem aber nur andeuten. Hätte ich offen Zweifel an der Richtigkeit der Zeitungsinformationen geäußert, so hätte man das als Vergehen gewertet. Elga aber wusste, warum ich ihr die Frage stellte.

Am 17. Januar erhielt ich die Nachricht, dass Rolf wieder krank sei und in der Infektionsstation liege. Ich bin sofort auf Skiern und im Trainingsanzug über die verschneiten Felder zu ihm in den »Waldkurort« gelaufen. Es waren 40° minus, eisiger Frost. Dabei erfror ich mir die Nase und die Oberschenkel. Gottlob ist die Nase nicht abgefallen, obgleich sie unter dem festen Grind ganz glibberig war. Die zeitweilige Verunstaltung machte mir aber nichts weiter aus. Nur die Tatsache, dass ich zu dieser Zeit gerade meinen fünfzehnten Geburtstag beging, brachte mich etwas in Verlegenheit. Aber ich war froh, dass ich auf dem mehrere Kilometer weiten Weg, auf dem ich keiner Menschenseele begegnet war, nicht gestürzt und erfroren bin. Ich war eine gute Skiläuferin und die Bindungen waren in Ordnung. Noch heute, manchmal sogar im Traum, stelle ich mir die Frage, welchen Weg ich hätte wählen sollen: über die Hügel durch das Dorf, wo viele Menschen waren, oder querfeldein – über ein großes Feld und durch einen mächtigen Wald, was kürzer war, wo man aber keine Menschenseele traf. Immer wieder entscheide ich mich dann für die menschenleere Variante.

Als ich zu meinem kleinen Bruder kam, war er über und über mit rotem Streptozid besprenkelt, das er nicht einnehmen wollte und beharrlich wieder ausspuckte. Er war allein im Krankenzimmer. Der einzige Mitbewohner war eine Ratte, die bei seinem Bett ein Loch durch die Wand genagt hatte. Mein Brüderchen warf ihr Brotkrumen hin, und als Dank steckte sie ihre kleine Schnauze aus dem Loch heraus. Rolf war drei Jahre alt. Er hatte sich mit der Ratte angefreundet und fürchtete sich nicht vor ihr. Er »schenkte« ihr sogar sein einziges Taschentuch, das er in das Loch in der Wand hineinstopfte. In der Krankenstation war es eiskalt.

Meine Eltern bekamen von mir regelmäßig Berichte über die kleinen Brüder, denn ich besuchte sie wenigstens jeden zweiten Sonntag im »Waldkurort«. Ich teilte ihnen mit, dass Wolf überhaupt kein Deutsch verstand und Rolf nur noch ein kleines bisschen. Beide hatten guten Appetit, und Rolf hatte, als ich zu ihnen in die Gruppe kam, zwei Teller Suppe gegessen und anschließend eine Kartoffel auf den Teller der Erzieherin geworfen. Wolf hatte beim Essen geweint. Er hatte Durchfall und wollte Plinsen und keinen Kartoffelbrei. Wolf war sehr diszipliniert geworden, Rolf aber war nach wie vor ein kleiner Schelm. Außerdem teilte ich meinen Eltern noch mit, dass ich aus meiner Decke für Rolf Filzstiefel nähte, die bald fertig sein würden.

Sacharjino Januar – April 1942

Dissonanzen

Wie bereits erwähnt, erhielt ich erst am 1. Januar 1942 den Brief meiner Mutter, den sie am 11. Oktober 1941, in den Tagen der Offensive der deutschen Wehrmacht auf Moskau, an mich geschrieben hatte. Sie konnte ihn jedoch in Moskau nicht mehr abschicken und nahm ihn mit nach Ufa, wo sie ihn erst im Dezember in den Briefkasten steckte. Es war eine mehrere Seiten lange, ausführliche Antwort auf meinen Verzweifelungsruf auf Grund der Konflikte, die ich im September 1941 im Internat wegen meiner Freundschaft mit Swet und der dummen Gerüchte hatte. Davon hatte ich ihr in einem Brief berichtet, den ich ihr nicht auf dem Postweg, sondern durch jemanden geschickt hatte, der nach Moskau fuhr. In den drei Monaten, die zwischen meinem und Mutters Brief lagen, hatte sich viel verändert, sowohl hinsichtlich meines Verhältnises zu den Erwachsenen als auch zu Swet, der mir nicht nur ein vertrauter, zuverlässiger Freund geworden war, sondern mir auch geholfen hatte, meine »politischen Probleme« zu klären.

Der Brief meiner Mutter kränkte mich sehr, denn ihr Bild von mir und meinem Leben war völlig falsch. Dazu hatte auch eine abträgliche Charakteristik über mich beigetragen, die man Mutter im Parteibüro der Komintern ausgehändigt hatte:

Sie ist gesund, rechthaberisch, herrisch und flegelhaft. Sie leitet gern größere Gruppen von Menschen, bringt das Kollektiv der Kinder gegen die Erwachsenen auf und kontrolliert die Erwachsenen. Sie versteht zu arbeiten und tut dies auch gut, aber nur, wenn sie will, und nicht auf Anweisung Erwachsener. Im persönlichen Leben ist sie ordnungsliebend. Sie hat keine Filzstiefel mit Gummischuhen. Briefe erhält sie regelmäßig.

Das tat meiner Mutter weh, und sie zeigte mir aus erzieherischen Gründen nun in ihrem Brief, welche Vorstellungen sie von mir hatte. Sie verstand mich einfach nicht!

Mutter erinnerte mich daran, dass ich schon im vergangenen Jahr in der Schule Kollisionen mit den Erwachsenen gehabt hatte und dass ich mich gern klüger dünkte als die Erwachsenen. Sie fürchtete, ich würde

unaufmerksam, oberflächlich und nicht tiefer nachdenken über eine Sache, einen Menschen, über das Leben überhaupt ...
Und gerade in diesem Alter stürmen sehr viele Eindrücke auf den Charakter ein, die alle an der Formung mit beteiligt sein wollen. Und eins der stärksten Momente, bedingt durch die körperliche Entwicklung in diesem Alter, das ist die Freundschaft und die Liebe. Und diese beiden können so stark werden, dass sie alles andere unterdrücken, dass kein Raum, keine Zeit mehr für etwas anderes ist, dass Lernen und Arbeiten in der Hintergrund treten, untergeordnet werden, vergessen werden. Die Gedanken beschäftigen sich mit dem Gegenstand der Freundschaft und Liebe. Man wird unaufmerksam, zerstreut, macht seine Arbeiten nicht richtig, kann über nichts anderes mehr richtig nachdenken, immer wollen die beiden dabei die Alleinherrschaft haben. Sieh, die Väter und Mütter waren alle einmal in diesem Alter. Wir wissen also aus eigener Erfahrung, wie es in einem so jungen Menschenkind, das ein ganzer Mensch werden will, aussieht, wie es da hämmert und stürmt. Und sie kennen die Gefahren, die dabei drohen. Und wenn sie nun selbst Kinder in dem Alter haben, dann werfen sie ein ganz besonderes Auge gerade auf diesen Kampf der Freundschaft und Liebe um die Alleinherrschaft.
Und damit in diesem jungen Alter bei der Formung des Charakters nicht ein Charakterzug die Oberhand bekommt, dass alle guten Charakterzüge ihren Anteil haben, dass das junge Menschenkind ein Mensch wird, der in allen Lebenslagen, bei allen Schwierigkeiten seinen Mann steht, ein nützliches Glied der Gesellschaft wird, bremsen die Väter und Mütter immer den Charakterzug, wo sie merken, dass er gefährlich werden kann, das Kind einseitig machen kann. Sie erziehen ihr Kind. Und da durch die besonderen Kriegsumstände ihr jetzt von euren Vätern und Müttern getrennt seid, da wir euch nicht täglich beobachten und lenken können, haben unsere Stelle in der Erziehung andere Mütter übernommen. Ihr seid noch keine fertigen Menschen, ihr müsst noch erzogen werden. Ihr müsst noch gelenkt werden. Auch die Schule erzieht euch und das Leben, aber nicht allein. Und ihr müsst den Müttern, die euch zur besonderen Erziehung beigegeben sind, dieselbe Achtung entgegenbringen wie euren eigenen.

Mutter ließ mich auch wissen, wie sie sich unseren Tagesablauf vorstellte:

Vielleicht machst du dir vorm Spiegel schnell eine Spange ins Haar und denkst dabei, so ist es besser, dann fallen die Haare beim Bücken nicht so ins Gesicht, oder bindest dir ein Tuch um den Kopf, damit beim Helfen in der Küche kein Haar in die Suppe fällt. Und am Frühstückstisch überlegt ihr euch, wie ihr die

Arbeit für den Tag einteilt, so dass ihr auch sogar noch Zeit für euch habt zum Ausruhen. Und am Abend sitzt ihr vielleicht alle Jungen und Mädel zusammen in einem Zimmer, und da wird aus der »Prawda« vorgelesen, und ihr diskutiert darüber, werdet euch klar über die jetzige schwere Lage und überlegt, inwiefern ihr der Roten Armee und dem Lande noch mehr helfen könnt. Und vergesst nicht dabei, dass ihr eine große Hilfe schon leistet, wenn ihr in der nächsten Umgebung immer helfend einspringt, selbst Initiative zeigt und nicht wartet, bis man euch sagt, dieses und jenes ist zu tun. Und Disziplin halten – auch dann, wenn ihr auf den ersten Augenblick nicht versteht, warum. Beim Nachdenken werdet ihr schon dahinter kommen.

Das klang alles eher nach Wünschen oder einer Vorstellung, wie ich sein sollte. Ich war aber schon lange so. Doch woher sollte meine Mutter das wissen?

Über meine Freundschaft zu Swet äußerte sich meine Mutter ebenfalls ausführlich und etwas besorgt:

Nun, und was soll ich sagen, dass man von dir sagt, du hättest einen Jungen geküsst? Erstens, dass du dich so benommen hast, dass man dies denken kann. Zweitens aber, wenn du mir schreibst, dass du das nicht getan hast, glaube ich dir. Warum sollst du mich belügen? Denn ich habe doch so viel Vertrauen zu dir, dass du selbst von dir aus einsiehst, dass du zum Küssen eines fremden Jungen noch zu jung bist. Und ich habe die große Hoffnung, dass du in dem Kampf um die Formung deines Charakters soviel Bewusstsein aufbringst, dass du entscheiden kannst, was in deinem Alter schlecht und gut ist. Deine Hauptaufmerksamkeit muss jetzt gerichtet sein auf das Lernen – und durch die Kriegsumstände bedingt auf das Arbeiten. Ihm ist alles unterzuordnen. Darauf müssen sich jetzt deine Gedanken konzentrieren. Natürlich sollst du auch Erholung haben, sollst auch lachen und lustig sein, aber alles vermeiden, was dich beim Lernen und Arbeiten hindert. Zum Lieben und Küssen hast du noch einige Jahre Zeit, da musst du erst einen fertigen Charakter haben, mehr Menschenkenntnis, denn man küsst doch nicht einen jeden. Jetzt kannst du deinen kleinen Brüderchen mal ein Küsschen schenken und ihnen sagen, das ist von der Mama und vom Papa. Und ich und der Papa möchten dir auch mal wieder ein Küsschen schenken, möchten euch alle drei mal wieder fest in unsere Arme nehmen. Aber das geht jetzt nicht.

Gerade hierin steckte für mich eine Falle. Ich hatte mich zwar mit Swet noch nie geküsst, jedoch umarmt. Und das war von Mutters Standpunkt aus schlecht.

Mutter bat mich, ihren Brief nochmals in Ruhe durchzulesen und ihn nicht als »Unsinn« abzutun. Ich sollte sie auch wissen lassen, womit ich nicht einverstanden sei, wo sie mich vielleicht nicht richtig verstanden hätte, worauf sie nicht geantwortet habe und worüber ich noch etwas wissen wolle, aber auch, worin sie Recht habe.

Auf den erzieherischen Brief meiner Mutter reagierte ich mit einem emotionalen Sturm des Widerspruchs in großen und kleinen Fragen. Was das Lernen anbetraf, stimmte ich ihr aber voll zu:

Ich will lernen! Ich möchte in diesem Jahr die achte Klasse beenden. Und wir können so oft nicht lernen, weil die Schule geschlossen ist. Mama, meine Freundschaft hindert mich nicht beim Lernen, umgekehrt. Mama, ich verstehe dich sehr gut. Du hast recht, ich muss lernen, lernen und lernen. Im Sommer werden wir arbeiten, ich möchte sehr gerne. Ich möchte auch helfen zum Siegen, aber bis jetzt kann ich nur lernen, um nachher im Aufbau gut helfen zu können. Denn wenn der Krieg zu Ende ist, muss man so viel wieder neu bauen, alle die Fabriken! Aber ich möchte arbeiten! Mama, glaube mir, dass ich nicht nur so dir schreibe, ich will wirklich helfen, arbeiten. Swet auch …

Den Brief an meine Mutter hatte ich unter Tränen geschrieben. Ich war verwundert und beleidigt, dass sie glaubte, ich würde in eine kleinbürgerliche Welt persönlicher Interessen der Liebe und Freundschaft abgleiten. Meine Liebe zu Swet erweiterte meine Welt, die sich für mich nie nur auf Familie beschränkte. Gerade meine Mutter musste dies wissen. Denn schon in der sechsten Klasse war ich sogar mit meinen Eltern wegen meiner gesellschaftlichen Aufgaben in Konflikt geraten. Schon damals war ich der Meinung, dass meine Pionieraufträge wichtiger seien als die häuslichen Angelegenheiten! Ich war ein aktiver Pionier und bereitete mich darauf vor, in den Komsomol einzutreten. Da konnte ich mich doch gar nicht in eine Richtung entwickeln, wie sie mir meine Mutter warnend geschildert hatte. Es schien mir, als habe Mutter den Brief gar nicht an mich geschrieben.

Mutters Ansichten, dass es für mich noch zu früh sei zu lieben und dass man einen »fremden Jungen« nicht küssen dürfe, trafen mich mitten ins Herz. Ich fühlte mich jetzt in Swets Nähe gehemmt. Hatte ich doch selbst gefürchtet, dass das, was sich zwischen Swet und mir ereignete, widernatürlich, irgendwie »unschön« sei. Andererseits spürte ich eine gewisse Sicherheit, dass ich mich bei einem Jungen anlehnen konnte, der mir nicht fremd war und von dem ich mich in den Arm nehmen lassen konnte. Das war wiederum schön. Es quälte mich, dass ich in meinen Gefühlen so hin und her gerissen war. Ich weihte Swet immer in alle Schwankungen meiner Seele ein, in alles, was ihn und mich betraf. Meine Mutter hatte meine Verwirrung nur noch vergrößert, so dass ich Swet ihr gegenüber nur als Freund »ausgab«. Mein Geheimnis verschwieg ich, und das fand ich selber schlecht, denn ich wollte ja Vertrauen zu meiner Mutter haben. In allem.

Swet war für mich kein »fremder Junge«, und ich nahm ihn vor meiner Mutter als Freund in Schutz. Ich schrieb ihr einen vertraulichen Brief über meinen Freund und ging auf die Schwierigkeiten ein, die ich ohne ihre Hilfe, aber mit Swets Unterstützung überwunden hatte. In diesem Zusammenhang berichtete ich ihr natürlich auch über meine »politischen Missverständnisse«: über die ausfälligen Bemerkungen des Sportlehrers Wolodja, der gesagt hatte, ich solle nicht glauben, ich gehöre einer »höheren Rasse« an; über das Verhör der Lagerleiterin, Frau Prochorowa, betreffs der Frage, ob ich für die Unseren oder für die Deutschen sei; und auch über den Referenten Sholdak aus Moskau, der behauptet hatte, alle Deutschen seien verabscheuenswürdig. Ich verheimlichte meiner Mutter nicht, dass ich die Veranstaltung dieses Referenten verlassen und deswegen geweint hatte.

Nachdem meine Mutter meinen Brief erhalten hatte, stellte sie sich sofort hinter mich. Während sie mir kurz zuvor noch die Leviten gelesen hatte wegen meiner mangelnden Achtung vor den Erwachsenen, fragte sie sich jetzt: Was macht man mit meiner Tochter? Wessen beschuldigt und verdächtigt man sie? Was ist das für eine Erziehungsarbeit im Internat der Komintern? Wem habe ich meine Tochter anvertraut? Meine Eltern hielten es für dringend geboten, diesen Dingen auf den Grund zu gehen. Dazu tippte meine Mutter meinen offenherzigen, vertraulichen, und – wie mein Vater sagte – »mit dem Herzen geschriebenen« Brief mit der Maschine ab. Mein Vater übermittelte ihn dann über einen Genossen dem »Leiter einer Institution«, damit Maßnahmen ergriffen würden. Mein sehr persönlicher, ganz ehrlich geschriebener Brief war, ohne mich zu fragen, ungekürzt an einen fremden Menschen weitergegeben worden. Selbst wenn es sich dabei um Georgi Dimitroff, den offiziellen Chef unseres Internats, handelte.

Das erfuhr ich von einem der Erwachsenen aus dem Internat. Aber ich glaubte es nicht!

Vater selbst schrieb es mir dann am 22. Februar, als sei dies eine ganz selbstverständliche Reaktion auf die von mir beschriebenen Ereignisse.

Wir haben übrigens den Teil deines Briefes, der sich mit den politischen Fragen in eurer Kolonie beschäftigte, einem leitenden Genossen weitergegeben, und wir wissen, dass ihn durch ihn auch der politische Leiter unseres Betriebes zu lesen bekam.

In der Zwischenzeit hatte sich der Konflikt aber schon ohne Zutun anderer erledigt. Der Sportlehrer Wolodja hatte sich derartige Dummheiten mir gegenüber nicht mehr erlaubt. Und die Lagerleiterin, Frau Prochorowa, hatte mir ja auch die Bürgschaft für meinen Eintritt in den Komsomol gegeben!

Du lieber Gott ...

Und ich war so dumm und wollte es nicht glauben, als mir jemand von den Erwachsenen aus dem Internat diesen »Vertrauensbruch« beflissen hintertrug, und zwar mit dem Wink, dass »alle ganz oben« meinen Brief über meine Liebe zu Swet Raschewski gelesen hätten.

Ich konnte es mir nicht vorstellen, dass meine Eltern dies getan hatten. Aber es war so. Nach dem Tode meiner Mutter fand ich in ihren Papieren sogar die damalige Abschrift meines Briefes, die mit dem Hinweis versehen war, dass er von Trawka Schälike stammte. Die Abschrift war ungekürzt, denn ohne den Zusammenhang zu der Liebesgeschichte wäre meine »politische Darstellung« einfach nicht verständlich gewesen. Ich hatte Swet ja für seine Hilfe gelobt, hatte beschrieben, wie gut er war, und dafür Beispiele von schwierigen Situationen aus meinem Internatsleben genannt. Und das waren »politische« Beispiele.

Elterliche Hilfe

Auf meine »politischen Misshelligkeiten« reagierten meine Eltern ebenfalls mit langen Briefen, in denen sie mir versicherten, sie würden mir glauben und mir Rückhalt geben. Gleichzeitig berichteten sie über die Veränderungen in ihrem eigenen Leben.

Am 22. Februar 1942 schrieb mir mein Vater einen ausführlichen Brief, nicht nur über seine neue Arbeit, die er in Ufa bekommen hatte, sondern auch über seine Ansichten zu den politischen Fragen im Zusammenhang mit meiner deutschen Nationalität.

Liebes Trautchen,
heute ist Sonntag. Ich sitze in Ufa, im selben Hause, in dem Mama wohnt, und schreibe dir diesen längst fälligen Brief. Es ist schon 11 Uhr abends. Mama hat

Nachtdienst. Vor zwei Stunden haben wir in der gut versorgten Stolowaja (Kantine. D. Übers.) ihres Betriebes Abendbrot gegessen. Mama ging dann an ihre Arbeit und ich in den Lesesaal, mich mit den neusten Nachrichten vertraut zu machen. Du weißt ja noch gar nicht, dass ich gegen Ende des vorigen Monats nach Ufa gerufen wurde und man mir eine Arbeit angeboten hat. Du kannst dir denken, wie froh ich war; und obgleich ich einigen Bammel hatte, ob mir meine kranken Augen nicht einen Strich durch die Rechnung machen, habe ich natürlich aus vollem Herzen zugestimmt; und als der erste Versuch gut gelang, wanderte ich zum letzten Male die 30 km zu Fuß in mein Dorf zurück. Eigentlich waren es nur 19 km, weil mich unterwegs zwei Schlitten im wilden Galopp die restlichen 11 km fuhren, packte meine Sachen und trat den letzten Rückweg nach Ufa an. Von Rechts wegen hätte es noch einmal eine schöne Schlittenfahrt werden müssen, aber ich bekam nicht rechtzeitig Pferd und Schlitten; und weil ich zur festgesetzten Zeit zur Arbeit eintreffen musste, ging es noch einmal zu Fuß zurück. Diesmal traf ich keinen freien Schlitten, aber ich lief den 6-bis-7-Stundenweg mit großer Freude. Meine Sachen brachte mir zwei Tage später ein Genosse nach.

Nun sitze ich schon zwei Wochen in Ufa, habe einen Platz in dem Männergemeinschaftsraum und bin jetzt mit der Einrichtung meines neuen städtischen Daseins ziemlich fertig. Meine Herreise nach Ufa und das ganze Drum und Dran ist die Ursache, dass dein Brief vom 3.1. noch nicht beantwortet ist.

Dann ging Vater auf die Schwierigkeiten ein, die ich als Deutsche in den letzten Wochen erlebt hatte und durch die ich mich zutiefst gekränkt gefühlt hatte. Er gab mir Argumente, um mir diese komplizierte Situation begreiflich zu machen und mir den Rücken zu stärken.

Trautelein, dein Brief vom 3. Januar ist einer deiner liebsten Briefe, die du uns geschickt hast. Mama wird dir auf alle deine Fragen und kleinen und großen Sorgen antworten, vielleicht schon morgen, bestimmt aber in den allernächsten Tagen. Ich war noch im Kolchos, als mir Mama die Abschrift deines Briefes schickte. Ich habe mich sehr gefreut und gleichzeitig war ich ein wenig traurig, weil ich empfand, wie schwer es manchmal um dein kleines Herze bestellt ist und du alles allein, ohne uns, auskämpfen musst.

Euer Pionierleiter hat natürlich einen politischen Fehler begangen. Du warst erst 4 Jahre alt, als du schon in die Sowjetunion gekommen bist, und hast das große Glück, gemeinsam mit der herrlichen Sowjetjugend aufzuwachsen, deren Teil du geworden bist. Nichts hast du und kannst du gemeinsam haben mit der irrsinnigen Rassenlehre eines Hitler-Deutschlands. Deine Eltern sind alte Par-

teigenossen, und sie wussten und wissen, was sie deiner Erziehung schuldig sind. Ich verstehe sehr gut den tiefen und gerechten Hass deines Pionierleiters gegen Hitler-Deutschland und seine faschistischen Horden, die unser Land verwüsten und die gemeinsten Verbrechen in unserm Lande begehen. Und wir teilen seinen Hass, aber niemand hat ein Recht, uns deutsche Kommunisten darum mit diesen faschistischen Verbrechern zu identifizieren, d. h., gleichzusetzen. Was Hitler aus Deutschland und dem deutschen Volke gemacht hat, das ist eine furchtbare Katastrophe, und wenn angesichts der viehischen Grausamkeiten, die die faschistischen Banden in aller Welt und insbesondere in der Sowjetunion verübt haben und verüben, der Name Deutscher zu einer Schmach wird, so ist das nur ein zu gerechtes Urteil der Geschichte. Wir deutschen Kommunisten und mit uns alle fortschrittlichen Elemente des deutschen Volkes haben nur eine richtige Antwort, alles zu tun, dass Hitler-Deutschland zusammenbricht und die faschistischen Banditen mit Stumpf und Stiel ausgerottet werden. Die Schande, die Hitler über Deutschland gebracht hat, wird nicht leicht sein, wieder abzuwischen, aber sie wird ausgetilgt werden. Nicht umsonst haben zehntausende Kommunisten und Antifaschisten Freiheit und Leben geopfert im Kampf gegen die Hitleristen; und sei überzeugt, es werden sich weitere zehntausende finden, die ihr Leben für die Rettung Deutschlands vom Faschismus geben werden.
Vorgestern hatten wir hier eine sehr schöne Feier zum Jahrestag der Roten Armee. Das Referat hielt ein Generalleutnant von der Front. Als er über die Stärke der Roten Armee und ihrer Verbündeten sprach, erzählte er, dass er selbst erlebte, wie eine schwere deutsche Bombe niederging, ohne zu explodieren. Bei der Untersuchung ergab es sich, dass die Bombe mit Sand gefüllt war. Ihr seht, sagte der Kommandeur, wir haben auch Freunde in Deutschland.
Also, Trautelein, lass dir das Herz nicht unnötig schwer machen, weil du in Deutschland geboren bist. Wenn man dir Unrecht tut, so bringe Verständnis für die falschen Beschuldigungen auf und widerlege sie geduldig, aber fest. Wir wissen natürlich, dass du solche Dummheiten, wie man sie dir in den Mund legen wollte, nicht gesagt haben kannst.
Alles Gute, sei weiter fleißig in der Schule und diszipliniert. Wir sind in Gedanken immer bei dir und unseren Buben. Ist unser kleiner Rolf schon wieder gesund? Uns hat sehr gefreut, wie du uns über die kleinen Brüder berichtet hast.
Einen lieben Kuss von Papa.

Kurz danach, ebenfalls noch im Februar, schrieb mir auch Mutter. Dieser Brief ist im Original nicht erhalten geblieben. Er wird hier nach dem Entwurf wiedergegeben, den Mutter für sich gemacht hatte.

Liebe Trautchen,
heute will ich nun deine Briefe einmal beantworten. Ich kann mir ja vorstellen, wie du schon auf einen Brief wartest, und die Mama schreibt nicht. Ja, Trautchen, geschrieben habe ich dir nicht, aber jeden Tag habe ich an dich gedacht und habe ich mich mit dir unterhalten. An deinem Geburtstag habe ich zurückgedacht, wie ich vor 15 Jahren der glücklichste Mensch war, weil mir eine kleine Tochter geboren wurde. Und jetzt ist diese Tochter schon so groß und will und kann schon ein selbständiger Mensch sein. Ja, Trautchen, die Freude hast du mir mit deinem Brief gemacht, sehe ich doch, dass du, wenn du willst, an die Dinge richtig herantrittst.
Ich kann mir vorstellen, dass du es nicht leicht hattest, mehr oder weniger allein gegen die falschen Anschauungen und Beschuldigungen aufzukommen und standzuhalten. Aber darin zeigt sich schon eine gewisse Stärke. Rosa Luxemburg sagte einmal: »Starke Charaktere zeigen sich nicht in der Masse, sondern trotz der Masse.« Das soll nicht etwa heißen, dass man ein Einzelmensch, ein Individualist sein soll, aber das bedeutet, [man soll] nicht immer nur die Meinung der Masse haben, man soll, wenn man nicht davon überzeugt ist, auch an seinem Standpunkt, wenn man ihn durchdacht hat und für richtig hält und belegen kann, auch trotz der Masse festhalten. Siehst du, und dass du richtig empfunden hast, dass nicht alle Deutschen schlechte Menschen sind, dafür hast du die Bestätigung in dem Aufruf der 60 Wissenschaftler, Politiker und Gewerkschaftler, unter denen du viele dir bekannte Namen findest. Und auch der letzte Tagesbefehl Stalins an die Rotarmisten zum Jahrestag der Roten Armee zeigt ganz klar und deutlich, dass man die Hitlerbande nicht mit dem deutschen Volk gleichsetzen kann. Die Hitlerbande wird verschwinden, aber das deutsche Volk bleibt bestehen. Wir können natürlich nicht so stolz auf unser deutsches Volk sein, wie der Russe auf sein Volk, das eine proletarische Revolution gemacht hat und jetzt einen heldenhaften Kampf gegen die deutschen Faschisten führt. Unser deutsches Volk hat eine schwere Schuld auf sich geladen, dass es Hitler immer noch duldet und dass es noch nicht die Kraft aufbringt, ihn zu verjagen, und den räuberischen Krieg gegen unsere Sowjetheimat immer noch weiterführt. Aber uns deutsche Kommunisten nun gar auf eine gleiche Stufe zu stellen mit den faschistischen Räuberhorden, die in die Sowjetunion eingefallen sind und hier rauben und morden, das ist politisch ganz und gar falsch. Denn Hitlers und der Faschisten Hass und Kampf richtet sich ja gegen uns Kommunisten genauso wie gegen das russische Volk; und unsere Aufgabe ist es ja besonders, im deutschen Volk zu wirken, dass es schneller erkennt, dass es von Hitler belogen und in die Katastrophe geführt wird. Und unsere Rote Armee hilft, dass das deutsche Volk

dies schneller, aber auch schmerzvoller erkennt. Nun, Trautchen, und bald wirst du auch fester, und wenn du tüchtig liest, auch bewusster und klüger, um, wenn wieder einmal solche Prüfungen an dich herantreten, nicht nur zu weinen und auszurücken, sondern in aller Ruhe und mit Argumenten zu diskutieren. Natürlich nicht impulsiv, sondern durchdacht.

Ich hatte also sowohl die Unterstützung bekommen, die mir so Not tat, als auch zwei große Lektionen: nämlich, dass man Kommunisten nicht mit Faschisten verwechseln durfte und ich mich nicht zu schämen brauchte, dass ich in Deutschland geboren war. Das wusste ich aber auch selbst sehr gut, und wegen meines Geburtsortes hatte ich mich noch nie geschämt. Bin ich vielleicht dumm? Bei meinen politischen Misshelligkeiten quälten mich ganz andere Probleme: Warum verstanden einige sowjetische Menschen nicht den Unterschied zwischen Kommunisten und Faschisten? Der Sportlehrer Wolodja war ja noch dazu unser Pionierleiter! Und er konnte sich als unser Leiter mir gegenüber so etwas herausnehmen? Und Frau Prochorowa, die mich gut kannte, hätte überhaupt nicht irgendwelchen »zwei Erwachsenen« Glauben schenken dürfen. Sie brachte es jedoch fertig, mir zu misstrauen, und versuchte auch noch, mich dazu zu bringen, etwas »einzugestehen«, was gar nicht sein konnte. Sie war aber die Chefin unseres Lagers!

Ich hatte geweint, weil man mich nicht verstand, weil man mir nicht glaubte, weil man irgendeinen Verdacht gegen mich hegte, nicht aber, weil ich eine Deutsche war. Übrigens waren die politischen Informationsveranstaltungen, die im Internat stattfanden, so aufgeteilt, dass jeder Teilnehmer über die Ereignisse »seines Landes« berichtete. Ich natürlich über Deutschland. Da überkam mich selbst plötzlich ein Gefühl der Liebe zu Deutschland; ich empfand, dass ich auch etwas mit dem Schicksal dieses Landes zu tun hatte. Es tat mir weh, dass man alle Deutschen für Faschisten hielt und das ganze deutsche Volk, das von Hitler betrogen worden war, beschimpfte. Das war der eigentliche Grund für meine Tränen.

Konnte ich meinen Eltern aber all dies in einem Brief mitteilen? Man hatte mir eindringlich beigebracht, in Briefen nichts zu politischen Themen zu äußern! Nur mündlich, wenn man sich sieht.

Der Krieg hatte uns aber getrennt. Meine geistige Reife fand jetzt in der Ferne statt. Da brauchte man sich nicht zu wundern, dass meine Eltern überhaupt nicht wussten, was gerade in meinem Kopf vor sich ging und was schon der Vergangenheit angehörte. Doch dafür, dass sie mich unterstützten und mir glaubten, war ich ihnen dankbar.

Ich hatte den großen Wunsch, Mitglied des Komsomol zu werden, und zählte jeden Tag, der mich noch von meinem dafür notwendigen fünfzehnten Geburtstag trennte.

Einen Tag nach meinem Geburtstag, am 21. Januar 1942, setzte ich mich an einen Brief für Elga:

Ich wollte dir eigentlich nicht mitteilen, dass ich den Aufnahmeantrag für den Komsomol eingereicht habe, doch ich habe es nicht ausgehalten. Ich fürchte sehr, dass man mich nicht aufnimmt, denn ich habe im ersten Vierteljahr in Disziplin nur ein »Mäßig« bekommen, und im zweiten hatte man mich von der Schule geworfen. Mehr Verstöße habe ich aber nicht.
Elga, kannst du dir vorstellen, was mit mir sein wird, wenn ich aufgenommen werde? Ich springe bis zum Himmel. Mir scheint irgendwie, dass ich erwachsener, ernsthafter werde, wenn ich Mitglied des Komsomol bin ...

Am selben Tag schrieb ich auch an meine Mutter:

Die Älteren bereiten sich auf den Komsomol vor und studieren mit der Gen. Kabaktschejewa das Programm des Komsomol. Ich bin mit ihm schon fertig – mir half Swet, aber gehe trotzdem auf diese »Versammlung«, will es eben besser wissen.

Mir stand noch eine Komsomolversammlung in der Schule bevor, auf der beschlossen werden musste, ob ich würdig sei, Komsomolzin zu sein oder nicht. Dann musste man noch zur Kreisleitung des Komsomol, die den Beschluss der Grundorganisation der Schule bestätigte oder ablehnte. Meinen Aufnahmeantrag hatte ich aber gleich abgegeben, nachdem ich fünfzehn Jahre alt geworden war.

Internatsalltag

Am 9. Januar 1942 berichtete ich Elga:

Die meisten von uns hat jetzt irgendwie die Faulheit gepackt, mir missfällt das. ... Kussja und Pfirsich benutzen täglich etwa fünfmal den Ausdruck »Geh zum Ar...« oder so etwas Ähnliches. Ich hatte auch angefangen, einige Ausdrücke zu benutzen. Jetzt halte ich mich zurück und habe mit einem Mädchen (Sylvia Dengel) einen »Vertrag« abgeschlossen. Wer von uns »Ich pfeif dir was!«,

»scheißen« usw. sagt, der muss ein Stückchen Zucker opfern. Ich habe schon drei verloren! Musste sie herausrücken. Weißt du, ob du willst oder nicht, du gewöhnst dich an diese Ausdrücke. Doch ich bezähme mich. Halt! Sylvia hat gerade »Ich pfeif dir was!« gesagt. Es steht wieder gleich! So ist unser Leben ... Die Faulheit hat mich jedoch nicht gepackt. Ich gehe jeden Tag zur Schule, lerne und will lernen.

Einmal beschlich mich der Verdacht, dass manche meiner Briefe nicht ankommen, weil sie von den Mädchen, denen ich sie mitgegeben hatte, nicht in den Briefkasten gesteckt wurden. Ich war verärgert und erkundigte mich am 26. Januar bei Elga nach zweien meiner Briefe.

Doch es war noch schlimmer. Nicht nur, dass die Briefe nicht eingesteckt worden waren, man hatte sie auch noch regelmäßig Swet und Sergej zum Lesen gegeben. Sergej hat mir einige davon selbst zurückgegeben und schob den Mädchen die Schuld in die Schuhe. Aber er hatte sie natürlich gelesen und auch noch Swet zugesteckt. So wussten beide, was ich über sie an Elga geschrieben hatte, und dass ich befürchtete, mich doch noch in Sergej zu verlieben.

Es war sehr naiv von mir, dass ich den Mädchen, die zur Post gingen, meine Briefe mitgab, die ich in Ermangelung von Briefumschlägen nur zu einem Dreieck zusammengefaltet hatte. Ich wusste, dass es unanständig war, fremde Briefe zu lesen, und glaubte, so dächten alle.

Die sanitären Bedingungen im Internat waren ungenügend. Als aber die richtige Kälte einsetzte, wurde es ganz schlimm. Wie dies konkret aussah, geht aus meinem Brief an Elga vom 26. Januar 1942 hervor:

Draußen ist es kalt. Elga (vielleicht ist es unangenehm, aber ich schreibe es trotzdem), das Schlimmste ist bei uns, wenn man auf die Toilette gehen muss. Das Klo ist draußen im Freien, die Finger frieren und der Po auch. Wenn wir aufwachen, denken wir alle gleich: »Du lieber Gott, wir müssen ja noch aufs Klo!« Und wenn wir das hinter uns gebracht haben (wir gehen immer zusammen, alle die in einem Zimmer schlafen), atmen wir erleichtert auf. Wir waschen uns nicht jeden Tag, gehen aber sonnabends regelmäßig ins Dampfbad. Dort ist es entweder zu heiß oder zu kalt. Im Sommer hatte ich Läuse. Jetzt haben wir sie aber ausgemerzt. Die Mädchen haben überhaupt keine, aber sechs Jungen haben welche. Als Swet von der Arbeit an der Front zurückkam, brachte er Läuse mit. Im Zimmer ist es ebenfalls kalt. Wir bekommen sehr wenig Holz. Den Zaun abzubrechen, gestattet man uns aber nicht. Das Petroleum ist knapp.

Dann wurde die Leiterin des Lagers, Frau Prochorowa, krank und die Ärztin übernahm die Vertretung. Am 3. Februar schrieb ich an Elga:

Sie ist kein Mensch, sondern wie ein wildes Tier. Andauernd entzieht sie uns das Mittagessen, das Abendbrot und das Frühstück. Schon, wenn ihr irgendein Wort nicht passt. Wenn du kein Wasser geholt hast, bekommst du kein Essen. Wir sind alle wütend. Jetzt ist irgendeine Erzieherin, eine junge Frau, gekommen. Das Leben wird nun sicher wieder interessanter. Das sind andere Menschen, und die Erzieherin hat eine Ausbildung.

Einige Tage konnte ich Elga nicht schreiben, weil ich kein Papier hatte. Am 9. Februar bekam ich aber wieder Nachschub.

Wie du siehst, habe ich Papier besorgt und werde dir jetzt öfter schreiben, solange das Papier reicht.
Ich bin heute wieder in die Schule gegangen, obwohl mein Bein noch nicht wieder in Ordnung ist. Heute ist ein lustiger, ausgeglichener Tag. Aus unserem Schlafraum sind nur Kussja und Pfirsich in die Schule gegangen. Vier sind krank, den anderen tun die Beine weh, und alle haben Bauchschmerzen.
Ich schreibe für dich mal ab, was ich über den heutigen Tag ins Tagebuch eingetragen habe:
Ich lach mich kaputt! Bei uns ist es so lustig, einfach toll. Walja wendet sich an Jartscha, die von »Mintaxis« (der Toilette) zurückgekommen ist, und sagt: »Du, meine Liebe, wirst gleich noch ein sechstes Mal dort hingehen.« Toschka liebkost ihre Schwester Raja: »Du, mein Glatzköpfchen, meine liebe kleine Raja, komm, lass dich küssen.« »Ach nein, es atmet sich so schon schwer genug, und du willst mich auch noch küssen.« »Na, dann soll dich der Teufel holen. Ich liebe dich ja auch gar nicht, Raja, du Scheißerchen.«
Heute hatten wir ein richtiges Erlebnis. Bei uns auf dem Korridor wurde eine neue Toilette eröffnet, eine ganz gemütliche, saubere. »Wir werden das niemandem verraten, sonst gehen da irgendwelche Sonjas hin und hinterlassen Schmutz.«
Taira heizt zum zweiten Mal den Ofen. Toschka meckert: »Da hatten wir uns nun gefreut, haben Holz herangeschleppt, und jetzt wird alle zehn Minuten geheizt.«
Walja rennt mit ihrer Balalaika-Flinte herum (in Wirklichkeit ist es nur ein einfacher Stock). Sylvia singt ein von den Mädchen selbst gedichtetes Lied »Die Geschichte der zweiten Liebe«. Es ist lustig, toll und offenbart die Zusammen-

gehörigkeit. Man bekommt Lust, über unser Leben zu schreiben. Denn es ist interessant und schön. Sylvia hat sich die »Balalaika« genommen. »Sylvia, meine Liebe, gib sie wieder her. Ich gebe dir ein richtiges Holzscheit, wirklich, du bekommst es, nur gib mir meine Balalaika wieder«, bittet Walja. Nachdem sie sie zurückbekommen hat, sagt sie zu Toschka: »Toschka, General, nimm meine Flinte.« ...

Wir halten zusammen. Es vergeht kein Tag, an dem wir nicht singen, »streiten« und uns wieder vertragen.

Bei uns ist alles neu organisiert. Wir haben jetzt Erzieher statt Pionierleiter, und wir nennen uns Zöglinge. Es ist wirklich wie in einem Kinderheim, sieben Monate leben wir schon ohne Eltern.

Ich wurde für unseren Schlafraum als Zimmersprecherin gewählt. Die Erwachsenen sind der Meinung, dass mich die Mädchen in unserem Zimmer außer Kussja respektieren und auf mich hören. In der Klasse ist man auch der Meinung, ich sei ein gutes und kluges Mädchen. Frau Kabatschejewa hat Kussja und Pfirsich nicht zum Studium der Statuten des Komsomol zugelassen. Sie meint, sie seien noch nicht ernsthaft und reif genug. Mir hat sie geraten, unbedingt teilzunehmen. Weißt du, das alles stärkt mich, erfüllt mich mit Kraft und dem Wunsch zu lernen ...

Was war das eigentlich, was mir so gefiel an dem ständigen Lärm und Rummel in unserem Zimmer, das, bevor man uns im Winter aus dem Anbau dorthin umgesiedelt hatte, einmal die Rote Ecke war? Da redeten die Mädchen irgendwelchen Quatsch, kein ernsthafter kluger Gedanke kam zur Sprache. Und das reichte schon, um mich in Begeisterung zu versetzen. Es war eigenartig, wie ich in diesem jugendlichen Alter meine Umgebung wahrnahm. Wahrscheinlich war das Wichtigste, dass wir, als wir krank waren, dennoch fröhlich waren, Scherze und Wortspiele machten, so, wie wir es eben vermochten. Wir waren krank, alle hatten es mit dem Magen zu tun und mussten ständig auf die Toilette. Wir hatten aber weder Medizin noch Mütter. Trotzdem ängstigten wir uns nicht. Das ist es, was ich unbewusst eingefangen und mitgeschrieben hatte. Oder beschönige ich das?

Wenn ich diese Zeit an mir vorüberziehen lasse, konzentrieren sich meine Gedanken immer wieder auf einzelne Sphären unseres zwar kargen, die schweren Bedingungen des Krieges widerspiegelnden, aber nicht der jugendlichen Fröhlichkeit entbehrenden Internatslebens.

Was war in der Schule?

Dazu schrieb ich zum Beispiel am 13. Januar 1942 an Elga:

Das zweite Vierteljahr geht bei uns bis zum 17. Januar. Ich glaube, ich werde als Gesamtzensur »Ausgezeichnet« haben. Zu fünft haben wir nur ein Schulbuch!

Am 22. Januar teilte ich meiner Mutter meine Zensuren mit:

Meine Abschätzungen: Geographie gut; Literatur, Algebra, Geometrie, Geschichte, Deutsch, Kriegsunterricht und Disziplin ausgezeichnet. In Physik hat niemand Abschätzungen bekommen, in Landarbeit auch. Ich hätte in beiden Fächern ausgezeichnet ... Ich möchte viel machen, damit wir schneller siegen können, aber im Winter kann ich bloß lernen, aber auch das ist wichtig.

Am 21. Februar informierte ich meine Eltern darüber, dass das Schuljahr am 15. April enden werde, dass es zwar Prüfungen gebe, doch das Lehrprogramm nicht zu schaffen sei.

Wie viele unterschiedliche Arbeiten habe ich verrichtet! Je nachdem, was notwendig war. Ich war sogar Friseur, und nicht einmal ein schlechter. Ich schrieb an Elga:

Ich schneide hier den Kindern die Haare. Eigenartigerweise klappt es.

Auch Geschirrspülen und Reinemachen gehörte zu meinen Obliegenheiten. Am 26. Januar 1942 berichtete ich Elga:

Bei uns wurde jetzt die »Stunde der Arbeit« eingeführt. Jeden Tag müssen wir entweder die Fußböden in der Küche und im Essenraum aufwischen oder die Toilette reinigen, das Gelände in Ordnung halten, Geschirr abwaschen usw. Das nimmt zwei bis drei Stunden in Anspruch. Von 6 Uhr bis 9 Uhr abends machen wir in dem großen Raum gemeinsam Hausaufgaben.

Aus den Briefen, die ich an Elga schrieb, konnte ich noch vieles mehr darüber entnehmen, wie sich unsere Aktivitäten in Freizeit, Arbeit und Schule abwechselten.

In meinem Brief vom 9. Februar 1942 hieß es:

Fast jede Woche haben wir eine Kinoveranstaltung. Täglich müssen wir Holz sägen und Wasser holen. Einmal in der Woche müssen wir in der Küche das

Geschirr abwaschen. Wir arbeiten und lernen. Wir gehen spät ins Bett. Fast nie können wir uns ausschlafen ...

Wenn es Süßigkeiten gab, war dies ein großes Ereignis. So schickten meine Eltern am 8. Januar ein Geburtstagsgeschenk für mich ab: ein Stückchen Schokolade und einen Bonbon. Zwei weitere Stückchen Schokolade waren für meine kleinen Brüder bestimmt. Ich sollte sie ihnen bei meinem nächsten Besuch als Überraschung mitnehmen.

Das Essen zeigte deutlich die Auswirkungen des Krieges. Davon zeugt mein Brief an Elga vom 21. Januar 1942:

Vier Monate haben wir kein Weißbrot mehr gesehen. Die Verpflegung ist einigermaßen. Die Butterration wurde erhöht: auf 15 Gramm am Tag. Morgens gibt es irgendeine komische Suppe, aus Wasser, Mehl und schwarzem Zwieback. Sonst ständig Kartoffeln. Ich habe mich aber im Allgemeinen an diese Rationen gewöhnt. Natürlich sehne ich mich nach unserer Kohlsuppe und den anderen Suppen. Erinnerst du dich, wie dich mein Vater auf der Datsche damit bewirtet hat? Das hatte doch gut geschmeckt, nicht wahr?

Meinen Eltern schrieb ich in punkto Essen am 22. Januar:

Die letzten Tage bekommen wir zum Frühstück Mehlsuppe, schmeckt nicht sehr gut. Butter gibt es jetzt mehr. Ich habe mich an die Portionen schon gewöhnt. Satt bin ich immer. Außerdem esse ich alles mit Brot. Weißbrot haben wir schon ein paar Monate nicht gesehen. Das macht aber alles nichts. Das ist sogar gut. Wir essen, wenn wir Hunger haben, trocken Brot mit Tee ohne Zucker. In Moskau hätte ich dies nicht gegessen. Also gewöhne ich mich an alles, alles Essen. Die Erwachsenen sagen hier, dass ich mich gut zum Essen verhalte – esse alles, was es gibt, beklage mich nicht.

Anfang Februar 1942 wurde die Kost noch knapper. Davon berichtete ich Elga am 9. Februar:

Die Verpflegung ist schlechter geworden. Das Brot wird nach Rationen ausgeteilt, es gibt keine Kartoffeln. Heute bekamen wir zum Frühstück nur ein kleines Stückchen Butter und 2 Scheiben Schwarzbrot. Ich war aber satt. Wir beklagen uns nicht ... Die Küche bekommt jetzt nur Mehl, und da werden eben Plinsen für uns gebacken. Am Abend gibt es eine Plinse und Tee. Aber man kann damit auskommen. Noch dazu, wo die meisten Magenverstimmung haben.

Plinsen waren unser Lieblingsgericht. Sie wurden aus dunklem Mehl gebacken, das aus irgendeinem Grunde zwischen den Zähnen knirschte. Trotzdem war es für uns immer wie ein Feiertag, wenn es Plinsen gab. Es kam sogar vor, das jeder drei Stück bekam. Einmal erhielten wir zu den Plinsen sogar einen Löffel Meerrettich. Ich wusste, dass Meerrettich viele nützliche Substanzen enthält, und beschmierte damit tapfer meine drei Plinsen. Die meisten Kinder aber, die ein bisschen an dem Vitaminzusatz geleckt hatten, verzichteten darauf, denn sie hatten Angst, dass sie sich an dem scharfen Meerrettich den Mund verbrennen würden. Da schlossen ich und Peter Mannheim mit den anderen eine Wette ab: Wer es von uns beiden schafft, einen fremden Löffel Meerrettich herunterzuschlucken, ohne etwas dazu zu essen, der bekommt eine Plinse. Beide erfüllten wir auf Anhieb die Bedingungen der Wette, und man belohnte uns mit einem bewundernden Jubel und einer zusätzlichen Plinse, die zwischen den Zähnen knirschte. Zwar ist keiner unserem Beispiel gefolgt, doch viele wagten es jetzt, ihren Meerrettich zu probieren, und tunkten die Plinse in die scharfe Stippe.

Der Grund, warum ich den zusätzlichen Löffel Meerrettich gegessen hatte, war, dass ich trotz des Krieges gesund bleiben wollte.

Am 21. Februar erwähnte ich in einem Brief an meine Eltern, wie es um Essen, Kleidung und Krankheiten bei uns und meinen kleinen Brüdern im »Waldkurort« bestellt war:

Das Essen ist gut. Ab heute werden wir 30 Gramm Butter bekommen. Brot gibt es nach Normen – ein bisschen wenig, aber es geht. Kartoffeln gibt es jetzt nicht. Wir bekommen alles aus Mehl und Weizenkascha (Weizenbrei. D. Übers.). Aber ich bin zufrieden. Bei den Kleinen und überhaupt in Lesnoi ist das Essen besser. Sie bekommen Kakao, Milch, Kekse, Butter, weißes Brot ...

In Lesnoi näht man denen, die wenig anzuziehen haben, Sachen. Vielen Mädchen Kleider, mir einen Rock. Der blaue gute ist kaputt, den grauen kann ich im Winter nicht anziehen: – 1. Er ist zu eng, und beim Weg zur Schule fallen wir immer, und er kann kaputtgehen. 2. Er ist zu eng, um ihn über die Skihosen anzuziehen. (Ich gehe immer in den Skihosen und Walenkis (Filzstiefel. D. Übers.) Und so bleibt 1 Kleid (das blaue) und ein Rock, und da wir nicht immer Zeit haben zum Waschen, ist das nicht zu viel. Im Sommer wird man uns allen Kleider nähen. Schlecht ist es mit Strümpfen und Büstenhaltern. Ich habe ein Paar Strümpfe ganz zerrissen und ziehe sie immer unter die Walenkis an. Man sagt, dass man uns Strümpfe gibt und auch Stoff für Büstenhalter ...

In unserem Rayon gibt es 6 Fälle Typhus. Die Jungens wird man im ganzen Rayon kahl scheren, die Mädels nur, wer Läuse hat. Ich habe keine.

Komsomolmitglied

Am 12. März 1942 wurde ich in der Grundorganisation der Schule einstimmig in den Komsomol aufgenommen. Dies teilte ich Elga wenige Tage später mit und fügte hinzu, dass mir dabei einige Bedenken gekommen waren:

Hier nimmt man es mit den Schwierigkeiten der Aufnahme in den Komsomol nicht so genau. Hier wird sogar agitiert: »Tritt ein, ich gebe dir eine Bürgschaft.« Das gefällt mir nicht. Mich hat keiner gebeten, in den Komsomol einzutreten. Das habe ich auf eigenen Wunsch getan. Aber weil die Aufnahme hier auf eine solche Art und Weise erfolgt, kann jemand Mitglied werden, so scheint es mir, der nicht hinein gehört.

Damit begann eine Geschichte, die 1946/1947, im dritten Studienjahr an der historischen Fakultät in die gefahrdrohende Formulierung gekleidet wurde: »Zweifel an der Rolle des Komsomol« oder so ähnlich. Und dies wurde dann noch Ausgangspunkt für meine »Zweifel an der Generallinie der Partei«, als ich nämlich aus Dummheit von diesen Zweifeln so sprach, als wäre das in der Vergangenheit tatsächlich so gewesen. Oh, welche Zeiten, oh, welche Sitten!

Ich hatte ja keinerlei Zweifel am Komsomol gehabt, nicht einmal an dessen Bedeutung für mein Innerstes. Für mich hatte es den Anschein, dass ich mich als Mitglied des Komsomol verändern würde, besser, ernsthafter werden würde. In meiner Vorstellung sollte der Komsomol eine Organisation sein, in der die fortschrittlichsten Jungen und Mädchen organisiert waren, denen ich mich ohne falsche Bescheidenheit zugehörig fühlte. In der Schule in Wetlushskaja wurden aber in dem eifrigen Bemühen, die Mitgliederzahl des Komsomol zu erhöhen, ganz durchschnittliche Jugendliche aufgenommen. So hatte man auch mir weder wegen meiner »mäßigen« Zensur in Disziplin im ersten Vierteljahr noch wegen meines Ausschlusses aus der Schule im zweiten Vierteljahr irgendwelche Hindernisse in den Weg gelegt. Auch dass ich Deutsche war, hat niemanden gestört. Dies alles hatte ich aber als selbstsichere Fünfzehnjährige gar nicht zur Kenntnis genommen.

Betrachtet man dieses Problem von der anderen Seite, so dachte ich unbewusst, ich würde in eine elitäre Organisation eintreten und meine Mitgliedschaft zeuge von der Zugehörigkeit zu den Spitzen der Gesellschaft. Gewiss wäre ich ungehalten gewesen, hätte man mir damals, 1942, auf diese Weise die inneren Gründe meiner Unzufriedenheit darüber erläutert, dass jemand in den Komsomol aufgenommen wurde, »der nicht hineingehört«. Dennoch weiß ich heute, dass es so gewesen ist. Woher kommt nur das Bedürfnis nach Exklusivität?

Am 17. März 1942 schrieb ich an meine Eltern:

Die Versammlung war schon am 12.3. Man hat mich aufgenommen. Jetzt muss ich noch in den Raykom (Kreisleitung. D. Übers.) gehen und das Billett (Mitgliedsbuch. D. Übers.) bekommen. Der Raykom ist von uns 8-9 km entfernt. Warum ich in den Komsomol eintreten will, weiß ich und fühle ich. Nach dem Krieg muss man viel arbeiten, und als Erste wird man Komsomolzen schicken, und ich möchte auch daran teilnehmen und soviel, wie ich kann, helfen. Mama, mir scheint, ich werde nicht nur eine Frau sein können, ich möchte erst ein Mensch sein und dann eine Frau. Vielleicht klingt das komisch, aber ihr versteht, was ich sagen will.

Wie beeindruckt ich von meinem Besuch in der Kreisleitung des Komsomol war, schrieb ich Elga am 26. März 1942:

Man hat mich aufgenommen! Dort gefällt es mir sehr, es ist angenehm, da ist ein Lesesaal, alle sind jung. Das ist toll. Weißt du, was man mir für simple Fragen gestellt hat?! »Was bedeutet die Abkürzung von Komsomol?«, »Wer aus der Jugend wird in den Komsomol aufgenommen?« Simpel, nicht wahr? Dann hat man mich gefragt, ob ich meine Wäsche selber flicke, ob ich gern herumalbere und wie die Schüler vorankommen, denen ich in der Schule Nachhilfe gebe. Pfirsich wird vielleicht in Algebra ein »Gut« bekommen und in Geometrie ein festes »Befriedigend«. Das ist schon ein kleiner Erfolg, denn sie hatte im zweiten Vierteljahr die Note »Schlecht«. Bei Sergej steht es schlimmer. Der klemmt sich nicht hinter das Lernen. In Geometrie wird er ein »Befriedigend« erhalten, vielleicht auch ein »Gut« und in Algebra kann es ein »Schlecht« werden. Ich bemühe mich aber, dass dies nicht passiert.
Weißt du, Elga, wenn Pfirsich oder Sergej im Unterricht gefragt werden, dann rege ich mich mehr auf, als wenn ich selbst gefragt werde.

Bereits im Januar 1942, nach Mutters Brief vom 11. Oktober 1941, begann ich, ohne es zu wollen, darüber nachzudenken, wie es Swet mit unserer

Freundschaft eigentlich meinte. Gerade in dieser Zeit war seine Mutter mit seinem jüngeren Bruder nach Sacharjino gekommen und in einem Bauernhaus in einem nahe gelegenen Dorf untergekommen. Dort wohnte auch bereits die Mutter von Ljalja Marussenko, jenes Mädchens, mit dem ich den Trip auf die Insel vor der Steilküste unternommen hatte. Swet war aus dem Internat zu seiner Mutter ins Dorf gezogen, und ich sah ihn nur noch in der Schule. Ich vermisste die tägliche Nähe des Freundes.

Da fragte mich Sergej, der Verführer und Swets Lehrmeister, einmal ganz unversehens und wie zufällig, ob ich nicht wisse, wem zuliebe Swet so plötzlich ins Dorf gezogen sei. Dort wohne doch Ljalja.

Völlig unerwartet überkam mich ein mir noch unbekanntes Gefühl der Eifersucht. An Swets Liebe zu mir hatte ich nicht im Geringsten gezweifelt, nur ich selbst war mir meiner nicht ganz sicher. Doch die Eifersucht verflog schnell, als ich mich fragte, warum Swet nicht auch noch andere Freundschaften haben könne. Ich fragte ihn ganz gezielt, und er antwortete, wie ich es auch erwartet hatte: »Derjenige, der so etwas verbreitet und uns unsere Beziehungen verdirbt, der soll mir nur mal in die Hände fallen.«

Und auch Ljalja war empört, dass Sergej derartige Gerüchte über sie verbreitet hatte.

Es schien, als sei alles wieder in Ordnung. Doch nicht ganz. Wie ich das meinte, schrieb ich am 26. Januar 1942 an Elga:

Swet ist mir jetzt nur ein Freund, mehr nicht. Er ist wieder zu uns gezogen, aber es ist mir egal. ... Ich möchte, dass er ein ernstzunehmender, kluger Mensch ist wie Armold (»Dein unbekannter Bruder«) sowie Rolf und Ernst (»Professor Mamlock«), dass er so ist, wie ein Kommunist, ein Komsomolze sein muss ... Ich möchte mit dem Menschen, den ich liebe, zusammen arbeiten und kämpfen (wie Ernst und Anni). Mein Vater und meine Mutter hatten, so scheint mir, eine solche Freundschaft. Ich möchte nach Deutschland fahren und dort gegen den Faschismus kämpfen. Aber das ist ein zu naiver Traum.

Ich hatte an Swet jetzt manches auszusetzen. Warum eigentlich?

Meine Generation oder jener Teil dieser Generation, zu der ich gehörte, war an Hand von unverrückbaren Prinzipien erzogen worden: »Lieber stirb, aber küsse nie ohne Liebe« oder »Enge Beziehungen sind erst mit 18 Jahren erlaubt«. Daran hatte mich meine Mutter auch in ihrem Brief vom 11. Oktober 1941 erinnert, den ich erst im Januar bekommen hatte. Ich schwankte, denn erstens war ich nicht ständig davon überzeugt, dass ich

Swet liebte und fand es daher unmoralisch, seinem und meinem Wunsch nach Wärme und Zärtlichkeit nachzugeben. Und zweitens, und das war das Wesentliche, war ich erst fünfzehn Jahre alt! Ich bin noch nicht erwachsen und gestatte schon, dass man mich umarmt! Ist das schlecht? Sollte das wirklich schlecht sein?

Ich war noch nicht in der Lage, an der Wahrheit gesellschaftlicher Klischees zu zweifeln. Diese waren fest in mir verankert wie Tabus. Ich hatte es aber schon gewagt, nicht ihnen, sondern dem Ruf des Herzens zu folgen. Ich gestattete es mir nicht, mit dem Strom der erwachenden Sinnlichkeit zu schwimmen, doch dies bezahlte ich damit, dass ich oft schlecht gelaunt war, dass mich Sehnsucht überkam und ich mit mir selbst unzufrieden war.

Der heutigen Generation sind meine Zweifel und Qualen wahrscheinlich unverständlich. Gottlob hat sie ein breiteres Spektrum irdischer Freuden. Und die Grenzen der altersbedingten Tabus sind nicht mehr so gegen den Menschen gerichtet. Wir aber waren in sexuellen Fragen völlig unaufgeklärt und hatten große Ängste vor »Schmutz«. Das betraf nicht alle von uns, aber die meisten.

Schade ...

In jenen Tagen, als ich in den Komsomol aufgenommen wurde, begannen zwischen Swet und mir irgendwelche undefinierbaren Konflikte. Swet zeigte sich auf einmal von einer völlig anderen Seite. Es kam zum ersten Streit und im April dann auch zum Bruch.

Meine Briefe an Elga vom 18. März sowie vom 2. und 3. April 1942 reflektierten die Gründe:

Zuerst ging es darum, dass Swet mir nicht beim Wasserholen helfen wollte. Er hatte einfach keine Lust und lag auf dem Bett wie ein vornehmer Herr. Das hatte mich beleidigt. Ich hatte mir vorgenommen, so lange nicht mit ihm zu sprechen, bis er sich entschuldigte. Tage vergingen, und Swet reagierte nicht. Wir redeten nicht miteinander.

Noch kurz zuvor hatte man auf einer Komsomolversammlung über gute und schlechte Beziehungen zwischen Jungen und Mädchen gesprochen. Als Beispiel einer guten Freundschaft wurde die Beziehung zwischen Swet und mir genannt, und man hatte mich dafür gelobt, dass ich nicht mit ihm sprach, weil er sich negativ zur Stunde der Arbeit verhielt. Mir war nun klar, dass Swet mich auf diese Weise verärgern wollte. Und so ging ich zu ihm und schlug ihm vor, unsere Freundschaft zu beenden, denn sein Verhalten hatte mit Freundschaft nichts mehr zu tun. Zuerst hatte Swet meine Worte nicht recht ernstgenommen. Später aber wurde er nachdenklich.

Dann erfuhr ich plötzlich von Ljalja, dass Swet versucht hatte, sie zu umarmen, und dass er ein anderes Mädchen, Ljussja, abgeknutscht hatte. Das wollte gar nicht in meinen Kopf. Es tat mir sehr weh, dass ich mich so geirrt hatte, und von jetzt an war Swet für mich einfach ein Schuft.

Warum sollte Swet aber ein Schuft sein? Der Junge versuchte, die Welt kennen zu lernen: sich selbst, die Mädchen, eine nicht sehr glückliche Liebe und erste sexuelle Freuden. Sollte er deshalb ein Schuft sein? Durfte er das alles nicht? Und ich selbst? Entgegen jeder Logik gestattete ich mir, mich selbst kennen zu lernen, mich über die Unstetigkeit meiner Gefühle zu wundern, mich auch für Sergej zu interessieren und mit ihm zu kokettieren und Swet mit meinen Ängsten und Offenbarungen zu quälen. Mich selbst verurteilte ich nicht. Ich verstand mich und nahm mich an, wie ich war. Aber Swet maß ich mit einer anderen Elle. Nach meinen Vorstellungen sollte er treu und ergeben sein, er sollte mich lieben und niemanden außer mir ansehen. Warum eigentlich? Weil er gesagt hatte, dass er mich liebe?

Soja Kosmodemjanskaja

Am 29. November 1941 war die 1923 geborene Moskauer Schülerin Soja Kosmodemjanskaja, die einer Partisaneneinheit angehörte, bei der Ausführung eines Kampfauftrages im Hinterland der deutschen Truppen gefangen genommen, grausam gefoltert und gehenkt worden.

Am 1. März schrieb mir mein Vater aus Ufa:

Hast du übrigens in der »Komsomolskaja Prawda« über den Heldentod der Soja Kosmodemjanskaja gelesen? Die deutschen Faschisten haben eine schmerzliche Lücke in unsere Reihe gerissen. Du, Trautchen, und mit dir alle deine jungen Kampfgefährten müsst die Lücke schließen. Ich schicke dir die »Pionerskaja Prawda«, schneide dir das Bild der Soja aus und hänge es in eurem Zimmer auf. Das Leben und der Tod dieser Komsomolka werden wohl auch den Genossinnen etwas zu sagen haben, die gern in fremden Tagebüchern lesen und sogar Blätter herausreißen. Wie dumm, wie kleinlich sind solche Handlungen in unserer Zeit, die solche Helden wie Soja hervorbringt.

Über die Heldentat von Soja und ihr Beispiel für uns tauschte ich mich auch mit Elga aus. Das stellte uns vor die Frage: Was hast du für die Front getan? Elga war der Meinung, dass sie aus Moskau nicht in die Evakuierung hätte fahren sollen. Aber sie hatte auf ihre Eltern gehört. Ich antwortete ihr am 2. April 1942 mit einem langen Brief über unsere Pflicht:

Wenn du sagst, du hättest nicht aus Moskau wegfahren sollen, so überlege doch einmal, was hättest du denn in Moskau tun können? Man hätte dich doch natürlich nicht zu den Partisanen geschickt, das ist klar. Du hättest in einem Hospital arbeiten können, aber das kannst du auch in Ufa tun. Bomben löschen? Gut, vielleicht hättest du auch einige Bomben löschen können. Doch es sind außer dir auch genügend Leute da, die älter und stärker sind als du und die im Haus Wache stehen. Die Frauen in Moskau sind doch stärker als du und bringen natürlich auch mehr Nutzen. Weiter. In einer Fabrik hätte man dich anfangs gar nicht angenommen, denn du warst ja noch keine 15 Jahre alt.
Elga, der Krieg fordert viele Opfer. Viele Ingenieure, Techniker, Menschen mit Hochschulbildung kommen um. Und wer soll für sie am Aufbau teilnehmen und die Zerstörungen wiederherstellen? Das werden wir tun, die wir in Kriegszeiten die Möglichkeit bekommen haben zu lernen.
Natürlich, wenn wir beide nur für uns selbst lernen würden, damit wir einmal kluge Ehefrauen werden, so brächte das gar keinen Nutzen. Wenn wir aber für das Land lernen und künftig für das Land arbeiten werden, so wirst du natürlich verstehen, dass auch wir dann keine geringere Hilfe sein werden als Soja. Außerdem werden wir im Sommer auf dem Kolchos arbeiten. Das ist auch eine Hilfe für die Front. Für Soja war das natürlich zu wenig. Auch du und ich wollen mehr. Aber überlege doch, hättest du, wenn du Partisanin wärst, ebensoviel tun können wie Soja? Nein, Elga, das hätten wir nicht. Schon aus dem Grunde, weil wir noch zu klein sind, noch nicht klug genug für so etwas.
Damit antworte ich auf deine Frage »Habe ich eine große Schuld auf mich geladen, dass ich nicht in Moskau geblieben bin?« Darum scheint mir, dass du alles, was du kannst, dass du alles, was in deinen Kräften steht und was vernünftig ist, für die Heimat tun wirst, indem du gut lernst und im Sommer auf den Kolchos gehst.

Der heldenhafte Einsatz von Soja und ihre grausame Hinrichtung hatten uns alle tief beeindruckt.

Im Mai teilte ich Elga meine Gedanken über Heldentum mit:

Erst heute fand ich den Artikel »Antwort an eine Schülerin«. Elga, ich bin mit dem Verfasser einverstanden. Weißt du, mir scheint aber, dass es ein Heldentum gibt, das sich besonders hervorhebt (das sind Großtaten im Kampf an der Front, beim Aufbau von Fabriken, bei der Errichtung von Talsperren usw.). Es gibt aber auch Großtaten, die nicht so auffallen. Nimm zum Beispiel die Arbeit eines Lehrers. Es ist doch Heldentum, wenn man selbständige, aktive und gute sowjetische Menschen erzieht. Wie viel Schwierigkeiten muss ein Lehrer überwinden, wie viel Nerven kostet das alles, welche Willenskraft ist erforderlich, um anderen Wissen zu vermitteln, um jemandem Liebe zu Kenntnissen und eigenen Wissensdrang anzuerziehen. Elga, das ist doch auch Heldentum! Und dasselbe ist es bei uns. An der Front bei den Partisanen zu kämpfen ist Heldentum, im Hinterland zu lernen und zu arbeiten aber auch. Stell dir einmal vor, alle würden an die Front gehen, wer würde dann säen und ernten? Wer? Wenn das Land beschlossen hat, dass wir im Hinterland lernen und arbeiten sollen, dann ist das eben notwendig, und wir bringen im Hinterland mehr Nutzen als an der Front. Wenn die Menschen im Hinterland danach drängen, an der Front zu kämpfen, so ist das sehr gut. Das ist eine Unterstützung für die Front. Deshalb darf man aber die Arbeit auf dem Feld nicht als »minderwertig« betrachten. Elga, das hat Wert. Die Armee braucht doch Verpflegung, die Arbeiter in den Fabriken ebenfalls. Man muss die Kinder der Rotarmisten betreuen und für die Zukunft Wissen erwerben. Bist du einverstanden? Ich habe jetzt den riesigen Wunsch, auf dem Feld zu arbeiten. Sage bitte: Soja hat eine Heldentat begangen, sie hat ihr Leben heldenhaft geopfert, sie ist ein Held. Wenn Soja aber im Hinterland geblieben wäre und in ihrer Brigade die Arbeit so organisiert hätte, dass die Kartoffeln schneller und besser geerntet werden, wäre das auch Heldentum oder nicht? ... Ich möchte sagen, dass man auch auf dem Feld seine Liebe zur Heimat beweisen und ihr nützlich sein kann ... Es gibt eine Festlegung, dass die sechsten bis zehnten Klassen auf dem Feld arbeiten werden. Und das werde ich tun. Würde man aber erklären, dass alle Komsomolzen an die Front gehen sollen, dann würde ich das auch tun. Bist du einverstanden?

Wenn ich jetzt an den Brief meines Vaters über die Liebe eines sowjetischen Mädchens im Unterschied zu der »bürgerlichen Katrin« denke, so hatte mein Vater Recht. Für Depressionen und Gedanken an Selbstmord hatte ich keine Zeit. Ich war nicht nur mit der Liebe zu Swet beschäftigt, nicht weniger war ich erfüllt von der Liebe zu dem Land, das auf Leben und Tod gegen den deutschen Faschismus kämpfte.

Mit meinen Eltern stand ich weiter in brieflicher Verbindung. Doch meine Sehnsucht, sie wiederzusehen und nach Moskau zurückkehren zu können, wuchs immer mehr. Am 22. Januar 1942 schrieb ich ihnen:

Wenn ihr wüsstet, wie ich nach Moskau möchte! Jede Straße ist mir lieb, ich habe, glaube ich, Heimweh! Eure Fotos habe ich bekommen. Papa hat sich nicht verändert. Aber, Mama, du bist sehr alt geworden, oder ist das Foto nur so? Wie ich euch sehen, mit euch sprechen möchte, euch wieder einmal küssen könnte! Im Sommer werden wir wahrscheinlich im Kolchos arbeiten, und im Herbst werden wir uns sehen. Der Krieg muss bald zu Ende sein, und in Deutschland wird die Revolution ausbrechen!

Anfang April hatte ich mich für einen Vortrag zur politischen Weiterbildung gemeldet. Darüber berichtete ich meinen Eltern am 10. April 1942:

Ich habe mich zu einem Vortrag »Razism – slejschi wrag tschelowetschestwa« (Rassismus – der größte Feind der Menschheit) vorbereitet. Es ist interessant. Morgen muss ich ihn auf der Gruppenversammlung halten. Ich hab ein bisschen Angst. Erst werde ich erzählen, wie Hitler zur Macht kam, was er in Deutschland mit den Kommunisten gemacht hat, in anderen Ländern und was er in der Sowjetunion gemacht hat. Ich ende mit den Worten, dass »bei Hitler und seiner Bande bald der Boden im eigenen Lande unter den Füßen brennt«. Na, mal sehen, was werden wird, aber das Thema interessiert mich ... Ich habe übrigens die Reden von deutschen Parteigenossen gelesen (Gen. Florin, Gen. Pieck und andere). Außerdem habe ich 4 Nummern der Zeitung »Das Freie Wort« gelesen. Sehr interessant. Das alles hat mir Genossin Koplenik gegeben.

Zu meiner großen Freude konnte ich eines Tages sogar mit jemandem sprechen, der meinen Vater kannte. Eine Frau aus Ufa war zu ihrem Kind zu Besuch gekommen, und sie erzählte mir voller Begeisterung von Vater.

Die Frau hatte mit meinem Vater in demselben Dorf gewohnt. Sie hatte eine hohe Meinung von ihm, er habe nie geklagt. Und als sich in dem Dorf einmal die Verpflegungssituation stark verschlechtert hatte und pessimistische Stimmungen aufkamen, habe mein Vater alle aufgemuntert und gesagt, dass sich alles wieder zum Guten wenden würde. Die Frau meinte zum Schluss, es wäre schön, wenn ich im Leben meinem Vater nacheifern würde. Ich hatte nie gedacht, dass mein Vater so sei.

In einem Brief an Elga vom 6. März 1942 schilderte ich Vater:

Er ist ein sehr guter Mensch. Jetzt bedrückt es ihn sehr, dass er nicht an die Front gehen und nicht so arbeiten kann wie meine Mutter. Und er leidet wegen des Unglücks mit seinen Augen. Im letzten Brief hatte er mir gestanden, dass er bis-

weilen sehr traurig und einsam sei. Wahrscheinlich lässt er sich das nicht anmerken, wenn man so gut von ihm spricht. Er teilte mir auch mit, dass er irgendwo in Ufa eine Arbeit bekommen solle ... Man bedenke, ein körperlich gesunder, starker Mensch, der immer auf verantwortlichem Posten gearbeitet hat, kann plötzlich nichts mehr machen, sogar das Zeitunglesen fällt ihm schwer! ... Erst nachdem ich von ihm weggefahren bin, habe ich erkannt, was er für ein Mensch ist.

Jetzt, in der Ferne, »entdeckte« ich meinen Vater und lernte, ihn zu verstehen, bedauern und lieben.

Das ließ ich ihn auch in meinem Brief vom 17. März 1942 wissen:

Papa, du schreibst, dass du mir gern eine Rekommendation gegeben hättest. Du bist so gut, so lieb, ich habe gar nicht richtig gefühlt, was für liebe und gute Eltern ich habe. Papa, du hast mir einmal ins Lager geschrieben: »Wenn du nach Hause kommst, bringe viel Sonne in unsere Familie.« Jetzt verstehe ich das gut, obwohl ich weiß, dass wir uns natürlich nicht immer vertragen werden, aber ich möchte jetzt viel lieber zu Hause sein. Ich fühle mich gut im Kollektiv, aber möchte auch mal nach Hause kommen, wo Ruhe ist und wo ich viel lesen kann, wo ich immer gleich alles der Mama und dem Papa erzählen kann.

Im April 1942 konnten meine Eltern nach Moskau zurückkehren. Die Zeit der Evakuierung war für sie vorbei. Sie hatte 6 Monate gedauert. Mein Vater beeilte sich, diese Freude am 8. April mit mir zu teilen.

Liebe Trautchen ... Heute können wir dir nur einen kleinen Brief schicken, denn wir sind beim Packen, und aller Voraussicht nach fahren Mama und ich heute mit noch einem Teil unserer Genossen wieder nach unserm lieben M... Wir werden uns also in einigen Tagen wieder um viele hundert Kilometer näher sein, und dann wird auch unsere Postverbindung wieder schneller gehen.

Zwei Wochen später schrieb mir meine Mutter den von mir lang ersehnten Brief aus Moskau:

Liebe Trautchen.
Der erste Brief aus Moskau! Am 19. April abends sind wir in unserem schönen Moskau auf dem Bahnhof angekommen, und am 20. früh um 6 Uhr waren wir wieder im Lux (nachdem wir die Nacht noch im Waggon auf dem Bahnhof geschlafen haben) und wohnen jetzt wieder in unserem alten Zimmer. Nur ihr fehlt alle.

Weiter berichtete meine Mutter, dass sie unterwegs eine alte Jacke aufgetrennt und mir als Geschenk zum 1. Mai eine neue gestrickt hatte. Für die Brüder hatte sie Pullover gestrickt und Söckchen gekauft. Mutter zog uns also in Gedanken und real weiterhin an. Aus allem strickte und nähte sie etwas. Sie gab mir auch Hinweise, wie ich die Hosen für die kleinen Brüder, falls sie zu lang sein sollten, umnähen könnte. Falls mein Mantel zu eng geworden sei, sollte ich die Knöpfe versetzen. Natürlich war der Brief nur kurz, denn Mutter war, wie immer, in Eile. Sie musste zur Arbeit.

Den nächsten Brief von meinen Eltern erhielt ich erst am 7. Juni 1942! Da war ich schon wieder im »Waldkurort« in der Nähe meiner kleinen Brüder.

Zu Besuch bei meinen kleinen Brüdern

All die Monate, die ich in Sacharjino war, hatte ich meinen Eltern ausführlich über meine Brüder berichtet. Ich hatte sie ja jeden zweiten Sonntag besucht, auf Skiern und während des Hochwassers sogar in einem Boot.

So schrieb ich am 22. Januar 1942 an meine Eltern:

Rolf ist jetzt krank. Er hat wieder Dysenterie. Er ist lustig, aber dünner geworden. Im Lesnoi steht es schlecht mit Brennholz. Als ich am 19.1.42 nach Lesnoi ging, war es sehr kalt – 42°. Im Isolator war es kalt, sogar sehr kalt, beim Wölfi schön und warm. Die Ärztin sagt aber, dass sie jeden Tag heizen und dass es nur heute so kalt wäre. Rolf fragte mich: »Trawka, a kogda kontschajetsa woina?« (Trawka, wann ist der Krieg zu Ende? D. Übers.) Ich sagte, wenn wir die Faschisten getötet haben. »A kto ich ubiwajet? Papa i Mama toshe?« (Wer tötet denn die Faschisten? Machen das Mama und Papa auch? D. Übers.) Seht ihr, was für »ernste« Gespräche unser Rolf führt? Wölfi ist diszipliniert. Trautchen auch. Ich habe »Ausgezeichnet« in Disziplin ... Hoffentlich ist Rolf bald gesund.
Einen lieben Kuss für Mama und Papa.
Euer Trautchen.

Am 21. Februar war mein Brief schon wieder Botschaft einer Krankheit.

Liebe Mama und Papa!
Heute war ich bei den Kleinen. Rolf hat den Durchfall hinter sich, aber liegt wieder im Isolator. Die Ärztin sagt, dass er wahrscheinlich Lungenentzündung

hat. Er sieht sehr schlecht aus – ist dünn geworden, hat sehr große Augen und unter ihnen dunkle Krüge (gemeint: Augenringe. D. Übers.). Er lächelt gar nicht, sagt mir »golowka bolit« (Der Kopf tut weh. D. Übers.). Ich werde zu ihm jetzt jeden freien Tag gehen. Er hat einen schlechten Appetit und isst nichts, Medizin will er auch nicht nehmen. – »Ona plochaja« (Sie ist schlecht. D. Übers.), sagt er. Temperatur gestern abends 37° und 5, heute am Morgen 39,2°. Die Ärztin sagt, dass es mit seiner Gesundheit schlechter geworden ist. Er liegt ganz ruhig im Bettchen, ist schwach und dünn. Ich habe ihn unter die Arme genommen und habe mich einfach gewundert – so leicht und dünn ist er geworden. Na, wollen alles Beste hoffen. Im Isolator ist es jetzt warm. Wölfi ist gesund, will nicht deutsch sprechen und war gleichgültig, ob ich komme oder nicht. Hoffentlich wird Rolfi bald wieder gesund. Herzlichen Kuss an euch beide. Euer Trautchen.

Anfang März konnte ich meine Eltern aber schon wieder beruhigen. Rolf war zwar noch auf der Krankenstation, aber er war schon wieder gesund.

Wie mein Vater am 17. März schrieb, hatten auch die Eltern schon eine Nachricht aus dem »Waldkurort« erhalten.

Liebes Trautchen,
Es war sehr lieb von dir, dass du uns sogleich eine Karte geschrieben hast, dass es unserm Rolf wieder besser geht. Heute erhielten wir außerdem ein Telegramm, aus dem hervorgeht, dass Rolf schon wieder in seiner Gruppe ist und sich gut fühlt. Nun wird alles darauf ankommen, dass man ihn in den nächsten Wochen besonders gut füttert und Acht gibt, dass nicht eine neue Erkältung oder Ähnliches hinzukommt. Schreibe uns, ob Rolf schon wieder besser aussieht und an Gewicht zugenommen hat.

Und Mutter schrieb dazu noch in ihrem Postskriptum:

Gib das Taschentuch dem Rolf, weil seins die Ratten aufgefressen haben, und dem Wolfi gib die Karte mit den Löwen. Dem Rolf habe ich übrigens auch ein Malbuch geschickt wie dem Wölfi. Stick dem Rolf im Taschentuch noch einen Namen. Nuckelt der Rolf noch immer? Nochmals einen lieben Kuß für euch alle. Eure Mama.

Am 8. März 1942 berichtete ich meinen Eltern von einem zweistündigen Waldspaziergang, den ich mit den beiden Kleinen unternommen hatte:

Liebe Mama und lieber Papa!
Gestern war ich wieder mal nach einer großen Pause bei den Kleinen. Jetzt kann man ja dahin nicht gelangen, weil der Fluß sehr breit geworden ist und bis zum »Lesnoi« jetzt das Wasser ist. Dort, wo früher Wiesen waren, ist jetzt Wasser. Wir mussten in den Baki auftreten (das ist hier das Rayonzentrum), und so wurden wir mit Booten gefahren und von da nach Baki. In Lesnoi waren wir den Abend vor dem freien Tag und den freien Tag bis 4 Uhr abends. Darum konnte ich mir die beiden Jungens nehmen und mit ihnen zwei Stunden in dem Wald spazieren gehen. Rolf war schon am Anfang lustig, Wölfi dagegen sagte kein Wort. Als Rolf mir erzählte, dass sie im Winter spazieren gingen, dass zum Tolik der Papa gekommen ist, usw., erzählte Wölfi auch, dass sie Eichkätzchen gepflückt haben, dass auf dem Fluss Eis war und jetzt das Eis getaut ist, und darum es so viel Wasser gibt. Ich gab ihnen eure Geschenke und auch von mir welche. Ich habe ihnen nämlich eine Holzpuppe, einen Holzball und einen Holzpapagei gekauft. Beide hatten sich sehr gefreut: Wölfi über den Papagei, Rolfi über die Bonbons. Beide verstehen überhaupt nicht deutsch und lachten mich aus, als ich mit ihnen deutsch sprach. »Trarallala«, machte mir Wölfi nach. Derweilen Wölfi malte, naschte Rolf in Ruhe Bonbons. Wölfi war auch sehr lustig, lachte, ist aber zärtlicher als Rolfi. Auf einmal piekte bei Wölfi das Bein. Ich sagte ihm, dass das Bein eingeschlafen ist. Er dachte ein bisschen nach und fragte dann: »A u noshki glaski jest?« (Hat denn das Beinchen Augen? D. Übers.) Wenn man schläft, macht man doch die Augen zu! Unser Rolfi ist Artist. Er kann schon Lieder singen und Gedichte aufsagen. Er hat ein Lied vorgesungen, und als er beim Wölfi den Papagei sah (er sieht einem Hahn ähnlich), sagte er von alleine: »Petuschok, petuschok, solotoj grebeschok, maslena golowuschka, tschto ty rano wstajesch, nam spatj ne dajosch?« Das ist ein Gedicht aus einem russischen Märchen, Mama hat es mir früher auch vorgelesen. Wölfi und Rolf haben guten Appetit. Rolf hat einen schwachen Magen, und darum gibt man ihm nicht alles zu essen. Er ist nicht so rosig, er ist bleich, aber sieht lustig aus und wird im Sommer wahrscheinlich besser aussehen. Beide redeten von Moskau, Mama und Papa, aber mir scheint, dass sie nicht recht verstehen, was überhaupt Mama und Papa ist. Sie werden euch vielleicht gar nicht erkennen. Rolfi, wenn er mit Wölfi redet, nennt ihn Brüderchen (bratik). So, das ist alles, was ich von ihnen schreiben kann.

Am 17. März fasste ich alles, was ich über meine kleinen Brüder wusste, in einem Brief zusammen:

Am 15.3. war ich bei ihnen. Da der Weg sehr schwer war und drei Stunden dauerte (nur 7 km und 3 Std.!), verspätete ich mich. Wölfi und Rolf waren schon im Bett. Erst ging ich zum Wölfi. Er versteht gar nicht deutsch. Rolf auch nicht. Sagte mir »Guten Tag«, aß das Stück Schokolade auf und weiter nichts. Will zur Mama, zum Papa, will hier leben – also, er will alles, was ich ihn fragte. Er erzählt nichts, lächelt, es scheint mir, dass es ihm egal ist, ob ich komme oder nicht, obwohl er auch sagt, dass ich kommen soll. Rolf ist lieber, netter. Er freut sich immer, wenn ich komme, küsst mich, lacht, sagt, dass ich einen Brief an Papa und Mama schreiben soll. Ich zeigte ihm die Zeichnung von Wölfi, er hat Papier und will zum nächsten Mal etwas zeichnen. Er ist jetzt ganz gesund. Mit scheint, er ist wieder dicker geworden. Er ist derselbe liebe, kleine Schelm. Warum Wölfi anders geworden ist, weiß ich nicht. Beide hauen sich mit ihren Genossen. Wölfi trinkt Milch nicht. Trautchen isst alles. Die Fotos haben beide nicht erkannt. Man erzählte mir so etwas von einem kleinen Jungen: Ein Rotarmist ging vorüber, traf auf dem Weg einen kleinen Jungen, nahm ihn auf den Arm und nannte ihn Söhnchen. Und nun erzählt der Kleine allen, dass zu ihm sein Papa gekommen ist. Also vielleicht könnte mit euch auch so etwas passieren. Das wäre ja nicht besonders angenehm. Das ist alles, was ich von Wölfi und Rolf weiß. Sehr oft kann ich zu ihnen nicht gehen, wir haben sehr oft Woskresnik (freiwilligen Arbeitseinsatz am Sonntag. D. Übers.), außerdem muss ich waschen, und da der Besuch nach dem »Lesnoi« einen ganzen Tag kostet, so geht's eben nicht, dass ich jeden freien Tag kommen kann.

Am 10. April musste ich erneut von einer Krankheit berichten:

Den vorigen freien Tag war ich im »Lesnoi«. Rolf war wieder im Isolator, ist mobil und lustig, aber dünn. Er hat die Grippe. In seiner Gruppe haben nur vier Kinder (darunter auch Otto Korb) keine Grippe. Rolfi ist sehr lustig, lacht, bindet meine Schleife im Haar auf und spielt mit meinen Haaren. Ich habe euch schon geschrieben, die Fotos haben beide nicht erkannt. Rolf erzählte viel von Mama und Papa, Wölfi schweigt nur, macht eine dicke Lippe und will nichts hören. Rolfi ist überhaupt netter als Wölfi, er freut sich immer, wenn ich komme, sagt, dass er gut gegessen hat und isst das Stückchen Schokolade auf. Sie bekommen immer so ein Stückchen (Zeichnung). Wölfis Pelzmantel ist kaputt. Die deutschen Genossinnen lassen grüßen. Sie sagen, dass sie um Wölfi und Rolf sich kümmern und ihr euch nicht sorgen sollt. Mehr weiß ich von den Kleinen nicht.

Maifeiertage und die Rettung vorm Ertrinken

Der Mai war der letzte Monat unseres ungebundenen Lebens in Sacharjino. Wir hatten es hier wirklich gut!

Am 1. Mai gingen wir zur Demonstration. Es kann in Wetlushskaja gewesen sein oder in Baki, ich erinnere mich nicht mehr. Unser feierlicher Umzug führte an einer niedrigen Holztribüne vorbei, auf der die Chefs der lokalen Behörden standen. Im Vergleich zu den Festlichkeiten am 1. Mai in Moskau erschien mir dies damals eher als eine Farce. Ich war recht enttäuscht. Wir, etwa dreißig Vertreter des Internats, zogen in einer kleinen Kolonne an der Tribüne vorbei. Vor uns defilierten noch etwa fünfzig Personen, die lustlos »Hurra« riefen. Hinter uns war überhaupt niemand mehr. Wir waren fast die Letzten.

So etwas nannte sich nun Demonstration! Wo waren die jubelnden sowjetischen Menschen? Warum waren alle so lustlos? Auch wir selbst hatten kein Bedürfnis, irgendwelche unbekannten Leute mit einem begeisterten »Hurra« zu begrüßen. Und die wenigen Personen, die auf der schnell zusammengezimmerten Holztribüne standen, strahlten auch keinerlei feiertägliche Freude über unser Erscheinen aus.

Wir waren umsonst dorthin gegangen und hatten nur Zeit verloren. Bei uns, in Sacharjino, aber ließen wir das volle Programm ablaufen, sogar noch etwas mehr.

Das sollte Elga auch sofort erfahren:

Den Ersten Mai haben wir zünftig begangen. Wir hatten eine Abendveranstaltung, auf der wurde rezitiert, gesungen und getanzt. Es war ganz familiär, wir waren »unter uns«. Ich bin auch aufgetreten. Ljalja, Kussja und ich haben Spottlieder mit Kehrreimen gesungen und dazu getanzt. Alle haben sich über uns amüsiert. Man fand, dass dies die lustigste Darbietung war ... Kannst du dir vorstellen, wie Trawka und die recht dicke Ljalja gesungen und getanzt haben? Alle haben gewiehert vor Lachen ...

Bei uns im Internat ist es besser geworden. Die Gruppen arbeiten, und es gibt einen politischen Zirkel (wir bereiten die Vorträge selber vor). Und es gibt einen Chor. Die Jungs haben sich angestrengt. Es gibt keine Stimmung, dass dieses Jahr ohnehin verloren ist, und man ... usw.

So fröhlich hatten wir den internationalen Feiertag der Solidarität aller Werktätigen begangen. Die Spottlieder mit den Kehrreimen haben wir nicht auf Hitler oder den Krieg gesungen, sondern nur »über Liebe« mit ganz offensichtlichen Anspielungen auf unsere eigenen Verliebtheiten. Es war ein echtes Laienspiel im wahrsten Sinne des Wortes. Die Leitung in Sacharjino war auch entgegenkommend: Niemand hatte sich einfallen lassen, die weit von den Tagesthemen entfernten Lieder zu verbieten. Man hatte uns, als wir auf die Bühne gingen, nicht einmal gefragt, auf welches Thema sich unser Gesang beziehen würde.

Sogar heute möchte ich mich noch bei unseren Erziehern der Filiale des Internats der Komintern in Sacharjino bedanken, dass sie uns die Möglichkeit gegeben hatten, einfach fröhlich zu sein, wie es uns Jugendlichen gefiel. Auch wenn dies in Kriegszeiten war.

Der Erste Mai 1942 hatte uns mit einem unbändigen Glücksgefühl erfüllt. Es war ein Feiertag, wie es sich gehörte. Wir hatten schulfrei und unendlich viel freie Zeit.

Das Wetter war außergewöhnlich schön, warm wie im Sommer! Nach den Qualen der winterlichen Kälte, die uns Tag und Nacht, in der Schule und auf der Arbeit, zu Hause und sogar im Bett heimgesucht hatte, wurden wir nun endlich wieder von heißen Sonnenstrahlen gewärmt.

Da beschlossen wir Mädchen der achten bis zehnten Klassen, an die Wetluga zum Baden zu gehen. Wir wollten den Feiertag mit einem zünftigen Mai-Anbaden begehen. Wir waren überzeugt, dass zu dieser Jahreszeit in Moskau noch nie jemand gebadet hat. Bei uns aber waren plötzlich reine Wonne und Sonnenschein! Es lebe Sacharjino!

Von den Erwachsenen hatte natürlich niemand die leiseste Ahnung, was für ein absurder Gedanke uns am 2. Mai 1942 in unsere Mädchenköpfe gekommen war: in der eiskalten Wetluga zu baden, deren Wesen am Steilhang von Sacharjino im Unterschied zu den Ufern beim »Waldkurort« kapriziös und unwägbar war. Die Wetluga kam mit unheimlicher Gewalt herangestürzt, mit Strömungswirbeln, die sich in verborgenen tiefen Löchern zu Strudeln formten und dann wild über unerwartete Sandbänke rasten. In der Mitte des Flusses erweckte sie den Anschein, als sei sie ein gleichmäßig fließender ruhiger Fluss, dem man ohne Arg seinen nach einem Bad lechzenden jungen Körper anvertrauen konnte.

Als erste kamen Kussja, Pfirsich und ich bei der Wetluga an. Wir hatten noch schnell etwas zusammengerafft, was wir waschen wollten. Wir badeten und hatten nicht einmal begriffen, wo wir uns befanden: in einem eisigen Becken oder in einem kochenden Kessel. Es war ein höllisches Gefühl. Nachdem wir, um etwas zu prahlen, es einige Minuten dort ausgehalten hatten und sogar ein wenig in dieser Hölle geschwommen waren, schossen wir wie der Blitz zurück ans Ufer. Uns war eiskalt! Doch die Sonne meinte es gut mit uns, sie strahlte mehr als sonst im Mai und schenkte uns die begehrte Wärme. Völlig ermattet machten wir uns ans Waschen. Das war der Augenblick, da Glückseligkeit einsetze! Ich wusch und dachte, dass mich nichts auf der Welt heute noch einmal veranlassen könnte, ins Wasser zu gehen. Nichts.

Dann kam Dionisa mit noch einem anderen Mädchen. Wir berichteten ihnen von unserer eisigen Erfahrung mit dem Baden im Mai. Die Mädchen nahmen das zur Kenntnis, aber Dionisa wollte es selbst erleben. Sie ging ins Wasser und schwamm bis zur Mitte des Flusses, dort wo die Strömung gleichmäßig war. Und von dort, weit von uns entfernt, teilte sie uns plötzlich ruhig und leise mit: »Mädels, ich ertrinke.«

Es war ein Charakterzug von Dionisa, in jeder Situation größte Gelassenheit zu zeigen und eine bewunderungswürdige Fassung zu bewahren, umso erstaunlicher, als Dionisa eine heißblütige Brasilianerin war.

Wir glaubten das nicht, hoben aber dennoch den Kopf.

»Mädels, ich ertrinke«, sagte sie nochmals etwas lauter von der Mitte der Wetluga her.

Jetzt erhoben wir uns in ganzer Größe, um besser sehen zu können, was dort tatsächlich vor sich ging. Sie zappelte nicht, der Kopf war über dem Wasser. Was war geschehen?

»Mädels, ich ertrinke«, sagte Dionisa jetzt schon mit einer Stimme, aus der Kränkung und Verwunderung, ja direkte Verzweiflung ob unserer Behäbigkeit herauszuhören waren.

Und da stellte ich fest, dass Dionisa mit der Strömung nicht fertig wurde. Sie wurde unmittelbar zu den Baumstämmen getrieben, die die Wetluga entlang geflößt wurden! Wenn Dionisa davon erfasst würde, wäre es ihr sicheres Ende. Dann würde sie unter Wasser gedrückt werden und könnte nicht wieder auftauchen. Denn sie hätte über ihrem Kopf eine massive Schicht dicker Balken.

Plötzlich kam mir zum Bewusstsein, was Dionisa uns da zum wiederholten Mal über ihre Situation mitgeteilt hatte.

Ich warf mich ins Wasser.

»Dionisa, halte dich«, rief ich und bemühte mich, so schnell wie möglich zu meiner Freundin zu gelangen.

Die Strömung war vehement. Ich war eine gute Schwimmerin, doch auch ich konnte nicht gegen sie ankämpfen. Ich blieb, wie angewurzelt, immer an ein und derselben Stelle.

Dionisa wartete geduldig.

Unter Anstrengung all meiner Kräfte gelang es mir schließlich, direkt in Dionisas Richtung zu schwimmen. Jetzt wurde aber auch ich schon zu diesen unseligen Stämmen getrieben. Ich musste schnell zu Dionisa gelangen. Und ich schaffte es!

Doch da gab es schon ein neues Problem. Nach den mir damals geläufigen Regeln zur Rettung Ertrinkender musste es mir jetzt gelingen, Dionisa kräftig in den Bauch zu schlagen und sie, nachdem sie ohnmächtig geworden war, an den Zöpfen ans Ufer ziehen. Sonst würde sie sich, so hieß es in der Anleitung, in Panik an mir festhalten und mich unbeabsichtigt ertränken. Doch wie konnte man dies bewerkstelligen?

Ich schwamm langsam im Kreis um Dionisa und verringerte den Abstand. Dabei wurden wir beide aber von der Strömung auf die Baumstämme zugetrieben. Wie sollte ich sie aber schlagen? Womit?

Mir kam keine rettende Idee, und ich entschied, für alle Fälle Fühlung zum Grund zu suchen, um in Erfahrung zu bringen, wie tief wir abtauchen würden, wenn sie sich jetzt an mir festhalten würde.

Dionisa beobachtete schweigend meine Schwimmübungen und ruderte eifrig mit Armen und Beinen. Das brachte aber nichts, denn die Strömung tat das Ihre – sie trieb uns beide unerbittlich weiter. Dionisa war ein bewundernswert ruhiges Mädchen! Ich war niemals so.

Ich richtete mich gerade im Wasser auf, um Grund zu finden. Da stieß ich mit den Knien, ja wirklich, mit den Knien auf festen Boden. Dionisa wäre also beinahe an einer seichten Stelle ertrunken!

Ich stellte mich in der Mitte der Wetluga aufrecht hin, streckte meine Hand nach Dionisa aus, und wir gingen zu Fuß im Wasser, das uns nicht einmal bis zu den Knien reichte, ans Ufer.

Am Ufer stellte ich dann fest, dass ich nicht einmal bemerkt hatte, wie das Wasser war: eiskalt oder kochend heiß. Die Sinneszellen meines Körpers hatten sich völlig abgeschaltet.

Über Swet und die Rolle der Frau

Seit April 1942 war ich Gruppenvorsitzende der achten bis zehnten Klassen der Schüler des Internats. Auch Swet und Sergej gehörten zu dieser Gruppe.

Natürlich gab es Schwierigkeiten. Swet und Sergej, die nun »in meinen Machtbereich« gelangt waren, versuchten die Aktivitäten der Gruppe zu stören, stellten »Launen« zur Schau und drohten, sie würden sich nicht an unserem »Subbotnik«, dem freiwilligen Einsatz an einem Sonnabend zur Säuberung des Eisenbahngeländes, beteiligen. Doch sie kamen. Ich tat, als hätte ich die »Meuterei« nicht bemerkt. Im Tagebuch unserer Gruppe, das wir gemeinsam führten, habe ich ihr »Widerstreben« jedoch notiert. Dieses Tagebuch hatten wir nicht für die Erwachsenen eingeführt, sondern für uns selbst. Und die beiden Freunde haben sich vielleicht sogar gefreut, dass ich wenigstens auf diese Weise ihre »Protesthaltung« zur »Kenntnis genommen« hatte.

Plötzlich machte Sergej einen unerwarteten Schritt. Er gab mir erneut sein Tagebuch. Aber nicht das, in welches er »sein ganzes Leben« eintrug, sondern jenes, das seine täglichen Gedanken enthielt. Ich wunderte mich und berichtete Elga am 15. Mai 1942 über meinen Eindruck:

Es liest sich interessant. Weißt du, der Mensch erscheint einem hinterher ganz anders, sogar positiver. Er hatte nur über den vergangenen Abend berichtet, über seine Gedanken und seine Gefühle. Doch er hat besser darüber geschrieben, als ich angenommen hatte.

Außerdem führte ich noch eine Unterhaltung mit Wolodja Djogot, der bei uns Sekretär der Komsomolorganisation war. Und da kam mir eine Erleuchtung, die ich Elga in demselben Brief mitteilte:

Ich hatte dir damals über Djogot geschrieben. Er ist sechzehn Jahre alt, Komsomolze, redet sehr viel, liest sehr viel und streitet mit allen über alles. Du wirst wahrscheinlich noch nie so einen Widerspruchsgeist erlebt haben.
Mit diesem Djogot habe ich über Swet gesprochen. Und er sagte: »Vielleicht wollte sich Swet an dir rächen, weil du ihn mit deiner Einstellung zu ihm gequält hast. Und darum hat er so getan, als würde er mit Ljussja befreundet sein. Ljusja ist ja auch kein schlechtes Mädchen, und nachdem er sie näher kennen gelernt hatte, hat er sie lieb gewonnen. Vielleicht hat er Recht.

Und am Ende meines Briefes kam ich zu einer richtigen Schlussfolgerung:

Hätte es keinen Bruch gegeben, so hätte ich wohl nie gewusst, wie ich wirklich zu Swet stehe. Nach dem Bruch wäre meine Freundschaft zu ihm ganz anders, besser, warmherziger. Weißt du, ich fühle mich sogar ihm gegenüber schuldig. Ich habe ihn, ohne es zu wollen, sehr oft beleidigt. Es ist so: Die Fehler sind erkannt, der Wunsch ist vorhanden, nur keine Freundschaft ... Einerseits ist es gut, dass

Internat der Komintern 1942.
Umschlag des Tagebuches der ersten Gruppe der älteren Zöglinge. Zeichnung Sergej Guljajew

ich mich von ihm getrennt habe. Dadurch bin ich den Mädchen näher gekommen (denn ich hatte mich von ihnen entfernt), aber es wäre schade, wenn ich mit Swet gar keine Freundschaft hätte.

So habe ich dank der Hilfe Djogots, eines etwas eigenartigen, romantischen und äußerst ehrlichen Jungen, meine spießbürgerliche Einstellung überwunden. Swet war nicht mehr der »Schuft«, und darüber war ich froh. Die Wunde war aber noch nicht verheilt. Ich fühlte mich abgelehnt, und das war auch tatsächlich so.

Ich wollte wissen, ob alle Jungen in Swets Alter wirklich »ein Mädchen brauchten« und ob ich aus dem einfachen Grunde verlassen wurde, weil ich selbst noch »keinen Jungen brauchte«. Dies nannten mir zwei Erzieherinnen als Grund dafür, dass es zwischen mir und Swet zum Bruch gekommen war und er sich ein anderes Mädchen gesucht hatte.

Mir schien diese Erklärung vereinfacht, und ich verstand nicht, warum alles ein so unschönes Ende nehmen musste.

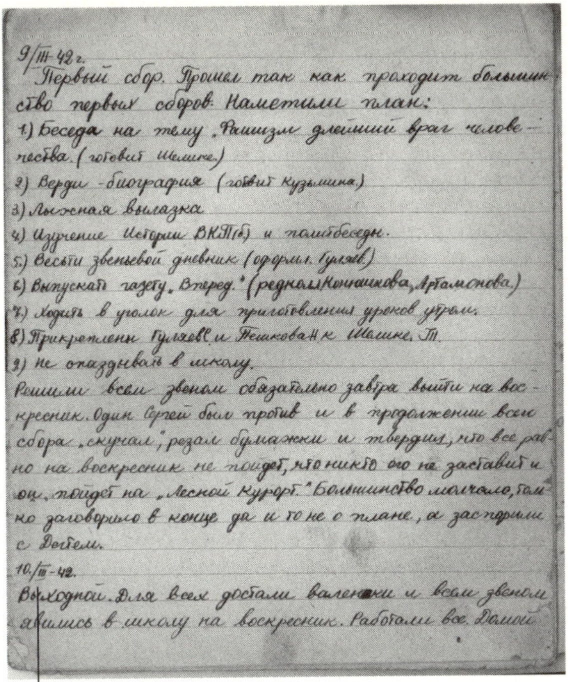

9/III-42 г.
Первый сбор. Прошел так как проходит большинство первых сборов. Наметили план:
1.) Беседа на тему „Фашизм злейший враг человечества. (готовит Шешке.)
2) Верди - биография (готовит Кузьмина.)
3) Лыжная вылазка
4) Изучение истории ВКП(б) и политбеседы.
5.) Вести звеньевой дневник (оформл. Гуляев.)
6) Выпускать газету „Вперед." (редкол. Кондрашкова, Артамонова.)
7.) Ходить в уголок для приготовления уроков утром.
8) Прикрепить Гуляева и Пешкова к Шешке. Т.
9) не опаздывать в школу.
Решили всем звеном обязательно завтра выйти на воскресник. Один Сергей был против и в продолжении всего сбора „скучал", резал бумажки и твердил, что все равно на воскресник не пойдет, что никто его не заставит и он „пойдет на „Лесной курорт." Большинство молчало, только заговорило в конце да и то не о плане, а заспорили с Дентом.
10./III-42.
Выходной. Для всех достали валенки и всем звеном явились в школу на воскресник. Работали все. Домой

Erste Seite des Gruppentagebuches der älteren Zöglinge. Arbeitsplan

Darum wandte ich mich im Mai/Juni an meine Mutter:

Liebe Mama!
Ich weiß nicht, ob ich das beim Papa fragen könnte, darum schreibe ich dir einzeln. Wenn du willst, kannst du Papa alles erzählen. Ich will dir ein bisschen von Swet schreiben. Ich schrieb dir schon einmal, dass er mit mir befreundet ist wie mit einem Menschen und mit einem Mädel. Er sagte mir manchmal, dass er mich sehr lieb hat. Ich weiß nicht, ob wir groß genug sind, um zu lieben; aber er sagte mir das, und ich glaubte ihm. Ich dachte, vielleicht hat er mich wirklich lieb, man kann doch eigentlich mit 16 Jahren lieben?! Wir waren gute Freunde. Für mich war er erst bloß ein Freund, ich für ihn aber mehr. Als ich ihn näher kennen lernte, gefiel er mir immer besser, obwohl ich fühlte, dass er nicht so ist, wie ich dachte. Ich wusste, dass er nicht so gut, ernst ist, wie ich mir vorstellte, aber trotzdem gefiel er mir immer besser. Er verhielt sich zu mir sehr gut, alles machten wir zusammen, die Erwachsenen sagten, dass wir gut und richtig befreundet sind ... Und auf einmal wird Swet anders. Ist irgendwie kühler zu

mir, will nicht lernen, wir verzanken uns zum ersten Mal. Ich spreche mit ihm, mir tat es sehr weh, dass er irgendwie schlechter geworden ist. Als wir uns verzankten ... bat er nachher um Verzeihung, und wir waren wieder Freunde. Aber es wurde anders. Ich fühlte das und sagte ihm einmal, dass wir ja nicht mehr Freunde sind und besser überhaupt auseinander gehen. Er war einverstanden und befreundete sich mit einem Mädchen aus der 7. Klasse. Ich wunderte mich. Wenn er mich wirklich liebte, hätte er so schnell mich nicht vergessen können. Er umarmt sehr oft dieses Mädchen, sie erlaubt ihm vieles. Mama, unsere Wojataja (Pionierleiterin. D. Hrsg.) hat mir gesagt, dass er körperlich gut entwickelt ist, und er braucht ein Mädchen, das er umarmen, küssen kann, wenn er eben dazu Lust hat. Und da ich ihn in meinen Händen hielt und ihm nicht alles erlaubte und er vor mir sogar ein bisschen Angst hatte (das sagte er selbst), befreundete er sich mit einem Mädchen, das nicht ihn in den Händen hält, sondern mit dem er machen kann, was er will. Die Wojataja, Gen. Antonenko, noch eine Genossin Susina, sagten mir, dass er eben in solchem Alter jetzt ist, wo er ein Mädchen braucht. Er konnte sich mit mir nicht erlauben, schlecht zu handeln, und so suchte er sich dieses Mädchen. Unsere Wojataja, Gen. Susina, erzählte mir Fälle aus ihrem Leben, wo ihre Genossen und der Mann der Gen. Susina auch so gehandelt hatten.

Als ich noch mit Swet befreundet war, erzählte er mir einmal, dass er ein Mädchen umarmt hatte und dass es von ihm schlecht ist, weil er mich mit guter, reiner Liebe als Mensch und Mädchen liebt, und dieses Mädchen bloß als Mädchen. Er gab mir sein Ehrenwort, dass er nie mehr so handeln wird. Mama, ich verzieh ihm das, weil ich so was auch aus Büchern kannte, ich dachte bloß, dass es Jungens gibt, die sich in die Hände nehmen könnten und ihre potrebnosti (Bedürfnisse. D. Hrsg.) dem Kopf podtschinitj (unterordnen. D. Hrsg.) können. Swet ist nicht ein solcher.

Mama, schreibe bitte ehrlich, war Papa irgendwann auch so? Mama, bitte ehrlich. Du darfst nicht denken, dass ich mich vielleicht irgendwie anders zu Papa darum verhalten werde. Ich halte einfach Papa für einen sehr guten Menschen, der dir immer geholfen hat, der sogar, wenn er ein Mann ist, zu Hause mit seinen Söhnen sein kann und nichts Schlechtes sagt, nicht jammert. Und ich möchte wissen, ob Papa auch irgendwann eine Frau brauchte und sich mit jemandem küsste, umarmte, den er nicht liebte. Mama, schreibe bitte ehrlich. Vielleicht bin ich noch zu klein, um das zu wissen. Dann schreibe mir bitte irgendetwas davon, damit ich mir klarer bin ...

... Mama, du denkst vielleicht, dass ich immer sehr traurig bin, gar nicht. Nur manchmal am Abend, aber am Tage habe ich gar keine Zeit, an ihn zu denken.

Jetzt sind Prüfungen, und ich muss zwei Schüler vorbereiten. Also, liebe Mama, schreibe mir bitte einen langen Brief.
Ein Kuß. Trautchen.

Meine Mutter antwortete mir am 7. Juni 1942:

Meine große Tochter!
Da bist du noch so jung, und schon durchzieht dein Herz der Weltschmerz, und die erste große Enttäuschung hast du erlebt. Und nun willst du wissen, ob es stimmt, was dir die Erwachsenen vom Leben erzählen – unbewusst empfindest du, es kann nicht so sein. Und du willst auch wissen, ob alle Jungen so sind, so waren und so sein werden wie Swet.
Trautchen, viele Jahrhunderte lang wurde die Frau unterdrückt, konnte sich nicht gleich und frei entwickeln wie der Mann. Der Mann ging arbeiten, das brachte ihn mit anderen Menschen zusammen, sein Gesichtskreis weitete sich. Die Frau musste im Hause bleiben, angewiesen im geistigen Austausch auf den engen Familienkreis, ausgefüllt mit den häuslichen Arbeiten. Ein Mädchen aus bürgerlichen Kreisen, das sich im vorigen Jahrhundert sein Geld selbst verdienen wollte, geriet in Konflikt mit den Eltern, wurde von den Männern verachtet. Dem Mann standen die Tore der Wissenschaft offen, er konnte studieren. Die fortschrittlichen Frauen führten einen harten Kampf, damit auch sie das Recht zum Studieren erhielten. Und das bekamen sie erst in der zweiten Hälfte des vorigen Jahrhunderts. Der Mann machte Politik, bestimmte die Gesetze – auch gegen die Frauen –, die Frau durfte weder wählen, noch konnte sie gewählt werden. In den meisten Ländern erhielt die Frau das Wahlrecht erst nach dem vorigen Weltkrieg. In einigen Ländern, u. a. auch in Frankreich, ist die Frau noch heute vom Wahlrecht ausgeschlossen. Du siehst, eine jahrhundertlange Unterdrückung der Frau, gegen die die bewussteren Frauen einen Kampf führten (z. B., die Suffragetten in England u. a.), und die erst nach und nach sich auf ökonomischem und politischem Gebiet lockerte. In der Sowjetunion haben wir die volle Gleichberechtigung der Frau. Hier haben die Kinder, ob Junge oder Mädchen, von klein auf an die gleiche Erziehung, hier kann jedes Mädchen werden, was es will und wozu es befähigt ist, hier können die Mädchen politisch und gesellschaftlich genauso tätig sein wie die Jungens. Nun, du weißt selbst, dass den Mädchen nichts verschlossen ist.
Aber Trautchen, was in Generationen, jahrhundertelang, durch die ökonomischen Verhältnisse und die Erziehung den Mädchen und Knaben eingeimpft wurde – die Vorrechtsstellung des Mannes und die Zurückstellung der Frau –,

das hat sich in das Bewusstsein der Männer und auch Frauen so eingegraben, dass es nicht durch eine Generation geändert werden kann. Das äußert sich einmal darin, dass der Mann heutzutage im Durchschnitt noch den Frauen geistig überlegen ist. Es gibt nur wenige Frauen, die hervorragende Wissenschaftler und Erfinder waren (Marie Curie, die Erfinderin des Radiums), nur wenige Frauen, die große Politikerin waren (Rosa Luxemburg). Jetzt, in der Sowjetunion, gibt es schon mehr Frauen, die große Helden sind (die drei Fliegerinnen, Ossipenko, Raskowa, Grisadubowa) und viele, die jetzt Seite an Seite mit den Rotarmisten genauso gut wie die Männer gegen die Faschisten kämpfen. Im Allgemeinen aber sind die Männer den Frauen – eben auf Grund ihrer jahrhundertlangen Bevorzugung und der Unterdrückung der Frau – überlegen. Und dieses Vorherrschaftsgefühl äußert sich zum anderen bei den Männern auch in der Freundschaft und in der Liebe.

Du hast in der Schule vielleicht schon etwas über den historischen Materialismus gelernt. Und hast vielleicht schon gelernt, dass sich aus ökonomischen Verhältnissen heraus die Kultur, Moral, das Recht, kurz der ganze ideelle Überbau – wie Marx sagt – entwickelt. Und zu diesem ideellen Überbau gehört auch das Verhältnis von Mann und Frau. Wenn die Liebe auch ein natürliches Gefühl ist, so entwickelt auch sie sich im Laufe der Zeit entsprechend den ökonomischen Verhältnissen. Aber nicht bei allen Menschen gleich schnell – wie der ideelle Überbau überhaupt sehr viel länger die alten Überreste der vorhergegangenen Epoche noch behält als die ökonomischen Verhältnisse. Und es ist leider so. Auf Grund der langen Vorherrschaftsstellung des Mannes, trotz der heutigen ökonomischen und politischen Gleichberechtigung der Frau – zumindest in der Sowjetunion – will in den meisten Fällen der Mann in der Liebe noch der Herrschende sein.

Du denkst, was hat das alles mit Swet zu tun, mit meiner großen Enttäuschung? Das verstehe ich nicht. Und ich werde dir erklären, wieso das eine Antwort auf deinen Brief ist.

Du warst mit Swet, wie du schreibst, gut befreundet. Ihr habt euch über alles unterhalten, habt voneinander gelernt. Ihr hattet eine Freundschaft, wie sie auch zwischen Mädchen vorkommen kann, nur mit dem Unterschied, dass ihr euch auch schon über Probleme unterhalten habt, die zwischen Jungen und Mädeln in eurem Alter eine große Rolle spielen. In den meisten Fällen wart ihr einer Meinung. Wenn nicht, hat einer den anderen überzeugen können, und ihr wurdet einer Meinung. Aber da wollte Swet etwas mehr, wogegen dein persönliches Ich sich sträubte – und mit Recht, doch davon später. Du schreibst selbst, du achtest darauf, dass er sich zusammennahm, dass er sich nicht erlauben durfte, schlecht zu handeln, dass er – wie er selbst sagte – Angst vor dir hat. Und nun überleg

einmal: Angst hat man vor dem, dem gegenüber man sich nicht alles erlauben kann, den man nicht beherrscht, der sich nicht unterordnet.
Ein Mensch, der von dem anderen verlangt, dass er sich zusammennimmt, ist gleich stark, lässt sich nicht beherrschen. Und siehst du, wenn auch unbewusst, kommt in Swet das in Jahrhunderten hochgezüchtete Gefühl des Herrschens zum Ausdruck. Das Mädchen soll sich gefallen lassen, geküsst und umarmt zu werden, wenn er es will. Und wenn es sich nicht unterwirft, sucht man sich ein anderes Mädel, das sich unterwerfen lässt. Siehst du, dass in Swet das Herrschgefühl die Oberhand hat? Wenn er in dem Mädel den gleichberechtigten Menschen, das persönliche Ich achtet, und es wirklich gern hat, dann nimmt er Rücksicht auf die Gefühle des Mädels und verlangt nichts, zu dem es nicht bereit ist, dann spricht er sich aus mit dem Mädchen, nimmt sich zusammen und wartet auf die Zeit, bis das Mädel auch in dieser Beziehung mit ihm übereinstimmt. Solche Jungs und Männer gibt es noch viele. Und wenn sie dann verheiratet sind, dann halten sie es unter ihrer Würde, irgendwelche Hausarbeiten zu machen. Auch dann, wenn die Frau beruflich tätig ist, erkennen sie die Gleichberechtigung, für die sie im politischen Leben eintreten, im häuslichen Leben, in ihren eigenen vier Wänden, nicht an. In den meisten Fällen ist es so, dass die Frau neben ihrer Berufsarbeit noch viel Hausarbeit mehr hat als der Mann. Und dies wird von dem Mann als Selbstverständlichkeit angesehen und auch von vielen Frauen. Auch deine Woshataja und Genossin Susina und Antonenko und alle die Kinder, die mit dir gesprochen haben und dich damit trösten wollten, dass sie sagten, so sind alle Jungs und Männer – sie alle zeigen, dass sie zu den Frauen gehören, die nichts Erniedrigendes empfinden, wenn sie als Frau jahrhundertlang unterdrückt wurden und dass ein solches Verhalten der Männer ihnen gegenüber ein Überbleibsel der alten Erziehung ist. Sie sind Frauen, die nichts anderes sein wollen als Frauen.
Ich bin auch nicht derselben Meinung wie deine Woshataja, Genossin Susina und Antonenko, dass ich das Verhalten Swets damit erkläre, dass er in dem Alter ist, da er ein Mädchen braucht. Erstens, seid ihr längst nicht in dem Alter, dass »man ein Mädchen braucht«. So kann die Frage überhaupt nicht gestellt werden. »Ein Mädchen brauchen«, das ist nur ein Zeichen, dass man zu sehr seine Triebe lebt und diese wuchern lässt, sich von ihnen beherrschen lässt, aber nicht genug Festigkeit, Bewusstsein und auch keinen Idealismus aufbringt, um diese an sich gesunden Triebe zu einer noch schöneren Blüte wachsen zu lassen. Ein bewusster Mensch ist Herr seiner Triebe und lässt sich niemals von diesen unterkriegen. Ein bewusster Mensch, der merkt, dass seine Triebe ihm arg zusetzen, nimmt sich zusammen, lenkt sich ab, treibt Sport, Arbeit und Lernen. Im ausgefüllten

Leben, »braucht man kein Mädchen«, da braucht man einen Menschen, einen Freund.

Seid ihr in dem Alter, um zu lieben? Trautchen, ihr steht am Anfang der großen Liebe. Ihr seid oft verliebt. Aber bis zur wahren großen Liebe ist und muss noch ein weiter Weg sein, sonst ist es nicht Liebe, sondern nur ein Unterliegen dem tierischen Trieb.

Du aber sollst und willst ein bewusster Mensch sein. Du hast es so schön geschrieben, dass du erst ein Mensch und dann eine Frau sein willst. Das ist richtig, Trautchen. Das ist schon ein Zeichen, dass du stets über deine Triebe wachen wirst und dich nicht von ihnen unterkriegen lässt. Darin kommt zum Ausdruck, dass du nicht zu den Frauen gehören willst, die sich weiter unterdrücken lassen, sondern die ihre Gleichberechtigung ganz und voll ausnützen wollen und in der Gesellschaft einen ganzen Menschen darstellen wollen. Was würde man von einem Mann sagen, der nur aufgeht in der Liebe, für den andere Interessen nicht existieren? Er ist kein ganzer Mensch. Aber eine Frau, die ganz in der Bedienung und Unterwerfung unter den Mann aufgeht, die keinerlei andere Interessen zeigt? Eine solche Frau gefällt vielen Männern, weil sie eben herrschen können. Aber wir leben in einer Zeit, die den Mädchen und Frauen ganz offen steht. Und je bewusster das Mädchen, umso mehr strebt es danach, in der Gesellschaft ein ganzer Mensch zu sein und nicht nur für den Mann die Frau.

Schön ist es natürlich, wenn man in seinem Leben mit einem Menschen ganz Freund ist. Sich aber einen anderen Menschen zum Freund wählen, einem anderen, bisher fremden Menschen alles erzählen, seine ganze Seele bloßlegen und austauschen – das ist nicht leicht. Man muss suchen, abwägen, und man ist leicht enttäuscht, wenn man zu voreilig gewählt hat. Aber Trautchen, du tust recht, wenn du Swet nicht nachtrauerst. Gewiß hast du in ihm den Freund gesehen und weißt jetzt noch nicht recht, ob du dich getäuscht hast oder nicht. Und dann kommen noch so dumme Menschen und Kinder und wollen dich trösten, indem sie dir sagen, Swet liebt dich doch, er »spielt« nur mit dir, er macht dir nur etwas vor. Trautchen, bäumt sich nicht dein ganzer Stolz dagegen, von einem Jungen als Spielball benutzt zu werden? Das erste Prinzip der Freundschaft ist Ehrlichkeit. Man spielt aber nicht mit den Gefühlen des Menschen. Trautchen, sei nicht traurig. Du bist ja noch so jung. Du hast erst so wenige Menschen kennen gelernt, und du wirst noch viele kennen lernen. Ein Freund, den man sich fürs Leben wählen will, den muss man gut aussuchen, den muss man kennen lernen in allen Situationen, in leichten und schwierigen, in glücklichen und traurigen. Und das ist kein Prozess von ein paar Tagen, auch nicht

von Wochen oder Monaten. Um einen Menschen wirklich kennen zu lernen, braucht's etwas mehr. Und in diesem Kennenlernen und in dem Sich-einander-Anpassen, Einanderhelfen entwickelt sich dann auch zart und rein die schöne Liebe. Doch bis dahin, Trautchen, habt ihr noch Zeit.
Sei mit allen gut Freund, Trautchen, wähle nicht zu voreilig den einen. Wäge gut ab, Trautchen, dann ersparst du dir weitere Enttäuschungen. Nicht alle Jungs sind wie Swet. Swet war schon viel besser als die meisten Jungs, schon ernster und bewusster, aber doch nicht gut genug für meine Trautchen. Und meine Trautchen hat ein bestimmtes Ideal. Und, Trautchen, zwar ist kein Mensch ohne Fehler, aber es gibt viele Jungs, die deinen Vorstellungen und deinem Ideal viel näher kommen als Swet. Es gibt Jungs, die in dem Mädel den gleichberechtigten Menschen sehen und das persönliche Ich achten.
Trautchen, noch eine große Frage hast du. Du willst wissen, wie dein Papa war, als er ein Junge war. Vielleicht schreibt dir Papa darüber selbst. Siehst du, darin hast du schon einen Teil der Antwort. Glaubst du, Trautchen, dass es zwischen Papa und mir ein Geheimnis gibt, und gar erst, wenn es unsere Kinder angeht? Trautchen, dein Brief für mich war auch ein Brief für Papa. Auch er nimmt Anteil an allen deinen Fragen und wird sie dir beantworten auf seine Art ...
So, Trautchen, nun habe ich verschiedene Probleme angerührt. Zu allen ließe sich noch vieles sagen. Denke darüber nach und schreibe mir nur alles, wessen dein Herz voll ist. Deine Mama versteht dich und will dir helfen, mit den großen Problemen des Lebens fertig zu werden. Ich will, dass du ein ganzer, bewusster Mensch wirst.
Deine Mama.

Mutters Brief beeindruckte mich tief. Ich war davon so begeistert, dass ich eine wörtliche Übersetzung aus dem Deutschen ins Russische anfertigte, die ich, obgleich sie recht unbeholfen war, an Elga schickte.

Die Einstellung meiner Mutter war mir viele Jahre Richtschnur für meine Haltung zur Liebe und zu Jungen. Ich war fest entschlossen, mich nicht mehr zu verlieben, solange ich noch keine »richtige Frau« war, und ich hielt dies durch, bis ich wieder nach Moskau zurückkehrte. Das war auch nicht schwer, denn die Schulen waren ab 1943 für Jungen und Mädchen getrennt. Dementsprechend gingen in unsere zehnte Klasse in der Moskauer Schule nur Mädchen. Da konnte man sich in niemanden verlieben.

Ich wollte keine Frau werden, die sich dem Mann unterordnet und nur für ihn lebt. Liebe sollte nach meinem Verständnis etwas Wunderbares sein, aber nicht das Einzige, für das ich leben wollte. Jedenfalls war nicht die

Liebe mein Lebensziel. Darin fühlte ich mich mit meiner Mutter im Einklang. Und so kämpfte ich jetzt mit all meiner Willenskraft gegen meine Sehnsucht nach Swet.

Am 3. Juli beantwortete ich den langen Brief meiner Mutter nur kurz und ging noch auf weitere Themen ein:

Den Brief von Mama habe ich bekommen. Ich habe Mama sehr gut verstanden. Mama fragt, ob ich nichts dagegen habe, um für Swet als Spielball zu dienen. Mama, als Swet in seinem Tagebuch einmal schrieb, dass ihm scheint, dass er manchmal Ljalja liebt, und er mir nachher sagte, dass das eine Taktik war, und auch die Wojataja sagte dasselbe, antwortete ich, dass ich ohne verschiedene Taktiken befreundet sein will. Ich belog ihn nie, er mich aber doch (das habe ich erst jetzt erfahren). Ich gab ihm mein Tagebuch, er mir seines. Aber er schrieb ja nicht alles rein! Und ich war so dumm und glaubte ihm immer, stellte ihn mir viel besser vor, als er ist. Vielleicht war er auch besser, denn jetzt gefällt er mir gar nicht, und ich hätte mich um keinen Preis mit so einem, wie er jetzt ist, befreundet. Mir scheint es sogar, dass er mich irgendwie gekränkt hat, weil er mich belog. Aber jetzt gefällt er mir wirklich nicht.

Dieses Mal stimmte ich meiner Mutter voll zu und stritt in keinem Punkt. Zumindest damals.

Heute betrachte ich Mutters Brief anders. Er zeugt im Wesentlichen von den moralischen Prinzipien jenes Teils der Generation zu Beginn des 20. Jahrhunderts, der mit den Grundfesten des 19. Jahrhundert brechen wollte, aber selbst in der christlichen Moral und der in Europa Jahrhunderte währenden Verachtung gegenüber den sexuellen Bedürfnissen der Menschen gefangen war. Mutter hatte sexuelle Wünsche als animalischen Trieb bezeichnet, der sich in Jugendlichen regt, wenn man »noch Zeit« hat für die Liebe. Ohne es zu wollen, würdigte Mutter sexuelle Gefühle damit zu einer Art Sünde herab, gegen die man mit Sport, Arbeit und Selbstdisziplin angehen müsse. Das seien eigentlich keine guten Gefühle. Gute Jungen »brauchen kein Mädchen«.

Während im 19. Jahrhundert der Sex nur durch den Zeugungsakt eines Kindes »geheiligt« wurde, ging man im 20. Jahrhundert einen Schritt weiter, doch man »heiligte« den Sex ebenfalls, jetzt aber durch die Liebe. Ohne diese sei er schmutzig und eine Unterwerfung unter den »animalischen Trieb«. Es gab nicht die geringste Vorstellung von Hypersexualität, wo sich die meisten Jungen fast von jedem Mädchen angezogen fühlen. Es herrschte völlige Unkenntnis hinsichtlich der Notwendigkeit, sich selbst nicht nur als eine Persönlichkeit zu ergründen, die »der Gesellschaft Nutzen bringt«, sondern auch als Sexualpartner, um mit einem anderen Menschen in den ganz intimen Beziehungen glücklich zu werden. Meine Mutter hatte meinen Vater selbst »ausgewählt« und nach einem zwei Jahre währenden Briefwechsel – wie im 19. Jahrhundert – sein Herz kennen gelernt. Und was war mit dem Körper? Als wir meine Mutter einmal gebeten hatten, uns etwas aus der Geschichte ihrer Liebe zu Vater zu erzählen, hatte sie mir, Rolf und Wolf gestanden, dass sie sich einmal »während einer Wandertour im Zelt nur an den Händen gehalten hätten«. Als ich meine Mutter schon in hohem Alter einmal direkt nach ihren Freuden als Frau fragte, antwortete sie: »Vater hatte es schwer mit mir.« Und dann ergänzte sie: »Er hielt mich für eine gute Mutter und eine schlechte Frau. Aber wir hielten zusammen.«

Mein Vater hatte mir auf meinen Brief betreffs Swet nicht sofort geantwortet. Warum, weiß ich nicht. Jetzt glaube ich, dass er vielleicht nicht in allem mit Mutter einverstanden war, ihr aber auch nicht widersprechen wollte und sich vorbehielt, seine Meinung später zu äußern. Dieser Brief meines Vaters ist nicht erhalten geblieben. Daher gebe ich ihn nach der Übersetzung aus meinem Brief an Elga wieder:

Dir, Trautelein, muss klar werden, dass es für dich noch zu früh ist, dein Herz zu verschenken. Wenn du das noch einmal tust, wirst du wieder eine Enttäuschung erleben. Du bist doch noch lange kein fertiger Mensch. Und das ist kein Nachteil; man darf nur nicht vergessen, erst muss man jemand sein, man muss ein völlig selbständiger Mensch sein, bevor man einem anderen sein Herz für das ganze Leben schenkt. Versuche, es so wie dein Vater zu halten, sei zu allen in gleicher Weise freundlich, sei allen ein guter Kamerad, gestatte niemandem Zärtlichkeiten, denn mein Trautchen darf in dieser Beziehung ein stolzes Mädchen sein. Arbeite, lerne, schenk dein Herz jetzt deinen kleinen Brüdern. Und wenn dein Herz wieder für einen guten Kameraden entflammt, dann belasse es bei einem Flämmchen, von dem nur du etwas weißt. Bis dieses Flämmchen zu einer Flamme wird, muss viel Zeit vergehen, dann aber wird sie gut und hehr sein.

Mein Vater hatte mich als Mädchen niemals erzogen, er hatte mir als Mann nie Ratschläge gegeben. Nur einmal, als er mir Parfüm schenkte, bemerkte er: »Eine Frau soll sich nur leicht parfümieren, dass man es kaum merkt, dann möchte der Mann immer näher und näher kommen, um den Duft zu spüren.« Ich habe mich aber überhaupt nie parfümiert! Und das Geschenk war somit verfehlt.

In seinem Brief hatte mir Vater keinerlei Geständnisse gemacht. Und Mutter hatte meine offene Frage betreffs Vater auch nicht beantwortet. Schade.

Mit Hilfe der Korrespondenz, die ich mit Elga führte, kann ich über einige Aktivitäten unserer Komsomolgruppe 1942 kurz vor den Sommerferien berichten.

Im Mai hatten wir vom Jugendverband den Auftrag erhalten, in unserer Klasse Schrott zu sammeln. Aber nur ein Junge und ich hatten etwas mitgebracht. In der Klasse war auch keine rechte Lust zu verspüren: Man sammele ja jedes Jahr, es habe keinen Sinn, und das Metall liege dann nur in der Schule herum. Ich hatte die Absicht, mit der Komsomolgruppe unseres Internats auf die Bahnstation zu gehen, um dort zu sammeln und das Metall dann in die Schule zu bringen. Das sollte für die anderen ein ermunterndes Beispiel sein. Vielleicht hätte man ja auch noch die ganze Klasse gewinnen können.

Um die Aktion besser in Gang zu bringen, hatte ich sogar ein Plakat gemalt. Aber von 31 Schülern haben nur zehn Altmetall mit in die Schule gebracht. Einige hatten aber so viel gesammelt, dass sie es nicht auf einmal heranschleppen konnten. Sie mussten einen Teil davon auf halbem Wege liegen lassen. Es wurde dann am nächsten Tag geholt.

Im Lazarett haben wir geholfen, drei Krankenzimmer einzurichten. Jetzt wurden nur noch die Soldaten erwartet. Wir sind vor den Soldaten dann auch mit kleinen Programmen aufgetreten. Daran war ich mit einer Rezitation beteiligt. Außerdem hatten wir einen guten Chor. Besonders gefielen mir die Lieder über die Wolga und die zur Zwangsarbeit Verbannten.

Das Schuljahr ging in den letzten Maitagen zu Ende. Ich hatte es geschafft, das letzte Vierteljahr nur mit ausgezeichneten Noten abzuschließen und wurde sogar vom Direktor und von einem Vertreter der Abteilung Volksbildung zusammen mit Ljala für unsere Prüfungsergebnisse belobigt.

Während unsere Gruppe bei den Lernergebnissen im Laufe des Schuljahres nicht über den dritten Platz hinausgekommen war, standen wir am Ende des Schuljahres mit 5 Schülern, die mit »Ausgezeichnet« abgeschlossen hatten, an erster Stelle.

Auch über unser Alltagsleben berichtete ich an Elga. Wir hatten uns an die Mühen gewöhnt. Hilfe wurde bei uns groß geschrieben:

Wenn jemandem etwas fehlt, dann nimmt er es sich bei einem anderen. Wir haben zum Beispiel für unseren Schlafraum nur eine Schachtel Zahnpulver, einen einzigen Kamm und zwei Stückchen Seife. Wenn man mir das in Moskau gesagt hätte, so hätte mich das Grauen erfasst. Hier aber war das alles normal. Meine Schuhe sind schon völlig zerrissen, obgleich ich sie gar nicht getragen habe. Ein anderes Mädchen hat sie angehabt. Ich hatte keinen Schal, da bekam ich einen von jemandem, der einen übrig hatte. Wir würden uns schämen, wenn wir unser Stopfgarn, Nadeln und andere Dinge nicht auch anderen zur Verfügung stellen würden. Man würde sich auch wundern, wenn wir einen anderen nicht von unserem Butterbrot abbeißen ließen. Wir helfen einander immer aus, und das ist gut so ...

»Waldkurort« Juni – September 1942

Das achte Schuljahr war beendet. Die älteren Zöglinge des Internats siedelten in den »Waldkurort« über. Der Abschied von Sacharjino war traurig und die Rückkehr in den »Kurort« konfliktträchtig. Habe ich mir dies nur eingebildet oder waren die Probleme tatsächlich so gravierend, wie es mir damals vorkam? Für eine 15-Jährige schienen sie jedenfalls lebenswichtig.

Ich schrieb am 2. Juni 1942 an Elga:

Heute erwachten wir zum ersten Mal im »Waldkurort«. Gestern sind wir von Sacharjino zum »Kurort« umgezogen.
Wir wollten Sacharjino nicht verlassen. Wir hatten uns so daran gewöhnt, angefreundet, waren mit der Umgebung vertraut, es war alles so familiär. ... Wir konnten z.B. im Freien schlafen. Da gab es nur wenige Erwachsene, und die waren alle schwer in Ordnung. Und hier? Du kommst in den Speisessaal, da sitzen die Matronen und beäugen dich von Kopf bis Fuß. Und nicht nur das. Man hat das Gefühl, sie würden dich auch durchhecheln ... Na gut, genug davon.

Wahrscheinlich hatte meine damalige Entrüstung kaum einen realen Hintergrund. Aber mein »Frust gegen die Erwachsenen«, der im Backfischalter so typisch ist, hatte sich offensichtlich nicht nur zeitlich stark ausgedehnt, sondern auch vertieft, gipfelte gar in der Ablehnung der mir völlig fremden Frauen. Darauf hätte meine Mutter sicherlich mit der Bemerkung reagiert: »Schon wieder das alte Lied.« In weiser Voraussicht habe ich ihr meine Empfindungen nicht mitgeteilt.

Ich konnte die Erwachsenen noch nicht verstehen, hatte es noch nicht gelernt, mit Klatsch umzugehen, ihn nicht an mich heranzulassen. So habe ich alle Dummheiten geschluckt und ebenso dumm darauf reagiert.

Es gab freilich Wesentlicheres im neuen Internatsalltag. Man zog uns zu allerlei schweren Arbeiten heran – auf dem Feld, beim Holzsägen, beim Wachdienst, als Schneiderin und bei manch anderem.

Unsere Lebensbedingungen hatten sich aber entscheidend verbessert. Anstelle der Schlafsäle, in denen zwischen fünf und sechszehn Mädchen nächtigten, hatten wir jetzt richtige kleine Zimmer.

Meine Freude darüber musste ich gleich mit Elga teilen:

Ich habe gemeinsam mit Ljalja jetzt ein wunderbares Zimmer. Es ist hell, voller Sonne. Kannst du dir vorstellen, wie gut es jetzt sein wird, Schularbeiten zu machen? In die Schule müssen wir sieben Kilometer laufen und dabei noch über den Fluss setzen...

Auch meine Brüder waren jetzt endlich ganz nahe.

Die Brüder

Ich berichtete darüber am 7. Juni 1942 an die Eltern.

Liebe Mama und Papa!
Heute ist freier Tag, und ich schreibe euch den versprochenen Brief. Eben hatte ich die Jungens bei mir. Ganze zwei Stunden musste ich mich rumkrachen, um die Erlaubnis, die Jungens zu nehmen, zu bekommen. Darum konnte ich nur zwei Stunden mit ihnen spazieren gehen. Wölfi rannte sofort zu mir, als er mich sah. Ich wollte ihn mit mir nehmen, aber man erlaubte mir es nicht, und darum musste ich ihn wieder weggeben. Er war fast beim Weinen. Ich weinte nachher auch. Mich kränkte das, dass man mir die Kinder nicht geben will und Müttern man sie aber gibt. Ich ging zur Sawjeduschtschaja, zu ihrer Leiterin. Aber man gab mir die Jungens nicht: »Pionieren geben wir die Kinder nicht.« Dann ging ich einfach zu Gen. Mindin, und er schrieb sofort einen Zettel, dass man mir die Jungens gibt. Da war die Sawjeduschtschaja wieder nicht einverstanden, wir gingen zusammen wieder zu Genossen Mindin. Sie stritten eine Weile, er sagte, dass ich für die Jungens die zweite Mutter bin und man mir die Kleinen geben muss. Am Ende bekam ich sie doch zu mir. Wölfi wollte mit mir erst gar nicht richtig reden, da ich ihn ja belogen hatte: Ich sagte, dass er mit mir geht und gab ihn dann wieder in die Gruppe. Aber Rolf war sofort lustig und verlangte »gostinzew« (Geschenke. D. Übers.)
Ich gab ihnen Bonbons. Ich habe jetzt immer etwas Süßes für sie. Wir bekommen nämlich auch Zucker-Bonbons, und ich hebe manche für die Kleinen auf. Rolf ist sehr aufmerksam. Wir haben viele Mücken und Fliegen im Wald. Rolf riss mir einen Zweig ab und sagte: »Jage die Mücken weg. Du hast welche, ich sehe es, jage sie weg.« Wölfi zeigte Rolf, welche Blumen man pflücken darf und welche nicht, weil aus ihnen Beeren werden. Wölfi aß seinen Bonbon später als Rolf. »Bratik, dai otkussitj« (Brüderchen, gib mir was ab. D. Übers.), sagte Rolf dem Wölfi. Wölfi erlaubte. Die Papageie haben beiden sehr gefallen. Wölfi ist jetzt bald 5 Jahre alt! Wie schnell die Zeit vergeht! Ich lege Blumen bei, es sind solche, welche Wölfi und Rolf für mich gepflückt haben.
Trautchen.

Weiter am 3. Juli 1942:

Die Kleinen nehme ich jeden freien Tag zu mir. Man gibt sie mir. Bei mir essen sie Bonbons, Rosinen, erzählen, was sie gemacht haben, wie sie Krieg gespielt haben. Rolf kennt viele Liederchen. Er ist immer sehr lustig und schelmisch. Wölfi schämt sich vor anderen und erzählt nichts, wenn jemand da ist. Wenn wir aber allein (er, Rolf und ich) im Wald spazieren, dann erzählte er immerzu, fragt, wie die Blumen heißen, welche Pilze man essen kann, und einmal erzählte er: »A Ottik umrjot, on sjel diki luk.« (Ottik wird sterben, er hat wilde Zwiebeln gegessen. D. Übers.). Wir haben hier viele wilde Zwiebeln, man kann sie essen, aber den Kleinen erlaubt man das nicht. Beide sprechen gut russisch, aber Rolf ein bisschen undeutlich. Beide verstehen kein Wort deutsch, beide sehen gut aus, Wölfi ist dicker, Rolf braucht Schuhe.

Was mögen die Eltern beim Lesen meiner ehrlichen Berichte gefühlt und gedacht haben? Ich teilte schließlich nicht nur freudige Ereignisse und kleine heitere Begebenheiten mit. So schrieb ich einige Wochen später, am 16. August 1942, eine Postkarte nach Moskau.

Liebe Mama und Papa!
Heute ist Sonntag. Rolf liegt im Krankenrevier, er hat schlimme Augen (Eiter). Erst ging ich zu Rolf und ging mit ihm spazieren. Er wollte unbedingt seinen Bruder sehen.
Als ich Wolf abholte fragte er sofort: »Und wo ist Rolf? Ich will mit ihm spielen und ihm etwas geben.« Mit Wolf haben wir Beeren für Rolf gesammelt und für ihn eine Eidechse gefangen.
Wolf hat zu mir schon mehrmals »Mama« gesagt. Heute hat er mich gefragt: »Wo hat man uns gemacht? Wo haben uns die Onkels gemacht?« Ich habe ihm geantwortet, dass sie bei Mama und Papa geboren wurden, erst ganz klein waren und dann gewachsen sind und später groß werden. Wolf sammelte Beeren und sagte dann: »Jetzt Mamachen, isst du eine Beere.« Wie gefällt euch das? Unser Wolf hat also zwei Mütter, eine Mama und ein Mamachen.

25. August 1942. An die Eltern:

Rolf ist immer noch im Isolator. Die Augen waren schon einmal besser geworden. Dann wurde es aber wieder schlechter ...
Das vorige Mal las ich Wölfi ein kleines Buch vor mit Gedichten, und auf einmal sagte er es weiter ... Er macht jetzt auch Dummheiten und lacht mich dabei an.

Manchmal nennt er mich »Mamachen«. Er ist viel lustiger geworden, besonders die zwei freien Tage, wo er allein bei mir war, weil Rolfi nicht mit anderen Kindern zusammenkommen darf ... Ich habe euch ein Kisschen für Nadeln gemacht und Steinpilze getrocknet. Manche Eltern haben doch Geschenke von ihren Kindern bekommen und ihr nur die alten Sachen als »Geschenk«, was nur noch mehr Arbeit macht. Aber ich hatte damals wirklich keine Zeit, also verspätete ich mich mit meinem kleinen »Geschenk«. Ich hoffe, dass die Pilze für eine Suppe genügen. In dem Kissen sind Holzspäne von unserem Sägen. Herzliche Küsse.
Euer Trautchen.

Weiter am 7. September 1942. Postkarte an die Eltern.

Liebe Mama und lieber Papa!
Rolfi ist immer noch in der Krankenstation. Die Augen sind geheilt, aber er hat sich dort angesteckt. Er hat jetzt einen wunden Ausschlag, zuerst nur einige Stellen am Fuß, jetzt am Mund. Ich besuche ihn, er ist sehr lustig, lacht. Aber jetzt wird er wahrscheinlich länger dableiben müssen. Das wäre alles über ihn. Vorigen Sonntag konnte ich Wolfi nicht nehmen, da wir einen freiwilligen Arbeitseinsatz hatten. Man ist mit ihm sehr zufrieden. Die Erzieherin sagt, dass er alles erzählt, mit allen spielt und dass er sehr gut ist.

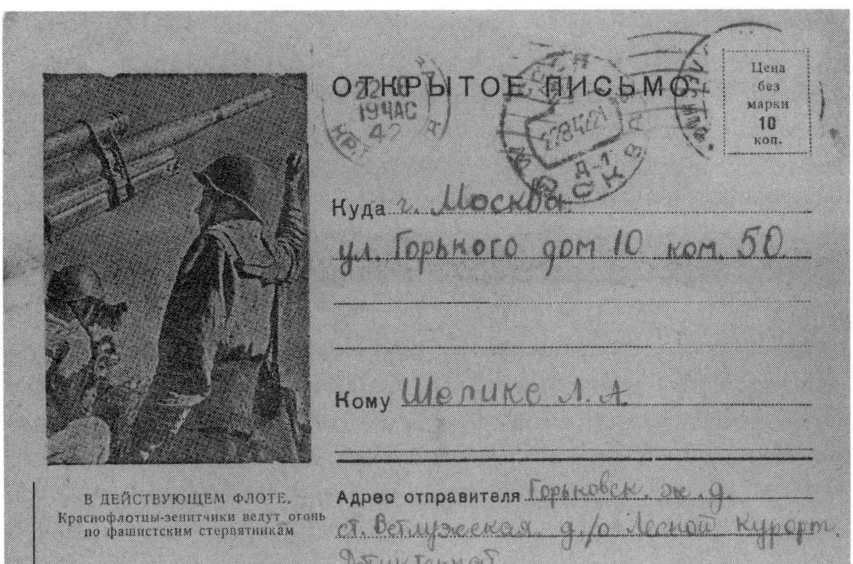

Postkarte an die Eltern, 1942

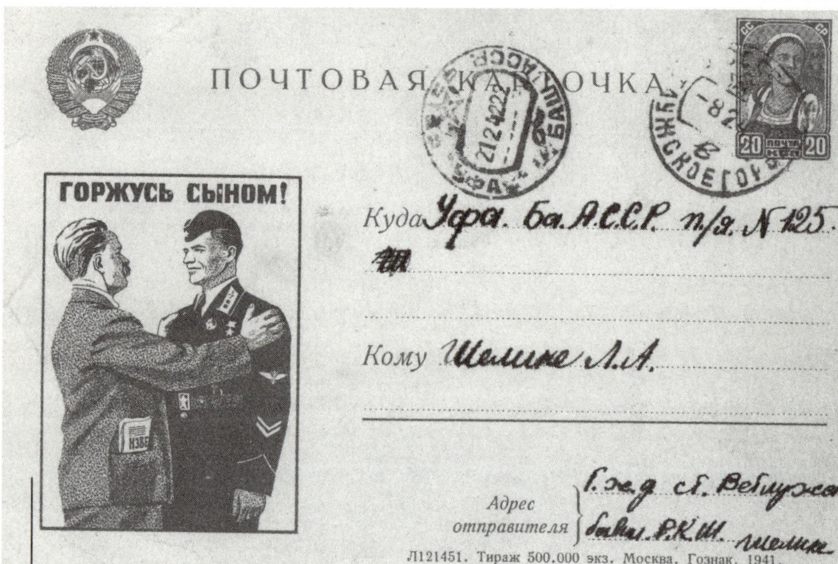

Postkarten an die Eltern, 1942

Arbeit

Breiten Raum in meinen Berichten nahm die Beschreibung der Arbeiten, zu denen wir herangezogen wurden, und allerlei kleine Alltagsbegebenheiten ein. Darüber berichtete ich nicht nur den Eltern, sondern auch der fernen Freundin Elga.

Wir werden jetzt von früh um sechs bis neun Uhr arbeiten. Es folgt eine große Pause für den sonnigen Teil des Tages und dann wieder von vier bis acht Uhr

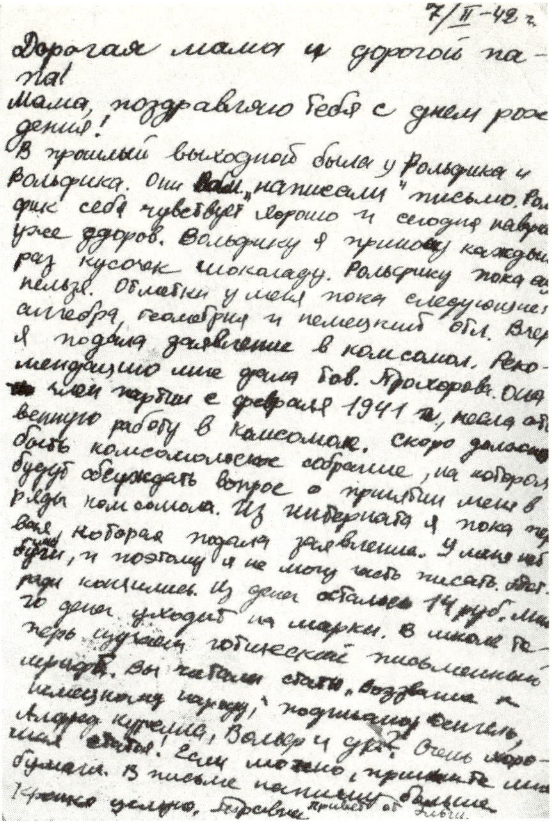
7/II-42 г.

Дорогая мама и дорогой па-
па!
Мама, поздравляю тебя с днем рож-
дения!
В прошлый выходной была у Рольфика и
Вольфика. Они [illegible] „написали" письмо. Роль-
фик себя чувствует хорошо и сегодня навер-
но уже здоров. Вольфику я приношу каждый
раз кусочек шоколаду. Рольфику пока ещ[illegible]
нельзя. Отметки у меня пока следующие:
алгебра, геометрия и немецкий отл. Вчера
я подала заявление в комсомол. Реко-
мендацию мне дала тов. Прохорова. Она
член партии с февраля 1941 г., когда от-
ветную работу в комсомоле. Скоро должно
быть комсомольское собрание, на котором
будут обсуждать вопрос о принятии меня в
ряды комсомола. Из интерната я пока пер-
вая, которая подала заявление. У меня нет
бумаги, и поэтому я не могу часто писать. [illegible]
[illegible]. Из денег осталось 14 руб. Мно-
го денег уходит на марки. В школе те-
перь изучаем готический письменный
шрифт. Вы читали статью „Воззвание к
немецкому народу", подписанную [illegible],
Альфред Куреллой, Вальтер и др.? Очень хоро-
шая статья! Если можно, пришлите мне
бумаги. В письме напишу больше.
Крепко целую, [illegible] привет от Эльги.

abends. Sonntags nehme ich die Brüder zu mir. Wir werden in Mädchen- und Jungengruppen geteilt. Das ist gut, man kann im BH arbeiten. Es gibt den Beschluss, dass sogar die Pioniergruppen nach Jungen und Mädchen geteilt werden. (Trautel an Elga, 1. Juni 1942)

Am 10. Juni 1942 an die Eltern:

Ich komme soeben von der Arbeit. Dieser Tage regnet es, aber wir arbeiten trotzdem. Wir pflanzen Kohl.

10. Juni 1942, Trautel an Elga:

Wir sind jetzt sehr beschäftigt und am Ende des Tages fix und fertig. Aufstehen um 5.30 Uhr, Schlafengehen 22.00 - 23.00 Uhr. Früher kann man nicht zu

Bett gehen, weil um 21.30 Uhr Antreten ist. Für den Mittagsschlaf bekommen wir eine Stunde. Jetzt pflanzen wir Kohl, Gurken, sähen rote Rüben. Ich suche mir die Arbeit, bei der man am meisten ermüdet. Ich mache das, um weniger nachzudenken.
Beim Kohlpflanzen arbeitete ich mit dem Spaten – grub Pflanzlöcher. Die Norm war zuerst 250 Löcher pro Tag. Wir (drei Mädchen) haben 315 in der Stunde gegraben. Die Jungen arbeiteten 7 Stunden und schafften drei bis vier Normen. Als man unsere »Arbeitsproduktivität« erkannt hatte, wurde die Norm auf 1000 Pflanzlöcher pro Tag und Person hochgeschraubt. Wir schafften 2000. Das sind acht Tagesnormen, nach Jungensart gerechnet. Am Ende waren wir so kaputt, dass es nicht mehr weiter ging. Die Hände voller Schwielen, alle Glieder schmerzten ...
Wir arbeiten mit Gesang, machen Späße. Ich bin Brigadier. Unsere Brigade verträgt sich gut, besteht nur aus Mädchen. Wir haben hier furchtbar viele Mücken. Aufs Feld gehen wir deshalb angezogen, fast wie im Winter. Mir haben die Mücken die Beine so zerstochen, dass sie am zweiten Tag ganz dick waren, schrecklich anzusehen. Man hat mich deshalb von der Arbeit freigestellt, aber ich bin trotzdem gegangen. Wir mussten ja die Gurken rechzeitig gepflanzt haben. Die Beine schmerzten, aber jetzt ist alles wieder gut.

Am 18. und 21. Juli 1942. Trautel an Elga:

Gestern hatten wir in »Lesnoi« eine Komsomolversammlung. Man hat mich in die Leitung gewählt. In der Leitung sind drei Erwachsene und zwei von uns – Sergej und ich ...

Guten Tag, Elga!
Ich liege im Gras und schreibe auf einem Buch. Ich habe Dienst. Gestern habe ich das letzte Mal auf dem Feld gearbeitet (Heuernte). Jetzt begann meine neue Arbeit – Wächter des Gemüsegartens. Der Dienst dauert nicht sechs Stunden, wie im vergangenen Jahr, sondern 12, von neun bis neun. Wir sind zu dritt in diesem Abschnitt – zwei Jungen und ich. Wir wechseln uns ab. Heute am Tage ich, in der Nacht Feldheim, morgen am Tage Maziew, nachts wieder ich usw. Am Tage sind wir allein, nachts mit einer Wächterin. Ich hatte nachts noch keinen Dienst, ich weiß nicht, ob ich mich fürchten werde. Nach zwei Wochen Wache geht es zum Holzsägen. Jetzt ist es erst 13.30 Uhr, doch ich möchte schon schlafen. Muss aber hier bis 21 Uhr sitzen! Und das am Tage. Was soll da erst nachts werden? Übrigens, sind die Mücken eine Gefahr. Wir haben schon drei Malariafälle. Schlangen gibt es auch genug. Allein am gestrigen Tag haben wir (die Mädchen)

eine Kreuzotter und drei Schlingnattern getötet und die Jungen 5 Schlangen. Merkwürdigerweise wurde noch niemand von einer Schlange gebissen.

Der nächtliche Wachdienst auf dem abseits liegenden Feld hat mich sehr bewegt. Meine Gefährtin war eine hochschwangere, ältere Frau, bewaffnet mit einem richtigen Gewehr. Trotz des Gewehrs fürchtete sie sich nicht weniger als ich. Deshalb versteckten wir uns vor vermeintlichen Dieben in einem stickigen Gewächshaus und bewachten daher gar nichts. Ich schämte mich und litt unter unsäglichen Gewissensbissen.

Doch unsere Behausung zu verlassen und einen Kontrollgang zu wagen, dazu konnte ich mich auch nicht entschließen. Außerdem begann meine bewaffnete Gefährtin, nach einem kurzen Gespräch, einzunicken, bis sie schließlich in einen ruhigen Tiefschlaf fiel.

Zur Beruhigung meines Gewissens machte ich die ganze Nacht kein Auge zu, registrierte alle Geräusche, wagte aber keinen einzigen Schritt in Richtung Ausgang. Ich hatte Angst.

Die Frau schlief den Schlaf der Gerechten. Ein paar Mal versuchte sie mich über die Sinnlosigkeit meines Hinausstarrens aufzuklären und machte dabei deutlich, dass sie nicht gewillt war, das eigene Leben zu riskieren. Wenn die Diebe unsere Ernte klauen wollten, dann würden sie es auch so tun. Das Gewehr helfe da auch nicht. Im schlimmsten Fall fesseln und entwaffnen sie uns. Also schlaf lieber! Das ist besser für uns und die Diebe.

Die Weisheiten der schwangeren Frau waren mir unverständlich. Sie jedoch im Sinne der übernommenen Verantwortung »umzuerziehen« wagte ich auch nicht. So schämte ich mich und machte mir im Geheimen quälende Vorhaltungen.

Merkwürdigerweise hat in unseren angsterfüllten Nächten niemand jemals etwas von den Internatsfeldern gestohlen.

Swet Raschewski, der in einer anderen Dreiergruppe Wache schob, hatte überhaupt keine Angst. Die ganze Nacht saß er inmitten eines Tabakfeldes, unserer wertvollsten Kultur für den Verkauf zu Gunsten des Internats. Eines Nachts stahlen Diebe eine große Menge Tabakblätter, wofür Swet einen gehörigen Anraunzer und eine Rüge vom Komsomol bekam. Der arme Junge war wohl im aromatischen Duft der Tabakpflanzen eingeschlafen. Das passierte ausgerechnet jemandem, der treu und brav gewacht hatte, nicht so wie wir Angsthasen.

Ein weit entfernt gelegenes Kartoffelfeld wurde von 12-jährigen Jungen bewacht. Dort gab es weder Gewächshaus noch einen schützenden Schuppen. Die Bengels bauten sich eine Reisighütte, unterhielten ein Lagerfeuer und rösteten darin Kartoffeln. Sie wachten dabei, ohne zu schummeln.

Auch bei ihnen wurde gestohlen, und zwar ganz offen. Unbekannte Männer haben sie einfach angeschnauzt und ihnen befohlen, sich still zu verhalten, »sonst käme es noch schlimmer«. Dann gruben sie rotzfrech säckeweise Kartoffeln aus. Zum Abschied zündeten sie obendrein noch die armselige Reisighütte an, um ihre Macht zu zeigen und die Burschen einzuschüchtern. Gott sei Dank haben sich die Jungs passiv verhalten und nicht die Helden gespielt, indem sie auf die Männer losgingen, um unser Internatseigentum zu retten.

14. August 1942. Trautel an Elga:

Heute ist schon der 14. August. Bis gestern haben wir Heu geerntet, im Sumpf, ständig im Wasser stehend, voller Angst, einen Schritt zu tun und einzusinken. Wegen des Wassers mussten wir barfuß arbeiten und jetzt sind die Füße zerschrammt und schmerzen. Aber es hat Spaß gemacht.

Stelle dir vor: Wir gehen für den ganzen Tag aufs Feld. Das Essen nehmen wir mit. Solange das Heu trocknet, ruhen wir uns aus, lesen Zeitungen, spielen, scherzen. Oder, plötzlich, während des Mittagessens, kommt eine Regenwolke. Schnell das Essen weggeräumt und ran an das Heu. Wir arbeiten, arbeiten – bis sich die Regenwolke verzogen hat ...

Seit gestern sägen wir. Norm sind drei Kubikmeter pro Tag. Keine hohe Norm, wenn die Säge in Ordnung ist. Wir sägen im Wald. Ich säge mit Jura Nasarow (8. Klasse, wir rechnen sie zu den Kleinen). Mit ihm sägt es sich gut, außerdem ist er ein prima Junge. Ich kann noch nicht sägen. Er erklärt mir alles ganz ruhig, ohne wütend zu werden, korrigiert jede Bewegung, erlaubt es nicht, so zu sägen, wie es mir am bequemsten erscheint, sondern nur so, wie es richtig ist, damit ich es lerne. Wir schummeln nicht. Alles, was da liegt, wird zersägt. Zu unserem Pech haben wir die schlechteste Säge bekommen. Sie klemmt ständig. Wir haben uns gequält und in der ersten Tageshälfte nur einen halben Kubikmeter geschafft. Stell dir das mal vor! Die anderen schafften fast drei Kubikmeter und wir weniger als alle. Ich habe mich sehr geschämt, weil ich glaubte, dass es an mir lag und Jura sich ärgern wird. Aber er dachte nicht daran, sich zu ärgern: »Ach wo Trautel, ich ärgere mich nicht. Wir bringen die Säge in Ordnung, dann holen wir noch zwei Kubikmeter nach, und damit hat es sich« ...

Ich schreibe dir das alles so genau, weil es mich zur Zeit sehr beschäftigt ...

Der dreizehnjährige Jura Nasarow wurde damit zu meinem ersten Lehrmeister in Sachen Arbeitsmoral. In dieser Frage hatte er zwei unumstößliche Prinzipien: Erstens – die Norm wird nie übererfüllt, und zweitens – bei jeder Arbeit muss man findig sein, sich die Sache erleichtern, selbst auf Kosten der Qualität.

All mein Zureden, geschweige denn meine zahllosen patriotischen Appelle, unbedingt auch dann noch weiter zu sägen, wenn die Norm bereits erfüllt war, stießen bei Jura auf taube Ohren.

Wir haben drei Kubikmeter geschafft? Basta! Was, es ist erst 12 Uhr? Umso besser, da hat man eben noch Zeit, Beeren zu sammeln. In vollem Bewusstsein, dass ihm nun keiner etwas am Zeug flicken konnte, ließ mich Jura mit der Säge und der erfüllten Tagesnorm – den drei Kubikmetern – allein. Bevor er verschwand, maß er das Arbeitsergebnis noch einmal gewissenhaft nach.

Das Metermaß war er selbst, d. h. seine Länge vom Gürtel bis zur Erde. Nach seiner Auffassung war das exakt ein Meter. Dass er sich irrte, hat mein Pflichtgefühl beruhigt. Jura hatte schlicht übersehen, dass er bereits wieder ein Stück gewachsen war.

So haben wir unsere Norm stets übererfüllt. Anstatt drei schafften wir dreieinhalb Kubikmeter. Er hat davon nie etwas erfahren, denn wenn der Kontrolleur kam und nachprüfte, war Jura stets schon im tiefsten Dickicht auf Beerensuche. Ich hatte keine Veranlassung, ihn aufzuklären, und begann jeden Tag das alte Lied: »Komm, wir sägen noch ein bisschen.« Manchmal, freilich sehr selten, fügte er sich.

In der Frage Planübererfüllung hatte ich also doch noch gesiegt. Bei dem zweiten Prinzip behielt er die Oberhand. Er merkte sehr bald, dass es günstiger war, dicke Stämme zu sägen. Wenn man diese dann aufschichtete, bildeten sich größere Lücken, die mit Pfropfen aus ganz dünnen Stämmen, die sich kinderleicht zersägen ließen, ausgefüllt wurden.

Der Holzstoß sah gut aus und bestand aus dicken und dünnen Stämmen, wie gefordert. Hier konnte ich ihn nicht umstimmen. Dünnes, herabgefallenes Holz gab es in großen Mengen. Trotz meines Protestes legte er einen Vorrat Pfropfen an, die er dann schweigend und halsstarrig in die entsprechenden Lücken stopfte.

Überhaupt war er nicht sonderlich gesprächig, mein dreizehnjähriger Lehrmeister im Holzsägen. Ich litt wieder unter den schrecklichsten moralischen Gewissensqualen, habe ihn aber nie verraten.

Am 6. September und am 5. Oktober 1942 berichtete ich an Elga:

... Ich säge nicht mehr. Beim Sägen ging alles in Ordnung. Die Norm habe ich immer erfüllt oder übererfüllt. Doch man hat mich von dieser Arbeit weg nun zum Nähen eingeteilt. Für uns alle werden Schuluniformen genäht. Deshalb muss der Schneiderin geholfen werden. Ich nähe schon den 4. Tag. Wir schaffen eine Uniform pro Tag. Sie näht mit der Maschine, ich mache die Handarbeit. ... Am 3. Oktober war Erntefest. Für den Winter haben wir uns voll eingedeckt. Mit Kohl und Möhren sind wir für ein Jahr bevorratet. Nicht erfüllt haben wir unseren Plan bei Kartoffeln und Futterrüben, bei allen anderen Kulturen wurde er erfüllt und übererfüllt. Die Möhrenernte übertrifft das Vorjahr um das Zehnfache. Sehr viele wurden prämiert, mit einem Kleid, einer Jacke, mit Halbschuhen, Stoffen, Röcken und Wolltüchern. Ich bekam ein großes schwarzes Wolltuch mit roten Rosen.

So vergingen der Sommer und der Herbst 1942. Wir arbeiteten ununterbrochen, und die Ergebnisse ließen sich sehen. Im Herbst wurde in Moskau, genauer gesagt, im Speisesaal des »Lux« sogar eine Auswahl unserer Landwirtschaftsprodukte ausgestellt. Riesige Kohlköpfe, Möhren mit einem Gewicht von 700 Gramm, Berge knackiger Gurken, kräftiger roter Tomaten. Mein Vater schrieb mir später, dass alle erstaunt waren, was ihre Kinder fertig gebracht hatten. Am 25. August 1942 schrieb ich an Mutter und Vater:

Ihr fragt, wie es mit unserem Gemüse steht. Wir sind auf dem ersten Platz im Rayon in der Ernte. Jeden Tag bekommen wir Kohlsuppe, die letzte Zeit gibt es schon Kartoffeln, wir bekommen Tomaten, Gurken, Erbsen, Rüben usw.

Während wir mit unserer alltäglichen Arbeit unsere Versorgung mit Lebensmitteln und Brennmaterial sicherten, verglühte meine Liebe zu Swet Raschewski.

Liebeskummer

Am 11. Juni 1942 berichte ich meiner Freundin Elga:

... nun sind wir wieder im »Lesnoi«, und hier..., so sagte man mir, wird sich Swet wieder mit mir anfreunden. Er selbst verhielt sich mir gegenüber sehr anständig, und viele schlussfolgerten daraus, dass wir wieder befreundet sind. Ja! »befreundet« (ironisch gemeint). Es kam zu einem furchtbaren Durcheinander. Mit seinem Verhalten hat er mich aus dem Gleichgewicht gebracht, hat Hoffnung aufkommen lassen und sitzt jetzt jeden Tag bei Lussja ...«

... und gehe im Brief vom 30. Juni erneut darauf ein:

Vor kurzem, im Politzirkel, bemerkte ich plötzlich, wie Swet mich anstarrte. Sein Blick war abstoßend. Mir schien, dass er nicht den Menschen, sondern das Mädchen anstarrte, ob meine Brust, mein Gesicht schön sind. Mir war das unangenehm. Ich bedeckte mein Gesicht mit den Händen. Mich beleidigt so etwas. Ich möchte keine Freundschaft mehr mit einem Jungen, will nicht, dass mich irgendjemand umarmt, küsst. Will nicht, es ist mir zuwider ...
Elgachen, ich schreibe, dass es mich ekelte, als Swet mich so anstarrte. Das ist die Wahrheit, und doch möchte ich, dass der BH gut sitzt, dass alles schön aussieht. Ich will, dass die Bluse gut sitzt. Das belastet mich auch, diese niederen, abstoßenden Gedanken. Doch was kann ich dagegen tun? Daraus entsteht meine Schwermut! Ich will nicht, dass man mich so anschaut, aber ich will schön sein. Dieser Zwiespalt bedrückt mich, und deshalb bin ich so unzufrieden mit mir selbst ...

Armes Mädchen, das so gerne »nur Mensch« sein will. Aber das weibliche Wesen drängt ungefragt nach außen. Wohin damit?

Meine Mutter hatte mir nie gesagt, dass ich hübsch sei. Auch der Vater nicht. Der Grund? Die Eltern befürchteten, ich könnte selbstverliebt und eigensüchtig werden.

So kam es, dass ich schließlich gar glaubte, schön zu sein, schön sein zu wollen, sei etwas Beschämendes. Kurzum, als Mädchen wurde ich falsch erzogen. Auf Grund meiner Leiden im Zusammenhang mit Swet entwickelten sich bei mir ziemlich gefährliche Komplexe. Gott sei Dank verlief alles dann doch nicht so tragisch, und so blieben dieser Brief und die darin geschilderte Stimmung eine Ausnahme. Nein, ein »Blaustrumpf« wollte ich auch nicht werden.

Eine Komsomolversammlung

Weiter in meinem Brief an Elga vom 3. August 1942:

Wir hatten eine Komsomolversammlung. Djogot und Swet wurden dort mächtig kritisiert.
Ersterer wegen seiner Frechheit. Stell dir diesen Blödmann vor, der auf den Tisch schlägt und »Genug!« schreit, der seinen Vorgesetzten nicht zu Wort kommen lässt, ihn durch Bemerkungen unterbricht und glaubt, dass er sich so richtig verhält. Er meinte, das beweise doch nur seine Ehrlichkeit, seine Wahrheitsliebe!

Wir haben ihm eine strenge Rüge erteilt, ihn aber nicht überzeugen können, dass er im Unrecht sei.
Swet wurde wegen Bummelei und Grobheit gegenüber seiner Mutter sowie Faulheit kritisiert. Sehr ernst stand die Frage nach seinem Ausschluss. Wir waren alle sehr aufgeregt, wussten nicht recht, ob ja oder nein und waren nahe daran, ihn auszuschließen, wenn es nicht sein letzter Auftritt gewesen wäre. Er gab sein Ehrenwort, nicht mehr grob zu sein, und bat uns, ihm Zeit zu geben, er war sehr erregt.
Wir erteilten ihm eine strenge Rüge mit letztmaliger Verwarnung, versetzten ihn in den Stand eines Arbeiters und schlossen ihn aus dem Internat aus.
Stell dir vor, seine Freundin hat nicht gesprochen, nicht dafür, nicht dagegen. Das nennt sich nun Freundin. Er sagt, dass er seinen Fehler eingesehen hat, dass er dumm war in seiner Grobheit. Denk mal, wie tief man fallen muss, um fast aus dem Komsomol ausgeschlossen zu werden.

Irgendetwas war mit Swet geschehen. Ein früherer Musterschüler, ein vorbildlicher Komsomolze, der mir geholfen hatte, das Statut des Jugendverbandes zu verstehen.

Und wir? Wir hatten über ihn den Stab gebrochen – »Ausschluss aus dem Internat«.

12. August 1942, Trautel an Elga:

Nach der Versammlung hat Swet bei der Heuernte sehr gut gearbeitet. Die Mädchen sagen mir alle, dass Swet das Ende unserer Freundschaft bereut und mich oft sehr aufmerksam anschaut. Ich bemerke das nicht. Vor kurzem hat er mich zum Tanz aufgefordert ...

Und am 31. August 1942 wieder an Elga:

Vor etwa zwei Wochen ging ich mit Sergej in den Ort Baki, um im Radio aufzutreten. Es kam aber dann doch so, dass ich nicht gesprochen habe. Doch das ist unwichtig. Wichtig ist, dass wir die ganze Zeit nach Herzenslust gequatscht haben. Er erzählte mir von seiner Freundschaft mit N., erzählte von Swet. Er sagte, dass Swet das Ende der Freundschaft mit mir sehr bereut ...
Vor kurzem habe ich über Swet nachgedacht, und plötzlich durchzuckte mich der Gedanke, dass er mir völlig fremd ist. Ganz bestimmt, ich empfinde ihm gegenüber nichts mehr, nicht einmal Mitleid. Er ist mir fremd. Dennoch will ich

ihm gefallen, um ihn zu quälen, will mich rächen. Das ist widerwärtig, doch ich habe das Bedürfnis, ihn zu quälen, damit er bereut. Aber befreundet sein möchte ich nicht mehr.

Im September 1942 überfällt mich ein dumpfes Gefühl von Unzufriedenheit, aber schon nicht mehr Swets wegen.

Ich denke oft, dass ich mal Kinder haben werde. Eines von ihnen fragt mich später: »Mama, was hast du während des Krieges gemacht?« »Ich wurde evakuiert, saß im ›Waldkurort‹, habe gut gegessen, habe an irgendwelche Kleinigkeiten gedacht, war in einen Jungen verliebt, habe mich in ihm getäuscht, gequält ...« Zur gleichen Zeit hätte ich an einem anderen Ort sein können, hätte mehr erleben, mehr tun, 1000 mal nützlicher sein können.
Es ist wirklich so, als ich auf dem Feld gearbeitet habe, da ging es noch. Immerhin, wir entlasten das Transportwesen, versorgen uns selber mit Lebensmitteln. Aber jetzt das Nähen ist irgendwie nicht das Richtige. Man möchte in Moskau sein, im Zentrum des Geschehens, und dann, wenn möglich, lernen oder, wenn erforderlich, arbeiten. Ich stelle mir die Mädchen und Jungen vor, die unter schwierigen Bedingungen, während der Bombenangriffe arbeiten oder lernen, bei denen es schlecht aussieht mit der Ernährung, die aber voller Tatendrang und Energie sind. Wir aber werden gut verpflegt. Und sonst? Irgendetwas möchte ich, sehr stark. Ich weiß nur nicht, was.
Ich hatte dir mal geschrieben, dass man in der Lage sein muss, bescheiden zu arbeiten. Doch ich möchte etwas Größeres. Ich will etwas, was ich nicht auszudrücken vermag. Ich werde mich vor anderen und meinen Kindern schämen, sagen zu müssen, dass ich evakuiert wurde und es mir gut ging, während es andere schwer hatten. (7. September 1942, Brief an Elga)

In Wahrheit musste ich im Internat zunächst jedoch keinerlei Entscheidung von der Art »Was tun?« treffen. Alles nahm seinen gewohnten Lauf und hing kein bisschen von mir ab. Oder?

Mutter kommt!!!

An einem Septembertag 1942 kam Jewgenija Kusmina, die wir aber nur Kussja riefen, mit einem merkwürdigem Gesichtsausdruck auf mich zugerannt und schrie etwas völlig Unfassbares: »Dort auf der Allee kommt deine Mutter!!!«

Mutter! Das konnte nicht sein! An ein solches Glück konnte ich einfach nicht glauben. Einen dümmeren Scherz konnte sich Kussja nicht ausdenken. Sie aber schrie mir weiter unentwegt ins Ohr: »Deine Mutter ist eingetroffen! Hörst du das?« Natürlich hörte ich. Ich hörte sogar sehr gut. »Ist das wahr?« »Es ist wahr, wirklich, lauf!« Ich rannte los. Und wie ich rannte!

Auf der Allee, die von riesigen Kiefern umrahmt war, kam mir tatsächlich, ganz langsam, meine mir plötzlich so klein erscheinende Mutter entgegen. Ich umarmte und küsste sie. Es war merkwürdig, ihr Kopf reichte mir grade mal bis zur Nase. Ich war größer als meine liebe Mama. Erstaunlich!

Sie war so wie immer. Lächelnd bemerkte sie, dass wir die Treppe nicht gewischt hatten. Ich versprach sofort, es gleich nachher zu machen. Das Nachher zog sich über den ganzen Tag hin, und als ich vom Abendappell zurückkam, entdeckte ich meine Mutter auf der Treppe mit dem Scheuerlappen. Ich empfand das als stillen Vorwurf. Sie aber lachte nur. Sie war froh, mich gesund und munter zu sehen.

Mutter hatte mit der Fahrt von Moskau zum »Waldkurort« eine beschwerliche Zugreise auf sich genommen. Sie musste zudem auch noch auf ein altersschwaches Schiff umsteigen, und das alles mit ihrem unüberhörbaren deutschen Akzent, mitten im Krieg.

Aber nichts konnte sie zurückhalten. Sie machte sich, trotz meiner Briefe, große Sorgen um uns.

Außerdem hatte sie mir eine äußerst wichtige Mitteilung zu machen. Ich sollte dazu eine Entscheidung treffen.

Eine schicksalhafte Entscheidung,

Bereits am ersten Abend teilte mir meine Mutter unter vier Augen mit, dass die Komintern eine Gruppe von Kindern deutscher politischer Emigranten, die das 16. Lebensjahr überschritten hatten, in einem geheimen Lehrgang zusammenfasst. Ich wäre zwar noch zu jung, doch wenn ich mich dafür entscheiden sollte, würde das kein unüberwindliches Hindernis sein. Dort bei Ufa würden Jugendliche aus dem »Lux«, viele davon seien mir bestens bekannt, ausgebildet. Nach Beendigung des Lehrgangs schicke man sie vielleicht direkt nach Deutschland, um der Roten Armee zu helfen. Mutter riet mir zu nichts. Ich sollte selbst entscheiden.

Was für eine Sache! Kein schlechter Vorschlag! Wie oft haben wir von Partisanenabteilungen geschwärmt, und plötzlich gab es eine reale Möglichkeit. Da würden aber alle staunen, wenn ich das erzählen dürfte. Den Mund würden sie nicht wieder zukriegen. Doch Mutter erklärte gleich, dass das Gesagte streng geheim sei. Ich durfte niemandem etwas davon berichten. Sogar an Elga schrieb ich am 20. September nur wenige Zeilen von Mamas Besuch:

Mein liebes Elgalein! Verzeih, meine Liebe, dass ich so lange nicht geschrieben habe. Zu viele Ereignisse haben mich daran gehindert. Erstens kam meine Mutter für vier Tage zu Besuch. Wir hatten uns über ein Jahr nicht gesehen! Sie erschien mir klein, ich bin jetzt größer als sie. Sie ist die alte geblieben und hat sich doch verändert. Das wäre die erste Neuigkeit.

Keine Andeutung über Mutters Mitteilung. Über Mutters Vorschlag habe ich nicht lange nachgedacht und meinen Entschluss, ohne zu zögern, verkündet: Ich bleibe im Internat!

Auch heute, mit meinen neunundsiebzig Jahren, wundere ich mich, wie blitzschnell ich damals meinen Entschluss fasste.

Einerseits hatte ich noch einige Tage zuvor Gewissensbisse darüber bekundet, dass ich nicht in vorderster Front kämpfen, meine romantischen Vorstellungen vom Partisanenkampf nicht wahr machen konnte.

Nun jedoch nahm der leidenschaftliche Wunsch, die Schule zu beenden, überhand. Lernen, lernen und nochmals lernen – das war es, was ich offensichtlich mehr als alles andere wollte.

Dieser Wunsch hatte sich meiner unwiderstehlich bemächtigt, als Mutter ihre Mitteilung mit der kleinen Anmerkung beendete: »Die Schule müsstest du natürlich aufgeben. Eine abgeschlossene Schulbildung erhältst du in diesem Fall nicht.«

So habe ich mich entschieden, ohne nachzudenken, ohne auch nur eine Sekunde zu schwanken. »Nein, erst möchte ich zu Ende lernen.«

Mir schien, dass Mutter über meine Antwort froh war. Sie äußerte aber weder Zustimmung noch Ablehnung.

Heute glaube ich, dass in ihr zwei entgegengesetzte Gefühle miteinander gerungen haben. Ihre politische Grundüberzeugung verlangte Opfer im Namen der Rettung der Menschheit vor der braunen Pest. Es wäre ihre Pflicht gewesen, mich zu einer Entscheidung zu bewegen, die mich in ein, zwei Jahren in das faschistische Hinterland und damit in den fast sicheren Tod geführt hätte. Die Mutterliebe dagegen war vom Gefühl der Verantwortung für das Glück und das Leben der Tochter durchdrungen. Beide Gefühle waren womöglich gleich stark. Zu entscheiden, was für mich das Bessere sei, hat sie jedoch nicht gewagt. Dass ich die Schule und nicht die geheimnisvolle Ausbildung gewählt habe, hat sie seelisch entlastet. Das war ihr trotz allem anzumerken.

Meine Mutter überließ es mir, mit meinen fünfzehneinhalb Jahren, über mein Schicksal selbst zu entscheiden.

Damals, im September 1942, ahnte ich natürlich nicht, dass meine Entscheidung, nicht zum Kominterlehrgang zu gehen, meinem Lebensweg einen grundsätzlich anderen Verlauf gegeben hat.

So unterschied er sich von dem anderer Kinder deutscher politischer Emigranten, die nicht viel älter als ich waren.

Renate Zaisser war in einer Einheit tätig, die von einem Doppeldecker aus deutsche Soldaten zum Überlaufen aufforderte, Flugblätter abwarf und Kriegsgefangene befragte.

Rudolf Gyptner, auch ein Nachbar aus dem »Lux«, war zwei Jahre älter als ich. Er meldete sich am 22. Juni 1941 freiwillig zur Roten Armee, wurde als Funker ausgebildet und sprang Ende August 1944 mit dem Fallschirm hinter den deutschen Linien in Polen ab. Dort nahm er am Partisanenkampf teil. Die Abteilung, in der er kämpfte, wurde von der SS umstellt. Am 28. November 1944 fiel Rudi im Kampf.

Erika Schiff, die ältere Schwester meiner Freundin Muschi, war Aufklärerin im deutschen Hinterland, getarnt als einfaches russisches Bauernmädchen. Die deutsche Sprache, deren Kenntnis sie verheimlichte, rettete ihr einmal das Leben. Sie hörte, wie ein deutscher Soldat seine Kameraden auf ihre nicht bäuerlichen Hände aufmerksam machte und dann im Begriff war, seine Beobachtung zu melden. Erika gelang es, zu fliehen. Später wurde sie doch noch gefasst und hingerichtet.

Auch Konrad Wolf und Gregor Kurella waren an der Front.

Im Winter 1945 wurde ich achtzehn. Einige Monate vor Ende des Krieges und in den Nachkriegsjahren hätte ich durchaus das Schicksal von Renate, Konni, Gregor und vielleicht auch Rudi teilen können, wenn ich mich für die Ausbildung in dem geheimen Lehrgang der Komintern entschieden hätte.

20. September 1942. Trautel an Elga:

Von uns sind sechs Freunde nach Moskau gefahren. Unter ihnen Swet, Sergej und Djogot ... Dich interessiert wahrscheinlich, wie ich mich von Swet verabschiedet habe. Weißt du, ich habe mich überhaupt nicht verabschiedet. Ich dachte, wenn er es für notwendig hält, sich zu verabschieden, muss er zu mir kommen.

Ich aber gehe nicht zu ihm. Am Tag seiner Abreise war es dann doch komisch, ich habe mich plötzlich an alles erinnert, war den Tränen nahe. Am nächsten Tag … hatte ich keine Zeit mehr, an ihn zu denken. Nun ist es vergangen.
Übrigens hat er Ljalja gesagt, dass er mir einen Brief schreiben wird. Ob ich das will, weiß ich nicht, da ich nicht an ihn denken möchte. Doch eins möchte ich, dass er sich entschuldigt, für alles.
Machs gut, schreibe unbedingt öfter. Ich küsse dich herzlich, Trautel.

Endet damit die Geschichte »Trautel + Swet«? Nein, noch nicht ganz. Doch im Internat war er nicht mehr, und wir liefen uns nicht mehr Tag für Tag über den Weg.

Die Abreise unserer Kameraden nach Moskau hatte uns sehr bewegt. Die Sehnsucht nach der Heimatstadt wuchs, und wir warteten ungeduldig darauf, auch bald an die Reihe zu kommen.

»Waldkurort« Oktober 1942 – März 1943

Moskau

Am 3. und 22. November 1942 äußerte ich mich in meinen Briefen an Elga über meine Sehnsucht nach Moskau:

Ich möchte so sehr nach Moskau. Mindin sagte, dass wir im Frühjahr nach Moskau fahren, dass es notwendig sei, den Winter durchzuhalten und zu lernen. Er meint, dass in Moskau noch nicht geheizt wird und die Menschen Angst vor der Kälte haben. Ich wäre so gerne bei meinen Eltern und würde ihnen Freude bereiten. Dort könnte ich auch mehr lesen. Wir haben nur bis 23 Uhr Licht, und der Schulweg nimmt sehr viel Zeit in Anspruch, so dass nur wenig Freizeit übrig bleibt. Diesen Brief schreibe ich dir während einer Mathestunde ... Soeben hörten wir das Informbüro. Unsere Truppen sind 60–70 km vorgerückt! Die Angriffshandlungen werden fortgesetzt! Wenn du wüsstest, was jetzt bei uns los ist. Die Mädels schliefen noch nicht, da wir heute eine Veranstaltung hatten; sie sind aufgesprungen und zu den Lautsprechern gerannt. Hurra! Hurra! – rufen die aus der siebenten Klasse. Wir haben uns im Wirtschaftsraum versammelt und diskutieren. Vielleicht fahren wir im Frühjahr wirklich nach Moskau, denn das wurde uns versprochen (8. bis 10. Klassen)! Elgachen, wie schnell sich unsere Truppen vorwärts bewegen, in drei Tagen 60 bis 70 km. Damals vor Moskau waren es 400 km in 4 Monaten. Natürlich wird es so schnell wie in den ersten Tagen nicht vorwärts gehen, aber immerhin. 1942 muss das Jahr der Zerschlagung Hitler-Deutschlands werden. Ich verstehe nicht viel davon, aber ich glaube, jetzt werden die Engländer die zweite Front eher eröffnen. Das wäre doch günstig für sie! Wie schön das alles ist.

Das ist der einzige Brief, in dem ich auf die Nachrichten von der Front reagierte, die ich doch jeden Tag mit Spannung erwartete. Wir sprachen untereinander ständig über den Krieg. Doch mit Elga in den Briefen – kein Wort. Wegen der Zensur? War es die Gewohnheit, zu politischen Themen nicht zu schreiben?

Mein liebes Elgachen. Ich möchte dir mitteilen, was für eine Stimmung ich jetzt habe. Das Radio bringt Lieder aus Moskau. Ich will unbedingt nach Moskau.

Elgachen, hast du schon mal auf einen Jungen gewartet? Ich habe einmal, als ich krank war, auf Swet gewartet, und er kam nicht. Da habe ich geweint. So warte ich auch jetzt auf die Rückkehr nach Moskau. Ich will so gern nach Moskau! Ich leide um diese Stadt, mir ist so schwer zu Mute, wie damals ohne Swet ...
Mach's gut meine Liebe, my good girl, mein liebes Mädchen. Ich küsse dich auf die Stirn. Trautel. (Brief vom 31. Dezember 1942)

Auch die Eltern beschäftigten sich augenscheinlich mit der Möglichkeit, ihre Kinder bald zurückzuholen. So schrieb mir Mutter am 23. Oktober aus Moskau.

Na, Trautchen, und jetzt willst du sicher wissen, was es auf sich hat mit der Rückreise nach Moskau. Kaum war ich hier, hörte ich, dass einige Kinder von euch schon in Moskau sind. Natürlich habe ich mich sofort erkundigt, auf welche Weise sie gekommen sind, und habe erfahren, dass doch nicht alles so ganz in Ordnung ist.
Bei euch ist man froh, wenn ihr Großen alle nach Moskau zurückkommt, und ihr werdet sicher auch alle nach Moskau zurück wollen. Aber hier gibt es keine allgemeine Erlaubnis, euch zurückzuholen. Der eine oder andere, der es tut, muss dann allein versuchen, sein Kind angemeldet zu bekommen – damit er Lebensmittelkarten erhält und das Kind zur Schule gehen kann. Ich traf vor zirka zehn Tagen den Jungen Katel (den Franzosen Djogot), er war immer noch nicht angemeldet, bekommt also noch keine Lebensmittelkarten und kann auch noch nicht zur Schule gehen. Er lässt dich übrigens grüßen. Siehst du, Trautchen, solange eure Rückfahrt nicht ganz offiziell geregelt wird, dass ihr mit voller Erlaubnis zurückkommt und zur Schule gehen könnt, solange musst du noch in »Lesnoi« bleiben. Gewiss habt ihr es dort nicht leicht mit dem Lernen. Wie Genosse Mindin erzählt, müsst ihr acht Kilometer zur Schule laufen. Aber gleichzeitig erzählt er auch, dass ihr nur alle fünf Tage zur Schule geht, für die Zwischenzeit eure Aufgaben bekommt. Nun liegt es an euch, auch wirklich zu lernen. Ich glaube, auf dich kann ich mich in dieser Hinsicht verlassen, im Gegenteil, ich denke, dass du den anderen, die weniger Willen zum Lernen aufbringen, helfen wirst. Und etwas Gutes hat es doch noch, wenn du dort bist, haben die Jungs doch immer einen schönen freien Tag. Glaube nun aber nicht, dass ich dich der Jungs wegen nur da lassen will. Wir hätten dich sehr gern hier in Moskau, aber nur, wenn alles seinen geordneten Gang geht. Denn ohne Lebensmittelkarten würdest du deine roten Backen, die du dort hast, sehr schnell verlieren ...

Ich muss ja Schluss machen, Trautchen. Ich muss nämlich schnell zur Arbeit. Dir nun noch eine Mitteilung. Vielleicht kannst du dich noch an Erich Wendt erinnern? Er war oft beim Skilaufen mit dabei, wurde 1936 verhaftet, aber als unschuldig nach einem Jahr freigelassen, hatte uns aber dadurch seinerzeit sehr viele Sorgen und Kummer gemacht. Dieser Genosse Erich Wendt ist jetzt seit einem Monat hier in Moskau, arbeitet hier, wohnt im Lux, besucht uns oft. Jedenfalls war das eine große Freude für uns, dass man ihn gerade in dieser Zeit wieder nach Moskau geholt hat. Man hat jedenfalls das volle Vertrauen wieder zu ihm. Kannst du dich noch an ihn erinnern?
Also nun Schluss, sonst komme ich zu spät. Eine Tafel Schokolade lege ich euch auch bei, hoffentlich nimmt sie Genosse Mindin mit.
Euch allen drei viele Küsse und Grüße. Eure Mama.

An Erich Wendt erinnere ich mich sehr gut, ebenso an die Aufregungen meiner Eltern, die mit seiner Verhaftung verbunden waren. Papa verlor seine Arbeit und erhielt eine Parteirüge wegen mangelnder Wachsamkeit. Doch er hat seinen Freund nicht verraten. Meine Eltern kämpften um die Befreiung von Erich, so gut sie nur konnten – schrieben Briefe an Georgi Dimitroff, verteidigten ihn, als sie über ihn befragt wurden. Erich selbst hat im Gefängnis und in der Verbannung nichts unterschrieben, was ihn oder andere hätte belasten könnte. Er übte, wie bereits erwähnt, später in der DDR hohe Funktionen aus.

Moskau, 1. November 1942. Vater an mich:

Liebes Trautchen, das ist ja nun wirklich lange her, dass wir dir geschrieben haben. Das kommt von Mamas Besuch, da habt ihr soviel erzählt, und Mama hat alles zu sehen bekommen, was sie sonst immer zu fragen hatte, und da wusste man für's erste gar nicht, was es nun zu schreiben gibt. Dir ging es sicher in den ersten zwei Wochen auch so. Aber du warst doch tüchtiger und hast uns schon früher eine Karte geschrieben und jetzt den langen Brief. Natürlich spielt auch meine Arbeit eine Rolle. Früher saß ich zu Hause und konnte mir die Zeit aussuchen, mit dir zu erzählen, jetzt aber bin ich wie Mama meistens im Büro und nur jeden zweiten Abend zu Hause, manchmal arbeiten wir auch so, dass wir zwei Nächte im Büro hintereinander übernachten, und die Zeit läuft ja weiter, ehe man sich so recht versehen hat, sind sechs Wochen um, und unser Töchterlein wartet und wartet.

Also, los ist gar nichts, und eingefroren sind wir auch noch nicht, obgleich Gen. Mindin schon Recht hat, wenn er von der garstigen Kälte erzählte, die sich in Straßen, Zimmern und Gehäusen eingeschlichen hatte, und es so aussah, als ob uns noch die Tinte einfrieren wird. Aber jetzt ist es schon wieder besser. Hatten wir schon Tage mit nur 6° Celsius Zimmertemperatur, so sind's nun wieder 12°, und dabei lässt es sich schon aushalten. Wie man sagt, wird am 15. November geheizt, aber wenn das Wetter so frühlingshaft bleibt wie in diesen Tagen, braucht man's auch noch nicht. Na, und was das Essen anbelangt, da stimmen wir mit Gen. Mindin nicht überein. Zugegeben, dass ihr im Durchschnitt besser lebt, aber bisher sind wir immer noch satt geworden, und Mama und ich, wir leben jetzt wirklich besser als in den Monaten, wo Mama allein gearbeitet hat. Unser Essen im Betrieb ist sehr gut, wenn auch nicht immer sehr reichlich. Aber wir werden immer satt, und das viele Futtern ist auch nur eine Frage der Angewohnheit. Gen. Mindin hat sicher Recht, wenn du in Moskau bist und hier zur Schule gehst, wirst du weniger Produkte haben als in eurem Kombinat, aber da wir in unserer Stolowaja keine Karten abgeben brauchen, verbrauchen wir längst nicht alle unsere Produkte, und da bliebe noch genügend für dich. Nur Butter, Fleisch und Fette haben die wenig, die nicht arbeiten. Also, so leben wir. Unser Gemüsegarten hat recht wenig abgeworfen, wir haben zu spät mit dem Setzen der Pflanzen begonnen, weil das Umgraben mit dem Spaten soviel Zeit kostete. Im nächsten Frühjahr wird's aber besser. Schon jetzt steht ein Traktor mit einem Pflug auf unserm Terrain, und jetzt wird alles richtig gepflügt. Auch schon ein bisschen spät für den Herbststurz, aber es wird doch eine große Hilfe für uns sein ...
Nun die herzlichsten Grüße und Wünsche zu den Festtagen. Hoffen wir, dass es der Roten Armee bald gelingen möge, den Faschisten solche Schläge zu versetzen, die zu ihrer endgültigen Vernichtung führen. Wir wollen jeder an unserm Platze auch weiter nach Kräften mithelfen. Nochmals herzliche Grüße und Küsse auch für die Buben. Euer Papa.

Moskau, 29. November 1942. Vater an mich:

Liebes Trautchen.
Vor ein paar Stunden haben wir dir einen Kartengruß geschickt, und nun will ich ein bisschen mit dir plaudern. Heute ist Sonntag, und Mama und ich sind um zwei Uhr zur Arbeit gefahren. Unsere Bahnfahrt dauert immer eine Stunde, und in der Regel ist die Tram knüppeldicke voll, und manchmal verliert man bei dem Gedränge und Geschiebe gleich zwei Mantelknöpfe auf einmal.

Aber das ist »nitschewo« (macht nichts. D. Übers.). Wir haben ja so viel Grund, froh zu sein ob der Entwicklung an der Front.
Auf den Moskauer Straßen liegt schon eine dünne Schneedecke; das Wetter ist mild, nur manchmal bläst ein starker Wind uns Nasen und Ohren rot. Wie im vorigen Jahr sind auch jetzt die Straßen abends und in der Nacht beleuchtet, nicht so hell wie vor dem Kriege, aber doch genügend, um sich in den finsteren Abendstunden nicht gegenseitig auf die Hühneraugen zu treten. Ab 12 Uhr ist der Straßenverkehr gesperrt, da kommt man nur mit einem besonderen Ausweis nach Hause. Sonst hat sich Moskau nicht verändert. Freilich, die vielen Läden mit den schönen Auslagen haben jetzt ein Kriegsgewand bekommen. Alle Schaufenster sind mit Holz verschalt, und nur kleine Öffnungen lassen erkennen, welche Waren verkauft werden. Für den Verkauf von Lebensmitteln gibt es jetzt viele geschlossene Verteiler, und Schlangestehen auf den Straßen sieht man nur selten. Auf dem Markt bekommt man viel zu kaufen, aber alles ist sehr teuer. Nun, wir haben nicht zu klagen. Ich habe dir schon früher geschrieben, wie gut wir gefüttert und versorgt werden, und daran hat sich nichts geändert. Aber was spielt die gute Fütterung schon für eine Rolle. Wir sind auch mit weniger zufrieden, nur unseren Rotarmisten soll es an nichts fehlen.
Die Frontberichte liest du doch immer, Trautchen? Na, und die »Posledni Tschas« (»Letzte Stunde«. D. Übers.), die hörst du natürlich auch im Radio. Sicher seid ihr auch alle von Freude und Stolz über unsere Rote Armee erfüllt. Wir warten jede Nacht auf die Sondermeldungen des Sowinformbüros und verfolgen den Gang der Kämpfe auf der Karte. Die Schlacht bei Stalingrad, Trautchen, ist ja eine überragende Leistung, und dies umso mehr, als die Faschisten gerade über Stalingrad so überheblich und kraftmeierisch gesprochen und geschrieben haben. Es scheint, dass es unseren Truppen gelingt oder schon gelungen ist, den Ring vor Stalingrad zu schließen und die faschistischen Truppen einzukesseln. Und zu alledem hören wir auch noch von unserer Offensive bei Rshew und Weliki Luki. Hier müssen die Kämpfe auch furchtbar hart sein. Darauf deutet schon die geringe Gefangenenzahl, die der Sowinformbericht meldet. Aber unsere Rotarmisten werden es schon schaffen. Die deutsche Armee hat nicht mehr die Stärke und Widerstandskraft von einst, und dann kommen die erfreulichen Ereignisse von Nord- und Westafrika hinzu. Hast du gelesen über die Selbstversenkung der französischen Flotte in Toulon? Die französischen Matrosen sind lieber in den Tod gegangen, als ihre Schiffe den Henkern des französischen Volkes zu übergeben. Das war eine große patriotische Tat, auf die man nur mit Ehrfurcht und Bewunderung blicken kann. Wie hat sich doch die

Weltlage in einem Jahr geändert. Im vorigen Jahr um diese Zeit bangten wir noch um unser Moskau, und noch vor wenigen Wochen um unser Stalingrad. Nun aber ist Hitler die Initiative entrissen worden. Und wir haben nie an seiner Niederlage und seinem Untergang gezweifelt, heute können wir mit vollem Recht sagen, die Zerschmetterung der Hitlerbande rückt in greifbare Nähe. Was die Zerschlagung Hitler-Deutschlands weltgeschichtlich bedeuten wird, lässt sich jetzt noch gar nicht ermessen, und wir dürfen trotz aller Leiden, die der Krieg unserem Lande und der Welt gebracht hat und noch bringen wird, wir dürfen uns trotzdem glücklich preisen, in einer Epoche zu leben und mitzuwirken, in der Geschichte gemacht wird.

In solch einem Stil, der an die Losungen der Plakate erinnerte, schrieb mein Vater über den Krieg. Er war damals im Rundfunk tätig, erarbeitete Texte für deutsche Sendungen und war mitunter auch als Sprecher eingesetzt. Ich weiß nicht, wie sich sein Sendestil anhörte, aber mir schrieb er über den Krieg in diesem Zeitungsdeutsch. In einem der Briefe erwähnte er sogar, dass er die Bombardierung deutscher Städte mit Genugtuung empfindet.

Ob er daran gedacht hat, dass unter den Soldaten in deutschen Uniformen auch unsere Verwandten sein könnten? Dass die Bomben auf deutsche Städte auch Tante Lieschen, Gert und Opa treffen würden? Ganz bestimmt. Mich quälte schon zu Kriegsbeginn der Gedanke, ob wir deutsche Städte und Dörfer bombardieren würden, da ja dort auch Arbeiter und Bauern lebten. Nach meinem damaligen »klassenmäßigen Herangehen« galten die Arbeiter und Bauern der ganzen Welt als potenzielle Freunde der Sowjetunion. Und wir überschütten sie mit Bomben?

Wie mir mein Vater diese Zusammenhänge damals erklärte, weiß ich nicht mehr. Und er selbst? Stimmten bei ihm Geschriebenes und Gedachtes überein? Schade, dass man ihn nicht mehr danach fragen kann.

Im gleichen Brief, nach den Mitteilungen über die Frontlage, setzt er fort:

Liebes Trautchen. Ich danke dir noch für deinen nachträglichen Geburtstagsgruß. Am 10. Oktober hatte der Opa Geburtstag. Denkst du manchmal noch an ihn? Tue es, er hatte dich sehr lieb.

Mein Großvater lebte in Berlin, am Ende auch unter dem Granathagel unserer Roten Armee. In den Luftschutzkeller ging er nicht. So kam er in den Tagen der Kämpfe um Berlin im Frühjahr 1945 in seiner Wohnung ums Leben.

Mutters Zusatz im gleichen Schreiben vom 29. November an mich:

Liebes Trautchen,
Jetzt warten wir aber auf einen Brief von dir. Wir möchten doch wissen, ob ihr die Pakete bekommen habt, wie du im ersten Viertel in der Schule abgeschnitten hast, und dann hätte ich auch ganz gern mal etwas gehört, wie ihr als Komsomolzen dort arbeitet. Hast du übrigens jetzt eine gesellschaftliche Funktion, und wie wirst du damit fertig? Und wie geht's mit dem Weg zur Schule? Sicher liegt jetzt auch bei euch schon Schnee, und du wirst auf den Skiern den Weg zur Schule machen können. Wie ist es mit dem Programm der Schule? Musst du viel zu Hause nebenbei lernen, langt die Zeit noch zum Lesen, Flicken, Spazierengehen, Ausruhen? Ich möchte mal wieder ein kleines Bild von eurem Leben jetzt im Winter haben. Du wirst immerhin bald 16 Jahre alt, und da muss man schon seine Zeit ganz planmäßig verbringen. Wie verfolgst du übrigens die politischen Ereignisse? Sowohl an der sowjetisch-deutschen Front wie auch in der anderen Welt? Schaust du auch mal auf die Karte? Dabei kannst du deine Geographie sehr gut vervollständigen (die du ja nicht besonders gern hast und die doch so wichtig ist). Denn wenn du richtig liest und auf die Karte schaust, dann kannst du dir ein besseres Bild von der Bedeutung so mancher Ereignisse machen. Und wenn du nun schon ganz gut die Ereignisse und die Karte lesen kannst, dann kannst du dir auch ausrechnen, wann du und Wölfi und Rolf wieder in Moskau sein werdet.
Also, Trautchen, ich erwarte mal wieder einen langen Brief. Dem Rolf und Wölfi schenke ein Küsschen und sage ihnen, jetzt liegt Schnee, jetzt kann der Papa nicht kommen, und wenn's wieder Frühling wird, vielleicht auch erst im Sommer, dann kommt der Papa und vielleicht die Mama – oder vielleicht fahrt ihr alle nach Moskau. Dir auch liebe Grüße und einen herzlichen Kuss. Eure Mama.

Wenige Tage später wieder eine Nachricht von zu Hause:

Noch etwas, Trautchen, dir schicke ich ein kleines Büchlein. »Rosa Luxemburg. Briefe«. Vor 20 Jahren hat Papa sie mir zu Weihnachten geschenkt. Lies die Briefe und denke ein wenig darüber nach. (Aus Mutters Brief vom 14. Dezember 1942)

Dazu Papas Randnotiz:

Trautelein, noch eine Bitte. Gib Acht auf das Büchlein »Rosa Luxemburg«, es ist ein Stück unserer Jugenderinnerung. Gewinn es lieb und halt es gut in Verwahrung. Später wirst du noch mehr von Luxemburg lesen und lernen.

Das Buch hat mich überrascht, ich habe sogar Elga darüber geschrieben. Dieses Buch habe ich weder während des Krieges verloren, noch ist es während meiner vielen Umzüge abhanden gekommen. Der Band »Rosa Luxemburg. Briefe« steht bis heute in meinem Bücherregal. Eine kostbare Erinnerung an meine Eltern.

23. November 1942. An meine Eltern:

Das Essen ist jetzt viel besser geworden, wir bekommen große Portionen. Für die Bauchkranken gibt es jetzt auch weißes Brot, aber ich behalte die Zwiebäcke für alle Fälle.

»Wann kommt unser Papa?«

Mutters Besuch im »Lesnoi« beruhigte sie. Sie hatte uns gesund, munter, größer geworden und sicher auch etwas verändert gesehen. Jetzt, da die Eltern wieder in Moskau waren, versuchten sie, uns auf alle erdenkliche Art und Weise zu erfreuen. Wir erhielten weiterhin Päckchen und in den Briefen Mitteilungen darüber, wem wir was von dem Spielzeug und den Leckereien abgeben sollten. Ich hatte jetzt immer auch etwas für meine Brüder.

Außerdem schrieben die Erzieherinnen kleine Postkarten an die Eltern über die Kinder, und Erna Haft, eine deutsche Kommunistin, mit der meine Eltern gut bekannt waren, berichtete regelmäßig über Wolfgangs und Rolfs Gesundheit. In dem Maße, wie sich Mutter weniger Sorgen um uns machte, wurden ihre Briefe seltener und sachlicher. Ich dagegen schrieb weiter fleißig und berichtete den Eltern über Wolf und Rolf, so am 28. Oktober 1942:

Die Kleinen waren bei mir am freien Tag. Sie haben euch beiden einen »Brief« geschrieben. Ihr werdet ihn wohl schon erhalten haben. Beide räumten bei mir ein bißchen auf, und Wölfi kam mir dieses Mal sehr groß vor. Ich habe sie nebenbei gefragt, was sie gemacht hätten, wenn ich weggefahren wäre. »Ich hätte geweint«, sagte Wölfi. Er ist sehr zart und überhaupt nicht mehr verschlossen. Rolfi interessierte sich gleich, was mir fehle, als nicht ich, sondern Ljalja ihn aus der Gruppe genommen hat, Wölfi dagegen sagte nichts. Beide schauen sich jetzt jedes Mal eure Fotografien an, und Rolf fragt oft: »Und wann wird der Papa zu uns kommen?«

Weiter am 10. und 23. November 1942:

Liebe Mama und Papa!
Am 7. November war eine Feierstunde. Die Kleinen traten auf. Unsere Jungen nicht. Sie wollten bei mir bleiben. Die Kleinen erhielten »Briefe« von den Eltern und Geschenke. Das wäre erst einmal alles.
Küsse Trautel.
Am freien Tag bekamen die Kleinen Geschenke und Süßigkeiten und waren sehr zufrieden. Wölfi hatte eine zerkratzte Nase und erzählte mir, dass das ein Wolf gemacht hat, der aus dem Wald kam. Sie phantasieren jetzt überhaupt viel. Rolf zum Beispiel hat Holz gesägt, und Tante Walja hat mit dem Holz die Öfen geheizt. Wölfi kann schon Bleistifte anstiften (anspitzen), er näht gerne. Er isst nie alle Bonbons auf, sondern bringt unbedingt welche für den Artik, mit dem er befreundet ist. Rolf erzählt, dass er viel Kascha isst und darum bald groß sein wird.

Weitere Berichte an die Eltern:

Am freien Tag waren beide wieder bei mir. Ich machte ihnen einen Tee mit Zwieback, Bonbons und Schokolade. Sie aßen sich satt. Wir lasen die Büchlein, die ihr geschickt habt. Rolf erzählte uns (Wölfi und mir) ein Märchen und trug ein Gedicht vor. Er sah sehr spaßig aus. Wölfi erzählte, wie sie im Kindergarten spielen. Sie spielen das Märchen »Der graue Wolf und die sieben kleinen Ziegen«. Die Leiterin sagt jedes Mal, dass Wölfi gut spielt und hauswirtschaftliche Arbeit sehr gerne hat.« (Brief vom 24. Dezember 1942)

Rolf hat man im Kindergarten den Schal gestohlen (lila). Man will ihm einen neuen Mantel nähen und gegen den alten austauschen. Ich war nicht einverstanden, da der neue schlechter sein würde als der alte. Vom 1. bis 6. Januar haben wir Ferien. Ich will ihm eine Wattejacke nähen. Weiß nicht, ob ich Watte bekomme. Aber irgendetwas werde ich mir schon ausdenken. (Dezember 1942, Postkarte)

Eine Wattejacke zu nähen war für mich kein Problem, und ich schaffte es sogar, ihm richtige Walenki, Filzstiefel, aus einer alten Decke zu fertigen. Ich habe den Zuschnitt gezeichnet, selbst geschnitten und genäht. Rolf jedenfalls gefielen sie sehr, wurden aber dann doch nicht gebraucht.

Die älteren Jungen verließen »Lesnoi«. Auch meine Freundin Elga war in Ufa mit Reisevorbereitungen beschäftigt. Von dort ging es bald schon

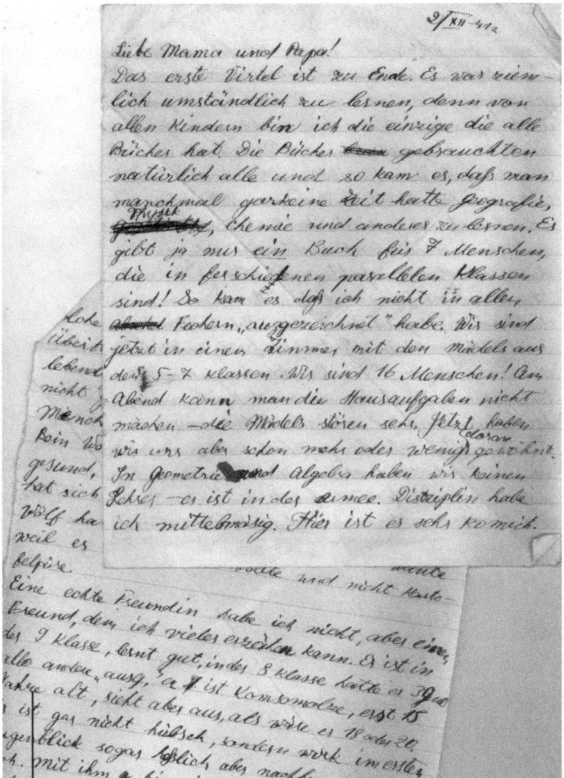

2/XII-42

Liebe Mama und Papa!

Das erste Virtel ist zu Ende. Es war ziemlich umständlich zu lernen, denn von allen Kindern bin ich die einzige die alle Bücher hat. Die Bücher gebrauchten natürlich alle und so kam es, daß man manchmal garkeine Zeit hatte Geografie, Physik, Chemie und anderes zu lernen. Es gibt ja nur ein Buch für 7 Menschen, die in ferschiedenen parallelen Klassen sind! So kam es daß ich nicht in allen Fächern „ausgezeichnet" habe. Wir sind jetzt in einem Zimmer mit den Mädels aus der 5–7 Klassen. Wir sind 16 Menschen! Am Abend kann man die Hausaufgaben nicht machen – die Mädels stören sehr. Jetzt haben wir uns aber schon mehr oder weniger daran gewöhnt. In Geometrie und Algebra haben wir keinen Lehrer – er ist in der Armee. Disziplin habe ich mittelmäsig. Hier ist es sehr komisch.

Brief an die Eltern vom 2. Dezember 1942

zurück nach Moskau. Auch meine Gedanken flogen jetzt immer öfter in die Stadt meiner Sehnsucht. Doch in Wirklichkeit ging ich nach wie vor in die Dorfschule, zählte zu der immer geringer werdenden Zahl der dort verbliebenen älteren Schüler des Internats der Komintern. Ich wollte lernen. Schließlich hatte ich den Lehrgang in der geheimnisvollen Einrichtung der Kommunistischen Internationale abgelehnt, um die Schule zu beenden.

Unsere Schule befand sich in dem Ort Krasnyje Baki. Der Weg dorthin führte durch den Wald, dann mit dem Boot an das andere Ufer der Wetluga, wo unsre Schule stand. Das waren sieben bis acht Kilometer.

Der Unterricht für die oberen Klassen fand in der vierten Schicht statt, so dass wir erst am späten Abend nach Hause gingen. Dem Fährmann passte es überhaupt nicht, so lange Dienst zu tun. Daher streikte er eines Tages.

Im Brief vom 5. Oktober 1942 berichte ich Elga darüber:

Guten Tag, meine Gute. Nun lernen wir bereits einige Tage in der Baki-Schule. Wir kamen in einheitlicher Kleidung dorthin. Man hat uns Kostüme in Tarnfarbe genäht. Für die Jungen (zwei in der achten, einer in unserer Klasse) Hemdblusen. Unser Aufzug ist prächtig.
Heute hatten wir einen ungewöhnlichen Vorfall. Auf dem Weg zur Schule und nach Hause müssen wir über den Fluss Wetluga übersetzen. Wir hatten 5 Stunden Unterricht, und der Fährmann hat uns nicht rübergefahren, weil es schon spät war. Im Dunkeln sind wir wieder zurück nach Baki. Wir gingen in die Kreisverwaltung. Dort schlug man uns vor, entweder zur nächsten Fähre zu laufen (es war schon 21 Uhr) oder in einer Unterkunft für Kolchosbauern zu übernachten. Wir wählten das Zweite. Wir waren sieben Mädchen und ein Junge – Schüler der 9. und 10. Klassen.
Erst brachte man uns mit Vitja in einem Zimmer mit 5 Betten unter. Dann hat man ihn doch in ein Männerzimmer verlegt. Die Nacht schliefen wir nicht besonders gut, wachten oft auf, weil wir Angst hatten, dass man uns etwas stiehlt. Im »Lesnoi« waren sie natürlich aufgeregt, obwohl wir angerufen hatten. Mit einer Lehrerin wurde telefonisch besprochen, dass sie uns am Morgen in Baki bewirtet. Danach sind wir gleich wieder in die Schule gegangen.

Am nächsten Tag dann, abends im Internat, erhielten wir unsere Abendportionen vom Vortag sowie das Frühstück und Mittagessen. Das war ein Festschmaus!

Das Frühstück bei unserer Lehrerin in Baki hatte uns aber noch mehr beeindruckt. Auf einem großen Holztisch stellte die Hausherrin für uns eine nie gesehene Fülle von Köstlichkeiten auf – gesalzene Pilze, Sauerkraut, Salzgurken und eingelegte Äpfel. All das durften wir in beliebigen Mengen essen. Wir waren fassungslos! Essen bis zum »Gehtnichtmehr«! Und das während des Krieges!

Am 22. November 1942 berichte ich Elga, welche Sorgen uns besonders bewegten.

Jetzt laufen wir den ganzen Weg zur Schule, weil der Fluss zugefroren ist. Aber die Tage sind sehr warm, und die oberen Eisschichten tauen. Wenn wir darüber laufen, kracht es ganz unheimlich. Die einen sagen, es sei gefährlich, die anderen meinen, dass sich das Eis setzt und dass es harmlos sei. Wir selbst haben keine Ahnung und laufen weiter. Bis jetzt ist keiner eingebrochen.
Gestern erfuhren wir aber etwas Schreckliches. In der örtlichen Zeitung »Sozialistischer Aufbau« stand, dass zwischen zwei Dörfern unseres Kreises ein Rudel

von etwa 15 Wölfen ein Auto angefallen hat. Jetzt wandert dieses Rudel durch unsere Gegend. Kannst du dir das vorstellen? Wir gehen auf dem Fluss, wo nur wenige Menschen sind. Wenn uns die Wölfe nun anfallen? ...

Wölfe!!!
Am 26. November 1942 kam ich auf das Thema zurück und berichte Elga:

Wir hatten 4 Stunden. Ljalja, Kussja und Persik gingen nach Hause, Sina und ich hielten uns noch 20–30 Minuten auf. Wir wussten, dass wir die Mädels einholen würden, da wir Skier hatten. Wir laufen auf dem Fluss entlang. Plötzlich sagt Sina: »Entweder es läuft jemand da oben, oder wir haben die Mädels schon eingeholt. Doch das kann nicht sein, die müssten doch noch weiter weg sein.« Es war schon dunkel. Plötzlich hören wir Ljaljas Stimme: »Mädels, geht nicht weiter dort lang.« Ich habe erst gedacht, dass das Eis geborsten ist, wir deshalb am Ufer laufen müssen und die Mädels deshalb zurückgekommen sind. Aber nein: »Geht nicht dorthin, dort sind drei Wölfe.« Ljalja erzählte. Sie liefen, da kam ihnen ein Mann entgegen, ganz außer Atem. Er warnte sie. Er hätte soeben drei Wölfe aufgeschreckt.
Die Mädels entschieden sich nach einigem Nachdenken, doch weiterzulaufen. Während sie gingen, bellten sie nach Hundeart. Plötzlich sahen sie etwas Schwarzes, das ihnen entgegenkam. Sie waren sehr erschrocken und liefen davon. Persik begann sogar zu weinen. Nachdem sie uns das erzählt hatten, bekamen auch wir Angst, kehrten um und beschlossen, aus Baki in »Lesnoi« anzurufen. Auf dem Rückweg trafen wir ein Ehepaar aus »Lesnoi«. Sie haben uns eingeredet, dass es nichts Gefährliches gibt, und so liefen wir langsam wieder nach Hause, auch in der Hoffnung, dass uns die 8. Klasse und Dionisa einholen würden. Wir sind gut nach Hause gekommen. Nur die Füße haben wir uns aufgerieben, so dass wir heute nicht auf Skiern in die Schule gehen werden.
In »Lesnoi« sagte man uns, dass es sehr wahrscheinlich wirklich Wölfe waren. Heute gehen wir mit einer Taschenlampe in die Schule. Abends haben wir mit Sina überlegt, was wir getan hätten, wenn wir wirklich Wölfe getroffen hätten. Wir hätten natürlich den Kopf verloren, hätten »Mama« gerufen und wären weggerannt.
Man hat uns erklärt, dass man dem Wolf die Hand tief in das Maul hineinstecken muss, so dass er erstickt. Nichts dergleichen, vor Angst hätten wir nicht mal die mitgenommene Taschenlampe eingeschaltet.
Heute haben wir 5 Stunden, aber wir haben eine Taschenlampe. Es wäre doch eigentlich ganz interessant, Wölfe zu treffen, nur so, ohne dass sie uns anfallen.

Zum Frühjahr verspricht man uns weitere »Überraschungen«. Erstens seien die Wölfe im Frühjahr besonders hungrig, und zweitens kracht das Eis nicht, aber man bricht eher ein. In Sacharjino war es doch viel angenehmer, kein Fluss, keine Wölfe.

Eigentlich waren wir aber ganz normale Schüler, und so bewegten uns auch ganz gewöhnliche »Sorgen«. Bericht an Elga vom Dezember1942:

In diesem Vierteljahr habe ich bisher drei »Ausgezeichnet«: in Physik, Chemie und Literatur. Unsere Literaturlehrerin ist blöd, und wir besprechen die Literatur nicht, wie ich mir das wünschen würde. Die Hälfte der Zeit hält sie uns Vorträge darüber, wie wichtig es in Kriegszeiten ist, mit jeder Minute und Stunde sparsam umzugehen. Selbst erzählt sie uns nichts. Wir lernen nur nach dem Lehrbuch, von dem sie übrigens der Meinung ist, dass es nichts tauge. In die Schule gehen wir jeden Tag, lassen oft die letzten Stunden aus oder kommen zur ersten zu spät.

Ja, so ging es zu, in unserer Dorfschule in der sowjetischen Provinz im Kriegsjahr 1942. Dazu kam noch die riesige Angst vor den Wölfen!

Aber selbst ein Tag wie der 31. Dezember 1942 konnte meinen Lerneifer nicht dämpfen.

Heute gehe ich alleine in die Schule. Die anderen wollen alle nicht, Weiß nicht, wie ich zurückgehen werde.

Das schrieb ich am Morgen des 31. Dezember an Elga.

An dem Tag, an dem alle vernünftigen Menschen versuchen, zu Hause zu bleiben, schleppte ich mich, von einer fixen Idee ergriffen, in die Schule. Zunächst äußerten sich die Gefährtinnen mir gegenüber mit Unverständnis und drohten mit Boykott. Schließlich brachten sie es nicht übers Herz, mich allein zu lassen und trotteten hinter mir her nach Baki, in die, zumindest an diesem Tag, äußerst ungeliebte Schule.

Die Mädchen haben mich aus einem einzigen Grund nicht allein gelassen. Sie befürchteten, dass die Wölfe einen einzelnen Wanderer eher anfallen würden.

Auf dem Heimweg, es war schon zappenduster, schauten wir angestrengt auf jeden Strauch. Vielleicht sitzen die Untiere ausgerechnet dort und lauern, die Zähne schaurig fletschend, auf uns?

Es hatte sich längst eingebürgert, dass die Schüler, die eher Unterrichtsschluss hatten, auf die anderen warteten, nur um in einer großen Gruppe nach Hause zu gehen. Aber wir sahen niemals Wölfe. So verlor sich während des Rückweges nach und nach die Angst, ohne aber ganz zu vergehen.

Eines Tages hatte unsere neunte Klasse nur vier Unterrichtsstunden, die anderen aber sechs. Nach kurzem Nachdenken entschieden wir uns, nicht auf die anderen zu warten, sondern nach »Lesnoi« zu marschieren.

Ljalja, Sina und ich machten uns also allein auf den Heimweg. Die in der Schule Gebliebenen hatten unsere Taschenlampe. Wir dagegen beruhigten uns damit, dass ich täuschend echt wie ein Hund bellen konnte. So »bewaffnet« zogen wir dann los.

Wohlbehalten überschritten wir den gefrorenen Fluss und stapften durch den dunklen Wald. Der Trampelpfad zwischen den Bäumen und Büschen war so eng, dass wir hintereinander laufen mussten, vorn Sina, ich in der Mitte, als Letzte Ljalja. Sina schaute wachsam nach vorn, Ljalja ebenso wachsam nach hinten. Ohne Brille sah ich überhaupt nichts, versuchte aber trotzdem, die Büsche am Wegesrand nach Verdächtigem zu durchforsten. Wir fürchteten uns, sprachen aber nicht darüber. Wir gingen schnell, fast im Laufschritt, schweigend und schwer atmend.

Plötzlich schrie Ljalja: »Dort, ein Wolf!« Sie schubste mich mit einer solchen Kraft zur Seite, dass ich fast hinfiel, und begann zu laufen. Sina hörte die furchtbare Nachricht und spurtete ebenfalls unaufhaltsam los. Ich war plötzlich die Letzte und rannte den beiden im Schweinsgalopp hinterher.

Während ich renne, begreife ich: »Der Wolf ist hinter mir, er fasst mich als Erste, und dann ist es aus.« Jägerlatein taucht in meinem Gedächtnis auf. Es käme darauf an, dem Wolf die Hand tief in den Mund zu stecken, seinen Kopf an die Brust zu pressen, bis er erstickt. Gleichzeitig erinnere ich mich an Baron Münchhausen, der einen Fuchs auf diese Weise von innen nach außen gestülpt hat. Den Kopf voll solcher Gedanken, renne ich aus voller Kraft weiter.

Stopp! So geht das nicht. Der Wolf holt mich sowieso ein. Ich muss mir was ausdenken. Ich entscheide mich, an einem Baum stehen zu bleiben, dessen Stamm so stark ist, dass er meinen Rücken voll abdeckt. Ich lehne mich mit dem Rücken an den Baum und versuche, mit meinen kurzsichtigen Augen den Wolf zu erspähen. Ich bin bereit, ihm die Hand mit dem Handschuh ins Maul zu schieben und seinen Kopf an mich zu pressen. Doch zuerst will ich ihn mit meinem Gebell erschrecken. Ich stehe am Baum, bereit, mein Leben bis zum Letzten zu verteidigen.

»Sina, Ljalja«, rufe ich um Hilfe. Keine Antwort. Ich bleibe ruhig stehen, in der Gewissheit, alles Menschenmögliche getan zu haben.

Meine kurzsichtigen Augen sehen in diesem Moment, wie ein schwarzer Punkt auf dem Trampelpfad erscheint und immer näher und näher kommt. Da ist er, der Wolf. Ein wahrhaft riesiges Tier! Der Wolf bleibt mir gegenüber wie angewurzelt stehen.

Ich beginne wie verrückt zu bellen. Mein Gott, wie ich gebellt habe! Das Wolfsmaul ist offen, die rote Zunge hängt heraus, seine Augen sind direkt auf mich gerichtet. Spring er mich jetzt an?

»Wau! Wau! Wau!«, tönt es aus meinem Hals. »Wau! Wau! Wau!«, antwortet der Wolf. Seine Augen zeigen Verwunderung.

»Wau!, Wau!« Ich begreife immer noch nichts, ebenso wie mein Gegenüber. Wir bellen uns unentwegt und aus voller Kehle an, bis in meinem verängstigten Hirn ein Gedanke hochkommt: »O Gott, Wölfe können doch gar nicht bellen!«

Vor mir stand, auf seinen vier kräftigen Pfoten, ein echter deutscher Schäferhund! Bald erschien auch sein Frauchen auf unserem Pfad. Gut bewacht von unserem »Wolf«, setzten wir nun gemeinsam unseren Weg nach »Lesnoi« fort. Danach liefen wir immer alle zusammen nach Hause.

Abschied

Swet fuhr nach Moskau, doch kaum war ein Monat vergangen, da erhielt ich unerwartet diesen Brief:

Guten Tag, liebe Trautel!
Wie geht es dir, was macht das Lernen? Wie steht's mit den Freunden? Arbeitet ihr noch in der Landwirtschaft?
Trautel, entschuldige, dass ich dich mit meinen Briefen ablenke, aber ich möchte, dass wir uns schreiben. Schreib, willst du das auch? Ich wollte schon lange mit dir reden, doch im »Lesnoi« war das irgendwie peinlich. Ich denke oft an unser letztes Gespräch in der Roten Ecke in Sacharjino. Weißt du es noch? Du fragtest: »Ist denn noch irgendetwas von unserer Freundschaft geblieben?« Ich wollte die Frage bejahen, konnte es aber nicht tun, da ich mich schon mit Ljussja angefreundet hatte. Mit ihr zu brechen war ich einfach nicht mehr in der Lage. Ich bitte dich sehr, wenn du kannst, verzeih mir das.
Trautel, ich erinnere mich an das Gespräch am Ende unserer Freundschaft. Weißt du noch, wie ich fragte: »Wenn ich aber das Bedürfnis hätte, wieder mit

dir befreundet zu sein, was wäre dann?« Darauf du: »Dann wären wir wieder befreundet!« Weißt du es noch?
Entscheide selbst. Ich möchte mich sehr gern mit dir schreiben, aber nicht nur das.
Sagen wir es direkt. Ich möchte unsere alten Freundschaft wieder aufnehmen, wenn nicht das, dann wenigstens eine freundschaftliche Beziehung. Ich bin natürlich an vielem selbst Schuld, ich leugne das nicht. Denk mal über diese Frage nach und schreib mir. Abgemacht?!
Ich drücke fest deine Hand. Swet.

Ich habe mich sofort hingesetzt und eine Antwort »abgefeuert«. Grundtenor: »Mit dir nichts Gemeinsames!«

Mein Antwortbrief an Swet existiert nicht mehr. Was ich ihm geantwortet habe, kann man nur dem Brief vom 3. November 1942 an Elga entnehmen.

In meinem Leben gibt es viele Neuigkeiten. Ich habe Briefe von Swet und Sergej erhalten. Swet ist mit Ljussja auseinander und hat mir einen Brief geschrieben. Ich habe ziemlich grob geantwortet. Habe mich für sein Freundschaftsangebot bedankt. »Ich kenne deine Freundschaft und möchte keine freundschaftlichen Beziehungen.« ... Das war's. Der Brief war kurz und scharf.

So erhielt Swet von mir den Stempel eines Schuftes aufgedrückt. Mir schien es, dass ich mit einem Paukenschlag die Beziehung beendete und auch das letzte Wort behielt. Das hat mich sehr beruhigt.

Der Sieg über die Liebe war natürlich ein Pyrrhussieg. Ich habe nicht die notwendigen Lehren gezogen, nicht erkannt, dass ich Swet nicht verstehen wollte. Es fiel mir leichter, ihn anzuschwärzen, ihn und mich selbst zu verachten, als um Verständnis bemüht zu sein.

Moskau, den 22. November 1942. Sergej an Trautel:

Grüß dich, Trautel.
Einen Brief von mir hast du sicherlich nicht erwartet. Ich habe Zeit und mich entschlossen, dir zu schreiben. Ich lebe in Moskau, erwarte die Einberufung zu den Luftstreitkräften. Bald muss ich auf die Leutnantschule, wahrscheinlich zu den Technikern. Nächstes Jahr dann zur kämpfenden Truppe. Werde auf einem der Flugplätze zum Einsatz kommen. Werde Chef des technischen Dienstes einer

ganzen Staffel, eine sehr interessante Aufgabe. Als Flugzeugführer nehmen sie mich nicht. Als mir der Oberst befahl, meine Sachen zu packen, freute ich mich und fragte: »Zu den Fliegern?« Er sagte aber: »Auf gar keinen Fall.« Also mit dem Fliegen ist es nichts geworden. Ist sicher auch richtig. Was hätte ich schon für einen Flugzeugführer nach 4 Monaten Ausbildung abgegeben? So wird aus mir nach einem Jahr ein guter Techniker. Das Wichtigste, nach dem Krieg habe ich die Möglichkeit, an der Luftwaffenakademie zu studieren. Also insgesamt liegt vor mir ein breiter und interessanter Weg ...
Nun aber genug über mich! Immer diese Selbstdarstellung. Einiges zu Swet. Er wohnt in Moskau, lernt in einem Vorbereitungskursus für die Aufnahme ins Moskauer Luftfahrtinstitut. Das Problem besteht darin, dass man ihn 1943 in die Armee einziehen könnte. Da hat er schlechte Voraussetzungen. Wird irgendein Sergeant bei der Infanterie, langweilig! ...
Mit Komsomolgruß. Dein Freund Sergej G.

Kurz darauf schrieb mir Sergej erneut:

Guten Tag, Trautel.
Bin sehr froh, dass du auf meinen Brief geantwortet hast. Deine Antwort habe ich heute erhalten und beeile mich, ein paar Zeilen zu Papier zu bringen. Das Leben in Moskau hat sich nicht weiter verändert ...
Es gibt eine kleine Neuigkeit. Swet hat beim Kreiskomitee einen Antrag auf Aufnahme in eine Partisanenabteilung gestellt. Noch gibt es keine Antwort, aber du kannst dir vorstellen, was mit seiner Mutter los war. Sie hat einen Skandal veranstaltet, aber er blieb fest bei seinem Entschluss. Partisanenabteilungen werden augenblicklich nicht aufgestellt, nun muss er warten. Er sagt, wenn man ihn nicht zu den Partisanen nimmt, geht er als Freiwilliger zur Armee. Was daraus wird, weiß ich nicht.
Ich wollte auch zu den Partisanen, aber das geht nicht. In 10 Tagen, vielleicht auch eher, begebe ich mich auf einen Einsatzflugplatz, um dort zu lernen und zu arbeiten. Natürlich werde ich da ganz schön schwitzen müssen, aber das macht nichts. Es schreckt mich nicht. Vorläufig nutze ich die freie Zeit für Kino und Theater ...
Dennoch sehne ich mich sehr nach unserer Gruppe. Das wird natürlich vergehen, wenn um einen herum die Bomben fallen, da hört die Langeweile auf. Aber die guten Erinnerungen an »Lesnoi« werden niemals vergehen, durch nichts überlagert oder verwischt ...
Schreib mir. Ich drücke fest deine Hand, Sergej.

3. Januar 1943. Der letzte Brief von Sergej:

Grüß dich, Trautel,
deinen Brief habe ich erhalten, allerdings verspätet. Ich beeile mich, dir zu antworten. An dem Absender hast du sicher erkannt, welche Veränderungen es bei mir gibt. Ich befinde mich bei der Armee auf einem Einsatzflugplatz. Die Sache war so, dass es mir einfach über war, in Moskau rumzusitzen, und so ging ich als Freiwilliger. Mein Leben ist insgesamt nicht schlecht. Gehe in Uniform, habe Pistole, Messer, Koppel, sehe aus wie ein richtiger Militär. Ich arbeite hier auf dem Flugplatz seit fast einem Monat. Die Arbeit ist interessant, aber schwer. Wir arbeiten 12 bis 14 Stunden, nicht zu vergleichen mit drei Kubikmetern Holz. Die Ergebnisse der Arbeit sieht man aber mit eigenen Augen – die Maschinen sind immer startklar.
Arbeite an einer amerikanischen Maschine, ein gutes Flugzeug, aber sehr anspruchsvoll. Bin sehr froh, nicht auf die Fliegerschule gegangen zu sein. Als Luftkutscher, das kann jeder. Ich arbeite an der Maschine, beherrsche schon den Motor und teilweise die Zelle. Meine Rechnung ist klar und einfach. Wenn der Krieg vorbei ist, werde ich noch etwas lernen und mich dann für eine Hochschule bewerben, auf einem Gebiet der Luftfahrt. Da habe ich bereits praktische Erfahrungen. Praxis plus Theorie – das klingt doch ganz anständig.
Kurzum, ich bin mit meinem Schicksal zufrieden ...
Grüß alle Freunde, schreib öfter ... Bleib gesund und stark.
Dein Freund, Sergej.

Unsere Jungen gingen nun in den Krieg, um zu kämpfen und zu sterben. Weder Swet noch Sergej habe ich je wiedergesehen!

Die noch vorhandenen Briefe an Elga enden aus unerklärlichen Gründen am 8. Januar 1943. Es ist kaum anzunehmen, dass ich ihr von Januar bis März nicht geschrieben habe. Aber es gibt keine Zeugnisse. Dafür sind die Briefe an meine Eltern erhalten geblieben, und daraus kann man einiges über meine letzten Monate im Internat erfahren.

Am 24. Dezember 1942 beschreibe ich unseren Tagesablauf, der sich natürlich auch in den letzten Wochen des Internats nicht wesentlich änderte.

24. Dezember 1942, an meine Eltern:

Um 6.50 Uhr stehen wir auf. Es ist noch dunkel, aber ab vier Uhr brennt das Licht. Von 7.15 bis 7.30 Uhr turnen wir im Klub. (Wir haben einen Klub mit einer Bühne – das ist der Esssaal, der der erste von der Straße aus ist. Die Türen hat man umgebaut, und es ist warm.) 7.30–8.00 Uhr frühstücken wir. Die Portionen sind reichlich, und wir werden immer satt. Nach dem Frühstück räumen wir auf, heizen (manchmal heizt man uns, manchmal heizen wir selbst), holen Holz usw. Dann machen wir unsere Hausarbeiten bis 11 Uhr. Um 11 Uhr haben wir unser Mittagessen. Um 11.20 Uhr gehen wir zur Schule. Die Stunden beginnen um ein Uhr. Zwischen 7.00 und 8.20 Uhr sind wir zu Hause. Bis zum Abendbrot (8 Uhr) lesen wir, schreiben Briefe usw. Nach dem Abendbrot gehen manche gleich schlafen. Viele lesen, ich auch, meistens, bis das Licht ausgeht (bis 12 Uhr). Manchmal bin ich auch sehr müde und gehe ebenfalls schlafen. Jetzt lese ich »Byloje i dumy« (»Erlebtes und Gedachtes«. D. Übers.) von Herzen.

Am 20. Januar wurde ich 16. Wie ich diesen Geburtstag beging, hat sich völlig aus meinem Gedächtnis verflüchtigt und ist auch in den Briefen nicht festgehalten.

Nachdenken über Deutschland

8. Januar 1943. Trautel an Elga:

Ich müsste viel auf Deutsch lesen, denn ich kenne mich schlecht in deutscher Geschichte und Literatur aus. Elgachen, ich weiß nicht, ob du mich verstehen wirst, denn ich habe dir darüber nie geschrieben. Irgendwie liebe ich Deutschland. Vielleicht ist das lächerlich, doch ich fühle, dass das meine Heimat ist. Ich muss unbedingt dort arbeiten, dort gegen den Faschismus kämpfen. Es fällt mir schwer, darüber zu sprechen, es ist besser, wenn ich dir einige Zeilen aus Papas Brief übersetze: »Dieses Jahr muss das Jahr der endgültigen Zerschlagung des Faschismus werden, und dann gehen wir gemeinsam an die Arbeit, um die Schmach und das Unglück zu überwinden, die Hitler dem deutschen Volk gebracht hat. Das wird keine leichte Aufgabe sein. Es sitzt zu tief. Es wird Jahre dauern, unser Volk und unser Land von dem Dreckshaufen zu befreien, den Hitler geschaffen hat. Wir können uns glücklich schätzen, dass wir Kommunisten uns mit diesem Dreck nicht beschmutzt haben. Umso besser können wir diesen Dreckshaufen ausmisten.«
Elgachen, ich habe Bücher gelesen. Dieses Volk hat so viel durchgemacht, wurde oft betrogen, vor Hitlers Machtübernahme und danach. Als die Mehrzahl bereits für die Kommunisten stimmen wollte, haben die Faschisten den Reichstag angezündet und das auf die Kommunisten geschoben. Die Wahl ging schief, und Hit-

ler kam an die Macht! Und wie sich das Volk getäuscht hat, nicht begriffen hat, was für ein Scheusal das ist, was für eine Bande. Elgachen, darüber muss man lesen, um zu verstehen, was das für ein raffinierter Unhold ist. Hast du das »Braunbuch« gelesen? Lies es. Dort steht auch etwas über den Reichstag.
Elga, ich träume vom Kampf in Deutschland, weiß aber nicht, ob ich ein Kämpfer sein kann. Jedenfalls muss ich mich gut in deutscher Geschichte und Literatur auskennen.
Elga, ist dir jemals bewusst geworden, dass man nicht nur seine Partei, sondern auch die andere Seite kennen muss, um die eigene zu lieben, um der eigenen aufrichtig zu glauben? Ich weiß nicht, ob ich Deutschland lieben könnte. Ich war zu wenig dort und kenne es überhaupt nicht, aber ein Gefühl dafür habe ich. Es tut mir weh, wenn jemand etwas Schlechtes über das deutsche Volk schreibt, und ich freue mich, wenn man seine Vorzüge nennt.
Ich wünsche mir sehr, dass dieser Krieg bald zu Ende geht, dass das deutsche Volk bis zur letzten Konsequenz begreift, dass es wieder betrogen wurde und dass eine Revolution kommt und dass ich bei all dem auch etwas mithelfen kann. Um das alles klarer zu verstehen, muss ich nach Moskau zu Mutter und Vater. Sie können mir vieles erzählen, vieles erklären. Hier traue ich mich nicht zu fragen, zweifle, ob man mich verstehen wird. Elgachen, verstehst du mich? Ich habe lange über all das nachgedacht, einiges meinen Eltern geschrieben, noch ist aber nicht alles klar. Wenn du hier wärest, würdest du mich besser verstehen als brieflich.
Doch eines scheint festzustehen, ich werde wahrscheinlich doch nicht Lehrerin für Mathematik. Zunächst müsste ich nach Moskau gelangen, und wenn möglich noch in diesem Jahr die Prüfungen für die 10. Klasse ablegen. Elga, meine Liebe, ich möchte, dass du mich gut verstehst.

So war das also. Der Gedanke an den Lehrgang der Komintern saß noch tief in mir. Auch die Arbeit in Deutschland spukte irgendwo im Unterbewusstsein. Dennoch stand das Nahziel fest. Zunächst unbedingt die 9. Klasse beenden und anschließend sofort die 10.

Als 1984/1985 in Kirgistan ein Film über mich gedreht wurde und der Regisseur Samir Eraliew mich immer wieder mit der Frage »Wie kam es zur Wahl Ihres Heimatlandes?« quälte, wusste ich nichts mehr von der Existenz dieses Briefes an Elga. Ich hatte meine damaligen Gefühle und Gedanken vergessen. Heute wundere ich mich darüber, wie gelassen ich vor über 60 Jahren über meine Zukunft nachdachte.

Aber zurück zum Brief:

... ist dir jemals bewusst geworden, dass man nicht nur seine Partei, sondern auch die andere Seite kennen muss, um die eigene zu lieben, um der eigenen aufrichtig zu glauben?

Eine verfängliche Frage an meine beste Freundin. Sie zeugt aber von einem geistigen Reifeprozess. Ich will an nichts mehr blind glauben, weder an einen Jungen noch an etwas anderes. Über all das will ich mit meiner Freundin unter vier Augen reden, nach meiner Rückkehr nach Moskau.

Nach Moskau!

Es besteht die Chance, nach Moskau abzureisen. Wir haben keine Erzieher mehr, wir sind uns selbst überlassen. Ich lese. Habe begonnen, mit Hilfe einer Frau Englisch zu lernen. Sie will gleich mit dem Stoff der 10. Klasse beginnen. Weiß nicht, ob daraus etwas wird. Sie behauptet, dass man bei gutem Willen in der Lage ist, binnen eines Jahres Englisch zu lernen, da die Sprache einfach wäre. Mal sehen. Ich muss nach Moskau, sonst vergesse ich das Deutsch. Ich fange schon an zu stottern.
Herzlichen Kuss, in Erwartung eines Briefes, Trautel.
(5. Januar 1943 an Elga)

Moskau, den 21. Februar 1943. Vater an mich:

Übrigens wird hier wieder darüber geredet, dass ihr Älteren bald nach Moskau zurückkommt. Alles hängt davon ab, ob man den Transport organisieren kann. Wir klopfen auf's Holz. Trautchen, sei besonders lieb zu den Brüderchen, denn sie werden dich suchen und traurig sein, wenn sie ihr Schwesterlein nirgends finden. Sei nicht traurig, wenn für euch kein Waggon verfügbar sein wird. Denk daran, dass er jetzt dringender für die Rote Armee gebraucht wird. Jede Meldung über die Lage an der Front bringt euch unweigerlich um viele Kilometer näher an Moskau.

Mamas Postskriptum:

... Sei besonders lieb zu Wolf und Rolf. Sie werden sicher ein wenig weinen, wenn ihre »Mutti« nach Moskau abreist. Wir aber sind sehr froh, dass du bald kommst, und glauben, dass auch unsere kleinen Jungen noch in diesem Jahr zu uns zurückkehren.

Auf Wiedersehen, Trautchen. Und wenn unser Wiedersehen sich etwas verzögert, lass den Kopf nicht hängen. Vor allem – lass dich nicht gehen, denk nicht immer nur an die Abreise, d. h. glaube nicht, dass du dich beim Lernen usw. entspannen kannst und in Moskau alles nachholst. Verlorene Zeit kommt nicht wieder. Arbeite bis zuletzt konzentriert. Ein Kuss euch allen.
Eure Mama.

Ahnten die Eltern eigentlich, dass ihre Kinder anders zurückkehren würden, als sie sie in Erinnerung hatten? Da würde einiges auf sie zukommen!

5. Januar 1943. Trautel an Elga:

Meine Brüder haben im Kindergarten alle möglichen unflätigen Wörter gelernt. Sie benutzen sie selten und sehr komisch. Rolf habe ich deswegen einmal verhauen. Aber ansonsten sind die Kleinen wunderbar. ...

Hier spricht man davon, dass wir bald zurückkehren. Den Brüdern hat man das schon gesagt. Wolfi möchte sehr, dass ich wegfahre, weil ich ihm dann Päckchen schicken könnte. Er wird nicht weinen, aber Rolfi sagt, dass er mit mir fahren will. Rolfi wird wahrscheinlich weinen, doch Wolfi hat versprochen, mit ihm zu spielen ... (4. März 1943. Postkarte an die Eltern)

Im März 1943 endete der Lebensabschnitt Internat. Ich war 14, als ich das Elternhaus verlassen hatte, und 16, als ich nach Hause zurückkam. Natürlich war ich erwachsener geworden und während des Krieges gereift.

Alle Internatsbewohner vereinte ein gemeinsames Ziel: Sieg über den deutschen Faschismus, Hilfe für die Front, Ausharren, einen eigenen Beitrag für den Sieg leisten, wenigstens durch eine Ernte, die das eigene Überleben sichert.

Wir wollten aber noch mehr: Produktion eines Überschusses, den wir an den Staat für die Front abliefern konnten.

Das Internat schaffte beide Aufgaben. Auf unseren Feldern wuchs alles, was diese Erde hergeben konnte. Jedes Pflänzchen wurde von den fleißigen Händen halbwüchsiger Schüler gehegt. Unsere Kohlköpfe waren riesig. Die Möhren wogen bis zu siebenhundert Gramm. Die Erbsenranken reichten über die Köpfe der Erwachsenen hinaus. Bei der Ernte rollten wir sie zu großen Bündeln zusammen und bauten sie in enger Reihe am Feldrand auf. So ein Riesengemüse habe ich später nie wieder gesehen.

Wir haben Ferkel gemästet, unsere Kühe gaben täglich frische Milch. Die Kleinen hatten stets Milch und sogar Butter aus eigener Produktion. Wir Halbwüchsigen dagegen waren ständig hungrig.

Unser Ertrag reichte nicht, die heranwachsenden Zwölf- bis Sechszehnjährigen – die Hauptarbeitskräfte des Internats – satt zu bekommen. Hungrig setzten wir uns an den Tisch und standen genauso wieder auf. Um den allergrößten Kohldampf während der vierten Schulschicht zu stillen – nach sieben Kilometern Schulmarsch –, brachten wir es fertig, von den drei Stücken Schwarzbrot, die es zum Mittag gab, ein Stück aufzuheben. Schon auf dem Weg zur Schule begann der Kampf gegen die Versuchung, wenigstens ein Stückchen davon abzubrechen. Gespräche über leckeres und gesundes Essen, das es in dem wunderbaren Gestern gegeben hatte, waren streng verpönt. Dennoch brach allabendlich, auf dem Rückweg aus der Schule, irgendjemand das Tabu und unterhielt uns mit Erinnerungen über Bratkartoffeln oder andere Köstlichkeiten, die von der Mutter früher so wunderbar zubereitet worden waren.

Der kilometerlange Anmarsch zur Schule, die Arbeiten auf den Feldern, die Aufsicht im Kindergarten, die Wachdienste auf dem Acker, die Holzbeschaffung für die unersättlichen Öfen der Häuser des Internats, die ständige Unterernährung – all das zehrte an unseren Kräften. Deshalb schliefen wir manchmal während des Unterrichts ein, öffneten nur mühsam die Augen, wenn der Lehrer eine Frage stellte, und konnten keine Antwort geben. Es hat uns dann aber keiner gescholten. Wir schämten uns ja selbst dafür. Im Winter, abends unter der Bettdecke, konnten wir mit unseren eiskalten Füßen lange nicht einschlafen. Sie wollten und wollten nicht warm werden. Immer wieder hatten wir Läuse. Regelmäßig rieben wir die Köpfe mit Petroleum ab. Nach einer kurzen Wartezeit besiedelten die ungebetenen Gäste wieder unsere langen Mähnen.

Alle Versuche, uns kahl zu scheren, empfanden wir als Angriff, den es vehement abzuwehren galt. Ein Glatzkopf wäre für uns das größte Unglück gewesen.

In der Sauna wuschen wir uns einmal in zehn Tagen, bei einer Warmwasserration von zwei Kübeln pro Person. Damit musste man sich auch die Haare und darüber hinaus noch die Leibwäsche waschen. Dazu nutzten wir eine graue klebrige Masse, die nach Hering roch und trotzdem als Seife bezeichnet wurde. Wir erlernten die Kunst, mit einem Kübel lauwarmen Wassers mehrere Arten von Schmutzbekämpfung zu erledigen, eine Kunst, die von der Notwendigkeit diktiert wurde, sparsam mit dem Holzvorrat umzugehen.

In jedem großen Zimmer des ehemaligen Herrenhauses in Sacharjino, wo die Schüler der siebenten bis neunten Klassen untergebracht waren, wohnten achtzehn bis zwanzig Mädchen. Neben dem lauwarmen Ofen trockneten unsere Filzstiefel sowie die ungewaschenen Fußlappen. Früh schlüpften wir in die kalten Sachen, in das immer noch feuchte Schuhwerk und sehnten uns danach, uns irgendwo einmal richtig durchwärmen zu können.

In den Winternächten schliefen wir, ohne uns auszuziehen. In der Schule, in der auch nicht geheizt wurde, saßen wir in denselben Sachen, darüber noch der Mantel. Nachts wurde derselbe Mantel über die Bettdecke gelegt. Er wurde natürlich niemals gewaschen.

Zunächst fast unbemerkt, gingen uns Flüche von den Lippen. An irgendeinem Punkt dieser »Vervollkommnung« unseres Sprachschatzes hielten Sylvia Dengel und ich plötzlich inne. Um uns von den zur Gewohnheit gewordenen unflätigen Redewendungen zu befreien, schlossen wir einen Vertrag. Für jedes unflätige Wort musste als Strafe ein Stück Zucker hergegeben werden. Zucker kam nur manchmal auf unseren Tisch und jeder, der jüngere Geschwister hatte, war bemüht, das eine oder andere Stück für die Kleinen aufzuheben. Diese Abmachung hat uns sehr geholfen.

Hin und wieder sahen wir Spielfilme, die stets von Wochenschauen begleitet waren. Darin wurde natürlich über den Krieg berichtet. Nur Mischa F. fiel zweimal in Ohnmacht, als unter anderem Leichenberge aus befreiten KZs gezeigt wurden. Alle anderen schauten wesentlich ruhiger, fast gleichgültig auf die Leinwand.

Dieses Verhalten war nicht gespielt. Es war eher eine psychologische Barriere gegenüber Dingen, die Kinder nicht sehen sollten, weil sie ihre Seele verletzen. Wir schützten uns vor den Schrecken des Krieges durch Unterdrücken der Gefühle. Mischa haben wir sogar etwas verachtet für seine »Weichheit«, die höchstens einem edlen Fräulein zustand. Ich muss es gestehen, wir verrohten.

Wir verrohten durch die Schrecken des Krieges. Es gab so viel Sterben um uns. Die Begegnung mit einem Pferdewagen, der bis oben hin mit gefrorenen Leichen von Menschen beladen war, die der Typhus dahingerafft hatte, erschreckte uns nur für ein paar Stunden. Viel mehr beschäftigte uns die Frage, ob wegen des Typhus der Befehl kommen würde, uns alle kahl zu scheren. Das diskutierten wir ausgiebig. Es lenkte uns vom Schrecken des allgegenwärtigen Todes ab.

Ich und meine Altersgenossen – wir sind Kriegskinder. Wir wären aber sicher anders geworden, wenn es für uns nur die schreckliche Grimmasse des Krieges gegeben hätte.

Wir brachten jedoch unsere Erinnerungen an die glückliche Vorkriegszeit mit. Außerdem traf man auch in dieser schrecklichen Zeit auf unzählige Menschen, die sich humane Eigenschaften bewahrt hatten und ihren Mitmenschen halfen, sie stützten. Ja, ich glaube sogar, das waren die meisten.

Wir haben in unserer Kriegskindheit vieles gelernt: Holz sägen, Öfen heizen, Wäsche am Eisloch waschen, Schweine füttern. Wir erlernten die Feldarbeit: pflanzen, gießen, hacken, jäten, verziehen, anhäufeln. Kurzum, all das, was aus dem Samenkorn die Pflanze und die Frucht werden lässt.

Wir lernten, uns nicht wegen Kleinigkeiten zu zanken und Kränkungen zu vergeben, sogar solche, die nur schwer verzeihbar waren.

Unter der Leitung der jungen Geographielehrerin, Sofia Russakowa, arbeitete ein Laienspielzirkel, es existierte ein Kinderchor, jemand spielte Geige, Theaterstücke wurden geprobt und zu Feiertagen wurden Kulturprogramme einstudiert und aufgeführt.

Wir waren ständig beschäftigt. Für Herumsitzen und Langeweile hatten wir einfach keine Zeit. Unsere Jungen haben wohl auch deshalb nie geraucht.

Noch etwas war bemerkenswert. In dieser »hungrigen« Kindheit war niemand geizig. Manchmal hatte jemand von uns das Glück, von zu Hause ein Paket zu erhalten. Niemals aß der Glückliche alles selber auf. Alles Köstliche wurde ohne Aufhebens, mit der ganzen Zimmerbesatzung geteilt. Wir genossen das Glück gemeinsam. Dieses gemeinsame Mahl war immer ein freudiges Ereignis, niemals ein Opfer für den Spender. Er hätte sich nicht gefreut, wenn er es alleine gegessen hätte.

Ohne Herzensgüte zueinander hätten wir nicht überlebt, wären psychisch zugrunde gegangen.

So schreibe ich nun über mein Backfischalter, sechzig Jahre nach Kriegsende. Zum Glück sind mir die Briefe geblieben. Wenn ich in ihnen blättere, sehe ich alles wieder vor mir, erfassen mich gleichzeitig Grauen und Glück.

Wie schwer wir es im Krieg hatten, wird mir erst jetzt richtig bewusst. Er ist schon seltsam, der Mensch ...

Moskau März 1943 – Juli 1946

Die Rückkehr

Die Korrespondenz brach ab. Ich verbrannte das Tagebuch, das ich im Internat geführt hatte. Schade, denn nun weiß ich weder, an welchem Tag ich den »Waldkurort« verließ, noch, mit wem ich im Zug zurück nach Moskau reiste. Was jedoch viel wichtiger ist: Ich kann wirklich nicht mehr beschreiben, wie ich mich von meinen Brüdern verabschiedete. Wie ich mir auch das Hirn zermartere, ich finde die Erinnerungen einfach nicht.

Dafür sehe ich immer noch deutlich vor mir, wie ich aus dem gerade erst in den Bahnhof eingefahrenen Zug springe, am Zug entlanglaufe und in viele erwartungsfreudige Gesichter schaue. Schließlich, schon fast an der Lokomotive, erblickte ich Mutter, Vater und ... Elga!

Ich war schon eine sonderbare Erscheinung in meinem alten, nicht gerade sauberen, aber keinesfalls zerschlissenen Wintermantel, der mich zwei Jahre treu gewärmt hatte. Er war nun aber sichtlich zu kurz geworden, und die Arme waren schon längst über die Ärmel hinausgewachsen.

Kaum angekommen, spüre ich sofort, dass ich in diesem Aufzug nicht gerade ansehnlich bin. Außerdem wird mir schlagartig klar, dass mein Aufzug nicht der neuesten Moskauer Mode entspricht, denn Elga, die gertenschlanke Elga, trägt einen neuen schicken Mantel mit einem zauberhaften braunen Karakulkragen und eine wunderschöne Mütze, ebenfalls aus braunem Lammfell.

Elga steht wie versteinert und lächelt. Ich gehe auf sie zu, um die Freundin zu umarmen, spüre jedoch instinktiv, dass ich dies nicht tun sollte.

Sicherlich befürchtet sie, dass ich sie mit meinem Mantel beschmiere, geht es mir durch den Kopf. Ich reiche der lang entbehrten Freundin die Hand. Elga schüttelt diese, immer noch lächelnd.

Mutter und Vater drücken und küssen mich natürlich, während Elga etwas abseits steht.

Schließlich wenden wir uns dem Bahnsteigausgang zu, und Vater schüttet noch Salz in die gerade erst aufgerissene Wunde, indem er vorschlägt, meinen Mantel kurzerhand unter die Lokomotive zu werfen. Ich schüttele trotzig den Kopf und schließe die Knöpfe. So aufgelöst, wie ich den Zug entlanggelaufen war, kann ich nun nicht mehr bleiben. An der Seite der Eltern will ich ordentlich durch Moskau gehen, mit geschlossenen Knöpfen. Was jedoch den Mantel betrifft, so kann dieser mir künftig noch nützlich sein.

»Genug damit, machen wir uns auf den Weg!«, sage ich endlich, als Zeichen dafür, die unangemessene Diskussion angesichts meiner Staffage zu beenden und ... schneuze kräftig auf den Fußweg. Das hatte ich übrigens im Internat gelernt. Taschentücher? Welche Taschentücher sollte es dort geben? Lächerlich!

Vater bleibt regungslos stehen. »Ach, so machst du das!«, presst er aus sich heraus. Daran erinnere ich mich deutlich.

Wir fuhren zum »Lux«, zuerst mit der Metro und danach mit dem Omnibus. Endlich kam der lang ersehnte Augenblick der Rückkehr nach Hause. Da waren sie, die schwere Prunktür und die beiden grauen Marmorsäulen des Vestibüls, die Wände, mit Spiegeln verkleidet. Die Rahmen dieser eigentümlichen Wandbedeckung glänzten golden und wurden von geschnitzten Amorfiguren umrahmt.

Über mir, an der bemalten Decke, erstrahlt der riesige Kristallleuchter. Ich bin zu Hause!

Seife, Brot und Pumps

Onkel Wanja jedoch, der Portier unseres »Lux«, lässt mich nicht zum Fahrstuhl durch. »Zuerst musst du zur ›sanitären Behandlung‹«, erklärt er uns und fügt entschuldigend hinzu, dass dies eine Anweisung der Direktion sei.

Mutter holt aus unserem Zimmer schnell die Badesachen, überreicht mir diese im prachtvollen Foyer, in dem ich warten musste, und bittet mich, ja nicht das kleine Stückchen Kernseife zu verlieren, das sie mir extra noch zeigt, und dazu erklärt, dass Seife sehr, sehr knapp sei.

Mein Gott, das weiß ich doch selbst! Im Internat haben wir schließlich unsere Sachen zunächst mit irgendeiner grauen Masse gewaschen und dann, als es auch diese nicht mehr gab, sind wir einfach zum Fluss gegangen. Die Frauen aus dem Dorf haben uns auch beigebracht, wie man im Winter die Wäsche im Eisloch durch Walken säubert.

Zum Glück erhielt ich dann in der Sanitärabteilung noch ein Stückchen Seife ausgehändigt. Wie war ich froh. Wie würde sich Mutter freuen, wenn ich damit zurückkomme!

Als ich zu Hause die freudige Botschaft verkündete und stolz das Päckchen mit meiner schmutzigen, dafür aber desinfizierten Wäsche auswickelte, stellte ich fest, dass beide Seifenstückchen gestohlen worden waren.

Mutter erteilte mir erstmalig nach meiner Rückkehr den Auftrag, im Bäckerladen von Filippow Brot zu holen und gab mir die Bezugsmarken. Da man aber nur eine bestimmte Menge erhielt, kam es vor, dass man, damit die Grammzahl stimmte, noch ein Stückchen dazu bekam, das man »dowesok«, das »Hinzugezogene«, nannte. Mutter trug mir auf, diesen Teil an alte Leute abzugeben, denn diese hätten es am schwersten.

Ich stand nun in unserer Bäckerei in einer langen Schlange und erblickte ein mit ausgestreckten Händen dastehendes altes Mütterchen. Nachdem ich mein ukrainisches Brot erhalten hatte, legte ich etwa 200 Gramm »dowesok« in die Hände der Alten.

Anstelle eines herzlichen Dankes erntete ich sofort einen Schwall von Gezeter aus vielen Mündern: »Wie einige wohl leben ...«

Wie ein Pfeil flog ich nach Hause, nicht verstehend, was ich wohl angestellt hatte. Weshalb das Geschimpfe?

Die Mutter musste dem Internatsmädchen erklären, dass »dowesok« nur ein kleines Stück von höchstens ein bis zwei Zentimetern Dicke sei. Nicht mehr! Woher sollte ich das bloß wissen?

Kurze Zeit später in einem Schuhgeschäft. Ich stand in einer endlosen Schlange nach Gummigaloschen an, die es gerade auf Bezugschein gab. Die Verkäuferin hatte längst verkündet, dass die Ware in Kürze ausgehen werde. Es sollte sich jedoch wieder einmal zeigen, dass ich die Letzte in der Reihe war, die das begehrte Schuhwerk ergatterte.

Ich hatte schon mehrfach die Erfahrung gemacht, dass ausgerechnet ich die Glückliche war, die in den Geschäften gerade noch etwas abbekam. Ich kam selten mit leeren Händen nach Hause, und auch dieses Mal war mir Fortuna hold und belohnte mein Ausharren.

Die schwarzen Galoschen waren gerade ausgepackt worden und glänzten prächtig. Das war ihr Vorzug. Sie hatten aber auch einen Mangel: Offensichtlich waren sie sowohl für Vater als auch für Mutter oder mich zu klein. Für Wolfgang oder Rolf jedoch wären sie zu groß gewesen.

Nichtsdestotrotz schleppte ich meine Beute mit einem Siegesgefühl nach Hause. Auf dem Heimweg malte ich mir aus, wie ich die »Schuhe« zur Geltung bringen könnte. Wie sie glänzten! Fast wie echte Pumps. Freilich auf etwas »niedrigerem Niveau«, weil ohne Stöckel.

Da hatte ich eine Idee: Ich zwänge den Fuß hinein und schon habe ich Halbschuh-Pumps. Genial!

Mich störte in diesem Augenblick gar nicht, dass man die Gummigaloschen eigentlich über die Schuhe oder Stiefel zog, um diese zu schonen und bei Regenwetter der Nässe zu trotzen.

Glücklich über den geistreichen Einfall, schwebte ich am nächsten Tag leichten Fußes in unsere neunte Klasse, die nunmehr eine reine Mädchentruppe war. Sollten alle sehen, was ich für tolle schwarze Lackpumps hatte und wie diese glänzten! Da stoppte mich Elga mit den Worten »Mach dich nicht lächerlich! Die Galoschen trägt man doch nicht an den bloßen Füßen!« Das wusste ich selbst. Aber ähnelten die meinen nicht eher richtigen Pumps? »Das tun sie eben nicht«, meinte Elga und ergänzte, dass ich so nie mehr unter ihre Augen kommen sollte.

Meine aristokratische Freundin fuhr damit fort, mich Plebejerin zu erziehen, die ich aus dem Internat zurückgekehrt war, ohne ein blassen Schimmer von modischer Kleidung.

Mein Gott, wo sollte dieser auch herkommen. Was haben wir in unserem Sacharjino und im »Wald« nicht alles angezogen! Hauptsache, es war warm. Und jetzt diese herrlichen, neuen Füßlinge!

Ich kann nicht gerade sagen, dass mich die Sache sehr bekümmert hat. Die unförmigen Gummikähne habe ich freilich nicht mehr angezogen. Dafür färbte ich meine alten braunen Segeltuchlatschen mit schwarzer Schuhcreme und lief mit diesen den ganzen Sommer und Herbst 1943 herum. Ich trug sie auch bei Regenwetter. Was blieb mir auch anderes übrig? Außer den schwarzen »Pumps« hatte ich kein anderes Schuhwerk. Diese passten aber bekanntlich nur an den bloßen Fuß und waren für uns damit nutzlos. Da waren zwar noch die Filzstiefel mit der umlaufenden Naht am Fußteil. Diese jedoch konnte man wirklich nur im Winter gebrauchen. Jetzt aber war März, und der Frühling stand schon vor der Tür.

Jedoch nicht nur ich musste mich an die neue Situation erst wieder gewöhnen. Schon am ersten Tag meiner Rückkehr nach Moskau, noch auf der Treppe, die zu unserem Zimmer im »Lux« führte, blieb Mutter unvermittelt stehen, wandte sich mir zu und sagte etwas, was ich als sonderbar empfand: »Ich kenne dich gar nicht mehr so recht. Deshalb möchte ich dir sagen: Falls du im Internat mit dem Rauchen angefangen hast, dann sei offen. Wir können auf unsere Karten Zigaretten bekommen, und daher wirst du damit kein Problem haben.«

»Aber Mutter! Natürlich rauche ich nicht!« In unserem Kinderheim haben nicht einmal die Jungen geraucht. Wie konnte Mutter bloß auf so eine Idee kommen? »Jetzt, während des Krieges, ist es für viele Mädchen zur Mode geworden zu rauchen. Ich habe daher gedacht ... Hauptsache, dass du uns nicht belügen musst. Wenn du mit dem Rauchen beginnen möchtest, werde ich es dir nicht verbieten. Ich empfehle es dir natürlich auch nicht.«

»Ich werde nicht rauchen! Als ob ich jetzt nichts anderes zu tun habe?« Ich mit meinen sechzehn Jahren hatte doch noch nie geraucht. Selbst Wein hatte ich in meinem Leben noch nie probiert. Noch nicht einmal einen Jungen hatte ich geküsst, trotz meiner Liebe zu Swet und dem Kokettieren mit Sergej. Mutter wusste nichts über ihre Tochter!

Die Klassenfeier

Kurz darauf lud mich Elga zu einer Feier ein, heute würde man es wohl Party oder Fete nennen. Außer mir waren noch etliche ehemalige Klassenkameraden, auch Jungen, die nunmehr getrennt von uns in der 167. Schule lernten, eingeladen. Wir trafen uns in der Wohnung einer Mitschülerin.

Mutter erlaubte mir hinzugehen, bat mich aber darum, nicht später als zehn Uhr abends nach Hause zu kommen, was ich ihr auch versprach.

Während der Feier fühlte sich meine Elga in ihrem ureigensten Element, während ich leicht schockiert war. Meine Freundin lächelte über Witze, die mich vor Wut fast zum Bersten brachten. Sie plauderte in der leichten, oberflächlichen Art der Schwätzer, ohne etwas zu sagen. Sie öffnete den Mund, nur um zu reden. Das taten fast alle um uns herum. Weshalb war ich hierher gekommen? Um zu sehen, wie einer der ehemaligen Mitschüler, früher ein dicklich-pummeliger ungeschickter Junge, sich in einen stattlichen Burschen verwandelt hatte? Um verdattert zu beobachten, wie eine Klassenkameradin bei ihm auf den Knien saß und er sie in aller Öffentlichkeit lässig an der Hüfte umschlungen hielt? Um zu hören, wie man mir bewundernd ins Ohr flüsterte, der Schönling sei in Wirklichkeit Spross einer adligen polnischen Familie, wenn nicht gar der königlichen Dynastie der Jagiellonen, was natürlich ein großes Geheimnis sei? War ich gekommen, um auf Elgas Drängen hin zum ersten Mal in meinem Leben Wein zu probieren? Um mein erstes Glas zum schwachsinnigen Toast »Auf die schönen Damen« zu trinken, während alle Jungen ihre Gläser stehend leerten?

Den ganzen langen Abend gab es nicht ein einziges interessantes Thema für eine wirkliche Unterhaltung! Was zog Elga in diese illustre

Runde? Ich bin dann früher gegangen, als ich es Mutter versprochen hatte. Mir hat der Abend nicht nur missfallen, sondern ich war tief enttäuscht.

Nein, so etwas hatte es bei unseren Besuchen im Zimmer der Jungen nicht gegeben. Dort hatten wir auch Flaschendrehen veranstaltet. Aber wir spielten nicht darum, wer wen küssen durfte, sondern um Fragen und Antworten, an die eine einzige Bedingung geknüpft war: Es musste unbedingt die Wahrheit gesagt werden. Hauptsächlich ging es bei unseren Frage- und Antwortenspielen aber um den Krieg und die Revolution, ohne dass freilich die »brennenden Probleme« des Internatsalltages, die Liebe, die Freundschaft sowie der Streit und die Wiederversöhnung mit den Erziehern zu kurz kamen.

Ich kam völlig aufgelöst nach Hause. »Ich habe vermutet, dass du damit deine Probleme haben wirst«, meinte Mutter lakonisch auf meine »Beschwerde«. »Aber warum hast du mich dann auf diese Feier gehen lassen?«, fragte ich, erzürnt darüber, dass mich Mutter nicht vor dem grässlichen Erlebnis bewahrt hatte.

»Hättest du mir geglaubt? Außerdem wollte ich, dass du selbst entscheidest, was dir zusagt und was du ablehnst. Ich habe mich in dir aber nicht getäuscht. Du bist tatsächlich meine Tochter.«

Auch später, als ich älter war, habe ich mich auf Feiern und Empfängen, auf denen nur gegessen, getrunken und getanzt wurde, immer gelangweilt. Wenn man keinerlei lebhafte Gespräche und Dispute über wichtige Themen führte, sondern nur spöttisch und oberflächlich Pointen zum Besten gab und vermeintlichen Scharfsinn hervorkehrte, empfand ich stets Abneigung und Widerwillen.

Wenn ich heute in Mutters Tagebuch blättere, dann ist ersichtlich, dass auch sie in ihrer eigenen Jugend tödliche Langeweile empfand, wenn es keine interessanten Gespräche gab. Dann konnte sie gar in tiefe Traurigkeit verfallen, auch wenn alle um sie herum fröhlich waren.

Wie stand es nun um Elga? Ich begriff sie nicht mehr. Ich war ein junger Mensch, der an sich und andere hohe Forderungen stellte und dabei noch äußerst streng und unversöhnlich war.

Wenn mir jemand nicht zusagte, dann lehnte ich ihn kategorisch ab. Eine Freundschaft war dann ausgeschlossen. Heute weiß ich natürlich, dass sich meine Auswahl damals danach richtete, ob mein Gegenüber genauso war wie ich. Ich erwartete also völlige Übereinstimmung mit mir selbst. Die Briefmonologe, die mir Elga in die Evakuierung geschickt hatte, erweckten bei mir diese Illusion. In Wirklichkeit war Elga freilich eine andere, als ich es mir in meiner Internatsabgeschiedenheit ausmalte. Um mir Klarheit zu verschaffen, legte ich ihr schriftlich meine Gedanken hinsichtlich ihres »veränderten Wesens« dar und übergab den Zettel der Freundin. Das war der Bruch. Auf Elgas Wunsch hin gaben wir uns die Briefe zurück, die wir uns während der Trennung in den vergangenen Jahren geschrieben hatten. Zu einer Aussprache kam es nicht.

Heute weiß ich, dass ich die Freundin aus Dummheit gekränkt hatte. Am törichtsten an der Geschichte scheint mit jedoch, dass ich nicht einmal mehr weiß, was ich ihr damals vorgeworfen habe. Als ich Elga Jahrzehnte später danach fragte, erntete ich nur ein eisernes Schweigen.

1943, in der zehnten Klasse, gingen wir uns eine Weile beharrlich aus dem Weg, um dann ohne große Worte wieder Freundschaft zu schließen. Diese hielt dann ein ganzes Leben und überdauerte ernsthaftere Prüfungen, als es der idiotische Brief eines sechzehnjährigen Mädchens war, dass noch sehr wenig vom Leben wusste.

Die Heimkehr der Brüder

Am Bahnhof

Im gleichen Jahr, 1943, kehrten die jüngeren Kinder des Internats der Kommunistischen Internationale endlich nach Moskau zurück.

Mutter und ich erwarteten Wolfgang und Rolf am Bahnhof, wo wir zunächst ewig auf dem Bahnsteig auf und ab gingen, ehe endlich die Nachricht verkündet wurde, dass der Zug mindestens vier Stunden Verspätung habe. Während einige Mütter beschlossen, im Bahnhofsgebäude zu warten, entschieden sich die meisten dafür, zwischenzeitlich wieder nach Hause zu gehen. Was aber, wenn der Zug plötzlich grünes Licht erhielt und eher ankäme? Meine Mutter glaubte den offiziellen Verlautbarungen. Es hieß vier Stunden, und dann würden es auch vier Stunden sein.

Mich schickte sie ins »Lux« zurück, denn dort würde ganz sicher ausgerufen werden, wenn der Zug eintrifft. Sie selbst ging zur Arbeit. Dort sollte ich sie anrufen, wenn es so weit wäre.

Ich hatte noch nicht einmal die massive Prachttür unseres Hauses richtig geöffnet, als eine aufgelöst gestikulierende Frau mir entgegenstürzte. »Der Zug ist bereits am Bahnsteig!«, schrie sie mich an. Ich telefonierte mit Mutter und rannte völlig konfus los. Mein Gott! Wie verstört und enttäuscht werden die Brüder sein? Während ich zur Metro flitzte, stellte ich mir lebhaft vor, wie sich die Kleinen die Näschen am Abteilfenster plattdrückten, um ja die Mutter, den Vater und die Schwester zu erblicken. Wie würden ihre Herzen vor Aufregung klopfen. Wenn der Zug dann langsam, viel zu langsam, einfährt, um schließlich zum Stehen zu kommen, eilen Mama, Papa und Trawka ins Abteil. Nur noch eine Minute! Aber niemand ist da. Keiner! Warum?

Den ganzen Weg über kämpfte ich mit den Tränen. Wie konnte man bloß die Hoffnungen der Kleinen so zunichte machen! Gerade als wir den Bahnhof verließen, war der ersehnte Zug eingefahren.

Ich war noch vor Mutter da und erblickte zuerst Wolfgang. Er stand friedlich in einer Gruppe ebenfalls noch nicht abgeholter Kinder. Er lies sich von mir ruhig küssen. Ich nahm ihn an die Hand, und wir machten uns auf die Suche nach Rolf.

Ich hatte schon beim Kommen fast alle Kindergruppen passiert, die mit ihren Erziehern auf dem Perron ausharrten. Aber Rolf war nirgends zu sehen. Was war bloß geschehen? Ich fragte nach Rolfs Gruppe. Irgendwer wies auf eine Gruppe Kinder, die sich aus einem mir unerklärlichen Grund um eine Pyramide aus Holzkisten geschart hatte. Hatten Sie keinen anderen Platz gefunden und was hatte es mit den Kisten auf sich?

»Sie kommen endlich, um Rolf abzuholen?«, fragte mich mit einem hörbaren Seufzer der Erleichterung die Erzieherin und fügte hinzu: »Nehmen sie ihn ja schnell mit.«

Wie sollte ich ihn mitnehmen, wenn er nicht aufzufinden war? Wo war mein Bruder?

»Dort ist er.« Die Betreuerin wies auf die Pyramide, die sich bei näherer Betrachtung als eine Art ringförmiger Käfig erwies, speziell für meinen Bruder errichtet. Was sollte das nun schon wieder? »Rolf wollte sich unter den Zug werfen, da ihn niemand abholte«, erläuterte mir die Frau sogleich. »So haben wir eine Sperre gebaut, damit er uns nicht entwischt.«

Ich zog meinen Bruder aus seinem halbdunklen Verlies, küsste ihn und stellte ihn auf den Bahnsteig. Dann ergriff ich seine Hand und wir gingen. »Halten sie ihn ja fest! Ganz fest! Sonst wirft er sich unter die Räder«, rief uns die Erzieherin noch angsterfüllt hinterher.

Wir waren gerade auf Höhe der Lokomotive angelangt, die uns, einer riesigen eisernen Fratze ohne Augen gleich, hämisch anzuglotzen schien. Ich hielt, einer plötzlichen Eingebung folgend, an. »Willst du immer noch unter die Lok springen?«, fragte ich den Bruder. »Wenn du willst, dann tu es jetzt«, setzte ich streng hinzu und lies sein Händchen los. Ich kam eben nach

Rolf (links) und Wolfgang. So kamen sie 1943 aus dem Kinderheim zurück

meiner Mutter und wusste ganz genau, dass Rolf nur etwas vorspielte. So etwas ging aber weder bei Mutter noch bei mir durch!

Rolf, nun mit der Möglichkeit der freien Wahl konfrontiert, beachtete die Lokomotive gar nicht mehr und trippelte friedlich weiter an meiner Seite. Dann, nach ein paar Schritten schließlich, gab er mir zutraulich seine Hand, damit wir uns im Menschengewimmel ja nicht verlieren. Wir machten uns nun daran, die Mutter zu suchen, die nun schon am Bahnhof angekommen sein musste.

Rolf hat Mutter nie verziehen, dass sie ihn nicht abholte, dass sie nicht wartete wie unzählige andere, dass es sie zur Arbeit zog.

»Die Arbeit war für sie immer wichtiger als wir«, wiederholt mein längst schon in die Jahre gekommener Bruder Jahr für Jahr, die Verletzung der Kinderzeit nie verwindend.

Ich aber weiß, dass das nicht stimmt.

Mein Vater ist ein Fritz

Im Speisesaal des »Lux« war für die heimkehrenden Kinder ein leckeres Mittagessen bereitet worden. Diesmal gab es aus unerfindlichen Gründen keine Anweisung zur Desinfektion, und wir gingen direkt vom Bahnhof zum Essen. Dort saßen bereits fast alle Heimgekehrten. Wolfgang und Rolf aßen zur Freude der Mutter sowohl die Vorspeise als auch das Hauptmenü und das Dessert auf. Auf dem Weg in unser Zimmer in der dritten Etage musste sich Wolfgang dann übergeben.

Mutter hatte zudem auch noch ein Empfangsessen für ihre Jungen vorbereitet. Sie hatte Plätzchen gebacken, und auf dem Tisch in der Mitte des Zimmers lagen diverse Süßigkeiten und Spielsachen.

Schon beim Öffnen der Tür sollten die heimgekehrten Kinder die wunderbaren Leckereien erblicken! Und nun das mit Wolf; und noch ist nicht absehbar, wie Rolf das ungewohnte reichhaltige Essen verträgt. Mutter fasst daher einen Entschluss.

Kurz vor unserer Zimmertür bleibt sie stehen und erzählt Wolf und Rolf, welche Leckereien sie dort erwarten, und dass man diese, mit Rücksicht auf die kleinen Mägen, erst morgen essen wird. Die Spielzeuge freilich dürfen sofort in Beschlag genommen werden. Noch mit der Belehrung der Kleinen beschäftigt, öffnet Mutter die Tür.

Rolf stürzt sofort zum Tisch, nimmt sich so viel Gebäck, wie er nur fassen kann und stopft sich die Beute sofort in den kleinen Mund. Wolfgang steht währenddessen immer noch an der Schwelle, ganz so, als versuchte er zu erfassen, in welches Paradies er geraten ist. Mutter räumt ruhig den Napf mit dem Fettgebäck und alle Süßigkeiten fort, setzt sich an den Tisch und erklärt Rolf noch einmal, dass diese heute tabu sind, da es Wolfgang bereits schlecht sei.

Da wirft sich unser lieber, lustiger Schelm Rolf auf den Fußboden, strampelt mit den Füßen in der Luft und schreit wie am Spieß: »Ich will die Süßigkeiten, ich will die Süßigkeiten!«

Mutter sitzt mir gegenüber am Tisch, den Kopf zwischen den Händen. Sie wendet die Augen ab und erteilt mir flüsternd die Anweisung, ja nicht zu Rolf zu schauen und keinen Mucks von mir zu geben. Da saßen wir nun, Mutter und ich, schweigend, uns mit aller Kraft der Versuchung widersetzend, zu Rolf hinüberzublicken. Der aber strampelt unentwegt mit den kurzen Beinen und krakeelt aus vollem Hals. Wie lange kann man aber schreien, ohne damit Aufmerksamkeit zu erregen? Rolf verstummt schließlich, steht auf und wendet sich, als ob nichts gewesen sei, den Spielsachen auf dem Tisch zu. Er hat eine derartige Inszenierung später nie mehr wiederholt.

Wie diese Episode unsere Mutter, die ihre kleinen Buben von fünf und sechs nach zwei Jahren endlos scheinender Trennung endlich wieder in ihre Arme nehmen konnte, erschütterte, möchte ich mir nicht einmal vorstellen.

Mit den Brüdern musste nun täglich ein Spaziergang unternommen werden. Diese Aufgabe fiel mir zu. Einmal jedoch machte sich an meiner statt Vater mit den beiden auf den Weg. Sie hatten das Portal des »Lux« noch nicht durchschritten, als Rolf unweit des Eingangs zur Bäckerei von Filippow eine mit Brotlaiben bepackte Karre erblickte.

Ein kräftiger Mann schob das Gefährt geschickt balancierend zum Ladeneingang. Dabei geriet die Ladung bedrohlich ins Wanken, fiel aber nicht herunter. Rolf versperrte den Weg, und ohne dem Vater Zeit zum Erfassen der Situation zu geben, schlug der Knirps mit der kleinen Faust gegen die aufgetürmte Ladung. Die Brote fielen, eines nach dem anderen, auf den Asphalt.

Vater packte Rolf voller Grimm am Schlafittchen. Da krähte dieser mit aller Kraft: »Mein Vater ist ein Fritz! Mein Vater ist ein Fritz!«

Der Ausflug hatte sich damit erledigt. Mein armer Vater meinte zu Hause, dass er sich künftig nur dann auf Spaziergänge mit den Jungen einlassen würde, wenn Wolfgang und Rolf ein Schild auf der Brust trügen, mit der Aufschrift: »Wir bitten, den Eltern keine Vorwürfe zu machen. Wir sind im Internat aufgewachsen.«

Wogegen opponierten meine Brüder, indem sie nicht hörten und aggressiv reagierten, wobei sich besonders Rolf hervortat?

Bemühe ich mein Gedächtnis, so kann ich mich an ein solches Verhalten im »Wald« nicht erinnern.

Rolf war Wolfgang ein guter Bruder und hat diesen dort niemals geärgert, wie er es später in Moskau tat. Auch der Erzieherin seiner Gruppe war Rolf der Sympathischste unter den Kindern. Er war zwar ein kleiner Schelm, aber ein sehr liebenswürdiger und fürsorglicher. Im einsamen Krankenzimmer im »Waldkurort« hat er sogar sein knappes Brot mit der Ratte geteilt. Und nun so etwas. Was war bloß geschehen?

Das Verhalten der Brüder kam nicht von ungefähr. Rolf und Wolfgang waren knapp drei und vier Jahre alt, als der Krieg sie von den Eltern trennte. In diesem Alter leben die Kinder aber noch in der mütterlichen Obhut. Ohne große Worte spüren sie deren Liebe und Fürsorge. Auch die Mutter versteht ihre Kinder instinktiv. Aus dieser psychologischen Wärme wurden die Brüder für über zwei Jahre gewaltsam herausgerissen. Während dieser langen Zeit fanden sie sich mit dem Verlust ab, gewöhnten sie sich an ihr neues Dasein im Kreise anderer Kinder unter der Aufsicht der Erzieher. Sie wurden zu Heimkindern. Der einzige Angehörige, der sonntags zu ihnen kam und sie mit Süßigkeiten verwöhnte, war ich, die Schwester. Obwohl ich und auch die Erzieher den Kindern immer wieder von den Eltern erzählten; die Brüder vergaßen diese und erkannten sie nicht einmal auf den Fotos wieder. So war es auch kein Zufall, dass mich Wolf eines Tages im Internat fragte, ob er mich Mama nennen dürfe.

Das Band zwischen der Mutter und ihren Kindern zeriss im Gedächtnis der Kleinen, verwandelte sich in der kindlichen Phantasie in das Bild von der lieben Mutter und dem lieben Vater, die ihnen Päckchen schicken. Reale Menschen standen nicht mehr hinter dieser Vorstellung, sie waren zu märchenhaften, herrlichen Zaubertraumfiguren geworden.

Nun kehrten Wolfgang und Rolf nach Hause zurück. Die gute Mama-Fee hat ihre Ankunft auf dem Bahnsteig verpasst, und der Zauber-Papa ist überhaupt nicht gekommen, sondern war arbeiten. Rolfs Befreiung aus dem Kistenkäfig war das Werk der Schwester, die sie ja kannten und an deren Nähe sie gewöhnt waren.

Endlich zu Hause angekommen, verbot die Frau, welche sich Mutter nannte, dann auch noch die herrlichen Plätzchen. Dabei war es doch nur einem, Wolfgang, schlecht, während der stets nach Süßem lechzende Rolf durchaus noch etwas in sich hineinschaufeln konnte! Außerdem redeten alle in irgendeiner unverständlichen Sprache. Nur ihre Trawka übersetzte, wenn es um die beiden Jungen ging.

Ansonsten verstehen sie rein gar nichts in dem Zimmer, das von jetzt an ihr Zuhause sei soll. Ein einziges Durcheinander, ein einziges Kauderwelsch. Die Brüder waren im Internat gezwungenermaßen aus dem Schutz der mütterlichen Liebe entlassen worden, waren vorzeitig gereift, hatten ihre spezifische Art von Freiheit erlangt. Nunmehr wollten und konnten sie nicht einfach wieder unter die schützenden Flügel zurückkehren.

Mutters Aufgabe bestand daher darin, sie mit Liebe und Sorge zu umgeben, jedoch so, dass die Brüder weiter selbständig sein konnten, so wie sie es im Internat sein mussten.

Die Wärme jedoch, an die sie sich in den Tagen im »Waldkurort« gewöhnt hatten, suchten sie unbewusst auch künftig bei der Schwester. Kaum schien am Morgen das erste Tageslicht in mein Bett und störte mich, meinen letzten Traum bis zum Ende zu verfolgen, schon »kämpften« die Brüder, ganz wie früher, um den besten Platz an meiner Seite. Wer von ihnen als Erster erwachte, der hatte ihn bereits so gut wie sicher.

All das erklärt sicher auch, warum Rolf noch Jahre später, schon im reifen Alter, sich nicht davon abbringen ließ, zu erklären, ich sei für ihn die Mutter gewesen. Es war sicher auch kein Zufall, dass der fünfjährige Rolf, während er schon selbstbewusst mit seinen Gefährten den Hof des »Lux« durchstreifte, sich von Zeit zu Zeit in einen Winkel verkrümelte und dort hastig am Daumen lutschte. Er wollte das unbewältigte Gefühl der Einsamkeit und Kälte der Kriegskindheit verdrängen. Der Krieg ließ uns aber nicht los ...

Eines Tages stürzte Rolf mit vor Schreck geweiteten Augen in unser Zimmer und stieß hervor: »Wolf wird auf der Treppe von einem Jungen verhauen!« Mit Sieben-Meilen-Schritten eilte ich einen Nebenaufgang nach oben und erblickte dort Wolfgang, vor Angst wimmernd. Über ihm, mit geballten Fäusten, ein Zwölfjähriger in bedrohlicher Pose. Der ältere Knabe ergötzte sich sichtlich am erniedrigenden Anblick des Bruders.

In mir kochte die Wut hoch. Ich stürzte mich auf den Peiniger, fasste ihn an der Schulter, hob ihn hoch, schüttelte ihn mit aller Kraft und rief dabei: »Wirst du weiter die Kleinen malträtieren? Wirst du ...?!«

Der Junge begann zu flennen, und ich ließ von ihm ab, jedoch nicht ohne ihm noch ein vielsagendes »Wenn du dich noch einmal erdreistest ...!« hinzuwerfen. Mich schauten die glänzenden Augen des eben geretteten Wolfgang an. So hatte er mich noch nie angeblickt, voller Begeisterung und Bewunderung. Von da an warnten sowohl Wolf als auch Rolf alle, die sich auch nur anschickten, sich an ihnen zu vergreifen: »Na gut, dann rufe ich eben meine ältere Schwester ...« So ließ man sie in Ruhe.

Allmählich fanden beide zu sich. An der Seite von Mutter, Vater und Schwester brach Stück für Stück das Eis.

Meine Brüder, die sich zu Beginn des Krieges so naiv auf die Bahnfahrt in die Evakuierung gefreut hatten und begierig gewesen waren, das »Große Wasser« zu sehen, kamen nun endlich nach Hause.

Im »Lux«

Für Wolf und Rolf begann nun das neue, wahre Leben auf den Korridoren des »Lux«, so wie es schon bei mir gewesen war. Tagsüber in den Kindergarten oder später in die Schule und danach ab auf die Flure. Hier begannen die beiden Räuber schon bald, allerlei Unfug anzustellen. So klopften sie an alle Türen und versteckten sich schnell, um dann vorsichtig um die Ecke zu lugen und sich an den verdutzten Gesichtern der Bewohner zu erfreuen, die ihre Tür öffneten, vor der niemand stand.

Erich Wendt piesackten sie nicht nur einmal damit, dass sie die Tür zu seiner Stube öffneten (im »Lux« verschloss kaum einer das Zimmer), seine

Galoschen stibitzten und dann in verschiedene Richtungen mit jeweils einem der Füßlinge verschwanden. Die Beute triumphierend schwenkend, legten sie das Schuhwerk schließlich vor einer fremden Tür ab.

Erich konnte darüber keineswegs lachen, und ihm fehlte auch die Geduld, die Missetäter dazu zu veranlassen, ihm die entführten Sachen selbst zurückzubringen. Er versuchte daher, sie lautstark verwünschend zu fangen, was ihm freilich nicht gelang. Danach sammelte er seine Schuhe wieder ein. Die Geschichte, die in den Augen von Rolf und Wolf ein äußerst lustiges Spiel war, wiederholte sich unzählige Male, immer dann, wenn es den beiden gerade mal wieder in den Sinn kam.

Erich, der kluge, belesene, wundervolle Erich ließ sich wieder und wieder, zur Freude der Brüder, auf eine Jagd über den Korridor ein. Welch ein Gaudi für die kleinen Plagegeister.

Die genervten Bewohner des »Lux« riefen dauernd bei uns an und baten inständig darum, die Brüder an die Leine zu legen. Wir erhielten selbst dann Anrufe, wenn die beiden friedlich zu Hause saßen und diesmal wirklich nichts damit zu tun haben konnten. Alles fiel auf Wolf und Rolf – verdienter- und unverdientermaßen. Einmal, als sie bei uns spielten und sich gemeinsam mit Hans Bergmann auf dem Boden wälzten, brach das Regal zusammen, auf dem unser gesamtes Geschirr stand. Nicht ein Teller, nicht ein Glas und auch keine einzige Milchflasche überstand das Malheur. Alles zerschepperte. Der Schaden wog umso mehr, als es während des Krieges derartige Sachen nirgends zu kaufen gab.

Dafür ist weder Hans noch den Brüdern etwas geschehen. Auf den erschrockenen, schuldig blickenden Gesichtern war nicht eine Schramme zu sehen. Selbst das schwere gusseiserne Bügeleisen, welches von ganz oben geflogen kam, fiel zwar auf einen Haufen tiefer Teller, verfehlte aber, wie ein Wunder, die Köpfe der Kinder.

Das war für Mutter das Wichtigste. Ich kann mich nicht entsinnen, dass sie die Brüder wegen ihrer Unachtsamkeit rügte. Sie scherzte sogar noch und erklärte, froh darüber zu sein, dass sie es nicht geschafft hatte, dass Geschirr abzuwaschen und es daher schmutzig zu Bruch ging. So hätte das Ganze auch etwas Positives.

Im »Lux«, wo meine Brüder auf Grund ihrer verflixten »Einfälle« schon längst Max und Moritz genannt wurden, verbreitete sich die Kunde über den Vorfall wie ein Lauffeuer über alle Korridore.

Es dauert keine zwei Tage, und man brachte uns so viel Geschirr, wie wir niemals besessen hatten.

Eine ähnliche Solidarität erlebten wir, als ich einmal so dumm war, die Brotkarten für die ganze Wochenration zu verlieren. Die folgenden Abende kam das Telefon nicht zur Ruhe. Mutter wurde meist nur gesagt: »Trautchen soll doch mal hochkommen.« Ich ging also in das genannte Zimmer, und dort steckte man mir ein Stück Brot in die Hand, meist sogar weißes. Erklärend wurde jedes Mal hinzugesetzt: »Schließlich habt ihr Kleinkinder.«

Wir haben fast fürstlich gelebt. Nie wieder während des Krieges habe ich so oft Weißbrot gegessen wie in dieser Woche. Vater schlug mir sogar im Scherz vor, die Bezugskarten noch einmal zu verlieren.

Schule

Als ich nach Moskau zurückkam, blieben mir in der neunten Klasse gerade mal zwei Monate bis zum Ende des Schuljahres. Es wurde schnell klar, dass ich einiges aufzuholen hatte, besonders in Mathematik. Daher klemmte ich mich hinter die Algebra-, Geometrie- und Trigonometrielehrbücher. Mit Begeisterung ackerte ich in drei Tagen alle möglichen Theoreme und Gleichungen durch, verstand alles offensichtlich auf Anhieb.

Doch gleich die erste schriftliche Kontrollarbeit brachte mir eine saftige »Zwei« ein.

»Das war's, du hast keinerlei mathematische Fähigkeiten«, sagte ich mir und begrub sofort alle Pläne eines eventuellen Studiums an einer mathematisch-physikalischen Fakultät. Heute danke ich ihr dafür, der einzigen »Zwei«, die ich je erhalten habe! (Während meiner Schulzeit war die Fünf die beste Note.)

Anna Alexejewna Jasnopolskaja

Stärker als alles andere in der Schule irritierte mich jedoch Anna Alexejewna, unsere allseits bekannte Literaturlehrerein. Keiner der aus allen Winkeln des Landes zurückkehrenden Schüler erhielt für die ersten Aufsätze mehr als eine »Zwei« von ihr. Daher war auch ich vorbereitet, das gleiche Schicksal zu erleiden.

Die erste Arbeit schrieb ich zum Thema »Pierre Besuchow«, einer Hauptfigur aus Lew Tolstois »Krieg und Frieden«. Anna Alexejewna stand an der Tafel und griff sich ein Heft nach dem anderen aus dem Stoß unserer »Werke«. Sie nannte die Note und hub an, das Geschriebene zu sezieren. Schließlich war die Reihe an mir. »Schälike. ›Gut‹ mit doppeltem Minus!«, hörte ich völlig unerwartet. Ja, das war schon was! Dann folgte die obligatorische Analyse des Inhalts, gespickt mit einer Unmenge von Anmerkungen. Schließlich, als ob sie in sich hineinlauschte, meinte die verehrte Anna Alexejewna unvermittelt: »Nein, kein ›Gut‹, sondern ›Mäßig‹«. Mit ihrem erbarmungslosen roten Stift änderte sie das »Gut mit zwei Minuszeichen« in ein »Mäßig«. Trotzdem ein Sieg! Noch dazu bei Anna Alexejewna! Ich war ebenso verdutzt darüber wie meine Mitschülerinnen.

Ich kann nicht sagen, was aus mir geworden wäre, hätte sich nicht mein Lebensweg in der Schule mit dem von Anna Alexejewna Jasnopolskaja gekreuzt. Sie wurde gegen Ende der neunten Klasse unsere Literaturlehrerin und unterrichtete uns auch im folgenden Schuljahr. Ich hatte darauf bereits seit der sechsen Klasse gewartet. Schon damals kursierten in der Schule allerlei Legenden über sie. Die Schüler waren alle von ihr verzaubert. Ausnahmslos! Im Unterreicht konnte sie sich fast alles erlauben. Man verehrte sie und würde sie immer verehren.

Die beste Note, die »Fünf«, erteilte sie mit einem düsteren Gesicht, ganz so, als ob sie immer noch insgeheim daran zweifelte, dass es tatsächlich eine »Fünf« sei. Diese Note war in ihren Augen etwas Erhabenes, ganz Besonderes. Willst du eine »Fünf«, dann strecke dich gefälligst!

Die »Zwei« dagegen vergab sie mit einem giftigen Lächeln, mit einer exakten Unterschrift, dabei den Kopf seltsam verdrehend, mit nur einem Auge auf das Klassenbuch schielend. Wie ein sich aufplusterndes, fröhliches Hühnchen. Eine »Zwei« hatte man sich bei Anna Alexejewna im Handumdrehen eingefangen. Kein Schüler, den sie nicht mit der »beliebten« Note bedachte. Sich eine »Zwei« einzuhandeln war zwar peinlich, aber bei ihr immer auch irgendwie gerechtfertigt. Außerdem war das nicht katastrophal. Eine »Zwei«? Bei Anna Alexejewna? Alles klar. Sie hat dich zur Kenntnis genommen. Sei stolz drauf!

Wenigstens wissen die Schüler, dass es in den Literaturstunden straff zugeht – und wie! Aber was soll's? Dafür ist es in jeder Unterrichtsstunde interessant. Zudem beeindruckte uns die Geradlinigkeit und Offenheit der legendären Lehrerin. Wenn sich jemand während des Unterrichts eine Dummheit leistete, dann unterbrach Anna Alexejewna ihn sofort: »Setz dich und reiß dich am Riemen.« Außerdem machte sie mit der Hand eine Geste, die wohl ausdrücken sollte, wie man dies zu tun hatte.

»Aber Anna Alexejewna, ist das nicht beleidigend?«, fragte eine Schülerin, auf die ungewöhnliche Art der Aufforderung der Lehrerin zum Setzen anspielend.

»Ach! Bin ich etwa daran schuld, wenn ihr einen derartigen Unsinn erzählt? Es widerstrebt einem, das anzuhören«, antwortete Anna Alexejewna. Es war aber weder beleidigend noch sonderbar für den, der sich »am Riemen reißen« musste, höchstens lustig.

Unsere Literaturlehrerin konnte man aber auch im Unterricht herausfordern, ihren Scharfsinn mit dem unseren zu messen. Sie war stets die Siegerin. Trotzdem wurde unsere Zuversicht in die eigenen Fähigkeiten nie geschmälert, sondern wuchs von Mal zu Mal.

Bei Anna Alexejewna zu lernen – ein Glück. Die Schüler rätselten eifersüchtig, wem sie wohl einen Vortrag über Hamlet, Faust, Gretchen oder Natasha Rostowa auftragen würde. Wem? Nur eines stand fest. Nur die Beste erhielt die Aufgabe.

Wer würde das bloß sein? Von ihr einen Vortrag zu erhalten war ein Glücksfall. Es gab in diesen Minuten nichts, was uns glücklicher machen konnte. Hattest du dich auf das Referat vorzubereiten, dann tat das mit dir die ganze Klasse. Die Mitschüler prüften, ob Anna Alexejewna recht daran getan hatte, gerade dich mit der wichtigen Aufgabe zu betrauen.

Auf ihrem Gesicht jedoch, in ihrer Miene und in jeder ihrer Gesten spiegelten sich ihre Gefühle über das, was du da gerade erzähltest und wie du dies tatst. Die kleine hagere Person schnalzte vor Behagen oder zischte enttäuscht. Du aber, bleibe ja eisern an der Tafel stehen und führe, ohne zu wanken, deine Ausführungen fort! Beweise ihr sofort, dass ihr Zischen fehl am Platze ist und entlocke ihr die eigenartigen Schnalztöne. Gelingt es dir und gehst du als Sieger vom Feld, dann scheint dir das der Gipfel des Glücks. Auch deine Klassenkameradinnen werden dich nun in den höchsten Tönen preisen.

Würde man Anna Alexejewna auf der Straße begegnen, so nähme man sie wohl kaum zur Kenntnis. Ein ganz alltägliches Gesicht mit viel zu kleinen Igelaugen. Die geraden Lippen fest zusammengepresst und das Gesicht in Falten gelegt. An ihre Art sich zu kleiden, daran kann ich mich überhaupt nicht mehr entsinnen. Wenn sie aber vor der Klasse Alexander Blok las, dann erfasste uns ein Hochgefühl. Vor der Tafel schritten plötzlich zwölf Rotarmisten, winselte ein räudiger Köter, spielte ein Harmonium, waren Schüsse zu hören. Die Buchgestalten fingen an zu leben.

Nur Jesus Christus, von einem weißen Rosenkranz gesäumt, haben wir nie sehen können, so eifrig und innig Anna Alexejewna uns sein Bild auch zu malen versuchte. Warum? Ich glaube, sie hat ihn selbst nicht erblickt.

Und Majakowski! Wie wir diesen Giganten der Verse liebten! Obwohl schon lange zurückliegend, ließ sein Selbstmord unsere Seelen weinen. Und erst die Symbolisten, damals abwertend als »Dekadente« denunziert. Eigentlich sollten wir diese wegen ihrer angeblichen Entrücktheit und ob ihrer Wortpirouetten kritisieren. Wenn unsere Lehrerin diese las, dann wurden daraus jedoch Giganten des Wortes. Das scheinbar sinnlose Wortgewirr wurde zum Ohrenschmaus. Wir erglühten förmlich vor Begeisterung. Anna Alexejewna jedoch kühlte unsere Leidenschaft behutsam ab. Trotzdem verteidigten wir das Recht der angeblich »Dekadenten« auf einen würdigen Platz in der Literatur. Dachte die Lehrerin anders?

Zu Hause, in Elgas elterlicher Bibliothek, kramten wir dünne Gedichtbändchen von Sinaida Hippius, Konstantin Balmont, Welimir Chlebnikow hervor, die Anfang des Jahrhunderts erschienen waren. Auch Semjon Nadson fiel uns in die Hände und Leonid Andrejew ...

Das Scheppern der Pausenklingel wurde von der Klasse für gewöhnlich überhört. Anna Alexejewnas Unterricht verlief stets als Doppelstunde. Eine andere Zeitplanung akzeptierte sie nicht. Hatten wir bei ihr Unterricht, so empfanden wir die Pausen als ärgerliche Störung.

Hausaufgaben erhielten wir von ihr in Hülle und Fülle. Ihr habt »Krieg und Frieden« bereits in der sechsten Klasse gelesen? Das sagt überhaupt nichts! Lest es nun in der neunten nochmals. Und sie überprüfte: »Welche Farbe hatte das Kleid von Natasha Rostowa, das sie auf dem ersten Ball trug? Aha, ...weiß? Setz dich, mein Täubchen. Zwei!« Tolstoi sollte man unbedingt kennen, selbst die Farbe des Hundes von Karatajew. Ja, das war ihr wichtig. Wer es nicht sagen konnte, hatte es nicht gelesen! Die »Zwei« war dir sicher. Wir lasen bis zwei Uhr nachts, um ja bei Anna Alexejewna mithalten und ihre Fragen beantworten zu können.

Die Lehrerin war in Moskau bekannt. Oft hielt sie so genannte offene Unterrichtsstunden vor einem breiten Publikum, und die Teilnehmer verließen diese tief beeindruckt. Sie, geradlinig und aufrichtig, hat nicht ein einziges Mal ihre Schüler vorher darüber informiert. So waren die Hospitationsstunden für uns eine völlige Überraschung. Wir fieberten für uns und unsere bemerkenswerte Lehrerin gleichermaßen.

Es nötigte uns tiefen Respekt ab, dass ihr Schauauftritte absolut fremd waren. Vor dem fremden Publikum nahm sie keineswegs die Stärksten dran, rief, trotz des Waldes von zur Antwort gestreckten Armen, auch diejenigen auf, die sich nicht gemeldet hatten.

»Habe ich euch gequält?«, fragte sie uns lächelnd am nächsten Tag. »So sollte es auch sein. Da werdet ihr künftig euren Grips stärker in Bewegung bringen.« So war für sie die Anwesenheit der Hospitanten eine willkommene Gelegenheit, das Denken ihrer Schüler erneut anzustacheln. Anna Alexejewna war es, die uns als Erste dazu brachte, in die Bibliothek zu gehen, dort zusätzliche Bücher zu wälzen, die zwar nicht im Lehrplan der Schule vorgesehen waren, aber unverrückbar auf dem Programmzettel unserer Literaturlehrerin standen.

Wie konnte sie diese Last nur bewältigen, ihre außergewöhnliche Unterrichtsführung und den mehr als freien Umgang mit dem Lehrplan? Wie ertrugen die übrigen Lehrer Anna Alexejewnas grenzenlose Popularität? Darauf kann ich keine Antwort geben.

Es ging die Legende um, dass die Schulleitung einmal den Beschluss gefasst hatte, ihr zu verbieten, den Schülern solch Unmengen von Hausaufgaben aufzugeben. Nachdem dies entschieden war, habe sich Anna Alexejewna auf der Versammlung erhoben. Mit der berühmten kopfneigenden Geste, mit der sie ihre Fünfen verteilte, habe sie den Anwesenden erklärt, dass sie die Hausaufgaben weiter wie bisher aufgebe, so lange sie lebe.

Uns gefielen die Geschichte und die Antwort. Prächtig, unsere Anna! Das war Courage!

Ich glaube, dass ich vieles, was mir später in meiner Arbeit als Dozent glückte, Anna Alexejewna zu verdanken habe, sowie unserem Seminarleiter an der Moskauer Universität, Solomon Chaimowitsch Brainin, dem Dozenten für Rechtswissenschaften Pjotr Nikolajewitsch Galansa und nicht zu vergessen, unserem Pädagogiklektor Alexej Iwanowitsch Straschew.

Letzterer vermochte es, uns das Gefühl zu geben, als säßen wir im Kino. Vor uns entstand nicht nur das plastische Bild eines noch unerfahrenen jungen Lehrers mit all seinen läppischen Anfangsfehlern. Wir sahen auch jenen berühmt-berüchtigten Schüler, der es vermochte, jede noch so kleine Schwäche des jungen Pädagogen erbarmungslos auszunutzen.

Ich habe aber stets vermieden, meine brillanten Lehrer nachzuahmen. Ich war von ihnen begeistert, sie haben meine pädagogischen Fähigkeiten geweckt. Nahezu unmerklich geschah etwas in meinem Innersten, was mich später befähigte, selbst als Lektor und Lehrer zu arbeiten. Dank ihnen allen.

Alltag

Wie verlief unser Alltag 1943-1944?

Der Kindergarten war anfänglich noch geschlossen, und die Brüder blieben den ganzen Tag zu Hause. Irgendwer musste sich aber um sie kümmern, ihnen Essen geben und mit ihnen spazieren gehen.

Die Eltern arbeiteten, jedoch in verschiedenen Schichten. Das war die Lösung. So konnten sie sich immer um die beiden Kleinen kümmern. Außer mittwochs. An diesem Tag überschnitten sich ihre Dienste. Daher ging ich mittwochs nicht zur Schule und kümmerte mich um Wolfgang und Rolf.

Als nun die Prüfungszeit begann und eine Konsultation gerade auf den Mittwoch fiel, nahm ich die Knirpse kurzerhand mit in die Schule.

Zunächst spazierten sie über den Schulhof und erklärten mir von Zeit zu Zeit lauthals durch das offene Fenster, was sie gerade dort entdeckt hatten. Obwohl sie mich damit vom Vorbereitungsgespräch gehörig ablenkten, sagte der Konsultant, unser lieber Juli Ossipowitsch Gurwitz, der Mathelehrer, nicht ein Wort. Er war wieder einmal, wie so oft, voller Güte und Verständnis.

Dann erweiterten die Brüder Schritt für Schritt ihren Radius und erschlossen sich den hinteren Teil des Hofes. Dort bildeten allerlei Schrott und etliche alte Maschinen ein heilloses Gewirr, das sie offensichtlich magisch anzog. Nichts in der Welt konnte für die fünf- und sechsjährigen Stromer interessanter sein. Die Metallteile, an denen sie zu zerren begannen, konnten ihnen jedoch gefährlich werden. So bat ich den Lehrer, mich für einen kurzen Moment zu entschuldigen, damit ich die beiden Räuber wieder in den gefahrlosen Abschnitt des Hofes lotsen konnte.

Der gute Juli Ossipowitsch schlug mir vor, die beiden doch lieber mit in den Klassenraum zu nehmen. Da ich Wolf und Rolf jedoch kannte, schwante mir sofort nichts Gutes. Dieses Wissen hatte ich dem Mathelehrer voraus, der noch nicht ahnte, was ihm da bevorstand. Er verfrachtete die beiden auf die letzte Bank und trug ihnen auf, einen Panzer zu malen. Wolfgang machte sich sofort fleißig und stolz an die Lösung der Aufgabe, die er von einem echten Lehrer bekommen hatte. Rolf jedoch kritzelte flüchtig etwas hin, was aber nur sehr entfernt dem schrecklichen Kriegsgefährt ähnelte. Bald darauf erhob er sich, um dem Lehrer sein Werk zu präsentieren. Das ging nun eine ganze Weile so. Gott sei Dank neigte sich die Konsultation bald ihrem Ende zu.

Im Sommer 1943, wir hatten die neunte Klasse abgeschlossen, arbeiteten wir in einem Sowchos, einem landwirtschaftlichen Staatsgut, unweit Moskaus. Wir ernteten Möhren, Weißkohl und Steckrüben. Keiner mokierte sich darüber, wenn ein Teil der Ernte sogleich in unseren hungrigen Mündern verschwand. Mit dem Rübenkraut reinigten wir die saftigen Möhren, an unseren schmutzigen Schürzen rieben wir die herrlichsten riesigen

Tomaten sauber, und ohne Brot verschlangen wir die zusätzliche Vitaminration in schier unglaublichen Mengen.

Für mich blieb das nicht folgenlos. Meine hemmungslosen Rohkostorgien riefen irgendwann fürchterliche Bauchschmerzen hervor. Meine von Mutter ererbte Vorliebe für Vitamine brachten mir einige Qualen ein, und man schickte mich nach Moskau zurück.

Dort stellte der Arzt des »Lux« die Diagnose: Kolitis, also Darmentzündung. Er erklärte, dass es von nun an notwendig sei, drei Jahre eine strenge Diät einzuhalten. Ansonsten liefe ich Gefahr, das ganze Leben unter Bauchweh zu leiden. Am wichtigsten sei, so der Mediziner, während dieser Zeit nicht ein Krümelchen Schwarzbrot zu essen. Für mich käme nur noch weißes in Frage. Was für ein Rat im Jahr 1943, mitten im Krieg!

Mutter nahm die Empfehlungen sehr ernst und brachte es tatsächlich fertig, mir die folgenden drei Jahre Weißbrot und andere wunderbare Speisen vorzusetzen. Das weiße Brot, das wir, wie auch das Schwarzbrot, nur auf Karten erhielten, war von da an nur noch für mich bestimmt. Keiner in der Familie hat mir dies jemals vorgehalten, und sogar die kleinen Brüder akzeptierten meine leckere Sonderration voller Verständnis.

Den Sowchos, dessen Gemüse ich so heißhungrig verschlungen hatte, habe ich aber noch aus einem anderen Grund nie vergessen können. Im Sommer 1943 hatte ich dort ein denkwürdiges Erlebnis.

»Die Deutsche werde ich jetzt erschlagen«

Man wollte mich, gerade einmal sechzehn Jahre alt, umbringen. Warum? Weil ich eine Deutsche war!

Es war Krieg. Unsere Moskauer Mädchenschule war zur Erntearbeit aufs Land gefahren. Wir bemühten uns nach Kräften, der Front zu helfen. Gewissenhaft schufteten wir gemeinsam mit den Sowchosbauern, arbeiteten Seite an Seite mit ihnen auf dem gleichen Feld, unter dem gleichen heimatlichen Himmel. Unsere lebhaften Gespräche und Zurufe »Iskra, Elga, Trawka!« erschallten mal hier und mal da. Sie waren unüberhörbar.

Eine der Bäuerinnen, eine schon bejahrte Frau, fragte eines Tages unvermittelt: »Mädchen, was hat das zu bedeuten? Warum habt ihr so sonderliche Namen?«

Irgendwer begann es ihr sogleich zu erklären. Als die Reihe schließlich an meinem Spitznamen war und man mit einem gewissen Stolz auf unsere »Exotik« berichtete, dass »Trawka unsere Deutsche sei«, geschah das Unerwartete. »Deu...uutsche!?«, unterbrach die Frau und ballte die Fäuste zu ehernen Klumpen. Auf ihrem Antlitz bildeten sich flugs knotige Striemen. Wie ein Rammbock stürzte sie auf mich los und sagte dabei so seltsam stimmlos, dass es fast banal klang: »Die Deutsche werde ich jetzt erschlagen.«

Nicht einmal der Schreck hatte genügend Zeit, mir in die Glieder zu fahren. Alles ging nun blitzschnell. In Windeseile bildeten meine Klassenkameradinnen einen schützenden, undurchdringlichen Ring um mich, der mich sicher vom heranbrausenden Unheil abschirmte.

»Was soll das? Sind Sie verrückt geworden? Noch nie was von den deutschen Kommunisten gehört? Sie kennen wohl den Unterschied nicht?«, schrien die Mädchen der wütenden Frau aus voller Kehle entgegen, sich dabei gegenseitig übertönend.

Diese hielt ein, lauschte den verzweifelten Mädchenstimmen und wandte sich schließlich ab. Mit seltsamer Stimme sagte sie in unsere Richtung: »Ich werde sie trotzdem töten!«

Und ich? Ich verstand diese einfache russische Bäuerin, deren Mann oder Sohn oder auch beide gefallen waren. Ein einsamer, ohnmächtiger, blinder Hass machte es ihr unmöglich, zu unterschieden, wer da vor ihr stand, ein sowjetisches Mädchen deutscher Nationalität oder tatsächlich ein Faschist, der ihr alles genommen hatte. Für sie, in ihrem unsäglichem Leid und Schmerz, waren alle Deutschen gleichermaßen schuldig am unwiederbringlichen Verlust ihrer Angehörigen. Ja alle! Dafür war sie bereit, sich zu rächen. Sie war in diesem Augenblick bereit zu töten, etwas zu tun, was ihrer Natur, ihrem innerem Wesen eigentlich widersprach.

Ein Grund dafür, dass ich mich nicht sonderlich erschrak, lag auch in meiner kindlichen Naivität. Ich konnte einfach nicht glauben, dass man mich am helllichten Tag, bei strahlendem Sonnenschein und unter den Augen meiner Schulkameradinnen töten könnte. Daher habe ich mich nicht eine Sekunde gefürchtet. Meine Gefährtinnen sahen das jedoch anders. Von da an ließen sie mich nicht mehr aus den Augen. Ich konnte kaum mehr allein durchs Dorf gehen. Sie begleiteten mich zur Post, und selbst bei der Feldarbeit wichen sie mir nie mehr von der Seite, arbeiteten stets in meiner Nähe. Kurzum, ich war gut behütet; unaufdringlich, aber lückenlos.

Zwei Jahre später fuhr ich mit dem Zug von Berlin, wo ich die Sommerferien bei den Eltern verbracht hatte, zurück nach Moskau. Einer der Mitreisenden, ein sowjetischer Offizier, ein sympathischer, intelligenter Mann, wollte aus meinem Mund so viel wie möglich über die Deutschen erfahren. Ihn interessierte vor allem die Meinung der Deutschen über die Bürger der

Sowjetunion, und er war auch begierig zu hören, wie ich, die Deutsche, während des Krieges in der UdSSR gelebt hatte, was mir dort widerfahren sei. Als ich ihm die Geschichte mit der Frau, die mich umbringen wollte, erzählte, hat ihn das sehr berührt. »Wie schrecklich«, erregte sich der Mann, um etwas leiser, fast flehentlich hinzuzusetzen: »Verzeihen sie ihr. Bitte!«

Ich hatte ihr schon auf dem Feld vergeben und sie gut verstanden, auch wenn ich persönlich keinerlei Schuld auf mich geladen hatte. Auch heute noch fällt es vielen Menschen schwer, die Besonderheiten von Schuld zu erkennen. Das Verhältnis von individueller Schuld und nationaler Verantwortung ist nicht so einfach, wie es oft dargestellt wird. Ein Gleichheitszeichen dazwischen zu setzen ist so einfach wie falsch. Jeder schematische oder fehlerhafte Ansatz wird wieder zur Quelle von neuem Hass. So speisen sich ethnische Konflikte der Gegenwart unter anderem auch aus archaischen Quellen, wie der mittelalterlichen Blutrache, von sozial-ökonomischen Interessenskonflikten und anderen Widersprüchen ganz zu schweigen.

Ein Kochgeschirr

Ich sah im Sommer 1944 in Moskau auch die schier endlose Kolonne deutscher Kriegsgefangener, die, flankiert von ihren Bewachern, durch die Straßen der sowjetischen Hauptstadt zog. Sie waren im Verlauf der erfolgreichen Offensive der Roten Armee in Belorussland in sowjetische Kriegsgefangenschaft geraten.

Wie unzählige andere Sowjetbürger fiel es mir während des Krieges schwer, zu begreifen, wie es dazu kommen konnte, dass Deutsche solche Grausamkeiten begehen konnten. Wie konnten sie als Duschräume getarnte Gaskammern erfinden? Was brachte sie dazu, medizinische Experimente an Kindern durchzuführen? Wie kam es, dass sie sich die Vernichtung ganzer Völker zur Aufgabe machten? Wie konnten die einfachen Deutschen schließlich den Faschisten glauben und ihnen folgen?

Die Fragen quälten nicht nur meine Schulfreunde, sondern auch mich, das in Berlin geborene sowjetische Mädchen, welches sich trotz aller Widrigkeiten nie als Fremde in seiner neuen Heimat gefühlt hatte.

Deshalb hastete ich auch sofort zum Gartenring, als ich erfuhr, dass dort die Kolonnen der Kriegsgefangenen entlang ziehen. Ich wollte mir den Anblick der »echten« Deutschen nicht entgehen lassen. Ich wollte jene

Deutsche sehen, die das Land, das für mich Heimat war, überfallen und verwüstet hatten.

Die Männer, die ich erblickte, liefen, einem riesigen grauen Strom gleichend, schnellen Schrittes, ohne Halt. Ich tastete mit den Augen die schnell wechselnden Gesichter ab, versuchte zu ergründen, was sie fühlten, was sie in diesem flüchtigen Moment dachten.

Da kamen sie nun, wenige Meter von mir entfernt, durch Moskaus breite Straßen. Ich, auch eine Deutsche, stand inmitten der unzähligen Moskauer, die gekommen waren, diejenigen zu sehen, die ihre Verwandten und Landsleute getötet hatten. Ich kann nicht sagen, was mich in diesen Minuten mehr interessierte, die an mir vorbeigehenden fremden Soldaten in ihren feldgrauen Mänteln oder die Menschen, die mit mir auf dem Bürgersteig standen.

Insgeheim hoffte ich, dass es von keiner der Seiten zu Hassausbrüchen kommen würde, obwohl mir mein Verstand sagte, dass mein Wunsch wohl illusorisch sei.

Da stand ich nun und schaute in die schweigenden Gesichter der am Rande Verharrenden und der auf dem Asphalt Dahinziehenden. Von der ganzen Szenerie ging etwas Unerklärliches aus. Alles wirkte so alltäglich, ja fast banal. Das war umso erstaunlicher, als doch allen Anwesenden, sowohl den die Straßen säumenden Siegern als auch den vorbeilaufenden Besiegten, bewusst sein musste, dass sie Augenzeugen eines historischen Ereignisses waren bzw. an diesem teilhatten. Niemand jedoch schien die Größe und Bedeutung des Momentes recht zu erfassen.

Unter den vorbeischreitenden Gefangenen machte ich lediglich einen Einzigen aus, der dem Bild entsprach, das sich in meinem Unterbewusstsein von »echten Deutschen« geformt hatte. Dieser trabte inmitten der ungeordneten Reihen mit trotzig gesenktem Kopf. Seine Augen waren starr auf den Asphalt gerichtet, die Lippen hielt er zu einem schmalen Strich zusammengepresst, und die Hände waren krampfhaft zu Fäusten geballt. Es schien, als wolle er mit jedem Schritt, mit jeder Bewegung des sehnigen, angespannten Körpers den Umstehenden seine Verachtung, seinen Hass und seinen Stolz entgegenschleudern.

Doch war dieser ältere Mann eine Ausnahme inmitten der meist blutjungen Gefangenen, die mit erhobenen Köpfen ständig mit den neben ihnen laufenden zusammenstießen, weil sie ihre Blicke hastig über die Gebäude, die die Ringstraße säumten, und die Gesichter der unzähligen Schaulustigen auf den Bürgersteigen gleiten ließen.

Diese Jungen blickten voller Interesse auf die schicksalhafte Kulisse ihres sonderbaren Marsches, auf Moskau und die Moskauer. Es erweckte den Eindruck, als wollten sie alles in sich aufnehmen, um ja nichts zu vergessen. Sie erschienen mir vor allem interessiert. In ihren Augen konnte man eine Neugierde erkennen, die durchaus freundlich war. Von Boshaftigkeit keine Spur! Sie waren am Leben geblieben und würden, wenn alles gut geht, den Krieg überstehen. Das waren ganz gewöhnliche Menschen. Fast hätte man annehmen können, sie unternähmen zufällig einen Ausflug.

Ich war offenbar nicht die Einzige, die erstaunlicherweise nicht von einem festlichen Hochgefühl oder gar von einer Jubelstimmung ergriffen wurde, als die Kriegsgefangenen an uns vorbeizogen.

Unweit stand ein altes Mütterchen. Es war auf den ersten Blick zu erkennen, dass sie keine Hauptstädterin war, sondern aus einem Dorf stammte. Sie begann plötzlich zu jammern: »Herr im Himmel, was sind das bloß für Jüngelchen, die gehören doch in die Sauna zum Baden und Schwitzen. Diese armen Burschen!«

Keiner der Umstehenden stimmte in das Lamento der Alten ein, das so ganz und gar nicht der Feierlichkeit des Augenblickes zu entsprechen schien. Aber es fand sich auch niemand, der ihrer absurd anmutenden Idee widersprach. Selbst ein bejahrter stattlicher Mann mit einem beeindruckenden Vollbart, eine Gestalt, die direkt von einem der Partisanenplakate herabgestiegen zu sein schien, schwieg. Er war aber der Einzige, der auf die geschlagenen Feinde so blickte, wie es sich auch für die Übrigen geziemt hätte, verächtlich, mit demonstrativer Herablassung, mit einem durchdringenden kalten Blick. Seine geballten riesigen Fäuste verrieten einen abgrundtiefen Hass gegen die graue Masse der durch Moskau laufenden geschlagenen Fremdlinge.

Ja, er war der Einzige, den ich mit einem solchen Ausdruck, mit solchen Fäusten um mich herum erblickte. So wie ich nur einen einzigen Deutschen gesehen hatte, dessen ganze Gestalt feindselige Abwehr signalisierte.

In den Mienen der übrigen Moskauer konnte ich lediglich Neugier und zum Teil Erstaunen darüber lesen, dass der gestern noch so tödliche, furchtbare Angst einflößende Feind nun geschlagen an ihnen vorbeizog. Er war jetzt zum Greifen nahe und ungefährlich für sie. Hass? Nein, von Hass war, aus welchen Gründen auch immer, nichts zu spüren. Der erhöhte Bürgersteig war von einfachen Moskauern bevölkert, die ganz so auf den feldgrauen Zug sahen, als ob sie sich im Kino einen sonderbaren, interessanten Film anschauten.

Aus den Gesichtern der mit Gewehren bewaffneten Begleitsoldaten jedoch, die den Zug in angemessenen Abständen weniger bewachten als vielmehr eskortierten, war deutlich zu erkennen, dass sie sich der Bedeutung des Momentes bewusst waren. Sie strahlten hoheitsvolle Strenge, Konzentration und Wachsamkeit aus.

Die Kriegsgefangenen liefen in schier endlosem Zug. Da geschah etwas in der Marschkolonne, was die ohnehin nicht sonderlich ordentlichen Reihen für einige Sekunden vollends durcheinander brachte. Wie sich bald herausstellte, hatte ein blutjunger Soldat, offensichtlich abgelenkt in seiner selbstvergessenen Betrachtung der Szenerie, nicht bemerkt, dass sich sein Kochgeschirr vom Halteriemen löste. Das kleine topfähnliche Ding fiel scheppernd auf den heißen Asphalt. Der Junge bückte sich schnell und versuchte, das Gefäß behände wieder aufzuklauben. Die unverdrossen nachrückenden Marschreihen jedoch machten es ihm unmöglich, den kleinen Metallkessel zu erhaschen. Bemüht, die Ordnung nicht aufzulösen, gaben sie ihm keinen Raum, setzten eisern und unentwegt ihren Marsch durch Moskau fort.

Der arme Bursche blieb einen Moment verwirrt stehen. Einer der Gefangenen stieß das Kochgeschirr wie einen Fußball in Richtung des Pechvogels, um ihm zu helfen, sein Geschirr wiederzubekommen. Die unzähligen Beine auf dem Weg dahin verhinderten aber, dass dieser wieder auf direktem Weg zu seinem Besitz gelangte. Der unglückliche Soldat stand immer noch, auf ein Wunder hoffend, im Strom der Dahinschreitenden. Deutlich war zu erkennen, dass er davor zurückschreckte, die ohnehin desolate Marschordnung noch mehr durcheinander zu bringen.

Da trat plötzlich eine junge Frau aus der Masse der Moskauer, die das Trottoir säumten und den ungewöhnlichen Zug beäugten. Sie lief direkt auf das graue Dickicht der Soldatenleiber zu, die immer noch das Blechgeschirr mit den Füßen polternd hin und her schoben. Dieses lag in unmittelbarer Reichweite der unverhofften Helferin. Es wäre ihr also durchaus möglich gewesen, den für den Soldaten lebensnotwendigen Metallnapf kurzerhand aufzuheben und ihn dem armen Kerl in die vor Hilflosigkeit und Erschrecken zitternden Hände zu drücken.

Da ergriff die riesige Pranke des vollbärtigen »Partisanen« die Frau an der Schulter und zog sie mit Kraft in den Zuschauerpulk zurück. »Wohin willst du? Wohl verrückt geworden?«, fragte der Alte bedrohlich. Die Frau ging verlegen an ihren Platz zurück. Wieder sagte keiner der Umstehenden auch nur ein Wort.

Der deutsche Soldat aber, der verstört von dannen trabte, um seinen Platz in der Marschkolonne wieder einzunehmen, blieb ohne sein Kochgeschirr. Dieses polterte weiter zwischen den Füßen der dahinziehenden feldgrauen Gestalten, und keiner unternahm auch nur einen Versuch, wenigstens für eine Sekunde einzuhalten und es aufzulesen.

Ein kleiner, banaler, fast unbeachteter Zwischenfall. In der heißen Luft über dem historischen Zug der Kriegsgefangenen durch Moskau schwirrte aber etwas nicht Alltägliches mit. Der durch Krieg und Tod geschaffene, unüberwindbar erscheinende eherne Wall zwischen einfachen Deutschen und den Bürgern der Sowjetunion in Gestalt der Moskauer Bevölkerung zeigte im Sommer 1944 auf dem Gartenring unsichtbare Risse.

Mir aber, die ich mich mit der Frage, wie die Deutschen den Faschismus zulassen konnten, herumplagte, hat das erste Zusammentreffen mit diesen »richtigen« Deutschen nicht weitergeholfen. Was ich sah, waren ... Menschen.

Studium

Im Sommer 1944 beendete ich die Schule. In unserer Klasse waren 22 Schüler. Wir waren nur Mädchen, denn Jungen und Mädchen waren nunmehr getrennt unterrichtet worden.

Nach meinen ersten, negativen Erfahrungen in Sachen Liebe war mir dies nur recht. Die Mitschülerinnen waren meist klug. Zwölf von uns machten den Abschluss mit »Auszeichnung«, darunter Elga und ich. Mit einer vorzüglichen Beurteilung in den Händen, bewarb ich mich an der Fakultät für Geschichte der Moskauer Staatlichen Universität.

Vor der Aufnahmekommission der Historischen Fakultät der Moskauer Staatlichen Lomonossow-Universität begründete ich meinen Wunsch, Geschichte zu studieren. Da war ich 17 Jahre alt. Eine Aufnahmeprüfung war mir erspart geblieben, weil ich die Schule mit »Ausgezeichnet« abgeschlossen hatte. In der Konsultation, zu der man mich eingeladen hatte, eröffnete man mir: »Sie sind angenommen und werden an der Front der Arbeit eingesetzt. Morgen früh um 8 Uhr geht es vom Bahnhof beim Flusshafen Chimki los. Machen Sie sich bereit.«

»Tschelkasch«

Natürlich war ich bereit. Und nicht nur ich, sondern noch fünfhundert weitere frisch gebackene siebzehn- bis achtzehnjährige Studenten der Universität. Es waren fast nur Mädchen. Die wenigen Jungen waren für die Front untauglich. Manche waren Brillenträger, andere chronisch krank. Drei Monate lang zogen wir in der Nähe von Kalinin riesige Flöße, die mit sechs Meter langen Holzstämmen beladen waren, den Fluss entlang. Wir kamen uns vor wie die Treidler auf dem berühmten Gemälde von Ilja Repin.

Wir erhaschten die Holzstämme, die in der Strommitte des Flusses einzeln trieben. Danach zerrten wir sie bis zu einer Drei-Meter-Markierung, wo sie zu Verbänden zusammengefügt und übereinander gezogen wurden. Diese wurden dadurch immer schwerer und tauchten so tief ein, dass wir bis fast an die Knie im kalten Wasser standen. Unser Brigadier sprang dann zu uns und befestigte die geladenen Stämme mit einem Seil, um sie transportfähig zu machen. Zu unseren Aufgaben gehörte es auch, verkeilte Stämme zu lösen und sie wieder in die Strömung zu bugsieren. Dazu mussten wir im Fluss hochkant stehende Holzstämme, die das Flößen behinderten, herausfischen. Eigentlich war das eine Arbeit, die nur von Hünen gemeistert werden konnte. Sie war schwer und gefährlich und ganz und gar nicht für Mädchen geeignet. Trotzdem haben wir sie bewältigt.

Die Flöße, die wir mit Hilfe unserer Hakenstöcke zusammengefügt hatten, schwammen schließlich ruhig flussabwärts weiter. Es war sehr riskant, sich auf den zusammengebundenen Holzstämmen, die der Fluss mit sich brachte, zu bewegen. Man konnte leicht abrutschen und ins Wasser fallen.

In die Weisheiten und Geheimnisse des Holzflößens wurden wir von unserem Brigadier eingewiesen. Er war lang wie eine Hopfenstange, dünn wie Don Quijote und konnte fluchen, dass man seinesgleichen erst einmal hätte suchen müssen. Täglich begoss er seine Magengeschwüre mit einer Flasche Wodka. Auf uns hackte er herum, weil wir für ihn zunächst nur unbeholfene kleine Stadtschnepfen waren. Als gebildete Hauptstädterinnen, die das Leben an den Gestalten der Literatur maßen, nannten wir ihn sogleich Tschelkasch, nach dem Haupthelden der gleichnamigen Erzählung von Gorki.

Wir hatten einen zwölfstündigen Arbeitstag mit einer Stunde Mittagspause. Unser Mittagessen bestand immer nur aus einigen Stückchen Schwarzbrot, die wir aus der Kantine mitnahmen. Verpflegung gab es nur morgens und abends. Am Morgen einige Löffel Haferflockenbrei mit ranzigem Pflanzenöl und am Abend eine dunkle Plempe aus getrocknetem Gemüse, das weder weich gekocht war, noch dieser Brühe ein genießbares Aussehen verleihen konnte. Doch wir aßen sowohl den Brei als auch die unansehnliche Suppe mit einem Mordsappetit und warteten immer darauf, dass man uns endlich einmal Kartoffeln kochen würde. Die Zeit verging, aber es trafen keine anderen Lebensmittel ein. Wir hielten durch, solange wir uns in unserer unsäglichen Müdigkeit auf dem Heuboden noch hungrig auf unsere Lagerstatt fallen lassen konnten, auf der wir uns in einer tiefen Kuhle vergruben: unter uns Heu, an den Seiten Heu, über uns die ganze Kleidung und wieder Heu. Wir hielten durch, solange wir noch einschlafen konnten, obgleich wir vor Kälte am ganzen Körper zitterten. Bis wir an uns die ersten Läuse entdeckten!

Da schwante uns allmählich, dass es so nicht weitergehen konnte. Wir brauchten unbedingt ein richtiges nahrhaftes Mittagessen. Egal woraus es bestand, es musste etwas Ordentliches beschafft werden.

In den Mittagspausen suchten wir nun Pilze, vor allem Hallimasch. Und nachts ließen wir von den Feldern des Sowchos Kartoffeln, Kohl und Steckrüben mitgehen. Lena und ich klauten »abwechselnd« für uns und für die Freundinnen. Wir stahlen, weil uns der Hunger quälte, um beim Holzflößen durchzuhalten. Ich muss zugeben, dass ich deswegen keinerlei Gewissensbisse hatte. Spätabends, wenn es schon ganz dunkel war, machte ich mich auf den Weg zum Feld, bückte mich dort lässig und tat so, als würde ich mir die Schnürsenkel meiner monströsen amerikanischen Stiefel zubinden. Dabei riss ich dann ganz schnell eine unmittelbar am Wegesrand stehende Kartoffelstaude heraus, trennte eilig die Knollen ab und verstaute sie in einem Hosenbein der Wattehose. Die Staude warf ich achtlos auf die Straße. Schnellen Schrittes ging ich dann zurück zu unserem Heuboden. Am nächsten Tag war Lena an der Reihe, für uns fünf Mädchen auf Beute zu gehen. Dann war ich wieder an der Reihe. Die anderen Mädchen trauten sich nicht. Ihre Angst war größer als der beißende Hunger, als die Sorge um das eigene Wohlergehen und das der Kameradinnen. Doch warteten sie immer voller Ungeduld auf unser Beutegut, und sie aßen mit der gleichen Lust wie die zwei »Diebinnen«. Lena und ich gaben uns redliche Mühe. Doch schon ballten sich über uns unheilvolle Wolken zusammen, die sich bald in einem bedrohlichen Gewitter entluden.

Eines schönen Tages, als wir uns nach dem Mittagessen gerade auf der blanken Erde hingestreckt hatten, um uns eine halbe Stunde Tiefschlaf zu gönnen, kam der Vorsitzende des Sowchos wutentbrannt zu unserem Lagerfeuer geschnauft. In seinen riesigen Händen hielt er vertrocknete Kartoffelstauden. »Gehören die zu dir?«, schrie er den Brigadier, unseren armen Tschelkasch, an und zeigte Unheil kündend in unsere Richtung.

»Das ist das Werk ihrer schmutzigen Hände! Ich werde deine Mädchen schnell hinter Gitter bringen, diese Diebinnen!«, fauchte er und ließ unseren Chef gar nicht erst zu Wort kommen.

Unser mannhafter Brigadier, der große, dünne, langarmige Tschelkasch freilich fuhr fort, sich seine Hände gelassen am Lagerfeuer zu wärmen. Nur den Kopf wandte er verächtlich dem sich wie wild gebärdenden Mann zu. Das brachte den tobenden Vorsitzenden nun gänzlich außer sich. »Los, sag endlich, wer sind die Diebe? Sonst werde ich sie alle verhaften lassen. Ich werde es euch zeigen, staatliches Eigentum zu stehlen!«

»Die waren das doch gar nicht«, antwortete Tschelkasch seelenruhig. »Siehst du denn nicht, die sind doch alle aus der Stadt, sind ganz lammfromm. Die stehlen doch nicht, verstehst du das denn nicht?«

»Und was ist in den Kochgeschirren?«, fragte der Vorsitzende schimpfend weiter.

»Dann guck doch hinein«, meinte Tschelkasch bissig. »Vielleicht findest du etwas.« Er wusste ja, dass alles bis zum Grund ausgeleckt war. Dann fügte er, die Gunst des Augenblicks nutzend, hinzu: »Sei sicher, wenn ich eine erwische, bin ich der Erste, der dir das meldet. Diebstahl lasse ich bei keinem durchgehen. Das kannst du glauben!«

Der Vorsitzende beruhigte sich etwas, stand noch ein Weilchen dort herum und ging dann seiner Wege.

Erleichtert aufatmen, in der Hoffnung, dass nun alles vorbei war, konnten wir jedoch nicht. Kaum war das wütende Oberhaupt des Sowchos verschwunden, da sprang der erboste Tschelkasch wie von der Tarantel gestochen auf seine langen staksigen Beine. Mit wütend funkelnden Augen blickte er voller Verachtung auf uns, die vor ihm liegenden Flößerinnen. Sein vorgestreckter Zeigefinger wies gebieterisch auf Lena und mich, und er schnauzte los: »Du und du! Steht auf und kommt mit!!!«

»Der wird uns jetzt vertrimmen«, dachte ich ohne jeden Schrecken. »Der weiß alles von uns. Er hat uns zwar vor dem Vorsitzenden gerettet, nun wird er uns aber auf seine Weise belehren. Und Recht hat er natürlich auch.«

Demütig und folgsam, von den bedauernden Blicken der zurückgebliebenen Mädchen begleitet, folgten wir dem weit ausschreitenden Tschelkasch, dessen lange Beine an einen Zirkel erinnerten. Er ging schnellen Schrittes und zielgerichtet. Doch wohin?

Als er an das Kartoffelfeld kam, durchschritt er in voller Größe die Hälfte der Furchen und forderte uns auf, ihm zu folgen. In der Mitte des Feldes setzte er sich plötzlich zwischen die Furchen und zog seine ausgetretenen

Stiefel aus. »Damit wird er uns jetzt eins überziehen«, dachte ich verwundert und hockte mich auf seine Weisung auch schon neben Lena hin.

Da bückte sich unser Tschelkasch plötzlich zu einer Kartoffelstaude und grub wie ein Hund ganz schnell die Knollen aus der Erde. Wie auf einem Fließband ließ er die großen, schönen Kartoffeln eine nach der anderen in seinen Stiefeln verschwinden. Zuerst in dem einen und dann in dem anderen. In wenigen Minuten hatte er seine merkwürdige Aktion beendet, nahm beide Stiefel unter den Arm und sagte: »So wird das gemacht, Mädels! So merkt keiner etwas. Aber ihr Kindsköpfe habt sie euch am Wegesrand geholt. Und dann habt ihr auch noch die Stauden mit herausgerissen, ihr Naivlinge!« Damit ging er, stolz auf die uns erteilte Lektion, davon.

Wir waren überaus gelehrige Schülerinnen: Unsere Kartoffelration war jetzt größer geworden. Und die Frau, eine Arbeiterin des Sowchos, die uns selbst in den kalten Herbstnächten nicht in ihrer Hütte, sondern nur auf dem Heuboden übernachten ließ, fragte auch nie, wo wir die Kartoffeln her hatten, die abends in ihrem massigen russischen Ofen kochten.

Beim Holzflößen 1944 bedeutete menschlich zu sein durchaus nicht, das Gebot »Du sollst nicht stehlen« einzuhalten. Da wurden andere moralische Prinzipien benötigt. Unser spindeldürrer Tschelkasch kannte sie. Unsere Wirtin wohl auch. Vielleicht kannte sie der Vorsitzende des Sowchos ebenfalls, denn er kam nie mehr zu unserem Lagerfeuer und suchte nie mehr in unseren Kochgeschirren nach Spuren eines Diebstahls. Er ließ uns Mädchen in Ruhe.

Auf diese Weise hatte das Schicksal Lena und mich vor dem Gefängnis bewahrt. Unsere Jugend blieb uns erhalten, im Unterschied zu tausenden hungriger Landsleute, die wegen einer Rolle Zwirns, wegen einiger Kartoffeln oder Ähren vom Feld des Kolchos oder Sowchos in Straflager geschickt wurden. Wir hatten Glück gehabt ...

Wusste Tschelkasch eigentlich, dass ich eine Deutsche war? Natürlich, das wussten ja alle. Allein schon mein Vorname verriet es, ganz zu schweigen von meinem Vatersnamen. Für Tschelkasch war meine Nationalität aber ohne Belang. Ich war groß, stark und zäh, das war es, was er als Brigadier brauchte.

Ohne Anweisung hatte ich die Leitung der Mädchen bei der Beseitigung der verkeilten und aufgetürmten Stämme übernommen. Wir waren ohne Aufforderung vor Ort, wenn es galt, mit den Kräften einiger schwacher Mädchenhände – die sich freilich nicht in Pferdestärken messen ließen – die mächtigen Baumleiber von der Stelle zu bewegen. Das war eine Schufterei, die selbst kräftige Männer ins Schwitzen gebracht hätte.

Das hatte auch Tschelkasch beeindruckt. Er war nun der Sorge ledig, ständig auf uns achten zu müssen. Nein, er musste sich nicht unausgesetzt über die Stadtmädchen aufregen und erbärmlich fluchend sein schweres Schicksal beklagen.

Es mag komisch klingen, aber es war so, dass ich mit meinen siebzehn Jahren für Tschelkasch jemand war, auf den er sich verlassen konnte. Dazu musste ich aber einiges lernen. Und das hat er mir auch beigebracht. So zum Beispiel, dass man bei starkem Regen unter einer Tanne Schutz suchen muss. Dazu hatte er mich einmal regelrecht zwingen müssen. Denn ich hatte ein ausgesprochen überhebliches Misstrauen gegenüber einer derartigen – wie ich damals dachte – »Dummheit«, dass einen Nadeln besser als Blätter vor einer vom Himmel herabprasselnden Flut schützen können. Doch sie hatten uns zuverlässig geschützt. Tschelkasch und ich waren die Einzigen, die trocken aus ihrem Unterstand herauskamen. Welch Wunder!

Und die Nationalität? Was spielte die schon für eine Rolle, wenn es sich ums Flößen handelte und wenn als Arbeitskräfte nur zarte Mädchen und schwächliche Jungen mit starken Brillen zur Verfügung standen. Die Baumstämme aber waren von gewaltigem Gewicht und folgten ihren eigenen Gesetzen.

Tschelkasch war die »Reinheit des Blutes« egal. Das war nicht seine Angelegenheit! Das Schicksal hatte ihm eine ganz andere Verantwortung vor seinem Gewissen und vor Gott, wenn er an ihn glaubte, auferlegt: Die eifrigen Moskauer Mädchen, die ihm an Stelle von Männern – und sei es auch nur schwächlichen – von irgendwelchen Idioten zum Flößen geschickt worden waren, vor Ungemach zu schützen. Außerdem musste er alles Erdenkliche tun, um mit Hilfe dieser halben Kinder die Front zu unterstützen. Das war es, was ihn bewegte, das waren die Aufgaben, die unser Tschelkasch zu lösen hatte. Nicht mehr und auch nicht weniger! Und zusätzlich hatte er uns noch vor Gefängnis und Hunger zu bewahren.

Mir hat Tschelkasch dann sogar das Leben gerettet.

An einem der letzten Tage unseres Flößerabenteuers führte er uns zu einem weit entfernten Uferabschnitt. Als wir dort ankamen, sahen wir, dass sich in der Mitte des Flusses, dicht bei einem aus dem Wasser ragenden gigantischen Stein, ein heilloses Gewirr kolossaler Baumstämme gebildet hatte. Um die hoch aufgetürmten und verkeilten Riesen herum gurgelte der herbstlich kalte Fluss, der zwar schon flacher als gewöhnlich, aber immer noch hier und da bodenlos war. Auf dem Fluss schwammen noch vereinzelt Stämme, die nicht miteinander zu Flößen verbunden waren. Ich glaube, keiner von uns begriff recht, was für eine gefährliche Arbeit uns erwartete. Ein derartiges Gewirr, noch dazu mitten im Flussbett, hatten wir noch nie aufgelöst. Wir standen dicht gedrängt beieinander und warteten auf den Einsatzbefehl unseres Chefs.

Besorgt eine ganze Weile am Ufer verharrend, betrachtete Tschelkasch das Malheur. Dann näherte er sich, bedächtig im Wasser watend, den verkeilten Stämmen. Noch war es hier nur knietief, so dass man den Stau, im Wasser schreitend, erreichen konnte. Erst hinter dem Stein wurde der Fluss dann tiefer.

Tschelkasch hatte bald erkundet, dass sich der Stau im flachen Wasser gebildet hatte und problemlos zu erreichen war. »Du«, sagte er und zeigte mit dem Finger auf mich, »komm mit mir mit.« Die anderen ließ er am Ufer warten.

Er trug Stiefel, ich schlappte in amerikanischen Fußballschuhen, Größe 46. Kleinere hatte ich nicht gefunden. So begaben wir uns ins Wasser. Es war, wie nicht anders zu erwarten, kalt. Schließlich hatten wir schon Oktober. Doch was sollte es? Wir arbeiteten ja täglich im Wasser, das in unseren Schuhen, die nie trocken wurden, quatschte. Tschelkasch ging mit seinem Flößerstock, an dessen Ende sich ein eiserner Haken befand, voran. Ich folgte ihm, mit eben einem solchen Hakenstock bewaffnet.

Nachdem wir an der Unglücksstelle angekommen waren, stieg Tschelkasch auf den Stapel verkeilter Stämme, sprang aus irgendeinem Grunde mehrfach darauf herum und rief mich zu sich: »Steig herauf!« So begannen wir zu zweit zu arbeiten. Ein Baum wurde mit dem Hakenstock festgehalten, von mir auf der einen Seite, von ihm auf der anderen. Dann kommandierte er: »Hau ruck, und los!« Und da bewegte sich der Stamm von der Stelle, zuerst nur langsam, dann aber sprang er auf die darunter liegenden Baumstämme und glitt polternd in den Fluss. So ging es weiter, einer nach dem anderen, wie beim Streichholzspiel, wenn man einzelne Hölzchen aufnehmen muss, ohne dass die anderen zusammenrutschen und sich verkeilen. Ein Streichholz freilich kann man federleicht anlupfen und zur Seite balancieren. Die Stämme, die sich uns entgegenstemmten, waren aber keine Zündhölzchen. Sie bewegten sich nach anderen Gesetzen, glitten übereinander und schoben das ganze Gewirr allmählich weiter. Woher sollte ich diese Regeln aber kennen?

Wir arbeiteten zu zweit verbissen weiter. Tschelkasch suchte den nächsten Baumstamm aus, und ich kletterte in seine Richtung, suchte festen Halt und schob meinen Hakenstock unter den Holzstamm. »Hau ruck, und los!« Und schon rollte er zum Fluss. Plötzlich aber begann der Haufen, auf dem ich so sicher stand, hin und her zu schwanken und auseinander zu rutschen. Um meine Beine vor den gegeneinander schlagenden Ungetümen zu schützen, sprang ich von einem Fuß auf den anderen, hüpfte von Stamm zu Stamm. Jederzeit konnte ich mit den Beinen zwischen die mächtigen Rundhölzer geraten. Unter mir brach alles immer schneller zusammen. Wir hopsten und stampften auf einer riesigen polternden Holzlawine.

Am Ufer schrien alle vor Entsetzen. Ich sprang und sprang, auf eine Anweisung von Tschelkasch hoffend. Nein! Eigentlich erwartete ich, fast sehnlich, einen seiner deftigen Flüche, mit denen ja immer alles bei ihm begann. Doch dieses Mal fluchte er nicht. »Setz dich auf die Hakenstange! Auf die Hakenstange!«, schrie er vom anderen Ende des auseinander berstenden Baumstapels. Er sprang ebenfalls wie ein Hase und versuchte, in meine Nähe zu kommen. »Wie soll ich mich denn auf die Stange setzen?« Ich hatte das nicht verstanden. »Bin ich denn eine Hexe? Ich kann mich nicht auf einen langen Stock mit einem Haken setzen!« Dann, während ich weiter sprang, wurde mir plötzlich klar: Wenn nur noch die letzte Reihe der Stämme übrig ist, dann würden sich die vormals verkeilten Bäume am Felsblock umdrehen und alles darauf Befindliche in die Tiefe ziehen. Über mir würden sich die schweren Stämme zusammenschließen, und ich hätte keine Möglichkeit mehr, wieder aufzutauchen. Ich konnte nur so lange auf den wankenden Stämmen herumspringen, solange noch einige zusammenlagen. Was sollte ich tun? Mit blieb gar keine Zeit, Angst aufkommen zu lassen. Ich hüpfte unentwegt, um mein Leben zu retten. Ich war mir ganz sicher, dass es tatsächlich um mein Leben ging. Schon etwas ruhiger, suchte ich nach einem Ausweg. Ich sollte mich auf den Hakenstock setzen? Wie sollte ich das tun?

Tschelkasch verstand meine stumme Frage. »Sieh auf mich! Sieh, wie ich es mache!«, befahl er wieder ohne zu fluchen. Rasch legte er den Hakenstock quer zu den sich chaotisch bewegenden Stämmen, hielt ihn mit beiden Händen fest und kniete sich auf ihn. Das gelang mir auch. Und noch zur rechten Zeit, in allerletzter Minute, als von den Stämmen nur noch eine einzige Schicht übrig geblieben war und diese sich bereits vom Stein weg bewegte. Die quer gelegte, eisenbewehrte Flößerstange machte aus den schwimmenden Stämmen im Handumdrehen ein zwar wild schaukelndes, aber tragfähiges Floß.

»Jetzt darf ich nur nicht von dieser Stange fallen. Ich sitze wie ein Papagei im Bauer«, dachte ich, während mein Floß Fahrt aufnahm und hinter dem Stein in die Richtung der schnellen Strömung des Flusses, der an dieser Stelle recht tief war, abbog.

Während ich mich darauf konzentrierte, mich auf der dünnen Flößerstange zu halten, sprang Tschelkasch mit seinen langen Beinen, seinen Hakenstock in der Hand – ich weiß nicht, wie – auf mein kleines Gefährt und ruderte es ohne jede Panik ans Ufer.

Erst am sicheren Ufer eröffnete Tschelkasch, verschwitzt und mit zotteliger Mähne, eine Fluchtirade, wie ich sie weder vorher noch später je wieder gehört habe.

Anfang Oktober begann der Unterricht an der Historischen Fakultät der Moskauer Universität. Da machten sich die jungen Holzflößer auf den Weg zurück nach Moskau.

So kam auch ich in stockdunkler Nacht wieder zu Hause an: Die Herbstsonne hatte sich auf meiner Haut eingebrannt. Ich war ausgedörrt. Meine Brüste waren flach wie zwei Plinsen und ähnelten der Plastik der Alten des Bildhauers Auguste Rodin. Mein Kopf war voller Läuse. In den Tagen bis zum Beginn des Unterrichts wusch und badete mich meine Mutter; sie rieb mich mit Petroleum ein, las mir die Nissen in Scharen vom Haar, am ersten Tag unzählige, dann zu hunderten, schließlich jeweils an die fünfzig. Ich konnte ja schließlich nicht als »Lausemädchen« zum Unterricht erscheinen.

Für ausgezeichnete Arbeit beim Holzflößen hatte ich eine Prämie mit nach Hause gebracht: drei Meter ungebleichten Nesselstoff, aus dem ich mir gleich zwei Unterhemden nähte, und ein Stück Kernseife, über das sich meine Mutter unbeschreiblich freute. Außerdem hatte ich mir noch Rheumatismus eingehandelt, mit dem ich mich meine ganze weitere Jugend herumquälte. Doch ich hatte Glück. Denn fünf unserer Mädchen wurden wegen Gebärmuttersenkung vorzeitig nach Hause geschickt ...

Für unsere Familie hatte mein Einsatz beim Holzflößen zur Folge, dass den ganzen Sommer und Herbst über niemand da war, der sich um meine Brüderchen kümmern konnte. Meine Mutter war nicht einmal auf die Idee gekommen, mich auf der Fakultät »wegen familiärer Umstände« freistellen zu lassen. An der Front der Arbeit zu sein, das war während des Krieges eine Ehrenpflicht. Sich davor zu drücken – eine Schande. Für meine Eltern und für mich war die Devise »Alles für die Front, alles für den Sieg« mehr als ein Appell. Die gesellschaftlichen Interessen stehen über den Familienproblemen – das war die Regel, an die wir uns hielten.

Die armenische Familie Gurjanow, die auf unserer Etage wohnte und viele Kinder hatte, erklärte sich bereit, auf meine Brüder aufzupassen. Wolf und Rolf fühlten sich bei ihnen sehr wohl, und es war für sie auch interessant. Für ihre Hilfsbereitschaft bekamen die Gurjanows wöchentlich von Mutter einen Laib Brot, mehr hatten wir nicht übrig. Vielleicht war es aber auch nur einmal im Monat.

Berufswahl

Warum fiel meine Wahl auf die Historische Fakultät? Wie ich bereits schrieb, hatte ich die Schule mit »Ausgezeichnet« abgeschlossen. Um dieses Zeugnis zu bekommen, musste ich allerdings die Prüfung für das ungeliebte Fach Erdkunde ein zweites Mal ablegen. Ansonsten wäre die Note vom Zeugnis der neunten Klasse in das Reifezeugnis übernommen worden. Da hatte ich aber nur die Note »Gut« erhalten. Ich wollte jedoch ein »Ausgezeichnet«, damit ich alles mit »Ausgezeichnet« abschließen konnte.

Die Erdkundelehrerin konnte ich nach wie vor nicht leiden, und ich hatte keine Lust, für dieses verflixte Fach nochmals im Leben zu lernen. Das widerspiegelte sich auch in meinen Kenntnissen. Als ich dann bei der rothaarigen Lehrerin Jewgescha die Prüfung ablegte, wurde mir wieder einmal bewusst, dass Geographie nicht meine Sache war. Und Jewgescha ließ es sich nicht nehmen, dies sogleich zu manifestieren. Natürlich war sie mit meinen Ausführungen und Antworten unzufrieden. Verächtlich verzog sie ihren Mund und äußerte gewichtig, dass ich keine geographischen Kenntnisse besäße und deshalb eigentlich kein »Ausgezeichnet« verdient hätte. Da sie mir aber mein Reifezeugnis nicht verderben wolle, würde sie eben beide Augen zudrücken und mir die ersehnte Note geben.

Wer nun glaubt, ich hätte wie die literarischen Helden des Dramatikers Viktor Rosow gehandelt und wäre, ohne die Almosen der Erdkundelehrerin anzunehmen, weggegangen, um ihr keine Gelegenheit zu geben, ihre Großherzigkeit auszukosten, der irrt gewaltig. Nichts dergleichen!

Mir war selbst klar, dass ich kein »Ausgezeichnet« verdient hatte. Ich tat es meiner mich ewig schurigelnden Lehrerin gleich. Mit einem ihrem verächtlichen siegesbewussten Lächeln ähnelndem Grinsen nahm ich ihr das Nachweisblatt mit der für mich so bedeutsamen Note aus der Hand. Dann stolzierte ich, wahrscheinlich auch noch ohne Dank, aus der Klasse. Ich kann bis heute nicht begreifen, dass man mir derartige Eskapaden so einfach durchgehen ließ. Das »Ausgezeichnet« auf dem Reifezeugnis berechtigte mich nun, ohne Aufnahmeprüfungen an einer beliebigen Hochschule immatrikuliert zu werden. Meine Eltern hatten mit der Wahl meiner Fachrichtung nichts zu tun, denn es gab darüber keine Diskussionen. Mein Leben gehörte mir, und ich musste ja auch schon bald selbst die Verantwortung dafür übernehmen. Da meine Eltern keinerlei Vorstellung von den Moskauer Hochschulen hatten, konnten sie mir, auch wenn sie es gewollt hätten, keinen Rat geben. Angesichts meiner Abneigung gegen Erdkunde fragte mich meine Mutter zwar vorsichtig, ob ich mit der Fachrichtung Geschichte die richtige Wahl getroffen hätte, doch tat ich das mit der Bemerkung ab, dass Geographie dabei nicht sonderlich wichtig sei.

Unbewusst trat ich trotz der Freiheit der Berufsentscheidung in die Fußtapfen meiner Eltern. Diese hatten zwar nur acht Klassen Volksschule hinter sich. Trotzdem war ihr Leben von einem regen geistigen Dasein geprägt. Sie suchten nicht weltabgewandt einen abstrakten Sinn ihres Seins. Ihr Denken verlief nicht in fernen Bahnen, auf der Suche nach dem Glauben an einen Gott. Sie wollten das Diesseits begreifen, die Realität ergründen, die gesellschaftlichen und politischen Ereignisse dieser Welt erfassen. Wenn sie lasen und über das Gelesene debattierten, so taten sie dies nicht, »um alles zu wissen« oder »um ihre Kenntnisse zu demonstrieren«, sondern um aktiv und bewusst am Kampf für den Sieg über den Faschismus und am Aufbau des Sozialismus in Deutschland teilzunehmen, von dessen künftigem Triumph sie fest überzeugt waren.

Ich war in einer Familie aufgewachsen, in der es nicht üblich war, am Mittagstisch oder an stillen Abenden leeres Stroh zu dreschen. Bei uns wurde oft geschwiegen, um jedem die Möglichkeit zu geben, über die eigenen Dinge nachzudenken. Oder es wurde über irgendein politisches, pädagogisches oder moralisches Problem diskutiert. Nur in der Zeit, als die kleinen Brüder noch nicht geboren waren, spielten meine Eltern und ich öfter einmal Zahlenlotto und »Mensch, ärgere dich nicht«.

Ich begann mein Studium an der Historischen Fakultät, um zu begreifen, warum der Faschismus in Deutschland siegen konnte und was getan werden musste, damit derartige Sadisten in keinem Land der Welt wieder zur Macht gelangen konnten. Meine Eltern und ich glaubten, dass diese Antwort nicht nur gefunden werden musste, sondern auch gefunden werden konnte, wenn man die Ursachen des Faschismus erkannte.

Darum habe ich auch während der Aufnahmekonsultation an der Historischen Fakultät, als mich deren Dekan, der Ethnograph Professor Tolstow, nach dem Grund für die Wahl meiner Fachrichtung fragte, ganz eindeutig geantwortet: »Ich möchte wissen, warum es dazu kam, dass in Deutschland der Faschismus siegen konnte.« »Dazu muss man aber nicht die gesamte Geschichte kennen, und historische Analogien sind überhaupt gefährlich«, gab mir der weise Gelehrte zu bedenken. »Ich möchte aber trotzdem die ganz tiefen Wurzeln finden«, entgegnete ich mutig und selbstsicher im Panzer meiner Unwissenheit. Ich antwortete auf seine Fragen mit einem Schwall von Aussagen, eine ungereimter als die andere. Wie aus einem Maschinengewehr brach es aus mir heraus.

Der Professor wollte schließlich wissen, ob ich gerne historische Romane läse. Das verneinte ich. Als Schriftsteller, die ich am meisten liebe, nannte ich Shakespeare und Gorki. Der wirklich gütige Dekan der geschichtswissenschaftlichen Fakultät wollte mich nun endlich auf den richtigen Weg lenken und fragte, ob mir bei Shakespeare die historischen Schauspiele am besten gefielen. Doch wiederum stimmte ich dieser für die Aufnahme günstigen Variante nicht zu und verwies auf »Romeo und Julia«. Was konnte ich mit meinen siebzehn Jahren denn sonst antworten, wenn ich die Wahrheit und nur die reine Wahrheit sagen wollte.

Mir war klar geworden, dass ich auf dem besten Wege war, durchzufallen. Jetzt versuchte es der Dekan von einer anderen Seite und fragte, welche Zeitschriften ich regelmäßig läse.

»Krieg und Frieden«, platzte ich rasch heraus und glaubte, ich befände mich noch an der »Front der Literatur«. Eigentlich wollte ich aber sagen: »Der Krieg und die Arbeiterklasse.« – Nun war ich wohl vollends durchgefallen. Traurig wollte ich das Arbeitszimmer des Gelehrten verlassen. An der Tür hielt ich jedoch inne. Ich machte den ungeschickten Versuch, mich zu retten, und bemerkte: »Ich möchte noch ergänzen, dass ich die deutsche Sprache perfekt beherrsche.« »Perfekt« – so hatte ich es formuliert, keine Spur bescheidener! Ich weiß nicht, was mir geholfen hatte: Meine Dummheit? Meine Offenheit? Vielleicht, dass ich ein »Thema« hatte, welches ich an die Historische Fakultät mitbrachte?

Die Frauen in der Aufnahmekommission, die mir damals die frohe Botschaft überbracht hatten: »Sie sind angenommen und werden an der Front der Arbeit eingesetzt. Morgen früh um 8 Uhr geht es los«, informierten mich mit einem Lächeln und setzten ergänzend hinzu, dass ihnen der Dekan mit Interesse von meinen Antworten in der Konsultation berichtet hatte. Na ja!

Wenn man mich fragt, ob ich Geschichte als Unterrichtsfach geliebt habe, so muss ich das verneinen – keinesfalls! Es war für mich ein Unterrichtsfach wie jedes andere, nicht besser und nicht schlechter. Dass ich während meiner Schuljahre keinerlei Leidenschaft für Geschichte aufgebracht hatte, das konnte Professor Tolstow während der Konsultation natürlich ohne Mühe herausfinden. Genau genommen war es schon so, dass ich mir die Historische Fakultät, an der ich meine Unterlagen für die Aufnahme eingereicht hatte, selbst ausgesucht hatte. Doch den entscheidenden Anstoß hierfür bekam ich durch einen Ratschlag meiner geliebten Anna Jasnopolskaja.

In der zehnten Klasse hatte Anna Alexejewna, meine Literaturlehrerin, allen, die es wollten, ein Vier-Augen-Gespräch angeboten, um über die künftige Fachrichtung zu beraten. Davon hatte ich sofort Gebrauch gemacht. »Was wollen Sie werden?«, fragte Anna Alexejewna. »Schriftsteller«, bekannte ich mich ehrlich zu meiner stillen Liebe, von der nicht einmal Elga etwas ahnte. »Aus Ihnen wird kein Schriftsteller«, urteilte Anna Alexejewna ebenso ehrlich, »Ihre Sprache enthält zu viele Barbarismen. Und was interessiert Sie noch?« Ich nannte Philosophie, die mich in ihren Bann gezogen hatte, ohne dass ich von ihr konkrete Vorstellung hatte. Die Philosophie redete mir Anna Alexejewna mit der ihr eigenen Wahrheitsliebe aus. Das sei kein Beruf, meinte sie. Damit war ich aus dem Gleis geworfen und schon am Ende meines Lateins. Doch Anna Alexejewna kam mir zu Hilfe und fragte nach, wie es denn mit Geschichte bei mir stehe. Sie glaubte, aus mir könne ein guter Historiker werden. Ich sagte ihr die Wahrheit, nämlich dass ich mich auch für Geschichte interessierte, doch dass dieses Fach nach Literatur und Philosophie an letzter Stelle stehe. »Dann lassen Sie sich an der Historischen Fakultät der Moskauer Universität immatrikulieren«, meinte Anna Alexejewna, und damit war die Unterredung beendet.

Ich liebte und vertraute Anna Alexejewna so sehr, dass ich, die ich ja im Allgemeinen recht eigenwillig und energisch war, ihrem Rat folgte und meine Papiere zur Historischen Fakultät brachte.

Schließlich habe ich sogar promoviert und bin Kandidat der Geschichtswissenschaften geworden. Mit Begeisterung habe ich mich zunächst der Erforschung der Märzkämpfe 1919 in Berlin gewidmet und wurde schließlich auch Dozent. Dann trat die Geschichte etwas in den Hintergrund, und ich habe mich stärker mit Philosophie und Journalistik beschäftigt. Nebenbei lag mir immer die künstlerische Laientätigkeit an unserer Universität am Herzen. Gemeinsam mit meinen Studenten habe ich regelmäßig eine große Wandzeitung publiziert und sonnabends bei mir zu Hause Diskussionen organisiert. Nebenher erteilte ich weiterhin Geschichtsunterricht. Und im Alter habe ich dann noch begonnen, meine Erinnerungen aufzuzeichnen ...

Doch ich bin Anna Alexejewna dankbar, dass ich über viele Jahre vor allem Historiker war. Die Kenntnis der Geschichte ist das Fundament meiner geistigen Welt.

Doch wenden wir uns wieder dem Jahr 1944 zu.

Ilja und Trawka. Der Anfang

Während ich den Schulabschluss machte und mir dann beim Holzflößen im Sommer und Herbst 1944 durch das stundenlange Stehen im kalten Wasser noch Rheuma einhandelte, befand sich Ilja im Lazarett in Kislowodsk. Er hatte sich an der Front eine Verwundung am Bein zugezogen. Im Sommer 1944 wurde er aus dem Lazarett als Invalide des Großen Vaterländischen Krieges entlassen und kehrte nach Moskau zurück, wo er seine Unterlagen ebenfalls an der Historischen Fakultät der Moskauer Universität einreichte. Wir waren uns dort im Sommer nicht begegnet und kannten uns noch nicht. Wir wussten nichts voneinander und noch weniger davon, dass wir einmal heiraten und Kinder haben würden.

Unmittelbar nach Abschluss der Artillerieschule kam Ilja an die Front. Als neunzehnjähriger frischgebackener Leutnant kommandierte er eine Einheit 45mm-Geschütze, worauf er sehr stolz war. Ilja war davon überzeugt, dass diese kleinen Kanonen für die Infanterie eine wirksame Hilfe waren. Sie wurden nicht irgendwo, einige Kilometer vom eigentlichen Kampffeld entfernt, eingesetzt, von wo aus die Geschosse wer weiß wo landeten, sondern dort, wo die »Zarin des Gefechts«, die Infanterie, im unmittelbaren Kampf mit dem Gegner stand. Die Bedienungen der kleinkalibrigen Geschütze wurden genauso schnell dahingerafft wie ihre Kampfgefährten von der Infanterie. Ilja wurde schon drei Monate, nachdem er an die vorderste Linie gekommen war, schwer verwundet.

Die Briefe des Ilja Skljar

Aus dem Lazarett, in dem sich Ilja ganze elf Monate befand, schrieb er seinen Eltern eng beschriebene Briefkarten. Einige von ihnen sind erhalten geblieben.

Ilja war zwanzig Jahre alt. Seine Verwundung am Bein war so unglücklich, dass der junge Körper nicht in der Lage war, mit der tief bis an den Knochen eingedrungenen Kugel fertig zu werden. Die Wunde eiterte, sie heilte nicht zu, sondern wurde größer und tiefer. Ilja hatte ständig Schmerzen.

Seinen ersten Brief schrieb er auf der Fahrt nach Kislowodsk, wo er im Lazarett behandelt werden sollte.

Ilja Skljar

Wir sind lange unterwegs ...

2. Februar 1944

Liebe Mutter und lieber Vater!
Ich erfülle mein Versprechen, das ich euch gegeben habe, und beginne ab heute regelmäßig zu schreiben ... Wir fahren langsam, ohne Eile. Zum Mittagessen wird angehalten. Frühstück und Abendessen gibt es ... im Waggon. Hier haben sich nette Jungs zusammengefunden. Bis jetzt ist es im Waggon lustig, unangenehm ist nur, dass wir so lange unterwegs sind. Medizinische Hilfe kann hier faktisch nicht geleistet werden, und wir müssen warten, bis wir endlich in Kislowodsk angekommen sind. Ich tue gar nichts, spiele Preference und streite mich über politische Themen, bis ich heiser bin. Schade, dass es keine Zeitungen gibt, man muss sich mit den Berichten zufrieden geben. Nicht einmal die Rede von Molotow kann man lesen, und die interessiert mich sehr.
Weiter habe ich keine Neuigkeiten.
Ich küsse euch.
Ilja

18. Februar 1944

Liebe Mutter und lieber Vater!
Ich komme meinem Versprechen nach und »versorge« euch regelmäßig mit Bulletins über meine Gesundheit. Jetzt bin ich schon über eine Woche in Kislowodsk,

und ich muss sagen, ich bin total enttäuscht. Wenn ich hier noch einige Monate lebe, werde ich darum bitten, dass ich entlassen und ambulant behandelt werde. Es hat ohnehin keinen Sinn, dass ich hier im Lazarett liege. Während der Fahrt ist die Wunde schlimmer geworden, und morgen wird operiert; ich warte darauf, und es ist mir ganz gleichgültig ... Bei so einer Krankheit, wie ich sie habe, ist ein chirurgischer Eingriff, und nicht nur einer, unvermeidlich. Es ist hier unglaublich langweilig. Es gibt absolut nichts zu lesen. Es ist mir aber gelungen, etwas von Lenin und Plechanow zu bekommen, die ich mit Vergnügen lese. Zeitungen gibt es überhaupt keine ... Es ist so, dass ich nicht lebe, sondern existiere und davon träume, von hier weg und nach Moskau kommen zu können.
Nun, auf Wiedersehen.
Ich küsse euch. Ilja

Igor Hofman ist gestorben ...

6. März 1944

Liebe Mutter und lieber Vater!
Ich habe heute einen Brief von euch bekommen und mich sehr gefreut: Das ist doch der erste Brief, den ich erhalten habe, seit ich in Kislowodsk bin ... Vorgestern habe ich von Wenka einen Brief bekommen, im Allgemeinen nicht schlecht, doch mit einer traurigen Mitteilung: Igor Hofman ist im Krankenhaus an seiner Verwundung gestorben. Der Junge tut mir in der Seele Leid; man bedenke nur, von unserer Klasse sind nur noch sieben Jungs am Leben ... Das ist wohl alles.
Ich küsse euch. Ilja

11. März 1944

Liebe Mutter und lieber Vater!
... Jetzt, nach der Operation, fühle ich mich recht gut, habe angefangen zu arbeiten: Heute hat man mich zum Agitator ernannt, ich bin jetzt also ein Huckel auf ebener Erde ... Leider hat sich das Wetter verschlechtert. Sowie es wieder besser wird, werde ich anfangen, mit Krücken und Schulterstücken in der Stadt spazieren zu gehen. Ich zwinge alle, mich zu grüßen, taratata: Ich habe mich doch nicht umsonst da herumgeschlagen ... Es ist bedauerlich, dass viele gute Jungs schon nicht mehr am Leben sind ...
Nun, das ist alles. Ilja

Die Fritze werden verhauen ...

13. März 1944

Zunächst möchte ich euch zur Einnahme von Berislaw durch unsere Truppen gratulieren. Jetzt ist Cherson an der Reihe, und das wird wohl nicht lange auf sich warten lassen. Die Neuigkeiten sind in letzter Zeit ausgezeichnet: Die Fritze werden nach Strich und Faden verhauen. Die finnischen Schakale haben allen Grund, sich zu ängstigen. Es wäre gut, wenn Finnland aus dem Krieg ausscheiden würde. Das würde die Ereignisse beschleunigen. Na, wir werden abwarten, ich in meiner Lage kann ohnehin nichts tun ... Mir ist alles über, mehr als bitterer Rettich; ich warte und kann es nicht erwarten, dass ich endlich aus dem Lazarett entlassen werde. Aber ich brauche mich nicht zu langweilen, hoffe, dass ich noch spazieren gehen kann.
Ich küsse euch. Ilja

14. März 1944

Liebe Mutter und lieber Vater!
Heute habe ich eine doppelte Freude: Erstens ist Cherson eingenommen worden, denn das ist ja doch meine Heimat und deine auch, Mutter. Und zweitens habe ich gleich zwei Briefe bekommen. Eigentlich wollte ich heute auf diese Freuden einen trinken, aber ich habe wie zum Schur kein Geld, und es gibt auch keins. Sowie man uns die Löhnung gibt, trinke ich einen auf das Vergangene ... Ehrenwort, sogar das Bein fängt an, nicht mehr so weh zu tun bei diesen Neuigkeiten. Die Luft in Kislowodsk hat aber überhaupt keine Wirkung auf mich. Offensichtlich liegt es nicht an der Luft, sondern an der Behandlung. Ich verliere aber trotzdem nicht die Hoffnung, dass ich nach Moskau zurückkomme und mich noch amüsiere: In Moskau gibt es ja viele Mädchen. Zum Teufel! Da habe ich mich ja verplappert! Nun ja, ein Wort ist eben kein Spatz, den du wieder einfangen kannst.
Ich küsse euch. Ilja

31. März 1944

Liebe Mutter und lieber Vater!
... Bei mir ist alles wie immer. Wie immer schmerzt mein Bein, wie immer gibt es nichts zu lesen, und ich sterbe vor Langeweile; neu ist nur, dass ich eine

Krücke losgeworden bin und jetzt auf meinen eigenen zwei Beinen und einem zusätzlichen gehe. Ich laufe zwar sehr langsam, aber es ist schon ein Fortschritt ... Zugleich beschäftige ich mich mit der mir gut bekannten Agitationsarbeit und genieße die Achtung zweier Soldatenkrankenzimmer ... Die Jungs in unserem Krankenzimmer verstehen sich gut, bisweilen organisieren wir selbst »Bunte Abende«. Dann hört man aus dem Zimmer Rufe, Lärm, Lachen, Lieder, alle Schwestern kommen angelaufen – und wir amüsieren uns nach Herzenslust ... Das scheinen nun wohl alle meine Neuigkeiten zu sein ...
Ich küsse euch. Ilja

Der Sinn meines Lebens ...

26. April 1944

Liebe Mutter und lieber Vater!
Heute habe ich euren Brief erhalten, und wie ihr seht, ich antworte auch gleich. Was ist mir denn auch sonst noch für eine Freude geblieben außer den Briefen und den Nachrichten von den Fronten ... Das Wichtigste ist, dass mich viele Gedanken beherrschen: Das ist wohl eher eine Neubestimmung der Werte, eine Neueinschätzung der Ansichten über das Leben ... Hätte es den Krieg nicht gegeben, hätten viele meiner Illusionen einfach weiter bestanden, aber jetzt sind sie verschwunden. Ich verstehe gut, dass der Mensch sich treu bleibt und dass es leider zu viele Kleingeister gibt, die zu keinem schöpferischen Leben fähig sind. Es werden schon weniger, beziehungsweise, es sind schon weniger geworden: Der Sturm des Krieges hat den Menschen ihre Maske heruntergerissen und hat sie vor den anderen bloßgestellt. Es ist klar geworden, dass es auch unter unserer Jugend noch ganz gemeine Spießbürger gibt ... Das Leben ist sehr kompliziert und schwer. Und nicht jedem gelingt es, es so zu gestalten, dass man, wenn man zurückblickt, keine sinnlos vergeudeten Jahre beklagen muss. So schmerzlich es ist, und verzeiht es mir, wenn ich das sage, aber am wenigsten standhaft waren in diesem Krieg unsere Mädchen. Es stimmt einen zutiefst traurig, wenn man sieht, wie selbst kluge, gute und hübsche Mädchen von dem schmutzigen und vulgären spießbürgerlichen Sumpf aufgesogen werden und darin ertrinken. Es sind nur wenige, die erkennen, dass sie nicht leben, sondern existieren, nicht gehen, sondern kriechen und bis an den Hals im Dreck stecken. Das Leben ist ein unbarmherziges Lackmus, und wer einen schwachen Willen hat, wird schnell zu Boden gehen, ohne es selbst zu merken. Schade, dass ich aufhören muss. Ich hätte gern noch sehr vieles gesagt, aber es ist kein Platz mehr.

Ich küsse euch. Ilja
Grüßt alle der Unsrigen, die ihr seht.
Ich wünsche euch alles Gute zum Ersten Mai.

11. Mai 1944

Liebe Mutter und lieber Vater!
... Ich bin zum Kompaniechef der Genesenden ernannt worden und bis oben hin mit Arbeit eingedeckt. Es wäre also eine Sünde, wollte ich mich über Langeweile beklagen. Ich habe mich auch in der Stadtbibliothek angemeldet und dort viele interessante Bücher über Philosophie gefunden, die ich in den freien Minuten mit Begeisterung lese. Mit meinem Bein hat sich nichts geändert: Die Wunde heilt nicht zu, die Schmerzen hören auch nicht auf, obgleich ich mich daran gewöhnt habe. Wenn sie, wie man so sagt, das Maß nicht überschreiten, so bemerke ich sie gar nicht ... Doch dessen ungeachtet, gehen mir alle möglichen schlechten Gedanken durch den Kopf, wenn sich das Chaos lichtet, das darin herrscht und das ich allmählich in Ordnung bringe. Denn hier in Kislowodsk erlebte ich ganz unmittelbar, was ich auch vorher schon wusste, aber nicht recht glauben wollte. Ihr wundert euch, dass ich der Frage bezüglich der Mädchen so viel Zeit widme. Das ist kein Zufall ... Die meisten haben den rasanten Lauf des Lebens nicht ausgehalten und sind sehr schnell in die Fänge der Spießbürgerlichkeit und oftmals sogar des Schmutzes geraten. Ich möchte weder die Mädchen noch uns, die Frontsoldaten, verurteilen, dass wir in den Lazaretten Freundschaften schließen: Letztlich bleibt der Mensch immer ein Mensch. Doch in den meisten Fällen ist das keine Freundschaft, sondern nur ein ganz gewöhnlicher Flirt ...
Heute der eine, morgen ein anderer, als müsse das so sein. Es ist jetzt wirklich schwer geworden, ein Mädchen zu finden, das einem ein Freund sein kann, ein richtiger Freund, nicht nur eine Bekannte ... Wisst ihr, ich habe eine ganz bestimmte Ansicht bekommen über die Mädchen von heute, und ich muss zugeben, nicht nur ich habe diese Ansicht, sondern viele Frontsoldaten denken genauso wie ich.
Nun ja, ich muss zum Schluss kommen.
Ich küsse euch. Ilja
Grüßt alle Pädagogen und unsere Mädchen.

Eine Anmerkung: Aus Iljas Erzählungen weiß ich, dass sich in dem Zug, mit dem er als Verwundeter nach Kislowodsk fuhr, in der Nacht eine Krankenschwester zu ihm setzte und ihm eifrig anbot, ein Kondom zu holen. Auf diese Weise war er zum ersten Mal mit einer Frau zusammen. Als er dann im Lazarett war, hatte er zu einer Bibliothekarin enge Beziehungen, die für ihn mit einer großen Enttäuschung endeten. Die Ursachen hat er mir aber nicht ausführlich genannt.

Ich selbst jedoch war sehr zufrieden, sogar stolz, dass ich nicht nur einen Frontsoldaten an meiner Seite hatte, sondern auch einen »erfahrenen Mann«. Seine früheren Frauen waren mir völlig gleichgültig. Das waren, wie Ilja sich ausdrückte, keine Frauen, sondern »pure Trivialität« und »Schmutz«.

16. Mai 1944

Liebe Mutter und lieber Vater!
Gestern Abend habe ich euren Brief erhalten und antworte umgehend. Ich weiß nicht, wie ihr das seht, aber ich denke, dass ich euch recht regelmäßig schreibe und euch keinen Grund zur Aufregung gebe. Euren Brief habe ich sehr aufmerksam gelesen und war über eure Sorge um mich sehr gerührt. Ihr braucht euch aber meinetwegen nicht zu beunruhigen: Einem Mädchen den Hof zu machen usw. stand und steht bei mir nicht an erster Stelle; im Unterschied zu vielen anderen, die ihre Schulträume und ihre Bestrebungen gegen schales Spießbürgertum eingetauscht haben, bin ich meinem Lieblingsfach, der Geschichte, treu geblieben. Für mich ist die Wissenschaft der Sinn meines Lebens. Damit möchte ich mich beschäftigen, und dem gilt in erster Linie meine Liebe. Dies zum Ersten. Und zweitens weiß ich sehr wohl, sicher nicht weniger als ihr, was das für Mädchen sind, die sich an den Kurorten und insbesondere nach der deutschen Okkupation in den Lazaretten aufhalten ... Doch lassen wir dieses Thema beiseite, es ist zu heikel, um darüber lange zu räsonieren ...«

Von den Mädchen war tatsächlich nicht mehr die Rede, jedenfalls nicht in den Briefen, die erhalten geblieben sind.

Über die Liebe Iljas zur Geschichte möchte ich aber noch etwas hinzufügen. Schon in der Schule galt Iljas Interesse der Geschichte. Diese hatte sein Lehrer Karzew bei ihm geweckt, der ein begeisterter Historiker und hervorragender Pädagoge war. Karzew hatte mit seinen Schülern nicht nur historische Dokumente analysiert, sondern auch Aufführungen einstudiert, bei denen jeder eine Rolle übernommen hatte. Hierbei musste er alles zu dieser Person und zu deren Epoche herausfinden, was es gab. Wir hatten zu Hause sogar ein Foto, auf dem Ilja mit Perücke, Spitzenhemd und entsprechenden Hosen den Fürsten Schujski oder jemanden anderen darstellte. So viel wie möglich über jede Tatsache und jede handelnde Person in Erfahrung zu bringen, das war Iljas Leidenschaft. Da Ilja ein phänomenales Gedächtnis hatte, besaß er umfangreiche Kenntnisse, und ich nahm mich während der Jahre des Studiums neben ihm ganz unkundig aus.

Über den Tod der jüdischen Verwandten in Pjatigorsk …

15. Mai 1944

Gestern war ich in Pjatigorsk. Ich bin nur deshalb dorthin gefahren, um mich zu erkundigen, wie Jakow Israilewitsch und Maria Abramowna Snissarenki umgekommen sind. Ich habe tatsächlich fast 40 Minuten in der Nähe des Hauses zugebracht, in dem sie gewohnt hatten, und konnte mich nicht entschließen, hineinzugehen. Mir schien immer, als würde gleich einer von ihnen herauskommen. Doch leider ist niemand herausgekommen. Und das konnte ja auch gar nicht sein. Dort wohnt jetzt irgendein Arzt, der früher ihr Nachbar war. Sie haben mir erzählt, wie Jakow Israilewitsch gestorben ist. Ich glaube, er war selbst an vielem schuld: Er hätte doch verstehen müssen, dass die Deutschen niemanden von den Juden am Leben lassen würden. Und er ist nicht weggefahren, obgleich es eine solche Möglichkeit gab. Und dann: Warum konnte er sich als alter Einwohner von Pjatigorsk während der Okkupation nicht irgendwo vor den Deutschen verstecken? Um die Sachen war es doch nicht schade, ging es doch darum, am Leben zu bleiben. Kurz gesagt, er hatte nichts dergleichen getan. Am 21. August erließen die Deutschen einen Befehl, dass alle Juden ein Erkennungszeichen, einen gelben sechseckigen Stern, auf der Brust tragen mussten. Und am 5. September wurde der Befehl zur Aussiedlung aller Juden erlassen. Sie konnten pro Person 30 Kilogramm Gepäck mitnehmen und sollten sich zur Umsiedlung fertig machen. Die Nachbarn von Jakow Israilewitsch sagen, dass er und die meisten anderen gehofft hatten, es würde sich darauf beschränken, ein Ghetto zu bilden. Sie waren so naive Leute, dass sie auch noch alle Wertgegenstände und den Schmuck mitnahmen. Nicht einmal zu fliehen hatten sie versucht, obgleich sie das durchaus gekonnt hätten. Ich weiß es nicht, aber hier hat sich meiner Meinung nach auch noch der Geist der Passivität ausgewirkt, eine sklavische Einstellung, die auch durch die Jahre der Sowjetmacht bei jenen Juden (zumindest bei den meisten von ihnen), die unter dem Zarismus gelebt

hatten, nicht getilgt werden konnte. Zu sterben, ohne Widerstand zu leisten, der Kugel demütig die Brust zu bieten – nein, dem widerstrebt mein ganzes Wesen. Wenn man schon sterben muss – dann auf dem Kampffeld, unabhängig davon, wo dieser Kampf stattfindet: Man muss überall um Leben und Freiheit kämpfen. Man darf nicht versuchen, einen Mörder zu überreden, man muss ihn umbringen. Tränen, Leiden und Qualen beeindrucken ihn nicht; das beste Mittel, ihn zu überzeugen, sind eine Kugel, ein Geschoss, eine Mine oder eine Bombe. Vielleicht sagt ihr, ich würde wie ein Kind urteilen: Nein, ich urteile wie ein Soldat. Denn ich hasse die bornierten Bestien in den deutschen Uniformen, weil ich meine Heimat liebe, weil ich das Leben liebe, und im Namen des Lebens bin ich bereit, die Deutschen umzubringen. Doch ich muss zum Schluss kommen.
Ich küsse euch. Ilja

Einige Monate später schrieb Ilja in sein Tagebuch: »Ich habe mich hier in eine kleine Deutsche verliebt.« Die kleine Deutsche war ich.

Die »bornierten Bestien in den deutschen Uniformen« – das war auch Lothar Fritsche, der Vater meiner späteren Schwiegertochter Karla-Maria, das war Ernst Müller, ein deutscher Kommunist, der aus dem Gefängnis an die Front kam und auf die Seite der Roten Armee übergelaufen war, das war Alfred Loening, der Mann der Schwester meines Vaters, und viele, viele andere.

Das hat Ilja natürlich verstanden. Aus ihm brach aber der tiefe, bittere Schmerz um die Verwandten hervor, die sich nur dadurch »schuldig gemacht« hatten, dass sie als Juden geboren waren.

Ich ziehe die Uniform nicht aus ...

9. Juni 1944

Liebe Mutter und lieber Vater!
Entschuldigt, dass ich euch so lange nicht geschrieben habe, ich habe mich leider in der letzten Zeit schlecht gefühlt, und auch jetzt geht es mir, wenn ich ehrlich bin, noch nicht gut. Der Chirurg ist der Meinung, dass sich bei mir die Knochenmarkentzündung verschlimmert hat und ich zwei Wochen liegen muss. Zum Teufel, wie ich des verfluchten Liegens überdrüssig bin: Das muss doch irgendwann einmal ein Ende haben. Liegen. In solchen Tagen liegen, wo endlich die zweite Front eröffnet wurde ... Ich gestehe es euch ehrlich, ich habe mich hier im

Lazarett ganz idiotisch verliebt, wirklich idiotisch, denn das Mädchen ist ein ganz gewöhnliches Weibchen, um nicht zu sagen – ein Flittchen. Ich muss zugeben, dass mich diese Entdeckung außerordentlich erschüttert hat, doch ich bin froh darüber: auf alle Fälle bin ich von meinen letzten Kinderillusionen geheilt, die mir das Leben richtig schwer gemacht hatten. Ich bin jetzt noch vorsichtiger in Bezug auf zufällige Bekanntschaften geworden als früher ... Das bedeutet aber nicht, dass ich ein Weiberfeind geworden bin. Nein, das ist nicht so, ich bin doch ein Mensch und keine Statue ...
Das Einzige, woran ich jetzt einfach mit Vergnügen denke, ist das Studium, die Geschichte, meine geliebte Geschichte. Ach, Teufel! Wie gern möchte ich studieren, richtig studieren.
Wie ich jetzt die Mädchen beneide, die 1926 geboren sind und nun studieren können und mit denen ich lernen werde, ich, ein Frontoffizier, der mehr als sie erlebt hat und mehr als sie weiß, der weiß, wie Pulver riecht und wie das Leben schmeckt. Vielleicht ist das überheblich, doch ich bin wirklich nicht zwei Jahre, sondern 7 bis 8 Jahre älter als sie, und sie werden mich als Ihresgleichen betrachten. Nein! Ich lege meine Militäruniform nicht ab, bevor ich die Universität abgeschlossen habe, um meine Überlegenheit zu zeigen. Zumindest, was die Verdienste vor der Heimat anbetrifft.
Ich küsse euch. Ilja

Es war aber nicht so: Wir Mädchen der Jahrgänge 1926/27 haben, nachdem wir Studentinnen des ersten Studienjahres geworden waren, unsere Kommilitonen, die von der Front kamen, nie als Unseresgleichen betrachtet. Vom ersten Tage an bewunderten wir sie. Sie hatten zum Teil schwere Verwundungen davongetragen, manche an den Beinen, manche hatten Splitter im Kopf oder, was ganz besonders schlimm war, sie waren erblindet. Andere Jungen, ohne Kampferfahrung und Kriegsverletzungen, waren nicht in unserem Studienjahr. Eine Ausnahme bildeten einige sehr Kurzsichtige, die eine starke Brille trugen, und zwei unheilbar Kranke. Wir hatten große Hochachtung vor unseren Frontsoldaten. Schon in den ersten Unterrichtstagen beschlossen wir, dass sich die Mädchen nicht als erste durch die enge, schwere Eichentür des Lenin-Hörsaales in dem Gebäude an der Mochowaja Straße drängeln, sondern in einer Reihe aufgestellt unseren Frontsoldaten stets den Vortritt lassen sollten. So wollten wir ihnen unsere Hochachtung erweisen.

Sie aber regten sich mächtig auf und fragten, ob sie für uns vielleicht keine Männer seien und wer sich eine solche Dummheit ausgedacht habe. Resigniert gestatteten wir unseren Frontsoldaten, uns die Tür zu öffnen und die Damen zuerst eintreten zu lassen.

Ich erinnere mich, wie entrüstet Ilja über unsere edle Initiative war. Er war ein schmächtiger Junge, der sich auf einen Stock stützte und dennoch bei jedem Schritt hinkte. Und was hatte er für große braune Augen, dieser Frontoffizier, der einen Soldatenmantel trug, der ihm viel zu groß war, wohl weil man für ihn im Lazarett keinen passenden gefunden hatte.

Es war also grundlos, was Ilja in seinem Brief aus dem Lazarett diesbezüglich festgestellt hatte. Dass er aber einen solchen Brief geschrieben hatte, zeigte sein Bedürfnis, respektiert zu werden.

Über Deutschland wird die Katastrophe hereinbrechen ...

26. Juni 1944

Liebe Mutter und lieber Vater!
Zuerst gratuliere ich euch zu den neuen Siegen in Karelien, Petrosawodsk und Belorussland. Wieder werden die Fritze nach Strich und Faden geschlagen. Heute wurde berichtet, dass die Unsrigen in Richtung Bobrujsk und in der Nähe von Orscha die Verteidigung in einer Tiefe von 20 bis 30 Kilometern durchbrochen haben. Es ist zu erwarten, dass man in einer Woche anfangen wird, die Fritze an der ganzen Belorussischen Front zu vertreiben. Es hat also begonnen: Die Fritze werden in Italien geschlagen, und zwar tüchtig; die Fritze werden in Frankreich von den Alliierten und den französischen Partisanen selber geschlagen; jetzt hat man bei uns wieder angefangen, sie zu schlagen, und dies ist zehnmal stärker als durch die Alliierten. Ich glaube, das letzte Mal haben wir den Jahrestag des Kriegsbeginns unter den Bedingungen von Kampfhandlungen begangen. Wenn die Alliierten auch so zupacken wie wir, so wird über Deutschland in allernächster Zukunft die Katastrophe hereinbrechen.
Heute war ich zum Röntgen. Morgen bekomme ich die Aufnahme, und der Chirurg wird mich untersuchen ... Ich denke, ich werde vor die Kommission geladen werden und dann etwa am 5. August aus diesem verfluchten Kislowodsk nach Hause abreisen, unabhängig davon, ob man mir Einschränkungen auferlegt oder ob ich gänzlich aus der Armee ausgegliedert werde ... Ich sehne mich nach Arbeit; ich möchte wieder Bücher in die Hand nehmen, mich mit Dokumenten beschäftigen und arbeiten. Das ist mein größter Wunsch.
Ich küsse euch. Ilenka

7. Juli 1944

Ich habe heute euren Brief erhalten und muss sagen, dass er mir viel zu denken gegeben hat. Entschuldigt, aber ich bin sogar etwas beleidigt. Erstens: Woher wisst ihr denn, dass ich desolater Stimmung bin? Ich hatte euch einmal geschrieben, dass ich eine etwas skeptische Sicht auf das Leben entwickelt habe, doch ich habe nicht die Absicht, in Verzagtheit zu verfallen. Das Leben ist meiner Meinung nach viel zu schön, um davon enttäuscht zu sein. Ich bin nicht Petschorin (Die Hauptfigur des Romans »Ein Held unserer Zeit« von M. Lermontow. D. Übers.), ich möchte leben, studieren und arbeiten. – Ich und meine Genossen haben unser Blut nicht darum vergossen, um jetzt vor einem Scherbenhaufen zu stehen, und das wollen wir auch künftig nicht.
Was euren zweiten Ratschlag anbetrifft, keine riskanten Schritte zu unternehmen, so muss ich sagen: Entschuldigt, aber ich bin doch kein kleiner Junge. Ich bin zwar wirklich noch sehr jung. Bin gerade einmal zwanzig Jahre alt. Doch davon waren drei Jahre Krieg. Ich weiß viel zu viel für mein Alter und habe dem Tod nicht deshalb in die Augen gesehen, um meine Zukunft wegen eines flüchtigen Vergnügens aufs Spiel zu setzen ...
Für mich einstehen kann ich auch. Das hat man mir zum Glück beigebracht. Das, was mir zusteht, werde ich mir schon holen, und wenn die Hände nicht ausreichen, dann nehme ich noch die Zähne dazu. Mich hat eure Sorge um mich sehr bewegt, aber ich bin wirklich kein kleiner Junge mehr und kann mich selbst verteidigen.
Heute war die Kommission bei mir. Am 10. soll ich nach Moskau abreisen. Wenn ich losfahre, schicke ich euch ein Telegramm. Bitte erkundigt euch in der Universität, ob ich ohne Prüfungen immatrikuliert werden kann. Und hört euch auch um, ob man in Moskau Stiefel bekommen kann, denn es fällt mir schwer, in Halbschuhen zu gehen.
Ich küsse euch. Ilenka

Studenten

Der Unterricht an der Universität begann Anfang Oktober. Es war schon kalt, und ich kam in Filzstiefeln und einer alten Wattejacke, die ich beim Holzflößen bekommen hatte, zur Fakultät. Darunter trug ich aber einen gestrickten Pullover und einen vernünftigen Rock. Im Parterre des Gebäudes auf der Mochowaja Straße befand sich eine Garderobe. Dort wurden Mäntel, Soldatenmäntel und Jacken unvorstellbarer Fasson von den Studenten abgegeben, denn die meisten zogen an, was sie eben so hatten. Da bin ich mit meiner Wattejacke überhaupt nicht aufgefallen.

Unser Studienjahr war recht seltsam zusammengesetzt. Die Mädchen hatten gerade die zehnte Klasse absolviert, und die Jungen waren fast alle verwundete Frontsoldaten. Komka Schtau, der eigentlich mit Vornamen Kommunij hieß, zum Beispiel war ein Bild von einem Mann, ein geborener Epikureer. Er hatte einen Granatsplitter im Kopf, und ich durfte sogar einmal das Loch in seinem Kopf berühren, in dessen Tiefe das todbringende Metall steckte. Das hinderte Komka aber nicht, das Leben in vollen Zügen zu genießen. Jedenfalls behauptete er, dass er völlig glücklich sei im Leben. Ilja freundete sich sehr bald mit ihm an, obgleich sie sich hinsichtlich vieler Lebensmaximen voneinander unterschieden. Komka war eine Art Husar und Ilja ein junger Wissenschaftler. Er war der Einzige, der von denen, die eine Aufnahmeprüfung abgelegt hatten, alles mit »Ausgezeichnet« bestanden hatte. Er konnte alle Fragen beantworten. Iljas Wissen war einfach frappierend. So stand der schmale, braunäugige, nicht sehr große junge Mann im Soldatenmantel, der sich auf einen Stock stützen musste, sogleich im Mittelpunkt der Gespräche, die die Studenten in den Pausen auf den Korridoren führten. Ilja diskutierte von Herzen gern.

Nach einigen Wochen schien es mir, dass Ilja ganz besonders angeregt sprach, wenn auch ich unter den Studenten war, die ihm zuhörten. Ohne lange zu überlegen, stellte ich ihn auf die Probe. Als Ilja mitten in einem Monolog war, ging ich einfach weg. Mit schrägem Blick nahm ich wahr, dass Ilja betroffen ins Stocken kam und ein anderer dadurch die Möglichkeit erhielt, die Unterhaltung an sich zu reißen. Ich hatte mich also nicht geirrt! Ich fühlte mich geschmeichelt, dass der aufregendste Junge in unserem Studienjahr von mir Kenntnis genommen hatte.

Ich selbst schwieg freilich auch nicht, wenn wir im Korridor über etwas stritten und uns dabei ständig gegenseitig das Wort abschnitten. Wenn ich nur noch wüsste, worüber wir damals derart selbstvergessen disputierten und uns dabei in Fahrt brachten, als würde das Schicksal der Welt davon abhängen, wer Recht hatte. Nur ein Thema hat sich mir tief eingeprägt.

Es ging darum, weshalb die Deutschen zu Verbrechern geworden waren. Einige glaubten, das seien sie von Geburt an, andere dachten, das komme von der spezifisch deutschen Erziehung. Man war sich scheinbar einig, dass alle Deutschen Mörder und Sadisten seien. Ich war damals schon in die Komsomolleitung unseres Studienjahres gewählt worden. Von der gemeinsamen Arbeit beim Holzflößen kannte ich unzählige Kommilitonen aus den

Waltraut Schälike, 1949

Ilja Skljar, 1949

höheren Studienjahren. Bei den Wortgefechten auf den Korridoren hatte ich nie nur schweigend daneben gestanden. So hörte ich mir dieses Gerede erst einmal ganz ruhig und mit verächtlichem Blick an. Und als die Leidenschaften der widerstreitenden Parteien ihren Höhepunkt erreicht hatten, warf ich mit einem Lächeln ein: »Was ist das nur für ein Unsinn! Ich bin, nebenbei bemerkt, eine Deutsche!« Dann verließ ich die wie erstarrt dastehenden Streithähne als lebendiger Beweis, dass nicht alle Deutschen Sadisten waren. Ich war mir sicher, dass ich meine Mitstudenten überzeugt hatte, denn viele kannten mich bereits und begegneten mir mit Wärme und Sympathie. Sie waren aber wahrscheinlich aus einem ganz anderen Grunde so entgeistert: Ihnen wurde erst jetzt richtig bewusst, dass, während der erbitterte Krieg mit Deutschland noch in vollem Gange war, eine echte Deutsche mit ihnen gemeinsam studierte. Das war ja unfassbar! Ich glaube, auch Ilja war Zeuge dieses Vorfalls.

Nachtwache

Am 7. November 1944 waren einige Studenten, unter ihnen auch Ilja und ich, dazu eingeteilt worden, die Universitätsgebäude auf der Mochowaja wegen möglicher Anschläge zu bewachen. Ich freute mich aus irgendeinem

Grunde sehr, dass auch Ilja an der Nachtwache teilnahm. Doch als ich zu der anberaumten Zeit zum Sammelpunkt kam, fehlte er. Unerwartet für mich selbst, war ich davon so betrübt, dass ich schlechte Laune bekam und überhaupt keine Lust mehr verspürte, die Wache zu schieben. Ich bemerkte, dass ich mich verliebt hatte.

Mit dieser sonderbaren Erkenntnis im Hinterkopf bemühte ich mich dennoch diszipliniert, alle Anweisungen für den Wachdienst im Kopf zu behalten, unter anderem auch jene Worte, mit denen über eventuelle außerordentliche Vorkommnisse Bericht erstattet werden musste. Es war schließlich noch Krieg, und man konnte nicht wissen, was dem Feind am Jahrestag der Oktoberrevolution in den Sinn kommen würde.

Ich musste irgendein Lager in der Nähe der Fakultät für Chemie absichern, ganz allein in stockdunkler Nacht. Ich hatte meine Brille nicht mitgenommen, weil ich angenommen hatte, dass es zusammen mit Ilja eine gemeinsame Wache geben würde. Aber in seiner Gegenwart wollte ich meine Waffe zum Kampf gegen die Kurzsichtigkeit um keinen Preis auf der Nase herumtragen. Ich glaubte, ich sei ohne Brille hübscher.

Dafür musste ich nun aber büßen.

In Gedanken an Ilja, der aus irgendeinem Grunde den Dienst abgesagt hatte, schaute ich mich in der beängstigenden Dunkelheit um. Besonders aufmerksam beobachtete ich die gespenstisch wirkenden Büsche, aus denen jederzeit ein Übeltäter herausspringen konnte. Bei der Belehrung hatte man uns gesagt, dass unser Auftrag sehr wichtig und verantwortungsvoll sei. Ehrlich gesagt, fürchtete ich mich entsetzlich. Es war grauenhaft. Die einzige Waffe, die ich zu meiner Verteidigung hätte einsetzen können, war das Telefon, das sich an der Außenwand des Gebäudes befand, bei dem ich Wache hielt. Das sollten wir aber nur im äußersten Ernstfall und nicht bei irgendwelchen Lappalien benutzen, also nur, wenn wir tatsächlich etwas sehr Verdächtiges wahrnehmen würden.

Zu meinem Schrecken bemerkte ich bald etwas sehr, sehr Verdächtiges. Auf dem Weg, der kurz zuvor noch gut einzusehen war, standen plötzlich drei Pfähle, die zuvor nicht dort gewesen waren. Ich blinzelte einige Male kräftig mit den kurzsichtigen Augen, um besser erkennen zu können, was das sein könnte. Ich musste nun eine Entscheidung treffen, ob ich den Stab alarmiere oder nicht. Während ich noch darüber sinnierte, kam es mir vor, als hätten sich mir die Pfähle genähert. Es war geradezu mystisch. Aber sie kamen tatsächlich schnurstracks auf mich zu! Telefonieren oder abwarten? Ich entschied mich abzuwarten. Die drei Pfähle bewegten sich weiter zielgerichtet in meine Richtung, bis ich die Unruhestifter endlich auch mit meinen schwachen Augen identifizieren konnte. Es waren Hunde! In meinem Postenbereich schlichen sich drei große Hunde an! Ich nahm das Telefon und berichtete nach allen Regeln: »Genosse Diensthabender im Stab! Der Posten Nummer 1 wird von Hunden angegriffen.« Und um die Leitung nicht zu blockieren, legte ich schnell wieder auf.

Wie herzlich haben meine Mitstudenten, die gemeinsam mit mir den Jahrestag der Oktoberrevolution bewachten, darüber gelacht, dass ich der Anleitung so blindgläubig und promt Folge geleistet hatte. Ich war eben ein naives, ängstliches Mädchen, das infolge seiner Eitelkeit auch noch kurzsichtig wurde.

Ilja erzählte mir später davon, wie er zum ersten Mal erlebte, dass neben ihm ein Soldat verwundet wurde. Es war ein sehr anstelliger, sehr disziplinierter und äußerst zuverlässiger Junge tatarischer Nationalität. Gleich im ersten Gefecht ereilte ihn das Unglück. Während er fassungslos neben der Kanone zu Boden fiel, meldete er dem neunzehnjährigen Ilja, als wollte er diesen noch um Entschuldigung bitten: »Genosse Kommandeur, der Rotarmist Gaissin ist verwundet.« Trotz seines Erschreckens und Entsetzens hatte sich der achtzehnjährige Soldat genau an die Vorschriften gehalten, die man ihm eingeschärft hatte, bevor er in den Kampf geschickt wurde. Aber das war im richtigen Krieg und nicht in einem stockdunklen Winkel der sowjetischen Hauptstadt, weit von der Front entfernt.

Doch was hätte ich, ein siebzehnjähriges, kurzsichtiges Mädchen, tun können, wenn ein wirklicher Saboteur das Lager neben der chemischen Fakultät hätte in die Luft sprengen wollen? Ich hatte zwar ein Telefon. Der Übeltäter hätte es mir aber wohl kaum ermöglicht, damit anzurufen und nach allen Regeln vorschriftsmäßig über sein Auftauchen Meldung zu erstatten! Damals aber, 1944, stellte ich solche Überlegungen gar nicht an. Ich sah in der Nachtwache vom 7. November nichts Außergewöhnliches, außer meiner aufgeregten telefonischen Meldung über drei streunende Straßenköter.

Etwas anderes bewegte mich damals mehr. Es war der Beginn meiner neuen Liebe, die über Jahrzehnte hielt.

Ilja kam zu uns nach Hause, um mir bei der Vorbereitung auf die Seminare und auf die ersten Semesterprüfungen zu helfen. Wir wohnten weiterhin im Wohnheim der Komintern »Lux«. In unserem Zimmer hatte ich nun direkt am Fenster eine eigene Ecke, die mit zwei bis zur Gardinenstange reichenden Bücherregalen abgeteilt war. Innerhalb meines »Zimmers« standen ein Schreibtisch, ein Sessel und ein Sofa, auf dem ich schlief. Hierher kam Ilja, um mich zu besuchen.

Meinen sieben und acht Jahre alten Brüdern entging in der Enge unserer »Wohnung« natürlich nicht, dass Trawka und Ilja sich hin und wieder küssten. In hämischer Neugier lauerten sie hinter der Gardine, um etwas »Verbotenes« zu erspähen. Die einzige Rettung für Ilja und mich war die Zeit, wo die beiden »Aufseher« spazieren gingen oder auf den unzähligen Korridoren des »Lux« herumsausten. Dort klopften sie immer noch an die Türen derjenigen, die sie nicht leiden konnten und die man ihrer Meinung nach ärgern musste.

Ilja wohnte mit seinen Eltern und seinem älteren Bruder, der auch an der Front gewesen war, in zwei ganz kleinen Durchgangszimmern mit einer winzigen Küche in einem eingeschossigen Nebengebäude. Seine Mutter, eine ehemalige Lehrerin, führte den Haushalt und war ständig zu Hause. Es gab also keine Möglichkeit, einmal alleine zu sein. Ilja kam zu mir und war fest davon überzeugt, dass Liebe vor allem Freundschaft sei.

Darüber schrieb Ilja am 7. Januar 1945 in seinem Tagebuch:

... Echte Liebe ist ein großes Gefühl, sie hilft zu leben. Doch zu leben, nur um zu lieben, ist für mich zu wenig. Das Leben ist Kampf, und wer in diesem Kampf unterliegt, mit dem wird das Leben sein Spiel treiben, so, wie ein Kind mit einer Klapper spielt. Leben und sich das Leben unterwerfen, das ist der Sinn der menschlichen Existenz. Dafür muss man aber alles durchgemacht haben: sowohl Schmutz als auch Liebe und Schöpfertum. Und wenn der Mensch aus all dem sauber hervorgegangen ist, so ist er Sieger. Man sagt, dass jeder Mensch ein eigenes Ideal hat: Mein Ideal ist Marx.

Der Tag des Sieges

Dass Deutschland kapituliert hatte, erfuhr ich schon an dem Tag, als die Kapitulationsurkunde unterzeichnet worden war, am 8. Mai 1945. Meine Mutter, die mir nie Geheimnisse von ihrem Rundfunk-Mithördienst im Institut Nr. 205 verraten hatte, konnte sich diesmal aber nicht beherrschen und teilte mir das freudige Geheimnis mit. Mir war aber strengstens untersagt worden, dieses weiterzuverbreiten. Nicht einmal Ilja rief ich an und machte auch nirgends Anspielungen auf den bereits errungenen Sieg.

Nachdem am 9. Mai die offizielle Verlautbarung über die Kapitulation des faschistischen Deutschland im Rundfunk bekannt gegeben worden war, eilte ich in die Universität zu einer Kundgebung, die für diesen Fall sicher geplant war. Was für ein herrlicher, großer Tag! Ein historisches Ereignis, ein langersehnter Festtag!

Ich erinnere mich allerdings nicht, ob an diesem Tag an der Fakultät dann tatsächlich auch eine Kundgebung stattgefunden hat. Jedenfalls waren alle freudig bewegt und überglücklich. Irgendetwas Besonderes musste doch geschehen: eine grandiose Demonstration über den Roten Platz, ein Umzug mit Spruchbändern, gewaltige Salutschüsse!!!

Die Menschen strömten aus den Häusern auf die Straßen. Sie hatten die roten Fahnen, mit denen sonst an Feiertagen die Häuser beflaggt wurden, an Fahnenstangen befestigt und führten sie mit sich. Dichte Menschenmengen schlossen sich ihnen auf dem Fahrdamm an. Soldaten, die ihnen unterwegs über den Weg liefen, wurden auf die Arme genommen und mit Siegesrufen in die Luft geworfen. Welch ein Jubel! Niemand hatte irgendwelche Demonstrationen von oben organisiert oder Anweisungen dafür gegeben.

Mir, der Studentin des ersten Studienjahres der Historischen Fakultät, wurde mit einem Male klar, dass auf diese Weise spontan Revolutionen entstehen, aus dem gemeinsamen Schwung unzähliger Menschen, die von demselben Gefühl beseelt sind.

Ich war glücklich, dass ich Zeuge und Teilnehmer des Tages des Sieges in Moskau war.

Getrennte Wege

Am 30. Mai 1945 flog mein Vater ebenso wie Mischa Wolf, mit dem mein Vater damals im deutschen Rundfunk zusammengearbeitet hatte, nach Deutschland.

Vor der Abreise kamen Mischa Wolf und andere junge Deutsche einige Male dienstlich zu uns nach Hause. Damals war ich sehr sensibilisiert, da ich wegen meines Studiums unbedingt in Moskau bleiben wollte, mein Vater es aber lieber gesehen hätte, wenn ich meine Ausbildung in Berlin fortgesetzt hätte. So sah ich hinter diesen Besuchen der durchweg sehr sympathischen jungen Burschen sogar den Hintergedanken meines Vaters, mich vielleicht durch eine sich anbahnende Freundschaft zur rascheren Rückreise nach Deutschland bewegen zu können. In meinem jugendlichen Eigensinn strafte ich die Ahnungslosen, die das wirklich nicht verdient hatten, mit demonstrativer Missachtung, obgleich ihre Anwesenheit überhaupt nicht mir, sondern den damaligen und künftigen neuen Aufgaben der Arbeit in Deutschland galt. Das bekam ich deutlich zu spüren und hatte wieder etwas dazugelernt, vor allem bezüglich der Verlässlichkeit meines Vaters, der meine Entscheidungen stets respektierte, selbst wenn er anderer Meinung war.

Da mein Vater und meine Mutter zeitlich abwechselnd zur Arbeit gingen, damit immer jemand zu Hause war, taten sich nach Vaters Abreise plötzlich Freiräume auf. Die Mutter hatte bis zu Vaters Abreise vorwiegend nachts gearbeitet. Wenn meine Brüder abends ins Bett gingen, schliefen sie sofort fest ein, so dass Ilja und ich jetzt viel Zeit hatten, die wir gemeinsam in meiner abgeteilten Ecke in unserem Zimmer verbringen konnten. Das Glück währte aber nicht lange. Punkt 24.00 Uhr hatten alle Besucher das »Lux« zu verlassen. Ausnahmslos! Die Ausweise waren beim Einlassdienst hinterlegt worden, und Schummeln war daher unmöglich.

Bald wurde klar, dass unsere ganze Familie nach Berlin zurückkehren würde. Das hatte ich auch Ilja mitgeteilt. Zu diesem Zeitpunkt sah ich es noch als meine Pflicht an, den Eltern in die ehemalige Heimat zu folgen. Der Erste, der von uns dorthin reiste, war mein Vater, zwanzig Tage nach der Unterzeichnung der Kapitulation des Hitlerreiches. Seitdem er in Deutschland war, sammelten sich in unserem häuslichen Archiv wieder Briefe an. Mutter schrieb an Vater und Vater an Mutter.

Der normale Briefverkehr funktionierte noch nicht, daher wurden die Briefe immer irgendjemandem mitgegeben – politischen Emigranten, die nach Deutschland zurückkehrten bzw. Genossen, die als Dienstreisende nach Moskau fuhren. In Moskau war diese Verbindung so organisiert, dass die in die Heimat Zurückreisenden nicht nur Briefe mitnahmen, sondern auch eine riesige Kiste mit vielen »Päckchen«, die schon einige Wochen vor der Abreise allmählich gefüllt wurde. Einige Briefe hat uns Konni Wolf mitgebracht, einige gingen über die Feldpost von Gregor Kurella, der immer noch in der Roten Armee diente, usw.

Es war allerdings so, dass beim Grenzübertritt niemand »Sachen zur Übermittlung an andere Personen« bei sich führen durfte, insbesondere keine Briefe, deren Inhalt für die Soldaten des Grenzschutzes ein Rätsel mit sieben Siegeln war.

Dennoch war es für die deutschen Kommunisten, die noch in Deutschland die Regeln der Konspiration gelernt hatten, Ehrensache, die »illegalen«

Dinge für ihre Freunde mitzunehmen, und sie hatten auch keine Gewissensbisse wegen der »Verletzung der sozialistischen Gesetzlichkeit«.

Im Mittelpunkt der Korrespondenz meiner Eltern stand der Wunsch, unsere Familie so schnell wie möglich wieder zu vereinen. Doch die Formalitäten für die Genehmigung zur Rückkehr in die Heimat zogen sich in Moskau immer mehr in die Länge. Meine Mutter arbeitete weiter als Stenotypistin, und in der entsprechenden Abteilung des Instituts 205 gab es niemanden, der besser war als Friedel Berber und sie. Mutter arbeitete Nachfolgerinnen ein. Doch die Neuen konnten nicht so schnell stenographieren wie meine Mutter und Friedel. Daher beschloss die Leitung, dass Mutter und die drei Kinder im »Interesse der Sache« weiter getrennt von unserem Vater leben sollten. Noch ein ganzes langes Jahr!

Meine Mutter arbeitete in Moskau in einer Parteiinstitution. Sie war Parteimitglied und musste dorthin gehen, »wohin sie die Partei schickte«. Die Partei brauchte meinen Vater jetzt eben in Berlin und meine Mutter in Moskau. So stand meine Mutter wieder vor der Wahl: die Interessen der Partei (Mutter wurde als unersetzliche Fachkraft in Moskau benötigt) oder die Interessen der Familie (Mutter brauchte ihren Mann und die Kinder ihren Vater in ihrer Nähe).

Meine Mutter entschied sich bedingungslos für die Familie! Dass meine Mutter »die Interessen der Familie über die Interessen der Partei« stellte, kümmerte sie nicht im Geringsten. So, wie sie in ihrer Jugend davon überzeugt war, dass sie ein Kind zur Welt bringen durfte und dies auch tat, so zweifelte sie jetzt keinen Augenblick daran, dass sie nicht von ihrem Mann getrennt leben dürfe, sondern in seiner Nähe. Das versuchte sie mit aller Kraft durchzusetzen. Kein Hindernis war zu groß für sie. Sie setzte sich sogar über die Meinung des Vorsitzenden der KPD, Wilhelm Pieck, hinweg, der Anfang Juli 1945 ebenfalls nach Berlin zurückgekehrt war und vor seiner Abreise die Zusage gemacht hatte, dringend erforderliche deutsche Kräfte noch in Moskau zu belassen.

Einige Stunden saß meine Mutter schließlich im Vorzimmer des Leiters ihrer Abteilung, des Wissenschaftlichen Forschungsinstituts 205, um den nie zu erreichenden Chef, Friedrich, nicht zu verpassen. Hinter diesem Namen verbarg sich der Emigrationsname des früheren Chefs der Presse- und Rundfunkabteilung des EKKI, Bedrich Geminder, der Mitglied der Kommunistischen Partei der Tschechoslowakei und seit 1945 deren Vorsitzender war. Nach seiner Rückkehr in die Tschechoslowakei hatte er ein sehr tragisches Schicksal. Er wurde 1951 im Zusammenhang mit der so genannten Slánský-Affaire verhaftet und im Dezember 1952 hingerichtet.

In dem Institut meiner Mutter, das zur Abteilung Internationale Information gehörte, arbeiteten über 200 ehemalige Mitarbeiter des EKKI. Die Aufgaben des Instituts und so auch die des kleinen Kollektivs, in dem meine Mutter tätig war, hatten sich im Frühjahr und Sommer 1945 wesentlich geändert. Standen bisher Aufgaben der Übermittlung und des Abhörens von Rundfunksendungen in und aus vielen Ländern im Mittelpunkt, so ging es jetzt darum, Rundfunkmeldungen und die Presse aus der ganzen Welt in vielen Sprachen auszuwerten. Da jedoch nach dem Ende des Zweiten Weltkrieges über die Hälfte der Mitarbeiter des Instituts in ihre Heimatländer abgereist war, weil man sie dort dringend für die aktuellen Aufgaben benötigte, wurden die noch verbliebenen angesichts der neuen Orientierung wie ein Kleinod gehütet und festgehalten. Als ein solches Kleinod wurde auch meine Mutter betrachtet. Und da es ihrer Meinung nach nun von Friedrich abhing, wann sie wieder in die Heimat zurückkehren konnte, harrte sie Stunde um Stunde in dessen Vorzimmer aus. Als sich meine Mutter einmal nur kurz entfernte, hatte sich Friedrich just in diesem Augenblick ihren wachsamen Augen entzogen.

Da bat Mutter den Vater, sie offiziell aus Berlin als notwendige Arbeitskraft anzufordern. Doch die Anforderung ließ auf sich warten.

In dieser Situation schrieb meine Mutter einen nachdrücklichen Brief an meinen Vater:

Lieber Fritz.
Sicher dachtest du, statt des Briefes uns empfangen zu können. Ich wünschte, es wäre so. Aber leider weiß ich heute noch nicht, wann wir endlich fahren können. Ohne dass bis jetzt deine erneute Anforderung hier ist (die du im Januar stelltest), habe ich mit Friedrich gesprochen und verlangt, dass er mich freilässt, resp. einen endgültigen Termin angibt, wann ich endlich aufhören kann zu arbeiten, um mich für die Reise vorzubereiten. Paul (gemeint ist Paul Försterling, ein deutscher Spanienkämpfer, der bis 1943 als Referent der Kaderabteilung des EKKI und danach in Moskau in verschiedenen Instituten tätig war. W. S.) sagte mir nämlich, sowie Friedrich mich freilässt, kann er alles andere organisieren, dass ich dann in zirka 14 Tagen fahren könnte. Das Ergebnis der Unterredung mit Friedrich war gleich Null. Genauso gut hätte ich mit der Wand sprechen können. Jetzt, nach neun Monaten, ist er plötzlich der Meinung, der Apparat soll nicht verringert, sondern erweitert werden. Statt sechse sollen zwölfe unsere Arbeit

machen. Den Ersatz, den wir inzwischen eingelernt haben, erkennt er als Ersatz nicht an, das ist Zusatz. Unsere früheren Vorschläge für weiteren Ersatz hat er aber immer in den Wind geschlagen. Und als ich jetzt während der Unterredung ihm erneut Vorschläge für Ersatz, resp. Reorganisation der Arbeit machen wollte, erklärte er mir, ich soll nicht über die Arbeit reden. Ich hätte das Recht, zu verlangen, dass ich fahren darf, und weiter soll ich mit ihm nicht reden. Und als ich von diesem »Recht« Gebrauch machte und erneut um einen endgültigen Termin bat, war seine Rede: »Ich kann nichts machen, ich kann nichts machen.« Der Schluss der Unterhaltung war, ich kann ja eine schriftliche Beschwerde schreiben – an ihn. Die habe ich nun inzwischen natürlich geschrieben, aber eine Antwort habe ich auch nicht.
Paul, dem ich alles das berichtet habe, dem ich auch eine Kopie meiner Beschwerde gegeben habe, hat mir lediglich den Rat gegeben, dir zu schreiben, damit du von dort aus energisch verlangst, dass wir endlich kommen können. Der Alte soll schreiben, dass er uns dringend für die Arbeit braucht, und das nicht nur einmal, sondern so oft und so lange, bis wir da sind. Also, wenn du willst, dass wir schneller kommen, dann mach mal die betreffenden Stellen mobil. Ich lasse hier jedenfalls auch nicht locker und verlasse mich nicht nur auf deinen Kampf. Meinen Einwand bei Friedrich übrigens, dass er berücksichtigen müsse, dass du schon seit Mai weg bist und wir Familie haben, erledigte er mit: »Ich habe auch Familie.« Dabei bin ich aber der Meinung, dass er überhaupt kein Recht hat, mich mit zwei Kindern unter 14 Jahren zurückzuhalten, wenn ich zu meinem Mann will. Aber rede doch mit einer Wand.
Vielleicht musst du übrigens die Hauptbetonung auch auf die Familie legen, vielleicht ist es so, dass du dann eher etwas erreichst, weil du ja wirklich das Recht hast, zu verlangen, dass du mit deiner Familie wieder zusammenleben kannst. Der Friedel gegenüber hat sich nämlich jemand auf eine betreffende Frage dahin geäußert, dass wir alleine etwas machen müssen, »kämpfen wird man von Berlin aus nicht um uns«.
Außerdem soll der Alte gesagt haben, wir haben solange Gastfreundschaft in der SU genossen, da kann man doch nicht alle Deutschen wegnehmen. Ich bin dankbar für die Gastfreundschaft, möchte aber nicht der Preis dafür sein. Die Gastfreundschaft können wir auch anders entgelten.

Meine parteiliche Mutter hatte sich schon mehrfach für die Familie entschieden. Ohne zu schwanken. Sie war davon überzeugt, dass niemand und nichts sie von ihrem Mann und den Vater von seinen Kindern trennen dürfe. Ein ganzes Jahr kämpfte meine Mutter und gab nicht auf.

In diesen Monaten lernte ich meine Mutter von einer ganz anderen, ungewöhnlichen Seite kennen. Sie war anders als zu der Zeit, als sie mit Vater zusammen war. Mutter war sehr ruhig und ausgeglichen, oft ausgesprochen fröhlich, als sei sie eine große Last losgeworden. Sie machte Späße. Ich könnte fast sagen, dass sie von einer stillen inneren Freude erfüllt war. Wie kam das? War es die Vorfreude auf ihre Rückkehr in die Heimat? Oder war es vielleicht so, dass sie Vaters Anwesenheit oft angestrengt hatte, so dass sie die Trennung zuerst als Erholung und Freiheit empfand, dann aber, nach einem Jahr der Trennung, wieder ein Gefühl der Wärme und Liebe zu Vater in ihr aufkam? Das könnte man aus Mutters Briefen herauslesen.

Für mich war es ein Jahr des Glücks ungetrübter Tochterliebe zu meiner Mutter, von der ich mich trennen musste. Für lange Zeit. Denn ich wollte unter allen Umständen mein Studium an der Moskauer Universität abschließen und erst danach nach Deutschland zurückkehren. Darum nahm ich das Bild meiner Mutter tief in mich auf und berichtete auch meinem Vater darüber.

Am 24. Oktober 1945 schrieb ich an Vater:

Gestern erhielten wir endlich (nach drei Tagen des Wartens) deine vielen Briefe. Die Freude war natürlich sehr groß. Mama unterbrach ihr Lesen mit lauten Freudenschreien, hatte sie doch mit ziemlicher Sicherheit angenommen, dass sie nicht so viele von ihren Geschwistern am Leben antrifft. Das Lesen der Briefe dauerte über eine Stunde, und noch heute gehe ich unter dem Eindruck der Briefe und Mamas Erzählungen von den Verwandten herum ...
Die vielen schönen Sachen kamen ganz unerwartet an. Und als Bärbel mich anrief, dass ich heraufkommen solle, um etwas abzuholen, rechnete ich höchstens mit einem kleinen Paket mit verschiedenem Krimskrams für die Jungens. Als ich aber einen Haufen bunter Sachen in die Arme gedrückt bekam, war der Ausdruck meines Gesichtes bestimmt nichts anderes als dumm vor Verwunderung, denn denselben Ausdruck las ich ein paar Minuten später in Mamas Gesicht, als ich runtergerannt kam. Dafür war die Freude aber umso größer. Und obwohl Mama mich auslacht, freu ich mich der Kette und des Armbands fast am meisten. Das hättest du vielleicht nicht erwartet? Im Pyjama bin ich gleich schlafen gegangen, was Mama natürlich wieder nicht ohne ein Lächeln geschehen ließ.

Mutters etwas hinterlistiges Lächeln war für mich eine leise Warnung: Pass auf, Tochter, dass du keine Modepuppe wirst. Vater hatte das natürlich verstanden, denn er kannte Mutters Einstellung zu Putzsucht.

Am 1. Februar 1946 hatte ich meinem Vater einen Brief mit der Feldpost in russischer Sprache geschickt:

Der Januar war bei uns voller Feiertage und Freuden. Am 3. Januar hat Mutter zusammen mit vielen Genossen die Medaille »Für heldenmütige Arbeit während des Großen Vaterländischen Krieges 1941–45« erhalten. Am Abend hatte man sie unerwartet zur Arbeit gerufen, und sie kam zur unbeschreiblichen Freude der Brüder mit der schönen Medaille nach Hause. Hier wurde sie von einem Plakat begrüßt: »Mutter, wie gratulieren dir zur Medaille.« Rolf steckte sich die Medaille gleich an seinen Anzug und ging damit stolz auf dem Korridor hin und her. Um 10 Uhr abends kamen Otto (Korb. W. S.) und Ludwig angerannt, um Mutter zu gratulieren. Ihre Väter waren auch mit der Medaille ausgezeichnet worden, und sie besuchten alle Ausgezeichneten im »Lux«. Einige Tage lang musste Mutter den Brüdern jeden Morgen die Medaille zeigen. Jetzt beschränkt sich ihr Interesse darauf, dass Rolf und Wolf auf dem Heimweg von der Schule in ein Geschäft gehen, um nachzusehen, ob es dort Bänder für Mutters Medaille gibt …
Mutter bereitet sich sehr intensiv auf die Abreise vor. Erstens ist sie nach langem Hin- und Herüberlegen und Terminverschiebungen zum Zahnarzt gegangen und wird jetzt behandelt. Zweitens spart Mutter Geld, um allerlei kleine und größere Kleidungsstücke zu kaufen. Und drittens, was besonders interessant und für dich unerwartet ist: Unter meiner »weisen« Anleitung hat sich Mutter die Haare wachsen lassen, und ich drehe sie auf Lockenwicklern ein. Heute ist Mutter zum ersten Mal mit Locken zur Arbeit gegangen und geniert sich natürlich sehr. Du wirst unsere Mutter also nicht wiedererkennen, so hübsch wird sie zu dir kommen.
Das ist erst einmal alles. Ich lasse noch etwas Platz für Mutter.
Ich küsse dich. Trawka

Mutters Zeilen waren wie mein Brief auch in russischer Sprache geschrieben, da wir dieses Mal die Feldpost von Gregor Kurella benutzten.

Ich habe dir einen langen Brief geschrieben, weiß aber noch nicht, wie ich ihn absende. Was Trautchen geschrieben hat, muss man nicht für bare Münze nehmen. Sie macht Spaß.
Ich grüße und küsse dich. Luise

Am 24. März 1946 schrieb ich an Vater:

... So, jetzt ist es schon halb 1 Uhr nachts. Durchs Radio überträgt man eine Operette und Mama meckert, dass das gar keine Musik für die Nacht ist. Mama sitzt in ihrem Sonntagskleid und strickt Strümpfe für die Jungens. Die Jungens sind jetzt sehr selbständig geworden und machen schon sehr vielen großen Quatsch. Jetzt aber schlafen sie, und Rolf hat wie immer im Schlaf ein sehr liebes Kindergesicht.

Meinen Brief vom 3. Juni 1946 gab ich Mutter mit, als sie wegfuhr.

Lieber Papa!
Mama packt jetzt die Sachen, sortiert, was sie mitnehmen will und was ich behalten soll. Die Jungens bringen auch ihre Sachen in Ordnung, indem sie beschließen, was dem oder dem anderen Jungen zu verschenken ist. Ich sitze und schreibe dir einen Brief ...
Mama bereitet nicht nur die Sachen zur Abfahrt vor, sondern auch sich selbst. Erstens hat sie sich Dauerwellen gemacht, das wirst du selber sehen, aber was du nicht sehen kannst, werde ich dir schreiben. Nämlich jeden Morgen dreht sie sich vor dem Spiegel und fragt mich bekümmert: »Trautchen, sind die Locken nicht schon weg?« Dabei musst du wissen, dass die Locken 6 Monate lang halten sollen und sie sie sich erst vor zwei Wochen gemacht hat. Ein schönes seidenes Kleid haben wir auch gekauft, und wenn du diesen Brief liest und Mama das Kleid noch nicht anhat, so musst du sie auffordern, es anzuziehen, denn es steht ihr sehr gut. Dabei musst du wieder nur mich loben, denn das Kleid ist bloß wegen mir gekauft worden, Mama hat sich alleine nicht entschlossen. Siehst du, ich kann auch ein Prahlhase sein, und Mama wird sich gleich ärgern. Jetzt dürfen wir aber nicht zusammen ausgehen, denn unsere Kleider sind aus demselben Stoff.

Diesen Brief hatte ich am 3. Juni geschrieben, und am 8. Juni bestieg Mutter mit den Brüdern den Zug, der sie endlich in die Heimat, nach Deutschland, brachte, zu ihrem guten, geliebten Mann, zu ihrem Fritz. Sie hatte nun erreicht, was sie sich vorgenommen hatte!

In Moskau war aber ihre achtzehnjährige Tochter zurückgeblieben, was Mutter beunruhigte. Doch sie hoffte, dass wir uns bald in den bevorstehenden Sommerferien in Berlin wiedersehen würden. Damit tröstete sie sich. Aber Mutter war klar, dass es auch ein Abschied für das ganze Leben werden könnte. Wer würde mich 1946 so einfach nach Deutschland in die Ferien fahren lassen?

Als Mutter bereits auf dem Trittbrett des Eisenbahnwagens stand, der sich langsam in Richtung Berlin in Bewegung setzte, rief sie mir, die ich ihr auf dem Bahnsteig nachschaute, zu: »Lass dich nicht unterkriegen!«

Mutters Order umfasste alles: sowohl die Unterordnung unter einen Mann in der Liebe als auch die unvermeidbaren Schwierigkeiten des Lebens in dem Land, das sie verließ und in dem sie die Jahre 1937/1938, ihre allerschrecklichsten und ihre allerglücklichsten, erlebt hatte.

Lass dich nicht unterkriegen – das war das Gebot meiner Mutter. Sie hatte mir die Freiheit geschenkt, die volle Verantwortung für das eigene Leben. Und ich habe sie genutzt.

Meine Brüder hatten sich sehr auf die bevorstehende Übersiedlung nach Berlin gefreut und konnten es kaum erwarten, bis sie endlich in den Zug einsteigen konnten. Und nun winkten sie mir fröhlich aus dem Zugfenster zu.

Schon nach kurzer Zeit erhielt ich von dem kleinen Wolfgang einen Brief, in dem er schrieb: »Trawka, komm recht bald und nimm uns wieder mit.«

Die beiden kleinen Jungen hatten während des Krieges so viele schicksalhafte und bittere Wendungen und Veränderungen erleben müssen. Nun, ein Jahr nach dessen Ende, erneut ...

Und ich? Wie habe ich die Trennung von der Mutter und den kleinen Brüdern verkraftet?

Den Tag der Abreise, als Mutter die letzten Habseligkeiten einpackte, verbrachte ich damit, dass ich, noch bevor sie abgefahren waren, anfing, Möbel zu rücken und das Zimmer nach meinem Geschmack einzurichten. Meine Mutter tadelte mich nicht. Sie sagte nur, ich sei ihr wirklich sehr ähnlich: An dem Tag, als sie selbst, sechzehnjährig, von ihrer Mutter Abschied nehmen musste, hatte sie, anstatt ihr am Rockschoß zu kleben, fast den ganzen Tag im Hof geschaukelt. Später erklärte sie, dass sie so gegen den hochkommenden Trennungsschmerz ankämpfte.

Mir ging es ähnlich. Ich wollte nicht, dass mich Trauer befällt. Ich hatte eine einsame Nacht in unserem Zimmer vor mir, in dem immer viele Personen gewohnt hatten. Wegen der Hausordnung des »Lux« konnte Ilja nicht bei mir bleiben, um mir über die Trennung hinweg zu helfen. Und darum habe ich eben die Möbel verrückt.

Zwölf Tage später, am 15. Juni 1946, schrieb ich den ersten Brief an meine Eltern.

Liebe Mama und lieber Papa!
Am 20.6. soll ein Transport abgehen, und da werde ich euch die ersten Zeilen schreiben, und zwar mit der Schreibmaschine. Das ist zugleich für mich eine Übung und für Papa leichter zu lesen. Heute habe ich meine zweite Prüfung abgelegt (Geschichte Europas im 17.-19. Jahrhundert) und habe darum einen

Mit Wolfgang (links) und Rolf, Frühjahr 1946, vor der Abreise der Brüder nach Berlin

»freien Tag«. Die Prüfung ist gut verlaufen; ich habe »Ausgezeichnet« bekommen. Was aber das wichtigste dabei ist, ist das, dass ich selber mit meiner Antwort zufrieden bin, was sonst eigentlich selten vorkommt. Eben hat mich ein Student angerufen und hat mir gesagt, dass, nachdem ich gegangen bin, der Professor sagte, er sei mit meiner Antwort sehr zufrieden. Ich hatte übrigens ein leichtes Billett gezogen. So, das erst mal über meine Prüfungen.
Heute sind es nun schon 9 Tage, seit ich hier alleine hause, und ich habe mich eigentlich schon damit zurechtgefunden. Am ersten Abend bin ich bald schlafen gegangen und hatte darum gar keine Zeit, noch viel herumzudenken, dafür war es am nächsten Tag umso schlimmer: Im Laufe des Tages habe ich dreimal geweint und war x-mal dem Weinen nahe, sowie irgendjemand mich fragte, wie ich mich denn eigentlich so alleine fühle. In der Küche habe ich die Leute leicht zum Schweigen gebracht, indem ich ganz kurze Antworten gab; aber es gibt ja so viele Menschen, die aus Mitleid oder sonst was alles schlimmer machen, als es ist. Mein erster Tag war für mich sehr schwer, ich verstand auf einmal, dass ich jetzt ohne Mama bin und bekam Angst. Aber jetzt stehe ich wieder ganz auf meinen Beinen und fühle mich wohl. Ihr braucht meinetwegen nicht bange zu sein, ich komme durch alles durch …

Foto aus der Zeit, als die Eltern und Brüder nach Deutschland reisten, Sommer 1946

Ich schicke euch mit der B. ein paar Kekse. Lasst's euch gut schmecken und denkt dabei an mich. Die Kekse sind für alle, nicht nur für die Jungens, obwohl es nicht viel ist. Die Jungens bekommen nämlich noch ein Extrageschenk – einen kleinen Affen. Rolf wird sich wahrscheinlich am meisten darüber freuen. Wie fühlen sie sich eigentlich beim Papa? Hat Papa sie auch wiedererkannt? Und was macht Mama? Hat vielleicht Papa Mama nicht erkannt wegen ihrer Locken? Wenn ihr Zeit habt, beschreibt mir euer Wiedersehen vom Anfang bis zum Ende. Ich möchte es mir vorstellen können. Was haben Mamas viele Geschwister zu Mamas Ankunft gesagt? Wie finden sie die Jungens? Ich habe tausend solcher Fragen, darum beschreibt mir bitte alles.
Jetzt werde ich erst mal Schluss machen, denn es ist schon spät, und morgen muss ich wieder tüchtig lernen. Wenn die B. noch nicht bald fährt, schreibe ich noch ein bisschen.
Viele Küsse an euch alle. Euer Trautchen

Ich ertrug die Trennung und begann mein eigenständiges Leben als Erwachsene.

Warum war ich nun eigentlich im Frühsommer 1946 nicht mit meiner Mutter und meinen kleinen Brüdern nach Berlin gefahren? Was hinderte mich daran?

Ich war in Moskau geblieben, um mein Studium an der Historischen Fakultät der Moskauer Universität abzuschließen. Das hatte ich schon im Herbst 1945 im zweiten Studienjahr beschlossen, als mein Vater erste Schritte unternahm, um mich bereits im September 1946 für immer nach Berlin zu holen. Denn auch in Berlin sollte eine Historische Fakultät eröffnet werden, und ich hätte mein Studium ja auch dort fortsetzen können. Mein Vater hatte sich diesbezüglich bei den Genossen, die für diese Angelegenheiten verantwortlich waren, erkundigt, und diese versprachen, ihm bei seinen Plänen behilflich zu sein. Der Brief meines Vaters ist leider nicht erhalten geblieben, wohl aber meine Antwort. Am 24. Oktober 1945 antwortete ich auf den Vorschlag meines Vaters, das Studium in Berlin fortzusetzen.

Lieber Papa!
Du teiltest mir ... mit ..., dass ich vielleicht nur noch ein Jahr die Moskauer Universität besuchen soll, um nachher in Berlin zu studieren ...
Ich muss sagen, dass mir der Vorschlag nicht gefällt, und zwar aus folgenden Gründen: Den Entschluss, hier zu bleiben, um weiter zu studieren, habe ich nicht deshalb gefasst, weil in Deutschland die geschichtliche Fakultät noch nicht geöffnet ist, sondern darum, weil ich die Geschichte vom marxistischen Standpunkt aus studieren will und die Lektionen materialistischer Professoren anhören will, nicht aber von bürgerlichen.
Lieber Papa, es ist noch sehr schwer, an die Geschichte mit richtiger Weltanschauung heranzugehen. Als Beweis werde ich dir mitteilen, dass sogar bei uns, in der sowjetischen Universität, längst nicht alle Professoren die Lektionen vom richtigen Standpunkt aus lesen. Und in der Sowjetunion ist schon seit 28 Jahren Sowjetmacht. Das bedeutet längst nicht, dass sie gegen Marx sind. Nein, auf keinen Fall, aber die Beweggründe eines einzelnen Ereignisses oder sogar einer ganzen Epoche werden nicht immer richtig gefunden, weil es eben sehr schwer ist, und es genügt darum gar nicht, die marxistische Philosophie nur ein wenig zu kennen. Das Letztere ist aber bei mir der Fall.
Auf dem ersten und zweiten Kursus (Semester, wie du es nennst), lernen wir die Geschichte der KPdSU nach dem Buch »Kurze Geschichte der KPdSU« und den Arbeiten von Lenin. Erst ab dem dritten Kursus haben wir die Politökonomie, Dialektik und den historischen Materialismus als einzelne Fächer, und da

beginnt die richtige Philosophie. Natürlich haben mir die Kenntnisse, die ich im vorigen Jahr bekommen habe, sehr viel Wichtiges gegeben, und ich kenne mich im Marxismus nicht schlecht aus (auch darum, weil ich einen sehr guten Seminarlehrer hatte). Aber ich weiß, dass ich noch viel mehr wissen muss. Damit will ich sagen, dass nach Absolvierung des zweiten Semesters meine marxistischen Kenntnisse noch nicht genügend vertieft sind, um selbständig zu studieren und politisch zu arbeiten. Dass ich selbständig studieren muss, davon bin ich überzeugt, denn die deutschen Professoren werden mir wenig helfen können, weil es bestimmt sehr wenige marxistische geben wird, wenn sie überhaupt da sind. Aus den Zeitungsausschnitten sehe ich, dass es auch an Lehrern mangelt, also steht es mit den Professoren genauso ...
Darum scheint mir das Absolvieren der Moskauer Universität als einzige mögliche Lösung, um nachher mit einem klaren Kopf an die politische und wissenschaftliche Arbeit heranzugehen. Da ich aber nicht an der Arbeit in Deutschland während dieser Jahre vorbeigehen will, möchte ich gern die Sommerferien in Deutschland verbringen und diese zwei Monate in Deutschland arbeiten. Ich denke, dass diese Möglichkeit besteht. Ich könnte nämlich von der Universität oder vom Komsomol aus nach Deutschland fahren ...
Sei herzlich gegrüßt. Dein Trautchen

P.S. Übrigens hast du dich wieder einmal geirrt. Ich werde nicht 18, sondern 19 Jahre alt werden.

Ich hatte die sowjetische Hochschulbildung und die marxistische Weltanschauung gewählt. Das vertrat ich in meinem Brief. Nach dem Studium hatte ich immer noch vor, nach Deutschland zu gehen. Das wusste auch Ilja.

Bis zum Abschluss meiner Ausbildung wollte ich meiner Verpflichtung Deutschland gegenüber in den Sommerferien nachkommen. Ich hoffte sehr darauf, dass mich die Moskauer Universität oder der Komsomol jeden Sommer nach dort delegieren würde, um unter der deutschen Jugend zu arbeiten. Ich war naiv und glaubte, die UdSSR sei die wahre Heimat der Proletarier aller Länder, die Sowjetunion sei kein Selbstzweck, sondern ein Mittel für den Sieg des Kommunismus auf der ganzen Welt. Und darum sei es völlig logisch, eine Studentin des dritten Studienjahres der Historischen Fakultät der Moskauer Universität während der Ferien mit dem Komsomolauftrag in die sowjetische Besatzungszone Deutschlands zu schicken, um dort zu arbeiten. Umso mehr, wenn sie Deutsch spricht. Wie konnte es anders sein? Noch dazu, wenn ich selbst einverstanden war und das selber wollte.

Man könnte sich im Rückblick herzlich amüsieren über meine Dummheit. Ich hätte ja eigentlich schon eher etwas begreifen müssen! Aber es war nicht an dem.

Kein Komsomol und keine Abteilung der Moskauer Universität waren weder damals noch später auch nur ansatzweise bereit, mich nach Deutschland zu delegieren. Im Gegenteil. Schon einige Monate nach der Abreise meiner Mutter und Brüder machte mir die Sekretärin der Parteiorganisation der Fakultät in einem »vertraulichen Gespräch« den »Wunsch einer sowjetischen Studentin, nach Deutschland zu fahren« zum Vorwurf!!! Das seien Gerüchte, die in der Fakultät über mein »wahres, nichtsowjetisches Gesicht« umgingen!

Ich betrachtete die Sekretärin einfach als Ignorantin, die die internationale Mission der Sowjetunion nicht verstanden hatte. Doch ich selbst war ignorant und blieb es noch lange.

Heute bin ich verwundert, wie ich in dem Brief an meinen Vater das theoretische Niveau der Dozenten der Moskauer Universität einschätzte. Ich wusste selbst noch viel zu wenig und erwartete von den Professoren trotzdem etwas anderes als das, was man mir täglich vermittelte.

Ich fühlte aber bereits die fehlende Tiefe. Ich wollte unbedingt möglichst umfassende theoretische Grundlagen erwerben. Und heute, nach jahrzehntelanger Beschäftigung mit Marx, und nachdem ich in einer Monographie Schlußfolgerungen und Lehren aus der marxistischen Methodik der materialistischen Geschichtstheorie gezogen habe, weiß ich, dass ich mit meinen neunzehn Jahren Recht hatte. Leider.

Das ist aber ein spezielles Thema, das an anderer Stelle ausführlich behandelt werden muss.

Ich, die ich so naiv und strenggläubig war, die im Namen des Sieges des Sozialismus in Deutschland arbeiten wollte, die sich darauf vorbereitete, unter der deutschen Jugend zu arbeiten, und die Moskauer Universität gewählt hatte, weil ich ein guter Marxist werden wollte, bekam schon 1946 im dritten Studienjahr eine eiskalte ideologische Dusche. Mir wurde eine strenge Rüge mit letztmaliger Verwarnung verpasst, »weil ich meine Zweifel vor dem Komsomol verheimlicht und konterrevolutionäre Literatur gelesen hatte« usw.

Das ist aber bereits schon ein anderes Kapitel meines Lebenslaufes, eine Zeit, als ich nicht mehr mit meiner Familie lebte und mit Ilja zusammen war.

So endete am 3. Juni 1946 jener Abschnitt, in dem ich mit meinen Eltern und meinen kleinen Brüdern in einem kleinen gemeinsamen Zimmer unter

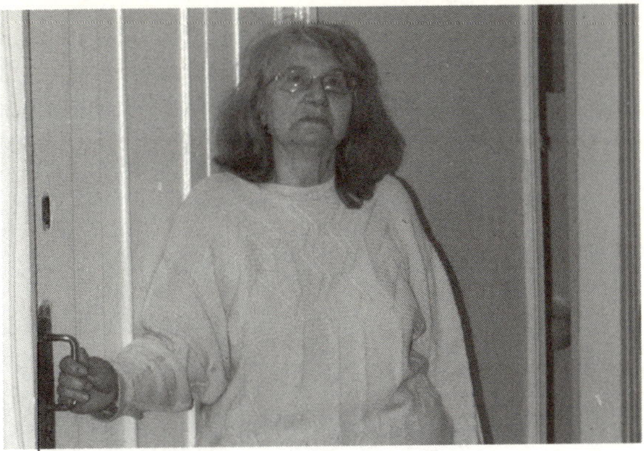

Das »Lux« heute.
Waltraut Schälike vor dem Zimmer 188, in dem sie 1946 - 1949 mit Ilja wohnte

dem Dach des berühmten »Lux« zusammenlebte. In einem Land, das uns allen, trotz aller Widrigkeiten, auch Zufluchtsort, Heimat und Vaterland gewesen war.

Sie lebten nun alle im fernen Berlin, und ich war in Moskau geblieben. Damals wusste ich noch nicht, dass wir nie mehr ständig in einem Haus und in einer Stadt oder wenigstens in ein und demselben Land zusammenleben würden. So wurde das Jahr 1946 zu einer einschneidenden Zäsur in der Geschichte der Familie Schälike.

Unterschiedliche Schicksale, verschiedene Lebensläufe nehmen nun ihren Lauf. Da sind die bemerkenswerten Lebenslinien meines Vaters, meiner Mutter und meiner Brüder in der sowjetischen Besatzungszone und dann in der DDR, wo mein Vater 1946 Mitbegründer und Leiter des Dietz Verlages wurde und meine Mutter als Redakteurin arbeitete.

Ilja und ich aber, wir gingen in der UdSSR unseren eigenen Weg. Hier sprach man uns beiden 1946 an der Historischen Fakultät der Moskauer Universität das Misstrauen aus, und Ilja wurde aus der Partei ausgeschlossen.

Die Lebenswege meiner Eltern, Luise und Fritz Schälike, und die ihrer Kinder waren auch später interessant, vielschichtig und widersprüchlich, wie die Zeiten und die Länder, in denen wir lebten. Trotzdem ist das Band der Liebe auch nach 1946 nie gerissen. Hier beginnt aber schon eine neue Geschichte.

Wilhelm Pieck gratuliert Fritz Schälike zur Verleihung des Titels »Held der Arbeit«, 25. Oktober 1952

Verlagsfeier anlässlich der Verleihung des Titels »Held der Arbeit« an Fritz Schälike. Von links nach rechts: Luise Schälike, Fritz Schälike, Wilhelm Pieck, Martin Andersen Nexö, 25. Oktober 1952

Feier zum Jahrestag des Dietz Verlages. Von links nach rechts: Fred Oelßner, Fritz Schälike, Otto Grotewohl, 30. Juli 1955

Fritz Schälike und Otto Grotewohl.
Feier zum Jahrestag des Dietz Verlages
Berlin, 30. Juli 1955

Fritz Schälike und Waltraut am Portal des Dietz Verlages, 1. Mai 1961

Epilog

Wie ging es weiter? Vater stürzte sich nach der Rückkehr nach Deutschland mit aller Kraft in die Arbeit.

Zunächst war er in Dresden Herausgeber der »Sächsischen Zeitung«. Im Sommer 1946 übernahm er schließlich die Leitung des Dietz Verlages in Berlin. Dort wurde eine Vielzahl politischer, wissenschaftlicher und belletristischer Literatur verlegt.

Daneben hatte Vater eine Reihe gesellschaftlicher Funktionen, so zum Beispiel im Verlegerausschuss und im Börsenverein des Deutschen Buchhandels. Fritz Schälike war ein gefragter Mann.

1952 wurde er mit dem Titel »Held der sozialistischen Arbeit« ausgezeichnet. Ja, mein kranker, sehbehinderter Vater, dieser sensible bisweilen fast schüchtern wirkende Mann, war unstreitig ein Held.

Mutter, die es so sehnsuchtsvoll nach Berlin zu ihrem geliebten Fritz gezogen hatte und die so darauf brannte, endlich in der Heimat dazu beitragen zu können, die Kriegstrümmer in den Straßen und den Köpfen zu beseitigen, war zunächst zum Hausfrauendasein verurteilt. Nicht aus gesundheitlichen Gründen oder gar, damit es Vater bequemer hatte. Der Grund waren meine beiden Brüder, die damals 8 und 9 Jahre alt waren.

Schnell hatte sich herausgestellt, dass die Freiheiten des »Lux«, die dort fast grenzenlosen Möglichkeiten eines »Räuberdaseins« die beiden derart geprägt hatten, dass ihr Verhalten einfach nicht in das Nachkriegs-Berlin passte. So machte sich eine schnelle »Umerziehung« notwendig. Die beiden mussten lernen, dass man nicht einfach durch Ruinen streifen, mit jedem herumliegenden, interessant erscheinenden Gegenstand hantieren, jedem Fremden blindlings vertrauen konnte.

Mutter glückte das pädagogische Werk, wenngleich es weder für sie noch für die beiden Schlingel einfach war. In einem der ersten Briefe nach Moskau schrieb mir Wolfgang: »Trawka, komm recht bald und nimm uns wieder mit.«

Ich fuhr im Sommer 1946 tatsächlich nach Berlin, aber nicht um die Brüder »zu retten«. Das Einzige, was ich zur Linderung ihrer Sorgen tun konnte, war, die sowjetische Kommandantur zu überzeugen, die beiden, die immer noch sehr schlecht deutsch sprachen, in die sowjetische Schule in Karlshorst aufzunehmen.

Zu guter Letzt gewöhnten sich »Max und Moritz« an die neue Heimat, und Mutter konnte Anfang 1949 endlich voll arbeiten.

Sie wurde im Dietz Verlag verantwortlicher Redakteur. In den 1950er Jahren arbeitete sie unter anderem an der Herausgabe der Werke Wladimir Iljitsch Lenins in deutscher Sprache mit. Die Truppe von Luise Schälike wurde im Verlag auch die »starke Abteilung« genannt. Alle Arbeiten wurden termingerecht erledigt. Da gab es keine Diskussion. Zumindest nicht bei Mutter.

Bis heute erinnern sich ehemalige Mitarbeiter des Verlages voller Dankbarkeit und Hochachtung an die Eltern. Ich muss offen gestehen, dass mich das auch heute noch stolz macht.

Vater starb am 30. Januar 1963. Er war 64 Jahre alt. Ohne Wehklagen ertrug er sein schweres Leberleiden, das er sich im Krieg zugezogen hatte. Er besuchte meine Familie in Osch kurz vor seinem Tod; ein aufrechter, tapferer und gütiger Mann. So lebt er in meiner Erinnerung fort.

Mutter verließ uns 1977. Sie war 74 Jahre alt. Als Mitglied einer Delegation von Veteranen der deutschen Arbeiterbewegung war sie nach Moskau gekommen. Das war für sie nicht irgendeine Reise. Hier war die Stadt, in der sie so viele schöne und bittere Stunden und Tage erlebt hatte. Hier wurden in den tragischen Jahren 1937 und 1938 ihre Söhne geboren. Es war aber auch die Hauptstadt des Landes, das ihrer Tochter zur Heimat geworden war.

Hier nun, in Moskau, schloss sich der Lebenskreis von Luise Schälike, meiner lebenstüchtigen, willensstarken Mutter. Wolfgang, der dienstlich in Moskau weilte, und ich, die ich aus Kirgistan angereist war, holten Mutter vom Flugplatz ab. Voller Freude und innerer Bewegung gingen wir danach die Gorkistraße entlang. Wir besuchten auch das »Lux« und betraten zusammen sogar »unser Zimmer« Nr. 50 in der dritten Etage. Am nächsten Tag starb Mutter im Botkin-Krankenhaus. Sie verweigerte zunächst eine Operation, und als man sich trotzdem zu einem Eingriff entschied, war es schon zu spät. Mit eisernem Willen hatte sie wieder einmal versucht, ihre Schmerzen zu verdrängen. Welche Krankheit sollte sie auch daran hindern, mit ihrer Gruppe noch am selben Tag weiterzureisen?

Doch diesmal konnte sie das Unheil nicht überlisten. Wolfgang und ich konnten Mutter in diesen tragischen Stunden nicht helfen. Als sie in das Krankenhaus gebracht wurde, befanden wir uns schon auf der Heimreise, ich nach Kirgistan und Wolfgang nach Dresden.

Es vergeht kein Tag, an dem ich mich nicht mit Mutter im tiefsten Inneren unterhalte. Sie lebt in mir weiter.

Meine Brüder, die sich 1946 anfänglich so schwer an die für sie neuen Bedingungen in Berlin gewöhnen konnten, leben heute beide in Deutschland.

Nach dem Abitur studierte Wolfgang von 1955 bis 1961 an der Moskauer Hochschule für Flugwesen. Nachdem die DDR die Pläne für eine eigene Flugzeugindustrie aufgegeben hatte, wurde er Offizier der Nationalen Volksarmee. Von 1968 bis 1972 studierte er als Fernaspirant an der Moskauer Shukowski-Militärakademie in der Fachrichtung Technische Kybernetik und erwarb den Titel eines Dr.-Ing.

1988 schied er als Oberst aus der NVA aus und war danach bis 1990 wissenschaftlicher Mitarbeiter im Ministerium für Wissenschaft und Technik der DDR.

Seit 1994 ist er Vorstandsvorsitzender des Deutsch-Russischen Kulturinstitutes e. V. in Dresden. Am 31. März 2006 verlieh ihm der russische Präsident Wladimir Putin für sein gesellschaftliches Engagement die Puschkinmedaille.

Rolf studierte nach dem Abitur im Jahre 1956 bis 1961 in Moskau und Leningrad Physik. Danach war er wissenschaftlicher Mitarbeiter im Kernforschungszentrum Rossendorf bei Dresden. Wegen »parteischädigenden Verhaltens« 1963 gerügt, schloss man ihn 1966 schließlich aus der SED aus und kündigte ihm fristlos.

Bis 1968 arbeitete er als freischaffender Übersetzer und Dolmetscher. Danach war er in einem Maschinenbaubetrieb tätig und wurde 1971 Mitarbeiter der Handelsvertretung der DDR in Moskau.

Ab 1973 erneut als freiberuflicher Sprachmittler und Übersetzer tätig, wurde er im März 1984 verhaftet und wegen »staatsfeindlicher Hetze u. a.« im Dezember 1984 vom Bezirksgericht Dresden zu sieben Jahren Freiheitsstrafe verurteilt. Nach der Einstellung des Strafverfahrens und der Aufhebung des Strafbefehles durch das Oberste Gericht der DDR im Februar 1985 wurde Rolf schließlich in die Bundesrepublik abgeschoben.

1990 wurde das Urteil vom Obersten Gericht der DDR endgültig aufgehoben, und Rolf erhielt eine Entschädigung.

Seit 1988 führt er ein Übersetzungs- und Softwarehaus in Hamburg.

Wie erging es mir, nachdem ich mich für ein Leben in der Sowjetunion entschieden hatte?

Den Sommer 1946 verbrachte ich in Berlin. Davon erzählt meine Novelle »Ein Herz und zwei Länder«, die noch nicht ins Deutsche übersetzt wurde.

Michail Gorbatschow und Rolf Schälike, Hamburg, Oktober 1997

Wolfgang Schälike im Garten des »Deutsch-Russischen Kulturinstitutes e. V.« in Dresden, Mai 2006

Die Reise hatte mein Denken und Fühlen nachhaltig beeinflusst, hatte mich gründlich aufgewühlt.

Zurückgekehrt nach Moskau, berichtete ich meinen Kommilitonen voller Enthusiasmus, wie offen und lebhaft die deutschen jungen Antifaschisten und Kommunisten die Probleme der Gesellschaft und der Partei diskutierten, neue, ungewohnte Fragen aufwarfen, ganz anders als an unserer Universität! Warum ging das nicht auch hier?

Das endete natürlich sehr nachteilig für alle Beteiligten. Ich erhielt für »das Verbergen meiner Zweifel vor dem Komsomol«, für »Verbreitung von Skepsis« und für »Fehler« in einer von uns veröffentlichten Wandzeitung, wie bereits erwähnt, zunächst einen Verweis und eine letzte Verwarnung vom Jugendverband. Ilja aber wurde aus der Partei ausgeschlossen.

Im letzten Studienjahr schließlich sollte auch ich als »uneinsichtig« von der Uni relegiert und aus dem Kommunistischen Jugendverband ausgeschlossen werden.

Völlig unerwartet intervenierte Swetlana Stalina, mit der ich zusammen in einer Studiengruppe war. So blieb ich an der Universität und im Komsomol. Auch meine Rüge blieb mir erhalten.

Danach wollten weder Ilja noch ich in Moskau bleiben, und auf unsere Bitte hin wurden wir nach Kirgistan geschickt. Im August 1949 packten wir unsere Sachen und zogen aus dem »Lux« aus.

Fünf Tage waren wir im Zug von Moskau nach Frunse unterwegs. An den Fenstern der Reisewagen zog ein Teil des Riesenlandes vorbei. Wir sahen die unendlich erscheinenden russischen Wälder, die kasachische Steppe, in deren hitzegeschwängerten Weiten halbwilde Kamele dahinzogen, gelegentlich für kurze Zeit auftauchende einzelne Jurten, die so schnell wieder verschwanden, wie sie in das Blickfeld der Reisenden gekommen waren. Uns wurde klar, dass wir endgültig die besondere, abgeschottete Welt der Hauptstadt verlassen hatten.

Wir führten nur wenig Gepäck mit uns. In meinem Bauch strampelte bereits mein erster Sohn, und in einem Korb schlief unser Kater Piskuntschik. Ohne eine Kopeke in der Tasche betraten wir den Bahnhof von Frunse, und hier begann mein neues, vierzig Jahre währendes Leben in Kirgistan. Hier wurden meine Söhne Igor (1949), Georgi (1953) und Sergej (1954) geboren.

Sofort nach unserer Ankunft wurden Ilja und ich als Lehrer am Staatlichen Pädagogischen Institut eingesetzt. Ilja lehrte Geschichte der UdSSR einschließlich Geschichte Russlands seit seiner Entstehung, und ich widmete mich der neuen und neuesten Geschichte Europas und Amerikas.

Viele unserer Studenten kamen aus weit entfernt liegenden Siedlungen und Orten; sie waren Kinder von Bergarbeitern, Hirtenkinder, oder ihre Eltern schufteten auf den Baumwollfeldern. Unzählig waren die Nationen und Volksgruppen, denen sie entstammten. Da saßen neben den Kirgisen Russen, Belorussen, Ukrainer und auch Nachfahren deutscher Auswanderer, die vor Jahrhunderten ihr Glück in den Weiten Russlands gesucht hatten und die 1949 immer noch unter der misstrauischen Kontrolle des Stalinregimes zu leiden hatten.

Da waren sogar Koreaner, die 1938 aus dem Fernen Osten ausgesiedelt worden waren, weil man glaubte, sie stellten eine Gefahr für die Sowjetunion dar. Und es gab unzählige Angehörige kaukasischer Völker, die man 1944 gewaltsam aus den heimischen Bergen nach Mittelasien deportiert hatte, weil man sie kollektiv beschuldigte, mit dem Hitlerregime kollaboriert zu haben.

Wir, zwei junge Moskauer Intellektuelle, sahen, dass der Staat, für den wir so leidenschaftlich eintraten, heimlich einen wahren Genozid an einigen Völkern, Nationalitäten und Volksgruppen des eigenen Landes verübte, während gleichzeitig aus allen Lautsprechern flammende Losungen über die unzerstörbare Freundschaft der Sowjetvölker tönten. Trotz Repressionen und Überwachung durften jedoch auch die jungen Angehörigen der verfolgten Nationalitäten und Völker studieren. Die aus dem Kaukasus stammenden Dozenten standen jedoch ebenfalls unter ständiger »wachsamer Kontrolle«.

Kirgistan wurde so für Ilja und mich zur zweiten Universität. Das Alltagsleben war kein Zuckerschlecken. Wir hatten aber eine Arbeit, die wir in Moskau mit unserer »Biographie« niemals erhalten hätten. So waren wir die ersten beiden Jahre sehr glücklich.

Was haben wir dort nicht alles erlebt? Da waren die unzähligen kleinen und großen, lächerlichen und ernsthaften Auseinandersetzungen mit Bürokratie, Dogmatismus und Kleingläubigkeit. Da waren die ganz normalen sowjetischen Alltagsorgen eines Landes, das durch den Krieg stark zerstört war. Da gab es auch die furchtbaren Deformationen, die verhinderten, dass die Ansprüche, mit denen die Revolutionäre von 1917 angetreten waren, Wirklichkeit wurden.

Da war aber auch das unbändige Gefühl, von den Studenten, den Kollegen und der Familie gebraucht zu werden. Da waren die leisen Gesten der Anerkennung, die mehr zählten als das launische Wechselbad von Zuckerbrot und Peitsche, das Dekane, Lehrstuhlleiter und Ministerialbeamte bisweilen initiierten.

Ilja Skljar zu Beginn seiner pädagogischen Tätigkeit als Lehrer am Kirgisischen Staatlichen Pädagogischen Institut, 1952

Mit meinen Söhnen Igor, Georgi und Sergej in Kirgisien, Frunse 1956

1954 wurde mein Antrag, Mitglied der Kommunistischen Partei zu werden, abgelehnt. Stattdessen erhielten Ilja und ich die Kündigung. Aus den in Moskau angeforderten Papieren waren unsere »Sünden« publik geworden.

Zu Gast bei Elga Edelstein auf ihrer Datsche in Kraskow. In der Mitte Elgas Tochter Mascha, 1958

Schließlich verlief alles noch relativ glimpflich. Ich bekam eine neue Stelle an der Hochschule in Osch, und Ilja wurde wieder eingestellt. Ungeachtet aller Schwierigkeiten promovierten wir beide.

1957 beschlossen Ilja und ich, uns zu trennen. Ich blieb aber zeitlebens mit ihm und seiner neuen Familie freundschaftlich verbunden. Ilja, der ein starker Raucher war, verstarb im April 1985 an den Folgen des vierten Herzinfarktes.

Von 1959 bis 1969 arbeiteten mein zweiter Mann, Juri Lasarewitsch Lukanzewer, und ich am Pädagogischen Institut in Osch. Juri war promovierter Physiker. Er lehrte und forschte auf dem Gebiet der Lasertechnik. Nach seinem frühen Tod 1969 kehrte ich wieder nach Frunse zurück. Meine Arbeitsstätte wurde die Universität der kirgisischen Hauptstadt. Hier begann ich mich mehr und mehr mit Philosophie zu beschäftigen. Immer stärker interessierten mich die Arbeiten von Karl Marx und Friedrich Engels in ihrer ganzen ursprünglichen Tiefe, ihrem theoretischen Reichtum und nicht die selektierten und verstümmelten Auszüge, die damals an den Hochschulen gewöhnlich offeriert wurden. Meine »Überlegungen über Marx«, die ich meinen Stundenten als gesonderten Kurs anbot, wurden auch als Monographie verlegt.

Ich bin meiner ehemaligen Alma Mater in Frunse bis heute dankbar, dass man mich gewähren ließ. Dies wäre in Moskau kaum möglich gewesen. Zumindest nicht bis Mitte der 1980er Jahre.

Eine Wandzeitung entsteht. Waltraut Schälike mit Studentinnen des Kirgisischen Staatlichen Pädagogischen Instituts, Osch 1961

Das letzte Foto meines Vaters. Fritz Schälike, wenige Monate vor seinem Tod, zu Besuch in Kirgisien. Auf dem Basar von Osch, 1963

Waltraut Schälike mit ihren Studenten während eines freiwilligen Arbeitseinsatzes. Kirgisische Staatliche Universität, Frunse 1983

Waltraut Schälike in den 1980er Jahren

Anfang 1989 klingelte plötzlich das Telefon, und man schlug mir vor, als Lektor und Redakteur der Zeitung der deutschen Minderheit »Neues Leben« in Moskau zu arbeiten. So kehrte ich an die Moskwa zurück, in eine Einraumwohnung im Süden der Stadt.

Im Februar 1994 schließlich ging ich in Pension. Ich schaffte es nicht mehr, ganz allein, Tag für Tag, die beschwerliche Fahrt mit der U-Bahn in die Redaktion zu bewältigen.

Jetzt fand ich endlich Zeit, gründlicher über das Schicksal meines Landes und meinen eigenen Lebensweg nachzudenken. Mir ist bewusst, dass wir nicht am Ende der Geschichte angelangt sind. Mein eigenes Leben jedoch nähert sich dem Ende. Dabei möchte man doch noch so vieles vollbringen, eben weil die Geschichte immer weitergeht und weil ich glaube, etwas dazu sagen zu müssen.

Aus dem ehemaligen Spielgefährten in Berlin, Karl Lanius, wurde schließlich ein bekannter Naturwissenschaftler, der in der DDR ein renommiertes wissenschaftliches Institut leitete. Kürzlich erschien sein Buch »Weltbilder«.

Elga Edelstein, meine beste Schulfreundin, wurde eine berühmte Moskauer Kinderpsychiaterin. Sie lebt heute in Israel. Während ich meine Erinnerungen verfasste, dachte ich jeden Tag an sie.

Mein Sohn Igor lebt in Frunse. Der studierte Physiker widmet sich gemeinsam mit seiner deutschen Frau Karla-Maria seit 1992 behinderten Kindern, die von der Gesellschaft längst aufgegeben wurden. Ihr Rehabilitationszentrum »Umut-Nadeshda« (Hoffnung) mag ein Tropfen auf den heißen Stein der Not sein. Aber sagt nicht das alte deutsche Sprichwort, dass gerade der stete Tropfen den Stein höhlt?

Und da ist Georgi, mein zweiter Sohn. In Twer, keine zwei Autostunden von Moskau entfernt, trotzt er, der Chemiker, den Widrigkeiten des wilden Kapitalismus in Russland und führt eine kleine Firma durch alle Klippen und Strudel. Georgi, der mit seinem umfangreichen Wissen Ilja sehr ähnelt, ist mir ein unentbehrlicher Gesprächspartner, nicht nur wenn ich in den Sommermonaten in meinem bescheidenen Gartenhaus in seiner Nähe wohne.

Schließlich Sergej, mein »Jüngster«. Erst vor kurzem aus Kirgistan nach Russland übergesiedelt, baut er sich nun hier eine neue Existenz in seinem Beruf als Ingenieur auf. Außerdem schreibt er Erzählungen.

Seine älteste Tochter Julia, die als Psychologin an einem bekannten Moskauer Lyzeum arbeitet, wohnt mit mir zusammen. Sie ist meine erste und kritischste Leserin, und ihr verdanke ich manchen guten Rat. Was würden der Computer und das Internet mit mir nicht alles anstellen, wenn da nicht Julia wäre?

Fritz und Luise Schälike haben acht Enkel und zwölf Urenkel. Diese wohnen heute in Deutschland, England, Russland und Kirgistan.

Unter Ihnen sind Deutsche, Russen, Juden, Tuwinier, eine Kirgisin und eine Duganin.

Ist unsere Familie, diese bunte Mikrointernationale, nicht ein Abbild harmonischen Zusammenlebens in einer künftigen Gesellschaft?

Die Kinder, Enkel und Urenkel von Fritz und Luise sind Physiker, Chemiker, Radiotechniker, Fotograf, Mathematiker, Psychologe, Manager, Tänzerin, Computerfachmann, Techniker und Arzt ...

Allen ist die Fähigkeit und die Liebe zu beharrlicher Arbeit eigen. Das ist das einzige, aber wertvollste Erbe, das uns allen gleichermaßen nicht nur Fritz und Luise Schälike mit auf den Weg gegeben haben. Darin leben auch die achtfache Mutter, die Heimarbeiterin und Weißnäherin Lina Dörwald, meine Großmutter, und mein Großvater August Dörwald, der Bergmann und streitbare Gewerkschafter, fort.

Würden sie uns sehen, dann könnten sie, so glaube ich, mit uns recht zufrieden sein.

Gleichzeitig würden sie sich über vieles heutzutage wundern und bestimmt auch bisweilen zürnen. Hatten sie sich die künftige Gesellschaft so vorgestellt?

Dank

Das Beste, was einem geschehen kann, ist, guten Menschen zu begegnen!

Das ist mir bei der Arbeit am vorliegenden Buch widerfahren. Ich habe Waltraut Schälike kennen gelernt, wenngleich wir uns nur einmal persönlich getroffen haben. Unzählige E-Mails gingen nach Russland oder erreichten mich von dort. Wir haben uns schließlich nicht nur zum Thema des Buches ausgetauscht, sondern auch über das heutige Russland, über Deutschland und vieles mehr haben wir »gesprochen«.

Da sind Dr. sc. phil. Ruth Stoljarowa und Dr. sc. mil. Karl Harms, die mehr taten, als Texte zu übersetzen. Ruth erwies sich nicht nur als brillante Übersetzerin. Ihr enormes Wissen über Russland und die Sowjetunion, vor allem über die Zeit, in der das Buch handelt, hat die Arbeit wesentlich vorangebracht.

Karl ist es letztendlich zu verdanken, dass wir uns alle gefunden haben. In seiner ruhigen und bescheidenen Art hat er mich, wenn Schwierigkeiten auftraten, immer wieder bestärkt, weiter am Buch zu arbeiten. Da er selbst ein Heimkind in »Waldkurort«, von dem das Buch berichtet, war, konnte er mir wichtige Details erklären.

Schließlich möchte ich Dr. phil. Sabine Preiß für die Hilfe bei der Korrektur und Peter Borak für die unermüdliche organisatorische Unterstützung herzlich danken.

Frank Preiß